Knaur.

Knaur.

Über den Autor:
Rainer M. Schröder, Jahrgang 1951, lebt nach vielseitigen Studien und Tätigkeiten in mehreren Berufen seit einigen Jahrzehnten als freischaffender Schriftsteller in den USA, derzeit in Atlanta, Georgia. Seine großen Reisen haben »RMS« in viele Teile der Welt geführt; sein Werk wurde mit zahlreichen Preisen ausgezeichnet.
Mehr Informationen über den Autor unter: www.rainermschroeder.com

Rainer M. Schröder

Die Farben von Florenz

Pater Angelicos erster Fall

Knaur Taschenbuch Verlag

Besuchen Sie uns im Internet:
www.knaur.de
www.rainermschroeder.com

FSC
www.fsc.org
MIX
Papier aus verantwortungsvollen Quellen
FSC® C014496

Originalausgabe Mai 2012
Knaur Taschenbuch

Ein Unternehmen der Droemerschen Verlagsanstalt
Th. Knaur Nachf. GmbH & Co. KG, München
Ein Projekt der AVA International GmbH
Autoren- und Verlagsagentur
www.ava-international.de

Redaktion: Susanne Wallbaum
Umschlaggestaltung: ZERO Werbeagentur, München
Umschlagabbildung: FinePic®, München
Satz: Adobe InDesign im Verlag
Druck und Bindung: GGP Media GmbH, Pößneck
Printed in Germany
ISBN 978-3-426-50990-6

2 4 5 3 1

*Den Mönchen der Zisterzienserabtei
Himmerod in der Eifel in
großer Verbundenheit gewidmet.*

Purgatorium
I.

Florenz im November 1489

»Ich will ihn hängen sehen, Malfatto!«

Kalt und leidenschaftslos hallte der Befehl durch das feuchte, rußverdreckte Kellergewölbe des baufälligen Wohnturms. Er kam von den Lippen eines in Samt und Seide gekleideten Mannes, den der Schein der blakenden Pechfackel, der über das uralte Gemäuer leckte, in der finsteren Tiefe des Gewölbes nicht erreichte. Vielmehr fiel das flackernde Licht auf seinen muskulösen, buckligen Handlanger, Vito Malfatto, und den Mönch.

Der Dominikaner lag, die Hände auf dem Rücken gefesselt, auf dem Steinboden, Kopf und Oberkörper in einer Lache zisternenkalten Wassers, das ihm der Bucklige aus einem dreckigen Holzkübel ins Gesicht gekippt hatte. Der eisige Guss hatte den Mönch jäh aus tiefer Bewusstlosigkeit gerissen.

Pater Angelico Crivelli hatte mit den Nachwehen der Betäubung zu kämpfen. Ein heißes Pochen, dessen Quelle irgendwo im Hinterkopf saß, erfüllte seinen Schädel und übte von innen einen übelkeiterregenden Druck auf die Augen aus. Er spuckte Wasser aus, das ihm in den Mund gelaufen war. Zurück blieb der Geschmack von Sand und Schimmel. Als er sich über das Gesicht wischen wollte, merkte er erst, dass man ihm die Arme auf dem Rücken gebunden hatte.

»Aber warte, bis er richtig zu sich gekommen ist! Dann zieh ihn schön langsam hoch, Malfatto!«

»Ja, Herr.«

Pater Angelico wusste sogleich, was es mit dem Befehl auf

sich hatte. Und dieses Wissen jagte einen noch viel größeren Schock durch seinen Körper als kurz zuvor der Schwall muffigen, eisigen Wassers.

Barmherzige Muttergottes, steh mir bei!

Mit einem langgezogenen Stöhnen wälzte er sich auf die Seite und hob den triefnassen Kopf. Sein Blick suchte den Buckligen, der ihn wenige Minuten zuvor im nächtlichen Nebel vor dem Stumpf des alten Geschlechterturms mit einem Schleudergeschoss aus dem Hinterhalt niedergestreckt hatte. Im nächsten Moment ragten auch schon dreckstarrende kniehohe Stiefel vor ihm auf. Sein Blick wanderte an ihnen nach oben, glitt über ein speckiges Lederwams und heftete sich an das grobschlächtige, pockennarbige Gesicht von Vito Malfatto. Über den kahlen Schädel des Mannes zog sich, von der Stirn bis zum Hinterkopf, hässliches Narbengeflecht wie ein Schimmelpilz.

»Verheb dich bloß nicht, du … miese Ratte!«, stieß der Mönch mit kratziger Stimme hervor. Er gab sich unbeeindruckt von dem, was ihm bevorstand, obwohl die Angst vor dem Schmerz ihn geradezu würgte. Aber sie sollte ihm nicht schon jetzt ins Gesicht geschrieben stehen. Diese Genugtuung wollte er ihnen versagen, solange er konnte.

Mochte Gott geben, dass sein Wille stärker war als der grausame Schmerz!

»Du wirst gleich ganz andere Töne spucken, verdammter Kuttenträger!«, erwiderte der Bucklige und versetzte ihm einen Tritt in den Unterleib.

Pater Angelico sah den Stiefel auf sich zukommen und krümmte sich noch schnell genug, um dem Angriff einen Großteil seiner Wucht zu nehmen. Doch es reichte immer noch, um ihm die Luft aus den Lungen zu treiben und einen stechenden Schmerz durch seinen Körper zu jagen. Ein Schrei aber kam ihm nicht über die Lippen. Noch nicht.

»An der Klaue erkennt man den Löwen und am Stiefeltritt den Feigling!«, keuchte er voller Verachtung.

Der Bucklige gab ein gereiztes Schnauben von sich und holte zu einem neuerlichen Tritt aus, doch die schneidende Stimme aus dem dunklen Teil des Gewölbes vereitelte das Vorhaben schon im Ansatz.

»Lass das! Keine Eigenmächtigkeiten, verstanden? Du tust nur das, was ich dir zu tun befehle! Und nun zieh ihn hoch! Er ist jetzt klar genug, um würdigen zu können, was wir ihm am Seil zu bieten haben!«

Vito Malfatto vergewisserte sich mit einem kurzen Blick zur Gewölbedecke, dass der Strick dort oben auch richtig über die hölzernen Rollen des Flaschenzugs lief. Dann spuckte er in die schwieligen Pranken, packte das Seil mit beiden Händen und zog den Mönch mit kräftigen Bewegungen zur Decke hinauf.

Pater Angelico war, als bohrten sich glühende Nadeln durch seine Arme. Gleich darauf schienen in seinen Schultergelenken Feuerbälle zu explodieren. Schlagartig vertrieb der Schmerz den letzten Rest Benommenheit. Sein Gesicht verzerrte sich, und seine Augen wollten aus ihren Höhlen quellen. Mit aller Willenskraft presste er die Zähne aufeinander und unterdrückte den Schrei, der ihm in der Kehle saß.

Nur er hörte ihn gellen.

Aus dem hinteren Teil des Gewölbes kam ein kurzes trockenes Auflachen. »Ihr haltet Euch tapfer, Angelico. Andererseits sollte man von einem Dominikaner wie Euch ja wohl auch erwarten dürfen, dass er nicht schon beim ersten sanften Seilzug zu jammern anfängt. Immerhin hat man Euch die Heilige Inquisition übertragen und das Handwerk der peinlichen Befragung gelehrt, nicht wahr?«, höhnte die Stimme. »Wie dem auch sei, Eure Tapferkeit wird nicht von langer Dauer sein. Denn noch haben wir mit der hohen Kunst des *strappado* nicht einmal angefangen.«

Vito Malfatto nickte mit verächtlicher Miene und ruckte kurz am Seil.

Tränen schossen Pater Angelico in die Augen, den Aufschrei vermochte er aber auch diesmal zu ersticken. Er keuchte, als leide er unter schwerer Kurzatmigkeit, während er gegen den Schmerz ankämpfte, der seinen Körper in heißen Wellen flutete. In diesem Schmerz ging auch das Erstaunen darüber unter, wer der Mann war, der Movetti auf dem Gewissen hatte und für all die anderen Verbrechen verantwortlich war. Eigentlich ergab es keinen Sinn, aber natürlich musste der Mann für seine ruchlosen Taten Gründe gehabt haben. Was genau ihn getrieben hatte, war allerdings längst ohne Bedeutung. Es gab keine Hoffnung mehr.

»Der Strappado zeigt sein wahres Gesicht erst, wenn der gute Malfatto Euch ein ganzes Stück von der Decke herabsacken lässt und Euren Fall dann ruckartig unterbricht«, fuhr die Stimme ungerührt fort. »Dann reißt es Euch die Arme aus den Gelenkpfannen, Pater Angelico. Erst zu diesem Zeitpunkt entfaltet der gute Strappado seine ganze Pracht an Tortur. Und solltet Ihr Euch gar zu verstockt zeigen, wird er Euch später, Stück für Stück und überaus qualvoll, die Muskeln und Sehnen zerreißen.«

Pater Angelico blinzelte in das Licht der Fackel unter sich und versuchte, einen klaren Blick zu bewahren und trotz des brennenden Schmerzes Ordnung in den Tumult seiner Gedanken zu bekommen. Langsam drehte er sich am Seil halb um die eigene Achse. Der Bucklige kam in sein Blickfeld. Noch einmal bäumte sich alles in ihm auf.

»Freu dich auf die Hölle, Vito Malfatto! Da rücken sie jetzt schon auf dem glühenden Rost zusammen, um für dich menschlichen Abschaum Platz zu machen!«, stieß er mit zittriger Stimme hervor und spuckte seinem Peiniger ins Gesicht.

Wut flammte in den tief liegenden Augen des Buckligen auf, doch er wagte es nicht, sich ohne die Erlaubnis seines Herrn für das Anspucken zu rächen, indem er am Seil ruckte. Er wischte sich mit dem Handrücken den Speichel ab und zischte: »Warte nur! *Du* wirst hier gleich die Hölle erleben!«

Der Mann im Dunkel überging den Zwischenfall und fuhr unbeirrt fort: »Aber was nicht unter bitteren Schmerzen gewonnen ist, hat gewöhnlich keinen Wert. Seht Ihr das nicht auch so, Pater Angelico? Das ist es doch, was ihr gottesfürchtigen Männer der Kirche uns allzeit predigt. Dass der Weg zur Wahrheit schmal und dornenreich ist! Wartet denn nicht selbst auf den, der im Stand der heilig machenden Gnade stirbt, vor der Aufnahme in den Himmel erst einmal zur Buße seiner Sünden das reinigende Feuer des Purgatoriums?« Er legte eine kurze Pause ein. »Nun, nehmt den Strappado als seinen kleinen irdischen Bruder, der sein Bestes tun wird, Euch noch zu Lebzeiten auf den schmerzhaften Weg zur Wahrheit zu führen!«

Vito Malfatto lachte hämisch. »Und ob er das wird!«, verkündete er und stieß ihn leicht an der Hüfte an.

»Auf ewig verflucht sollt ihr sein, ihr elenden Kreaturen Satans!« Pater Angelico pendelte an dem Seil hin und her, kämpfte mit letzter Willenskraft gegen den brennenden Schmerz an und hoffte, dass es schnell gehen möge.

Er machte sich nichts vor. Die Kälte, die aus dem alten Gemäuer drang, war der Atem des Todes. Und hatte der Tod auch ein hässliches Gesicht, so war er doch ein ehrlicher Geselle. Er war ohne Falsch, trug keine Maske und beschönigte sein unbarmherziges Handwerk keineswegs. So sah er es, und das nicht erst, seit er Schwert und Lanze niedergelegt hatte und Mönch geworden war. Zumal der Körper letztlich doch nur das unbedeutende Gefäß der unsterblichen Seele war. Es galt, ihn leichten Herzens herzugeben, wenn man doch des ewigen Lebens gewiss sein durfte.

Aber wessen durfte er in dieser Novembernacht überhaupt noch gewiss sein? Sicherlich nicht mehr seiner monastischen Berufung. Die hatte eine junge Frauenhand mit einer einzigen zarten Berührung in ihren Grundfesten erschüttert. Und was das ewige Leben anging, hatte er nach allem, was er selbst als Mönch auf seine sündige Seele geladen hatte, noch weniger Gewissheit als zu seiner Zeit als Waffenknecht.

Nein, die einzige Gewissheit, die blieb, war die, dass er in dieser Nacht und an diesem elenden Ort sterben würde. Bei dem Versuch, ein unschuldiges Leben zu retten, das ihm kostbarer war als sein eigenes. Nur das würde womöglich sein Seelenheil vor der Verdammnis bewahren.

Dabei hätte er wissen müssen, dass es so kommen würde! Scalvetti hatte ihn mehr als einmal gewarnt. Wer wie er in einem Nest voll giftiger Vipern stocherte, musste damit rechnen, dass er dafür mit dem Leben bezahlen würde. Warum hatte er sich auch angemaßt zu glauben, er müsse die Morde um jeden Preis aufklären und die Schuldigen ihrer gerechten Strafe zuführen? Wie hatte er so verantwortungslos sein und außer Acht lassen können, dass er in seiner Besessenheit womöglich auch Menschen in den tödlichen Sumpf zog, deren einzige Schuld darin bestand, ihm verbunden zu sein?

Und das alles wegen der verfluchten Lapislazuli im Wert von fünfzig Goldstücken!

»*Domini canes* – Spürhunde Gottes. So nennt man euch doch, nicht wahr?«, höhnte der Mann aus dem dunklen Gewölbe. Wie ein Messer fuhr seine kalte Stimme in die fiebrige Gedankenflut des Gefangenen. »Nun, Ihr habt Euch nicht von der Spur abbringen lassen, Pater Angelico. Das nötigt mir – trotz der beachtlichen Unannehmlichkeiten, die Ihr mir mit Eurer Schnüffelei bereitet habt – ein gewisses Maß an Respekt ab.«

»Süß schmeckt dem Menschen das Brot der Lüge«, presste Pater Angelico geringschätzig hervor.

»Seht es, wie Ihr wollt. Jetzt habt Ihr jedenfalls das Ende der

Spur erreicht. Und es liegt ganz bei Euch, welches Ende Ihr nehmt und was Eurer verbotenen Liebe widerfahren wird. Ich halte Euch nicht für so töricht zu glauben, Ihr könntet den Qualen des Strappado bis zum bitteren Ende widerstehen. Also macht Euch die Sache leicht und wartet mit dem Reden nicht zu lange.«

»Wenn Ihr noch über einen Rest von Gewissen verfügt und Euer Seelenheil retten wollt, lasst Ihr sie aus Eurem schmutzigen Spiel! Gebt sie frei!«, stieß Pater Angelico beschwörend hervor. »Reicht es denn nicht, dass Ihr sie verstümmelt und mich in Eure Gewalt gebracht habt?«

Er erntete ein kurzes Auflachen. »Ich bitte Euch! Wir wollen das Pferd doch nicht von hinten aufzäumen, Mönchlein! Vor dem gerechten Lohn kommt die Leistung, das solltet Ihr am besten wissen. Und nun genug der freundlichen Reden! Sagt, wo Ihr es versteckt habt, und wir können miteinander ins Geschäft kommen!«

»Was für ein Versteck? Ich weiß nicht, wovon Ihr redet!«, stöhnte Pater Angelico.

»Diese Antwort war zu erwarten, und einmal will ich Euch die ebenso törichte wie nutzlose Lüge nachsehen. Aber damit solltet Ihr es auch genug sein lassen. Ein solch einfältiges Spiel verfängt bei mir nicht. Nehmt dies als letzte Warnung: Die Zeit der Ausflüchte ist vorbei! Sagt endlich, wo Ihr es versteckt habt, und wir werden für alles ein gnädiges Ende finden. Andernfalls wird der Strappado Eurem Gedächtnis auf die Sprünge helfen!«

Der Dominikaner atmete kurz und flach. Kalter Schweiß stand ihm auf der Stirn. »Was in Gottes heiligem Namen soll ich denn versteckt haben?«

»Beleidigt nicht meine Intelligenz, ich warne Euch! Noch so eine lächerliche Ausflucht, und Malfatto setzt den Strappado fort«, herrschte der Mann ihn an. Endlich trat er aus der tiefen, nasskalten Schwärze in den zuckenden Lichtkreis der Fackel.

»Heraus damit, verfluchter Mönch! Wo verwahrt Ihr das *libro segreto?*«

Das geheime Buch!

Entsetzt starrte Pater Angelico den Mann an, der vom Gejagten zum Jäger geworden war und nun skrupellos einen weiteren Mord anordnen würde. Wahrscheinlich sogar zwei. Ihn schauderte, denn er kannte das Versteck nicht. Er *konnte* es nicht verraten, ganz gleich, wie lange sie ihn folterten!

Für einen winzigen Moment zuckte die Frage durch sein Hirn, wie es dazu hatte kommen können. Was hatte das verhängnisvolle Geschehen in Gang gesetzt?

Er kannte die Antwort:

Dass er der Versuchung erlegen war, die kostbaren blauen Halbedelsteine zu einem Preis zu kaufen, wie ihn nur Hehler und Schmuggler anbieten konnten! Er selbst und niemand sonst trug die Schuld an dem, was geschehen war und noch geschehen würde!

Der fragwürdige Handel mit dem *speziale*[1] Bernardo Movetti war der schicksalhafte Wendepunkt gewesen. Als er sich darauf eingelassen hatte, war er vom Pfad der Tugend abgekommen und hatte den Weg ins Verderben eingeschlagen. Wäre er auf dem schmalen Weg der Rechtschaffenheit geblieben, hätte er an jenem Oktoberabend keine Veranlassung gehabt, das Kloster nach der Vesper noch einmal zu verlassen. Dann hätte er den Mord nicht entdeckt und wäre nicht auf den törichten Gedanken gekommen, nach dem Täter und dessen Motiv zu suchen!

1 Apotheker, Drogist

1

Nur mit Mühe unterdrückte Pater Angelico einen lästerlichen Fluch. Auch an diesem Oktobermorgen stand er in der Via dei Pelacani vor verschlossenen Türen!

Die schweren hölzernen Schlagläden von Bernardo Movettis Laden waren verriegelt und verrammelt wie in den Tagen zuvor. Kein Lebenszeichen, kein Lichtschein in den Ritzen! Niemand öffnete auf sein Rufen und Hämmern hin. Die Hoffnung, von einem der Nachbarn zu erfahren, wo der Apotheker abgeblieben war, hatte er schon zu Beginn der Woche aufgeben müssen.

Er rieb sich die Narbe, die auf dem Wangenknochen unter seinem linken Auge ihren Anfang nahm und sich als feine weißliche Linie bis zum Kinn erstreckte. Juckte die alte Landsknechtsnarbe, konnte das zweierlei bedeuten: dass mit einem Wetterumschwung zu rechnen war oder dass er unter starker Anspannung stand. Im Augenblick traf eindeutig Letzteres zu.

Bernardo Movetti schuldete ihm Lapislazuli im Wert von fünfzig Goldflorin! Das war mehr als das Doppelte von dem, was ein gut bezahlter Handwerksgeselle in einer der vielen Woll- und Seidenmanufakturen der Stadt als Jahreslohn nach Hause trug. Seit Wochen wartete er nun schon auf die bezahlte und längst überfällige Lieferung. Ohne die blauen Halbedelsteine, die er für die Herstellung des kostbaren Ultramarins benötigte, konnte er die Arbeit an dem großformatigen Tafelbild, das in seiner Klosterwerkstatt dringend auf Fertigstellung wartete, nicht beenden.

Wie in Gottes heiligem Namen sollte er bloß erklären, dass er einem Betrüger aufgesessen war und nun dringend noch einmal so viele Goldstücke brauchte, um das Bild vollenden zu können? Immerhin hatte kein Geringerer als Seine Magnifizenz Lorenzo de' Medici es bei ihm bestellt, und der fest vereinbarte Abgabetermin rückte unaufhaltsam näher.

Hätte er sich doch bloß nicht auf den fragwürdigen Handel mit Movetti eingelassen! Nicht auszudenken, in welchem Schlamassel er steckte, falls sich das scheinbar so lukrative Geschäft am Ende als Fiasko herausstellte! Ein Fiasko, das er vor dem mächtigsten *signore* der Stadt würde verantworten müssen!

Ihm war elend zumute, so wie sonst nur, wenn er nach langen Monaten gnädiger Verschonung plötzlich doch wieder des Nachts in seiner Klosterzelle von den alten Dämonen heimgesucht wurde und aus grauenvollen Albträumen aufschreckte, schweißgebadet und mit rasendem Herzen.

Bei den Leiden des Herrn, was sollte er tun?

Mit der Überlegung, ob er sich beeilen sollte, zurück ins Kloster San Marco zu kommen, hielt er sich gar nicht erst lange auf. Selbst wenn dafür noch genug Zeit gewesen wäre, hätte er sich dagegen entschieden. In seiner derzeitigen Verfassung stand ihm der Sinn nicht nach feierlichem Chorgesang in der Gemeinschaft der Brüder. Für Gotteslob lag ihm zu viel bittere Galle auf der Zunge. Und in die Werkstatt zog es ihn auch nicht, war doch an Arbeit vorerst genauso wenig zu denken.

Nein, was er jetzt brauchte, war Ablenkung, eine Belebung all seiner Sinne. Und die fand er am besten bei Botticello im *Giardino* unten am Borgo Santissimi Apostoli nahe der Ponte Santa Trinità!

In finsteres Grübeln vertieft, überquerte er hinter den weitläufigen Gärten des Franziskanerklosters Santa Croce die Via Malcontenti und gelangte wenig später auf die Uferstraße Via delle Poverine.

»Aus dem Weg, Kerl!«, brüllte plötzlich eine kratzige Stimme hinter ihm. Dazu waren eiliger Hufschlag und das Rattern eisenbeschlagener Räder zu vernehmen sowie das scharfe Knallen einer Peitsche. »Platz da, elender Kuttenträger!« Wieder knallte die Peitsche.

Erschrocken riss Pater Angelico die Augen auf und fuhr herum. Er war in seiner Gedankenverlorenheit mitten auf der Straße stehen geblieben und drohte nun unter die Hufe und Räder eines Fuhrwerks zu kommen. Denn der Klotz von einem Kutscher dachte nicht daran, sein kraftstrotzendes, rasch trabendes Zugpferd wegen eines Mönchs zu zügeln.

Geistesgegenwärtig sprang Pater Angelico zwei, drei Schritte zurück, bis er mit dem Rücken gegen die Wand eines heruntergekommenen Palazzo mit rauem Bossenwerk prallte.

»Versuch es zur Abwechslung mal mit ehrlicher Arbeit, statt unsereins für dich aufkommen zu lassen!«, rief der grobschlächtige Kutscher ihm im Vorbeifahren verächtlich zu. »Ihr Bettelmönche seid eine rechte Plage! Und das ist so wahr wie das Vaterunser!« Er setzte hinter seine Beschimpfung ein Ausrufezeichen, indem er sich halb zu Pater Angelico umdrehte, die Peitsche in seine Richtung schwang und sie noch einmal in der Luft knallen ließ.

»Ja, auch mit dir sei Gottes reicher Segen, du Rüpel!«, rief der Pater ihm nach, wobei er dem Grobian weder ob seiner Rücksichtslosigkeit noch ob seiner beleidigenden Zurufe allzu sehr grollte.

Dass Mönche bei vielen Florentinern nicht gerade das höchste Ansehen genossen, konnte nicht verwundern. Die Konvente, die es innerhalb des weiten Mauerrings gab, die sich aber auch dicht vor den Toren der Stadt niedergelassen hatten, ließen sich ja kaum noch zählen. Und einen Großteil von ihnen machten die Dominikaner, Franziskaner, Karmeliter und Augustiner aus – allesamt Bettelorden. Zu ihnen gesellten sich im Straßenbild noch die vielen bettelnden Wandermönche und solche, die nur vorgaben, das monastische Gelübde abgelegt zu haben, in Wirklichkeit aber das

Leben von Schmarotzern führten und ihre Verkleidung nicht selten für Diebeszüge nutzten.

Mit wehender Kutte setzte Pater Angelico seinen Weg fort und eilte über die Uferstraße seiner bevorzugten Trattoria entgegen. Zu seiner Linken glitten die schlammigen Fluten des Arno durch ihr breites Bett, umgurgelten die steinernen Pfeiler der vier Brücken, die den Fluss innerhalb der Stadt überspannten, und rauschten unter den noch dunklen Brückenbögen hindurch.

Das *Giardino* lag am oberen Ende des betriebsamen Borgo Santissimi Apostoli, in unmittelbarer Nähe der Kirche Santa Trinità und kaum mehr als einen Steinwurf von der gleichnamigen Brücke entfernt. Zu beiden Seiten der Taverne reckten sich schmalbrüstige Backsteinhäuser mit überkragenden Obergeschossen in die Höhe.

Die Tür stand offen. Pater Angelico betrat den Schankraum mit der niedrigen Balkendecke und lief dem Wirt, dessen Gesicht bei seinem Anblick aufleuchtete wie ein Öllicht in finsterer Nacht, geradewegs in die Arme.

»Pater Angelico! Beim Blute Christi, endlich erweist Ihr mir wieder einmal die Ehre Eures Besuchs!«, rief Botticello theatralisch und streckte die speckigen Arme gen Himmel, als wollte er Gott für ein himmlisches Geschenk danken. »Ich habe mir schon Sorgen um Euch gemacht, *padre!* Ihr habt Euch ja eine Ewigkeit nicht mehr blicken lassen!«

Eigentlich hieß der kahlköpfige Wirt Pantaleone Barberino, aber so nannte ihn im *Giardino* so gut wie keiner. Alle riefen ihn bei seinem Spitznamen, der ihm schon in jungen Jahren verpasst worden war – also lange bevor der schillernde, wenn auch überaus fähige Maler Alessandro di Mariano Vanni Filipepi unter dem Beinamen Sandro Botticelli es in Florenz zu Ruhm und Ehre gebracht hatte. Und mit seinen kurzen Beinen und der enormen Leibesfülle machte der Botticello des *Giardino* seinem Spitznamen alle Ehre, besaß er doch in der Tat große Ähnlichkeit mit einem kleinen Fässchen. Dessen ungeachtet bewegte er sich jedoch flink wie ein Wiesel durch sein kleines Reich.

Mit müdem Spott hob Pater Angelico die Brauen. »Drei, vier Tage, Botticello.«

Der Wirt, an dem alles rund und fleischig war, nickte mit ernster Miene. »Jaja, eine Ewigkeit, Padre! Wie gesagt. Und mir scheint, dass meine Sorge nicht ganz unberechtigt war. Denn Ihr seht mir erschreckend blass und mitgenommen aus.«

Pater Angelico wollte lieber nicht darüber nachdenken, dass ein Tavernenwirt sich ernstlich um ihn sorgte, nur weil er sich einige Tage nicht bei ihm hatte sehen lassen.

Er lächelte freudlos. »Man kann nicht immer in aufgekratzter Stimmung sein, und vor Nackenschlägen ist auch ein Mönch nicht gefeit. Aber genug davon.« Seine Schultern strafften sich. »Bring mir einen Krug von deinem stärksten Roten!«

»Ich habe gestern zwei Fässer besten Carmignano bekommen. Der wird Euch trefflich munden und Euch den Kummer schnell vergessen lassen«, versicherte Botticello eifrig.

»Wenn es doch nur so wäre«, murmelte Pater Angelico.

Er durchquerte den Schankraum und trat hinaus in den kleinen Garten, der Botticellos Taverne ihren Namen gegeben hatte. Er lag zum Fluss hin und maß nicht mehr als zehn, zwölf Schritte in der Breite und gerade mal das Doppelte in der Länge, aber mit den beiden Olivenbäumen war er gerade in den heißen Sommermonaten eine Oase schattiger Kühle. Zudem hatte man, wenn man einen der besseren Plätze auf der linken Seite ergatterte, einen guten Blick auf den Arno und die Steinbögen der Brücke Santa Trinità. Zur Rechten begrenzte die rissige Wand eines vierstöckigen Hauses den Garten, während nach links hin eine alte, etwa mannshohe, efeuberankte Backsteinmauer Botticellos Grundstück vom Borgo Santissimi Apostoli trennte.

Zu dieser frühen Stunde hatte der Pater den Garten noch ganz für sich. Er setzte sich an seinen Lieblingstisch aus grob behauenen, verwitterten Bohlen, auf der linken Seite, nahe der efeugrünen Mauer. Dort hatte man nicht nur den meisten Schatten, ganz gleich zu welcher Tageszeit, sondern auch den besten Blick auf Fluss und Brücke.

Erschöpft, als habe er eine große körperliche Anstrengung hinter sich, sank er in einen der alten Korbsessel. Der Wein ließ zum Glück nicht lange auf sich warten. Die ersten beiden Steinbecher Carmignano kippte er jeweils auf einen Zug hinunter, erst beim dritten ließ er sich Zeit und gab dem kräftigen Roten überhaupt Gelegenheit, sich auf Gaumen und Zunge zu entfalten.

Während er noch anerkennend mit der Zunge schnalzte, wunderte er sich über die Unbekümmertheit seines Magens, der nichts auf seine Sorgen zu geben schien und mit lautem Knurren nach seinem eigenen Recht verlangte.

»Sag Isabetta, sie soll mir einen Teller *fegatelli* machen«, trug er Botticello auf, als dieser sich wieder im Garten blicken ließ, um ihm den neuesten Klatsch aus der Nachbarschaft zu erzählen. In ganz Florenz verstand sich keine andere Köchin darauf, so köstliche gebackene Scheiben Schweineleber auf den Tisch zu bringen wie die Wirtin, die ihren Mann um gut zwei Köpfe überragte.

»Auch noch einen *berlingozzo* dazu, Padre?«, lockte Botticello sogleich, wusste er doch, dass sein Stammgast aus dem Kloster San Marco für die gezuckerten Mehlfladen eine Schwäche hatte. »Oder vielleicht zwei?«

Schnell winkte Pater Angelico ab, um gar nicht erst ernsthaft in Versuchung zu geraten. »Nein, nur einen! Das ist mehr als genug.« Zwar hatte er sich diese kleine Stärkung redlich verdient, wie er meinte, aber in Völlerei durfte sie wiederum auch nicht ausarten.

Die knusprig gebräunten, mit Zwiebeln, Knoblauch und Kräutern gewürzten Leberscheiben waren köstlich wie immer, und dasselbe galt für den Berlingozzo. Natürlich genehmigte er sich dazu noch zwei Becher Rotwein, denn der rote Saft des Lebens, ob es nun das Blut des irdischen Fleisches war oder das Elixier der Rebstöcke, gehörte zur Leber wie das Amen zum Vaterunser.

Gerade wollte Pater Angelico seinen Becher ein weiteres Mal auffüllen, da drangen von jenseits der Backsteinmauer erregte Stimmen an sein Ohr und ließen ihn stutzen. Die beiden Männer mussten etwa auf seiner Höhe stehen geblieben sein, denn er konnte ihrem hitzigen Wortwechsel mühelos folgen.

Mit einem Ruck setzte er den Weinkrug ab, denn eine dieser Stimmen gehörte keinem anderen als dem Speziale Bernardo Movetti!

Eine Welle der Erleichterung durchflutete den Pater. Zumindest seine schlimmste Befürchtung, der Mann könnte sich mit seinem Geld aus dem Staub gemacht haben und nie wieder in Florenz auftauchen, hatte sich nicht bewahrheitet! Also konnte er hoffen, weder vor seinem Prior noch vor dem Medici bußfertig in die Knie gehen zu müssen.

»Lasst mich endlich mit Eurem Geschwätz in Ruhe«, hörte er den Speziale sagen. »Es stimmt einfach nicht! Es gab keine feste Abmachung zwischen uns. Das habt Ihr Euch schön eingeredet, Rufino!«

»Von wegen! Diese Abmachung gab es sehr wohl«, erwiderte der Mann, den Bernardo Movetti mit Rufino angesprochen hatte, erregt. »Ihr habt mich skrupellos um siebzehnhundert Goldstücke betrogen! Aber das lasse ich Euch nicht durchgehen!«

Pater Angelico krampfte sich der Magen zusammen, als er hörte, um welch gewaltige Summe der Speziale diesen Rufino angeblich betrogen hatte. Bei ihm selbst ging es zwar nur um zweiundvierzig Florin, aber das war für seine Verhältnisse und die des

Klosters eine ähnlich stattliche Summe wie siebzehnhundert Goldstücke für einen Großkaufmann. Dass Movetti endlich wieder greifbar war, bedeutete also noch lange nicht, dass er auch seinen Teil ihres Handels einhielt. Gut möglich, dass der Mann schon am nächsten Tag in der *stinche,* dem Schuldturm, landete. Dann saß er, Pater Angelico, nicht weniger in der Klemme, als wenn Movetti sich mit seinem und dem Geld anderer gutgläubiger Kunden auf und davon gemacht hätte!

»Redet nicht so einfältig daher, und mäßigt Euch in der Öffentlichkeit gefälligst in Eurer Lautstärke«, erwiderte Bernardo Movetti erbost. »Ich habe Euch nie etwas in die Hand versprochen!«

»Das habt Ihr sehr wohl«, beharrte Rufino und wurde nicht leiser, sondern noch lauter. »Wir hatten eine Abmachung! Unter Ehrenmännern, wie ich annahm!«

Der Speziale lachte verächtlich. »Ihr wagt es, das Wort Ehrenmann in den Mund zu nehmen? Gebt bloß acht, dass Ihr Euch nicht daran verschluckt! Das bisschen Ehre, das Euch vielleicht einmal zu eigen war, habt Ihr längst zwischen den Schenkeln schändlicher ...«

Augenblicklich fiel Rufino ihm ins Wort. »Wagt es nicht! Noch eine Verleumdung dieser Art, und ich bringe Euch vor den Richter!«

»Nur zu! Es wäre höchst interessant zu erfahren, wie Ihr Euch von dem moralischen Morast reinwaschen wollt, in dem Ihr Euch offenbar zu suhlen beliebt.«

»Versucht nicht abzulenken! Es wird Euch nicht gelingen, mir auszuweichen und unsere Abmachung in Abrede zu stellen!«

»Habt Ihr für diese angebliche Abmachung denn Zeugen?«, fragte Bernardo Movetti höhnisch.

»Ihr wisst genau ...«

»Ich weiß in der Tat, was ich weiß«, fuhr der Speziale sogleich dazwischen, »nämlich, dass es für *Eure* verleumderischen Behauptungen weder einen Zeugen noch einen schriftlichen Beleg gibt.« Sein Ton wurde kalt. »Also hört gefälligst auf, mich mit Euren unverschämten Reden zu belästigen! Und wagt es nicht, Lügen über mich in die Welt zu setzen! Tut Ihr es doch, bringe ich Euch wegen Ehrabschneiderei vor Gericht und sorge dafür, dass Ihr teuer dafür bezahlt.«

Pater Angelico sprang auf. Movetti durfte ihm nicht entwischen! Jenseits der Mauer ging indessen die Wut mit Rufino durch.

»So billig kommt Ihr mir nicht davon, darauf könnt Ihr Gift nehmen! Wir werden schon noch sehen, wer von uns beiden blutet, Movetti.«

»Wollt Ihr mir vielleicht drohen?«

Pater Angelico versuchte, über die Mauer hinweg einen Blick auf den Speziale und den höchsterregten Rufino zu werfen, doch selbst wenn er auf Zehenspitzen stand, fehlte ihm dazu eine halbe Haupteslänge. Er machte lediglich einen flachen, tellerförmigen Hut aus königsblauem Samt aus, der reich mit Perlen bestickt und außerdem mit prächtigen Fasanenfedern verziert war und recht schräg auf dem Kopf des wild erbosten Mannes saß.

Dass es jener Rufino war, der den extravaganten Tellerhut nach französischer Mode trug, stand außer Zweifel. Denn die teuer aussehende Kopfbedeckung ruckte zweimal bekräftigend zu den Worten, die Rufino im nächsten Moment hervorstieß: »Nehmt es, wie Ihr wollt, Movetti! Aber Ihr werdet für Eure Schurkerei bezahlen, das schwöre ich Euch bei den Gebeinen meiner Ahnen.«

Damit setzte sich der federgeschmückte Hut mitsamt seinem Träger in Bewegung und verschwand aus Pater Angelicos begrenztem Sichtfeld.

»Unverschämter Kerl«, schnaubte Movetti.

Pater Angelico raffte seine Kutte und verließ den Tavernengarten in aller Eile. Botticello starrte ihn verblüfft an, als er mit wehendem Habit, klatschenden Sandalen und ohne jeden Abschiedsgruß quer durch die Gaststube an ihm vorbeihastete.

Als der Pater ihn einholte, befand Bernardo Movetti sich bereits am Fuß der Brücke Santa Trinità. Der Speziale war ein schlanker, mittelgroßer Mann mit eckigem Kinn und schweren Lidern, die seinem Gesicht einen schläfrigen Ausdruck verliehen. Mit den Stiefeln aus feinstem weichem Leder, dem edlen rehfarbenen Wams und dem rotseidenen, pelzbesetzten Umhang sah er nicht gerade aus wie der Inhaber eines gewöhnlichen Ladens, der Materialien für Maler, besondere Süßwaren sowie Arzneien aller Art feilbot. Seine Kleidung war von höchster Qualität und hätte selbst einem hohen Regierungsmitglied gut zu Gesicht gestanden. Die mächtigen Prioren der Florentiner *signoria,* der Regierung, im Palazzo Vecchio waren jedenfalls nicht besser gekleidet als der Speziale aus dem östlichen Stadtteil Santa Croce!

»Was wollt Ihr?«, fragte Movetti unwirsch, bevor ihm richtig zu Bewusstsein kam, wer ihn da angesprochen hatte. Seine verkniffenen Züge und die grimmig zusammengepressten Lippen verrieten, dass er noch ganz unter dem Eindruck der heftigen Auseinandersetzung mit jenem Rufino stand.

»Das dürfte wohl auf der Hand liegen«, erwiderte Pater Angelico scharf. »Seit Tagen versuche ich vergebens, Euch zu fassen zu kriegen!«

Der Speziale blieb stehen und erkannte seinen Fehler. »Oh, Ihr seid es, Pater Angelico!« Seine Miene hellte sich auf, und im nächsten Augenblick erschien auf seinem Gesicht das dienstbeflissene Lächeln des erfahrenen Kaufmanns. »Verzeiht meinen ruppigen Ton, der nicht wirklich Euch galt. Bei Gott, ich war in Gedanken und …«

»Mit einem ruppigen Ton kann ich leben, besser jedenfalls als mit gebrochenen Versprechungen! Ihr hattet mir meine Lapislazuli für Ende September zugesagt, und nun ist der November nicht mehr fern«, erinnerte Pater Angelico ihn kühl. »Oder habt Ihr vergessen, dass Ihr das Geld meines Klosters genommen habt und welchen Liefertermin wir ausgemacht hatten?«

»Ich weiß, ich weiß! Es betrübt mich über alle Maßen, dass es bei diesem Geschäft zu einer so unerwarteten wie unerfreulichen Verzögerung gekommen ist«, versicherte Movetti eilfertig. »Aber ich hatte geschäftlich einige Tage außerhalb der Stadt zu tun und komme gerade erst zurück. Und was Eure Steine angeht ...« Er seufzte leidgeprüft. »Nun, bei meiner Quelle, die diese höchst kostbare Ware ja zu einem wahrlich nicht mehr zu unterbietenden Preis liefern kann, hat es bedauerlicherweise einige leidige Hindernisse gegeben, die es zu überwinden galt. Das hat mehr Zeit gekostet als gedacht. Aber nun ist das Ärgernis beseitigt, und ich gebe Euch mein Wort ...«

Erneut ließ Pater Angelico ihn nicht ausreden. »Euer Wort in Ehren, aber ich kann mich nicht länger hinhalten lassen, Movetti! Ich brauche die Steine! Und zwar so dringend, dass ich mich leider gezwungen sehe, die Angelegenheit zur Klärung meinem Auftraggeber zu übertragen, falls ich die bezahlte Lieferung nicht heute noch erhalte! Ich komme seit Wochen mit dem Tafelbild nicht weiter, und morgen werde ich dem Signore und Patron unseres Klosters deswegen Rede und Antwort stehen müssen.« Was zwar nicht stimmte, ihm in seiner prekären Lage aber als vertretbare Notlüge erschien. Er musste dem Mann die Daumenschrauben ansetzen!

Tatsächlich trat eine leichte Blässe auf das eckige Gesicht des Speziale. Wer der mächtige Patron von San Marco war und seinen renommierten Malermönch regelmäßig mit Aufträgen bedachte, war in den vermögenden Florentiner Kreisen wahrlich kein Geheimnis.

Nervös leckte Bernardo Movetti sich über die Lippen. »Davon bitte ich abzusehen, Pater Angelico! Glaubt mir, das wird nicht nötig sein«, beteuerte er hastig.

Pater Angelico bedachte ihn mit einem durchdringenden Blick. »Das liegt allein in Eurer Hand. Meine Geduld ist jedenfalls erschöpft«, erklärte er. »Macht, was Ihr wollt. Ich jedenfalls werde morgen dem Signore …«

»Heiliges Märtyrerblut, wartet und lasst mich ausreden!«, fiel Movetti ihm bestürzt ins Wort. »Ihr werdet Eure Ware noch heute bekommen!«

Skeptisch zog Pater Angelico die Brauen hoch.

»Die Lapislazuli für Euch müssen jede Stunde eintreffen. Und sollte das Undenkbare dennoch geschehen, werde ich notfalls auf meine eigenen Kosten dafür sorgen, dass Ihr den versprochenen Beutel Lapislazuli noch heute in Euren Händen haltet!«

»Mir ist es völlig gleichgültig, wie der Kern in den Pfirsich kommt – oder Ihr an die mir zustehenden Lapislazuli«, beschied Pater Angelico ihn grimmig. »Was für mich zählt, ist allein, dass ich die Steine heute noch erhalte! Andernfalls …« Er zuckte vielsagend die Achseln.

Abwehrend hob der Speziale die Hände. »Da sei der Herr vor! Ihr bekommt die Steine, und sie werden von bester Qualität sein, bei meiner Ehre! Kommt heute nach der Vesper zu mir. Bis dahin werde ich die Steine in jedem Fall haben!«

Pater Angelico nickte kühl. »Also gut, heute Abend nach der Vesper!«

2

Beim Magnifikat gelangte der Gesang der Mönche nicht nur zu besonderer Harmonie und Feierlichkeit, sondern steigerte sich zu einem geradezu triumphalen Bekenntnis. In den dunklen Nischen des Chorgestühls fielen nun selbst die Müden und

Gebrechlichen, die Faulen und Träumer unter den Brüdern kraftvoll in den Lobpreis Marias ein. Leicht wie eine Feder im Wind und körperlos wie der Duft von Weihrauch erhob sich der Gesang vor dem Hochaltar, stieg in jubilierende Höhen auf und erfüllte die Kirche von San Marco bis in den entlegensten Winkel.

Für Pater Angelico stellte das Magnifikat den Höhepunkt der Vesper dar, auch wenn es das abendliche Stundengebet nicht beendete, sondern es erst in seine zweite Hälfte führte. Kaum ein anderer Chor berührte ihn so tief wie Marias psalmartiger Lobgesang, der ihre vollkommene Hingabe an Gott zum Ausdruck brachte. Vermutlich war er auch deshalb immer wieder so ergriffen davon, weil ihm beim Singen dieses Chors seine eigenen Unzulänglichkeiten und seine nicht annähernd so vorbehaltlose Hingabe jedes Mal besonders deutlich zu Bewusstsein kamen.

An diesem Abend jedoch blieb die gewohnte Ergriffenheit aus. Er war die ganze Vesper hindurch unruhig und nicht recht bei der Sache. Immer wieder schweiften seine Gedanken ab. Es drängte ihn, sich auf den Weg zu Movetti zu machen und endlich zu seinen Lapislazuli zu kommen. Denn trotz aller Beteuerungen des Speziale wurde er die Befürchtung nicht los, dass er auf das Wort dieses Mannes nicht viel geben konnte.

Seine ohnehin geschwächte Konzentration erfuhr noch eine zusätzliche Beeinträchtigung, als sein Blick auf ein fremdes, blutjunges Gesicht unter seinen Mitbrüdern fiel – und ihm siedend heiß wieder einfiel, dass sein Klosteroberer ihm am Mittag mitgeteilt hatte, es werde ein neuer Novize namens Bartolo Lorentino aus einem Bruderkloster bei Bologna eintreffen und er solle sich des jungen Mannes annehmen. Wobei er nicht allein der Novizenmeister des Neuen sein sollte, was ihm schon lästig genug gewesen wäre, nein, er sollte ihn außerdem in der Kunst der frommen Malerei unterrichten! Angeblich zeigte der Novize sowohl große Neigung als auch Talent.

Als hätte er nicht auch so schon genug zu tun gehabt! Das Tafelbild für den Medici musste so schnell wie möglich fertig werden. Und dann wartete auch schon der nächste Auftrag. Ein Fresko. Um was genau es sich dabei handelte, würde er am nächsten Morgen erfahren. Der Auftraggeber war ein reicher Wollfabrikant namens Marsilio Petrucci, in dessen Palazzo er in aller Herrgottsfrühe erwartet wurde. Auch das hatte sein Prior und Klosteroberer Vincenzo Bandelli vereinbart, ohne ihn vorher dazu gefragt zu haben.

Unauffällig und mit sehr gemischten Gefühlen musterte er den Novizen und fragte sich, ob er ihm zum Mühlstein um den Hals oder zu einer Entlastung werden würde. Vincenzo Bandelli hatte den Bolognesen im Chorgestühl seiner Priorseite zugeteilt, und wenn der Neue dort auch am Ende der Reihe stand, wie es einem Novizen gebührte, so hatte er den jungen Mitbruder von seinem Platz auf der gegenüberliegenden Seite aus doch gut im Blick.

Der Novize war mittelgroß, von schlaksiger Gestalt und sah mit seinen weichen, noch fast knabenhaften Gesichtszügen keineswegs wie ein Mann von zwanzig Jahren aus. Das nussbraune, stark gelockte Haar tat ein Übriges, um ihn wie einen unbedarften Halbwüchsigen erscheinen zu lassen.

Hätte Pater Angelico es nicht besser gewusst, er hätte Bartolo Lorentino für nicht älter als fünfzehn, höchstens sechzehn gehalten. Immer wieder warf der Neue ihm nervöse, verstohlen abschätzende Blicke zu. Ihn trieben offensichtlich eigene Sorgen um, und es war nicht schwer zu erraten, welche. Zweifellos fragte er sich, im Wechselbad von Hoffnung und Bangen, ob sein Novizenmeister, dieser kräftige Mann mit der langen, weißlichen Narbe auf der linken Wange, sich als umgänglicher oder harter Lehrer erweisen würde.

Nun, darüber würde er das Milchgesicht Bartolo Lorentino nicht lange im Dunkeln tappen lassen!

Kaum hatte Pater Angelico nach der Vesper im Vestibül des Kreuzgangs das schwere, stoffreiche Chorgewand abgelegt und an seinen Haken gehängt, als genau das eintrat, was er befürchtet hatte. Aus den Augenwinkeln beobachtete er, wie der Novize sich vorsichtig, aber zielstrebig durch die Menge der Mitbrüder zu ihm schlängelte. Rote Flecken in seinem Gesicht zeugten von innerer Anspannung und Aufregung. Es war offensichtlich, dass er seinen neuen Novizenmeister zu sprechen wünschte.

Aber dafür hatte Pater Angelico jetzt weder Zeit, noch stand ihm der Sinn danach. Deshalb tat er so, als bemerke er nichts davon. Mochte der Herr ihm dieses Täuschungsmanöver verzeihen! Rasch griff er zu seinem schwarzen Wollumhang, warf ihn sich über die Schultern und eilte in die entgegengesetzte Richtung davon. Kurz darauf trat er durch die hohe Klosterpforte von San Marco hinaus in den windigen Oktoberabend.

Fast gleichzeitig mit dem Ende der Vesper war über den westlichen Hügelkuppen der Arnoebene das letzte Tageslicht erloschen; lautlos war die abendliche Dunkelheit von den Höhen herabgeglitten und bedeckte nun Stadt und Land.

Ein frischer Wind fegte über die weiträumige Piazza di San Marco, trieb verwelkte Blätter und Dreck vor sich her und verwirbelte den Rauch der vielen Koch- und Kaminfeuer, der über den schmutzigen Ziegeldächern der umliegenden Häuser aufstieg.

Die Kälte jedoch, die Pater Angelico frösteln ließ, hatte nichts mit dem Wind zu tun, sondern kam aus dem sorgenvollen Dunkel seines Innern. Er zog die *cappa,* den schwarzen, grobwollenen Umhang mit der Kapuze, fester um die Schultern, wandte sich nach links und tauchte Augenblicke später in die Via della Sapienza ein, die ihn auf geradem Weg zur Piazza dell'Annunziata führte.

Als er eiligen Schrittes den Kirchplatz überquerte, passierte er zu seiner Rechten die Mündung der Via dei Servi, die von dort mitten ins Herz von Florenz führte. Unwillkürlich wandte er kurz den Kopf. Am Ende der breiten Straße machte er den alles überragenden Dom Santa Maria del Fiore aus, Brunelleschis atemberaubendes Wunderwerk der Architektur, das in der ganzen Christenwelt nicht seinesgleichen hatte.

Hoch oben auf der Spitze der majestätischen Kuppel brannte in dem mit einer Goldkugel gekrönten Laternenhäuschen eine Leuchte mit hellem Schein. Wie ein Leuchtturm schickte sie ihr Licht in die schwärzer werdende Nacht und hob den oberen Teil der aufsteigenden, weißen Streben sowie das dazwischen liegende, rotbraune Ziegelwerk aus der Dunkelheit. Giottos grazilen, frei stehenden Glockenturm, der sich nur wenige Schritte neben dem Dom wie eine steinerne Lanze mit quadratischem Schaft in den Himmel erhob, erreichte der Lichtschein jedoch nicht mehr.

In seinem Zustand innerer Anspannung nahm Pater Angelico den majestätischen Anblick jedoch nur vage wahr. Es war, als halte ihm jemand kurz ein altvertrautes Bild vor Augen und zöge es sogleich wieder weg. Vermutlich hätte ihn nicht einmal eine in Flammen stehende Kuppel aus seinem Gedankenstrom gerissen. Der Speziale Movetti und die blauen Steine beherrschten sein ganzes Sinnen und Trachten.

Auf dem Weg durch das Labyrinth verwinkelter Straßen und Gassen hinüber nach Santa Croce gab es nur wenig Licht. Helle Flecken hier und da waren Inseln im Meer der Dunkelheit, manche von beachtlicher Ausdehnung, andere winzig und wie verloren. Mal kam das Licht von einer blakenden Pechfackel über dem Eingang einer Taverne, mal von einer kleinen Öllampe, die in einer Mauernische das Bildnis eines Schutzheiligen oder einer Madonna beleuchtete. Ab und zu bewegte sich der Pater aber auch für ein, zwei Dutzend Schritte durch das Lichtfeld, das prächtige Laternen vor dem Portal eines herrschaftlichen Palastes in die Nacht brannten.

Aus den schmalbrüstigen Backsteinwohnhäusern, die zumeist fünf oder gar sechs Stockwerke hoch aufragten und sich wie zusammengepferchtes Vieh dicht an dicht drängten, fiel dagegen kaum Licht in die Dunkelheit. Nur die Wohlhabenden konnten sich Fensterglas leisten. Die einfachen Leute schützten sich mit hölzernen Schlagläden vor Wind und Wetter und hatten bestenfalls gewachstes Tuch in ihre Fensterrahmen gespannt.

Pater Angelico musste also achtgeben, wohin er seinen Fuß setzte, was schon tagsüber geboten, bei Nacht jedoch unerlässlich war. Allerdings war ihm diese beständige Achtsamkeit – nicht auf den aufgedunsenen Kadaver einer toten Ratte zu treten und den Fuß nicht in stinkende Lachen oder Dreckhaufen zu setzen – wie jedem anderen Einheimischen auch längst in Fleisch und Blut übergegangen.

Zwar waren mittlerweile die meisten Straßen und Gassen der Stadt gepflastert, aber nicht jeder Florentiner leerte seinen Nachttopf, den Kübel mit dreckigem Spülwasser oder den Eimer voll fauligem Abfall über den offenen Abwasserrinnen, wie es Vorschrift war – so mancher kippte allen Unrat einfach vors Haus. Und angereichert wurde all das noch mit dem Urin und den Fäkalien von Pferden, Maultieren, streunenden Hunden und Katzen sowie frei herumlaufenden Schweinen und Hühnern. Und wer wollte die jungen Burschen zählen, die sich unter ein dunkles Tor oder in eine *quintana,* eine gerade schulterbreite Brandgasse zwischen zwei mehrstöckigen Häusern, stellten, den Hosenlatz aufknöpften und es einfach laufen ließen? Oder die dreisten Marktfrauen und Huren, die sich genauso wenig schämten, ihre Notdurft auf den Straßen zu verrichten?

Pater Angelico ging von Natur aus zügig, aber jetzt beschleunigte er, je näher er seinem Ziel kam, seinen Schritt immer mehr. Es drängte ihn mit aller Macht, zu Movetti zu kommen. Daher war er regelrecht außer Atem und hatte Schweiß auf der Stirn, als er im Viertel Santa Croce kurz vor der Piazza di San Ambrogio die breite und noch sehr belebte Via Pietra Piana überquerte. Jetzt musste er nur noch rechts die Via de Pantolini hinunter, in deren gerader Verlängerung sich der Laden des Speziale befand.

Mit ausgreifenden Schritten hastete er an der Taverne *Colombina* vorbei, die an der Kreuzung der Via dei Pelacani mit der Via Ghibellina lag. Dort hatte sich schon einiges Volk versammelt, zumeist Wollkrempler und Färber, die ihren Durst löschen und anderen Vergnügungen nachgehen wollten. Aus dem Schankraum drangen lautes Stimmengewirr und raues Gelächter sowie das Klappern und Knallen von Brettspielen und Würfelbechern. Dazu gesellte sich würziger Bratenduft aus der bekanntermaßen guten Küche.

Auf halbem Weg die Straße zu Movettis Geschäft hinunter kam Pater Angelico ein ungewöhnlich blond gelockter Junge von vielleicht neun, zehn Jahren in einer dünnen Flickenjoppe entgegen. Der Knabe rannte, was die dünnen Beine hergaben, als sei der Leibhaftige persönlich hinter ihm her. Doch weit und breit war niemand zu sehen, der ihn verfolgt hätte, so dass Pater Angelico auch nicht der Verdacht kam, bei dem Gassenjungen könnte es sich um einen Dieb auf der Flucht handeln. Als der Bursche jedoch keuchend an ihm vorbeistürmte, meinte er auf dem schmalen Gesicht einen Ausdruck des Entsetzens zu bemerken.

Der kurze Moment der Verwunderung war allerdings gleich darauf vergessen, als er vor dem Geschäft des Speziale stand. Dass es für die reguläre Kundschaft nicht mehr geöffnet hatte und die schweren hölzernen Schlagläden von innen zugezogen und verriegelt waren, verwunderte ihn nicht. Die meisten Kaufleute und Handwerksmeister schlossen ihre Läden und Werkstätten so pünktlich kurz nach Sonnenuntergang, wie sie dieselben ebenso pünktlich kurz nach Sonnenaufgang wieder öffneten.

Was Pater Angelico jedoch in große Unruhe versetzte, war,

dass Bernardo Movetti weder auf sein Klopfen noch auf sein lautes Rufen hin öffnete. Dabei sah er doch, dass im Verkaufsraum Licht brannte, das hier und da durch Ritzen zwischen den Brettern der Schlagläden drang!

Ein Ausdruck grimmiger Entschlossenheit trat auf des Paters Gesicht. »Das ist ja wohl der Gipfel der Frechheit! Diesmal wimmelt Ihr mich nicht ab, Movetti!«, stieß er hervor. »Soll mich der Teufel persönlich holen, wenn ich mir Eure verlogene Hinhaltetaktik noch eine Minute länger gefallen lasse. Jetzt werdet Ihr Farbe bekennen!«

3

Von einem geradezu unheiligen Zorn erfüllt, stürmte Pater Angelico in den dunklen Tordurchgang, der rechts vom Laden in einen kleinen Hinterhof und zum rückwärtigen Eingang von Bernardo Movettis Haus führte.

Er wollte schon mit der geballten Faust gegen die Hintertür hämmern, als er bemerkte, dass die Tür einen Spaltbreit offen stand und er sich den Krawall sparen konnte.

»Umso besser. Jetzt gibt es kein Ausweichen mehr, Movetti«, knurrte er und stieß die Tür auf, so heftig, dass sie gegen die Wand des Korridors knallte und ein gutes Stück wieder zurücksprang. Er stoppte ihren Rückschwung mit der ausgestreckten Hand und trat ein.

Vor ihm erstreckte sich ein Gang von etwa doppelter Mannesbreite und gut zehn, zwölf Schritten Länge, der offenbar geradewegs in den Verkaufsraum führte. Am Ende des Korridors entdeckte er nämlich einen Durchgang mit Rundbogen, der mit einem schweren Vorhang aus dunkler, moosgrüner Wolle verdeckt war, und den kannte er, nur eben von der anderen Seite her. Hinter diesem Vorhang war Movetti damals kurz verschwunden, um aus einem seiner Privaträume eine Qualitätsprobe der Lapislazuli zu holen, die er angeblich so viel preisgünstiger beschaffen konnte als jeder andere Speziale der Stadt. Wenn er dem windigen Burschen doch bloß nicht auf den Leim gegangen wäre!

Pater Angelico wandte den Kopf. Aus einem Raum zu seiner Linken fiel der gelbliche Schein einer Öllampe zu ihm in den Gang. Auch vom anderen Ende des Flurs, wo rechts die Treppe ins Obergeschoss abging, drang Lampenlicht in den Gang. Allerdings war dieser Schein, der aus dem Ladenlokal kam, bedeutend schwächer, denn der moosgrüne Vorhang klaffte nur eine halbe Armlänge weit auf.

Drei, vier Atemzüge lang blieb Pater Angelico nahe der von Wind und Wetter arg mitgenommenen Hoftür stehen und lauschte – zunehmend irritiert. Er hatte fest damit gerechnet, dass der Speziale ihm auf sein eigenmächtiges und nicht eben leises Eintreten hin mit aufgesetzter Entrüstung entgegenstürmen würde.

Aber nichts dergleichen geschah.

Es blieb still im Haus.

Unnatürlich still.

Kein rhythmisches Stampfen eines Stößels im Mörser war zu hören und auch sonst kein Klirren, Klopfen oder Klappern jener Gerätschaften, mit denen ein Speziale tagtäglich und nicht selten auch nach Ladenschluss noch hantierte. Auch waren keine eiligen Schritte zu vernehmen, kein knarrendes Dielenbrett und kein quietschendes Türscharnier, ebenso wenig ein Räuspern oder ein Schnäuzen oder sonst ein menschlicher Laut.

Nichts. Einfach nichts!

Was er hörte, waren allein der eigene Atem und der ebenso schnelle Herzschlag in seiner Brust.

Und dennoch, Bernardo Movetti war im Haus!

Es konnte gar nicht anders sein! Er musste ihn beim abendlichen Mahl gestört haben, denn der unverkennbare Geruch von frisch gebratenem Hammelfleisch stieg ihm in die Nase. Allerdings mischte sich in diesen Duft noch ein anderer, weit weniger appetitanregender Geruch, der darauf schließen ließ, dass der Speziale vor dem Essen noch seinen Darm entleert hatte und zu faul gewesen war, den Topf draußen im Bretterverschlag der Latrine zu leeren.

Pater Angelico verzog das Gesicht, nicht wegen des üblen Geruchs, sondern aus Verachtung für Movettis feiges Verhalten. Was hoffte der Speziale damit zu erreichen, dass er keinen Mucks von sich gab und sich tot stellte? Glaubte er wirklich, er könne den Besucher mit diesem dümmlichen Trick loswerden?

»Wenn Ihr glaubt, ich falle auf Euer kindisches Spiel herein und räume das Feld, dann habt Ihr Euch geschnitten, Movetti«, rief er in die Stille und schritt langsam den Gang hinunter. »Heute hole ich mir, was Ihr mir schuldet – und zwar in Steinen, Gold oder notfalls auch in Wertsachen, die beim Pfandleiher genau die zweiundvierzig Florin bringen, mit denen Ihr seit Wochen bei mir in der Kreide steht!«

Noch immer keine Antwort.

Dafür wurden die beiden Gerüche immer stärker. Es war, als lägen sie in einem Wettstreit um die Vorherrschaft. Der Hammelduft begann zu schwächeln.

»Spielt nur den toten Mann, es wird Euch nichts nützen!«, rief Pater Angelico grimmig und hielt an der offen stehenden Tür zu dem Zimmer links kurz inne.

Es handelte sich offensichtlich um das Kontor, in dem der Speziale seine Buchführung und die geschäftliche Korrespondenz tätigte. Des Paters Blick fiel auf einen schweren Faktoreitisch aus schwarz gebeiztem Holz, der an der gegenüberliegenden Wand stand. Darüber war ein breites Regalbrett mit einer umlaufenden Zierleiste aus Bronze an der Wand befestigt. Auf dem Brett reihten sich dicke Rechnungsbücher und ein gutes Dutzend Druckschriften aneinander, die von handlicher Größe und zum Teil in feines Leder gebunden waren. Rechts und links wurden die Bücher jeweils von einer Männerbüste am Umfallen gehindert. Die Skulpturen waren aus Eisen gegossen und gaben aufgrund der äußerst mäßigen bildhauerischen Fähigkeiten ihres Schöpfers auf den ersten Blick nicht preis, wen sie darstellen sollten.

Eine Öllampe warf ihren gelblichen Schein auf einen Stoß beschriebener Zettel sowie auf ein zusammenklappbares Schreibpult, wie es Reisende häufig mit sich führten. Es war aus edlen Hölzern gearbeitet und mit Intarsien verziert. Movetti hatte es zum Schreiben fast bis an die Tischkante herangezogen. Auf der abgeschrägten Schreibplatte ruhte ein blankes Blatt Papier. Der Metalldeckel des Tintenfasses aus grünem Glas war hochgeklappt, doch die dazugehörige Feder steckte weder im Tintenfass, noch ruhte sie in einer der beiden dafür vorgesehenen, mit Filz ausgeschlagenen Vertiefungen. Vielmehr lag sie unter dem Tisch, zu Füßen eines umgefallenen Stuhls, wo die Tinte, die aus der Spitze hervorgespritzt war, einen deutlichen Fleck auf den Dielen hinterlassen hatte.

Pater Angelico stutzte. Konnte es sein, dass Movetti schon zuvor, als er an die Fensterläden gehämmert hatte, aufgesprungen und aus dem Zimmer geflüchtet war? Hatte er tatsächlich noch die Zeit gehabt, sich aus dem Staub zu machen?

Unmöglich!

Oder vielleicht doch?

Wenn Movetti schon bei seinem ersten Klopfen Reißaus genommen hatte, konnte die Zeit sehr wohl gereicht haben, um ihm durch die Hintertür zu entkommen. Vom Hof aus konnte der Speziale leicht durch eines der Nachbarhäuser entwischt sein.

Nervös biss Pater Angelico sich auf die Unterlippe und rieb seine Narbe.

»Gebe Gott, dass ich mich irre«, stieß er hervor, ballte unwillkürlich die Fäuste und eilte den Gang hinunter.

Mit der niederdrückenden Befürchtung, womöglich nicht nur den Verkaufsraum, sondern auch den Rest des Hauses so verlassen vorzufinden wie das kleine Kontor, riss er den schweren Wollvorhang zur Seite und stand sogleich im Laden, hinter der langen Holztheke.

Das Erste, was ihm ins Auge fiel, war der große Holzteller auf dem breiten, blank polierten Tresen. Jemand musste ihn mit so großem Schwung oder so achtlos dort hingeknallt haben, dass gut die Hälfte des Gerichts aus Bohnen und Hammelstücken übergeschwappt war und sich zwischen eine Reihe von bronzenen Mörsern verschiedener Größe ergossen hatte.

Dann glitt sein Blick flüchtig über die kaum leserlichen Worte, die mit Holzkohle auf die Theke geschrieben standen und zwischen verschütteten Bohnen, Fleischstücken und Bratensoße zum Vorschein kamen. Denn in dem Moment bemerkte er zu seiner Linken den Mann, nach dem er gesucht hatte.

Er hatte sich nicht geirrt. Der Speziale, der ihm ein kleines Vermögen an Lapislazuli schuldete, hatte sich nicht aus dem Staub gemacht, sondern sich die ganze Zeit im Laden befunden! Und dass er keinen Mucks von sich gegeben und hier wie totenstill ausgeharrt hatte, dafür gab es einen triftigen Grund.

Bernardo Movetti war tot.

Einen Strick aus grobem Hanf um den Hals, hing er in dem Durchgang zwischen der Rückwand mit ihren zahllosen kleinen und großen Schubfächern und der Verkaufstheke von einem kantigen Deckenbalken. Das Gesicht des Toten war zu einer entsetzlichen, von Todesqual gezeichneten Maske erstarrt. Die angeschwollene Zunge quoll ihm wie halb herausgerissen seitlich aus dem Mund, und die glasigen Augen, die starr ins Nichts blickten, schienen jeden Moment aus ihren Höhlen springen zu wollen.

Im Todeskrampf hatten sich Blase und Darm geleert und die vornehme Kleidung beschmutzt. Aus den durchnässten seidenen Beinkleidern rannen noch immer dünnflüssiger Kot und Urin; Tropfen für Tropfen fiel von den *scapette,* den flachen lederbesohlten Schuhen aus Tuch, in die Lache zu seinen Füßen. Ein dreibeiniger Holzschemel lag gute zwei Schritte im Rücken des Erhängten umgekippt in der Ecke.

Benommen wie nach einem Schlag vor den Kopf, starrte Pater Angelico zu dem Toten hinauf. Er wurde sich gar nicht bewusst, dass er dabei mehrfach das Kreuz schlug, und plötzlich setzte ihm auch der Gestank nicht mehr zu. Ihn würgte eine ganz andere Übelkeit.

In seinen Ohren rauschte das Blut wie ein Wildbach, und ebenso wild schossen ihm Gedanken durch den Kopf. Einer jedoch kehrte immer wieder wie bei einer endlosen Litanei, nur dass diese aus der Feder des Teufels hätte stammen können. Er konnte nicht anders als daran denken, dass Tote keine Schulden beglichen, jedenfalls nicht, wenn sie Betrüger waren wie der Speziale Bernardo Movetti, und dass damit die schlimmste aller möglichen Katastrophen eingetreten war.

Er wusste nicht, wie lange er so zu dem Toten hinaufgestarrt hatte. Jedenfalls fuhr er erst aus dem Mahlstrom seiner Gedanken auf, als er hinter sich ein metallisches Geräusch wahrnahm – und im nächsten Augenblick kalten Stahl an der Kehle spürte. Und dass es der Stahl einer Klinge war, die soeben aus einer Scheide geflogen war, wusste er dank eigener reicher Erfahrung mit Waffen aller Art sofort.

»Dreht Euch um, Mönch!«, befahl eine Stimme, so hart und scharf wie geschliffener Stahl. »Aber langsam genug, dass Euch Zeit für ein Ave Maria bleibt!«

Stück für Stück drehte Pater Angelico sich um – und erschrak aufs Neue heftig, als er sah, wer ihm da sein Kurzschwert an die Kehle hielt. Das knochige, von scharfen Linien zerfurchte Gesicht des asketisch hageren, hochgewachsenen Mannes im schwarzen Tuchumhang mit goldener Lilienborte am Saum erkannte er sofort.

Wer kannte sie auch nicht, die acht gefürchtetsten Männer von Florenz?

Und Tiberio Scalvetti war einer von diesen acht!

4

Selbst wer ohne Schuld und reinen Gewissens war, zog es vor, den Männern der *otto di guardia,* den ›Acht von der Wache‹, aus dem Weg zu gehen und sich ihren von Berufs wegen argwöhnischen Blicken zu entziehen. Unter dem Siegel der Verschwiegenheit kursierten schaurige Gerüchte und haarsträubende Geschichten über diese Acht – und das entsetzliche Schicksal jener, die zu Recht oder zu Unrecht in ihre Fänge gerieten und damit zwangsläufig auf Nimmerwiedersehen in namenlosen Kerkern und Gräbern verschwanden.

Die Otto di Guardia war einst als Geheimpolizei zum Schutz der Republik und zur Aufdeckung von Umsturzplänen ins Leben gerufen worden und seit ihrer Gründung ohnehin mit weitreichenden Befugnissen ausgestattet. Doch seit der blutigen Pazzi-Verschwörung gegen die Herrschaft der Medici, bei der Ostern 1478 Giuliano, der jüngere Bruder von Lorenzo de' Medici und Liebling der Volksmassen, während der Messe im Dom unter den Klingen gedungener Attentäter sein Leben gelassen hatte, besaßen die acht Männer – jeder *commissario capo,* Polizeichef in einem Stadtbezirk – so gut wie unbegrenzte Vollmachten.

Sie konnten zuschlagen, in Häuser eindringen, Männer verhaften und Vernehmungen unter der Folter durchführen, wann immer und wo immer sie es für notwendig hielten. Zu diesem Zweck geboten sie nicht nur über eine Sondereinheit bewaffneter Schergen, sondern auch über eine geheim gehaltene Zahl von Agenten, Spitzeln und Informanten.

Das fein gesponnene Netz der Otto di Guardia spannte sich nicht nur über Florenz und sein toskanisches Herrschaftsgebiet, sondern reichte bis in jene fernen Städte, in denen die florentinischen Widersacher des Hauses Medici im Exil lebten. Der erbitterte Hass dieser verbannten und entrechteten Familien gebar immer neue Intrigen und Komplotte gegen den ungekrönten Fürsten von Florenz.

Und jener Hass fand sein ebenbürtiges Gegenstück in dem abgrundtiefen Argwohn von Lorenzo de' Medici, der zu jeder Stunde mit weiteren Umsturzversuchen und Angriffen auf sein Leben rechnete. Ihn vor diesen Anschlägen und Verschwörungen von innerhalb und außerhalb der Stadt zu schützen, und zwar um jeden Preis, war die Aufgabe von Männern wie Tiberio Scalvetti, Capo des östlichen Stadtbezirks Santa Croce.

»Was habt Ihr hier zu suchen?«, herrschte Scalvetti den Pater an und versetzte ihm mit der flachen Klinge seines Kurzschwertes einen ebenso spielerischen wie herrischen Schlag unter das Kinn. »Der Kerl da am Strick hat Euch wohl kaum gerufen, damit Ihr ihm die Beichte abnehmt und die Sterbesakramente erteilt, bevor er sich vor Euren Augen aufknüpft.«

»Eure scharfsinnige Vermutung trügt Euch nicht, Commissario Scalvetti«, erwiderte Pater Angelico und hielt dem stechenden Blick über den Stahl hinweg furchtlos stand. Er hatte ganz anderes zu fürchten als die Fragen dieses Mannes.

Tiberio Scalvettis Augen verengten sich. »Auch wenn ich noch nicht das zweifelhafte Vergnügen hatte, Ziel Eurer bedenklich spitzen Zunge zu sein«, er ließ eine kurze Pause folgen, »so kommt mir Euer Gesicht doch bekannt vor. Was keineswegs für Euch sprechen muss. Sagt mir Euren Namen, Dominikaner!«

»Pater Angelico Crivelli.«

Die buschigen Brauen von Tiberio Scalvetti schnellten in die Höhe. »Natürlich! Ihr seid der Malermönch von San Marco. Ihr habt Seiner Magnifizenz in seiner Landvilla Careggi dieses herrliche Fresko an die Wand der Eingangshalle gemalt.«

Pater Angelico nickte vorsichtig, saß ihm doch immer noch die Schwertklinge gefährlich nahe an der Kehle. Zudem überschlugen sich seine Gedanken. Es bereitete ihm schon Mühe genug, den Schock über den Selbstmord des Speziale halbwegs zu verwinden. Nun fand er sich auch noch in der verstörenden Lage, an diesem entsetzlichen Ort von einem Mann der Acht überrascht und zur Rede gestellt zu werden.

Wo kam der Commissario so schnell her? Da noch immer Reste des stinkenden Inhalts von Blase und Gedärm aus Movettis Beinkleidern tropften, lag doch die Folgerung nahe, dass der Speziale noch nicht lange tot war. Wer also hatte gewusst, dass Movetti hier in seinem Laden von der Decke hing, und wer hatte den Commissario davon unterrichtet? Oder konnte es gar sein, dass die Otto di Guardia bei diesem Todesfall die Hände im Spiel hatte?

»Ich verstehe«, brummte Tiberio Scalvetti, und ein verdrossener Unterton war nicht zu überhören.

Pater Angelico brauchte kein Hellseher zu sein, um zu wissen, was dem Commissario durch den Kopf ging. Nämlich dass er, der Malermönch von San Marco, unter der besonderen Patronage des Medici stand und daher selbst von einem Mann der Acht so schnell nichts zu befürchten hatte. Und dass er, Angelico Crivelli, genau das auch wusste.

»Schön und gut, Ihr versteht mit dem Pinsel umzugehen wie nur wenige«, fuhr der Commissario deutlich freundlicher fort. »Aber das erklärt nicht, was Ihr Euch hier sozusagen unter dem privaten Galgen des Speziale Movetti zu schaffen macht!«

»Wenn Ihr die Güte habt, Eure Klinge wieder dorthin verschwinden zu lassen, wo sie nun wirklich besser aufgehoben ist als an meiner Kehle, will ich Euch das gern erzählen«, kam es halb gereizt, halb spöttisch. »Ihr habt auch mein Wort als Diener Gottes, dass ich keinen Dolch unter meinem Skapulier verberge.«

Commissario Scalvetti warf ihm einen scharfen Blick zu und schien einen Moment zu zögern, wie er auf diese Spitzen reagieren sollte. In diesem Ton hatte wohl schon lange keiner mehr mit ihm zu sprechen gewagt. Doch dann entspannte sich sein zerfurchtes Gesicht und ließ sogar den Anflug eines Lächelns erkennen.

»Bei Gott, die Zunge sitzt Euch in der Tat locker, Padre! Und das bei einem Mann Gottes, der doch wohl in frommen Lobpreisungen geübter sein sollte als in maliziöser Rede!« Damit zog er seine Klinge zurück, fand ohne Tasten und Hinsehen, mit der blinden Treffsicherheit tausendfacher Übung, die Öffnung des Futterals und stieß das Schwert zurück in die Scheide. »Also dann, ich höre! Wer hat Euch hereingelassen, und was tut Ihr hier?«

Mittlerweile war aus dem Hausflur leises, aufgeregtes Stimmengewirr zu vernehmen. Es musste sich in Windeseile in der Nachbarschaft herumgesprochen haben, dass im Haus von Bernardo Movetti etwas Entsetzliches geschehen war. Nicht einmal die Gegenwart eines Mannes der Acht schien die Neugier nennenswert dämpfen zu können – wenn man davon absah, dass die Leute weder laut durcheinanderkrakeelten noch in den Laden stürzten, sondern mit gedämpfter Stimme sprachen und vorsichtig Abstand wahrten.

Aber schon wagten sich die Mutigsten unter den Gaffern näher heran, um selbst einen Blick auf den am Strick hängenden Speziale zu werfen. Vornan stand Vittore Farnese, der stämmige Wirt der *Colombina,* an seiner Seite der barfüßige Junge in der Flickenjacke.

Als Angelicos Blick auf den Jungen fiel, erkannte er sofort den Halbwüchsigen wieder, der zuvor mit einem Ausdruck des Entsetzens auf dem schmalen Gesicht an ihm vorbeigerannt war. Er nahm an, dass der schmächtige Bursche als Tavernenjunge in der *Colombina* arbeitete. Vermutlich war er es gewesen, der den Toten entdeckt hatte. Movetti musste sich Essen in der Taverne bestellt haben. Und als der Junge mit dem Gewünschten kam und den Speziale von der Balkendecke hängen sah, hatte er wohl den Holzteller vor Schreck so abrupt auf die Theke fallen lassen, dass die Hälfte des Essens übergeschwappt war. Das wiederum legte den Schluss nahe, dass Tiberio Scalvetti in der Ecktaverne gesessen haben musste, als der Junge die Nachricht vom Selbstmord des Speziale im Schankraum hinausposaunt hatte. Nur so ließ sich erklären, dass der Mann der Acht nur wenige Minuten nach ihm hier im Laden erschienen war.

»Die Hintertür stand offen, und ich war schlicht und ergreifend mit Movetti verabredet«, gab Pater Angelico die verlangte Auskunft und blickte unwillkürlich zu dem Toten hinauf, was ihn umgehend reute. Denn sofort überlief ihn wieder ein eisiger Schauer. Er riss sich zusammen. Und damit die in ihm rumorende Übelkeit nicht übermächtig wurde, atmete er fortan nur noch durch den Mund. »Wir hatten vereinbart, dass ich nach der Vesper zu ihm ins Geschäft komme, um meine schon vor Wochen bestellte und bezahlte Ware abzuholen.«

Der Wirt der Taverne wagte es, sich vorzubeugen, und lugte um die Ecke. »Teufel auch!«, stieß er hervor und bekreuzigte sich hastig. »Da hängt er wirklich! Wie du gesagt hast, Luca!«

Der Tavernenjunge nickte nur. Er war sehr blass.

Tiberio Scalvetti achtete nicht auf das aufgeregte Getuschel, das hinter seinem Rücken einsetzte. Seine Aufmerksamkeit galt weiterhin allein dem Dominikaner. »Und was soll das sein, das Ihr so dringend braucht, dass Ihr nicht bis morgen mit dem Abholen habt warten können?«, bohrte er. »Um eine Arznei kann es sich ja wohl kaum handeln, denn auf die Heilkunde versteht ihr Mönche euch gewöhnlich besser als die meisten Speziali der Stadt.«

»Lapislazuli«, antwortete Pater Angelico, und mit Blick auf die näher rückenden Schaulustigen senkte er die Stimme noch weiter, als er hinzufügte: »Für fünfzig Florin.« Dass er für die vereinbarte Menge nur zweiundvierzig Goldstücke bezahlt hatte, behielt er wohlweislich für sich.

»Das lohnt natürlich einen späten Gang«, räumte Tiberio Scalvetti ein.

Pater Angelico nickte nachdrücklich. »Ich brauche die Steine so dringend, um endlich ein Tafelbild vollenden zu können, das Seine Magnifizenz bei mir bestellt hat«, fuhr er rasch fort. »Deshalb wäre ich Euch zutiefst dankbar, wenn Ihr mir helfen würdet, die Steine zu finden, Commissario. Weit kann der Beutel mit den Lapislazuli ja nicht sein.«

Tiberio Scalvetti schenkte ihm einen mitleidigen Blick. »Diese Suche können wir uns zweifellos ersparen. Und Ihr werdet Euch damit abfinden müssen, dass Bernardo Movetti auch Euer Geld durchgebracht hat und Eure fünfzig Florin unwiederbringlich verloren sind.«

Angelico schluckte schwer. »Woher wollt Ihr das wissen?«

»Das lässt sich doch unschwer der Nachricht entnehmen, die der Speziale dort auf der Platte hinterlassen hat, bevor er sich die Schlinge um den Hals gelegt hat und von seiner Ladentheke gesprungen ist«, sagte er und deutete an der Schulter des Dominikaners vorbei. »Der Mann ist offenbar vor einem drohenden Bankrott in den Tod geflüchtet!«

Pater Angelico, der bis dahin mit dem Rücken zur Ladentheke gestanden hatte, fuhr herum und starrte mit wachsender Bestürzung auf die Kohlestiftkritzelei. Erst hatte der schreckliche Anblick des Toten ihn davon abgehalten, sich die Botschaft genauer anzusehen, und dann hatte Tiberio Scalvetti ihn mit seinen Fragen in Beschlag genommen.

»Ja, Movetti muss ordentlich über seine Verhältnisse gelebt haben, dass es ihm lieber war, in ungeweihter Erde begraben zu werden und sein Seelenheil dem Fegefeuer oder gar der ewigen Höllenglut auszuliefern, als sich seinen Gläubigern zu stellen und Jahre im Schuldturm zu rotten«, bemerkte der Commissario. Er hatte zu seinem Dolch gegriffen und schob mit der Klinge Bratenstücke, Bohnen und anderes zur Seite, um die Worte darunter wieder zum Vorschein zu bringen. »Nun ja, womöglich ist das ungewisse Schicksal nach dem Tod tatsächlich leichter zu ertragen als die Aussicht, für den Rest des Lebens dem Elend eines Kerkers ausgesetzt zu sein.«

Pater Angelico war zu keiner Erwiderung fähig. Unverwandt starrte er auf Movettis niederschmetternde Botschaft: *Die Schulden sind erdrückend. Ich bin bankrott! Mit der Schande kann ich nicht leben. Betet, dass der barmherzige Gott meiner sündigen Seele gnädig ist.*

Verloren. Alles verloren!

Bernardo Movetti würde ihm die blauen Halbedelsteine auf ewig schuldig bleiben.

»Habt ihr das gehört? Movetti war bankrott«, wetterte von hinten der Tavernenwirt. »Und wer zahlt mir jetzt, was der Kerl mir schuldet? Die Rechnung für Oktober ist noch offen.«

»Du wirst schon nicht am Hungertuch nagen, Vittore!«, rief eine spöttische Stimme.

»Erhängt! Allmächtiger! Jemand muss seine Kinder benachrichtigen.«

»Wozu? Sein Sohn Enzo wird kaum aus Mailand anreisen, wo es doch nichts als Schulden und Schande zu erben gibt«, höhnte eine andere Stimme. »Außerdem hat er sich schon vor Jahren mit seinem Vater überworfen. Seitdem hat er sich hier nicht mehr blicken lassen.«

»Aber die Tochter, Lucia, muss davon erfahren! Sie ist mit Gino Calandro verheiratet, dem Kistenhändler drüben an der Piazza di Santa Maria Novella.«

»Das passt doch. Der kann seinem Schwiegervater gleich eine billige Pinienkiste für die Schandgrube draußen vor dem Friedhof zusammennageln!«

»Das sieht diesem aufgeblasenen Kerl ähnlich, sich auf so schäbige und gottlose Art aus dem Leben zu stehlen. Samt und Seide auf Pump, und nun wird er verscharrt wie ein räudiger Hund«, keifte eine kratzige Frauenstimme. »Geschieht ihm nur recht! Seit seine Giambona, das arme Weib, unter der Erde ist, konnte er den Rachen nicht vollkriegen, dieser Gockel.«

»Pest und Krätze, so ist es gewesen, Filiberta, bei allem, was recht ist«, pflichtete ihr sogleich eine andere Nachbarin bei. »Immer herausgeputzt wie ein junger Geck. Und ein eigenes Landgut musste der Aufschneider ja auch noch haben. Wollte ein ganz vornehmer Herr sein. Und war doch nur ein Blender, Bankrotteur und verfluchter Selbstmörder, wie man sieht.«

Das Durcheinander der Stimmen wurde immer lauter, das Gedränge im Gang immer ungestümer. Doch beidem gebot der Mann der Acht nun jäh Einhalt, indem er seinen stechenden Blick auf die Männer und Frauen im Hausflur richtete und befahl: »Schluss mit dem schamlosen Geschwätz! Verschwindet! Auf der Stelle! Bis auf Luca, Vittore und dich, Umberto«, er wies auf einen breitschultrigen Mann, der hinter dem Tavernenwirt stand und diesen um gut zwei Haupteslängen überragte, »will ich hier keinen mehr sehen. Macht, dass ihr nach Hause oder zurück in die Schenke kommt!«

Schlagartig erstarb nicht nur das Gerede, sondern leerte sich auch der Gang – bis auf die beiden Männer und den Tavernenjungen.

Pater Angelico schenkte dem Geschehen im Gang so gut wie keine Beachtung. Der Wortwechsel mit dem Mann der Acht hatte ihm keine Zeit gelassen, sich zu überlegen, welche Konsequenzen der Bankrott und der Selbstmord des Speziale für ihn haben würden. Nun jedoch traf ihn die Erkenntnis, was das Ganze bedeutete, mit voller Wucht. Er war wie benommen. Movetti tot? Verloren das viele Gold? Das musste ein Albtraum sein.

Und doch war es die unerbittliche Wirklichkeit.

»Und was habt Ihr mit uns vor, Commissario?«, fragte indessen der Wirt mürrisch, so als hege er schon eine finstere Ahnung, was ihm und dem Färber Umberto bevorstand.

»Gleich«, beschied Tiberio Scalvetti ihn knapp und wandte sich zunächst dem Jungen zu. Dabei steckte seine Rechte den Dolch weg und glitt unter sein Wams, das aus demselben samtschwarzen Tuch gearbeitet war wie der Umhang mit der Goldbrokatborte. »Lauf zum Bargello, und sag dem Wachhabenden, dass er mir zwei meiner Leute mit einem Karren zum Abtransport einer Leiche schicken soll. Und wenn du zurück bist, nimmst du dir einen Eimer und ein paar alte Lappen und machst den Dreck hier auf den Dielenbrettern weg.« Seine rechte Hand kam unter dem Wams hervor und schnippte dem Jungen einen halben *soldo* zu.

Geschickt fischte Luca die Silbermünze aus der Luft. Die Augen leuchteten auf in seinem bleichen Gesicht, als er sah, wie reich der Commissario ihn für seinen Botengang und die anschließende Schmutzarbeit entlohnte. Er nickte eifrig und eilte davon.

»Und nun zu euch.« Tiberio Scalvetti fasste die beiden missmutig dreinblickenden Männer ins Auge.

»Mir schwant nichts Gutes«, brummte der Färber Umberto und beklagte sich vorsorglich: »Weiß der Henker, warum es ausgerechnet uns treffen muss, Commissario!«

Ein spöttisches Lächeln trat auf dessen knochiges Gesicht. »Wer sich nach vorn drängt, soll sich nicht beklagen, wenn es ihn auch zuerst trifft«, erwiderte er. »Zudem bist du mit Abstand der Größte von allen gewesen. Wenn Vittore mit Leichtigkeit ein Weinfass auf den Bock heben kann, wird es ihm auch nicht schwerfallen, sich den Toten über die Schulter zu legen und nach draußen zu bringen, vor die Tür. Du schneidest ihn vom Strick, Umberto.«

»Unmöglich! Beim heiligen Blut Christi, das könnt Ihr nicht von mir verlangen«, protestierte der Wirt sofort, wobei er unsicher zu sein schien, ob er entrüstet oder besser beschwörend klingen sollte. »Movetti stinkt wie aus der Kloake gezogen. Seht doch nur, wie es von ihm tropft! Er wird mich von oben bis unten beschmutzen. Und ich habe die Schankstube voller Gäste, wie Ihr sehr wohl wisst.«

»Dann musst du eben achtgeben, dass du dich nicht einsaust«, entgegnete Tiberio Scalvetti ungerührt und fügte in einem Ton, der keinen weiteren Widerspruch duldete, hinzu: »Ich habe gesehen, dass Movetti neben seiner Hoftür in einer Lattenkiste leere Säcke aufgestapelt hat. Holt euch einige davon, zieht dem armen Teufel ein paar über die Beine und legt euch weitere zum Schutz über die Schulter, dann wird es schon gehen. Und nun an die Arbeit! Auch ich habe genug von seinem Anblick und diesem Gestank!«

Mit grimmiger Miene folgten die beiden Männer seinen Anweisungen und holten die Säcke. Dann ging Umberto um die Ladentheke herum, bückte sich nach dem Schemel, stellte ihn hinter

Movetti auf und stieg darauf. Dank seiner Größe reichte seine Hand mit dem Messer problemlos weit genug nach oben. Knapp oberhalb von Movettis Kopf durchtrennte er das Seil.

Vittore, der Movetti mit beiden Armen um die Hüfte gefasst hatte, verbiss sich nur halb einen üblen Fluch, als der Leichnam ihm schwer über die Schulter fiel, wobei sich der Kehle des Toten ein schauriges Röcheln entrang, so als wäre noch Leben in ihm.

»Bring ihn raus und leg ihn in den Hof, Vittore. Den Rest erledigen meine Männer«, wies der Commissario den Wirt an und wandte sich dann an den Malermönch. »Und Ihr seht jetzt auch besser zu, dass Ihr wieder in Euer Kloster kommt, Pater Angelico. Für Euch ist hier nichts mehr zu holen.«

Angelico riss sich von der schwarzen, halb verschmierten Selbstanklage des Toten auf der Tischplatte los und sah den Commissario verstört an. »Wartet einen Moment! Irgendwie ...« Er stockte.

Tiberio Scalvetti zog die Brauen hoch. »Was habt Ihr?«

Mit einer fahrigen Handbewegung rieb Pater Angelico sich über die Stirn. »Ich weiß nicht, wie ich es sagen soll.« Sein Blick wanderte hinüber zu dem Toten, den der Wirt gerade durch den Gang zur Hoftür trug. Dabei tanzte der Kopf mit der Schlinge um den Hals und dem kurzen Stück Seil grotesk auf und ab. Schnell wandte der Pater sich ab und richtete den Blick wieder auf die verzweifelte Abschiedsbotschaft. »Irgendwie habe ich das Gefühl, dass ... also, dass hier irgendetwas nicht stimmt.«

Der Commissario legte die Stirn in Falten. »Was in Gottes Namen sollte hier nicht stimmen?«, fragte er verwundert.

Pater Angelico zuckte die Achseln und überlegte kurz. »Nun ja, dass Movetti sich noch Essen aus der Taverne hat kommen lassen, zum Beispiel.« Er nutzte die Gelegenheit, um sich zu vergewissern, dass er mit seinen Vermutungen, was den Tavernenjungen und das unverzügliche Erscheinen des Commissario betraf, richtiglag. »Ich nehme doch an, dass es dieser Junge Luca gewesen ist, der ihm das Essen gebracht, ihn entdeckt und Euch davon unterrichtet hat, nicht wahr?«

Tiberio Scalvetti nickte. »Ich esse nahezu täglich in der *Colombina* zu Abend. Aber ich weiß nicht, worauf Ihr hinauswollt. Movetti hat sich jeden Abend das Essen von Luca ins Haus bringen lassen. Das musste er also gar nicht erst bestellen«, sagte er, zog die Ladenkasse, eine Holzkassette mit Intarsien im Deckel, unter dem Tresen hervor und warf einen kurzen Blick hinein.

»Aber wer die Absicht hegt, aus dem Leben zu scheiden …«

»… der verschwendet kaum einen seiner letzten Gedanken darauf, das Essen in der Taverne abzubestellen«, fiel Tiberio Scalvetti ihm ins Wort und klemmte sich die Ladenkasse unter den Arm, wobei die Münzen in ihren Fächern durcheinanderrollten und laut klapperten und klirrten.

»Mag sein«, räumte Pater Angelico widerstrebend ein. »Aber was ist mit dem umgestürzten Stuhl in seinem Kontor und der Schreibfeder, die dort am Boden liegt und ihre Tinte auf die Dielen verspritzt hat? Kommt Euch das nicht seltsam vor?«

Tiberio Scalvetti runzelte kurz die Stirn. »Was genau soll daran seltsam sein?« Er wurde unüberhörbar ungeduldig.

»Warum setzt Movetti sich erst an sein Schreibpult und greift zur Feder, um womöglich eine letzte Nachricht zu hinterlassen – und springt dann auf, lässt die Feder fallen, stürmt in den Laden, greift sich ein Stück Kohle und kritzelt auf die Theke, was er besser, einfacher und auch schneller mit der Feder hätte festhalten können?«, wandte Pater Angelico ein.

Tiberio Scalvetti lachte und verzog spöttisch das Gesicht. »Man merkt, dass Ihr die vielgerühmte Predigerausbildung der Dominikaner erhalten habt und über den entsprechend langen Atem für lange Sätze verfügt«, stichelte er, legte ihm eine Hand auf die Schulter und schob ihn mit sanftem Druck, aber unerbittlich vor sich her aus dem Geschäft und den Gang hinunter. »Aber nun genug dieser sinnlosen Fragen. Sie führen zu nichts. Movetti hat keinen Ausweg gesehen. Seine Lage muss aussichtslos, seine Verzweiflung ob dieser Hoffnungslosigkeit überwältigend gewesen sein, sonst hätte er wohl kaum zum Strick gegriffen. Gott allein weiß, was im Kopf eines so grenzenlos verzweifelten Menschen vor sich geht, bevor er sich das Leben nimmt und damit sein ewiges Seelenheil verwirkt.«

Pater Angelico trat vor ihm hinaus in den nachtdunklen Hof. Die Leiche, die der Wirt neben dem Tordurchgang abgelegt hatte, war eine schwarze, übelriechende Silhouette mit einem hellen Ring um den Hals. »Selbst das weiß allein der Allmächtige«, murmelte er bedrückt, drehte sich zu dem Toten hin und setzte dann erneut zu einem Einwand an. »Aber um noch einmal auf die merkwürdigen Umstände seines Todes …«

Tiberio Scalvetti, der soeben den großen eisernen Schlüssel vom Haken neben der Tür an sich genommen hatte, schnitt ihm energisch das Wort ab. »Es reicht! Ich will dazu kein Wort mehr von Euch hören. Findet Euch gefälligst damit ab, dass Movetti Euch offenbar aufs Kreuz gelegt und Euer Kloster um einen hübschen Batzen Geld geprellt hat. Nun, San Marco wird es überleben. Und damit eine gute Nacht, Pater Angelico.«

5

San Marco war nach den mitternächtlichen Vigilien wieder in tiefen Schlaf gefallen und träumte der Laudes entgegen, zu der die Handglocke des Glöckners Agnolo die Brüder kurz vor Tagesanbruch rufen würde.

Aus den Zellen im Obergeschoss kam der wirre nächtliche

Choral der Mönche, der keinem einheitlichen Rhythmus folgte und keinerlei wiederkehrendes Motiv erkennen ließ. Wie Geisterraunen flutete es durch die dunklen Gänge, das schwere Atmen, Ächzen und Seufzen, das unregelmäßige An- und Abschwellen vielerlei Schnarchlaute, das aus Albträumen aufsteigende Wimmern und all die unverständlichen Satzfetzen, die dem Unterbewusstsein entflohen und schlaftrunkenen Lippen entglitten. Knarzende Bettkästen, raschelnde Strohsäcke und klappernde Fensterläden, an deren Verriegelung der Wind rüttelte, begleiteten den verworrenen Kanon aus dem Dormitorium.

Pater Angelico lag jedoch nicht im Bettkasten seiner Zelle. Für ihn war in dieser Nacht an Schlaf nicht zu denken. Aufgewühlt von Bestürzung, Zorn und Ratlosigkeit, zog er ruhelos seine Runden durch den Kreuzgang, so wie er es auch schon vor den Vigilien getan hatte. Das spärliche Licht, das gegen die nächtliche Finsternis ankämpfte, kam von kleinen Öllampen, die in den Wandnischen des Kreuzgangs vor Heiligenfiguren brannten. Mondlicht fiel so gut wie keines aus dem Quadrum durch die Rundbögen des Säulengangs, zogen doch dichte Wolkenfelder über den Himmel.

Eine gute Nacht, Pater Angelico!

Was hatte sich der Commissario bloß dabei gedacht, ihm nach der grauenhaften Szene im Ladenlokal und der schockierenden Erkenntnis, dass all das Geld verloren war, eine gute Nacht zu wünschen? Das grenzte an blanken Hohn! Was glaubte der Mann, mit welchen Summen ein Malermönch wie er umging? Als wäre nicht schon ein einziger Florin ein beachtlicher Betrag, über dessen sachgemäße Verwendung er Rechenschaft abzulegen hatte – ganz zu schweigen von einem kleinen Vermögen in Höhe von zweiundvierzig Goldstücken!

Zudem würde der Sekretär des Medici oder gar dieser selbst von ihm wissen wollen, warum er den Speziale überhaupt gewechselt hatte und wo die restlichen acht Florin geblieben waren. Denn in dem Beutel, den Seine Magnifizenz ihm nach guter Sitte für den Ankauf von Ultramarin hatte aushändigen lassen, hatten sich nun mal nicht zweiundvierzig, sondern fünfzig Goldflorin befunden! Zu welchem Zweck er diese acht Florin von der Summe abgezweigt hatte, drang besser nicht an die Ohren des Medici und schon gar nicht an die seines Priors, der ihn offenbar für einen Dukatenesel hielt und gar nicht schnell genug von Auftrag zu Auftrag treiben konnte!

Pater Angelico wusste nicht, wem er mehr zürnen sollte. Commissario Scalvetti, dem es natürlich ein Leichtes war, seinen Verlust mit einem Schulterzucken abzutun und ihm den billigen Rat zu geben, sich gefälligst damit abzufinden, oder Bernardo Movetti, der ihn schändlichst betrogen und sich seinen Verpflichtungen und zugleich noch seinen irdischen Richtern auf diese grässliche Art entzogen hatte.

Nun, der Speziale machte noch immer das Rennen im Wettstreit um seinen Groll. Aber was brachte es, einen Toten mit Ingrimm zu verfolgen? Das war vollkommen nutzlos, was die Sache nur noch schlimmer machte.

Inzwischen bereute er, dass er auf dem Rückweg ins Kloster nicht seinem heftigen Verlangen nachgegeben hatte, sich nach langer Abstinenz wieder einmal einen Besuch bei Gershom Jezek im Judenviertel zu gönnen.

Der jüdische Pfandleiher war nicht nur ein bemerkenswert belesener Mann und damit ein stets anregender Gesprächspartner, sondern auch ein Meister in der Kunst, eine gequälte Seele ins Land des Friedens und des Vergessens zu führen. Und diesen verschwiegenen Dienst schätzte er an dem *ebreo,* dem Hebräer, fast noch mehr als alles, was den Mann sonst noch auszeichnete.

Wie sehr es ihn gelockt hatte, sich auf kürzestem Weg zu Gershom zu begeben und sich in dessen dämmrigem Kellergewölbe sanften Träumen hinzugeben! In dieser Nacht hätte er dessen wahrlich so dringend bedurft wie in keiner anderen zuvor!

Er schloss kurz die Augen und atmete tief durch die Nase ein. Fast meinte er, den ganz eigenen, süßlich würzigen Geruch wahrzunehmen, der ihn stets hinter dem nachtschwarzen Samtvorhang am Ende von Gershoms kurzer Kellertreppe erwartete.

Diese Weltentrückung auf Zeit hatte jedoch in zweifacher Hinsicht ihren Preis, und er hatte erst im vergangenen Monat am Hochfest von Mariä Geburt vor dem Altar der Muttergottes den heiligen Schwur geleistet, dieser Versuchung in Zukunft viel öfter zu widerstehen, als es ihm bis dahin gelungen war.

Andererseits hatte er der seligen Jungfrau aber nicht versprochen, von nun an ganz und gar auf die Besuche bei Gershom zu verzichten. Viel öfter als zuvor zu widerstehen war etwas anderes, als sich die Besuche bei Gershom fortan gänzlich zu versagen. Oder machte er sich mit solcher Argumentation der scholastischen Spitzfindigkeit schuldig?

Pater Angelico seufzte gepeinigt, blieb zwischen den schlanken Säulen eines Rundbogens stehen und starrte in die schwarze Nacht. Als litte er nicht schon Seelenpein genug, wurde er das verstörende Gefühl nicht los, dass es bei Movettis Tod nicht mit rechten Dingen zugegangen war – trotz allem, was Scalvetti seinen Vorhaltungen entgegengesetzt hatte.

Irgendetwas irritierte ihn und nagte beharrlich an ihm. Ihm war, als hätte er im Laden etwas gesehen, das keinen Sinn ergab, und doch war er nicht imstande, den Finger darauf zu legen und das Widersinnige zu benennen. Diese unbestimmte Irritation war wie ein winziger Splitter, der einem unter der Haut saß und keinen großen Schmerz verursachte, sich aber immer wieder unangenehm bemerkbar machte.

Wann war ihm dieses unterschwellige Stutzen zum ersten Mal bewusst geworden? Wenn es ihm gelang, sich an diesen Moment zu erinnern und sich zudem noch zu vergegenwärtigen, worauf sein Blick gerade gerichtet gewesen war, dann konnte er dem Rätsel seiner …

Er kam nicht dazu, diesen Gedanken zu Ende zu denken und in seiner Erinnerung nach dem zu graben, was ihn so irritiert hatte, denn plötzlich drang ein leises, aber doch vernehmliches Klatschen an sein Ohr.

Keine Sekunde lang musste er überlegen, was es damit auf sich hatte – es handelte sich zweifellos um das Geräusch einer mit kräftiger Hand geführten Geißel, deren Lederriemen auf nackte Haut trafen.

Verwundert fuhr er herum und blickte den Gang hinunter zu der Tür, durch die man vom Kreuzgang in die *sala del lavabo* gelangte. Dieser Raum diente den Brüdern zur Reinigung, bevor sie sich zu den Mahlzeiten in das benachbarte, langgestreckte Refektorium begaben. Dort geißelte sich zu dieser nächtlichen Stunde ein Mitbruder!

Sofort beschlich ihn eine Ahnung, wer sich still und leise aus dem Dormitorium nach unten in den Waschraum begeben hatte, um sich mit der Peitsche zu geißeln. Bisher hatte diese Praxis der Buße in San Marco keine Verfechter gehabt, ja nicht einmal heimliche Anhänger. Also konnte es nur einer sein, der da die Geißel gegen sich führte: der Novize Bartolo Lorentino.

»Ein Novize, der die Selbstzüchtigung mit dem *flagellum* für frommen Eifer hält! Das fängt ja gut an«, murmelte Pater Angelico grimmig, näherte sich der Tür, öffnete sie vorsichtig und spähte in den Raum.

Er hatte ganz richtig vermutet. Es war der Novize mit dem Milchgesicht und dem lockigen Haar, der da im Waschsaal die Peitsche auf seinen Rücken niedersausen ließ. Mit entblößtem Oberkörper kniete er zwischen zwei flackernden Talglichtern drei Schritte vor der hohen Stirnwand, an der ein fast mannsgroßes, geschnitztes Kruzifix hing. Unverwandt blickte er auf den Gekreuzigten mit der Dornenkrone. Und während er die Geißel abwechselnd rechts und links über die Schulter schwang, betete er, stoßweise atmend, im Rhythmus der auf seinen Rücken klatschenden Lederriemen das Confiteor.

»... *et vobis, fratres* ...«

Klatsch!

»... *quia peccavi* ...«

Klatsch!

»... *nimis cogitatione* ...«

Klatsch!

»... *verbo, opere et omissione* ...«

Bevor Bartolo Lorentino ein weiteres Mal zuschlagen konnte, stand Pater Angelico hinter ihm, griff nach der hochfliegenden Peitsche und bekam sie knapp oberhalb der Hand des Novizen zu fassen.

»Schluss mit dem Unfug, Bruder Bartolo!« Mit einem Ruck brachte der Pater die Geißel an sich und warf sie hinter sich auf den kalten Steinboden. Er war verärgert, und zwar nicht nur angesichts der verblendeten Selbstzüchtigung des Novizen, sondern auch, weil dieser ihn zum Eingreifen gezwungen und damit aus seinen Grübeleien gerissen hatte. Und er wusste, dass er dem, was da in ihm gärte, auf den Grund gehen musste.

Mit einem schrillen Laut heillosen Erschreckens und wie von der Tarantel gestochen sprang der junge Mann auf die Beine, fuhr, die Augen weit aufgerissen, mit herabhängendem Untergewand zu ihm herum und rief: »Heilige Muttergottes, hilf!«, als meine er, vom Teufel persönlich gestört worden zu sein.

»Den Beistand der seligen Jungfrau scheinst du Irregeleiteter in der Tat dringend zu brauchen!«

Als der Novize sah, wer ihn so erschreckt und ihm die Geißel aus der Hand gerissen hatte, raffte er rasch sein Untergewand und zog es schamhaft bis hinauf ans Kinn, als fürchte er, der Anblick seiner entblößten schmächtigen Brust könnte seinen Novizenmeister beleidigen.

»Und wenn du nicht weiterhin Gutes unterlassen willst, wie du gerade gebetet hast«, fuhr Pater Angelico grollend fort, »solltest du zuerst einmal aufhören, deinen Körper mit der Geißel zu malträtieren! Der Weg zur Heiligkeit führt nicht über einen schmerzenden Rücken, sondern über Beständigkeit in frommem Eifer und gute Werke!«

»Meister Angelico.« Mit verstörter Miene und einer sehr ungelenken Bewegung neigte Bartolo Lorentino ehrerbietig den Kopf. Ihm war anzusehen, dass er sich ihre erste persönliche Begegnung ganz anders vorgestellt hatte.

»In der Tat, der bin ich«, erwiderte Pater Angelico. »Und mir scheint, dass ich als Novizenmeister mit dir einige Arbeit haben werde!«

Bruder Bartolo fasste sich erstaunlich schnell. »Verzeiht, dass ich Euch nicht zu folgen vermag, Meister. Ist es denn nicht frommer Eifer, auf diese Weise Buße zu tun? Hat unser Erlöser, der vor der Kreuzigung doch so grausam unter der Geißel seiner Peiniger hat leiden müssen, uns nicht selbst zur Nachfolge aufgefordert, wenn es sein muss, auch bis in den Tod – so, wie es all die vielen Blutzeugen unserer heiligen Mutter Kirche getan haben?«

»Für das Bekenntnis gegebenenfalls den Märtyrertod auf sich zu nehmen ist eine Sache. Eine völlig andere ist es, sich ohne Not zu geißeln und sich ob dieses süßen, lächerlichen Schmerzes den Leiden Christi nahe zu wähnen«, antwortete Pater Angelico. »Das ist eine als Demut daherkommende Selbstgerechtigkeit und Eitelkeit, die ich nicht zu dulden gedenke, mein junger Bruder!«

Selbst im schwachen Kerzenschein blieb Pater Angelico nicht verborgen, dass der Novize erblasste und schlucken musste.

»Das ist eine völlige andere Lehre als die meines Novizenmeisters in Bologna. So, wie Ihr es seht, habe ich die Sache noch nie betrachtet.«

»Dann wird es höchste Zeit! Gott hat uns nach seinem Ebenbild geschaffen«, hielt Pater Angelico dem jungen Bruder vor. »Und er hat uns das Wunder unseres Körper kaum zu dem Zweck geschenkt, dass wir wie ein einfältiger Ochsentreiber rüde darauf einschlagen. Jesus hat uns gelehrt, dass unser Leib ein Tempel und damit heilig ist. Mit der Geißel auf ihn einzudreschen ist deshalb keine gottgefällige Buße, sondern hirnlos, unheilig und eine Versündigung an Gottes Schöpfung!«

Eine Mischung aus Verblüffung und Scham trat auf das jungenhafte Gesicht des Novizen. »Oh, dann ist das wohl die erste Lehre, die Ihr mir erteilt«, sagte er verstört. »Euer ehrwürdiger Vater Prior hat mir gesagt, dass Ihr die große Güte habt, Euch meiner als Novizenmeister anzunehmen und mich auf den rechten Weg zu einem gottgefälligen Leben im Dienst des Herrn zu führen. Denn ich möchte, sobald ich mich dessen als würdig erweise, bei Euch in San Marco die Profess ablegen, Meister Angelico. Und wenn Ihr erlaubt, möchte ich Euch sogleich versichern, dass ich mich mit heiliger Gottesfurcht und größter Demut Euren Lehren mit Leib und Seele …«

Rasch fiel Pater Angelico ihm ins Wort. »Sei willkommen in San Marco, Bruder Bartolo Lorentino. Aber verschone mich mit Versicherungen, was du zu tun oder zu lassen gedenkst. Auf den Weg des Heils gelangt man nicht durch fromme Absichten, sondern nur, indem man die Gebote Gottes befolgt, und das erweist sich nur allzu oft als hartes Brot – für jeden von uns.«

»Wie recht Ihr habt, Meister Angelico, verzeiht meine törichten Worte! Unser Tun und Lassen steht allerorten klar vor Gottes Auge und wird dem Herrn jederzeit von den Engeln gemeldet.« Er sprach mit nervöser Hast, so als wolle er den unvorteilhaften ersten Eindruck möglichst schnell vergessen machen. »Deshalb müssen wir auch allzeit vor den Versuchungen und Einflüsterungen des Teufels auf der Hut sein und uns vor jeder bösen Begierde in Acht nehmen!«

»So ist es«, pflichtete Pater Angelico ihm bei und vermochte sich nicht länger dem Sog seiner Gedanken zu entziehen, denn sie kreisten um ein Problem, das ihm zur Stunde um ein Vielfaches wichtiger erschien als theologische Erörterungen. Und einer spontanen Eingebung folgend, beschloss er, sich nicht länger mit fruchtlosem Nachsinnen zu begnügen, sondern sich Gewissheit zu verschaffen. »Da du gerade von den Einflüsterungen des Teufels sprichst – er kennt viele Methoden, um uns zu täuschen und unsere Wachsamkeit einzuschläfern. Aber dessen werden wir uns zu erwehren wissen!«

Der Novize nickte eifrig. »So wahr uns Gott helfe!«

»Nun, in diesen Dingen halte ich es mit dem heiligen Tommaso von Aquin, unserem seligen Ordensbruder und überragenden Kirchenlehrer, der uns den trefflichen Rat gegeben hat: ›Wenn der Mensch nicht tut, was er selber durchaus tun könnte, und einzig auf Gottes Hilfe setzt, dann versucht er offenkundig Gott!‹ So steht es in seiner *Summa Theologica* geschrieben«, verkündete Pater Angelico, und nachdem sein Entschluss gefasst war, drängte es ihn, sein Vorhaben unverzüglich in die Tat umzusetzen. Deshalb fügte er hinzu: »Und weil wir unseren Schöpfer nicht versuchen, sondern tun wollen, was wir tun können, werden wir die nächtliche Stunde, die du der törichten Selbstgeißelung widmen wolltest, nutzen, um womöglich einer heimtückischen Finte des Teufels auf die Spur zu kommen!«

Verständnislos sah Bruder Bartolo ihn an. »Von welcher teuflischen Finte redet Ihr, Meister? Und wie wollt Ihr dieser auf die Spur kommen?«

»Indem du schleunigst deinen Habit wieder anlegst sowie deinen warmen Umhang und indem du aus dem Refektorium eine Sturmlaterne holst«, gab Pater Angelico zurück. »Du findest die Lampen auf einem Bord gleich rechts hinter der Tür. Aber vergewissere dich, dass du eine bringst, in der genug Öl ist! Und trödele nicht. Ich hole indessen aus meiner Werkstatt, was wir sonst noch brauchen. Wir treffen uns an der Seitenpforte des Klostergartens. Dann brauchen wir nicht den Bruder Portarius aus dem Schlaf zu holen und ihm lang und breit zu erklären, warum wir das Kloster um diese Stunde verlassen wollen. Ich nehme an, du hast dich mit den Örtlichkeiten von San Marco schon ein wenig vertraut gemacht und weißt, wo in der Umfassungsmauer die Seitenpforte eingelassen ist?«

»Ja, gewiss, aber was in Gottes heiligem Namen habt Ihr vor?«, stieß Bruder Bartolo verwirrt hervor.

»Nichts weiter als einen kleinen nächtlichen Spaziergang hinüber nach Santa Croce, um zu sehen, ob wir dem Teufel ins Handwerk pfuschen können«, lautete Pater Angelicos rätselhafte Antwort. »Und nun beeil dich. Wer lange fragt, geht lange irre!«

6

Mit verstörter Miene hastete Bruder Bartolo neben seinem Novizenmeister durch die nächtlichen Gassen. Seine Rechte umklammerte das Trageseil des Holzeimers, den Pater Angelico aus seiner Werkstatt geholt und ihm im Klostergarten in die Hand gedrückt hatte. Auf dem Boden des Kübels, der im Rhythmus ihrer eiligen Schritte an seiner Kutte entlangscheuerte, stand mit weit heruntergedrehtem Docht die Sturmlaterne, die er herbeigeschafft hatte. Ein alter Lappen aus dunklem Tuch, den Pater Angelico mitgebracht hatte, war so über die Öffnung gelegt, dass kaum noch Licht aus dem Eimer drang, die Flamme jedoch genug Luft bekam, um nicht zu erlöschen.

Der Novize merkte schnell, dass sein Meister breite Straßen und offene Plätze geflissentlich mied. Florenz war ihm nicht fremd. Aber es ging in einem derart verwirrenden Zickzack durch schmale und verwinkelte Gassen, dass er schon nach wenigen Minuten nicht mehr wusste, wo genau sie sich befanden – und wie er im Dunkel der Nacht wieder nach San Marco finden sollte, wäre er gezwungen, seinen Weg zurück ohne diesen seltsamen Klosterbruder an seiner Seite zu machen.

Hinzu kam, dass sie in diesen Hintergassen alle paar Augenblicke irgendwelches ekelhaftes Getier aufscheuchten, das im Schlagschatten einer Hauswand gelauert oder sich hinter einem Dreckhaufen verborgen hatte. So leise das Zischen, Zirpen und Rascheln auch war, das da aus der Dunkelheit kam, es stellten sich ihm doch die Nackenhaare auf. Und jedes Mal aufs Neue lief ihm ein Schauer über den Rücken, wenn so ein pelzig schwarzer Schatten wie aus dem Nichts vor ihren Füßen auftauchte, blitzschnell über das Kopfsteinpflaster huschte und genauso plötzlich wieder in irgendeinem Loch oder Mauerspalt verschwand. Dass das nur Ratten sein konnten, stand für ihn außer Frage.

»Meint Ihr nicht, dass es allmählich an der Zeit ist, mir zu erklären, wohin Ihr mich zu dieser nächtlichen Stunde führt und weshalb Ihr so sehr darauf bedacht seid, Euch auf dem Weg zu Eurem geheimen Ziel nur durch Nebenstraßen zu bewegen?«, wagte er schließlich zu fragen, und seine belegte Stimme verriet, wie beklommen er sich fühlte.

»Ich weiß nicht, wie die Obrigkeit von Bologna es mit nächtlichen Kontrollen hält, aber hier in Florenz patrouillieren ab Mitternacht die sogenannten *Wächter der Nacht* zu zweit durch die Straßen«, teilte Pater Angelico ihm mit gedämpfter Stimme mit. »Und ich ziehe es vor, diesen misstrauischen Burschen nicht in die Arme zu laufen. Selbst als Diener Gottes ist man nicht gefeit gegen ihren Argwohn und ihre hartnäckigen Fragen nach dem Wohin und Woher.« In Gedanken fügte er der Gerechtigkeit halber hinzu, dass die Sittenwächter für ihren Argwohn auch gegenüber Mönchen leider gute Gründe hatten. Denn nicht wenige Brüder trieben sich nachts in den Gassen der Huren und Lustknaben herum, um in einer dunklen Ecke mit hochgezogener Kutte der schnellen, käuflichen Wollust zu frönen.

Dass der Novizenmeister die Begegnung mit den Vertretern der Obrigkeit scheute, beruhigte Bruder Bartolo keineswegs. Er räusperte sich nervös. »Verzeiht, wenn ich ungeduldig erscheine, Meister Angelico. Aber damit habt Ihr mir noch immer nicht verraten, was um alles in der Welt Euch zu dieser Stunde hinaustreibt. Und warum besteht Ihr darauf, dass ich Euch begleite?«

Abrupt blieb Pater Angelico stehen. »Weil dies eine gute Gelegenheit ist herauszufinden, ob du Vertrauen hast und ob ich dir meinerseits vertrauen kann.«

»Oh!«, entfuhr es dem Novizen, und er beeilte sich zu beteuern: »Seid versichert, dass ich alles tun werde, um mich Eures Vertrauens würdig zu erweisen!«

Ein verhaltenes Lächeln umspielte Pater Angelicos Mundwinkel. Angesichts der Situation, die dem Novizen nicht geheuer sein konnte, war das eine tapfere Aussage. Sie ließ darauf hoffen, dass mit dem Milchgesicht auszukommen war. Und wenn er den Jungen auch eigentlich nur mitgenommen hatte, weil er jemanden zum Schmierestehen brauchte, bot dieser gemeinsame nächtliche Ausflug doch eine Gelegenheit, sich einen Eindruck vom Charakter und den Geistesgaben des Novizen zu verschaffen.

»Unser Prior hat mich wissen lassen, dass du unter meiner Aufsicht und Lehre nicht nur dein Noviziat bei uns beenden sollst, sondern auch den Wunsch geäußert hast, von mir in die Kunst der religiösen Malerei eingewiesen zu werden«, antwortete er nun scheinbar ohne jeden Zusammenhang. »Und wie dem Begleitschreiben deines Oberen in Bologna zu entnehmen ist, verfügst du in dieser Hinsicht über einiges Talent.«

Bruder Bartolo wandte verlegen den Kopf. »Nun ja, man sagt es mir wohl nach, das mag ich nicht verhehlen. Von dem Vermögen, das Gott mir in seiner unendlichen Güte geschenkt hat, habe ich stets gern Gebrauch gemacht, so dass ich mittlerweile im Zeichnen recht geübt bin.« Sosehr seine Antwort auch von Bescheidenheit zeugen sollte, den Stolz auf sein vermeintliches Können konnte er nicht verbergen. »Wenn es dem Herrn und einem so erfahrenen und hochgerühmten Maler wie Euch gefällt, Meister Angelico, lasse ich mich daher nur zu gern von Euch in dieser gottgefälligen Kunst unterweisen.«

»Ob es dem Herrn oder mir gefällt, wird sich zeigen«, erwiderte Pater Angelico trocken. »Aber da du allem Anschein nach einige Grundkenntnisse hast, wirst du wohl wissen, wozu ein Maler Lapislazuli benötigt.«

Bruder Bartolo nickte. »Er zerreibt die blauen Steine, um das Pigment Ultramarin zu gewinnen, aus dem er durch mehrfaches Wässern die kostbare Farbe gewinnt. In der Malerei habe ich noch keine Erfahrung, aber ich weiß doch, dass das kräftigste und intensivste Ultramarin dem Gewand der Maria vorbehalten ist, während man für die Gewänder der Heiligen ein blasseres Ultramarin verwendet.«

»In der Tat! Ultramarin ist extrem teuer. Bei dem großen Tafelbild, an dem ich zurzeit arbeite, brauche ich gut und gern fünfundzwanzig Unzen davon«, teilte Pater Angelico ihm mit, und bei dem Gedanken verfinsterte sich seine Miene. »Und um die entsprechende Menge Lapislazuli versucht der Teufel mich zu prellen, wenn mein Gefühl mich nicht täuscht!«

»Heiliger Petrus, wie kann das sein, Meister?«, stieß der Novize hervor und wechselte rasch den Eimer in die andere Hand, um sich zu bekreuzigen. »Was hat der Teufel mit Eurer Arbeit und Eurem Ultramarin zu schaffen?«

»Das will ich dir erzählen. Aber lass uns dennoch weitergehen. Wenn wir rechtzeitig zur Laudes wieder im Kloster sein wollen, haben wir keine Zeit zu verlieren.«

Auf der restlichen Strecke in die Via dei Pelacani berichtete er Bruder Bartolo, dass Bernardo Movetti ihn bezüglich der Lieferung der schon bezahlten blauen Steine wochenlang mit allerlei Ausreden hingehalten hatte. Dass er seine Lapislazuli jahrelang von einem anderen, verlässlichen Speziale bezogen hatte, diesem aber untreu geworden war, weil Movetti ihm einen um acht Florin besseren Preis für die fünfundzwanzig Unzen geboten hatte, ließ er unerwähnt. Dieses Detail tat nichts zur Sache. Es hatte den Novizen so wenig zu interessieren wie das Vorhaben, für das er die abgezweigten acht Florin zu verwenden gedachte.

»Tja, und dann hat sich heute Abend, als ich ihn aufsuchte, um die Lapislazuli endlich abzuholen, herausgestellt, dass der Mann ein Betrüger und wohl schon seit langem bis über beide Ohren verschuldet war«, erklärte er. Inzwischen hatten sie die Via dei Pelacani erreicht. Still und verlassen lag die Gasse vor ihnen. An ihrem Ende zur Via dei Malcontenti hin erhob sich der Kirchturm von San Giuseppe über die umliegenden Gebäude. Zu ihrer Rechten schälten sich allmählich die Umrisse von Movettis Laden und Wohnhaus aus der Dunkelheit.

»Was heißt, dieser Movetti *war* ein Betrüger und hoch verschuldet?«, fragte Bruder Bartolo verwirrt.

»Dass er das irdische Jammertal verlassen hat. Heute Abend ist er jäh aus dem Leben geschieden«, antwortete Pater Angelico leise und wollte schon in die pechschwarze Finsternis des Torwegs eintauchen.

Doch der Novize zögerte, als halte er die hohe Öffnung für den steinernen Rachen der Hölle.

»Nun komm schon! Weg von der Gasse, wir müssen in den Hinterhof«, raunte Pater Angelico ungeduldig, packte ihn am Arm und versetzte ihm einen Ruck. »Was ist? Worauf wartest du? Beweg dich! Oder ist es mit deinem Vertrauen doch nicht so weit her?«

Bruder Bartolo gab einen gequälten Laut von sich, der irgendwo zwischen schwerem Stoßseufzer und hilflosem Protest lag. Deutlicher hätte er seinen Widerwillen dagegen, ihm in die Schwärze des Torgangs zu folgen, nicht zum Ausdruck bringen können. »Ihr habt mir immer noch nicht gesagt, was Ihr hier …«

»Warte mit allen weiteren Fragen, bis wir im Haus sind«, fiel Pater Angelico ihm flüsternd ins Wort und führte ihn vor die Hoftür von Movettis Haus. Angesichts der Nervosität, die den Novizen befallen hatte, verzichtete er darauf, ihn Schmiere stehen zu lassen. Ein ängstlicher Wachposten, der vor jedem Schatten erschrak, konnte ihm unter Umständen mehr schaden als nutzen. Es erschien ihm ratsamer, den Jungen mit ins Haus zu nehmen. Zumal vier Augen manchmal mehr sahen als zwei. »Jetzt ist höchste Wachsamkeit geboten! So, und nun setz den Eimer ab, hol die Laterne heraus und dreh den Docht ein wenig höher. Ich brauche Licht am Türschloss, sonst sehe ich nicht, wie ich die Dietriche ansetzen muss!« Er griff in die Tasche seiner Kutte und holte einen kleinen, in ein Tuch gewickelten Bund Nachschlüssel und Eisenstifte hervor, die unterschiedlich lang waren und an ihrem jeweils freien Ende unterschiedlich stark gekrümmt.

»Allmächtiger, Ihr wollt in das Haus eines Toten einbrechen? Dafür könnt Ihr in den Kerker kommen!« Bruder Bartolo war entsetzt.

»Nicht nur ich, sondern wir beide, wenn du dich nicht endlich beeilst und mir die Lampe hältst«, erwiderte Pater Angelico ungerührt. »Wer dem Teufel auf den verfluchten Pferdefuß treten will, braucht nun mal mehr als ein schlichtes Vaterunser! Unter anderem eine gute Portion Tapferkeit.«

»Ihr habt gut reden, Meister!«

»Tapferkeit ist zu loben, wenn sie der Gerechtigkeit dient! So hat es schon unser heiliger Tommaso von Aquin gelehrt. Und um Gerechtigkeit geht es hier. So, und nun eil dich! Her mit der Laterne!«

»Heilige Muttergottes, steh uns bei! Und du besser auch, heiliger Tommaso«, flüsterte Bruder Bartolo, tat aber, wie ihm geheißen. Vorsichtig stellte er den Eimer ab, hob die Laterne heraus und drehte den Docht höher.

»Gut, das reicht! Jetzt stell dich so zu mir, dass das Licht auf das Schloss fällt und du die Laterne zum Hof hin abschirmst«, wies Pater Angelico ihn an, wartete, bis der gelbliche Lichtschein das alte Schloss aus der Dunkelheit hob, und versuchte es mit den ersten Nachschlüsseln. Zitternd glitt der bescheidene Lichtfleck über das angerostete Eisenblech der Schließanlage und das verwitterte Holz der Tür. »Keine Sorge, ich finde die richtigen Werkzeuge gleich, Bruder Bartolo. Dank unseres Mitbruders Benedetto, der ständig Schlüssel zu allen möglichen Kammern verlegt, besitzen wir in San Marco eine prächtige Auswahl an Nachschlüsseln und Dietrichen. Und ich bin ihr Hüter.«

Bruder Bartolo gab keine Antwort. Mit gepresstem Atem betete er ein gehetztes Ave Maria nach dem anderen. Den Rest seiner Willenskraft brauchte er, um seine Hand mit der Leuchte vor noch heftigerem Zittern zu bewahren.

Sekunden später sprang unter dem Druck einer neuen Kombination von Dietrichen der Riegel im Schloss mit einem metallischen Klacken zurück. »Eureka! Siehst du? Wer anklopft, dem wird aufgetan!«

»Von Anklopfen kann ja wohl kaum die Rede sein, Meister! Nach dem Gesetz ist das Einbruch.«

»Das ist eine Sache der Auslegung, hat doch jedes Gesetz dem Wohl zu dienen«, gab Pater Angelico leise zurück, schob die Tür auf und bedeutete dem Novizen, vor ihm ins Haus zu treten. Rasch folgte er ihm und schloss die Tür hinter sich. »So, nun darf die Laterne ihre volle Leuchtkraft entfalten. Und dann lass uns in den ersten Raum zur Linken gehen. Dort muss auf einem Tisch eine Öllampe stehen. Es wird hilfreich sein, ein zweites Licht zu haben.«

»Wonach sucht Ihr denn hier im Haus, Meister?«, fragte der Novize bangend.

»Nach einer verräterischen Spur des Teufels, die er nicht so gut verborgen hat, wie er meinte. Du brauchst also keine Sorge zu haben, dass ich beabsichtigen könnte, etwas zu stehlen.«

»Und das soll mich beruhigen?« Der Novize seufzte und leuchtete in das Kontor.

Pater Angelico fand die Öllampe dort, wo er sie bei seinem Besuch wenige Stunden zuvor gesehen hatte. Schnell war sie entzündet. Nun fiel sein Blick auf die Bücher, die auf dem Wandbord zwischen den beiden Eisenbüsten aufgereiht standen, und die Neugier, welcher Art von Lektüre Movetti wohl zugeneigt gewesen war, ließ ihn nach dem dicksten Band greifen. Als er ihn neben der rechten Büste hervorzog, wirbelte er einigen Staub auf und hätte um ein Haar geniest.

»Schau an, es sind die berühmten *Confessiones* des Bischofs von Hippo! Movetti, der Herr sei seiner Seele barmherzig, scheint ein Verehrer des heiligen Augustinus gewesen zu sein«, murmelte er überrascht, als er den Lederband aufschlug und den Titel las.

Dann stellte er das Buch wieder zu den anderen auf das Wandbord. Als er es in die Lücke neben der Eisenbüste schob, erkannte er auch, wen diese darstellen sollte: den Verfasser der *Bekenntnisse*. Denn in den dicken eisernen Buchrücken, auf dem der grob geformte Kopf ruhte, war der Titel des berühmten Werkes eingeritzt.

»Ehrliche Bekenntnisse zu Lebzeiten hätte ich mir auch von Movetti gewünscht«, murmelte Pater Angelico, nahm die brennende Öllampe und verließ das Kontor. Mit eiligen Schritten ging er den Korridor hinunter, um endlich am Ort des Geschehens dem Grund seiner Irritation auf die Spur zu kommen und einen hieb- und stichfesten Beweis dafür zu finden, dass Movetti nicht von eigener Hand gestorben war.

Der Vorhang zum Geschäftsraum war weit zurückgeschoben. Schwach roch es noch nach Urin und Fäkalien, das Hammelgericht dagegen machte sich nicht mehr bemerkbar. Stattdessen lagen die für das Geschäft eines Speziale so typischen Gerüche von vielerlei getrockneten Kräutern, Pulvern, Salben und Tinkturen in der Luft.

Pater Angelico leuchtete in den Laden. Als Erstes schaute er nach links, hinauf zu dem Strick, der sich noch immer dreimal um den Deckenbalken wand und dessen Ende eine gute Armlänge herabhing, bis dahin, wo der Färber Umberto sein Messer angesetzt und den Rest mit der Schlinge abgetrennt hatte. Die Lache unterhalb des Seils war verschwunden. Nur ein dunkler Fleck kündete davon, wo auf dem Dielenboden der Inhalt von Blase und Gedärm eine abscheuliche Pfütze gebildet hatte.

Der Tavernenjunge hatte ordentlich geputzt. Von der Ladentheke allerdings hatte er nur das verschüttete Essen entfernt, nicht aber Movettis Botschaft.

Bruder Bartolo stieß einen Laut des Erschreckens aus, als er in den Laden trat und das baumelnde Seil entdeckte. »Großer Gott, was hat das zu bedeuten?«, stieß er hervor, wobei er die Antwort schon ahnte. »Mir scheint, Ihr habt mir nicht reinen Wein eingeschenkt, als Ihr sagtet, dass der Speziale jäh aus dem Leben geschieden ist, Meister!«

»Nun, ist er das vielleicht nicht? Hier hat der Speziale sich gestern Abend erhängt, und der Tod am Strick ist doch eine recht jähe Form des Ablebens«, antwortete Pater Angelico. »Movetti hat sich die Schlinge um den Hals gelegt, weil er wegen seiner erdrückenden Schulden keinen anderen Ausweg sah.« Er wies auf die mit Kohlestift geschriebene Nachricht. »Zumindest will irgendein Diener Satans, dass Movettis Tod für Selbstmord gehalten wird, und das ist die Finte, die es hier aufzudecken gilt!«

Verblüfft hob der Novize den Blick von der Ladentheke und sah ihn an. »Ihr glaubt nicht an Selbstmord?«

»Nein, ganz und gar nicht!«, erklärte Pater Angelico mit Nachdruck. Zunächst hatte er nur vage gespürt, dass es bei Movettis Tod nicht mit rechten Dingen zugegangen war, doch inzwischen war er sich ganz sicher, dass Movetti nicht Selbstmord begangen hatte.

»Aber woher wollt Ihr das wissen, Meister?«

»Er hing dort an dem Balken, und zwar so tief, dass seine Schuhe fast bis auf die Höhe der Ladentheke herabreichten«, erklärte er, um seinen Novizen gleich darauf aufzufordern: »Und jetzt sag mir, was du siehst! Beschreib mir insbesondere den Ladentisch, und sag, welchen Platz darauf die Gerätschaften des Speziale einnehmen.«

Mit einem Schulterzucken stellte Bruder Bartolo die Laterne auf den Tresen, furchte die Stirn, sah sich aufmerksam um und sagte schließlich: »Mir ist zwar rätselhaft, was Ihr damit bezweckt, Meister Angelico, aber wenn Ihr wollt, will ich gern beschreiben, was Ihr selbst genauso gut vor Augen habt. Also, direkt vor uns befindet sich die Platte, an der er wohl beim Bedienen seiner Kundschaft gestanden und auf der er gestern seine … seine letzten Worte hinterlassen hat.«

»Und was befindet sich rechts davon?«

»Eine Reihe von verschieden großen Mörsern, drei aus Bronze und zwei aus Granit, wie mir scheint.«

Pater Angelico nickte. »Dein Auge trügt dich nicht. Und was siehst du links von Movettis Botschaft?«

Der Novize schüttelte verständnislos den Kopf. »Was soll ich schon sehen, Meister? Natürlich nichts weiter als drei gewöhnliche Waagen, wie jeder Speziale sie zum Abwiegen größerer wie auch kleinerer Mengen auf der Ladentheke stehen hat, und dahinter vier Töpfe aus buntem Steingut«, beschrieb er, was sie beide sahen und was genauso gewöhnlich war wie die Mörser auf der anderen Seite. »Was in Gottes Namen ist daran so verdächtig, dass Ihr nicht an Selbstmord glaubt?«

Ein freudloses Lächeln zeigte sich auf Pater Angelicos Gesicht. »Du hast recht, an den drei Waagen und den Majolika-Gefäßen ist nicht das Geringste ungewöhnlich, geschweige denn verdächtig«, räumte er ein. »Was jedoch stutzig macht und den Verdacht nährt, dass es sich um ein Verbrechen handelt, ist die Tatsache, *dass* die Waagen und Gefäße da stehen!«

Der Novize legte die Stirn in Falten, schaute noch einmal scharf hin und schüttelte abermals den Kopf. »Verzeiht, aber ich kann mir beim besten Willen nicht vorstellen, warum das auch nur irgendwie verdächtig sein sollte!«

Pater Angelico zögerte kurz und stellte sich dann auf den dunklen Fleck unter dem Seil. »So, jetzt schau noch einmal genau hin. Wo stehe ich im Verhältnis zu den Waagen und Gefäßen? Wohin zeigt meine linke Schulter?«

»Genau auf die dritte Waage, meinetwegen auch auf das erste Gefäß«, antwortete Bruder Bartolo.

»Und kommt es dir nicht merkwürdig vor, dass genau an der Stelle, wo Movetti sich angeblich die Schlinge um den Hals gelegt hat und von der Platte in den Raum zwischen Theke und Wand gesprungen ist, die Waagen und Schüsseln noch immer in Reih und Glied stehen?« Pater Angelico legte eine kurze Pause ein. »Um es gleich vorwegzunehmen: Die Schlinge hing nicht so weit von dem Balken herunter, dass er sie von der Theke aus hätte ergreifen, sich um den Hals legen und dann seitlich von den Gerätschaften in den Zwischenraum hätte springen können!«

Die Augen des Novizen weiteten sich. »Oh, das meint Ihr«, stieß er verblüfft hervor.

»Ja, genau das meine ich«, bekräftigte Pater Angelico.

»Aber wer sagt denn, dass er unbedingt auf die Theke hätte steigen müssen, um Selbstmord zu begehen?«, wandte Bruder Bartolo sogleich ein, und seine Augen begannen zu leuchten, glaubte er doch, die schaurige Mordhypothese seines Novizenmeisters mit einem Schlag in Makulatur verwandeln zu können. »Da ist doch ein Hocker! Er wird sich auf den Hocker gestellt und ihn mit den Füßen umgeworfen haben! So ist es gewesen, Meister!«

»Nein, so soll es *aussehen,* aber gewesen ist es so nicht!«, widersprach Pater Angelico mit düsterer Miene, ging zum Hocker und stellte ihn unter das Seil. »Hast du vergessen, dass ich dir gesagt habe, die Füße des Toten seien etwa auf einer Höhe mit der Tischplatte gewesen? Und nun sieh dir das an! Der Abstand zwischen der Sitzfläche des Hockers und der Oberkante der Theke beträgt etwa eine halbe Armeslänge. Movetti kann also unmöglich auf dem Hocker gestanden und sich die Schlinge um den Hals gelegt haben. Dafür war das Seil viel zu kurz.«

Der Novize schluckte. »Teufel auch«, entfuhr es ihm. »Wenn es stimmt, was Ihr sagt, ist er in der Tat weder von der Theke noch von dem Hocker in den Tod gesprungen! Dann war es tatsächlich kein Selbstmord, sondern …« Er zögerte, das Verbrechen, das er nicht mehr länger in Abrede stellen konnte, beim Namen zu nennen.

Das übernahm Pater Angelico. »Mord. Ich bin sicher, dass wir bei genauer Untersuchung weitere Beweise dafür finden, dass Movetti das Opfer eines teuflischen Verbrechens geworden ist«, sagte er grimmig. »Also, machen wir uns an die Arbeit, Bruder Bartolo!«

Er sollte recht behalten. Auf der blank polierten Platte nahe der Waagen entdeckten sie zwei schwache Schmutzflecken, die sich bei näherer Betrachtung als Teilabdrücke derben Schuhwerks erwiesen. Daraus schloss Pater Angelico, dass jemand, der – anders als der Speziale mit seinen weichen Tuchschuhen – derbe Stiefel getragen hatte, auf die Theke geklettert war. Vermutlich, um das Ende des Seils oben am Querbalken festzuknoten. Denn ein Mann von durchschnittlicher Körpergröße konnte den Balken von dort aus gut erreichen, wie er sich eigenhändig überzeugte.

Bei dieser Gelegenheit löste er den Knoten und wickelte das Seil vorsichtig von dem schweren Kantholz. Er kniff die Augen zusammen und blickte angestrengt zur oberen Kante des Balkens hinauf. »Reich mir die Laterne hoch!«

Der Novize streckte sie ihm so entgegen, dass er sie oben am Ring fassen konnte.

»Dachte ich es mir doch!«, stieß er mit grimmiger Genugtuung hervor.

»Was habt Ihr entdeckt, Meister?«

»Eine ganze Menge feiner Fasern an der vorderen und hinteren Kante des Balkens. Dabei sind die Stränge des Seils ganz und gar nicht mürbe. Und das bedeutet, dass ein schweres Gewicht am Ende des Seils hing, als es da oben über die Kante gezerrt wurde«, folgerte Pater Angelico, reichte dem Novizen die Laterne zurück und stieg von der Theke. Das Seil wickelte er vorsichtig zu einer kleinen Rolle auf und legte es an die Seite. »Gut möglich, dass Movetti schon tot war, als man ihn hier aufgeknüpft hat, um einen Selbstmord vorzutäuschen. Das wiederum legt die Vermutung nahe, dass es sich um zwei Täter gehandelt haben könnte.«

»Und woraus schließt Ihr das?«, fragte der Novize verwundert angesichts dieser kühnen Mutmaßung.

»Nun, wer immer da auf der Theke gestanden hat, kann den Speziale kaum von dort aus hochgezogen haben«, erklärte Pater Angelico. »Dabei wäre Movetti unweigerlich mit Armen oder Beinen zwischen die Waagen und Gefäße geraten.«

»Das ist wohl wahr!«

»Vermutlich haben sie ihn zu zweit hochgezogen. Einer hat unten hinter der Theke gestanden, vielleicht sogar auf dem Hocker, und Movettis Körper gehalten, während der andere von oben aus einen Gutteil des überschüssigen Seils um den Balken gewickelt und es dann an der seitlichen Stützstrebe verknotet hat.«

»Aber wer in Gottes heiligem Namen hat ihn umgebracht, wer hätte dazu überhaupt einen Grund gehabt?« Bruder Bartolos bleichem Gesicht war anzusehen, mit welcher Beklemmung es ihn erfüllte, sich zu dieser nächtlichen Stunde am Ort eines grausigen Verbrechens aufzuhalten.

»Das gilt es als Nächstes herauszufinden«, murmelte Pater Angelico mit grimmiger Entschlossenheit. Denn nur wenn er den oder die Mörder fand, durfte er noch hoffen, seine zweiundvierzig Florin oder zumindest doch einen Teil seines Geldes wiederzusehen. Und um wen es sich bei den Verbrechern handelte, meinte er zumindest zu ahnen.

»Wir sollten nun aber endlich von hier verschwinden, Meister!«, drängte der Novize mit beinahe flehender Stimme. »Wir haben uns lange genug der Gefahr ausgesetzt, dass jemand draußen auf der Gasse die Lichter hier durch den Laden geistern sieht!«

Pater Angelico nickte. »Du hast recht. Wir sollten unser

Glück nicht über Gebühr auf die Probe stellen«, sagte er und nahm die Öllampe, um sie wieder dorthin zu stellen, wo er sie gefunden hatte. Im Laden des Speziale gab es für sie ohnehin nichts mehr zu tun. Vorerst jedenfalls nicht. Wie er Commissario Scalvetti über seine Erkenntnisse ins Bild setzen, ja ob er das überhaupt tun sollte, darüber musste er erst noch in Ruhe nachdenken.

Als er die Öllampe im Kontor auf den Tisch stellte und sich vorbeugte, um die Flamme auszublasen, erregte eine Reflexion schräg links von ihm auf dem Boden seine Aufmerksamkeit. Dort lag noch immer der umgestürzte Stuhl. Etwas Metallisches, Blankes ragte ein Stück unter einer der zwei Finger breiten Latten der Rückenlehne hervor. Er bückte sich danach, hob es auf und sah zu seiner Verwunderung, dass es ein gerade mal daumenlanger, flacher Schlüssel war. Zumindest vermutete er angesichts der beiden flachen, kaum fingernagellangen Bärte, die rechts und links vom Ende des Stiftes abgingen, dass es sich um einen Schlüssel handelte.

»Meister, in Gottes heiligem Namen!«, flehte Bruder Bartolo von der Tür her.

»Schon gut, ich komme ja! Hab Vertrauen, Bruder«, raunte Pater Angelico zurück, zog seinen ledernen Brustbeutel unter der Tunika hervor, steckte den Schlüssel, oder was auch immer es war, ein und blies die Flamme aus. »Gott vergilt jedem Menschen, wie sein Tun es verdient!«

»Genau das fürchte ich!«

Pater Angelico wollte schon zu seinem Bund mit Nachschlüsseln und Dietrichen greifen, als er sich anders besann. Leise zog er die Tür ins Schloss. »Jetzt nichts wie zurück ins Kloster!«

»Ihr habt vergessen, wieder abzuschließen, Meister!«

»Nein, das habe ich nicht. Meinen Zwecken dient es besser, die Tür unverschlossen zu lassen.«

»Welchen Zwecken?«

Pater Angelico lächelte geheimnisvoll. »Wie heißt es so treffend bei Solomon: ›Ein tiefes Wasser sind die Pläne im Herzen des Menschen!‹ Und dabei wollen wir es erst einmal belassen«, erklärte er und blies nun auch die Flamme der Sturmlaterne aus.

7

Schon nach wenigen Stufen geriet der schwergewichtige Wollfabrikant Marsilio Petrucci in Atemnot. Er begann zu schnaufen, und feine Schweißperlen traten ihm auf die Stirn. Gerade vierzig war er im Sommer geworden. Doch wie er die Treppe vom lichtdurchfluteten Innenhof ins erste Obergeschoss seines brandneuen Palastes so mühsam erklomm, machte er eher den Eindruck eines alten Mannes, der sich mit letzter Kraft einen steilen Berg hinaufquält. Bei jedem stoßartigen Ausatmen plusterten sich seine fleischigen Hängebacken auf wie Blasebalge.

Pater Angelico folgte ihm in respektvollem Abstand, die Hände unter dem Skapulier gefaltet, wie es sich für einen Mönch, der gerade keine Arbeit zu verrichten hatte, geziemte. Er war nur vier Jahre jünger als der Wollfabrikant, und seine weißgraue Kutte unter der schwarzen Cappa schlotterte wahrlich nicht um einen mageren Leib. Aber neben Marsilio Petrucci, dem die Fettwülste wie Teigrollen über den Kragen des kirschroten Seidenwamses quollen, musste er selbst mit seiner kräftigen Statur noch geradezu schlank erscheinen. Im Leben, wie auch in der Malerei, war eben alles eine Frage der Perspektive!

Auf halbem Weg hinauf zur umlaufenden Galerie blieb der Großkaufmann stehen. Es war augenfällig, dass er eine Verschnaufpause brauchte, doch eitel, wie er war, versuchte er das zu kaschieren. Er drehte sich zu Pater Angelico um und tat so, als sei ihm soeben etwas Wichtiges eingefallen, das er unbedingt hier und jetzt aussprechen müsse.

»Was ich Euch noch sagen wollte, Pater Angelico«, stieß er kurzatmig hervor und stützte sich mit einer Hand auf den Geländerhandlauf, der aus feinstem Marmor gearbeitet war. »Ihr kommt als Freskenmaler mit den besten Empfehlungen Seiner Magnifizenz Lorenzo de' Medici. Deshalb sollt Ihr in allem freie Hand haben.« Er holte ein paar Mal gierig Luft, und sein Blick ruhte dabei kurz auf der weißen, dünnen Narbenlinie, die sich über die linke Wange des Dominikaners zog. »Ich werde Euch auch keine Beschränkung auferlegen, was die Verwendung des kostbaren Ultramarins und anderer edler Farben betrifft.«

Bei dem Wort Ultramarin zuckte Pater Angelico kaum merklich zusammen. Es fiel ihm an diesem Morgen schon schwer genug, sich die Wünsche dieses steinreichen Großkaufmanns aufmerksam anzuhören und dabei auch noch Interesse sowie – im Namen des Klosters – Dankbarkeit zu heucheln. Er hätte so viel Wichtigeres zu tun gehabt, etwa, Commissario Scalvetti davon zu überzeugen, dass Movetti ermordet worden war, ohne sein nächtliches Eindringen in das Haus des Speziale gestehen zu müssen.

Aber vorher musste er dieses Auftragsgespräch hinter sich bringen und dem Wollfabrikanten den gebührenden Respekt zollen, so schwer es ihm auch fallen mochte. Immerhin ging es auch um den Ruf des Klosters und die Verpflichtung, die sie alle gegenüber ihrem mächtigen Patron hatten.

»Ich weiß Euer Vertrauen und Eure Großzügigkeit zu schätzen. Als Maler hört man solche Worte eher selten«, erwiderte er deshalb und neigte zum Zeichen der Anerkennung leicht den Kopf.

Insgeheim wünschte er jedoch, der reiche Großkaufmann hätte das Wort Ultramarin nicht in den Mund genommen, denn bei ihm löste es sofort heftiges Magendrücken aus.

Marsilio Petrucci machte eine großspurige Geste. »Nehmt vom Besten, und nehmt reichlich! Spart nicht an blauen Gewändern und prächtigen Himmeln, Pater Angelico! Die Kosten spielen keine Rolle, solange Ihr nur auch in meinen Diensten Eurem Ruf gerecht werdet und Eure Fresken meine Erwartungen erfüllen.«

»Fürwahr, wer Geld hat, fährt mit sicherem Wind!«, entfuhr es Pater Angelico.

Der Wollfabrikant, der mit dem Zitatenschatz der Antike offensichtlich wenig vertraut war, bedachte ihn mit einem irritierten Blick. »Wie meint Ihr das?«

Pater Angelico verkniff sich die Bemerkung, die ihm als einzig passende Antwort für diesen selbstgefälligen Prahlhans auf der Zunge lag und an deren Bedeutung der Fabrikant gewiss keinen Zweifel gehabt hätte. Diese Dreistigkeit aber durfte er sich nicht herausnehmen, auch wenn ihm der Mann noch so unsympathisch war. Und das war er schon gewesen, noch bevor er ihm hier in aller Herrgottsfrühe persönlich begegnet war.

Er hielt sich weiß Gott nicht zum ersten Mal im Haus eines mächtigen und reichen Mannes auf und war es gewohnt, sich von solch hohen Signori dünkelhaftes Gerede anzuhören, aber noch nie hatte er einen Palazzo betreten, dessen Besitzer seinen Reichtum so aufdringlich und zudem noch so geschmacklos zur Schau gestellt hatte wie dieser fettleibige Marsilio Petrucci!

»Nun, der Hintersinn, mit dem Titus Petronius zu Neros Zeiten seine Schriften gespickt hat, ist wahrlich nicht jedermanns Sache, Signore Petrucci«, antwortete er scheinbar verständnisvoll und zwang sich zu einem verbindlichen Lächeln, bevor er mit der trügerisch schmeichelnden Erklärung fortfuhr: »Der gute Horaz hat es da wohl um einiges besser getroffen, als er kurz und knapp feststellte: ›Adel und Schönheit schenkt das die Welt beherrschende Geld!‹ Und von welchem Adel und welcher Schönheit Euer Geld zeugt – nun, um darüber urteilen zu können, reicht es völlig, den Blick nur einmal kurz durch Euren Palazzo schweifen zu lassen.« Er zwang ein weiteres falsches Lächeln auf sein Gesicht und deutete eine Neigung des Kopfes an, als zollte er dem hervorragenden Geschmack seines Gegenübers stumme Anerkennung.

Das teigige Gesicht von Marsilio Petrucci, der sich geschmeichelt glaubte, überwand sein Misstrauen und begann zu strahlen wie ein in Schmalz gebackener Ballen.

»Beim Blute Christi, das will ich wohl meinen! Der Palazzo hat mich ein Vermögen gekostet! Jetzt fehlen nur noch Eure Fresken. Ihr müsst mir etwas ganz besonders Glanzvolles malen.«

»Was ich mit dem Pinsel zum Lobpreis Gottes schaffe, ist stets das Beste, was ich zu geben vermag. Darauf habt Ihr mein Wort.« Unwillkürlich runzelte Pater Angelico die Stirn. Dass der Mann nicht von einem Fresko, sondern scheinbar ganz selbstverständlich von mehreren Arbeiten sprach, während sein Prior nur ein Gemälde erwähnt hatte, weckte eine unangenehme Ahnung in ihm. Hatte sein Klosterober ihn womöglich bewusst über das, was ihn im Palazzo von Marsilio Petrucci erwartete, getäuscht? Er konnte nur hoffen, dass dieser dunkle Verdacht sich als unbegründet erwies.

»Gut! Dann wollen wir hier nicht länger herumstehen! Man erwartet mich gleich nach der Morgenmesse im Regierungspalast zu wichtigen politischen Beratungen. Seine Magnifizenz baut auf meine Unterstützung«, verkündete der Hausherr. »Also kommt und seht Euch den Ort an, den Ihr mir kunstvoll ausschmücken sollt!« Damit wandte Marsilio Petrucci sich um, holte noch einmal tief Luft und nahm den Kampf mit dem letzten Dutzend Stufen zur Galerie auf.

Pater Angelico verdrehte hinter dem massigen Rücken des Wollfabrikanten die Augen. Wer hatte denn mitten auf der Treppe haltmachen müssen, weil er wie ein Fisch auf dem Trockenen japste?

Endlich hatten sie die umlaufende Galerie erreicht, durch deren elegant geschwungene Rundbögen man hinunter in den Innenhof mit dem leider viel zu protzigen Springbrunnen blickte.

Marsilio Petrucci stampfte die Galerie entlang, auf eine mit prächtigen Schnitzarbeiten verzierte Tür am anderen Ende zu. Die stieß er schwungvoll auf und rief stolz: »Hier ist sie, meine eigene Hauskapelle, der Ort, an dem Ihr zeigen könnt, was in Euch steckt, Pater Angelico!«

Wortlos folgte der Mönch ihm durch die Tür, blieb wie der Hausherr nach wenigen Schritten stehen und sah sich in dem langgestreckten Raum mit den beiden eher schmalen Rundbogenfenstern auf der rechten Seite um.

Viel gab es nicht zu sehen, überhaupt nichts, genau genommen – wenn man von den vier verglasten Wandlaternen absah, deren Öllichter den ansonsten völlig kahlen Raum erhellten.

Er maß vielleicht zehn, zwölf Schritte in der Länge und etwas weniger als die Hälfte davon in der Breite. Die Decke hatte ein Tonnengewölbe, und der hintere Teil, der einmal den Hausaltar aufnehmen sollte, erinnerte mit seiner abgerundeten Nischenform entfernt an eine Apsis.

Trotz der warmen Wollkutte fröstelte Pater Angelico plötzlich. Es war nicht allein die Kühle der dicken Steinwände, die ihm in die Knochen drang und tiefes Unbehagen einflößte. Da war noch etwas anderes, das er jedoch nicht zu benennen vermochte. Es war ein seltsamer, unbestimmter Widerwille dagegen, sich länger als notwendig in diesem Raum aufzuhalten. Am liebsten hätte er die Hauskapelle mit ihren nur roh verputzten Wänden auf der Stelle wieder verlassen.

Aber sein Kloster konnte das Geld, das der Wollfabrikant für seine Arbeit zu zahlen bereit war, gut gebrauchen, und er stand bei Prior Vincenzo Bandelli im Wort – wenn er es auch nur sehr widerwillig gegeben hatte. Und so sagte er sich, dass sein Unbehagen vielleicht nur von der bedrückenden Aussicht herrührte, dass der Winter vor der Tür stand und er ausgerechnet in dieser Jahreszeit in diesem kahlen Raum ausharren musste, bis der Auftrag ausgeführt war.

»Ich nehme an, das Fresko, das Ihr in Auftrag geben wollt, soll die Wand hinter dem Altar bedecken.« Pater Angelico wies auf die halbrunde Stirnwand.

Der Wollfabrikant bedachte ihn mit einem halb ungläubigen, halb empörten Blick. »Ihr beliebt zu scherzen, Bruder! Ich habe Eurem ehrenwerten Prior bestimmt nicht hundert Goldstücke als erste Hälfte Eurer Entlohnung auf den Tisch gezählt, damit Ihr mir ein gefälliges kleines Fresko dort ins Rund malt. Selbstverständlich sollt Ihr die gesamte Hauskapelle ausmalen, Pater Angelico! So habe ich es mit Eurem Oberen ausgemacht. Und ich denke doch, das Wort des Priors von San Marco, das zudem noch unter dem Patronat Seiner Magnifizenz Lorenzo steht, gilt!«

Trotz der Ahnung, die ihn schon auf der Galerie beschlichen hatte, wollte der Pater zunächst kaum glauben, was der Wollfabrikant ihm da eröffnete. Um ein Haar wäre ihm die Kinnlade heruntergeklappt. Die gesamte Kapelle mit Fresken ausmalen! Er hatte Mühe, sein Mienenspiel unter Kontrolle zu halten, was bei dem jäh in ihm aufsteigenden Zorn auf den Prior nicht einfach war.

Mit keinem Wort hatte Vincenzo Bandelli ihn bei ihrem kurzen

Gespräch nach der Prim darauf vorbereitet, dass es bei dem Wollfabrikanten nicht um ein einzelnes Fresko, sondern das vollständige Ausmalen einer geräumigen Hauskapelle ging! Eine Arbeit, die mehrere Monate in Anspruch nehmen würde, vermutlich sogar den ganzen Winter.

Voller unbrüderlicher Wut musste er zur Kenntnis nehmen, dass sein Oberer wieder einmal über seinen Kopf hinweg eine Abmachung getroffen und ihn mit der Annahme der hundert Florin vor vollendete Tatsachen gestellt hatte. Dabei wusste der Prior genau, dass er mit dem Tafelbild noch nicht fertig war und im Anschluss daran eigentlich den Krankensaal im Kloster der Barmherzigen Schwestern von Santa Catarina ausschmücken wollte – und zwar allein gegen Erstattung seiner Auslagen. Das war nun mit einem Schlag in weite Ferne gerückt. Was dem Prior natürlich mehr als gelegen kam. Denn ein solches Geschenk an die Barmherzigen Schwestern brachte in der eigenen Klosterkasse nichts zum Klingeln, ganz im Gegensatz zu den Goldstücken, die dieser fette Großkaufmann in die Geldtruhe von San Marco regnen ließ!

»Ihr steht doch zu dem Wort, das Euer Klosteroberer mir in Eurem Namen gegeben hat, Pater Angelico?«, hakte Marsilio Petrucci ungeduldig nach, als der Dominikaner zu lange schwieg, und fixierte ihn scharf. »Oder traut Ihr Euch eine solche Arbeit plötzlich nicht zu?«

Pater Angelico riss sich zusammen. Bei Gott und der seligen Jungfrau, sein Prior würde nachher etwas zu hören bekommen! Aber jetzt musste er erst einmal gute Miene zum bösen Spiel machen. Wie groß sein Zorn auf Vincenzo Bandelli auch sein mochte und wie heftig seine Abneigung gegen Marsilio Petrucci – den Auftrag jetzt abzulehnen, das verbot sich von selbst. Dank der Verschlagenheit seines Oberen stand er im Wort, ob es ihm nun passte oder nicht. Einen mächtigen Mann wie den Wollfabrikanten, der zum engen Kreis der Medici gehörte, stieß man nicht ungestraft vor den Kopf. Ganz abgesehen davon, dass San Marco tief in der Schuld des Hauses Medici stand und Lorenzo dort sogar seine eigene Zelle hatte, in die er sich auch gelegentlich zu geistiger Versenkung zurückzog. Nicht zuletzt fühlte Pater Angelico sich durch die letzte provokative Frage des feisten Großkaufmanns bei seiner Ehre gepackt.

»Gewiss gilt das Wort, das mein Prior Euch gegeben hat«, versicherte er also. »Und ebenso gewiss dürft Ihr darauf vertrauen, dass meine Fresken dieses Ortes der Anbetung würdig sein werden!«

»Wunderbar! Nichts anderes wollte ich hören!« Marsilio Petrucci strahlte ihn an und klatschte in die fleischigen Hände wie ein kleines Kind, das endlich das heißersehnte Geschenk erhält.

»Welche biblischen Szenen schweben Euch denn für die Fresken vor?«, fragte Pater Angelico, sich schweren Herzens wieder auf das Unabwendbare konzentrierend. »Und welche Wandflächen habt Ihr dafür vorgesehen?«

Marsilio Petrucci vollführte mit dem rechten Arm, der in einem bauschigen und vielfach geschlitzten Seidenärmel steckte, eine den gesamten Raum umfassende Bewegung. »Was Ihr seht, ist das, was Ihr mit Fresken zu bedecken habt. Und zwar mit solchen, die Eurer Kunst und dem Namen des Hauses Petrucci zum Ruhme gereichen«, erklärte er mit der ganzen Selbstgefälligkeit seiner Klasse. »Hier, links, vielleicht ein paar Szenen aus dem Alten Testament, vor allem eine bildstarke Schöpfungsgeschichte; an der Decke etwas aus dem Leben der Heiligen oder Ähnliches, auf jeden Fall Heilige und ihr Martyrium; dann müssen die Seitenwände den segensreichen Geschehnissen aus dem Neuen Testament vorbehalten sein. Christi Passion in all ihren Stationen? Na, Ihr wisst schon, was ich meine. Teilt die Flächen so auf, dass einem der Atem stockt, sobald man diese Kapelle betritt!«

Pater Angelico seufzte im Stillen. *O sancta simplicitas!* Unwillkürlich fiel ihm ein Spruch des weisen Salomon ein: *Zu hoch hängt dem Toren die Weisheit.* Es fehlte nicht viel, und er hätte ihn vor sich hin gemurmelt. Das verkniff er sich jedoch und wandte stattdessen mit einem sarkastischen Unterton ein: »Darf ich Euch daran erinnern, dass sowohl das Alte wie auch das Neue Testament mehr als nur eine Handvoll bedeutender Szenen zur bildlichen Darstellung anbieten? Ihr werdet mir Eure Wünsche diesbezüglich schon etwas konkreter mitteilen müssen.«

Marsilio Petrucci verzog unwillig das Gesicht und wedelte ungeduldig mit der Rechten. »Nun ja … also dann … dann fangt meinetwegen hier links mit … mit der Vertreibung aus dem Paradies an!«, beschloss er spontan und erwärmte sich augenblicklich für seinen Einfall, dem offensichtlich keine wie auch immer geartete vorherige Überlegung zugrunde lag, den er aber ebenso offensichtlich für einen genialen Geistesblitz hielt. »Ja, fangt mit dem Sündenfall an!« Ein selbstzufriedenes Lächeln vertrieb den Unwillen von seinem Gesicht. »Malt mir erst einmal eine schöne Eva, wie sie den Apfel vom Baum der Erkenntnis pflückt. Was die Auswahl der anderen biblischen Szenen betrifft, so …«

Weiter kam er nicht, denn in dem Augenblick fiel ihm von der Tür her eine weibliche Stimme ins Wort und beendete den Satz für ihn.

»… so lasst Ihr Euren Malermönch am besten die Fresken kopieren, wie sie in der Hauskapelle Eures großmächtigen Gönners Lorenzo de' Medici zu finden sind«, spottete sie und steigerte sich schon im nächsten Satz ins Beißende: »Warum wollt Ihr ausgerechnet in diesem einen Punkt auf eine Kopie verzichten, wo Ihr Euch doch in allem anderen so treu der Nachahmung unseres Ersten Bürgers verschrieben habt, mein Vater?«

8

Verblüfft fuhr Pater Angelico herum und blickte zur Tür. Eine anmutige Gestalt in einem Gewand aus aprikosenfarbenem Damast hatte den Raum betreten und kam auf sie zu. Ein weinroter Seidenschal war mehrfach kunstvoll um ihren Hals drapiert, so dass er bis an Ohren und Kinn reichte, und wurde vor der Brust von einer wunderschönen Kamee mit einem ungewöhnlichen erhabenen Relief zusammengehalten.

Über dem kostbaren Kleid trug die Frau eine cremefarbene *mantella,* die in weiten Falten bis fast auf den Boden reichte. Unter der mit Perlen bestickten Haube drängte an den Seiten gelocktes Haar hervor, das im Licht der Wandlampen wie polierter Bernstein schimmerte. Ein Schleier aus feinster Spitze fiel vor ihrem Gesicht herab. Der zarte Stoff bewegte sich leicht, als sie näher kam.

Marsilio Petrucci lachte verlegen auf. »Verzeiht meiner ältesten Tochter die überaus unschickliche Art, sich ungefragt in ein Gespräch unter Männern zu mischen, Pater Angelico«, bat er mit leicht gequälter Miene. »Lucrezias Mutter, möge ihre Seele in Frieden ruhen und Gottes Barmherzigkeit erlangen, sind in der Erziehung einige bedauerliche Nachlässigkeiten unterlaufen. Aber die Fülle ihrer Vorzüge macht diesen kleinen Makel, der mit Gottes Beistand wohl bald abgeschliffen sein dürfte, mehr als wett.«

Dass seine Tochter eine Fülle von Vorzügen besaß, glaubte Pater Angelico dem Kaufmann nicht nur aufs Wort, er hatte sie im nächsten Augenblick auch schon vor Augen. Und zwar nicht nur die wohlproportionierten Formen eines schlanken weiblichen Körpers, denen der edle Stoff ihres Mieders beinahe so eng folgte wie die liebkosende Hand eines Liebhabers. Nein, dazu fiel auch noch das Licht einer der Öllampen durch das feine Gitterwerk ihres Schleiers und enthüllte die bestrickenden, von Locken umspielten Gesichtszüge einer Frau von vielleicht achtzehn, neunzehn Jahren. Zudem war ihm, als entdecke er hinter dem Spitzengewebe auch noch ein goldgesprenkeltes Funkeln in ihren grünen Augen.

Als Lucrezia an ihrem Schal herumzupfte, bemerkte Pater Angelico nicht nur, dass das Relief der Kamee den heiligen Judas Thaddäus darstellte, sondern auch, dass sie keinen Ring trug, also noch unverheiratet war. Das verwunderte ihn angesichts ihrer Schönheit, aber mehr noch wegen ihres Alters. Mädchen waren in der Regel mit zwölf heiratsfähig, und damit hätte die Tochter des Wollfabrikanten nach Florentiner Sitte schon gute vier, fünf Jahre unter der Haube und Mutter von mehreren Kindern, vorzugsweise Söhnen, sein müssen.

Dass dem nicht so war, erschien ihm genauso rätselhaft wie der Schleier, den sie als unverheiratete Frau im eigenen Elternhaus trug. Den schwarzen Trauerflor der Witwe einmal ausgenommen, sah man schon seit Jahrzehnten selbst außer Haus nur noch selten verschleierte Frauen. Und wenn, handelte es sich bei solchem Schleier zumeist auch nur um koketten Schmuck beim Kirchgang, und es waren ausschließlich die Gemahlinnen hochgestellter Männer, die so etwas trugen. Zu groß war die Lust der Florentiner Damenwelt, sich in der Öffentlichkeit auf möglichst aufreizende, oft sogar schamlose Weise zu präsentieren. Wobei die Männer mit ihren eng anliegenden seidenen Beinkleidern und betont großen Schamkapseln den Frauen in nichts nachstanden. Dagegen hatten auch die strengen Luxusgesetze nichts ausrichten können, die schon zur Zeit von Cosimo de' Medici erlassen worden waren und seit ebenjenen Tagen beharrlich ignoriert wurden.

Warum also der Schleier?

Ihrem Betragen nach zu urteilen, gehörte Lucrezia Petrucci

nicht zu jenen züchtigen Frauen, die auf Schicklichkeit achteten und ihren Platz in der Gesellschaft kannten. Diese Einschätzung sollte er schon wenige Augenblicke später voll und ganz bestätigt sehen.

»Meine Liebste, das ist Pater Angelico vom Kloster San Marco, der uns malen wird«, stellte Marsilio Petrucci ihn seiner Tochter vor.

Dass der Wollfabrikant offenbar nicht nur sich selbst, sondern auch seine hübsche Tochter auf den Fresken verewigt sehen wollte, hörte Pater Angelico zwar zum ersten Mal, doch es wunderte ihn nicht im mindesten. Die meisten Altarbilder und kirchlichen Wandgemälde zeigten nicht nur den Heiland, die Muttergottes, die Jünger und die große Schar der Heiligen in zumeist vertrauter, idyllischer toskanischer Landschaft, als hätten die Maler nie davon gehört, dass sich das gnadenreiche Erlösungsgeschehen in einem fernen und kargen Landstrich namens Judäa ereignet hatte. Vielmehr fanden sich in den biblischen Bildern stets auch zahlreiche stadtbekannte Gesichter aus den Reihen der *nobili* und *grandi,* die diese Tafelbilder und Fresken in Auftrag gegeben hatten.

Pater Angelico deutete eine Verbeugung an. »Gottes Segen sei mit Euch, Donzella Lucrezia«, begrüßte er die Dame, wie es sich für einen Mönch geziemte.

Ihre Erwiderung entsprach jedoch ganz und gar nicht dem, was als Antwort aus dem Mund einer jungen und zudem unverheirateten Frau gegenüber einem Mann der Kirche geboten gewesen wäre.

»Ja, das wäre mal eine erfreuliche Abwechslung«, erwiderte sie tatsächlich. »Mit dem väterlichen Segen ist es nämlich so eine Sache. Der reicht gerade von hier bis hinter die Mauern des nächsten Nonnenkonvents!«

»Lucrezia! Zähme dein lockeres Mundwerk!«, wies der Vater

sie sofort zurecht, doch er schien eher verlegen als entrüstet. Derart respektlose Äußerungen schienen im Haus Petrucci nichts Neues zu sein. »Du wirst dich augenblicklich für dein ungehöriges Benehmen entschuldigen!«

Lucrezia gab einen theatralischen, langgezogenen Seufzer von sich und senkte scheinbar beschämt den Kopf. »Nun, wenn es meinem Seelenheil dient, will ich ob meiner frechen Rede wohl bittere Reue zeigen und Euch, Pater Angelico, um großmütige Nachsicht bitten.« Und noch bevor dieser etwas erwidern konnte, fügte sie hinzu: »Genügen ein Dutzend Vaterunser und sechs Ave Maria?«

»Meint Ihr nicht, dass Ihr damit allzu hart mit Euch ins Gericht geht?«, antwortete Pater Angelico ebenso schlagfertig.

Sie lachte kurz auf, aber es klang alles andere als belustigt. Und ihre Augen hinter dem zarten Schleier versprühten ein Feuer, das von nur mühsam beherrschter Wildheit kündete. »Ihr habt recht, ich sollte mir ein leichteres Joch auferlegen, solange mir noch ein wenig Freiheit vergönnt ist. Es reicht wirklich, dass ich den Rest meines Lebens mit frommen Gebeten und den Zurechtweisungen verbiesterter alter Jungfern verbringen soll.«

»Lucrezia«, fuhr Marsilio Petrucci dazwischen, »schweig endlich!«

Sie aber dachte nicht daran, dem Vater zu gehorchen. Mühsam beherrschter Zorn und Bitterkeit lagen in ihrer Stimme, als sie unbeirrt fortfuhr: »Was meint Ihr, darf ich dann vielleicht auch so wie Ihr zu Pinsel und Farbe greifen, um der klösterlichen Eintönigkeit wenigstens dann und wann zu entfliehen? Der Psalter ist mir durchaus kostbar, aber ich meine, man muss ja nicht gleich über Nacht heilig werden wollen, oder?«

Für einen Moment war Pater Angelico nun doch sprachlos. Ärger flammte in ihm auf. Von einem verzogenen jungen Weiberrock so dreist verspottet zu werden, das war er nicht gewohnt.

Dass der Vater sie offenbar hinter Klostermauern zu schicken gedachte, hatte schließlich nicht er zu verantworten. Allerdings meinte er nach diesem empörenden Wortwechsel zu verstehen, warum Lucrezia trotz ihrer äußeren Anmut nicht längst verheiratet war und nun Nonne werden sollte.

»Das dürfte bei Euch ohnehin kaum der Fall sein. Jedenfalls legt Euer Betragen nicht gerade die Vermutung nahe, dass Ihr den Stand der Heiligkeit in überraschend kurzer Zeit erreichen könntet«, entgegnete er spitz. Weil er aber kein Verlangen danach hatte, sich mit dieser despektierlichen Person in ein Streitgespräch einzulassen, beherrschte er seinen Ingrimm und fügte einlenkend hinzu: »Über alles andere mag ich mir kein gesichertes Urteil herausnehmen. Natürlich kann die Herrschaft der Gewohnheit zuweilen eine schwere Last sein, egal ob in einem Palazzo oder in einem Kloster.«

Lucrezia, die ihm ihre linke Seite zuwandte, so als habe er ihre ungeteilte Beachtung nicht verdient und als wolle sie ihm gleich den Rücken zukehren, bedachte ihn über die hochgezogene Schulter hinweg mit einem verächtlichen Blick. Schon setzte sie zu einer zweifellos ungehörigen Erwiderung an, doch ihr Vater kam ihr zuvor.

Er legte ihr warnend eine Hand auf den Arm und stieß hastig hervor: »Um der Liebe Gottes willen, seht es meiner Tochter nach, dass sie sich wie ein schamloses Gassenmädchen gebärdet! Gewiss habt Ihr längst durchschaut, dass es ihr weniger darum geht, Euch zu empören, als vielmehr darum, mich mit ihren anstößigen Reden zu verletzen und vor Euch bloßzustellen.«

Pater Angelico neigte knapp und wortlos den Kopf und gab sich alle Mühe zu lächeln.

»Dass ich auf das Ansehen des Hauses Petrucci achten und daher tun muss, was in ihrem Fall nun mal getan werden muss, wird meine Tochter eines hoffentlich nicht allzu fernen Tages einsehen«, fuhr Marsilio Petrucci eilig fort. »Sie hat ja auch in anderen Dingen einen sehr wachen und gesunden Geist.«

»Ja, wenn doch bloß mein Geist beschädigt und dafür der Körper makellos wäre«, warf Lucrezia bitter ein. »Aber es ist ja meine eigene Schuld, dass du mich nicht an irgendeinen Mann von halbwegs vornehmer Herkunft loswirst und mich stattdessen hinter Klostermauern verstecken musst, nicht wahr?«

Verständnislos sah Pater Angelico von einem zum anderen. Wovon redeten die beiden?

»Jetzt ist aber endgültig genug!«, herrschte Marsilio Petrucci seine Tochter an. Er wirkte tief verletzt. »Du weißt nicht, was du da sagst! Du wirst immer mein Augenstern bleiben, mein Kind! Würde ich sonst darauf bestehen, dass Pater Angelico, der als einer der besten Freskenmaler unserer Stadt gerühmt wird, dich hier für mich und die Nachwelt verewigt? Ich habe nämlich beschlossen, dass er sowohl der paradiesischen Eva als auch der Heiligen Muttergottes dein Gesicht verleiht«, verkündete er sichtlich erregt. »Also mach es uns allen doch nicht noch schwerer, als es auch so schon ist! Du weißt, dass ich gar keine Wahl habe!« Beinahe flehend sah er sie an.

»Ja, das weiß ich nur zu gut. Aber schwer wird etwas ganz anderes werden, Vater.« Lucrezia klang jetzt durch und durch höhnisch. »Soll er auch meinen Makel malen? Oder habt Ihr Eurem frommen Maler im Habit vielleicht noch gar nicht mitgeteilt, dass …«

Sie kam nicht dazu, ihren Satz zu vollenden. Denn ein livrierter, dunkelhäutiger Haussklave stürzte herein und meldete aufgeregt: »Verzeiht die Störung, Herr! *Il Magnifico* ist mit seiner Leibgarde eingetroffen! Der Signore wartet auf Euch, Herr! Er lässt ausrichten, dass er auch Eure Begleitung zur Morgenmesse im Dom wünscht!«

Marsilio Petrucci machte ein verblüfftes Gesicht. »Heiliges

Märtyrerblut, ist es schon so spät?« Die Frage war rein rhetorischer Natur, denn es spielte keine Rolle, ob er sich in der Zeit verschätzt oder nicht damit gerechnet hatte, den Medici auch zur Morgenmesse zu begleiten. Wenn Il Magnifico, der Prächtige – und ungekrönte Fürst von Florenz – einen Wunsch äußerte, kam das einem Befehl gleich. »Ihr müsst mich entschuldigen, Pater Angelico! Lasst uns später über die Einzelheiten Eures Auftrags reden. Macht Euch in der Zwischenzeit schon mal Gedanken, mit welchen Szenen Ihr meine Hauskapelle ausschmücken wollt, aber ich muss jetzt eilen! Ihr habt es ja gehört: Seine Magnifizenz wünscht meine Begleitung und meinen Rat!«

»Wartet einen Moment!« Pater Angelico trat ihm in den Weg und fasste sich ein Herz. »Ich fürchte, Ihr werdet Euch doch um einen anderen Maler bemühen müssen!«

Das Unbehagen, das er angesichts dieses Auftrags vom ersten Moment an verspürt hatte, war mit Lucrezias Erscheinen zu einem Widerwillen geworden, wie er ihn noch nie zuvor empfunden hatte. Alles in ihm sträubte sich dagegen, diese Arbeit anzunehmen. Die Tochter des Großkaufmanns hatte etwas an sich, das ihn verstörte, ja fast erschreckte. Und das war nicht nur die mühsam bezähmte Wildheit, die er in ihren Augen hatte aufblitzen sehen. Was immer es auch sein mochte, eine Vorahnung sagte ihm, dass er gut beraten war, jetzt nichts unversucht zu lassen, um den Palazzo der Petrucci nicht wieder betreten zu müssen.

Marsilio Petrucci machte ein verdattertes Gesicht. »Wie bitte?«

»Ja, ich bedaure, dass ich den Auftrag nicht annehmen kann, Signore Petrucci«, bekräftigte Pater Angelico und nahm Zuflucht zu einer Lüge, die er jedoch unter den gegebenen Umständen für lässlich hielt. »Bei gründlicherem Nachdenken sind mir doch arge Zweifel gekommen, ob ich für diese Aufgabe der richtige Mann bin – und zwar allein schon, was die Zeit angeht. Ich hatte mit ein oder zwei kleineren Fresken gerechnet, nicht aber mit der

Ausmalung einer ganzen Kapelle! Ihr seht mich ob Eures Vertrauens in meine Fähigkeiten zwar überaus geschmeichelt, aber das ist eine Arbeit, die zweifellos viele Monate in Anspruch nehmen wird. Und als Mönch kann ich unmöglich so lange ein Leben außerhalb meines Konvents …«

»Ach was«, fiel der Fabrikant ihm beinahe belustigt ins Wort und wedelte mit der Hand, als wollte er die Einwände wie ein lästiges Insekt beiseitewischen. »Ihr werdet das bestens machen, da bin ich ganz sicher. Und was Eure Pflichten als Mönch betrifft, so habe ich das Wort Eures Priors, dass er Euch so lange von allen anderen Aufgaben freistellt, wie Ihr eben für die Ausmalung meiner Kapelle benötigt. Ihr seht, es ist alles geklärt und in trockenen Tüchern.« Er zwinkerte ihm zu.

In dem Gefühl, in der Klemme zu sitzen, schluckte Pater Angelico schwer. »Das mag sein, aber ich kann Euch …«

Marsilio Petrucci ließ ihn auch diesmal nicht ausreden. »Kein Wenn und Aber mehr! Es bleibt dabei, Ihr malt meine Kapelle aus!«

Pater Angelicos innere Stimme begehrte heftig dagegen auf, dass damit das letzte Wort gesprochen sein sollte. *Bleib hart! Erfinde irgendeine Ausrede, warum du die Fresken nicht malen wirst! Und wenn du mit deinen Lügen Sünde auf deine Seele lädst!*, riet sie ihm eindringlich. *Nur sorge um jeden Preis dafür, dass dieser bittere Kelch an dir vorübergeht!*

Doch er wusste beim besten Willen nicht, welche Ausflucht er noch vorbringen sollte, und zögerte zu lange.

Schon fuhr Marsilio Petrucci in verändertem, hartem Ton fort: »Euer Prior hat den Auftrag im Namen Eures Klosters angenommen, und ich zweifle nicht daran, dass Ihr Euch Eurer Verpflichtung gegenüber Eurem Prior und Euren Mitbrüdern bewusst seid. Auch hat Seine Magnifizenz Euch nicht ohne Grund empfohlen! Und Ihr wollt doch nicht, dass ich mich gezwungen sehe, mich bei ihm darüber zu beklagen, dass Ihr nun plötzlich anderen Sinnes geworden seid, nicht wahr? Nein, ich glaube nicht, dass das nötig sein wird!« Damit klopfte er dem Pater jovial auf die Schulter und stapfte, schwerfällig wie ein Ochse durch tief verschlammtes Gelände, davon.

Wütend sah Pater Angelico ihm nach. Dabei war er auf sich selbst noch viel wütender als auf den anmaßenden, selbstgefälligen Wollfabrikanten, der mit dem Haus Medici auf bestem Fuße stand.

In seinem Rücken lachte Lucrezia halb sarkastisch, halb schadenfroh. »Dann überlegt Euch schon mal, wie Ihr aus fehlerhafter Ware wie mir eine makellose und Heilige Jungfrau macht!« Damit rauschte sie unter dem seidigen Knistern und Rascheln ihrer Gewänder an ihm vorbei und ließ ihn in der kahlen Kapelle stehen wie einen beliebigen Lakaien.

9

Hinter den dicken Klostermauern von San Marco war es noch immer nächtlich kühl, als Pater Angelico mit wehendem Umhang und wild um die Beine schlagender Kutte den dämmrigen Gang entlang zum *studiolo,* dem Arbeitszimmer, seines Priors stürmte.

Eine ganze Hauskapelle ausmalen! Mitsamt der Decke! Als hätte er nach dem Tod Movettis, bei dem es sich ganz eindeutig um Mord handelte, nicht schon genug Probleme am Hals!

Der Groll auf seinen Oberen brodelte in ihm wie ein Vulkan kurz vor dem Ausbruch. Und selbst wenn Eiszapfen dicht an dicht von der Decke gehangen hätten, hätte das sein zornerhitztes Gemüt nicht abzukühlen vermocht.

Es kümmerte ihn nicht, dass er mit unziemlicher Eile durch die Klostergänge fegte, dass seine Ledersandalen ungehörig laut über die Steinplatten klatschten und sein Habit lauter raschelte als die faltenreichen Chorgewänder des gesamten Konvents, wenn dieser zu den gemeinsamen Gebetszeiten in die Kirche einzog.

Auch ignorierte er den empörten Blick von Bruder Manetto, der mit zwei schweren Folianten aus dem Scriptorium trat und ihm bei seinem ungestümen Hasten den Gang hinunter unverhofft in die Quere kam. Beinahe hätte er den kleinwüchsigen, eulengesichtigen *armarius,* der die Schätze der Klosterbibliothek seit Jahrzehnten verwaltete und dabei ungefähr so feinsinnig vorging wie ein Kerkermeister gegenüber seinen Gefangenen, umgerannt. Nur ein schneller, reflexhafter Schritt zurück in den tiefen Türbogen rettete den Mann vor dem Zusammenstoß, der ihn zweifellos zu Boden geworfen hätte.

Schon riss Bruder Manetto den faltigen, schmallippigen Mund zu einer wütenden Zurechtweisung auf, doch er erinnerte sich noch rechtzeitig des Schweigegebots in der Klausur und begnügte sich damit, ein entrüstetes Zischen auszustoßen.

»Ihr mich auch, werter Bruder«, murmelte Pater Angelico, an diesem Morgen alles andere als nachsichtig gestimmt oder gar gewillt, sich mit einer Geste bei dem Mitbruder zu entschuldigen. Ganz davon abgesehen, dass er mit Bruder Manetto vom ersten Tag an über Kreuz gelegen hatte.

Auch nach mehr als sechzehn Jahren Zugehörigkeit zum Konvent sah der Armarius in ihm immer noch mehr den gottlosen Waffenknecht, der er einst gewesen war, als den frommen Mitbruder, der sich wie er dem Lobpreis Gottes verschrieben hatte.

Aber so war das Ordensleben nun mal, zumindest war das eine seiner weniger rühmlichen Seiten, und manchmal quälten Pater Angelico arge Zweifel, ob er wirklich zu den Berufenen gehörte. Andererseits fand sich selbst in der Regel des heiligen Augustinus, aus der täglich beim Abendmahl vorgelesen wurde, keine Stelle, die davon kündete, dass Klosterbrüder die besseren Menschen auf Gottes Erde seien. Was nicht überraschte, wenn man wusste, wie fest Augustinus mit beiden Beinen auf dem harten Boden der Wirklichkeit gestanden und wie gut er die Menschen mit all ihren Unzulänglichkeiten gekannt hatte. Bestenfalls waren Ordensleute sich ihrer Sünden und Mängel deutlicher bewusst als das weltliche Volk. Aber selbst dafür hätte Pater Angelico nicht einmal den kleinen Finger seiner linken Hand ins Feuer gelegt.

Augenblicke später stand er vor der mit Schnitzarbeiten reich verzierten Tür zum Studiolo des Klosteroberen. Er klopfte zweimal kurz und hart, wartete jedoch nicht den hellen Klang des kleinen Tischglöckchens ab, mit dem der Prior Besucher für gewöhnlich hereinbat. Vielmehr stieß er die Tür unverzüglich auf und stand schon in dem lichten Eckzimmer, als die dunkel behaarte Hand seines Oberen gerade erst über dem goldenen Glöckchen schwebte.

Vincenzo Bandelli, ein Mann von stattlicher Statur und in der Mitte seines fünften Lebensjahrzehnts, thronte hinter seinem mächtigen *leggio,* dem Schreibpult, auf einem mit rotem Samt ausgeschlagenen Hochstuhl mit breiten Armlehnen und kopfhohem, gepolstertem Rückenteil. Das vergoldete Familienwappen des Hauses Bandelli zierte die Vorderseite des brusthohen Pulttisches, dessen Beine in kunstfertig geschnitzten Löwenklauen ausliefen. Es sah aus, als krallten sich diese Klauen in den prächtigen Teppich, der den Boden rund um den Arbeitsplatz des Oberen bedeckte. Das Studiolo hatte zwei Bogenfenster. Die mit religiösen Gemälden Florentiner Künstler und französischen Tapisserien geschmückten Wände waren holzgetäfelt und schimmerten in einem warmen, edlen Glanz. Sie verströmten den feinen Geruch des Bienenwachses, mit dem das Holz regelmäßig gepflegt wurde.

Ungehalten furchte der Prior von San Marco die hohe Stirn;

sein ganzes markantes Gesicht mit der Habichtsnase und den wässrigen Augen drückte Unwillen aus. Im zwei Finger breiten Haarkranz unter der sorgfältig ausrasierten Tonsur zeigte sich schon erheblich mehr Grau, als es bei Männern seines Alters gemeinhin der Fall war.

Obwohl Vincenzo Bandelli sah, dass sich das Zeichen erübrigt hatte, griff er nach dem Glöckchen, hob es bei abgespreiztem kleinem Finger affektiert mit Daumen und Zeigefinger hoch und ließ es deutlich länger klingeln als sonst.

»Oh, Ihr wart so frei, meinem Zeichen zuvorzukommen, Pater Angelico«, sagte er schließlich erstaunt, so als werde er sich der Gegenwart seines Mitbruders erst jetzt bewusst. Das goldene Glöckchen sank zurück auf sein rotes Samtpolster. Bandellis Lächeln war so bissig wie seine Stimme, als er fortfuhr: »Ihr müsst neuerdings Gedanken lesen können. Wie sonst könntet Ihr sicher sein, dass es mir gerade möglich ist, meine Arbeit für Euch zu unterbrechen?«

»Eine Fähigkeit, die man Euch jedenfalls bestimmt nicht nachsagen kann … ehrwürdiger Vater«, konterte Pater Angelico, ohne darauf zu warten, dass der Prior ihm mit dem Wort ›Benedicite!‹ die Erlaubnis zum Reden erteilte, worauf er wiederum zunächst mit dem gebotenen ›Dominus‹ hätte antworten müssen. Es fiel ihm in seinem Zorn schon schwer genug, seinem Oberen die Anrede ›Ehrwürdiger Vater‹ zuzubilligen. »Denn wäre dem so, hättet Ihr wohl kaum über meinen Kopf hinweg eine so schwerwiegende und mich auf unerträgliche Weise knebelnde Entscheidung getroffen, wie Ihr es bei Eurer Vereinbarung mit Marsilio Petrucci getan habt! Es sei denn, Ihr verwechselt Euer Amt als Prior mit der uneingeschränkten Befehlsgewalt eines Heerführers … *ehrwürdiger Vater!*« Die Art, wie er die Anrede betonte, brachte genau das Gegenteil von dem Respekt zum Ausdruck, der ihr hätte innewohnen sollen.

Scheinbar huldvoll neigte Vincenzo Bandelli den Kopf und vollführte vom hohen Stuhl herab die übliche segnende Geste, ohne in irgendeiner Weise auf Pater Angelicos Vorwürfe einzugehen. Seine Augen funkelten kalt, als er erwiderte: »Benedicite, werter Ordensbruder, benedicite! Oder sollte ich das schon vor Eurem Ausbruch gesagt haben? Nein, ich glaube, nicht einmal dafür habt Ihr mir Zeit gelassen. Und ein unseren Heiland preisendes ›Dominus‹ ist auch nicht an mein Ohr gedrungen. Möge der Herr Euch Eure Nachlässigkeit und Euren betrüblichen Mangel an Demut großherzig nachsehen!« Mit jedem Satz war sein Ton schärfer geworden.

»Haltet Ihr mir nicht Nachlässigkeit und einen Mangel an Demut vor«, erwiderte Pater Angelico heftig, doch schon im nächsten Moment zwang er sich, sein hitziges Temperament zu zügeln. Es tat nichts zur Sache, dass er Vincenzo Bandelli für einen ebenso ehrgeizigen wie berechnenden Mann hielt, der seinen begehrlichen Blick auf viel höhere kirchliche Würden als ein florentinisches Priorat gerichtet hatte. Dieser Mann wollte Karriere machen, mindestens Ordensgeneral, vermutlich eines Tages sogar Kardinal werden. Und dass er irgendwann den Purpur des Kirchenfürsten tragen würde, war ihm bei seinem politischen Geschick und der Nähe zu den Medici durchaus zuzutrauen. Jedenfalls war San Marco war für ihn nur das Sprungbrett zu höheren kirchlichen Ämtern, daran bestand für Pater Angelico kein Zweifel. Aber bis es so weit war, musste er mit dem Mann leben, und es brachte nichts, ihn noch mehr gegen sich aufzubringen.

Deshalb fuhr er in gemäßigtem Ton fort: »Diese Angelegenheit hat nichts mit meinen Pflichten als Mönch zu tun, sondern vielmehr mit Euren. Ihr hättet mich, bevor Ihr Marsilio Petrucci eine Zusage gebt, zu Rate ziehen und anhören müssen, was ich dazu zu sagen habe – so wie es unsere Regel bei solchen Entscheidungen vorschreibt. Zumal es bei dieser Sache nicht um klosterinterne Angelegenheiten oder theologische Streitfragen geht, sondern um Malerei.« Er legte eine kurze Pause ein, bevor er hinzufügte: »Und davon versteht Ihr, bei allem gebotenen Respekt, herzlich wenig … ehrwürdiger Vater!«

»In der Tat, in der Tat! Und ich habe nie etwas anderes behauptet«, sagte der Prior kühl. »Aber ich brauche kein Experte auf dem Gebiet der Tafelbilder oder Freskenmalerei zu sein, um zu wissen, dass Ihr ohne Frage imstande seid, diesen Auftrag zur vollen Zufriedenheit des Auftraggebers und zum frommen Nutzen unseres Klosters auszuführen – und dass Ihr ihn ausführen werdet. Wir alle haben nun mal auf dem Platz, an den Gott uns mit unseren ganz eigenen Gaben gestellt hat, unser Bestes für die Gemeinschaft zu leisten. Oder seht Ihr Euch vielleicht von dem, was Marsilio Petrucci von Euch gemalt haben möchte, in Euren Fähigkeiten über Gebühr gefordert?« Er zog die Brauen hoch, und sein Blick bekam eine spöttische Färbung.

»Nein, wobei ich nicht weiß, ob der Mann in der Lage ist, ein kunstvolles Fresko von einem minderwertigen Wandgeschmier zu unterscheiden«, knurrte Pater Angelico.

»Dann sehe ich erst recht keinen Grund, warum Ihr Euch so maßlos erhitzt über diesen Auftrag, der doch für Euch und damit auch für San Marco eine große Ehre ist! Zumal Ihr die Empfehlung unserem edlen Gönner und Patron verdankt«, hielt Vincenzo Bandelli ihm vor. »Und glaubt Ihr denn, Marsilio Petrucci hätte mir eine Wahl gelassen? Die Ausmalung seiner Hauskapelle war Euch schon sicher, lange bevor er mir den Geldbeutel auf den Tisch geknallt hat.«

»Ihr hättet mich zumindest heute nach der Prim darauf vorbereiten können, dass es sich nicht um *ein* Fresko, sondern die Ausmalung einer *ganzen* Hauskapelle handelt«, erwiderte Pater Angelico mürrisch. Er ärgerte sich, dass es dem Prior wieder einmal gelungen war, den Spieß umzudrehen und ihm das Gefühl zu geben, dass eigentlich er sich für sein Betragen entschuldigen müsse.

»Und das habe ich nicht, werter Bruder in Christo?« Der Prior gab sich bass erstaunt.

»Mit keinem Wort!«

»Was Ihr nicht sagt! Entschuldigt, aber seid Ihr Euch dessen auch wirklich sicher?« Der Obere sah ihn mit gefurchter Stirn ungläubig an. »Also ich habe das völlig anders in Erinnerung. Aber die trügt einen ja manchmal – leider, obwohl man Stein und Bein darauf schwören würde, dass es sich so und nicht anders zugetragen hat. Ich denke, diese betrübliche Erfahrung ist auch Euch nicht unbekannt.«

Pater Angelico hatte noch genau im Ohr, was Vincenzo Bandelli ihm nach der Prim zu Marsilio Petrucci gesagt hatte und dazu, warum er an diesem Morgen zu so früher Stunde in dessen Palazzo erwartet wurde. Das Wort Hauskapelle war gewiss nicht gefallen. Deshalb ergrimmte es ihn, dass der Obere nun mehr oder weniger behauptete, dass er wohl einfach nicht richtig zugehört habe.

Aber er bezähmte seinen Zorn erneut. Der Mann war ebenso wenig angreifbar wie ein Nebelgespinst. Also revanchierte er sich, indem er eine Antwort, die ja nur Zustimmung hätte sein können, verweigerte. Aber selbst das war eine Kapitulation vor der Kunst der raffinierten Wortverdrehungen und Manipulationen, auf die Vincenzo Bandelli sich verstand wie kein anderer in San Marco.

Der Prior heuchelte ein versöhnliches Lächeln. »Nun ja, wir wollen nicht länger betrüblichen Missverständnissen nachhängen. Lassen wir es gut sein, Pater Angelico. Bitten wir Gott um einen allzeit wachen Geist und um ein demütiges Herz, das um die eigenen Trägheiten und Verfehlungen weiß! Auf dass wir in der Mühsal des Gehorsams und durch segensreichen Dienst das Licht unseres Erlösers in der Welt zum Leuchten bringen!«

»Wie goldene Äpfel auf silbernen Schalen ist ein Wort, gesprochen zur rechten Zeit, ehrwürdiger Vater«, antwortete Pater Angelico mit einer salomonischen Spruchweisheit. Es fiel ihm nicht leicht, den Sarkasmus, mit dem die Bemerkung insgeheim beladen war, durch Tonfall und Mienenspiel zu ummänteln, aber es gelang ihm.

Vincenzo Bandelli schoss ihm einen prüfenden Blick zu, fand aber nichts, worüber er sich zu Recht hätte empören können. Sein scheinheiliges Lächeln kehrte allerdings nicht zurück. Vielmehr nistete sich um seine Mundwinkel ein verkniffener Zug ein.

»Wie dem auch sei, Ihr könnt Euch glücklich schätzen, mit dieser ehrenvollen Aufgabe betraut worden zu sein!«

»Ich glaube, Euch ist gar nicht bewusst, wie gewaltig die Aufgabe ist, die Ihr mir da aufgebürdet habt«, erwiderte Pater Angelico grimmig. »Sie wird mich, selbst bei größter Anstrengung, den ganzen Winter über in Anspruch nehmen und mir kaum Zeit für anderes lassen, schon gar nicht für einen neuen Zyklus Predigten!«

»Nehmt Euch alle Zeit, die Ihr braucht. Ihr habt unbeschränkten Dispens, was Eure gewöhnlichen Pflichten betrifft. Außerdem predigt Ihr mit dem Pinsel um ein Vielfaches besser als mit Worten«, erwiderte der Prior, und nun schlich sich ein bissiger Unterton in seine Stimme, »bewegt Ihr Euch doch manchmal, wenn Ihr auf der Kanzel steht oder den Mitbrüdern predigt, in Euren Ausführungen in gefährlicher Nähe von ketzerischem Gedankengut.«

Es zuckte geringschätzig um Pater Angelicos Mundwinkel. »Nur wer das sichere Ufer verlässt und sich aufs offene Meer hinauswagt, kann Neuland entdecken!«

Erregt funkelte Vincenzo Bandelli ihn an, und genauso erregt wies er ihn zurecht: »Die Worte Christi und die im Feuer des

Glaubens geprüften und für wahr befundenen Lehren unserer heiligen Kirchenväter sind das einzige sichere Land, Pater Angelico! Jenseits davon gibt es kein heilbringendes Neuland zu entdecken, sondern nur geistige Verwirrung, Häresie und den Verlust des Seelenheils!« Er fixierte den Pater mit einem stechenden Blick, als wollte er ihn davor warnen, auch noch in diesem Punkt mit Widerspruch zu kommen.

Pater Angelico war klug genug, es nicht zu tun. Diesmal hielt er den Mund.

Für einige Sekunden herrschte angespannte Stille. Ihre gegenseitige Abneigung war fast mit Händen zu greifen. Sie wechselten Blicke, als kreuzten sie Klingen, fixierten einander und versuchten, den anderen zum Nachgeben zu bringen. Doch es gab keiner nach. Keiner zuckte unter dem stechenden Blick des anderen mit der Wimper oder wich ihm gar aus.

Schließlich gab der Klosterobere einen leisen Stoßseufzer von sich. »Da Ihr nun schon mal hier seid, könnt Ihr mir auch sagen, was für einen Eindruck Ihr von unserem neuen Novizen habt«, wechselte er abrupt das Thema.

Pater Angelico verzog das Gesicht und zuckte die Achseln. Bruder Bartolo hatte letzte Nacht zwar nicht gerade Löwenmut gezeigt, alles in allem aber seine Sache ganz ordentlich gemacht. Allerdings konnte es hier nicht darum gehen, was er von ihm hielt und was das Kloster von ihm erwarten konnte.

»Ich bilde mir nicht über Nacht ein Urteil über einen Menschen«, antwortete er kühl. »Dieser junge Bursche ist jedoch – wie es auch jeder andere an seiner Stelle wäre – per se ein Ungemach mehr, das Ihr mir aufgebürdet habt! Als hätte ich nicht schon genug zu tun, soll ich nun auch noch als Novizenmeister einspringen!«

Darauf ging Vincenzo Bandelli erst einmal gar nicht ein. »Bruder Bartolo Lorentino ist mit seinen schon zwanzig Jahren ein

Spätberufener wie Ihr.« Ein Hauch von Geringschätzung schwang in dem Wort Spätberufener mit. »Das sollte Euch verbinden. Er kommt aus einem unserer Klöster in der Lombardei, unweit von Bologna.«

»Und was hat ihn zu uns gebracht?«

»Nicht eigenes Wollen. Vielmehr hat unser Ordensgeneral ihn auf Wunsch seines hier in Florenz lebenden Onkels Ser Benozzo del Castagno zu uns versetzt.«

Pater Angelico furchte die Stirn. Ser Benozzo del Castagno. »Ser« war ein Ehrentitel, der eigentlich Rittern und Notaren vorbehalten war, neuerdings, unter den Medici, jedoch als Zeichen der Wertschätzung oder auch aus purer Schmeichelei ebenso anderen hochgestellten Persönlichkeiten gegenüber benutzt wurde. Der Name war ihm nicht ganz fremd. Er meinte sich zu erinnern, dass dieser Benozzo del Castagno einst im Schatten von Cosimo de' Medici eine gewichtigere Rolle im Bankwesen von Florenz gespielt und außerdem hohe Staatsämter bekleidet hatte. Kein Wunder, dass der Ordensgeneral dem Wunsch dieses Mannes aus den Reihen der Florentiner Nobili und Grandi umgehend nachgekommen war.

»Da Bruder Donato noch immer in Rom weilt und auch nicht abzusehen ist, wann er zu uns wird zurückkehren können, werdet Ihr Euch wie besprochen als Novizenmeister des jungen Mitbruders annehmen und ihn alles lehren, was ihm in Bologna noch nicht beigebracht worden ist«, fuhr der Prior geschäftsmäßig fort. »Und Ihr wisst, wie Ihr dabei vorzugehen habt; immerhin wart Ihr schon einmal einige Jahre lang Novizenmeister von San Marco.«

»Gewiss, aber zu einer gänzlich anderen Zeit, als mich die Malerei noch nicht einmal halb so sehr in Anspruch genommen hat wie heute«, protestierte Pater Angelico. »Ich muss nicht nur das Tafelbild für den Signore Lorenzo fertigstellen, sondern habe jetzt auch noch eine ganze Hauskapelle mit Fresken auszumalen! Das eine ist so wichtig wie das andere, wie Ihr selbst angemerkt habt! Da kann ich unmöglich noch die verantwortungsvolle Aufgabe des Novizenmeisters für diesen neuen Mitbruder übernehmen … ehrwürdiger Vater!«

»Und ob Ihr das könnt«, erwiderte der Prior ungerührt.

»Ihr legt mir ein doppeltes Joch auf die Schulter«, lehnte Pater Angelico sich ein letztes Mal auf, obwohl er doch wusste, dass es sinnlos war, auf ein Einsehen seines Oberen zu hoffen. »Ich werde keiner dieser beiden Aufgaben so gerecht werden können, wie ein Novize es von seinem Novizenmeister und ein Lehrjunge es von seinem Malermeister erwarten kann!«

»Seid unbesorgt, werter Ordensbruder. Gott beruft ganz offensichtlich nicht immer die Fähigsten, aber er befähigt doch stets die Berufenen«, antwortete Vincenzo Bandelli salbungsvoll, während schon der helle Klang der Klosterglocke zur nächsten Hore rief, und rutschte schwerfällig vom Hochstuhl. »Bruder Bartolo hat nur noch ein paar Monate Noviziat vor sich. Es ist nicht mehr viel, was er noch lernen muss. Zudem könnt Ihr ihn in allem, wo es ihm noch an frommem Eifer und gottgefälligen Tugenden fehlt, bei Eurer gemeinsamen Arbeit in Eurer Werkstatt oder in der auszumalenden Hauskapelle unterweisen. Auf diese Weise schlagt Ihr zwei Fliegen mit einer Klappe.« Er lächelte genüsslich, hatte er sich soeben doch Genugtuung dafür verschafft, dass der wütende Malermönch einfach so bei ihm hereingeplatzt war und seine Stellung als Prior gröblich missachtet hatte.

»Und welche Fliegen sollen das sein?«

»Nun, habt Ihr Euch nicht eben noch darüber beklagt, dass Ihr nicht wisst, wie Ihr die viele Arbeit an der Staffelei und im Palazzo Petrucci schaffen sollt?«, fragte Vincenzo Bandelli fast heiter. »Ab sofort habt Ihr einen wissbegierigen und talentierten Lehrjungen an Eurer Seite, der Euch gewiss schon bald eine tüchtige

Hilfe sein wird! So, und nun lasst uns in den Kreuzgang zur Aufstellung eilen, damit wir nicht zu spät zur Terz kommen!«

»Ja, eilt nur, ehrwürdiger Vater. Als Prior sollt Ihr Euren Mitbrüdern ja stets ein leuchtendes Vorbild sein«, erwiderte Pater Angelico. »Aber Ihr werdet im Chorgestühl ohne mich zum Lobpreis Gottes singen müssen. Ich habe für meine Aufträge Besorgungen zu tätigen, die keinen Aufschub dulden, und mache daher Gebrauch von dem Dispens, den Ihr mir so großzügig eingeräumt habt!« Damit verließ er das Studiolo seines Klosteroberen so grußlos und beinahe so ergrimmt, wie er es wenige Minuten zuvor betreten hatte.

10

In großer Eile verließ Pater Angelico das Kloster und machte sich auf den Weg in die Via dei Balestrieri zu Commissario Tiberio Scalvetti, auf dem all seine Hoffnung ruhte.

Auf den Straßen und Plätzen herrschte schon die übliche Betriebsamkeit der frühen Morgenstunden. Überall in den Gassen klapperten und knarzten hölzerne Schlagläden, die sich vor Geschäften, Werkstätten, Handelskontoren, Bankhäusern und Schankstuben für die erhoffte Kundschaft öffneten. Auf jeder noch so kleinen Piazza dampfte mindestens eine Garküche, und *contadini,* Bauern aus dem Umland, strömten mit der Last ihrer Waren auf Schulterkiepen, Handkarren, Packeseln und Fuhrwerken mit Ochsengespannen zu den großen Marktplätzen der Stadt.

Unruhe packte Pater Angelico angesichts der allgegenwärtigen Geschäftigkeit und verdrängte seinen Ärger auf Vincenzo Bandelli. Unwillkürlich beschleunigte er seine Schritte und machte sich Vorwürfe, während er sich durch die lärmende Menge auf der Via dei Cocomero in Richtung Stadtmitte drängte. Am Ende der langen Straße ragte majestätisch der Dom auf. Das nördliche Seitenschiff von Santa Maria del Fiore, das sich vor der Mündung der Via dei Cocomero in die Höhe erhob, lag zwar noch in dunkle Nachtschatten gehüllt, aber schon fing die gewaltige Backsteinkuppel das Licht der frühen Morgensonne auf und leuchtete in einem kräftigen, warmen Ziegelrot.

Es war viel später, als er gedacht hatte. Jetzt musste er sich wirklich sputen!

Warum hatte er sich nach dem unerfreulichen Erlebnis im Palazzo von Marsilio Petrucci bloß dazu hinreißen lassen, auf der Stelle ins Kloster zurückzustürmen und seinen Prior zur Rede zu stellen? Dass er seinem Ärger Luft gemacht hatte, war nichts, was er sich vorwerfen musste, zumal Vincenzo Bandelli ihn schon mehrfach alles andere als freundlich behandelt und über seinen Kopf hinweg Entscheidungen getroffen hatte, die ihm nach der Ordensregel auch als Prior eigentlich nicht zustanden.

Aber in Anbetracht der Geschichte, die er dem Commissario auftischen wollte … ja, auftischen *musste,* um ihm die Augen für den Mord an Movetti zu öffnen und sich seiner Hilfe zu versichern, war es eine ausgemachte Dummheit gewesen, damit nicht noch ein paar Stunden gewartet zu haben. Ganz abgesehen davon, dass ihm die Auseinandersetzung mit seinem Prior nichts gebracht hatte; im Gegenteil, er hatte sich damit keinen Gefallen getan. Der Graben zwischen ihnen war nur noch größer geworden, und das war alles andere als hilfreich, wenn ihm irgendwann keine Wahl mehr blieb und er seinem Oberen reinen Wein einschenken und ihm mitteilen musste, dass er die stattliche Summe von zweiundvierzig Goldstücken an einen Betrüger verloren hatte – und das nicht ohne eigenes Zutun. Immerhin hatte er von Anfang an gewusst, dass er sich da auf einen zwielichtigen Handel eingelassen hatte.

»Gebe Gott, dass ich nicht zu spät komme«, murmelte er, als er sich am Ende der Straße nach links wandte. Im Eilschritt folgte er dem Bogen der Gasse, die um die Apsis des Doms herumführte, und gelangte so in die lange Via dei Balestrieri. An deren südlichem Ende, nur wenige Häuserblocks von der bereits sonnenüberfluteten Piazza delle Signoria mit dem imposanten Priorenpalast entfernt, erhob sich das Bargello. Der mächtige, massiv gemauerte Quaderbau wirkte abweisend und kampfbereit wie ein Ritter mit geschlossenem Visier.

In dem festungsartigen, mit Zinnen und Wehrtürmen gewappneten Palast, in dessen weitläufigem Innenhof selbst ein Fuhrwerk mit einem Vierspanner mühelos den Brunnen in der Mitte umrunden konnte, residierte der *podestà,* der oberste Richter und Repräsentant von Florenz.

Traditionsgemäß wurde der Podestà aus einer anderen Stadt berufen. Er musste ein Mann von Stand und untadeligem Ruf sein, und es war Sitte, dass er für die Dauer seiner Amtszeit die eigenen Notare und Schreiber mitbrachte.

Es gab gute Gründe dafür, dieses hohe Amt jeweils einem Nichtflorentiner zu übertragen. Auf die Unparteilichkeit eines Richters aus den eigenen Reihen gaben die Florentiner nicht viel. Zu vertrackt war das unablässige Ränkespiel zwischen den zerstrittenen Parteien unter den Großkaufleuten, Bankherren und alteingesessenen Adelsgeschlechtern. Am liebsten griffen die Nobili, Grandi und Magnati im Wettstreit um Macht, Reichtum und das Beugen unliebsamer Gesetze auf vielfältige Intrigen sowie Bestechungsmanöver zurück. Auf diesem Gebiet hatten die Florentiner es zu ähnlichem – wenn auch zweifelhaftem – Ansehen gebracht wie die heimischen Bildhauer und Maler mit ihren überragenden Werken.

Aber in dem trutzigen Gebäude hatten auch die Otto di Guardia ihre offiziellen Amtsräume. Ein Teil der Kellergewölbe diente ihnen als Kerker. Natürlich unterhielten die gefürchteten Acht auch noch an anderen Stellen der Stadt sowie außerhalb geheime Unterkünfte, wo Agenten und Spione unbemerkt kommen und gehen konnten – und so mancher vermeintliche oder echte Feind der Medici und ihrer Anhänger seinem grausigen Schicksal erlag.

Als er die Via de' Pandolfini passierte, die linker Hand abzweigte und ins östliche Stadtviertel Santa Croce führte, in dem die Franziskaner den geistlichen Ton angaben, war es nur noch einen Häuserblock weit bis zum Bargello. Er sah schon den hohen Tordurchgang, vor dem zwei kräftig gebaute Wachsoldaten mit Hellebarde und blankem Brustpanzer postiert waren. Wie die Banner an den Hellebarden mit den Farben der Republik und das eingravierte Stadtwappen auf den blank geputzten Brustharnischen dienten die Waffenknechte mehr der Zierde und dem Ansehen des Podestà, als tatsächlich den Eingang zum Palast zu bewachen.

Pater Angelico blieb ein gutes Dutzend Schritte von dem Tordurchgang entfernt auf der anderen Straßenseite stehen. Er war unschlüssig, was er tun sollte. Kam er zu spät, oder war ihm das Glück hold und er hatte das Bargello trotz allem noch früh genug erreicht? Sollte er warten und darauf vertrauen, dass die Arbeit nicht für jeden mit Sonnenaufgang begann, oder sollte er sich besser schon mal eine neue Version der Geschichte ausdenken, wie er zu seinen Erkenntnissen über Movettis Tod gekommen war?

Unruhig ging er auf und ab. Dabei reckte er immer wieder den Kopf und schaute von rechts nach links und wieder zurück, um die belebte Straße beidseits vom Bargello im Blick zu behalten.

Er hielt Ausschau nach einer kleinen, schmächtigen Gestalt, und die konnte ihm in der bunten und quirligen Menge aus Kaufleuten, Klerikern und Stadtbediensteten, Landsknechten, Handwerkern und Bauarbeitern, Fuhrleuten, Dienstboten, Bauern, Tagelöhnern, Bettlern und allerlei zwielichtigem Gesindel leicht entgehen, wenn er die Augen nicht wirklich offen hielt.

Oder waren die Mühe und das Hoffen vergebens, weil er den Wirtsjungen Luca um Gott weiß wie viele oder wie wenige Minuten verpasst hatte und der Schlüssel zu Movettis Haus schon längst bei Tiberio Scalvetti in der Amtsstube lag?

In diesem Fall würde er sich wohl oder übel gezwungen sehen …

Pater Angelico verfolgte den bedrückenden Gedanken nicht weiter, denn in dem Moment fiel sein Blick durch eine sich kurz öffnende Schneise in der Menge auf einen schmächtigen, barfüßigen Jungen, der aus der Richtung des Borgo dei Greci um die Ecke kam. An barfüßigen, schmächtigen Gestalten jeden Alters mangelte es nirgendwo in Florenz, doch die bunte Flickenjoppe, die der Halbwüchsige trug, und der ungewöhnlich blonde Lockenschopf ließen keinen Zweifel daran, dass es sich um den Tavernenjungen Luca aus der *Colombina* handelte.

Pater Angelico atmete auf. »Dem Himmel sei Dank und Lobpreis dem Herrn«, murmelte er. »Ein Tropfen Glück geht doch über ein Fass Weisheit!«

Rasch wechselte er hinüber auf die andere Straßenseite, ging dem Jungen ein paar Schritte entgegen und passte ihn an der Südecke des Bargello ab.

»Du bist ja früher auf den Beinen, als ich dachte, Luca! Vittore Farnese lässt dir wohl wenig Schlaf«, sprach er ihn an und schenkte ihm ein freundliches, mitfühlendes Lächeln.

»Ja, aber dafür zahlt er mir auch wenig Lohn«, antwortete Luca mit der Schlagfertigkeit und dem Sarkasmus eines Florentiner Straßenjungen. Dabei kratzte er sich mit dem Bart des Schlüssels zu Movettis Haus, den er in der Rechten hielt, am Hinterkopf. Wenn er über ihre Begegnung vor dem Bargello überrascht war, ließ er sich nichts anmerken.

Pater Angelico lachte. »Ist Vittore dein Vater?«

»Woher soll ich das wissen, wenn nich' mal meine Mutter weiß, wer mein Vater ist?« Der Ton des Tavernenjungen wurde hart.

Pater Angelico hielt es für klüger, nicht darauf einzugehen und sich auch nicht länger mit freundlichem Geplänkel aufzuhalten. Es war Zeit, zur Sache zu kommen. »Du bist bestimmt hier, um den Schlüssel zu Movettis Haus abzugeben.«

Luca nickte mit wachsamem Blick.

»Du kannst ihn mir geben.« Pater Angelico bemühte sich um einen beiläufigen Tonfall, so als wäre ihm die Idee gerade erst gekommen. »Ich sehe den Commissario gleich. Wir haben eine Menge zu bereden. Der Tod des Speziale ist eine wirklich böse Sache.« Er streckte die Hand nach dem Schlüssel aus.

Luca zögerte und zog die Unterlippe zwischen die Zähne, als überlege er noch, was er davon halten solle.

Pater Angelico zuckte scheinbar gleichgültig die Achseln. »Wenn es dir wichtig ist, den Schlüssel selbst bei der Otto di Guardia abzugeben, ist dir das natürlich unbelassen. Glaube nur nicht, dass er dir noch ein zweites Mal eine Münze zusteckt. Der Commissario ist kein Tölpel, der eine Arbeit zweimal entlohnt.« Er hoffte, dass er Tiberio Scalvetti da richtig einschätze, und tat so, als gebe es zwischen ihnen nun nichts weiter zu sagen.

»Nee, das isser wirklich nich'«, pflichtete Luca ihm verdrossen bei und verzog enttäuscht das schmale Gesicht, so als hätte er wider besseres Wissen bis eben an der winzigen Hoffnung festgehalten, dass der Commissario ihm gleich noch einmal etwas zustecken werde.

»Also gut, dann wollen wir mal.« Pater Angelico wandte sich ab, schien sich dann aber plötzlich eines anderen zu besinnen und drehte sich noch einmal um. »Warte! Wenn auch bei Scalvetti für dich bestimmt nichts zu holen ist, so könnte doch vielleicht aus meiner Geldbörse ein kleiner Obolus für dich zum Vorschein kommen.« Demonstrativ schlug er seinen Umhang zurück und fuhr mit der Rechten unter die Soutane, um seinen Geldbeutel hervorzuholen.

Lucas Augen blitzten auf vor freudiger Erwartung. »Sagt, was ich tun soll, und ich werde Euch nach Kräften zu Diensten sein, Pater Angelico!«, versicherte er eifrig und mit unvermittelter, etwas dick aufgetragener Ehrerbietung. Er wirkte von einer Sekunde auf die andere wie verwandelt.

Pater Angelico verkniff sich ein Lächeln. Schau an! Wie schnell der Bursche sich plötzlich wieder an seinen Namen erinnerte, wie respektvoll und freundlich er sich geben konnte! Bei Gott, welch machtvoller Zauber doch dem schnöden Mammon innewohnte!

»Ich habe ein paar Fragen zu Movetti und den entsetzlichen Ereignissen von gestern Abend, Luca.«

»Nur zu, fragt, Pater Angelico! Was ich weiß, werde ich Euch gern erzählen!«

Luca bemühte sich redlich, auf Pater Angelicos Fragen Antworten zu finden, die den Mönch zufriedenstellten und ein möglichst üppiges Handgeld rechtfertigten. Allerdings waren seine Mühen zu ihrer beider Bedauern vergeblich. Weder hatte der Junge, als er Movetti das Essen aus der Taverne brachte, auf der Straße etwas Ungewöhnliches bemerkt, noch hatte er jemanden aus dem Tordurchgang kommen sehen. Auch mit dem Namen Rufino vermochte er nichts anzufangen.

»Es war wie immer, Pater Angelico. Außerdem war es doch schon dunkel, und ich musste mich beeilen. Es tut mir leid, dass ich Euch nicht mehr helfen kann.« Luca schaute bedrückt drein; es war offensichtlich, dass er um die Belohnung fürchtete. Doch dann fiel ihm etwas ein, und der Hoffnungsschimmer hellte seine

Miene ein wenig auf. »Vielleicht kann Euch ja *il storpio moro* helfen. Der hält die Augen immer weit offen.«

Pater Angelico furchte die Stirn. »Der schwarze Krüppel? Wer soll das sein?«

»'n alter Bettler. Orenetto heißt er eigentlich, glaub ich jedenfalls. Aber wir nennen ihn bei uns im Viertel alle nur Moro. War lange Zeit Sklave bei 'nem Flussschiffer, drüben bei Santo Spirito. Beim Entladen von Marmorplatten für irgend'nen reichen Pfeffersack hat's Moro die Beine zertrümmert. Seitdem ist er ein Krüppel.« Er war wieder in seinen Straßenjargon verfallen. »Danach war er zu nichts mehr zu gebrauchen, der schwarze Kerl, war bloß noch 'n unnützer Fresser an Bord. Da hat ihn der Alte schnell gehen lassen, ihm 'nen Schein für seine Freiheit ausgestellt.«

Bei dem Wort Freiheit lachte Pater Angelico freudlos. Die Welt war kaltherzig und zynisch, davon legte die Sklaverei ein beredtes Zeugnis ab. In seinen Augen war sie ein zum Himmel schreiendes Unrecht, für das die überwiegende Mehrheit seiner Landsleute, ja selbst seiner Mitbrüder, blind und taub zu sein schien. Sie war nach der ersten verheerenden Pestwelle in Italien, die etwa hundertfünfzig Jahre zuvor ganze Landstriche entvölkert hatte, aus Mangel an billigen Arbeitskräften und Dienstboten wieder eingeführt und mit ausdrücklicher Billigung der Kirche für rechtens erklärt worden. Geduldet wohl auch deshalb, weil die Pest seit jenem ersten Ausbruch immer wieder unsägliches Leid und vielfachen Tod über das Land brachte.

Was jedoch ihn als Mönch mit jedem Jahr mehr quälte, war die ihm ebenso unbegreifliche wie unverzeihliche Versündigung der Kleriker und Ordensleute, die sich nahezu ausnahmslos und ohne Gewissensbisse eigene Sklaven hielten, sofern sie nur die Mittel dazu besaßen.

Dass es sich bei diesen Menschen vermeintlich um gottlose

Heiden handelte, die ob ihres Unglaubens ihr Seelenheil verwirkt hatten, reichte ihnen als Rechtfertigung. Wie erbärmlich. Zumal die kirchlichen Haarspalter sogar dann noch die weitere Versklavung eines heidnischen Verschleppten für recht und billig erklärten, wenn dieser sich zum christlichen Glauben bekehrt und das Sakrament der Taufe erhalten hatte.

Immer wieder lief Pater Angelico wegen der schändlichen Sklaverei in seinem Land die Galle über, und er als Mönch schämte sich dafür, dass seine Mutter Kirche in dieser Frage mit erschreckender Blindheit geschlagen war – oder aber dieses abscheuliche Laster aus ruchlosen finanziellen Interessen unterstützte. Im Augenblick aber hatte er drängendere Probleme, denen es sich zu widmen galt.

»Und warum soll mir dieser Bettler Orenetto oder Moro besser helfen können als du?«

»Weil er von morgens bis abends auf den Portalstufen von San Giuseppe hockt. Das ist sein Revier. Von da aus hat er doch auch den unteren Teil der Straße mit Movettis Laden bestens im Blick«, erklärte Luca.

Nun war es Pater Angelicos betrübtes Gesicht, das sich aufhellte. »Richtig! Von San Giuseppe ist es nur ein Katzensprung hinüber zu Movettis Laden!«

Luca redete eifrig weiter, um seiner Mittelung zu mehr Gewicht zu verhelfen. »Il Moro hält die Augen offen. Der taxiert jeden, der da die Straße herunterkommt, ob er für ’ne Münze gut ist und mit welchem frommen Spruch er ihn am besten anzapfen kann. Und seinen Stammplatz gibt Moro immer erst auf, nachdem sich die Kirche nach der Komplet geleert hat. Denn nach der letzten Andacht fallen immer ein paar *piccioli* in seine Bettelschale. Mehr jedenfalls als nach der Morgenmesse, wo die Leute es eilig haben, zur Arbeit oder sonst wohin zu kommen, und zu anderen Zeiten.«

Pater Angelico nickte. »Das mit dem Bettler kann sich in der Tat als hilfreich erweisen.« Er zog seine Geldbörse auf, entnahm ihr mehrere Piccioli und gab sie dem Jungen. Und dann streckte er wie selbstverständlich die Hand nach dem klobigen Schlüssel aus und sagte scheinbar spontan: »So, und dann lass mich auch noch den Schlüssel für dich bei Scalvetti abgeben. Wer weiß, wie lange es dauert, bis die Otto di Guardia ihre morgendliche Besprechung beendet hat und unsereins Zutritt zu den Commissari erhält. Wir sprechen uns später noch mal. Vermutlich fallen mir nach und nach noch mehr Fragen zu Movetti ein.« Ihm war bewusst, dass in seinen Worten das Versprechen auf eine weitere Geldzuwendung mitschwang.

Noch einmal zögerte Luca. Mit forschendem, misstrauischem Blick sah er zu ihm auf, klimperte mit den Kupfermünzen in seiner Hand und überlegte, welche Entscheidung ihm wohl den größten Vorteil brächte.

Dann jedoch zuckte er die schmalen Schultern und gab den Schlüssel her. »Wie Ihr wollt, Pater Angelico. Ihr werdet bestimmt Eure Gründe dafür haben, dass Ihr mir unbedingt den Gefallen mit dem Schlüssel tun wollt«, sagte er mit leisem Spott.

Pater Angelico ließ den Schlüssel unter sein Skapulier gleiten und atmete verstohlen auf. Die Klippe war sicher umschifft!

Er bedachte Luca mit einem feinen Lächeln. »Mag sein. Aber lass uns einander den Gefallen tun, voneinander nur das Beste zu halten, Luca!«

»Klar doch! Mir wär auch nie was anderes in den Sinn gekommen, Klosterbruder«, versicherte der Tavernenjunge mit einem frechen Grinsen und machte sich auf den Rückweg. Doch nach zwei, drei Schritten blieb er noch einmal stehen, warf einen kecken Blick über die Schulter und rief dem Mönch zu: »Und meine Fürze haben den himmlischen Duft von Weihrauch!«

11

Eine breite, von steinernen Löwen bewachte Freitreppe mit vielen Dutzenden Stufen führte vom Innenhof des Bargello hinauf ins erste Obergeschoss. Wegen der darunterliegenden Säulenhallen und prunkvollen Säle des Podestà, die eine enorme Deckenhöhe aufwiesen, befand sich der erste Stock mit seinen umlaufenden Säulengängen in schon recht luftiger Höhe. Eine vorzügliche Lage, wenn man den Überblick in dieser unruhigen Stadt auch im wahrsten Sinne des Wortes behalten wollte.

Tiberio Scalvetti hatte seine Amtsräume am Ende der Säulengalerie, die sich links vom Hofaufgang über die gesamte Länge des Traktes erstreckte.

Der Commissario ließ Pater Angelico nicht lange im Vorzimmer warten. Sein Sekretär, so klein von Wuchs und wohlgerundet, wie sein Herr groß von Gestalt und hager war, führte ihn in die Amtsstube.

»Pater Angelico von San Marco, Herr.« Die Stimme des kleinen Dicken war weich und geschmeidig wie kaltgepresstes Olivenöl.

Tiberio Scalvetti stand seitlich am Fenster und studierte ein schmutziges, zerknittertes Schriftstück, von dem er auch nicht aufblickte. Stattdessen nickte er nur knapp und machte mit der Linken eine ebenso sparsame wie unverkennbar gebieterische Geste.

»Sehr wohl, Herr.« Der Sekretär deutete eine Verbeugung an und zog sich eilfertig zurück. Beinahe lautlos schloss er die Tür hinter sich.

Pater Angelico blickte sich unauffällig um. Was schnell geschehen war, weil es nicht viel zu sehen gab. Der Raum, etwa sieben Schritte tief und fünf breit, lag zur Via dei Balestrieri hin;

er war spartanisch eingerichtet, das Bogenfenster vergittert. Genau gegenüber der Tür, mitten im Raum, stand ein schwerer, schwarz gebeizter Faktoreitisch mit faustdicker Platte, breit und lang wie eine Streckbank und überladen mit penibel gebündelten Akten, Schriftrollen und ordentlich gestapelten Papieren. Mit seinen wuchtigen Ausmaßen wirkte er wie ein drohendes, unüberwindliches Hindernis, das wortlos Kapitulation forderte.

Die Augenhöhlen eines ausgebleichten Totenschädels, der als Beschwerer auf einem Stoß Papiere saß und jedem Eintretenden entgegenstarrte, steuerten zu dieser stummen Drohung das Ihrige bei. Die Mahnung *Morti natus es!* prangte in schwarzen Lettern auf der blanken Stirn. Für den Tod bist du geboren.

Dem Armstuhl hinter dem Faktoreitisch, dessen Rückseite dem Fenster zugewandt war, fehlte nicht nur jegliches schmückende Schnitzwerk, sondern auch eine gepolsterte Sitzfläche. Der mit Silberdraht durchwirkte Ledergürtel mit Scalvettis *squarcina,* dem Kurzschwert, hing über dem linken Holm der Rückenlehne. An den seitlichen Wänden des Raumes standen jeweils mehrere schwere Truhen aufgereiht; sie waren mit sich kreuzenden Eisenblechen beschlagen und mit doppelten Schlössern versehen.

Abgesehen von den vier schwarzen, schmiedeeisernen Armen, die aus dem unverputzten Mauerwerk ragten und in ihren zu Fäusten geschmiedeten Händen Gitterkästen mit Öllampen hielten, waren die Wände rau und nackt wie die eines Kerkers.

»Pax vobiscum!«, grüßte Pater Angelico und dachte, dass selbst die schlichteste Klosterzelle von San Marco noch um ein Vielfaches einladender wirkte als die Amtsstube dieses mächtigen Mannes von der Otto di Guardia, der sich doch jeglichen Prunk und Luxus hätte leisten können.

Nun bequemte Tiberio Scalvetti sich, seine Gegenwart zur Kenntnis zu nehmen. Er blickte von dem Schriftstück auf, faltete es zusammen und schob es unter sein schiefergraues Wams. Dabei wandte er sich dem Pater zu, doch anstatt den Gruß mit dem üblichen *Et cum spiritu tuo* zu erwidern, wie es insbesondere gegenüber einem Ordensmann angebracht gewesen wäre, murmelte er verdrossen: »Wenn es denn nur so wäre!«, und legte sogleich noch viel bissiger nach: *»Pax hominibus bonae voluntatis!«* Der Friede ist für die Friedfertigen.

»Pax optima rerum!«, konterte Pater Angelico sogleich mit Seneca, der Friede ist das beste aller Dinge, und fügte rasch hinzu: *»Pax una triumphis innumeris potior!«* Ein Friede geht über unzählige Triumphe.

Tiberio Scalvetti, der mit den großen Denkern der Antike offensichtlich nicht weniger vertraut war, zog ein mitleidiges Gesicht. »Ich weiß nicht, in welchem Traumland Ihr lebt, Mönch. *Paritur pax bello!* Der Friede wird erzeugt durch Krieg. So wird ein Schuh daraus!«

»Krieg gebiert immer nur wieder Krieg, Commissario.«

Dieser machte eine unwillige Handbewegung. »Ihr werdet mich nicht zu Eurer simplen Weltsicht bekehren. Das Böse ist mit frommen Worten oder hehren Sprüchen nicht aus der Welt zu schaffen! Und wer einen stinkenden Stall ausmisten will, darf sich nicht vor der Drecksarbeit scheuen, die damit verbunden ist.«

»Ich nehme an, das da soll anderen ohne lange Erklärungen klarmachen, wie Ihr Eure Arbeit versteht«, sagte Pater Angelico und wies auf den Schädel mit der Mahnung, wie vergänglich jegliches Leben sei – was noch eine ganz eigene Bedeutung bekam, wenn man in die Fänge der Otto di Guardia geriet.

»Man muss den Dingen im Leben den gebotenen Rahmen geben und den Blick für die Perspektive schärfen. Dann ist man eher geneigt, falsche Hoffnungen fahrenzulassen und sein unabänderliches Schicksal anzunehmen«, erwiderte der Commissario mit nicht schwer zu durchschauendem Hintersinn. »Und damit genug des fruchtlosen Wortgefechts. Kommt zur Sache, Padre! Weshalb seid Ihr hier?«

Tiberio Scalvetti war von der anderen Seite her an den Faktoreitisch getreten, und als er in einer ungeduldigen, auffordernden Geste die Hände auf die Rückenlehne seines schlichten Armstuhls fallen ließ, sah Pater Angelico, dass das Gesicht des Commissario beinahe ebenso grau war wie sein abgestepptes, schieferfarbenes Seidenwams. Wie leicht verschmutztes, dünnes Pergament spannte sich die Haut über den hervortretenden Wangenknochen. Die Linien in dem hageren Gesicht schienen sich noch tiefer gegraben zu haben, die buschigen Brauen wirkten zerzaust, und er hatte dunkle Schatten unter den geröteten Augen, als sei er die ganze Nacht auf den Beinen gewesen.

»Ich bringe Euch den Schlüssel zu Movettis Haus.« Pater Angelico legte den Schlüssel vor den Totenschädel.

Scalvetti zog die Brauen hoch. »Seit wann erledigt ein Ordensmann und vielgerühmter Maler Botendienste für einen Tavernenjungen?«

»Es hat sich heute Morgen so ergeben, Commissario«, antwortete Pater Angelico vage. Jetzt galt es, seine Worte geschickt zu wählen, wenn er nicht gezwungen sein wollte, zu Lügen Zuflucht zu nehmen. Und das wäre für einen Diener Gottes nicht nur beschämend gewesen, sondern hätte eine Sünde dargestellt, die zu beichten wäre. »Zumal ich mich danach sowieso auf den Weg zu Euch gemacht hätte.«

»Danach?« Scalvetti wurde hellhörig. Er zog die Brauen noch höher, bis sich seine Stirn in Falten legte. »Ihr scheint mehr auf dem Herzen zu haben als die sichere Rückgabe des Schlüssels zum Haus eines Bankrotteurs.«

»Bankrotteur? Steht er denn im *specchio* von Santa Croce?« Pater Angelico griff das Stichwort dankbar auf. Erst eine Woche zuvor hatte er einen Blick in das Schuldbuch geworfen, Movettis Namen zu seiner Erleichterung aber nicht darin gefunden.

In jedem Stadtviertel führte ein vom Magistrat eingesetzter Beamter ein derartiges Specchio, ein Verzeichnis der Saumseligen und Zahlungsunfähigen. Wer mit seinen Steuerzahlungen an die Kommune im Rückstand war oder bei privaten Gläubigern jenseits vereinbarter Zahlungstermine in der Kreide stand, dessen Name wurde dort vermerkt.

Ein solcher Eintrag galt jedoch nicht nur als Schande, weil das Specchio öffentlich war und jeder nachschauen konnte, wem womöglich der Schuldturm drohte. Vielmehr war es auch dann folgenreich, im Schuldbuch zu stehen, wenn man sich nur vorübergehend in einer Finanzklemme befand, verlor doch jeder Florentiner, dem das widerfuhr, wichtige Bürgerrechte.

In kein öffentliches Amt gewählt werden zu können war nur eine der Folgen, für die meisten Patrizier aber wohl die bitterste. Denn wer unter den Bürgern etwas auf sich hielt, war geradezu versessen darauf, sein Ansehen und seinen Einfluss durch die Wahl in ein öffentliches Amt zu steigern. Florenz hatte alle paar Monate Hunderte von ehrenvollen Posten neu zu vergeben. Wer einen ergatterte, konnte damit seinen Familiennamen schmücken und sich je nach Amt sogar auch noch die Taschen füllen.

Scalvetti zuckte die Achseln. »Ich weiß nicht, ob er im Specchio steht. Das ist auch ohne Belang. Denn ob sein Name im Buch steht oder nicht, ändert wohl nichts an der Tatsache, dass er sich offenbar in letzter Zeit rettungslos verschuldet und keinen anderen Ausweg gesehen hat als ehrlosen Selbstmord.«

Pater Angelico nickte. »Ja, so will irgendjemand es mit Hilfe des Geschmiers auf der Ladentheke wohl aussehen lassen. Aber wenn man den Ort seines Sterbens ein wenig genauer betrachtet, fällt schnell ins Auge, dass Movettis angeblicher Selbstmord nicht geschickt genug in Szene gesetzt worden ist.«

Der Commissario schaute ihn zweifelnd an. »*Angeblicher* Selbstmord? Wovon redet Ihr?«

»Movetti hat sich nicht selbst das Leben genommen, er ist ermordet worden«, stellte Pater Angelico ohne Umschweife fest.

Ein verblüffter Ausdruck huschte über das übernächtigte Gesicht des Commissario. »Ermordet?« Er brauchte einen Moment, um zu begreifen, dass es Pater Angelico mit dieser Behauptung ernst war. »Was Ihr nicht sagt! Und woher wollt Ihr das wissen?«

»Movettis Tod hat mir die ganze Nacht keine Ruhe gelassen ...«

»Und dann ist diese erstaunliche Offenbarung über Euch gekommen?« Ein spöttisches Lächeln kräuselte Scalvettis schmale Lippen.

Pater Angelico schüttelte den Kopf. »Dass Movetti ermordet wurde, ist weder eine Offenbarung noch ein vager Verdacht, sondern eine logische Folgerung.«

»Woraus?«

»In seinem Laden findet sich eine Reihe von handfesten und, wie ich meine, eindeutigen Hinweisen, die das nahelegen – und zwar mit großer Wahrscheinlichkeit!«

»Ihr seid noch einmal in Movettis Haus gewesen?« Scalvetti fixierte ihn scharf.

Pater Angelico wich dem stechenden Blick aus und bemühte sich, verlegen zu wirken, was ihm nicht allzu schwer fiel. Er fuhr sich flüchtig über seine Narbe. Jetzt musste die gefährliche Hürde rasch und ohne Stolpern genommen werden – und das möglichst ohne zu lügen.

»Nun ja, wie ich gerade schon sagte, hat mir Movettis Tod die ganze Nacht keine Ruhe gelassen, Commissario. Nicht allein wegen der kostbaren Steine, die er mir schuldete und die ich nach der Vesper bei ihm abholen sollte«, begann er bewusst weitschweifig. »Mich trieb die Ahnung um, dass da etwas nicht stimmt. Nicht, dass ich auch nur vage hätte benennen können, was mich misstrauisch gemacht hat. Vielleicht wollte ich einfach nicht glauben, dass er imstande war, sich umzubringen. Schon gar nicht nach dem Gespräch, das ich doch wenige Stunden vorher noch mit ihm geführt hatte. Wie auch immer, da war dieser Verdacht, der mich Stunde um Stunde gequält hat und …«

»Zum Henker, schenkt Euch die verbalen Girlanden und kommt gefälligst zur Sache!«, fiel Scalvetti ihm ins Wort, ganz wie Pater Angelico es erhofft hatte. »Ihr seid also heute Morgen in aller Frühe hinüber nach Santa Croce gegangen und habt Luca dank Eurer flinken Zunge den Schlüssel abgeschwatzt, um in aller Seelenruhe, sicher vor wachsamen Augen in Movettis Haus das Unterste nach oben zu kehren und nach den Lapislazuli zu suchen, die er Euch angeblich schuldete!«

Pater Angelico warf sich in die Brust. Die Unterstellung bot ihm einen hervorragenden Vorwand, kein Wort darüber zu verlieren, wann und wie genau er ins Haus des Speziale gelangt war.

»Bei den Leiden des Herrn, nichts dergleichen habe ich getan! Nicht eine Schublade oder Truhe habe ich geöffnet, ich habe mich nur unten aufmerksam umgesehen!«, entrüstete er sich. »Und dass er mir einen Beutel Lapislazuli im Wert von fünfzig Goldstücken schuldete, ist so wahr wie das Vaterunser! Das schwöre ich bei …«

»Schon gut, so war es nicht gemeint«, unterbrach Scalvetti ihn erneut und winkte besänftigend ab, als wollte er sagen, ihm sei in seiner Übermüdung ein Lapsus unterlaufen und er habe vorübergehend vergessen, dass er es nicht mit einem unbedeutenden, beliebigen Mönch zu tun habe, sondern mit einem geweihten Priester und Ordensmann, der bei den Reichen und Mächtigen, dem *popolo grosso* – dem »fetten Volk« – und selbst bei Seiner Magnifizenz Lorenzo de' Medici höchstes Ansehen genieße. »Aber jetzt kommt endlich zum Kern der Causa Movetti! Was wollt Ihr gesehen haben, das Euch zu der kühnen Annahme verleitet, es handele sich um Mord?«

Pater Angelico schickte ein stummes Dankgebet gen Himmel. Die Hürde war genommen, nun lag freies Gelände vor ihm.

»Nun, da wären zuerst einmal die starken Abriebspuren, die Fasern, zu nennen, die das Seil an den Kanten des Deckenbalkens hinterlassen hat«, begann er eifrig und beschrieb seine Beobachtung. »Meiner Meinung nach deutet das zweifelsfrei darauf hin, dass Movetti die Schlinge schon um den Hals hatte und mit seinem ganzen Gewicht an dem Seil hing, als dieses über den Vierkantbalken gezogen wurde.«

»Dann hätten wir es ja vielleicht sogar mit zwei Mördern zu tun, denn einer allein hätte das bei der kräftigen Gestalt des Speziale wohl kaum fertiggebracht«, folgerte Scalvetti, um diese Möglichkeit sogleich mit einem energischen Kopfschütteln abzutun. »Aber nein, Eure Beobachtung ist kein schlüssiger Beweis dafür, dass ein Mord vorliegt. Die Fasern an dem Balken kann Movetti auch selbst hinterlassen haben.«

»Ihr meint, als er sich selbst hochgezogen hat?«, fragte Pater Angelico nach.

»Wohl kaum. Aber er kann Fasern abgescheuert haben, als er das Seil über den Balken geworfen, nach der richtigen Länge gesucht, es mehrfach hin- und hergezogen und schließlich um das Kantholz gewickelt hat.«

»Das Seil war weder alt noch brüchig«, wandte Pater Angelico ein. »Es muss also andere Ursachen haben, dass von dem Seil so viel Abrieb an den Balkenkanten zurückgeblieben ist.«

Scalvetti unterdrückte notdürftig einen Seufzer. Er schien der Angelegenheit langsam überdrüssig zu werden. »Mord? Ich bitte

Euch! Wer in Gottes heiligem Namen sollte ein Interesse daran haben, einen Speziale wie Movetti umzubringen?« Er gab die Antwort gleich selbst. »Sicherlich kein Gläubiger. Für ein solches Verbrechen käme höchstens ruchloses Räuberpack in Frage, das es auf Geld und Wertgegenstände abgesehen hatte. Ein Raub aber kann mit Sicherheit ausgeschlossen werden. Movettis Geldkassette stand gut sichtbar unter der Theke. Darin befanden sich Münzen im Wert von einem guten halben Florin. Die hätte ein Räuber ja wohl mitgehen lassen, oder? Auch sonst deutet nichts auf einen Raubüberfall hin. In dem Laden hatte alles seine Ordnung, nirgendwo haben wir Spuren von Plünderung oder einem Kampf entdeckt.«

»Aber gerade das ist ja der zweite klare Hinweis darauf, dass es sich um ein Verbrechen handelt«, wandte Pater Angelico ein.

Verständnislos sah Scalvetti ihn an. »Inwiefern?«

»Der Schemel lag viel zu weit von der Stelle entfernt, an der Movetti sich angeblich aufgehängt hat. Auch ist er gar nicht hoch genug, damit Movetti darauf hätte stehen und sich von da aus die Schlinge um den Hals legen können.«

Doch auch das vermochte Scalvetti nicht zu überzeugen. »Dann hat er den Schemel vielleicht nur benutzt, um auf die Ladentheke oder auf die Kante eines Regalbretts zu steigen, und dabei ist der Schemel umgekippt. Anschließend hat der Mann sich die Schlinge um den Hals gelegt und ist gesprungen. Möglichkeiten, wie er es angestellt hat, sich zu erhängen, gibt es nun wahrlich viele!«

Hartnäckig legte Pater Angelico Widerspruch ein. »Das mag sein, aber wie Ihr sehr wohl wisst, stirbt man mit einem Strick um den Hals nicht so schnell.«

»Damit liegt Ihr nicht ganz falsch«, räumte Scalvetti ein. »Mit dem einen wie dem anderen.«

»Es sei denn, man fällt ein gehöriges Stück und hat einen fachmännisch gewickelten Schlingenknoten im Nacken, der einem bei dem Ruck, der den Fall auffängt, sofort das Genick bricht«, führte Pater Angelico seinen Gedanken zu Ende. »Aber so, wie Movetti da hing, muss sein Todeskampf, wenn es denn Selbstmord gewesen ist, mehrere Minuten gedauert haben.«

Scalvetti nickte kühl. »Mag sein. Und?«

»Habt Ihr Spuren eines solchen Todeskampfes gesehen?« Pater Angelicos Ton hatte beinahe etwas Triumphierendes. »Seine Füße hingen doch genau auf einer Höhe mit der Ladentheke! Und da standen zu seiner Linken mehrere Waagen und Gefäße an der Tischkante aufgereiht, wie Ihr Euch gewiss erinnert. Obwohl seine Beine in den letzten schrecklichen Minuten seines verlöschenden Lebens wild und unkontrolliert hin- und hergeschlagen haben müssen, war auf der Ladentheke keine einzige umgeworfene Waage und auch sonst kein Zeichen von Unordnung oder Beschädigung zu entdecken.«

Scalvetti schwieg einen Moment. Dann schüttelte er energisch den Kopf. »Nicht schlecht gedacht, aber auch das überzeugt mich nicht. Denn es lässt sich leicht auch anders erklären. Wenn Movetti ein Stück vor oder hinter diesen Gerätschaften von der Theke in den Durchgang gesprungen ist, wie ich es gerade in Verbindung mit dem umgestürzten Schemel vermutet habe, und wenn er sich sofort das Genick gebrochen hat, dann hat es natürlich auch keinen Todeskampf und kein Gezappel am Strick gegeben. Oder wollt Ihr vielleicht in Abrede stellen, dass es sich auch so zugetragen haben kann?« Er warf seinem Besucher einen herausfordernden Blick zu.

»Gewiss, das ist eine Möglichkeit, zumindest eine *theoretische*«, räumte Pater Angelico widerstrebend ein, wollte aber noch nicht klein beigeben. Er brauchte Scalvetti. Nur jemand wie er verfügte über die Erfahrung und die Mittel, das Verbrechen aufzuklären – und in der Folge ihm zu seinem Ultramarin für das längst überfällige Tafelbild zu verhelfen. »Und wenn es nur diese eine Sache wäre, würde ich Euch auch sofort zustimmen. Aber es gibt einfach zu viele Ungereimtheiten, Commissario: den umgestürzten Stuhl vor dem Lesepult in dem Kontor gleich links neben der Hintertür, den unberührten Bogen Papier auf der Schreibplatte, die Feder und die Tintenspritzer auf dem Boden, die merkwürdige Höhe der Schlinge, den Faserabrieb an den Balkenkanten – und dann die ungestörte Ordnung der Waagen und Majolika-Gefäße am Rand der …«

Scalvetti hob die Hand, um ihm Einhalt zu gebieten. »Also gut, Padre!« Mit einem Ausdruck, der irgendwo zwischen Überdruss und Resignation angesiedelt war, atmete er geräuschvoll ein, griff zu seinem Schwertgehänge und gürtete es sich mit energischen Bewegungen um die Hüften.

Verwundert und zugleich mit neu erstarkter Hoffnung sah Pater Angelico ihn an. Ihm war nicht entgangen, dass Scalvetti ihn soeben zum ersten Mal mit ›Padre‹ angesprochen hatte. »Also gut *was,* Commissario?«

»Movettis Leiche soll für sich sprechen!«

»Sein Leichnam ist noch hier?«

»Ich habe die Angehörigen gestern gleich benachrichtigen lassen. Aber die Tochter Lucia und ihr Mann Gino Calandro haben es offenbar nicht sehr eilig damit, den Toten abzuholen und sich um seine Beerdigung und den Nachlass zu kümmern«, meinte er bissig. »Was nur zu verständlich ist, wenn es um ehrlosen Selbstmord geht und der Nachlass des Vaters nichts ist als ein Berg Schulden.«

»Und was soll die Leiche beweisen?«

»Dass seine Schulden dem Mann das Genick gebrochen haben – auch im wahrsten Sinne des Wortes«, antwortete Scalvetti und kam mit energischen Schritten um das Monstrum von Faktoreitisch herum. »Folgt mir, Ihr ungläubiger Tommaso!«

12

Statt den Weg über die große Freitreppe hinunter in den Hof zu nehmen und von dort in die dunklen Gewölbe hinabzusteigen, führte der Commissario ihn in eine nahe gelegene geräumige Wachstube und von dort über eine schmale, sich steil abwärts windende Steintreppe in die Tiefe.

Obwohl das Bargello mittlerweile im hellen Sonnenschein lag, herrschte in dem gerade mal mannsbreiten Treppenschacht diffuses Halbdunkel. Nur nach jedem vierten Absatz, jeweils vor dem nächsten rechtwinkligen Knick der Treppe, drang durch eine schmale, schießschartenartige Öffnung ein spärlicher Streifen Tageslicht herein. An vielen Stellen bedeckten schwarze, gezackte Brandspuren und Felder aus Ruß das Mauerwerk, das Werk ungezählter blakender Pechfackeln, deren Flammen zu nächtlicher Stunde die Treppe erhellt und dabei über die Wände geleckt hatten.

Die Kälte der Nacht saß noch im Gestein und schien von allen Seiten nach ihnen zu greifen. Und je tiefer sie kamen, desto frostiger wurde der Atem des verschwiegenen Treppenschachts.

Pater Angelico zog seinen wollenen schwarzen Schultermantel vor der Brust zusammen, um die rußverdreckten Wände nicht zu streifen, aber auch als Schutz vor der Kühle, die sie umfangen hielt. Ihm war, als nähme die Treppe kein Ende. Tiefer und tiefer wanden sich die Stufen, so dass es schien, als wollten sie direkt in den Schlund der Hölle führen.

Schließlich aber hatten sie den Fuß der steinernen Stiege erreicht. Sie mündete jenseits einer Gittertür, die Scalvetti aufschloss und hinter Pater Angelico gleich wieder verriegelte, in ein hohes, von Wandleuchten mäßig erhelltes Kellergewölbe. Einige Schritte zur Rechten wölbte sich ein Rundbogen über den letzten Stufen der breiten, regulären Treppenanlage.

Als Pater Angelico hinter Scalvettis Rücken hervortrat, sah er, dass sich zwischen dem hinteren Gewölbedrittel und dem vorderen Teil des Raumes ein Eisengitter erstreckte, das von Wand zu Wand und auf seiner ganzen Länge vom Boden bis zur Decke reichte. Hinter der Abtrennung lag ein hoher rundgemauerter Gang, der jedoch schon nach wenigen Schritten in eine abwärts führende Treppe überging.

In dem Gewölbe hielten zwei uniformierte Waffenknechte der Otto di Guardia Wache, einer auf jeder Seite des Trenngitters. Sie waren mit Dolch, Schwert und Lanze bewaffnet. Die kurzen Lanzen jedoch lehnten an der Wand, während die Männer bei einer Leuchte am Gitter standen und miteinander schwatzten. Sie lachten derb und kehlig, als hätte einer von ihnen soeben eine Zote zum Besten gegeben.

Als sie die Stiefelschritte hörten, wandten sie den Kopf, erblickten Tiberio Scalvetti, griffen flugs zu ihren Lanzen, fuhren wie der Blitz auseinander und bezogen Stellung an der Tür, die in der Mitte des Trenngitters eingelassen war. Und im nächsten Augenblick rasselte der Schlüsselbund des Wachmanns diesseits des Gitters.

Scalvetti gebot dem Waffenknecht, der ihm die Gittertür dienstbeflissen öffnen wollte, Einhalt, indem er abwehrend die Hand hob und kurz den Kopf schüttelte. Stattdessen schritt er auf den Seitengang zu, der ein gutes Stück vor dem Gitter auf der rechten Seite, nicht weit von dem breiten Treppenaufgang, vom Gewölbe abzweigte.

Ebenso schweigend und mit einiger Beklommenheit folgte Pater Angelico dem Commissario. Er warf nur einen flüchtigen Blick in den kurzen Gang jenseits des Gitters. Man brauchte kein Hellseher zu sein, um zu wissen, dass es dort zu den schaurigen, stinkenden Eingeweiden des Bargello ging, zu den Kerkerzellen und Folterkammern.

In dem Durchgang hing rechts und links jeweils eine Laterne mit niedrig brennendem Öllicht an einem eisernen Haken. Scalvetti nahm im Vorbeigehen die Laterne zu seiner Rechten vom Wandhaken und drehte den Docht hoch. Nun gab das Licht einen langen Gang preis, an dem zu beiden Seiten mehrere massive Balkentüren zu sehen waren. Fast handtellergroße Eisennägel mit rautenförmigen Köpfen und spitz hervortretender Mitte bildeten auf den altersdunklen Balken ein geometrisches Muster.

Scalvetti hielt gleich auf die erste Tür zu ihrer Linken zu. Er schob den breiten Eisenriegel zurück und zog die schwere Tür auf, mit einer Leichtigkeit, die Pater Angelico in Erstaunen versetzte, hätte er doch in dem asketisch hageren Körper nicht solche Kraft vermutet.

»Nun denn, tretet ein und haltet stumme Zwiesprache mit Movetti!«, spöttelte der Commissario und vollführte eine übertrieben einladende Bewegung. »Vielleicht gelingt es ja seiner sterblichen Hülle, Euch von Eurem abenteuerlichen Mordverdacht zu kurieren.«

»Den Stummen versteht Gott«, erwiderte Pater Angelico trocken. »Ich dagegen muss mich mit dem zufriedengeben, was meine Augen und mein Verstand mir sagen.«

Scalvetti lachte freudlos. »Das dürfte allemal reichen, um angesichts des irdischen Elends auf der Stelle in tiefe Niedergeschlagenheit zu verfallen.«

Pater Angelico warf ihm einen verwunderten Blick zu. »Eine merkwürdige Äußerung für einen mächtigen Mann der Otto di Guardia!«

Schweigend, mit einem todmüden Ausdruck in den dunklen Augen, sah Scalvetti an ihm vorbei, ohne dass sein Blick einen bestimmten Punkt zu fixieren schien. Dann straffte sich seine Gestalt, und er zuckte die Achseln.

»Wir dienen dem Herrn – jeder auf seine Weise«, sagte er leichthin. »Und nun kommt!«

Aus der kalten, schwarzen Kammer schlug ihnen unverkennbar süßlicher Leichengestank entgegen, der ekelhafte Odor eines Toten, der in seinen Exkrementen lag und in dessen Körper mit dem Augenblick des Todes der Prozess der Verwesung eingesetzt hatte.

Scalvetti war darauf vorbereitet; öfter, als ihm lieb war, führte sein Amt ihn in die schaurigen Kerkerzellen und Kammern tief unter dem Palazzo. Und so zog er ein parfümiertes Tuch aus seinem faltenreichen Hemdärmel und hielt es sich unter die Nase, während er ihnen leuchtete.

Die Leichenkammer des Bargello war ein langer, enger Schlauch. An den Seiten des halbrunden Deckenbogens war der Raum so niedrig, dass ein groß gewachsener Mann wie Scalvetti den Kopf einziehen musste. Die Kammer bot Platz für ein Dutzend Leichen. In einem Abstand von etwa anderthalb Schritten ruhten auf knapp kniehohen Sockeln, die aus schweren Quadersteinen bestanden, dicke Platten aus grauschwarzem Granit. Die Platten hatten entlang der Längskanten zwei Finger hohe Steineinfassungen und neigten sich deutlich zum Fußende hin, so dass der Kopf der Toten um einiges höher lag als der Rest des Körpers und Blut sowie andere flüssige Körperausscheidungen zur V-förmigen Bodenrinne hin abfließen konnten. Diese steinerne Rinne führte an den Fußenden der Platten vorbei durch die gesamte Kammer und mündete an deren hinterem Ende in ein Abflussloch.

Movetti lag auf der von der Tür aus gesehen dritten Granitplatte. Auch die beiden Platten davor waren belegt. Doch anders als beim Leichnam des Speziale hatte man über die beiden vorderen Toten verschlissene grobe Wolltücher geworfen. Die vielen dunklen, blutigen Flecken in den Tüchern machten es nicht schwer zu erraten, warum diese Leichen abgedeckt waren.

Pater Angelico war mit der abstoßenden Fratze bestialisch gequälter und gnadenlos niedergemetzelter Menschen nur allzu vertraut. Letztlich hatte das Grauen ihn ins Kloster getrieben. Dennoch lief ihm jetzt ein Schauer über den Rücken, und es schnürte ihm beim Blick auf die beiden geschundenen Körper unter den Bluttüchern die Kehle zu.

Scalvetti bemerkte den bestürzten Blick des Mönchs und nickte wissend. Er kannte dieses innere Schaudern.

»Vor dem Tod ist niemand glücklich zu nennen«, stellte er kühl fest. »Insbesondere nicht in einer Zeit, in der politische Intrigen und blutige Umsturzversuche wie giftige Pilze aus dem Boden schießen.«

Abrupt wandte Pater Angelico sich von den beiden Toten ab. Er presste die Lippen zusammen, um nicht in Versuchung zu geraten, allzu genau nach der Todesursache der beiden zu fragen, was er vermutlich sogleich bereut hätte.

Mit ausdrucksloser Miene ging Scalvetti an den beiden Leichen vorbei, stellte die Laterne auf den vorspringenden Steinsims über Movettis Kopf und wartete schweigend. Er wusste, was der Mönch als Erstes zu tun gedachte.

Pater Angelico trat an die Leichenplatte, schlug über dem Toten das Kreuz und sprach leise ein Gebet, in dem er die Seele des Verstorbenen der unendlichen Barmherzigkeit Gottes empfahl.

Scalvetti ließ danach pietätvoll einen kurzen Moment verstreichen, dann sagte er, auf Movettis Leichnam blickend: »Das Leben ist ein Rennen zum Tod – und manche kommen eher ans Ziel als andere. Insbesondere wenn man wie Movetti die Abkürzung mit dem Strick nimmt.«

»Ich frage mich nicht zum ersten Mal, was Euch so sicher macht«, erwiderte Pater Angelico, grollend, weil der Commissario nicht einmal den Hauch eines Zweifels zuließ.

»Seid versichert, ich kenne mich mit Verbrechen aus!« Scalvetti verzog das Gesicht zu einer grimmig bitteren Miene. Gleichzeitig schaute er kurz zu den beiden vorderen Leichen hinüber. »Zur Genüge, bei Gott! Hier liegt kein Verbrechen vor. Movetti hat seinem Leben selbst ein Ende gesetzt.«

Pater Angelico verdrehte die Augen. »Mit Worten werdet Ihr mich nicht überzeugen, Commissario!«

»Das hatte ich auch nicht vor. Ihr sagt, es war Mord. Nun, in dem Fall müsste Movetti also schon tot gewesen sein, bevor man ihn aufgeknüpft hat.«

»Gewiss … oder zumindest doch bewusstlos. Die Mörder können ihn niedergeschlagen oder gewürgt haben.«

Scalvetti nickte und lächelte, als hätte er auf eine Hypothese dieser Art nur gewartet. »Mit dem einen liegt Ihr so schief wie mit dem anderen. Der Mann hat nirgendwo am Kopf eine Platzwunde. Und wäre er vorher mit einer Schnur, einem Draht oder einer Garotte erwürgt worden, hätte er in jedem Fall ein entsprechendes verräterisches Würgemal zurückbehalten. Und zwar in Form einer relativ geraden Linie um den Hals herum. Würdet Ihr mir da zustimmen?«

Pater Angelico nickte widerstrebend.

»Dieses lineare Würgemal gibt es nicht, Pater Angelico«, fuhr der Commissario fort. »Movettis Hals weist vielmehr eine zum Hinterkopf hin schräg ansteigende Würgelinie auf. Und diese V-förmige Markierung um den Hals ist nun mal typisch für einen Gehängten. Dass er am Strick nicht mehr herumgezappelt und lange gelitten hat, verdankt er aller Wahrscheinlichkeit dem glücklichen Umstand, dass er sich sofort das Genick gebrochen hat.«

Ungläubig sah Pater Angelico von dem Toten zum Commissario und wieder zurück. Er wollte einfach nicht glauben, dass der Speziale aus eigenem Entschluss dem Leben entflohen war – und damit auch seinen Gläubigern. Denn wenn Movetti wirklich keinen anderen Ausweg gesehen hatte, als sich das Leben zu nehmen und damit sein Seelenheil zu verwirken, gab es für ihn selbst keine Hoffnung, aus dem Nachlass des Toten auch nur mit einem einzigen Picciolo, einer Kupfermünze, entschädigt zu werden, geschweige denn mit zweiundvierzig Goldstücken.

»*Ad oculus,* werter Bruder! Ad oculus! Ihr habt es vor Augen! Also nur zu, überzeugt Euch selbst, dass es so ist, wie ich sage!« Scalvetti fasste in das Haar des Toten und drehte den Kopf schaurig weit nach rechts und links, wie es nur bei gebrochenem Halswirbel möglich war. »Und nirgendwo an seinem Körper gibt es Spuren eines Kampfes. Nicht einen Kratzer findet Ihr an ihm. Nur zu, überzeugt Euch selbst! Ich denke, damit ist alles gesagt, und Ihr vergesst endlich Eure haarsträubende Mordgeschichte.«

Pater Angelico fühlte Übelkeit in sich aufsteigen. Der Brechreiz mochte von dem Leichengestank herrühren, sehr wohl aber auch von der Ratlosigkeit und Niedergeschlagenheit, die ihn befielen.

Für einige lang anmutende Augenblicke herrschte in der Leichenkammer kalte Stille.

Es war Scalvetti, der das Schweigen brach. »Das mit der Heirat, die ihn vielleicht hätte retten können, muss sich wohl zerschlagen haben«, sagte er halb in Gedanken und wedelte mit dem Dufttuch unter seiner knochigen Nase.

Überrascht blickte Pater Angelico auf. »Movetti wollte wieder heiraten?« Dass der Speziale seine Frau einige Jahre zuvor verloren hatte, in einem heißen Sommer hingerafft von der Pest, war ihm bekannt gewesen. Nicht jedoch, dass er dem Witwenstand zu entsagen und sich neu zu verheiraten gedachte.

Scalvetti nickte und griff nach der Laterne. »Ich wette, darauf hatte er seine letzte Hoffnung gesetzt.« Er lachte mehr mitleidig als spöttisch. »Aber vielleicht …«

Was der Commissario noch hatte anmerken wollen, blieb ungesagt. Denn ein vernehmliches Räuspern von der Tür her ließ ihn mitten im Satz verstummen und seine Aufmerksamkeit auf den Mann richten, der dort im Eingang aufgetaucht war.

»Auf ein Wort, Herr!«

Ungehalten über die Störung, drehte Pater Angelico sich um. Sein Blick fiel auf einen breitschultrigen Mann, dessen grobschlächtiges Gesicht vor Schweiß glänzte. Auch das fast schulterlange Haar war verschwitzt und klebte ihm in nassen Strähnen am Kopf. Er trug klobige Stiefel und grobe Kleidung, die reichlich von Schmutz und Brandflecken gezeichnet war. Dasselbe traf auf die brusthohe Lederschürze zu, die er sich umgebunden hatte und die neben alten Flecken mehrere frische Blutspritzer aufwies.

Beim Anblick des Mannes stellten sich Pater Angelico die Nackenhaare auf. Er schluckte. Es stand außer Frage, dass es sich bei diesem Kerl um einen Kerkerknecht handelte, dessen Handwerk die Folter war.

»Verzeiht, dass ich Eure Unterredung störe, Herr, aber Ihr habt mir aufgetragen, Euch unverzüglich Meldung zu machen, wenn es Neuigkeiten gibt«, sagte der grobschlächtige Bursche und warf dem Mönch, mit dem sein Herr da stand, einen misstrauischen Blick zu.

»In der Tat, so lautete meine Anweisung. Also sprich, Sodino! Aber keine Namen«, verlangte Scalvetti.

Der Mann leckte sich über die Lippen. »Er … er ist jetzt bereit zu reden, ganz wie ich es Euch versprach, Herr.« Ein verhaltenes stolzes Lächeln trat auf die Züge des Folterknechts. Und als wolle er wortlos darauf hinweisen, wie schwer er sich für seinen Herrn ins Zeug gelegt hatte, um ihn mit dem Ergebnis seiner Arbeit nicht zu enttäuschen, wischte er sich über die schweißnasse Stirn.

Scalvetti nickte, doch auf seinem Gesicht zeigte sich nicht eine Spur von Genugtuung oder gar triumphaler Freude. Ganz im Gegenteil, der Ausdruck von Müdigkeit und Ermattung schien sich nur noch zu verstärken.

»Gut, ich komme sofort und höre mir an, was er zu sagen hat«, antwortete er ohne jeglichen Elan. »Sieh zu, dass er bei Kräften bleibt.«

»Sehr wohl, Herr!« Der Kerkerknecht verbeugte sich und kehrte in sein finsteres Reich zurück.

Mit einem Seufzer wandte Scalvetti sich Pater Angelico zu. »Ihr werdet mir nachsehen, dass ich Euch jetzt bitten muss zu gehen. Zumal Eure Spekulationen jeglicher Grundlage entbehren, wie Ihr inzwischen zweifellos eingesehen haben werdet.« Er rang sich ein nachsichtiges Lächeln ab. »Ich denke, ich brauche Euch keinen Diener als Begleiter mitzugeben. Der breite Treppenaufgang drüben in der Halle führt Euch nach oben in den Innenhof.«

»Und Euch ruft die Pflicht, nicht wahr?« Pater Angelicos Ton war durchaus bissig.

»Eine überaus unerfreuliche, um die ich mich nicht reiße, wie ich Euch versichern kann. Aber sie muss getan werden, Pater Angelico – *per bene di commune.*«

Zum Wohle der Kommune!

Damit wurde alles gerechtfertigt, ob es nun Eroberungskriege oder Steuererhöhungen waren, Folter oder Verbannung, nichts von alldem geschah aus Eigennutz und kaltem Machtkalkül, es ging immer nur um das Wohl der Kommune! Aber so liefen die Dinge nicht erst, seit die Medici als Könige ohne Krone über Florenz und die Toskana herrschten. So hatten es die Nobili und Grandi, die vor ihnen das Ruder der Macht an sich gerissen hatten, zu allen Zeiten gehandhabt.

Pater Angelico verzog das Gesicht zu einer düsteren Miene. Und die hellte sich auch nicht auf, als er die breite Treppe hinaufstieg und den Leichengestank und die Kälte hinter sich ließ.

13

Kaum hatte er das Bargello verlassen und war mit finsterer Miene der Via dei Balestrieri einen Häuserblock in nördlicher Richtung gefolgt, als ihm an der nächsten Straßenkreuzung Bruder Bartolo Lorentino geradewegs in die Arme lief.

Der Novize stürmte genau in dem Moment aus der Via de' Pandolfini, als Pater Angelico in ebendiese Straße einbiegen wollte. Bruder Bartolo war, wie sein bedrückter und zu Boden gerichteter Blick verriet, derart tief in trübe Gedanken versunken, dass er den Pater um ein Haar umgerannt hätte. Nur ein schnelles seitliches Ausweichmanöver verhinderte, dass sie zusammenprallten.

»Bruder Bartolo!« Pater Angelico streckte die Hand aus und versetzte dem Jüngeren einen leichten, aber ärgerlichen Stoß vor die Brust. »Willst du mich vielleicht über den Haufen rennen?«

Erschrocken fuhr der Novize zusammen und riss den Kopf hoch. Seine Augen weiteten sich vor Bestürzung, als er sah, wer vor ihm stand. »Meister Angelico! Beim Blute Christi, nichts könnte mir ferner liegen! Verzeiht meine Unachtsamkeit! Ich … ich war so in Gedanken, dass ich Euch nicht habe kommen sehen.«

»Was für eine scharfsinnige Feststellung«, merkte Pater Angelico an. »Mir scheint, ich habe es bei dir mit einem ganz besonders schlauen Kopf zu tun! Offenbar sind dir schon alle Geheimnisse des Himmels enthüllt, so dass du den wachen Blick nicht länger aufwärts und dem Licht entgegen zu richten hast, sondern mit unendlicher Muße erforschen kannst, was sich im Unrat der Gassen an erhebenden Erkenntnissen verbirgt.«

Bruder Bartolo schoss das Blut ins knabenhafte Milchgesicht. Rote Flecken erblühten unter der Haut wie reife Rosenknospen in sommerwarmer Morgensonne. Er senkte betreten den Blick, hob den Kopf dann aber schnell wieder, als ihm bewusst wurde, dass er wie zur Bestätigung der sarkastischen Behauptung seines Novizenmeisters in den Unrat der Gasse starrte.

»Meister, Ihr wisst, dass mir nichts dergleichen ...«

Pater Angelico fiel ihm ins Wort. »Was treibst du dich überhaupt hier in der Stadt herum?«, fragte er und sah den Novizen scharf an.

»Ich habe meinen Onkel besucht, der ...«

»So, du hast deinen Onkel besucht!« Pater Angelicos Brauen wanderten betont langsam in die Höhe. »Ich nehme an, du sprichst von jenem gewissen Ser Benozzo del Castagno, der dafür gesorgt hat, dass du nach Florenz kommen und bei uns in San Marco aufgenommen werden konntest?«

Bruder Bartolo nickte. »Onkel Benozzo wohnt hier in der Straße, dort unten an der Ecke zur Via Giraldi. Unser ehrwürdiger Vater hat mir die Erlaubnis erteilt, ihn zweimal täglich zwischen den Gebetszeiten zu besuchen, einmal am Vormittag und einmal am frühen Abend.«

»So, hat er das, unser ehrwürdiger Vater«, sagte Pater Angelico mit einem Lächeln, dem jegliche Wärme fehlte. »Nun, wenn dem so ist, steht es wohl außer Frage, dass dein vornehmer Onkel Benozzo eine beachtliche Summe gezahlt hat. Es liegt nämlich nicht in der Natur unseres ehrwürdigen Priors, derartig großzügige Zugeständnisse für schnöden Gotteslohn zu machen.«

Bruder Bartolos Gesichtsfarbe wechselte von rotfleckig zu bleich. Ein Ausdruck von Bestürzung trat in seine Augen. Der unverhohlene Vorwurf, sich die Aufnahme in San Marco, das weit über die Toskana hinaus in einem hohen Ansehen stand, und zudem noch Privilegien mit dem Geld des Onkels erkauft zu haben, traf ihn sichtlich.

Doch statt empört zu protestieren, erwiderte er erstaunlich ruhig, wenn auch mit leicht zitternder Stimme: »Ihr zieht die falschen Schlüsse, Meister. Die Dinge liegen nicht so, wie sie scheinen.«

»So? Dann erleuchte mich, Bruder Bartolo, damit ich nicht länger im Dunkel meines Irrtums wandele!«

Die schlaksige Gestalt des Novizen straffte sich. »Mich hat es weder nach Florenz noch nach San Marco gezogen, der Herr ist mein Zeuge! Ich war mit meinem Leben vor den Toren von Bologna mehr als zufrieden. Mein dortiger Novizenmeister, ein Mann großer Frömmigkeit und Gelehrsamkeit, hat mir bei aller Strenge eine gute Ausbildung im Geiste des heiligen Augustinus angedeihen lassen.«

»Gewiss ein großer Kirchenlehrer«, murmelte Pater Angelico, »aber ebenso gewiss auch reichlich überschätzt, insbesondere was seine erschreckende Lehre von der Erbsünde und der menschlichen Vorbestimmung betrifft.«

»Es hat mir an nichts gefehlt, Meister Angelico«, fuhr der Novize ungerührt fort. »Insbesondere nächtliche Einbrüche haben mir nicht gefehlt.« Nun reckte er gar in einem Anflug von Angriffslust das Kinn vor, seine Stimme jedoch blieb ruhig und gewann sogar an Kraft.

»So!«, knurrte Pater Angelico.

»Mir mag es noch an vielem von dem, was einen bewährten Ordensmann und Meister der sieben freien Künste wie Euch auszeichnet, kläglich mangeln. Und ich vermag auch nicht zu beurteilen, was an den Lehren des heiligen Augustinus nicht zutreffend oder gar erschreckend sein soll …«

»Das werde ich dich schon lehren!«

»… aber zumindest unterwerfe ich mich seit dem ersten Tag meines Ordenslebens dem Gebot der Demut und des Gehorsams vorbehaltlos und gehe unerbittlich gegen eigennützige Wünsche, wann immer der Teufel mir sie einzuflüstern versucht, mit der …« Bruder Bartolo stockte kurz, lag ihm doch zweifellos das Wort Geißel auf der Zunge, das er in jäher Erinnerung an die nächtliche Zurechtweisung jedoch rasch übersprang. »… nun ja, mit aller Strenge vor und bringe sie in mir zum Schweigen. Deshalb habe ich mich auch, obwohl es mir in Bologna überaus wohl erging, dem Willen meines Oberen und meines Onkels gebeugt.«

Kaum hatte er geendet, nahm sein Gesicht einen zutiefst erschrockenen Ausdruck an, so als sei ihm plötzlich zu Bewusstsein gekommen, welch unerhörte Dreistigkeit und monastische Verfehlung er sich als Novize mit seiner Verteidigungsrede herausgenommen hatte. Jeder Ordensmann, und ein Novize erst recht, schuldete seinen Oberen unbedingten Gehorsam und Respekt und hatte sich selbst dann, wenn er sich ungerecht behandelt wähnte, jeglicher eitlen Selbstgerechtigkeit zu enthalten.

Pater Angelico aber reagierte auf die unstatthafte Rede seines Novizen nicht mit Entrüstung, sondern sah ihn verblüfft an. Wie ein Blitz traf ihn die Erkenntnis, dass und wie sehr er sich gegenüber dem jungen Mann in Wort und Ton vergriffen hatte. Der dumpfe Groll, der sich seit seinem Streit mit Vincenzo Bandelli in ihm angestaut und ein Ziel gesucht hatte, um sich zu entladen, wich von ihm und machte heftiger Beschämung Platz.

Er hatte sich ausgerechnet an jenem Menschen abreagiert, der nicht nur die geringste Schuld an seiner Misere und Missstimmung trug, sondern ihm auch an Stellung und Anrecht auf Widerspruch am wenigsten entgegenzusetzen hatte!

Es war schäbig gewesen, sich so gehenzulassen und diesen durch und durch unerfahrenen Burschen derart aufs Korn zu nehmen, mochte er ihm auch noch so ungelegen kommen und sich womöglich für die nächsten Monate als Klotz am Bein erweisen!

Es dauerte lange, bis er sich gefasst hatte. »Von der Länge her hätte das gut und gern der Kern einer soliden Bußpredigt sein können, Bruder Bartolo«, sagte er mit einem selbstironischen Lächeln. »Und was den trefflich formulierten Inhalt betrifft, so habe ich deine kecke Zurechtweisung wohl herausgefordert und verdient, den Seitenhieb mit den nächtlichen Einbrüchen eingeschlossen.«

Bruder Bartolo lief erneut tiefrot an, hatte er doch mit einer gänzlich anderen Reaktion gerechnet. »Meister! Ich weiß nicht, welcher Teufel mich geritten hat, so despektierlich ...«

»Nein, schweig! Ich habe dir unrecht getan, und du warst im Recht, mich das wissen zu lassen«, schnitt Pater Angelico ihm das Wort ab. »Oder, mit dem heiligen Augustinus gesprochen, dem du ja solche Verehrung zollst: ›Irren ist menschlich, aber aus Leidenschaft im Irrtum zu verharren ist teuflisch.‹ Dem stimme ich vorbehaltlos zu.« Er machte eine kurze Pause, hob dann die Hand und fuhr warnend fort: »Aber wenn du jetzt glaubst, du wirst es bei mir leichthaben, nur weil ich einen Fehler eingestanden und mich dafür entschuldigt habe, so irrst du dich!«

Irritiert sah der Novize ihn an. »Ich verstehe nicht, Meister.«

»Es ist nicht meine Art, Fehler zu machen. Und noch viel weniger liegt es in meiner Natur, sie als solche zu erkennen und gar noch offen einzuräumen, wenn sie mir dann doch einmal unterlaufen.«

Es war offenkundig, dass Bruder Bartolo nicht wusste, ob er darauf belustigt oder ernst reagieren sollte. Er beließ es bei einer unsicheren Miene und folgsamem Nicken.

»Und nun genug des Geplänkels! Komm, lass uns gehen«, sagte Pater Angelico und zog ihn mit sich in die Via de' Pandolfini, aus der Bruder Bartolo eben erst gekommen war. »Erzähl mir von deinem Onkel! Warum liegt ihm so viel daran, dich hier in Florenz zu wissen?«

Bruder Bartolo zögerte kurz, dann senkte er den Kopf und antwortete bedrückt: »Der Herr wird ihn bald zu sich rufen, Meister. Seine Todesstunde ist nicht mehr fern.«

»Oh!«, stieß Pater Angelico überrascht hervor. »Nun, das erklärt einiges. Welches Leiden raubt ihm denn die Lebenskraft?«

»Es ist die Schwindsucht, Meister.«

»Bei Gott, die Schwindsucht ist ein bitteres Schicksal. Nur Lepra und Pest sind teuflischer!«

Bruder Bartolo nickte. »Er spuckt schon viel Blut, und die Ärzte geben ihm nicht mehr lange. Sie sprechen von einigen Wochen, bestenfalls Monaten, auch wenn er noch seine guten Tage hat, so wie heute. Deshalb hat Ser Benozzo seinen Einfluss geltend gemacht, damit ich nicht erst mein Noviziat in der Lombardei beende, sondern umgehend nach Florenz komme. Er will mich möglichst oft bei sich haben.«

»Ich nehme an, deinem Onkel sind Söhne versagt geblieben.« Diese Schlussfolgerung drängte sich Pater Angelico nach den Worten des Novizen sofort auf.

»Ihr sagt es, Söhne sind ihm zu seinem Leidwesen selbst in zweiter Ehe nicht vergönnt gewesen«, bestätigte der Novize. »Nur Töchter hat der Herr ihm zugebilligt, diese allerdings reichlich. Von den Überlebenden vermochte er die beiden Ältesten gut zu verheiraten, die drei anderen haben den Schleier der Klarissen genommen.«

Pater Angelico verzog das Gesicht und nickte. Die wenigsten der Nonnen, die aus Familien von Rang und Namen stammten und in Florenz sowie anderswo in Italien die Konvente füllten, waren einer Berufung zum monastischen Leben gefolgt; vielmehr waren sie zum Klostereintritt mehr oder weniger gezwungen worden, um die Familie vor dem finanziellen Ausbluten zu bewahren. Selbst vermögenden Vätern mit einer Schar von Töchtern ließen die ruinösen Mitgiften, die für eine standesgemäße Verheiratung verlangt und bezahlt wurden, keine andere Möglichkeit. Es war eine Schande, dass die Klöster mehr und mehr zu verhältnismäßig preiswerten Versorgungseinrichtungen für überzählige Töchter aus vornehmem Haus wurden. Um das geistige Leben hinter den Klostermauern jener Häuser war es denn auch dementsprechend dürftig, nicht selten sogar schockierend bestellt.

»Ich war schon von klein auf sein Lieblingsneffe und habe in den Jahren, die ich mit meinen Eltern hier in Florenz gelebt habe, viel Zeit mit ihm verbracht, auf dem Land, aber auch in seiner Wechselstube am Mercato Nuovo«, fuhr Bartolo wehmütig fort, »und als mein Onkel Gewissheit hatte, dass ihm nicht mehr viel Zeit auf Erden bleibt …«

»Du bist hier in Florenz aufgewachsen?«, fiel Pater Angelico ihm überrascht ins Wort.

Bruder Bartolo lächelte stolz und nickte. »Und hier geboren! Ich habe die ersten neun Jahre meines Lebens in Florenz verbracht.«

»Und was hat dich in die Lombardei verschlagen?«

»Meine Eltern sind damals mit uns umgesiedelt, damit mein Vater, der sich mit seinem bescheidenen Tuchhandel hier in Florenz schwertat, dort das Erbe seines älteren Bruders antreten konnte«, erzählte Bruder Bartolo bereitwillig. »Dieser Onkel väterlicherseits war ein eingefleischter Junggeselle, der einen sehr einträglichen Handel mit Tapisserien, Teppichen und ähnlichen Luxuswaren betrieb. Er ist jung und qualvoll gestorben, erstickt an den Folgen eines tragischen Bienenstichs.«

»Wie passend zum Thema des Tages! Mir schnürt es allmählich auch schon die Kehle zu«, murmelte Pater Angelico missmutig, mit den Gedanken sofort wieder bei Movetti und dem, was

Scalvetti ihm in der schaurigen Leichenkammer entgegengehalten hatte.

Sie kamen an die Kreuzung der Via de' Pandolfini und der Via delle Seggiole. Hier stutzte Bartolo, als Pater Angelico sich nicht nach links wandte, sondern weiterhin stur geradeaus marschierte. Unwillkürlich hatte er angenommen, dass sie sich auf dem Weg zurück ins Kloster befanden und nur deshalb um das dichte Menschengewirr der Stadtmitte einen Bogen schlugen, damit sie in den stilleren Seitengassen schneller vorankamen und sich manch rüden Stoß in der Menge ersparten.

Jetzt dämmerte ihm, dass seine Annahme falsch war. Nicht das Kloster konnte das Ziel des Novizenmeisters sein, gingen sie doch weiterhin in die entgegengesetzte Richtung, vielmehr handelte es sich allem Anschein nach um einen Ort im Osten der Stadt. Und plötzlich meinte er zu wissen, welcher Ort das war.

»Wo führt Ihr mich überhaupt hin, Meister?« Er hatte Mühe, seine Sorge nicht gar zu deutlich durchklingen zu lassen. »Geht es wieder in die Via dei Pelacani?«

»Sei unbesorgt, ein zweiter Einbruch steht dir nicht bevor. Mit solch verschwiegenen Unternehmungen warte ich doch lieber, bis der Mantel nächtlicher Dunkelheit uns schützt«, spottete Pater Angelico, der sofort heraushörte, was der Novize befürchtete.

»Das beruhigt mich ungemein, Meister. Nur verrät es mir nicht, wohin Ihr mich bringt.«

»Nach San Giuseppe zum Bettler Orenetto, auch il Moro genannt.«

Der Novize warf ihm einen verständnislosen Blick zu. »Und was wollt Ihr von diesem Bettler, den man den Dunklen oder den Schwarzen nennt?«

Pater Angelico entfuhr ein schwerer Seufzer. »Einen Lichtblick! Den erhoffe ich mir von der schwarzen Haut. Ja, so Gott will, vielleicht sogar etwas Handfestes, das meinen Verdacht bestätigt und mich nicht weiterhin wie einen Narren dastehen lässt!«

»Redet Ihr von der misslichen Lage, in die der plötzliche Tod des Speziale Euch gebracht hat?«

»Misslich? Meine Lage ist so misslich wie die einer Maus im Rachen einer hungrigen Katze«, erwiderte Pater Angelico verdrossen und ballte die Fäuste. »Movetti hat sich nicht selbst in seinem Laden aufgehängt. Nie und nimmer! Da kann Scalvetti noch so viel reden und auf seine Erfahrungen als Commissario der Otto di Guardia pochen, es war Mord. Kaltblütiger, ruchloser Mord!«

Bei der Erwähnung der gefürchteten Otto di Guardia machte Bartolo ein erschrockenes Gesicht. Auch wenn er mehr als die Hälfte seines Lebens fern von Florenz verbracht hatte, wusste er doch genau, welche Macht in den Händen dieser acht Männer lag und wie sehr ihre Aufmerksamkeit zu fürchten war.

»Ihr hattet mit der Otto di Guardia zu tun? Heilige Muttergottes, wie konnte es dazu kommen, dass Ihr wegen des Speziale ins Visier dieser gefährlichen Männer geraten seid?«, stieß er hervor und warf einen Blick über die Schulter, als fühle er sich bereits verfolgt.

»Beruhige dich, wir Mönche von San Marco stehen seit Generationen unter der treuen Schutzherrschaft des Hauses Medici und haben von der Acht nichts zu fürchten. Ich bin Commissario Tiberio Scalvetti schon gestern nach der Vesper in Movettis Laden begegnet. Er weiß, dass ich in der Gunst Seiner Magnifizenz Lorenzo stehe, was in diesem Fall ausnahmsweise von großem Vorteil ist, und nicht er hat mich zu sich bestellt, sondern ich habe ihn vorhin aufgesucht, weil ich inständig hoffte, ihn davon überzeugen zu können, dass Movetti ermordet worden ist, und ihn dazu zu bringen, dass er sich auf die Suche nach den Mördern macht.«

Bruder Bartolo gab einen Stoßseufzer der Erleichterung von sich. »Eure Hoffnung scheint bitter enttäuscht worden zu sein, Meister.«

»In der Tat!« Pater Angelico zog eine Grimasse. »Von Mord will der Commissario nichts wissen. Deshalb denkt er auch gar nicht daran, Ermittlungen einzuleiten.«

»Dann wird es wohl auch kein Mord gewesen sein«, folgerte Bruder Bartolo allzu schnell.

Pater Angelico bedachte ihn mit einem säuerlichen Seitenblick. »So! Was du nicht sagst!« Er stemmte die Fäuste in die Hüften. »Und *du* bist dir wirklich sicher, dass du unter meiner Obhut dein Noviziat beenden und außerdem von mir das Handwerk der frommen Malerei erlernen willst, ja?«, fragte er.

Der Novize errötete und versuchte hastig, die Bedeutung seiner ungeschickten Bemerkung herunterzuspielen. »Verzeiht, Meister, ich wollte Eure Urteilskraft nicht in Frage stellen! Ihr habt gewiss gute Gründe für Eure Annahme. Ich dachte nur, dass ein Mann wie der Commissario in diesen weltlichen Dingen …«

»Reiß nicht gleich wieder mit der Brechstange ein, was du gerade an Schaden notdürftig geflickt hast«, fiel Pater Angelico ihm ins Wort. »Lassen wir es dabei! Es wird sich schon erweisen, wer die Zeichen richtig gedeutet hat und wer im Irrtum verharrt ist!«

Bruder Bartolo nickte beflissen. »Ihr sagt es, Meister. Der Herr wird es richten.«

Pater Angelico schüttelte heftig den Kopf. »Nein, wird er nicht. Warum sollte er auch? Er ist nicht unser Diener und Ausputzer!«

Perplex sah Bruder Bartolo ihn an.

»Erwarte nicht von Gott, dass er dir etwas abnimmt, was zu tun in deiner eigenen Kraft liegt! Der Herr ist kein Bediensteter, der uns die Arbeit abnimmt, die zu erledigen wir zu faul oder geistig zu träge sind!«

»Wie recht Ihr habt«, pflichtete Bruder Bartolo ihm hastig und mit brennenden Ohren bei.

»Gut«, sagte Pater Angelico und schritt zügig aus. »Die Erkenntnis des Fehlers ist der Beginn des Heils.«

Der Novize unterdrückte einen schweren Seufzer. Nein, leicht würde es mit diesem Novizenmeister wahrhaftig nicht werden!

14

Augenblicke später bogen sie in die Via dei Pelacani ein. Etwa auf der Höhe von Movettis Geschäft angelangt, fand Pater Angelico mit einem schnellen Blick die Straße hinunter bestätigt, worauf Luca ihn vor dem Bargello hingewiesen hatte, nämlich dass man von dieser Stelle aus einen ungehinderten Blick auf die bescheidene Kirche und den kleinen Vorplatz von San Giuseppe hatte – und umgekehrt von dort auf Movettis Haus und den hohen Torweg.

Nur ein Bettler kauerte auf den Stufen des Seitenportals. Er trug ein verschlissenes Gewand aus *bigello,* dem billigen stumpfgrauen Stoff der armen Leute. Seine Hautfarbe, fast so dunkel wie Ebenholz, verriet seine nordafrikanische Herkunft und damit auch sein bitteres Schicksal, das ihn, vermutlich schon in jungen Jahren, als Sklaven nach Florenz verschlagen hatte. Verkrüppelte und mit Narben übersäte Beine, die im Vergleich zu seinem kräftigen Oberkörper wie dünnes Unterholz wirkten, stachen in einem unnatürlichen Winkel unter dem ausgefransten kniehohen Saum seiner Lumpenkleidung hervor. Es konnte kein anderer sein als jener Orenetto oder Moro, von dem der Tavernenjunge berichtet hatte.

Als der Bettler sah, dass die beiden Dominikaner auf ihn zuhielten, griff er nach seinen Krücken und zog sich mit beachtlicher Schnelligkeit an ihnen hoch. Dabei schwang seine hölzerne Bettlerschale, die er an einer langen grauen Kordel um den Hals hängen hatte, wie ein aus dem Takt geratenes Pendel vor seinen ähnlich unkontrolliert schlenkernden Beinen hin und her.

Pater Angelico grüßte ihn freundlich und fragte dann mehr aus Höflichkeit, denn um sich zu vergewissern: »Gehe ich recht in der Annahme, dass du der Bettler Orenetto bist, den man hier im Viertel il Moro nennt?«

Der Mann nickte. »Ihr geht recht, ganz wie es der Augenschein nahelegt, Dominikaner«, bestätigte er mit einem Anflug von Spott und entblößte beim Sprechen ein fauliges Gebiss.

»Dann hoffe ich, dass du mir weiterhelfen kannst.«

»Das will ich gern tun, nur wüsste ich nicht, womit ein armer Krüppel wie ich Euch zu Diensten sein könnte, Mönch.«

»Man sagt, deinen wachsamen Augen entgeht hier in deinem Revier rund um San Giuseppe nichts.«

»Das will ich wohl meinen!« Der Bettler verzog das zerfurchte, von Narben übersäte Gesicht zu einem breiten Lächeln.

»Gut, dann kannst du bestimmt sagen, ob dir gestern Abend dort drüben, in der Via dei Pelacani, etwas Besonderes aufgefallen ist.« Pater Angelico wies in die Richtung von Movettis Laden. »Und zwar in der Zeit, bevor man den Speziale tot in seinem Geschäft gefunden hat. Ich denke, du hast von der Sache gehört.«

»Gewiss, aber was genau sollte mir aufgefallen sein, Mönch?«

»Hast du während der Vesper oder kurz danach jemanden in Movettis Laden oder in den Tordurchgang gehen gesehen? Oder ist dir sonst etwas Ungewöhnliches oder gar Verdächtiges aufgefallen?«

»Hm, da müsste ich erst einmal scharf nachdenken. Man kann ja nicht alles auf Abruf im Gedächtnis behalten«, sagte il Moro gedehnt und klapperte scheinbar unbewusst mit seiner Bettelschale.

Bruder Bartolo, der sich bis dahin schweigend an der Seite seines Meisters gehalten hatte, lachte. »Mit klingender Münze ist schon so manch einer störrischen Erinnerung auf die Sprünge geholfen worden. Ich schätze, das wird bei dir nicht anders sein, Moro.«

Der Afrikaner grinste unverfroren. »Der Mensch wird nun mal nicht allein von Luft und Tau genährt, werter Klosterbruder!«

Pater Angelico hatte indessen schon zu seinem Geldbeutel gegriffen und ließ ein anständiges Almosen in die zerkratzte und mit Essensresten verschmierte Bettelschale fallen. »Und nun erzähl, was du gesehen hast!«, drängte er.

Mit zufriedener Miene strich der Bettler die Münzen ein und ließ sie unter seinem Gewand verschwinden, während er der Aufforderung des Dominikaners nachkam. »Also, was mir gestern schon recht seltsam erschien, waren die drei Männer, die da bei Movettis Laden aufgetaucht sind.«

»Was waren das für Männer? Wie sahen sie aus? Wie waren sie gekleidet? Was haben sie gemacht? Versuch dich so genau wie möglich zu erinnern!«, drängte Pater Angelico. »Jede Einzelheit kann nützlich sein. Also streng dich an! Fang am besten mit ihrem Aussehen an.«

»Beim Blut aller Märtyrer, ich tu, was ich kann, Mönch«, versicherte Orenetto und leckte sich über die Lippen, während er kurz überlegte. »Wie gesagt, sie waren zu dritt. Derbe Burschen so um die dreißig. Sie sahen mir nicht danach aus, als würden sie einer ehrlichen Arbeit nachgehen und den Tag mit frommen Gebeten beginnen.«

Pater Angelico schnaubte grimmig. Hatte er also doch richtig vermutet!

»Weiter!«

»Einer der drei Kerle hatte einen kahlen Kopf mit ein paar hässlichen Narben drauf, die reichten von der Stirn bis zum Hinterkopf. Das konnte ich sehen, als er später allein hier an der Kirche vorbeikam und Richtung Fluss verschwand«, erzählte der Bettler. »Er ging irgendwie gekrümmt, ich glaube, der Mann hat einen Buckel. Aber darauf habe ich nicht so genau geachtet. Was mir mehr ins Auge stach, waren seine schwarzen Schaftstiefel, die bis über die Knie reichten. Prächtiges Schuhwerk! Ach ja, und ein speckiges schlammbraunes Lederwams trug er.«

»Und wie sahen die beiden anderen aus?«

»Die habe ich mir nicht so aus der Nähe anschauen können, weil sie nicht mit dem Kahlkopf bei mir vorbeigekommen, sondern wieder die Gasse hoch in Richtung *Colombina* abgezogen sind. Was ich von hier aus sehen konnte, war, dass der eine von ihnen ein hagerer Typ war, mit langem Haar und einer dicken Knollennase. Der andere war eher klein und hatte ein teigiges Mondgesicht mit kleinen Schweinsaugen und so einer hochstehenden Nase, in die es bei jedem Guss reinregnet. Das war der Bursche mit der Stummelflöte um den Hals. Der hatte da am Tordurchgang herumgelungert und geflötet.«

»Das will ich genauer wissen!«

Der Bettler verdrehte die Augen. »Ihr werdet Euch mit dem zufriedengeben müssen, was ich von hier aus gesehen habe, und das ist nun mal nicht viel, Mönch«, sagte er etwas brummig.

»Das wird sich zeigen, aber das soll nicht deine Sorge sein«, besänftigte Pater Angelico ihn. »Erzähl einfach der Reihe nach. Wann hast du sie zum ersten Mal bemerkt, und was haben sie getan?«

»Die drei Kerle sind kurz nach Beginn der Vesper drüben aufgetaucht. Der Kahlkopf und die Knollennase sind gleich durch das Tor verschwunden, und das Mondgesicht ist draußen auf der

Straße geblieben, hat sich an die Hauswand gelehnt und zu seiner Stummelflöte gegriffen. Hat irgendeins von diesen kecken Liedern gepfiffen, die manche Landsknechte trällern.«

Pater Angelico nickte mit grimmiger Genugtuung. Welche Aufgabe das Mondgesicht bei dem Verbrechen gehabt hatte, lag auf der Hand. Der Mann hatte Schmiere gestanden und hätte seinen Komplizen im Fall von drohender Gefahr mit der Flöte ein Zeichen gegeben.

»Wie lange sind die beiden anderen im Laden gewesen?«

»Wo der Kahlkopf und die Knollennase gewesen sind und was sie dort gewollt haben, davon weiß ich nichts«, stellte Orenetto klar. »Ich weiß nur, dass sie aus dem Tordurchgang wieder rausgekommen sind, als hier in der Kirche das Magnifikat angestimmt wurde.«

Das war eine Zeitangabe, mit der Pater Angelico etwas anfangen konnte. »Also waren sie gute zehn Minuten weg?«

Der Bettler zuckte die Achseln. »Das könnte hinhauen, aber beschwören würde ich es nicht.«

»Und was haben sie dann gemacht?«

Der Bettler zuckte die Achseln. »Nichts. Sie haben kurz die Köpfe zusammengesteckt und sich dann getrennt. Der bucklige Kahlkopf ist, wie gesagt, die Straße heruntergekommen und drüben hinter den Klostergärten von Santa Croce in einer Gasse in Richtung Fluss verschwunden. Die beiden anderen sind in die entgegengesetzte Richtung abgezogen.«

Pater Angelico versuchte noch mehr aus ihm herauszuholen, aber an weitere Einzelheiten vermochte sich der Bettler von San Giuseppe beim besten Willen nicht zu erinnern.

»Was ist mit dem Namen Rufino?«, fragte er am Schluss. »Kannst du damit etwas anfangen? So heißt ein Mann von Stand, der nach französischer Mode einen auffälligen Tellerhut aus königsblauem Samt trägt, mit Perlen und bunten Fasanenfedern verziert. Ist dir so jemand hier im Viertel schon mal begegnet, oder hast du ihn mal bei Movetti kommen oder gehen sehen?«

Der Bettler überlegte kurz und schüttelte dann den Kopf. »Weder das eine noch das andere. Der einzige Rufino, den ich kenne, gräbt und leert Latrinen und ist ganz sicher nicht nach französischer Mode gekleidet.« Er kicherte.

Pater Angelico ließ enttäuscht die Schultern sinken und seufzte. »Bei Gott, das wäre wohl auch zu viel des Guten gewesen, wenn du mir auch dabei hättest helfen können. Nun denn!« Seine Gestalt straffte sich wieder, konnte er doch fürs Erste zufrieden sein. Immerhin hatte er jetzt Gewissheit, dass er mit seinem Verdacht richtiglag. »Sollte dir noch etwas einfallen oder einer dieser drei Burschen dir noch einmal über den Weg laufen, dann sieh zu, dass du an ihm dranbleibst und mehr über ihn in Erfahrung bringst. Findest du etwas heraus, komm damit zu mir nach San Marco. Ich werde dir deine Mühen redlich vergelten. Aber sprich mit niemandem darüber. Frag nach Pater Angelico. Das ist mein Name. Und falls dir der Weg zum Kloster zu weit und zu mühsam ist, schick den Tavernenjungen Luca mit einer unverfänglichen Nachricht zu mir. Ich komme dann zu dir. Und es soll euer beider Schaden nicht sein!«

Der Bettler versprach, genau das zu tun und nach dem Kahlkopf, der Knollennase und dem Mondgesicht Ausschau zu halten.

»Wie schade, dass er Euch nicht mehr über diese drei Männer mitteilen konnte«, sagte Bruder Bartolo, als sie sich auf den Weg zum Kloster machten. »Solche Galgengesichter, auf die seine vage Beschreibung zutreffen würde, gibt es im Färberviertel unten am Fluss, drüben in Santo Spirito und noch in einigen anderen finsteren Vierteln bestimmt wie Sand am Meer.«

»Das ist schon richtig«, räumte Pater Angelico ein. »Aber was er mir sagen konnte, ist ein Anfang und der erhoffte Lichtblick, der mir hoffentlich nun auch den Beistand von Commissario

Scalvetti einbringt. Ich habe also keinen Grund, unzufrieden zu sein. Nicht mit einem gewaltigen Schlag, sondern durch viele beständige Hiebe wird die Eiche gefällt! Und besser auf dem rechten Weg hinken, als schnellen Schrittes abseits wandeln!«

Bruder Bartolo nickte beflissen. »Dann gehört dieser Rufino, nach dem Ihr Euch am Schluss noch erkundigt habt, wohl auch zu den Hieben, die zum Fällen der Eiche noch zu führen sind?«

Nachdem Bruder Bartolo ihn schon bei seinem nächtlichen Einbruch begleitet hatte und auch mit fast allen anderen Details seines unseligen Handels mit Movetti vertraut war, sah Pater Angelico keinen Grund, dem Novizen nicht auch davon zu erzählen. Deshalb berichtete er ihm von dem kurzen, aber heftigen Streitgespräch zwischen dem Speziale und jenem tellerhuttragenden Rufino, der Movetti jenseits der Gartenmauer des *Giardino* des Betrugs bezichtigt und diesem in höchster Erregung bittere Vergeltung angedroht hatte.

»Tausendsiebenhundert Florin?« Der Novize machte große Augen, so als könne er sich so viel Geld auf einem Haufen gar nicht vorstellen. »Bei den Leiden der Märtyrer, wenn der Speziale den Mann tatsächlich um so viele Goldstücke geprellt hat, dann … dann ist es natürlich schon denkbar, dass er nicht von eigener Hand gestorben, sondern Opfer gewissenlosen Mordgesindels geworden ist. Gedungen vielleicht aus gottloser Vergeltungssucht von ebendiesem Rufino.«

»Es ist nicht nur denkbar. Der Mord an Movetti ist eine Tatsache, die nur noch bewiesen werden muss«, erwiderte Pater Angelico und fügte entschlossen hinzu: »Und das wird sie auch!«

Aber dringender noch als dieser Beweis war im Augenblick die beklemmende Notwendigkeit, schleunigst in den Besitz von mindestens dreißig, besser noch vierzig Goldstücken zu gelangen. Nur dann konnte er bei Gregorio Bellisario, seinem langjährigen Speziale, ausreichend Lapislazuli kaufen, um endlich das Tafelbild für den Medici fertigzustellen. Mit etwas Glück händigte Gregorio ihm einen Beutel Lapislazuli für fünfzig Goldstücke aus und gewährte ihm Kredit für die noch ausstehenden Florin. Sich das Geld beim Hebräer Gershom zu leihen, diesen flüchtigen Gedanken schlug er sich ebenso schnell aus dem Kopf, wie er ihm gekommen war.

Auch seinen Klosteroberen konnte er unter keinen Umständen um diese Summe angehen. Womit hätte er seine Geldnot auch begründen sollen? Vincenzo Bandelli würde sofort riechen, dass etwas faul war. Er besaß eine feine Nase für Geheimnisse, die man lieber in der eigenen Brust gehütet wissen wollte. Bestens vertraut mit den finanziellen Aspekten der Malerei, würde er wissen wollen, warum Pater Angelico seinem langjährigen Lieferanten Gregorio Bellisario plötzlich untreu geworden und mit diesem großen Auftrag zu Bernardo Movetti gegangen war. Ganz zu schweigen von der naheliegenden Frage, weshalb er ausgerechnet bei diesem neuen Speziale im Voraus und nicht erst bei Lieferung gezahlt hatte, wie es doch allgemein üblich war und wie er es mit Gregorio Bellisario all die Jahre auch gehalten hatte.

Dann musste er entweder mit der Wahrheit herausrücken oder sich in schändliche Lügengeschichten flüchten. Beides widerstrebte ihm zutiefst. Sagte er die Wahrheit, lieferte er seinem herrschsüchtigen Oberen einen willkommenen Vorwand, um ihn zu demütigen und noch weiter zu unterjochen. Log er, würde ihn das beschämen und sein Gewissen mit großer Schuld belasten.

Nein, er würde vor Vincenzo Bandelli weder mit der Wahrheit zu Kreuze kriechen noch sich in Lügen flüchten. Und damit blieb ihm nur eine Möglichkeit, unverzüglich an das Geld zu kommen: Er musste schnellstmöglich zurück in den Palazzo Petrucci und den reichen Tuchhändler um diese Summe angehen!

Was jedoch bedeutete, dass er sich der Aufgabe, die Hauskapelle auszumalen, nicht länger widersetzen konnte. Auch würde er den Beginn der Arbeit nicht mehr lange hinauszögern können. Ging er Marsilio Petrucci um das Geld an, und dazu gab es keine Alternative, dann war er auch gezwungen, das Projekt der Ausmalung ernsthaft in Angriff zu nehmen und sich schon mal an den bitteren Geschmack zu gewöhnen, der mit dieser erdrückenden Arbeit für lange Zeit verbunden sein würde. Ganz zu schweigen von dem unsäglichen Benehmen der Tochter, Lucrezia, die er auf den Fresken ausgerechnet als betörende Eva und anbetungswürdige Madonna verewigen sollte und die ihm zum Dank mit ihrem beißenden Sarkasmus und ihrer Respektlosigkeit gnadenlos zusetzen würde!

War das Gottes Strafe dafür, dass er sich mit einem zwielichtigen Kaufmann wie Movetti auf einen verbotenen Handel eingelassen hatte, um acht Goldstücke vom Medici-Geld abzweigen und für sein heimliches Steckenpferd verwenden zu können?

Was immer es war, Gottes Strafe oder profanes Pech, er musste die bittere Suppe, die er sich eingebrockt hatte, auslöffeln!

15

Mit gewohnt flottem Schritt eilte Pater Angelico durch die Straßen und Gassen des Stadtviertels San Giovanni, wo Marsilio Petrucci sich in der Via Chiara seinen protzigen Palazzo hatte errichten lassen.

Bruder Bartolo hatte Mühe, mit ihm Schritt zu halten. Er zog einen alten Handkarren hinter sich her, dessen Räder quietschten und dessen Bretterwände mit Farbe und Flecken von Rauputz beschmiert waren.

Nach der Non, der mittäglichen Gebetszeit, hatten sie den Karren vor der Hintertür von Pater Angelicos Klosterwerkstatt mit den ersten Gerätschaften und Utensilien für die Arbeit in der Hauskapelle der Petrucci beladen. Dazu gehörten Rollen mit Maßbändern, zwei mannshohe Klappleitern, ein halbes Dutzend daumendicke Gerüstbretter, hölzernes Gestänge sowie ein dickes Bündel *cartone,* große Kartonbögen zum Vorzeichnen der Fresken, außerdem ein großes Skizzenbuch und andere Dinge, die ein Maler brauchte und die für den Transport in verschiedenen kleineren Kisten und gut verschlossenen Behältern untergebracht waren.

Alles in allem war für einen jungen Mann wie Bruder Bartolo die Last, die er auf dem Karren hinter sich herzuziehen hatte, nicht besonders groß. Da Pater Angelico aber wieder einmal einen zügigen Schritt vorlegte und den Gang hinüber nach San Giovanni auch noch dazu nutzte, sich durch eine ganze Reihe von Fragen ein Bild von seinem theologischen Wissen und seinen diesbezüglichen Lücken zu machen, geriet er schon auf halbem Weg ein wenig außer Atem.

»Nun gut, das klingt ja alles recht hoffnungsvoll, wenn wohl auch noch einige Arbeit vor uns liegt«, sagte Pater Angelico, der mit den Antworten seines Novizen im Großen und Ganzen recht zufrieden war.

Der Junge war mit den wichtigsten Regeln ihres Ordens offensichtlich gut vertraut und besaß für sein Alter eine beachtliche Kenntnis der Heiligen Schrift. Dass manche Antworten zu theologischen Fragen und zur Auslegung gewisser Bibelstellen mehr nach auswendiggelerntem und nicht nach gewissenhaft durchdachtem und verinnerlichtem Wissen klang, war ihm wie seine jugendliche Naivität nicht zum Vorwurf zu machen. Auch ein Apfelbaum musste erst lange Jahre beständig Nahrung aus dem Erdreich ziehen und zu einem ansehnlichen Stamm mit kräftigen Ästen wachsen, bevor er außer üppigem grünem Laubwerk und verheißungsvollen Blüten auch köstliche Früchte trug.

»Jetzt wollen wir das Thema wechseln und sehen, wie es um dein Wissen in Bezug auf die Malerei bestellt ist.«

»Ganz wie Ihr wünscht. Aber gestattet Ihr, dass ich Euch vorher noch eine theologische Frage stelle, Meister?«

»Nur zu«, sagte Pater Angelico und blieb kurz stehen, um ihm eine Atempause zu gönnen. »Also, was willst du wissen?«

Der Novize wich seinem Blick aus und druckste mit errötenden Wangen verlegen herum. »Ihr werdet es wahrscheinlich töricht finden, dass ich Euch mit so einer Frage komme, Meister. Vielleicht sollte ich meine Einfalt besser …«

»Unsinn!«, fiel Pater Angelico ihm ins Wort. »Man kann nichts Neues erfahren, wenn man keine Fragen stellt. Klug fragen können ist die halbe Weisheit. Es ist wichtig, dass man im Leben nie aufhört zu fragen. Also nur Mut! Und zögere nie, mich zu fragen, wenn du etwas nicht verstehst, Bruder Bartolo!«

»Also das … das mit der Trinität bereitet mir seit Jahren Kopfzerbrechen. Wie kann das sein, diese Dreifaltigkeit?«, fragte Bartolo schließlich. »Ich muss gestehen, dass ich Schwierigkeiten habe zu begreifen, dass Gott der Allmächtige, sein eingeborener Sohn und unser Erlöser Jesus Christus und der Heilige Geist jeder für sich existent und zugleich eine Wesenseinheit sind.«

Pater Angelico schmunzelte. »Das ist in der Tat wohl eines der schwersten theologischen Dogmen, die selbst den klügsten Denkern immer wieder Schwierigkeiten bereiten. Auch ich vermag mir dieses Wunder nur durch ein Beispiel aus der uns verständlichen Welt halbwegs begreifbar zu machen.«

»Und um welches Beispiel handelt es sich dabei?«, fragte der Novize gespannt.

»Nun, stell dir die Trinität wie … wie einen Finger vor, der auch aus drei Gliedern besteht. Oder, besser noch, so: Gott ist die Sonne, Jesus ist das Licht, und der Heilige Geist ist die Wärme. Jedes für sich ist einmalig, und doch sind sie alle drei eines Wesens.«

Bruder Bartolo dachte darüber nach und nickte dann mit einem überraschten Lächeln. »Ja, so kann ich mir die Trinität schon eher vorstellen.«

»Vergiss nicht, dass auch dieses Beispiel nur eine armselige Krücke ist«, sagte Pater Angelico. »Gott ist per definitionem für uns Menschen geistig nicht greifbar. Nie werden wir die ganze Wahrheit erkennen, allenfalls können wir hier und da einige Splitter davon auflesen und versuchen, diese irgendwie zusammenzufügen.«

Bruder Bartolo runzelte die Stirn. »Können wir dabei nicht gefährlich in die Irre gehen?«

Pater Angelico nickte. »Gewiss, aber auch das Falsche vermag bei der Wahrheitssuche hilfreich zu sein. Der suchende Geist braucht die Freiheit zu irren. Es wäre mehr als verkehrt, den Irrtum verbieten und von Amts wegen ausmerzen zu wollen. Das Irren gehört unabdingbar zum Weg der Erkenntnis.«

Der Novize machte ein verblüfftes Gesicht und bedachte ihn schließlich mit einem zweifelnden Blick. »Aber redet Ihr damit nicht der Häresie das Wort?«

»Häresie ist das sträfliche Verharren in einem *erwiesenen* Irrtum. Irren auf dem Weg zur göttlichen Wahrheit ist etwas anderes«, stellte Pater Angelico rasch klar und schalt sich im Stillen einen Narren, dass er sich hatte hinreißen lassen, vor dem jungen Mann solch nicht eben ungefährliches Gedankengut zu äußern. Noch kannte er Bartolo Lorentino nicht gut genug, um einschätzen zu können, ob in ihm ein obrigkeitshöriger Kleingeist steckte, der von den ausgetretenen Wegen der Mutter Kirche nicht einen Fußbreit weit abzuweichen wagte, oder sein Geist frei und wissbegierig war und sich auch in die ungewissen Weiten weniger erforschter Gedankenwelten wagte, ohne deshalb sein Seelenheil in Gefahr zu wähnen. Es wurde höchste Zeit, dieses dünne Eis zu verlassen und das Thema zu wechseln.

»Genug davon«, sagte er also energisch und setzte sich wieder in Bewegung. »Da wir gerade auf dem Weg zu jenem Ort sind, an dem wir beide für geraume Zeit die großartige Vielfalt unseres Schöpfers und die Heilstaten unseres Erlösers mit den profanen Mitteln der Malerei zu lobpreisen haben, wollen wir, wie eben schon angekündigt, auf das andere zu sprechen kommen, was du von mir zu erlernen wünschst, nämlich das Handwerk der Malerei. Wie du mir versichert hast, bist du im Zeichnen schon sehr geschickt und hast dir auch andere Kenntnisse zumindest angelesen.«

Bruder Bartolo nickte eifrig. »Gewiss noch nicht annähernd genug, aber einiges habe ich mir durch das Studium gewisser Traktate in der Tat angeeignet.«

»Schön, dann sag mir doch mal, womit du anfängst, wenn du ein Gesicht zeichnen willst, Bruder Bartolo«, forderte Pater Angelico ihn auf.

Der Novize zögerte kurz. »Mit dem Schädel, der Nase oder der Kinnpartie mitsamt Mund.« Unsicherheit schwang in seiner Stimme mit und lag auch in seinem Blick.

»Und warum?«

»Weil ein Maler das menschliche Antlitz tunlichst in diese drei wichtigsten Maße unterteilt, wobei das eine die Höhe der Stirn ist, das zweite die Länge der Nase und das dritte der Abstand von der Nase zum Kinn«, zählte Bruder Bartolo eifrig das Auswendiggelernte auf.

Pater Angelico nickte knapp. »In der Tat! Und wie viele natürliche Farben gibt es?«

»Sieben.«

»Wie viele davon müssen künstlich hergestellt werden?«

Bartolo Lorentino biss sich auf die Unterlippe und überlegte kurz. Daraus schloss Pater Angelico, dass der Junge im praktischen Umgang mit Farben noch so gut wie keine Erfahrung hatte.

»Drei?« Es war mehr ein hoffnungsvolles Fragen als eine Antwort aus gesichertem Wissen.

»Gut geraten«, gab Pater Angelico zurück und wechselte zu einem anderen Gebiet der Malerei. »Wenn du einen Pinsel aus Eichhörnchenhaar herstellen willst, wo findest du an dem Tier sowohl die meisten geraden als auch die kräftigsten Haare?«

Die Antwort kam prompt. »In der Mitte des Schwanzes, und er darf nicht roh, sondern muss gekocht sein.«

»Und wie bewahrt man diese Schwänzchen vor dem Mottenfraß oder dem Ausfallen der Haare?«

»Indem man sie in geknetete Erde oder Kreide gibt, sie gut darin wälzt und dann an einem trockenen Ort aufhängt. Will man sie wieder gebrauchen, wäscht man sie in klarem Wasser gründlich aus.« Flüssig, ohne jedes Stocken und jetzt auch ohne eine Spur von Unsicherheit kam dem Novizen die Antwort über die vollen Lippen, um die ihn jede sinnliche Frau beneidet hätte.

»Mhm, über einige handwerkliche Grundkenntnisse scheinst du tatsächlich zu verfügen. Das lässt hoffen«, brummte Pater Angelico.

Kurz darauf erreichten sie den Palazzo Petrucci in der Via Chiara. Der Novize zog den Handkarren in den Hof, und Pater Angelico bat den Majordomus, einen sich sehr steif gebärdenden Mann griechischer Herkunft mit Namen Silas Makaris, ihnen zwei Hausdiener zu rufen. »Alles, was auf dem Handwagen ist, muss nach oben in die Hauskapelle.«

Der Majordomus bedachte ihn mit einem verständnislosen Blick. »Und? Was hindert Euch daran, Euch mit Eurem Bruder an die Arbeit zu machen?« Es fiel ihm nicht schwer, eine gute Portion Verachtung in seine vermeintliche Begriffsstutzigkeit zu legen. »Ihr seht durchaus kräftig aus und Euer hübscher Ordensknabe ebenso; gewiss seid Ihr dieser Aufgabe allein gewachsen.«

Unter anderen Umständen hätte Pater Angelico sich an der

Arroganz und Impertinenz des Mannes nicht sonderlich gestoßen. Er war es gewohnt, dass Ordensleuten wie ihm in Florenz eher Geringschätzung als Hochachtung entgegengebracht wurde. Was sogar verständlich war, wenn man wusste, wie weltlich es in vielen Klöstern zuging und wie viele Mönche nachts in den dunklen Gassen und Hinterhöfen verruchter Viertel das Gebot der Keuschheit mit Dirnen und Lustknaben brachen.

Aber an diesem Tag war er zu christlicher Nachsicht nicht aufgelegt. Er fixierte den blasierten Majordomus, trat nahe zu ihm hin und blaffte ihn mit schneidender Stimme an: »Mir scheint, dein Geist ist ein arg getrübter Brunnen, Grieche! Du hast es hier nicht mit deinesgleichen, sprich: Bediensteten, zu tun! Noch so eine dümmliche Frechheit aus deinem Lakaienmund, und du lernst mich kennen, Bursche!« Er packte den Mann blitzschnell am Kragen seines teuren Gewands, zerrte ihn so nahe zu sich heran, dass ihre Nasen einander fast berührten, und stieß ihn dann grob von sich. »Jetzt sorg gefälligst dafür, dass die Sachen in die Hauskapelle kommen! Andernfalls kann dein Herr sich von Seiner Magnifizenz Lorenzo einen anderen Freskenmaler empfehlen lassen!«

Silas Makaris taumelte zurück. Er war blass geworden, sein Unterkiefer klappte herunter, doch er brachte keinen Ton hervor.

»Komm, lass uns ins Haus gehen, Bruder Bartolo«, forderte Pater Angelico den Novizen auf. »Hier ist alles gesagt, was es zu sagen gab!« Damit wandte er dem noch immer sprachlos dastehenden Majordomus den Rücken zu und ging ins Haus.

»Bei meiner Seele, dass Ihr Euch das getraut habt, Meister! Das soll Euch erst einmal einer nachmachen«, raunte Bruder Bartolo beeindruckt, als sie durch den mit Marmorplatten ausgelegten Gang zur inneren Säulenhalle schritten.

»Er hat bekommen, was er für seinen Dünkel verdient hat«, erwiderte Pater Angelico. »Dummheit ist Sünde, das hat schon der heilige Tommaso von Aquin gelehrt, und muss entsprechend bestraft werden.«

»Mir scheint, von Euch kann ich noch viel mehr lernen, als ich bisher geglaubt habe«, sagte der Novize und feixte.

»Warten wir es ab«, erwiderte Pater Angelico und winkte einen Hausdiener heran, der soeben die Treppe in den Innenhof herunterkam. Ihm trug er auf, dem jungen Mitbruder den Weg in die Hauskapelle zu weisen und seinem Herrn Marsilio Petrucci Mitteilung zu machen, dass Pater Angelico von San Marco eingetroffen sei und ihn in einer äußerst dringlichen Angelegenheit zu sprechen wünsche. Die Sache habe mit der Ausmalung der Hauskapelle zu tun.

Der Hausdiener verbeugte sich. »Sehr wohl, ich werde dem Signore Eure Worte übermitteln, Padre«, versicherte er dienstbeflissen, und an den Novizen gewandt fügte er hinzu: »Wenn Ihr die Güte habt, mir nach oben zu folgen?«

Damit entfernten die beiden sich und stiegen hinauf in den ersten Stock.

Pater Angelico brauchte nicht lange zu warten. Allerdings ließ der Tuchhändler ihn nicht in sein Studiolo führen, sondern kam zu ihm herunter in die Säulenhalle. Zur selben Zeit schleppten zwei seiner Bediensteten die ersten Behälter und Kisten mit Malutensilien sowie die Leitern und das Gerüstgestänge aus dem Hof in den Palazzo.

»Prächtig, prächtig, dass Ihr schon heute mit der Arbeit beginnt! Ihr seid ein Mann der Tat!«, rief Marsilio Petrucci mit seiner kehligen Bassstimme, tupfte sich mit einem seidenen Spitzentuch die Schweißperlen ab, die ihm der kurze Abstieg aus dem ersten Stock auf die Stirn getrieben hatte, und hob an, den Dominikaner mit einem Wortschwall zu überschütten. »Wo habt Ihr Euer Skizzenbuch? Ihr habt es doch sicherlich mitgebracht, nicht wahr? Lasst mich sehen, was Euch an herrlichen Bildern für meine Kapelle eingefallen ist! Denkt daran, dass ich etwas Besonderes erwarte, etwas, das man nicht auch anderswo so findet! Ich hoffe doch, auch einige ansprechende Skizzen mit Lucrezia, meinem Augenstern, gezeigt zu bekommen. Das liegt mir ganz besonders am Herzen, und ich will die Bilder mit Lucrezia unter Dach und Fach wissen, bevor meine Frau mit unseren beiden anderen Kindern von ihrem Besuch bei ihren Eltern in Venedig zurück ist. Sputet Euch, werter Pater Angelico! Holt Euer Skizzenbuch! Ich bin in Eile. Die Konsuln unserer hohen Gilde haben einen schwierigen Fall von Verfehlung in unserem Gildenhaus zu beraten, und ohne mich können die Beratungen nun mal nicht beginnen.«

Pater Angelico schluckte nervös. Das fing nicht gut an! Was dachte der feiste Kerl, wie schnell sich Bilder für die Fresken einer ganzen Kapelle entwerfen ließen? So mal eben zwischen Morgengrauen und Angelusläuten? Aber nur ruhig Blut bewahren! Er war auf das Wohlwollen des Dicken angewiesen. Kein anderer konnte ihm aus der Klemme helfen und ihm die Zeit verschaffen, die er brauchte, um seinen Hals irgendwie aus der Schlinge zu ziehen.

Er zwang sich zu einem Lächeln, von dem er hoffte, dass es entwaffnend liebenswürdig war. »Seid versichert, dass meine Entwürfe Euren hohen Erwartungen voll und ganz gerecht werden. Eure Tochter Lucrezia hat einen bleibenden Eindruck bei mir hinterlassen, und Ihr werdet ihre Anmut in den Fresken entsprechend gewürdigt finden. Aber noch ist es zu früh, Euch Skizzen irgendwelcher Art zur Entscheidung vorzulegen. Ich werde zunächst einmal geraume Zeit damit beschäftigt sein …«

»Wollt Ihr sagen, dass Ihr noch nichts gezeichnet habt, was ich mir ansehen kann?«, fiel Marsilio Petrucci ihm enttäuscht ins Wort.

»Ich bedaure, aber so ist es. Ihr müsst verstehen, dass ich Euch nach so kurzer Zeit noch keine ernsthaften Skizzen vorlegen kann. Dafür müsste Eure Tochter auch erst einmal Modell sitzen, und zwar mehrmals.«

»Dann lasst sie in Gottes heiligem Namen so oft zum Modellsitzen in die Kapelle kommen, wie es Euch nötig dünkt!«, erwiderte der Tuchhändler verstimmt. »Habe ich Euch nicht gesagt, dass Ihr in all diesen Dingen völlig freie Hand habt?«

»In der Tat, in der Tat, das habt Ihr! Und gut, dass Ihr davon sprecht, Signore.« Pater Angelico griff das Stichwort dankbar auf. »Die hohe Freskenkunst, die ihr von mir erwartet und auch erhalten werdet, hat auch eine sehr profane kaufmännische Seite, über die zu reden ist.«

Auf der schweißglänzenden Stirn des Kaufmanns bildete sich eine steile Falte. »Wie das? Das Finanzielle habe ich bereits mit Eurem Oberen geregelt. Was gibt es da noch zu besprechen?«

»Gewiss, Ihr habt die Hälfte meines Lohns im Voraus bezahlt, was sehr großzügig war und Euch zur Ehre gereicht. Einen so wohltätigen Gönner wie Euch findet San Marco wahrlich nicht alle Tage«, schmeichelte Pater Angelico. »Aber die Kosten für die Materialien stehen auf einem gesonderten Blatt, und sie sind bei einem so umfangreichen Auftrag recht hoch. Euch ist gewiss bekannt, wie teuer gute Farbpigmente sind. Und Ihr sagtet, Ihr wollt nur das Beste vom Besten. Ihr wollt das schönste und kräftigste Madonnenblau, das intensivste Märtyrerrot, das strahlendste Heiligengold und auch in allen anderen Farben ausschließlich höchste Qualität. Darunter wollt Ihr es nicht tun, nicht wahr?«

»So ist es! Nur das Beste vom Besten, wie es sich für das Haus Petrucci geziemt«, bekräftigte der Tuchfabrikant und warf sich in die Brust.

»Nun, dann muss ich Euch bitten, mir einen ersten Vorschuss auf die Ausgaben für Farben und all die anderen Dinge zu geben, die für die Arbeit vonnöten sind«, sagte Pater Angelico und hielt in banger Erwartung der Antwort die Luft an.

Marsilio Petrucci nickte jovial. »Natürlich, Ihr sollt bekommen, was Ihr braucht. Um welche Summe handelt es sich?«

Ein wohliger Schauer der Erleichterung durchlief Pater Angelico, und er bemühte sich um einen gleichmütigen Gesichtsausdruck. »So dreißig, vierzig Florin sollten es schon sein«, sagte er und war erneut versucht, die Luft anzuhalten. »Die Händler machen mir einen besseren Preis, wenn ich in größeren Mengen einkaufe.«

»Teufel eins, das ist ja ein ordentlicher Batzen!«, stieß der Dicke überrascht hervor.

Pater Angelico zuckte die Achseln. »Ich kann es natürlich billiger machen, aber dann …«

»Nein, nein, das geht schon in Ordnung«, unterbrach der Tuchhändler ihn hastig, so als hätte Pater Angelico Bedenken hinsichtlich seiner Zahlungskräftigkeit angemeldet. »Jetzt wird es zwar nichts mehr damit, denn so viel Geld trage ich nicht in meiner Geldbörse herum. Zudem muss ich nun wirklich eilen.« Er wandte den Kopf und brüllte ungeduldig durch die Halle: »Silas? Zum Teufel, wo bleibt meine Sänfte? Mach den faulen Kerlen gefälligst Beine!« Im nächsten Moment wandte er sich wieder Pater Angelico zu und fuhr fort: »Aber ich werde meinen Sekretär Nello Picotti beauftragen, vierzig Florin zu besorgen und diese Summe morgen früh hier unten im Kontor für Euch bereitzuhalten.«

Die Erleichterung, die Pater Angelico empfand, grenzte an ein Gefühl der Erlösung. Vorerst war er gerettet. Für vierzig Goldstücke würde er von Gregorio Bellisario ausreichend Lapislazuli erhalten, um das Tafelbild für den Medici endlich fertig stellen zu können. Zwar würde ihm dann immer noch Ultramarin für zehn Florin fehlen. Aber vielleicht brauchte er ja auch nur den Faltenwurf des Madonnengewandes geschickt zu verändern und noch einige Schattenstellen einzuarbeiten, um den Mangel an dem teuren Ultramarin auszugleichen. Oder er musste sich die acht abgezweigten Florin zurückholen.

Irgendeine Lösung würde sich schon ergeben – auch dafür, wie es dann hier im Palazzo weitergehen sollte. Und damit genug der düsteren Sorgen! Es reichte, die Plage eines Tages erduldet und doch gerade noch rechtzeitig in den Griff bekommen zu haben!

Er dankte dem Tuchhändler, während der Majordomus in den Innenhof geeilt kam und devot meldete, dass die Sänftenträger zum Aufbruch bereit waren. Dem Blick des Mönchs wich er dabei beharrlich aus.

Marsilio Petrucci hatte sich schon abgewandt und wollte soeben dem Majordomus zu seiner Sänfte folgen, als ihm plötzlich etwas einfiel und er sich noch einmal umdrehte. »Eines müsst Ihr mir aber versprechen, Pater Angelico!«

Fragend sah der Mönch ihn an.

»Ihr macht Euch unverzüglich an die Arbeit, was die Skizzen betrifft«, verlangte er. »Heute noch soll Lucrezia Euch für die ersten Entwürfe Modell sitzen. Silas, sorg dafür, dass meine Tochter meinem Befehl nachkommt! Sie soll es nicht wagen, sich widerspenstig zu zeigen! Schärf das auch Piccarda ein! Auf ihre alte Zofe hört meine Tochter ja noch. Lucrezia hat dem Pater so lange Modell zu sitzen und seinen Anweisungen zu folgen, wie der es für nötig erachtet«, ließ er den Majordomus wissen. Der Grieche war von dem Auftrag alles andere als erfreut, wie seine verkniffene Miene unschwer erkennen ließ. Seinem Herrn entging das, denn er war gedanklich schon wieder bei Pater Angelico. »Und Ihr habt bei unserem nächsten Zusammentreffen Euer Skizzenbuch dabei, und es wird reichlich gefüllt sein mit Entwürfen und Skizzen meiner Tochter als Eva und als Madonna! Haben wir uns verstanden, Pater Angelico?« Dabei tippte er ihm mit einem kurzen Wurstfinger zweimal kräftig vor die Brust und fügte warnend hinzu: »Enttäuscht mich bloß nicht, Mönch!«

Pater Angelico willigte ein. In diesem Moment hätte er dem Mann alles versprochen. Am nächsten Morgen würde er das Geld bekommen, das er brauchte, um die blauen Halbedelsteine zu kaufen und das Ultramarin für das königsblaue Madonnengewand herzustellen. Nur das war im Augenblick von Bedeutung. Für alle anderen Probleme würden sich, so Gott wollte und Commissario Scalvetti seinen Irrtum einsah – was dank der Aussage des verkrüppelten Bettlers ja wohl als gesichert gelten durfte –, schon rechtzeitig Lösungen finden.

16

Mit einer Mischung aus Faszination, Verwirrung und Beklemmung blickte Bruder Bartolo in der Hauskapelle hinauf zu seinem Novizenmeister, der in luftiger Höhe über das Laufbrett seines provisorischen Gerüsts balancierte, die Wölbung der Decke ausmaß und sich dabei über die Besonderheiten der Freskomalerei auf gewölbten Flächen und die Gesetze der linearen Perspektive ausließ, die von Giotto di Bondone, Maso di Banco und Filippo Brunelleschi formuliert und von anderen genialen Malern und Architekten, deren Namen der Meister wie eine gottgefällige Litanei herunterbetete, weiterentwickelt worden waren.

»Wenn die Raumaufteilung nicht stimmt, die Flucht- und Lichtpunkte falsch markiert sind und die Blickkurve des Betrachters fehlerhaft berechnet ist, wird dem Maler keine Bildspannung gelingen, dann ist alle Mühe vergebens«, rief Pater Angelico ihm über die Schulter zu. »Das Auge des Betrachters will nicht nur verführt, sondern auch *ge*führt werden. Nur muss das so geschickt geschehen, dass er gar nicht merkt, wie sein Blick durch den Bildraum gelenkt wird. Vielmehr muss er glauben, er folge ganz seinem eigenen Willen und erkenne die Gewichtung der Personen und die Sprache des Bildes selbständig.«

Schon nach wenigen Minuten schwirrte Bruder Bartolo der Kopf von all den Namen und Fachbegriffen, und er fragte sich, ob es wirklich klug gewesen war, darum zu bitten, dass er das Handwerk der frommen Öl- und Freskenmalerei erlernen könne. »Wisst Ihr denn schon, was Ihr an die Decke malen wollt?«

»Nein, nicht wirklich. Jedenfalls werden es Szenen aus dem Alten Testament oder aus dem Leben der Heiligen sein, in Bildkassetten gefasst«, antwortete Pater Angelico, während er mit Maßband, Zeichenkohle und einem großen hölzernen Zirkel hantierte und Markierungen an die Decke setzte.

Der Novize ließ seinen Blick durch den langgestreckten, kahlen Raum streifen. Die beiden Leitern mit der Laufplanke, der provisorische Tisch aus einfachen Brettern über zwei Böcken sowie einige erste Malutensilien, die sie auf dem Handkarren mitgebracht hatten, unterstrichen – so empfand er es – in ihrer Verlorenheit die Größe und Kahlheit des Gewölbes nur noch.

Zwar würde es hier bald anders aussehen, wie Pater Angelico ihm versichert hatte, nämlich wenn die Arbeit richtig begann und der Raum fachgerecht eingerüstet und mit all den verschiedenen Dingen angefüllt sein würde, die die Werkstatt eines Malers ausmachten. Aber er wusste, dass ihn selbst dann das schiere Ausmaß der Arbeit, die hier zu verrichten war, einschüchtern und noch lange mit einem mulmigen Gefühl erfüllen würde. Denn auch wenn er nur Pater Angelicos Lehrling war, so ahnte er doch, dass sein Meister angesichts der enormen Aufgabe, die er zu erfüllen hatte, hohe Anforderungen an ihn stellen würde.

»Ich kann mir noch nicht recht vorstellen, dass dort oben

einmal Fresken sein sollen. Und dann sind da ja auch noch die Wände. Wie wollt Ihr das bloß schaffen, Meister?«, fragte er beklommen.

»Mit einer *giornata* nach der anderen«, kam es von oben. »Das Tagwerk ist das Maß eines Freskenmalers; es bestimmt seinen Rhythmus, wobei er das Ganze, das viele Monate zu seiner Vollendung braucht, immer vor Augen haben muss, Bartolo. Das wirst du schnell lernen.«

»Das fürchte ich auch«, murmelte der Novize und drehte sich zur Tür um, als er von dort einen Luftzug wahrnahm. Zu seiner Überraschung sah er zwei Frauen eintreten.

Diejenige, die die Tür geöffnet hatte und ehrerbietig der Nachfolgenden offen hielt, war eine hagere, eigentlich spindeldürre Person mit aschgrauem Haar und einem schmalen knochigen Gesicht, das sich trotz aller tiefen Linien und Altersfalten eine gewisse Weichheit und Anmut bewahrt hatte. In ihrer Jugend musste sie eine Schönheit gewesen sein. Ihr schlichtes, aber aus gutem, tiefschwarz gefärbtem Stoff gearbeitetes Gewand ließ auf den ersten Blick erkennen, dass sie zum Personal des Hauses Petrucci gehörte. Es war die Zofe Piccarda.

Hinter ihr rauschte Lucrezia in die Hauskapelle, in eine *cioppa* aus edlem, zartgelbem Damast gekleidet. Durch die raffiniert angebrachten Schlitze des langärmeligen Übergewands blitzte die jadegrüne Seide ihrer *gamurra* hervor. Damit hatte ihr Unterkleid fast dieselbe Farbe wie ihre Augen. Auch diesmal trug sie um den Hals ein mehrfach geschlungenes Tuch aus einem feinen blaugrünen Gewebe, dessen Enden fast bis zur Taille fielen, vor dem Gesicht aber keinen Schleier.

Bruder Bartolo senkte den Blick, wie es sich für einen Mönch in Gegenwart weiblicher Geschöpfe geziemte. Nicht so Pater Angelico. Eine unberechenbare Frau wie Lucrezia behielt man besser im Auge. Und es galt, sich zu wappnen gegen die feindseligen

Funken und Bissigkeiten, die ihre Augen und Lippen gleich versprühen würden.

»Meine Herrin«, verkündete die grauhaarige Zofe, »Donzella Lucre…« Weiter kam sie nicht.

»Schon gut, Piccarda.« Lucrezia trat an ihr vorbei. Die Enden des Halstuches umwehten sie wie Schleier. »Wir hatten heute Morgen in aller Herrgottsfrühe bereits das Vergnügen, einander kennenzulernen und uns gegenseitig der allergrößten Wertschätzung zu versichern.« Ihre Stimme triefte vor ätzendem Spott.

Pater Angelico ließ den Zirkel sinken und blickte mit einem angestrengten Lächeln zu ihr hinunter. »Ja, so kann man es auch ausdrücken.«

»Nur Euer Begleiter ist mir unbekannt, Pater Angelico. Sagt, wo habt Ihr dieses flaumzarte Jüngelchen aufgelesen?« Sie musterte den Novizen von Kopf bis Fuß, bedachte ihn mit einem mitleidigen Lächeln und fuhr fort: »Ich bin gespannt zu erfahren, aus welch wohlbehütetem Nest er gefallen ist. Weiß er, dass er bei euch Klosterbrüdern unter die Wölfe geraten ist? Ach nein, ihr nennt euch ja ›Hunde Gottes‹. Ach, wie reizend! Seht doch nur! Euer Jüngelchen wird doch tatsächlich rot bis unter die Haarspitzen!«

Die Zofe Piccarda seufzte, senkte den Blick auf ihre Schuhspitzen und schüttelte missbilligend den Kopf. Aber sie schwieg. Ihr resignierter Gesichtsausdruck verriet, dass sie es aufgegeben hatte, und zwar vermutlich schon längst, ihre junge Herrin zu schicklicher Rede und standesgemäßem Betragen anzuhalten.

Pater Angelico unterdrückte seinen aufsteigenden Ärger darüber, dass ihre Respektlosigkeit und ihr beißender Spott auch vor einem wehrlosen Novizen nicht haltmachten. »Bruder Bartolo Lorentino ist unser neuer Novize und zugleich mein Lehrling auf dem Feld der Malerei, Donzella Lucrezia. Er wird mir hier bei allen Arbeiten zur Hand gehen.« Er zwang sich zu einem liebenswürdigen Ton, als er fortfuhr: »Ich danke Euch, dass Ihr meiner

Bitte nachgekommen seid und Euch Zeit genommen habt, um für einige erste Skizzen Modell zu sitzen.«

»Wäre es nur *Eure Bitte* gewesen und nicht der Befehl meines Vaters, so hättet Ihr hier bis in alle Ewigkeit auf mich warten können!«

Auch diesen Giftpfeil nahm Pater Angelico hin, ohne die Beherrschung zu verlieren. Er konnte es sich nicht leisten, es diesem hübschen, aber unverschämten, giftspritzenden Drachen mit gleicher Münze heimzuzahlen.

So zuckte er scheinbar gleichmütig die Achseln und kämpfte tapfer gegen das Verlangen an, das verbindliche Lächeln, das er auf sein Gesicht gezwungen hatte, einer zornigen Miene weichen zu lassen.

»Ihr wisst, welch großen Wert Euer Vater darauf legt, dass die Fresken, auf denen Ihr zu sehen sein werdet, nicht nur Eurer Schönheit gerecht werden, sondern auch …«

Schon fuhr Lucrezia ihm barsch über den Mund. »Spart Euch Eure wohlfeilen Reden, Mönch! Ich bin nicht hier, um mit Euch gefällige Konversation zu treiben, sondern weil Ihr für meinen Vater eine Arbeit zu verrichten habt, zu der Ihr zu meinem großen Bedauern offenbar meiner gelegentlichen Gegenwart bedürft. Also haltet Euch nicht mit unnützen Reden auf, sondern macht Euch gefälligst an die Arbeit, für die Ihr teuer bezahlt werdet!«

»Mir soll es sehr recht sein, wenn Ihr bei unseren Begegnungen dem Schweigen den Vorzug gebt«, antwortete Pater Angelico schmallippig.

Lucrezia ging darüber hinweg. Sie drehte sich abrupt zu ihrer Zofe um und fuhr nun auch diese unwirsch an. »Wo zum Teufel bleibt Bertino mit dem Polsterstuhl?«

»Er muss jeden …«, begann Piccarda und brach ab.

Denn in diesem Augenblick erschien in der Tür ein junger Hausdiener, der einen gepolsterten Armstuhl hereinbrachte.

»Stell ihn dort zu den Fenstern«, wies Pater Angelico ihn an. Allzu viel helles Tageslicht fiel zwar nicht durch die beiden Rundbogenfenster, hatte der Himmel über Florenz sich doch seit ihrem Eintreffen deutlich eingetrübt. Aber selbst dieses grauwolkige Licht war dem gelblichen Schein der Wandlampen allemal vorzuziehen. »Rück ihn noch ein wenig vor. Ja, so ist es recht.«

Der Bedienstete tat, wie ihm geheißen. Dann verschwand er so wortlos und eilig, wie er gekommen war.

Lucrezia trat an den Armstuhl, drehte ihn mit einer herrischen, ruckartigen Bewegung ein Stück zur Seite und nahm darin Platz. Nun traf das Licht vom Fenster sie nicht direkt von vorn, sondern fiel nur auf ihre linke Gesichtshälfte, während die rechte im Schatten lag. »Der Stuhl steht so und nicht anders!«

»Ganz wie Ihr wünscht«, sagte Pater Angelico. Er glaubte zu wissen, warum sie den Stuhl gedreht hatte. Es tat jedoch nichts zur Sache.

»Du kannst gehen, Piccarda«, teilte Lucrezia ihrer Zofe im Befehlston mit. »Ich brauche in meinem eigenen Haus keine Aufpasserin!«

»Sehr wohl, Herrin«, murmelte Piccarda und entfernte sich mit einem leisen Seufzen.

»Und Ihr fangt endlich mit Euren Skizzen an, Pater Angelico! Ich habe nicht vor, hier stundenlang herumzusitzen und mich von Euch begaffen zu lassen!«

»Wir werden uns bemühen, Eure Geduld nicht über Gebühr zu strapazieren, Donzella Lucrezia«, erwiderte Pater Angelico und wandte sich an seinen jungen Mitbruder: »Bruder Bartolo, nimm dir das Skizzenbuch und fang schon mal mit den Profilstudien an.«

Verblüfft blickte der Novize zu ihm hoch. Sein Mund klappte auf, aber er blieb sprachlos.

»Was ist? Worauf wartest du? Mach dich an die Arbeit, Bruder

Bartolo! Ich bin hier oben mit dem Vermessen noch nicht fertig, und das will ich erst zu Ende bringen«, sagte Pater Angelico und wandte sich wieder der Decke zu. Was ein Fehler war, denn hätte er nur ein, zwei Sekunden länger nach unten geschaut, wäre ihm nicht entgangen, wie Lucrezias Gesichtsausdruck nach einem flüchtigen Moment der Fassungslosigkeit zu flammender Empörung wechselte. Dann wäre er gewarnt gewesen und hätte unverzüglich reagieren und versuchen können, das drohende Unheil noch irgendwie abzuwenden. So jedoch verpasste er diese winzige Chance. Ahnungslos sagte er über die Schulter hinweg noch zu Bruder Bartolo: »Jetzt zeig, wie gut du im Zeichnen bist. Ich werde gleich …«

Da ließ Lucrezias wutentbrannter Aufschrei ihn zusammenfahren und vergessen, was er noch hatte sagen wollen.

»Beim Blute Christi, das ist ja wohl der Gipfel!«, stieß sie hervor und sprang wie von der Tarantel gestochen auf. »Ich soll einem unbedarften Novizen und rotznasigen Malerlehrling Modell sitzen? Ich, eine Petrucci?«

Verstört drehte Pater Angelico sich um. Der Schreck fuhr ihm in die Glieder, als er begriff, welch gravierender Fehler ihm in einem kurzen Moment der Gedankenlosigkeit unterlaufen war.

»Wie könnt Ihr es wagen, mich so zu beleidigen, *Mönch!*«, fauchte sie, und ihre Augen blitzten kaltes Feuer, als wollte sie ihn mit ihren Blicken erdolchen. »Bei Gott, das soll Euch noch teuer zu stehen kommen!«

»Verzeiht, Donzella Lucrezia!«, rief er hastig und beteuerte: »Nichts lag mir ferner, als Euch beleidigen zu wollen! Ich war bedauerlicherweise …«

»Spart Euch die Worte! Und kommt mir *nie* wieder unter die Augen!«, herrschte sie ihn mit schriller Stimme an, warf den Kopf in den Nacken und stürzte davon, ein Bild flammender Empörung und absoluter Unversöhnlichkeit.

Doch sie kam nicht weit.

Das gesäumte Ende ihres Halstuches verhakte sich an der Unterseite der rechten Armlehne hinter einem kleinen Holzsplint. Lucrezia in ihrem aufgewühlten Zustand bemerkte es zu spät. Sie konnte nicht mehr rechtzeitig stehen bleiben und ihr Tuch von dem hölzernen Dorn befreien.

Der zarte Stoff, der mehrfach locker um den Hals gelegt war, glitt innerhalb von zwei wutschnellen Schritten lautlos und geschmeidig über ihre glatte Haut. Und als Lucrezia einen Wimpernschlag später merkte, dass ihr etwas den kunstvoll drapierten Schal vom Hals zog, als sie abrupt innehielt, nach dem Stoff greifen und ihn festhalten wollte, da fasste ihre Hand auch schon ins Leere.

Das teure Gewebe segelte zu ihren Füßen auf den Boden.

Lucrezia stand wie zur Salzsäule erstarrt – mit entblößtem Hals. Und dort, auf der rechten Seite, kroch das hässlich rote Narbengeflecht einer alten Brandwunde unter dem Kragen ihres Damastgewandes hervor und stieg, gute drei Finger breit, den schlanken Hals hinauf bis unter das Ohr.

Betroffen blickte Pater Angelico zu ihr hinunter. Wenngleich er geahnt hatte, dass sich unter dem Schal irgendeine Entstellung verbarg, traf ihn der Anblick und ließ ihn zusammenzucken.

Doch diese Betroffenheit war nichts im Vergleich zu der Bestürzung, die er im nächsten Moment in Lucrezias Augen sah und die sogleich auf ihn übersprang.

Der Ausdruck auf ihrem Gesicht erinnerte ihn an die Verzweiflung, das Entsetzen und die Hoffnungslosigkeit eines in die Enge getriebenen, waidwunden Tieres. Er traf ihn tiefer als alle dolchähnlichen Wutblicke, mit denen sie ihn eben noch bedacht hatte.

In ihren Augen lag ein stummer Schrei unsäglichen Leids.

Ihm war, als wäre von einer Sekunde auf die andere eine abstoßende Maske aus Bitterkeit, beißendem Spott und Unausstehlichkeit von ihr gefallen und hätte den Blick auf eine hoffnungslose, gequälte Seele freigegeben.

Es war nur ein kurzer Moment der Erstarrung und vollständigen seelischen Entblößung, den Lucrezia in ihrem Schockzustand verstreichen ließ, und doch brannte er sich ihm so unvergesslich ein wie bis dahin nur wenige andere Geschehnisse seines Lebens.

Mit einem erstickten Laut, der einem trockenen Aufschluchzen nahekam, löste sie sich aus ihrer Lähmung. In einem Reflex, der in seiner Nutzlosigkeit ihre Demütigung nur noch steigerte, fuhr ihre rechte Hand zum Hals und legte sich schützend über die Narbe. Gleichzeitig bückte sie sich nach ihrem Tuch, riss es an sich und rannte aus der Kapelle.

Es war lange still in dem kahlen kalten Raum.

Bruder Bartolo wartete darauf, dass sein Meister etwas sagte. Aber dieser verharrte in Schweigen, so als seien ihm alle Worte verlorengegangen. Schließlich trat der Novize ans Fenster, blickte hinaus in den grauen, sich verdunkelnden Nachmittag und sagte, damit diese bedrückende Stille endlich ein Ende hatte: »Es sieht nach Regen aus, Meister.«

»Nein«, sagte Pater Angelico leise und mit belegter Stimme, während er leichenblass von der Leiter stieg, »es wird Sturm geben.«

17

Die regennasse Kapuze hochgeschlagen, hastete Pater Angelico durch die schummerigen, dreckstarrenden Gassen von Santa Croce, vorbei an einigen wenigen Werkstätten und Läden, die zu dieser Abendstunde noch geöffnet und Laternen vor ihren Toren und Türen hängen hatten. Zwar war der Regen, der wie von Bruder Bartolo vorausgesagt am frühen Nachmittag eingesetzt hatte, endlich in Richtung Bergland weitergezogen. Aber der feuchtkalte Wind, der die tief hängenden Regenwolken vertrieben hatte und nun sein launisches Unwesen trieb, war auch nicht dazu angetan, seine trübselige Stimmung aufzuhellen.

Noch immer hing ihm das bestürzende Ereignis in der Hauskapelle nach, sah er Lucrezias verletzten, aufwühlend wehrlosen Blick vor seinem geistigen Auge und nagte an ihm die Schuld seiner gedankenlosen Dummheit. Daran hatten auch die Stunden des Grübelns und Haderns mit sich selbst, die er in seiner Klosterwerkstatt verbracht hatte, nichts geändert. Dort hatte er sich eingeschlossen, nachdem er den Palazzo Petrucci mit seinem Novizen beinahe ebenso fluchtartig verlassen hatte wie Lucrezia den Ort ihrer demütigenden Entblößung wenige Augenblicke zuvor.

Er konnte nur hoffen, dass sein Brief, eine Epistel demütiger Zerknirschung und bitterer Selbstanklage, sowie das schmerzliche Opfer der *anconella,* des kleinen Tafelbildes, das er seinem Schreiben beigefügt hatte, Lucrezia so weit versöhnlich stimmten, dass er den zu erwartenden Sturm im Haus des reichen Tuchproduzenten und Medici-Freundes halbwegs unbeschadet überstand.

Bruder Bartolo hatte, da er nach dem gemeinsamen Chorgebet der Vesper sowieso noch einmal zu einem abendlichen Besuch bei seinem kranken Onkel aufbrach, den Botengang in die Via Chiara übernommen und war klug genug gewesen, sich jeden Kommentars zu enthalten.

Aber was, wenn Lucrezia sich von seinem Entschuldigungsbrief und dem kleinen Ölbildnis des heiligen Judas Thaddäus nicht besänftigen ließ?

Er wollte nicht darüber nachdenken, was ihm dann womöglich blühte. Lieber beschäftigte er sich wieder mit Tiberio Scalvetti, zu dem er auf dem Weg war. Nur er konnte noch dafür sorgen, dass dieser bittere Tag nicht völlig in Ratlosigkeit und Seelenschwärze ertrank. Gewiss würde der Commissario, den er gleich in der *Colombina* anzutreffen hoffte, ihm ein offenes Ohr schenken und seine Meinung über Movettis Tod revidieren, sobald er hörte, was der schwarzhäutige Bettler von San Giuseppe am Abend zuvor beobachtet hatte. Das würde – wenn er ein wenig Glück hatte und dem Commissario Gerechtigkeitsempfinden unterstellte – ein machtvolles Räderwerk von Agenten und Informanten in Gang setzen und die verfahrene Geschichte in neue, hoffnungsvolle Bahnen lenken.

Wenig später hatte Pater Angelico die ehrbare Taverne mit dem Eckerker an der Kreuzung der Via Ghibellina mit der Via dei Pelacani erreicht. Er nahm die drei ausgetretenen Steinstufen zur *Colombina* mit einem Satz, stieß die Tür auf und schlug die Kapuze zurück, während er in die schon gut besuchte Schankstube trat.

Nach Scalvetti brauchte er trotz der vielen Gäste, die sich unter den rauchgeschwärzten Deckenbalken an langen Tischen und am Tresen bei den aufgebockten Wein- und Bierfässern drängten, nicht lange Ausschau zu halten.

Der Commissario saß gleich rechts vom Eingang in dem kleinen Erker, der gerade mal Platz für einen schmalen Tisch und zwei Stühle bot. Von dort aus konnte er nicht nur den Eingang und den ganzen Schankraum im Auge behalten, sondern hatte auch gut im Blick, was sich vor der Taverne auf der Straße tat. Selbst jetzt, da die Schlagläden zugeschlagen waren, konnte er noch durch die schräggestellten Lamellen hinaus auf die Kreuzung spähen.

Sichtlich lustlos nagte Scalvetti an einem gebratenen Kapaunschenkel, als Pater Angelico sich ihm zuwandte. Obwohl der Commissario den Kopf nicht hob, hegte Pater Angelico keinen Zweifel daran, dass er ihn längst bemerkt hatte.

Und so verhielt es sich auch.

»Setzt Euch, Padre«, sagte Scalvetti und machte mit der Linken eine flüchtige Handbewegung in Richtung des freien Stuhls auf der anderen Seite des Tisches, während er den halb abgenagten Bratschenkel in der anderen Hand mit verdrossener, fast angeekelter Miene auf seinen noch üppig belegten Holzteller fallen ließ und diesen von sich weg schob bis an den Rand des Tisches. Erst jetzt blickte er auf. »Ich nehme nicht an, dass Ihr hier seid, weil Euch das Essen in San Marco nicht mehr zusagt.«

»Nein, an der Klosterküche gab es noch nie etwas auszusetzen, höchstens dass sie zu reichhaltig ist«, erwiderte Pater Angelico und setzte sich. Sein Blick wanderte kurz zu dem gut gefüllten Teller, von dem Scalvetti nur sehr wenig zu sich genommen hatte. »Ich hoffe, mein Erscheinen hat Euch nicht den Appetit verdorben.«

Ein müdes Lächeln huschte über das knochig asketische Gesicht des Mannes von der Acht, in das sich die Zeichen der Erschöpfung im Laufe des Tages noch tiefer gegraben hatten.

»Seid unbesorgt, das Verdienst gebührt einem sehr viel weniger frommen Mann als Euch«, sagte er sarkastisch. »Manchmal denke ich, dass ich das wenige, das ich nach so einem elenden Tag noch hinunterkriege, eigentlich doch besser gleich trinken könnte.« Er griff zum Weinkrug, füllte seinen Becher und leerte ihn wie zur Bekräftigung seiner Worte auf einen Zug.

Luca, der Tavernenjunge, kam zu ihnen an den Tisch. Wenn er überrascht war, den Mönch hier in der *Colombina* wiederzutreffen, so ließ er es sich nicht anmerken. Artig erkundigte er sich nach ihren Wünschen.

»Räum den Teller ab und bring einen Becher für den Padre!«, trug Scalvetti ihm auf, bevor Pater Angelico etwas sagen konnte.

»Wird sofort erledigt, Signore!«

Augenblicke später stellte er ihnen einen zweiten Becher hin und zog sich rasch wieder zurück. Es war ein Zinnbecher wie der, den Scalvetti benutzte, während alle anderen Gäste der Schenke aus gewöhnlichen Steingutgefäßen tranken.

Der Commissario füllte beide Becher mit tiefrotem Wein aus seinem Krug. »Trinkt!«, forderte er Pater Angelico auf und schob ihm den Zinnbecher zu, den Luca gerade gebracht hatte. »Ihr seht mir so aus, als hättet auch Ihr einen ganz und gar unerfreulichen Tag hinter Euch und könntet einen kräftigen Schluck vertragen.«

»Bei meiner Seele, Ihr trefft den Nagel auf den Kopf, Commissario«, gab Pater Angelico zurück und musste an sich halten, den Becher nicht wie Scalvetti zuvor auf einen Zug zu leeren.

»So, und jetzt lasst hören, was Euch in der unseligen Causa Movetti immer noch umtreibt!«

»Der Umstand, dass es sehr wohl Mord war, Commissario«, kam Pater Angelico ohne jede Umschweife zur Sache.

Scalvetti seufzte geplagt. »Ich bitte Euch, fangt nicht wieder damit an! Was erhofft Ihr Euch davon, immer wieder an einem alten Knochen zu nagen, an dem nicht ein Fitzelchen Fleisch hängt, wie wir heute Morgen doch einmütig festgestellt haben? Nur ein Dummkopf haut auf kaltes Eisen ein.«

»Erlaubt, dass ich Eurer Darstellung widerspreche, Commissario. Von Einmütigkeit kann keine Rede sein! Nur habe ich Euren Vorhaltungen zu jenem Zeitpunkt nichts Handfestes entgegensetzen können.«

Scalvetti zog die Brauen hoch. »Und nun könnt Ihr das?«

»Gewissermaßen.«

»So, gewissermaßen«, wiederholte Scalvetti mit spöttischem Unterton. »Und was genau soll dieses ›gewissermaßen‹ bedeuten?«

»Dass es nun handfeste und ernstzunehmende Hinweise auf ein Verbrechen gibt«, sagte Pater Angelico und berichtete von den Beobachtungen des Bettlers um die Zeit, um die der Speziale sein

Leben ausgehaucht hatte, und zwar – seiner Auffassung nach – ganz und gar nicht aus freien Stücken.

Scalvetti hörte ihn an, ohne ihn mit Fragen zu unterbrechen. Seine Miene verriet nicht, was er von alldem hielt. Doch als Pater Angelico alles genannt hatte, was il Moro in jener Todesstunde vor dem Laden des Speziale aufgefallen war, schüttelte er mit einem Ausdruck des Bedauerns den Kopf.

»Ich weiß, Ihr habt Euch Hoffnung gemacht, dass Euer Mordverdacht sich bestätigt, dass die Täter gefasst werden und durch ihr Geständnis ihren Hintermann entlarven, auf dass Ihr einen Anspruch auf fünfzig Florin geltend machen könnt und diese Summe von dem eingezogenen Vermögen ihres Auftraggebers erstattet bekommt.«

Pater Angelico nickte. »Ja, das habt Ihr gut zusammengefasst, und es könnte in etwa so ablaufen, wenn Ihr Euch endlich dazu durchringt, Ermittlungen anzustellen und den Mord an Movetti aufzuklären.«

Scalvetti schüttelte den Kopf. »Ich muss Euch enttäuschen, daraus wird wohl nichts, weil es dabei bleibt, dass kein Verbrechen vorliegt und dass Movetti sich selbst das Leben genommen hat.«

Pater Angelico musste an sich halten, um nicht aus der Haut zu fahren. »Commissario! Ihr könnt doch nicht die Augen davor verschließen, dass das Auftauchen dieser drei Gestalten kurz vor Movettis Tod etwas zu bedeuten hat«, beschwor er ihn. »Dieser Kerl mit dem Mondgesicht und der Stummelflöte hat im Tordurchgang Schmiere gestanden, während seine beiden Komplizen, der mit der Knollennase und der bucklige Kahlkopf, den Speziale in seinem Haus umgebracht haben! Vermutlich haben sie ihm schon in seiner Schreibstube oder im Gang das Genick gebrochen, bevor sie ihn zur Täuschung im Laden an den Strick gehängt und die Selbstmordbotschaft auf die Theke geschmiert haben. Himmelherrgott, das liegt doch auf der

Hand! Und ein mit Verbrechen aller Art so vertrauter Mann wie Ihr müsste wissen …«

Mit einer knappen, routinierten Geste gebot Scalvetti ihm Schweigen. »Ein Mann wie ich weiß in der Tat eine ganze Menge, Padre. Mehr, als Ihr Euch in Euren schlimmsten Albträumen vorstellen könnt, und gelegentlich sogar mehr, als mir selbst lieb ist.« Er machte eine kurze Pause und überraschte Pater Angelico schließlich mit einer Frage, die ohne jeden Zusammenhang mit dem eben Besprochenen schien. »Sagt Euch der Name Cesare Busini etwas?«

»Nein, sollte er das?«, fragte Pater Angelico halb verstimmt, halb verständnislos zurück.

»Gewissermaßen.« Ein spöttisches Lächeln huschte über Scalvettis müdes Gesicht, als nun er selbst dieses einschränkende Wort benutzte. »Cesare Busini ist ein Feinschmied. Der Mann fertigt in seiner Werkstatt Waagen, Scheren, Zangen, Scharniere, Vorhängeschlösser und Kleinwaffen an. Gelegentlich arbeitet er auch Schmuck um und schmilzt Gold und Silber ein.«

»Und warum erzählt Ihr mir das?«, fragte Pater Angelico mit wachsender Verwunderung. Worauf wollte Scalvetti hinaus?

»Die Werkstatt des Feinschmieds liegt auf der Via de Macci, und diese Gasse verläuft, wie Ihr vielleicht wisst, parallel zur Via dei Pelacani«, fuhr der Commissario fort. »Interessant wird diese Tatsache aber erst dadurch, dass die Hintertür seiner Werkstatt genau in den Hof führt, durch den man auch zur Rückseite von Movettis Haus kommt.«

»Und warum sollte das interessant sein?«, fragte Pater Angelico mit gefurchter Stirn.

»Weil Cesare Busini ein Hehler ist und so manches Diebes- und Raubgut durch seine dreckigen Hände geht, Padre«, erklärte Scalvetti. »Manchmal, wenn es sich um teuren und leicht wiederzuerkennenden Schmuck handelt, kommen die gestohlenen Ketten, Ringe, Broschen und andere Kleinode aus seiner Werkstatt in geschickt veränderter Art wieder zutage.«

»Und wieso legt Ihr ihm das verbrecherische Handwerk nicht, wenn Ihr das alles wisst?«, fragte Pater Angelico grimmig. Nun wusste er, worauf der Commissario hinauswollte, nämlich darauf, dass es sich bei den drei Männern vermutlich um Kunden des Hehlers gehandelt hatte – und das schmeckte ihm gar nicht.

»Nur ein Dummkopf pflückt eine Frucht, die noch nicht reif zum Genuss ist und damit auch keinen Gewinn bringt.«

Pater Angelico verzog das Gesicht. »Und die Frucht Cesare Busini ist noch nicht reif genug, damit es sich für die Otto di Guardia lohnt, sie zu pflücken?«, fragte er.

»So ist es.« Scalvetti lächelte nachsichtig. »Ich erwarte nicht, dass Ihr, ein Mann der Kirche, das billigt oder versteht, aber die besonderen Verantwortlichkeiten, die mein Amt mit sich bringt, zwingen mich zu Vorgehensweisen und Entscheidungen, die etwas anderen Regeln und Maßgaben gehorchen als denjenigen, denen Ihr als Mönch Euch unterwerft.«

»Wohl wahr«, knurrte Pater Angelico, bitter enttäuscht von der unerwarteten Wendung.

Der Commissario zuckte bedauernd die Achseln. »Cesare Busini ist ohne jeden Zweifel ein schmieriger Hehler und Hurensohn, aber wenn ich meine Karten geschickt ausspiele und der Tag kommt, an dem die Frucht reif ist, dann wird der Bursche *unser* schmieriger Hehler und Hurensohn sein, wenn Ihr versteht, was ich damit meine!«

Pater Angelico verstand es nur zu gut. Scalvetti gedachte den Feinschmied zu einem seiner geheimen Zuträger aus der Florentiner Unterwelt zu machen. Aber aus Gründen, die er ihm kaum darlegen würde, meinte er offenbar, es sei noch nicht an der Zeit, dem bislang ahnungslosen Hehler den Haken der Otto di Guardia ins Fleisch zu treiben und die Leine unerbittlich einzuziehen.

Was in logischer Konsequenz bedeutete, dass Scalvetti unter keinen Umständen den Mann jetzt dazu befragen würde, ob der bucklige Kahlkopf und der Kerl mit der Knollennase ihm am Abend zuvor einen Besuch durch den Hinterhof abgestattet hatten, würde er damit doch zu erkennen geben, dass die Otto di Guardia von seinen Hehlergeschäften wusste und ihn ins Visier genommen hatte. Vielmehr wollte er den Mann noch in Ahnungslosigkeit wiegen.

Was die weitere logische, aber überaus ärgerliche Folgerung nach sich zog, dass Scalvetti nach wie vor keine Veranlassung sah, die Umstände von Movettis Tod einer gründlicheren Untersuchung zu unterziehen und nach seinen Mördern zu suchen. Nein, von Scalvetti konnte er keine Unterstützung erwarten. Movetti war ein kleiner Fisch, der den mächtigen Mann nicht interessierte. Dass der Commissario nun tatsächlich nichts unternehmen würde, war niederschmetternd. Und alles in ihm sträubte sich dagegen, sich damit abzufinden.

Deshalb unternahm er, wider besseres Wissen, noch einen letzten Versuch, den Commissario umzustimmen. »Also gut, lasst den Hehler aus dem Spiel. Aber ein Mann wie Ihr verfügt doch über Mittel und Wege, die jemandem wie mir verwehrt sind, um auch auf andere Weise Erkundigungen einzuziehen …«

»Ihr irrt! Und es bleibt bei dem, was ich Euch gerade gesagt habe!«, fiel Scalvetti ihm mit Nachdruck ins Wort, und er hörte sich an, als habe er allmählich genug davon, immer wieder mit dieser Angelegenheit belästigt zu werden. »Bringt mir etwas, das einen Mordverdacht ernsthaft begründet, und ich werde, der Herr ist mein Zeuge, der Sache nachgehen. Mit dem, was Ihr bislang vorgebracht habt und was mir allzu sehr von Wunschdenken bestimmt zu sein scheint, kann ich nichts anfangen und schon gar keine aufwendigen Ermittlungen verantworten!«

Pater Angelico schwieg niedergeschlagen, griff zum Becher

und leerte ihn. Aber den bitteren Geschmack der Zurückweisung vermochte der Schluck Wein nicht hinunterzuspülen.

»Es tut mir leid, Euch enttäuschen zu müssen, Padre«, fuhr der Commissario fort, viel freundlicher plötzlich, so als habe die bekümmerte Miene seines Gegenübers ihn milde gestimmt. »Aber mir sind wirklich die Hände gebunden, und das nicht allein wegen der fehlenden stichhaltigen Indizien.«

»Sondern?«

»Die Aufgaben, die wir von der Otto di Guardia zum Schutz der stolzen Republik Florenz zu erfüllen haben, sind immer besondere Herausforderungen gewesen, die Wachsamkeit und hohen Einsatz erforderten. Aber im Laufe der vergangenen Jahre haben sie fast erdrückende Ausmaße angenommen.« Er sagte das nicht wie jemand, der sich beklagen oder aber als etwas Besonderes dastehen wollte; vielmehr war es eine nüchterne Feststellung von Tatsachen.

»Vielleicht sollte man Euch und Eure sieben tapferen Mitstreiter von der Wache mehr bedauern als jene Unglücklichen, die ihr zum Schutz unserer stolzen Republik unten im Bargello verhört und die dann in der Leichenkammer auf einem der Granitblöcke enden«, sagte Pater Angelico.

Scalvetti bedachte ihn mit einem kühlen Blick. »Wir leben in unsicheren, ja höchst kritischen Zeiten, auch wenn das vielen nicht bewusst ist. Die Ruhe ist trügerisch. Ihr wisst so gut wie ich, wie viel Blut nach der ruchlosen Pazzi-Verschwörung in den Straßen und auf den Plätzen unserer Stadt geflossen ist und wie viele einst mächtige Familien, die in das Komplott gegen unsere Republik verwickelt waren, Florenz fluchtartig verlassen haben oder von unserer Signoria in die Verbannung geschickt worden sind.«

Pater Angelico nickte mit mürrischer Miene. Was interessierte ihn das jetzt? Natürlich konnte er sich an jene Tage erinnern! Hautnah hatte er die entsetzliche Blutorgie, die nach der heimtückischen Ermordung des Giuliano de' Medici in der Stadt losgebrochen war, miterlebt.

Dem Rachedurst des Pöbels und der Verbannungswelle waren damals jedoch nicht nur Verschwörer und ihre nachgewiesenen Anhänger zum Opfer gefallen, sondern auch so mancher, den Seine Magnifizenz Lorenzo aus machtpolitischen Gründen hatte beseitigt oder verbannt sehen wollen. Scalvetti und andere Parteigänger der Medici mochten unbeirrt von der stolzen Republik Florenz faseln, doch tatsächlich war von der republikanischen Verfassung bis auf die äußere Hülle und ihre verlogenen Rituale nichts mehr übrig, seit die Medici 1434 unter ihrem genialen Bankherrn Cosimo die Macht im Staat an sich gerissen und die Verfassung immer mehr zu ihrem Vorteil ausgehöhlt hatten.

Zwar erwies Lorenzo de' Medici der Republik mit salbungsvollen Worten seine Referenz und beteuerte stets seine Verfassungstreue. Aber das war nicht die Spucke wert, die ihm dabei den Mund wässerte. Der Medici, der sich nicht von ungefähr mit ›Magnifizenz‹ anreden ließ und lächerlicherweise von sich als Erstem Bürger der Stadt sprach – womit er mittlerweile nicht einmal mehr dem einfältigsten Florentiner Sand in die Augen zu streuen vermochte –, war doch in Wirklichkeit der ungekrönte Fürst von Florenz und Herrscher über die Toskana. Davon zeugte allein schon der Pomp, den er in seinem Palazzo und bei öffentlichen Auftritten trieb, und noch viel augenfälliger zeugte seine bis an die Zähne bewaffnete Leibgarde davon, die ihn auf seinen Gängen durch die Stadt gleich im Dutzend mit einem dichten Ring aus blitzenden Schwertern, Hellebarden und bannergeschmückten Lanzen sowie funkelnden Brustpanzern und federgeschmückten Helmen umgab.

Der Medici war so wenig Erster Bürger, wie Vincenzo Bandelli ein bedürfnisloser und allen weltlichen wie kirchlichen Würden abholder Bettelmönch war!

Pater Angelico seufzte. Wie einfach wäre es gewesen, diesen Mann zu verabscheuen, hätte er nicht auch so viel Gutes für Florenz getan und wäre er nicht zudem noch ein so großartiger Diplomat und ebenso kenntnisreicher wie leidenschaftlicher Patron der bildenden Künste gewesen, ganz zu schweigen von seiner außerordentlichen Gelehrsamkeit und seinem entwaffnenden Charme!

Scalvetti schien den Seufzer für wortlose Zustimmung zu halten, denn er nickte bekräftigend. »Ja, die Erinnerung daran ist bedrückend. Und das sind leider auch die Folgen jener schrecklichen Ereignisse: die lange Feindschaft von Papst Sixtus IV.; die immer wieder aufflammenden kriegerischen Auseinandersetzungen mit König Ferrante von Neapel; das Treiben der bestechlichen *condottieri,* dieser Anführer von Söldnertruppen, die mit ihren Leuten schneller die Seiten wechseln als eine Hure ihre Freier, wenn ihnen nur genug Gold geboten wird; und dazu die abgefeimten Intrigen vieler Verbannter, die ein gottloses Mordkomplott und einen gewalttätigen Umsturzversuch nach dem anderen gegen uns aushecken. All das hat Florenz in den vergangenen Jahren nicht dank frommer Reden und gelehrter Fastenpredigten schadlos überstanden, sondern dank der Vigilanz der Otto di Guardia und anderer, die zum Wohle der Kommune ihren treuen Dienst verrichten!«

»Und da fällt natürlich ein Speziale wie Movetti, der dummerweise in kein Komplott gegen unsere stolze Republik verwickelt und nur einem gewöhnlichen Verbrechen zum Opfer gefallen ist, nicht ins Gewicht«, parierte Pater Angelico die Vorhaltungen, deren Richtigkeit er freilich nicht in Abrede stellen konnte.

»Lasst es gut sein, Padre«, erwiderte Scalvetti ungerührt. »Trinkt noch einen Becher Wein mit mir, aber, mit Verlaub, ohne Movetti noch einmal zu erwähnen – oder geht Eurer Wege.«

»Wenn Ihr es vorzieht, vor gewöhnlichen Verbrechen die Augen zu verschließen, gebe ich Letzterem den Vorzug«, knurrte Pater Angelico und wollte sich schon erheben und gehen, als ihm eine Bemerkung in den Sinn kam, die Scalvetti in der Leichenkammer hatte fallenlassen, kurz bevor der Folterknecht ihrem Gespräch ein abruptes Ende bereitet hatte. »Erlaubt mir noch eine Frage, Commissario. Ihr habt heute Morgen im Bargello erwähnt, dass Movetti sich wieder verheiraten wollte.«

»Solche Pläne hatte er in der Tat.«

»Was wisst Ihr darüber? Kennt Ihr vielleicht den Namen der Frau, die er zu heiraten gedachte?«

Scalvetti warf ihm einen geplagten Blick zu, tat ihm jedoch den Gefallen. »Viel habe ich nicht mit ihm zu tun gehabt, das will ich gleich vorausschicken. Man sucht nicht gerade meine Gesellschaft, wie Ihr Euch vielleicht vorstellen könnt.« Ein selbstironisches Lächeln umspielte seinen schmalen Mund.

»Dafür soll es Gründe geben, aber das sind sicher haltlose Unterstellungen.«

Scalvetti lachte trocken. »Ihr beginnt mir zu gefallen, Padre. Aber kommen wir ein letztes Mal auf Movetti zurück. Er ist hin und wieder auf einen Krug Wein in die *Colombina* gekommen, hat sich aber meistens für sich gehalten.«

»Von dieser Sorte kenne ich noch einen«, warf Pater Angelico ein.

Der Commissario lächelte flüchtig. »Mir hat er zweimal teure Heiltinkturen gegen mein saures Magenaufstoßen angerührt. Die haben allerdings nichts getaugt und bestenfalls ihm ein wenig Linderung in seinem schwindsüchtigen Geldbeutel verschafft«, fuhr er fort. »Also weiß ich nicht viel über ihn. Aber dass er neu zu heiraten gedacht und eine prächtige Partie in Aussicht hatte, das steht fest. Er hat damit gegenüber Vittore geprahlt, und der Wirt, der ja das Schwatzen so liebt wie ein Bußprediger, hat die Neuigkeit natürlich unter seine Gäste gebracht.«

»Und wen gedachte Movetti zu heiraten?«

»Keine Ahnung, das hat er für sich behalten. Aber angeblich soll ihn am Tage der Eheschließung ein üppiger Geldsegen aus dem Säckel seines künftigen Schwiegervaters erwartet haben. Wenn man so klamm ist, wie Movetti es offenbar war, liegt es ja auch nahe, sich nach kurzer Trauerzeit rasch wieder mit der Tochter eines reichen Mannes zu vermählen. Eine neue Frau bringt immer frisches Geld ins Haus«, sagte er spöttisch. »Eine Mitgift von fünfzehnhundert Florin oder mehr konnte ein Mann wie er wohl von seiner nächsten Frau erwarten.«

In Pater Angelicos Augen blitzte es auf. »Fünfzehnhundert Florin? Was Ihr nicht sagt! Er hat also mit einem ordentlichen Batzen Geld rechnen können! Und da redet Ihr noch immer von Selbstmord, weil er wegen seiner Schulden angeblich nicht mehr ein noch aus wusste? Nichts davon ist wahr! Merkt Ihr nicht, wie Ihr Euch selbst widersprecht?«

Scalvetti war nicht aus der Ruhe zu bringen. »Das scheint Euch nur so. Woher wollt Ihr denn wissen, ob dieses Eheabkommen tatsächlich schon in trockenen Tüchern oder nur das angeberische Geschwätz eines Mannes war, der seine Felle davonschwimmen sah?«, konterte Scalvetti. »Vielleicht hat jemand dem Mann, der für seine Tochter dieses *parentado* mit Movetti geschlossen hatte, noch früh genug die Augen dafür geöffnet, dass der Speziale mit seinem Geld große Löcher in seiner Schatulle zu stopfen gedachte. Und das ist alles, was ich Euch dazu mitteilen kann. Wenn Ihr klug seid, lasst Ihr die Sache damit auf sich beruhen und schreibt die fünfzig Florin als bitteres Lehrgeld ab.«

»Ich denke gar nicht daran«, erwiderte Pater Angelico grimmig und erhob sich. »In der Causa Movetti ist der letzte Vers noch nicht gesungen, darauf könnt Ihr Gift nehmen!«

»Das habe ich fast befürchtet. Und was gedenkt Ihr jetzt zu unternehmen?«

»Das liegt auf der Hand«, antwortete Pater Angelico. »Ich werde mich in den Kreisen, in denen solche Galgengesichter wie der bucklige Kahlkopf, der Knollennasige und das Mondgesicht mit der Stummelflöte verkehren, umhören und sehen, was dabei herauskommt.«

»Eigentlich habe ich Euch nicht für einen Einfaltspinsel gehalten, der meint, den Strand pflügen zu müssen!«

»Ob es vergebliche Mühen sind, wird sich noch zeigen!«

Mit besorgter Miene schüttelte Scalvetti den hageren Kopf. »Lasst die Finger davon«, beschwor er ihn. »Was Ihr da vorhabt, wird Euch das verlorene Geld nicht wiederbringen, kann Euch aber sehr wohl Kopf und Kragen kosten! Man stochert nicht ungestraft in einem Vipernnest!«

Trotzig reckte Pater Angelico das Kinn. »Und ebenso wenig verkauft man mich für dumm oder prellt mich um Lapislazuli im Wert von fünfzig Florin!«

18

In San Marco ging die feierliche Konventmesse zu Ende. Nach dem Schlusssegen traten die Mönche aus den Reihen des Chorgestühls. Mit der Selbstverständlichkeit, die aus jahrelanger Übung erwächst, formierten sie sich für den würdevollen Auszug aus der Kirche zu geordneten Doppelreihen.

Eine Flut von weißen Chorgewändern setzte sich mit dem Prior an der Spitze in Bewegung und strebte dem zweiflügeligen Ausgang zu, der seitlich von der Apsis in den inneren Kreuzgang des Klosters mündete.

Dort, wenige Schritte hinter den drei abwärts führenden Steinstufen, löste sich die wohlgeordnete Prozession raschelnder Gewänder augenblicklich auf. Die Brüder zogen in alle Richtungen von dannen. Für die Stunden bis zur mittäglichen Hore, der Sext, rief die Arbeit sie an die Pforte, ins Scriptorium, in die Bibliothek, die Wirtschaftsräume, den Garten oder die klostereigenen Werkstätten.

Pater Angelico eilte nicht, sondern ging gemächlich einige Schritte den Kreuzgang hinunter, wobei er darauf achtete, dass sein Weg nicht den des Priors kreuzte, und wartete dann nahe einer Madonnennische auf Bruder Bartolo.

Dass der Novize etwas auf dem Herzen hatte und es nicht erwarten konnte, mit ihm zu sprechen, hatte er ihm schon während der Messe angesehen. Immer wieder hatte der Junge zu ihm herübergeblickt. Und zweimal hatte er sich sogar ein verstohlenes, aber doch unverkennbar verschmitztes Augenzwinkern erlaubt. Hätte das einer der rangoberen Mitbrüder oder gar ihr Prior bemerkt, der Novize wäre längst in Teufels Küche gelandet.

Bruder Bartolo bildete im Zug der Mönche den Schluss, wie es seiner Stellung in der Klostergemeinschaft entsprach. Er trat als Letzter durch die Tür in den Kreuzgang hinaus.

Dort sah er sich nach seinem Meister um, entdeckte ihn und eilte zu ihm. Ehrerbietig neigte er den lockigen Kopf und stellte mittels eines Handzeichens die stumme Frage, ob er mit ihm sprechen dürfe. Er hatte Mühe, seine Ungeduld zu verbergen.

Pater Angelico nickte gnädig und erteilte ihm die Sprecherlaubnis nach Klosterart. »Benedicite!«

»Dominus«, antwortete Bruder Bartolo eifrig, schob die Hände wieder vorschriftsmäßig unter das Skapulier und sprudelte aufgeregt hervor: »Meister, ich glaube, ich habe den Namen dieses Rufino in Erfahrung gebracht, nach dem Ihr sucht!«

Pater Angelico traute seinen Ohren nicht. »Du hast *was?*«

»Ich weiß, wie er mit ganzem Namen heißt und wo Ihr ihn

finden könnt!« Er strahlte vor Stolz, fügte jedoch sicherheitshalber hastig hinzu: »Zumindest deutet alles darauf hin, dass es dieser Rufino ist, an dem Ihr so interessiert seid. Und das ist so gekommen, Meister. Mir ist gestern plötzlich eingefallen …«

»Warte! Nicht hier«, raunte Pater Angelico ihm zu, als er Bruder Manetto um die Ecke kommen sah. Der eulengesichtige Armarius warf ihnen einen missmutigen, fast argwöhnischen Blick zu, so als traue er ihnen zu, hier im Kreuzgang eine Verschwörung auszuhecken.

Pater Angelico bedeutete dem Novizen, ihm zu folgen. Er führte ihn zur nächsten Tür und dahinter einen langen, kühlen Gang hinunter, der sie zum Pilgerhospiz des Klosters brachte. Von dort schob er Bruder Bartolo in einen stillen Nebenraum.

»So, nun rede! Aber bitte der Reihe nach«, forderte er den jungen Mitbruder auf. »Wie in Gottes heiligem Namen willst du herausgefunden haben, um wen es sich bei diesem Rufino handelt? Und wer hat dir überhaupt erlaubt, dich eigenmächtig nach diesem Mann zu erkundigen?«

Bruder Bartolo brachte eine halbwegs schuldbewusste Miene zustande. »Beim Haupt des heiligen Johannes, ich hatte Euch natürlich fragen wollen, ob ich es tun soll, aber Ihr wart ja den ganzen gestrigen Abend, nein, bis tief in die Nacht nicht auffindbar«, verteidigte er sich. »Ich habe überall im Kloster nach Euch gesucht, aber Ihr wart weder in Eurer Zelle noch in Eurer Werkstatt noch …«

»Schon gut«, fiel Bruder Angelico ihm ins Wort und winkte ab. »Ich war lange unterwegs und habe nach den drei Männern gesucht, die der Bettler Moro in Movettis Torweg gesehen hat. Leider ohne Erfolg. Aber ich habe auch nicht damit gerechnet, so schnell auf ihre Spur zu stoßen. Ich werde mich später weiter nach ihnen umsehen, auch wenn es der sprichwörtlichen Suche nach der Nadel im Heuhaufen gleichkommt. Aber jetzt erzähl, was du über diesen Rufino herausgefunden hast – und *wie* du das angestellt hast.«

»Eigentlich war es ein Kinderspiel«, sagte Bruder Bartolo bescheiden, erlaubte sich jedoch ein vergnügtes Lächeln. »Ich dachte mir, so wie Ihr den Hut des Mannes beschrieben habt, kann es sich nur um einen besonders teuren Kopfputz handeln.«

Pater Angelico nickte. »Das war eine naheliegende Schlussfolgerung, doch mich interessiert mehr, wohin sie dich geführt hat.«

»Zuerst einmal zu meinem Onkel. Ihr müsst nämlich wissen, dass Ser Benozzo sich in modischen Dingen auskennt wie kaum ein anderer. Das sagt auch Lazzero, sein langjähriger *segretario*. Onkel Benozzo hat zeit seines Lebens eine große Schwäche für edle Kleidung und eben auch teure Kappen und Hüte aller Art gehabt«, berichtete Bruder Bartolo.

Pater Angelico enthielt sich eines Kommentars, in dem es um die Eitelkeit gegangen wäre, eine der sieben Todsünden, und nickte nur stumm.

»Als ich ihm gestern diesen federgeschmückten französischen Tellerhut aus teurem königsblauem Samt beschrieb, musste er nicht lange überlegen, um sagen zu können, aus welcher Florentiner Hutmacherwerkstatt das Stück nur stammen kann«, fuhr Bruder Bartolo fort. »Er sagt, solch ausgefallene Tellerhüte aus besten Stoffen und nach französischer Mode fertigt in dieser Stadt seines Wissens nur einer an, und das ist der Hutmacher Dolfo Spinelli. Der hat seine Ladenwerkstatt übrigens am oberen Ende der Via Vacchereccia, das ist bestimmt kein Zufall.«

Pater Angelico wusste, was sein Novize meinte. Der Hutmacher Spinelli hatte sich, wie auch die erste Riege der Gold- und Silberschmiede, die sich an derselben Straße angesiedelt hatten, in unmittelbarer Nähe der Piazza della Signoria niedergelassen, also in äußerst verkaufsgünstiger Nachbarschaft zum Priorenpalast mit seiner zahlungskräftigen Kundschaft aus den Reihen der Ratsherren und anderen hohen Würdenträger.

»Es war ein vorzüglicher Einfall, dich bei deinem Onkel zu erkundigen, Bruder Bartolo«, sagte er. »Ich nehme an, du hast dann diesen Dolfo Spinelli aufgesucht.«

Bruder Bartolo nickte. »Ich habe ihm den Hut beschrieben und ihn gefragt, ob er kürzlich einen solchen an einen Kunden namens Rufino verkauft habe.«

»Aber ist er denn nicht misstrauisch geworden, dass ein Dominikanernovize, der nie auch nur einen Picciolo für Kopfputz bei ihm lassen wird, sich nach einem seiner zahlungskräftigen Kunden erkundigt?«, fragte Pater Angelico erstaunt.

Ein breites Grinsen zeigte sich auf Bruder Bartolos rotwangigem, jungenhaftem Gesicht. »Ich habe ihm eine nette Geschichte erzählt und einfließen lassen, dass Ser Benozzo mein Onkel ist. Mehr war nicht nötig, um ihn zum Reden zu bringen. Angeblich sollte ich mich im Auftrag meines Onkels nach dem Preis des Hutes erkundigen, den er, Dolfo Spinelli, für einen Bekannten von ihm gefertigt hatte und der meinem Onkel so ausnehmend gut gefällt. Und dann habe ich so getan, als hätte mein Onkel mir den ganzen Namen genannt, als hätte ich aber dummerweise auf dem Weg zu seiner Ladenwerkstatt die Hälfte davon vergessen. Worauf der Hutmacher mich sogleich beruhigt und gesagt hat, dass es unter seinen Kunden nur einen Rufino gibt, dem er einen solchen französischen Tellerhut verkauft hat.«

»Und wie lautet der vollständige Name?«, fragte Pater Angelico freudig erregt. Plötzlich konnte er wieder hoffen, war es durch diese unerwartete Wendung doch möglich geworden, dem Mann, der Movetti am Tag seines Todes so unmissverständlich mit Vergeltung gedroht hatte, auf die Spur zu kommen.

»Rufino di Francesco de' Valori«, teilte Bartolo ihm strahlend und mit sichtlich stolzgeschwellter Brust mit.

»Ein de' Valori?«, entfuhr es Pater Angelico. Er kratzte sich die Narbe. »Bei den Geboten des Herrn, der Mann gehört einem alten, angesehenen Florentiner Adelsgeschlecht an! Interessant! Hast du darüber hinaus noch etwas in Erfahrung bringen können?«

Der Novize nickte. »Ich habe dem Hutmacher auch die Adresse entlockt. Dieser Rufino wohnt drüben, auf der anderen Seite des Flusses, in der Via Toscanella.«

Pater Angelico bedachte ihn mit einem anerkennenden Blick, beließ es jedoch nicht dabei. »Ich muss sagen, das hast du ausgezeichnet gemacht. Du magst Schwierigkeiten mit der Wesensart der Heiligen Dreifaltigkeit haben«, spottete er gutmütig, »aber im Großen und Ganzen scheinst du mir ein aufgeweckter Bursche zu sein, der seinen Kopf zu gebrauchen und eigenständig zu denken weiß. Möge es so bleiben!«

Überraschenderweise schoss dem Novizen heftige Röte ins Gesicht. »Ich werde mich bemühen, Euch nicht zu enttäuschen, Meister!«

»Das rate ich dir auch! Und jetzt wollen wir uns auf den Weg nach Santo Spirito machen!«

»Glaubt Ihr, dass Rufino di Francesco de' Valori etwas mit dem Tod des Speziale zu tun hat?«, fragte Bartolo aufgeregt und stolz, dass der Novizenmeister ihn ganz selbstverständlich zu diesem Besuch mitnahm.

»Es spricht einiges dafür. Deshalb werden wir ihm auch umgehend auf den Zahn fühlen, Bruder Bartolo! Und wenn er Dreck am Stecken hat, werden wir es herausfinden«, verkündete Pater Angelico entschlossen.

Für einen kurzen Moment dachte er an die vierzig Florin, die im Palazzo Petrucci auf ihn warteten und die abzuholen sein drängendster Wunsch war. Doch sogleich schob sich das Bild Lucrezias vor sein inneres Auge und erinnerte ihn daran, dass ihn im

Palast auch die unvermeidliche Begegnung mit ihr erwartete, deren Ausgang nicht abzusehen war. Und ebenso schnell, wie ihn der Gedanke angesprungen und sein Verlangen nach dem Geldbeutel geweckt hatte, drängte er ihn wieder beiseite. Der schwere Gang zu den Petrucci konnte … nein, *musste* warten!

19

Von San Marco im Norden quer durch Florenz hinüber auf das hügelige Südufer des Arno war es gewöhnlich ein Fußweg von nicht mehr als zwanzig Minuten. Vorausgesetzt, man trödelte nicht und blieb auch nicht auf dem Domplatz, dem Mercato Vecchio oder dem Mercato Nuovo, die alle am Weg lagen, im dichten Menschengewühl stecken.

Umging man dagegen zu dieser betriebsamen Vormittagsstunde den alten Stadtkern mit seinem Labyrinth verwinkelter Gassen und seinen überfüllten Marktplätzen, musste man schon mit einer guten halben Stunde rechnen. Doch bei dem flotten Schritt, den Pater Angelico vorlegte, erreichten sie die Ponte Santa Trinità auf dieser Bogenroute in knappen zwanzig Minuten.

»Nein, nein! Heiligkeit ist kein Geschenk, das wie eine Gottesgabe über einen Auserwählten kommt«, widersprach Pater Angelico einer etwas atemlos vorgebrachten Bemerkung seines jungen Begleiters. »Heiligkeit ist ein Ideal, nach dem der sündige Mensch sich strecken soll.«

»Aber die Heiligkeit … der Kirche …«, der Novize japste hörbar, »ist doch fraglos …«

»Da irrst du erneut, Bruder Bartolo«, fiel Angelico ihm sogleich munter ins Wort und ging die Steigung der Brücke mit unvermindert forschem Tempo an. »Nur ein Dummkopf erwartet, dass aus ihr hier auf Erden eine Kirche der Heiligen wird. Es ist immer der Mensch, der die angestrebte Heiligkeit der Kirche verdunkelt.«

»Meister!«, keuchte Bruder Bartolo.

Pater Angelico hielt den kurzatmigen Zuruf für den Beginn eines Einwandes und fuhr unbeirrt fort: »Nein, warte! Heilig ist allein, was von Gott her kommt, was zu Gott hinführt und was bei Gott ist. Aber bei allen Verfehlungen der Menschen bleibt die sündige Kirche doch zu allen Zeiten der Körper, der gegen alle Erwartungen immer wieder Heilige hervorbringt. Und das ist das eigentliche Wunder unserer Kirche, dass sie es immer wieder schafft, aus dieser elenden Bande von Sündern und Schurken, die es immer wieder bis auf den Stuhl Petri schaffen, Heilige zu gebären und uns allen neue Glaubenskraft zu schenken.«

Bruder Bartolo schnaufte und hörte nur noch mit halbem Ohr hin, was ihn davor bewahrte zu begreifen, wie schockierend gewagt die Ausführungen seines Meisters waren – standen sie doch in krassem Widerspruch zur offiziellen Lehre. Der Novize war einfach zu sehr davon in Anspruch genommen, Schritt zu halten und dabei noch genügend Luft in seine Lungen zu bekommen. Aber diesen Kampf konnte er nicht gewinnen, das machten die heftigen Seitenstiche ihm schmerzhaft bewusst.

»Die Wasser des Abendlandes sind an vielen Orten zweifellos faulig, aber ihre Quelle ist rein«, fuhr der Novizenmeister in seinem Vortrag fort. »Und so wie es unmöglich ist, den Geschäftsmann davon zu überzeugen, dass eine einträgliche Tätigkeit unmoralisch sein könnte, so unmöglich scheint es, unsere Kirchenfürsten …«

»Verzeiht, aber gewährt … mir eine kurze … Atempause, Meister!«, stieß Bruder Bartolo abgehackt hervor und blieb auf dem höchsten Punkt der Brücke stehen. Es war ihm ein Rätsel, wie Pater Angelico dieses Tempo beibehalten und dabei noch gelehrte Vorträge halten konnte, ohne im mindesten außer Atem zu kommen.

Verwundert drehte Pater Angelico sich zu ihm um. Erst jetzt registrierte er, dass der Novize völlig außer Atem war, Schweißperlen auf der Stirn hatte und sich die Seite hielt. »Atempause? Warum?« Er schüttelte den Kopf. »Die Jugend scheint mir auch nicht mehr das zu sein, was sie mal war«, spottete er schließlich, ließ dem Bruder jedoch die nötige Zeit, um wieder zu Atem zu kommen. Dabei ging sein Blick wehmütig hinüber zum *Giardino.*

Er wünschte, er wäre Movetti nie begegnet, Florenz läge in herbstlich wohligen Sonnenschein getaucht – wie es zu dieser Jahreszeit eigentlich der Fall hätte sein müssen – und nicht unter einem grau-tristen, regendräuenden Himmel, und er könnte jetzt dort drüben sorgenfrei bei Botticello im Garten sitzen, vor sich einen Teller mit Isabettas köstlichen Kringeln und einen Krug kühlen Weißweins, vorzugsweise Vernaccia.

»Es geht schon wieder, Meister«, riss Bruder Bartolo ihn aus seinen trübseligen Gedanken. »Aber vielleicht könnt Ihr Euch in Eurem Tempo, das ich nicht gewohnt bin, ein wenig mäßigen, zumindest auf längeren Strecken.«

»Solange ich bei dir nur Rücksicht auf körperliche und nicht auf geistige Kurzatmigkeit legen muss, soll das kein nennenswertes Problem sein«, erwiderte Pater Angelico.

Sie setzten ihren Weg fort und gelangten an das Südufer des Arno. Offiziell nannte sich dieser Bezirk Santo Spirito, nach dem gleichnamigen Augustinerkloster, aber die meisten Einheimischen sprachen von *Oltrarno,* jenseits des Arno. Vor allem taten das jene, die auf dem Nordufer lebten, und aus deren Mund hatte ›Oltrarno‹ oft einen mitleidigen, herabsetzenden Beiklang, als läge dieses Viertel gar nicht mehr innerhalb der Stadtmauern, sondern irgendwo draußen im *contado,* in der rückständigen Provinz. Dabei wurde auch hier in Werkstätten und Läden reger Handel getrieben, Wolle verarbeitet, Stoff gefärbt und anderes mehr hergestellt und vertrieben. Auch hatten viele Flussschiffer hier ihre Anlegestellen und Lagerschuppen, und seit Generationen war das linksseitige Ufer des Arno die Heimat der meisten Fischer und ihrer Familien.

All diese Geschäftigkeit vermochte allerdings nicht über den Makel hinwegzutäuschen, dass Oltrarno als das bedeutend ärmere und nicht halb so ansehnliche Stiefkind der strahlenden Schönheit Florenz galt, die auf der mehr als doppelt so großen Nordseite des Flusses mit ihren unzähligen Prachtbauten allen Ruhm und alle Bewunderung auf sich zog. Denn abgesehen von den großartigen Klosteranlagen von Santo Spirito und Santa Maria del Carmine stieß man auf dieser Seite des Flusses kaum auf imposante öffentliche Bauwerke, und prunkvolle neue Palazzi, wie sie auf der Nordseite wie Pilze aus dem Boden schossen, waren in Santo Spirito eine Seltenheit. Hier bestimmten graue und schmutzig braune Häuserzeilen das Bild, jahrhundertealtes Gemäuer, krumme Gassen mit schlechtem Pflasterbelag und hier und da hässliche Stümpfe einstiger adliger Wohntürme. Und hinter den ersten Reihen der flussnahen Straßenzüge, wo sich die unverputzten, schmalbrüstigen Mietshäuser der einfachen Wollkämmer, Handwerker und Tagelöhner im Borgo[2] San Frediano, San Jacopo und an der Via Bardi in erdrückender Vielzahl mit ihren dunklen, feuchten Wohnhöhlen wie steinerne Waben mehrere Stockwerke hoch aneinanderdrängten, wurde das Gelände hügelig und stieg rasch zur hochgelegenen Stadtmauer hin an. Ein alter Steinbruch sowie zahlreiche Gärten, Obsthaine und verwilderte Flecken unbebauten Geländes durchzogen wie klaffende Wunden die Aus-

---

2 Viertel, Bezirk; einst hatte es die Bedeutung von Dorf, als diese Bereiche noch außerhalb der alten Ringmauer lagen, die nur das Zentrum umschloss.

läufer der Straßenzüge, die hinauf zur Stadtmauer führten. Das fiel besonders zwischen der flussnahen Porta San Minato im Südosten und der Porta Romana im Südwesten auf, wo die mit Zinnen und Türmen bewehrte Wallanlage einen scharfen Knick nach Norden machte.

Über die breite Via Maggio, die sich in gerader Verlängerung der Brücke vor ihnen hügelan zog, und eine Querstraße zu ihrer Linken gelangten sie wenig später in die Via Toscanella. Sie war schmal und wurde zu beiden Seiten von zumeist dreistöckigen Häusern einfacher Bauart gesäumt.

»Nicht gerade eine reiche Gegend«, stellte Bruder Bartolo mit einem leichten Naserümpfen fest.

»Aber auch keine allzu arme«, erwiderte Pater Angelico mit Blick auf die soliden Werkstätten und Läden, an denen sie vorbeikamen und deren Türen geöffnet waren. Ein Barbier rasierte seinen Kunden sogar auf offener Straße. Und weiter oberhalb, wo die Gasse sich scharf nach links krümmte, hatte ein Handwerker seine Werkbank ins Tageslicht geschoben, wohl um an diesem trüben Tag Öl oder Kerzenwachs zu sparen, und bearbeitete ein Stück Holz, das im Schraubstock steckte, mit dem Hobel. Aus der Richtung dieser Werkstatt waren plötzlich laute, erregte Stimmen zu hören. Zwei Männer, die sich stritten.

»Ich meine, nicht gerade reich für einen Mann, der es sich leisten kann, beim teuersten Hutmacher der Stadt zu kaufen, und der mit Movetti ein Geschäft ausgehandelt hat, das ihm doch angeblich siebzehnhundert Goldstücke einbringen sollte«, präzisierte Bruder Bartolo seine Feststellung. »Sollte man nicht annehmen, dass ein Mann, den jemand wie der Speziale um diese exorbitante Summe prellen kann, in einer etwas besseren Gegend wohnt?«

Pater Angelico nickte. »Das sollte man wohl. Andererseits ist es, wie du dich vielleicht erinnerst, in Florenz nichts Ungewöhnliches, dass ein reicher Edelmann oder Kaufmann seinen Palazzo in einer gewöhnlichen Arbeiter- und Handwerkerstraße hat.«

»Richtig. Es dient der Pflege und Stärkung seiner Hausmacht«, sagte der Novize. »Nur sehe ich in dieser Straße weit und breit keinen Palazzo.«

»Warten wir es ab. Wer weiß, was hinter der Krümmung liegt.«

Indessen hatten sie den Handwerker erreicht, der seine Werkbank praktisch mitten auf der Straße stehen hatte. Ein Blick in seine Werkstatt verriet, dass er Fassbinder war. Der bullige und etwas schieläugige Mann bearbeitete gerade eine Fassdaube.

»Der Friede des Herrn sei mit Euch, guter Mann«, sprach Pater Angelico ihn freundlich an.

»Und mit Euch, Mönch«, grüßte der Fassbinder formelhaft, aber nicht unfreundlich zurück.

»Verzeiht, dass wir Euch bei der Arbeit stören, aber wir sind fremd in Eurem Borgo und hoffen, dass Ihr uns mit einer Auskunft weiterhelfen könnt.«

»Das will ich gern tun. Es kommt ganz darauf an, was Ihr wissen wollt, Dominikaner«, erklärte der Schieläugige vorsichtig. Schließlich waren die beiden Klosterbrüder ihm völlig fremd.

»Wir wollen in einer betrüblichen Angelegenheit, die einen jüngst Verstorbenen betrifft, zu einem gewissen Rufino di Francesco de' Valori«, sagte Pater Angelico. »Der Mann soll hier in der Straße wohnen.«

Der Fassbinder verzog das Gesicht. »Ihr sucht Rufino? Ja, dieser hochwohlgeborene Herr aus dem alten Adelsgeschlecht der Valori wohnt hier, dem Herrn sei's geklagt!«

Pater Angelico horchte auf. »Und wo finden wir sein Haus?«

»Da braucht Ihr nur dem Geschrei zu folgen, das Ihr hört! Das ist nämlich niemand anders als der feine Rufino de' Valori, der Herr von Stand, der da gleich nebenan zetert wie ein affektiertes, überspanntes Weib«, sagte der Fassbinder verächtlich und nickte in Richtung der Gassenkrümmung. »Plustert sich auf wie ein Pfau und spielt den Empörten! Hört Ihr das? Ha, was für eine Farce! Als wäre er nicht der säumige Schuldner, sondern der Gläubiger! Der arme Wamsmacher! Aber das ist Rufinos Masche, er dreht den Spieß einfach dreist um! Hat er gestern mit dem Weinhändler Lombardi genauso gemacht.«

Pater Angelico tauschte einen vielsagenden Blick mit seinem jungen Mitbruder und fuhr aufgekratzt und mit fragendem Unterton fort: »Oh, Ihr scheint nicht allzu viel von Eurem Nachbarn zu halten, wenn ich Euch recht verstanden habe.«

»Das habt Ihr«, versicherte der Handwerker. »Nichts halte ich von diesem lasterhaften Kerl, dessen verkommene Seele dem Teufel schon jetzt gewiss ist!« Demonstrativ spuckte er auf das Gassenpflaster. »Bei meiner Seele und allen himmlischen Engelscharen, dieser schamlose Lüstling ist als Nachbar eine elende Plage und zum Herrn schreiende Schande, so wahr ich Alberto Poltrone heiße!«

»Lüstling?«, entfuhr es Bruder Bartolo, und eine leichte Röte stieg ihm ins Gesicht. Mit hochgezogenen Brauen blickte er seinen Novizenmeister an.

Merkwürdigerweise griff dieser das Stichwort nicht auf, sondern bedeutete ihm mit einem knappen Kopfschütteln, es dabei zu belassen. Und an den Fassbinder gewandt sagte er: »Seid erst einmal bedankt! Möge der Allmächtige es Euch vergelten, dass Ihr ein offenes Wort nicht scheut, guter Mann.« Er unterstrich seinen Dank mit einem warmen Lächeln. »Vielleicht darf ich Euch gleich noch ein wenig von Eurer kostbaren Zeit stehlen, damit Ihr mir noch mehr über Euren Nachbarn erzählen könnt.«

Alberto Poltrone zuckte mit plötzlich verdrossener Miene die Achseln, wandte sich wieder seiner Werkbank zu, brummte etwas Unverständliches, das ebenso gut Einwilligung wie Ablehnung bedeuten konnte, und setzte den Hobel wieder an.

»Hättet Ihr der Sache mit dem Lüstling, der seine Seele verwirkt haben soll, nicht gleich nachgehen müssen, Meister?«, raunte Bruder Bartolo verwundert, als sie weitergingen.

»Der Fassbinder läuft uns nicht weg«, erwiderte Angelico. »Aber was sich nebenan tut, kann jeden Augenblick vorbei sein, und es könnte sich als nützlich erweisen, von diesem Streit noch möglichst viel mitzubekommen.«

»Ich verstehe.«

Eiligen Schrittes folgten sie der scharfen Krümmung und standen Augenblicke später vor dem Anwesen des Rufino di Francesco de' Valori.

20

Der mehr als hundertfünfzig Jahre alte Palazzo lag nicht direkt an der Straße, sondern etwas zurückgesetzt. Zu der Zeit, als die Nobili, die alteingesessenen Adelsgeschlechter und feudalen Großgrundbesitzer, uneingeschränkte Macht über Florenz und die Toskana gehabt hatten, mochte er mit seinem schulterhoch ummauerten Vorhof als stattliches Stadthaus gegolten haben.

Diese Zeit lag jedoch mehr als ein gutes Jahrhundert zurück. Seitdem regierte das Geld der Großkaufleute und Bankherren in der Republik, und im Vergleich zu dem, was neuerdings unter den Grandi und Magnati als standesgemäßer Palazzo galt – wobei es natürlich die Medici gewesen waren, die mit ihrem luxuriösen, festungsartigen Palast in der Via Larga den neuen Standard gesetzt hatten –, wirkte das Gebäude allein schon von der Größe her, aber auch wegen seines Mangels an architektonischer Raffinesse überaus bescheiden.

Was jedoch den deutlichsten Hinweis darauf gab, dass dem einst vornehmen und vermögenden Geschlecht der de' Valori seit Generationen ein beständiger finanzieller Niedergang zusetzte, das waren die schadhafte Fassade, die von innen mit Brettern zugenagelten Fenster im zweiten Obergeschoss und der gut sieben Schritte lange Teil der sich zum Hof hin neigenden Umfriedung aus altersschwachem Mauerwerk, der allem Anschein nach erst kürzlich den Widerstand gegen die Schwerkraft aufgegeben hatte und mitsamt dem linken Torflügel nach innen eingestürzt war.

Daher hatten Pater Angelico und Bruder Bartolo von der Gasse aus einen ungehinderten Blick auf die beiden Männer, die einander vor dem Hofeingang des alten, düsteren Gebäudes heftig in die Haare geraten waren.

»Dreht mir nicht das Wort im Mund herum, mein Herr! Ich will nichts weiter als das, was recht und billig ist und was mir zusteht! Also zahlt mir endlich, was Ihr mir schuldet!«, rief der Mann, der ihnen den Rücken zukehrte und bei dem es sich zweifellos um den Wamsmacher handelte.

Der Schneider war von sehnig schlanker Gestalt, aber augenscheinlich schon jenseits der besten Lebensjahre, wie seine hängenden Schultern, der krumme Rücken und das viele Grau in seinem schütteren Haar verrieten. Er trug Kleidung von zwar guter Qualität, wie man es von einem Mann seines Gewerbes erwarten konnte, aber ohne jegliche Auffälligkeit, was die Farben oder den Schnitt betraf.

»Haltet Eure freche Zunge im Zaum, Santino! Was wagt Ihr, hier vor meinem Palazzo wie ein betrunkener Gassenrüpel Krach zu schlagen? Von wegen recht und billig, Kerl!«, blaffte Rufino de' Valori den Wamsmacher voller selbstgerechter Entrüstung an und stemmte die Fäuste in die kräftigen Hüften. »Haltet Ihr erst einmal Eure Zusagen ein und liefert mir wie verabredet das andere Wams, bevor Ihr Euch aufbläht wie ein tumber Ochsenfrosch!«

Die beiden Männer hätten in ihrer äußeren Erscheinung kaum unterschiedlicher sein können. Rufino di Francesco de' Valori war von kräftiger, fülliger Statur und mochte Anfang dreißig sein, also vermutlich gute zwei Jahrzehnte jünger als sein Kontrahent, den er um fast einen Kopf überragte. Nussbraune Haare fielen ihm in einer Lockenflut, der ohne Zweifel mit der Brennschere nachgeholfen worden war, bis auf die Schultern. Die gekringelte Haarpracht umrahmte ein ovales, rosiges Gesicht mit weichen Zügen und fleischig vollen Lippen unter einer schmalen, etwas höckerigen Nase.

Er trug ein sichtlich edles, in Rauten abgestepptes Wams aus leuchtend smaragdgrüner Seide und dazu hautenge Beinkleider, in die feine Längsstreifen in zartem Gelbgrün eingewirkt waren, sowie eine deutlich vorspringende Schamkapsel, die mit schwarzgoldenem Brokat überzogen war. An einem auffälligen Gehänge um seine fülligen Hüften trug er ein kurzes Schmuckschwert.

»Wovon redet Ihr?«, rief der Wamsmacher Santino erregt. »Ich habe Euch das teure Brokatwams vor mehr als einem halben Jahr geliefert, und Ihr schuldet mir den Lohn für meine Arbeit bis heute! Das andere Wams gibt es erst, wenn Ihr Eure Schulden beglichen habt! Andernfalls sehe ich mich gezwungen …«

»Redet nicht so einfältig daher«, fuhr Rufino de' Valori ihm über den Mund. »Ich kann Euch ja wohl schlecht bezahlen, wenn ich auf Reisen bin!«

»Aber jetzt seid Ihr schon über eine Woche von Eurer Reise zurück! Jetzt will ich endlich mein Geld für das teure Brokatwams sehen«, beharrte der Schneider.

»Ihr werdet Euer Geld schon bekommen, aber ich lasse mich nicht von Euch auf offener Straße unflätig beschimpfen«, erwiderte Rufino de' Valori hochnäsig.

»Ich habe genug von Euren leeren Versprechungen, Rufino!

Ich gebe Euch noch bis heute Abend. Habt Ihr dann Eure Rechnung noch immer nicht beglichen, werde ich andere Schritte unternehmen«, drohte der Wamsmacher. »Und seid gewiss, dass Ihr dann auch bei keinem anderen in der Stadt mehr auch nur noch einen Faden Garn auf Kredit erhalten werdet!«

Rufino de' Valoris Gesicht überzog sich mit flammender Zornesröte. »Ihr, ein mieser kleiner Wamsmacher, wagt es, mir, einem Valori, zu drohen?«, brüllte er, und seine Augen blitzten in wilder Empörung. »Noch ein Wort, und ich gebe Euch die einzig passende Antwort, Kerl! Und zwar mit blanker Klinge!« Seine Hand fuhr zum Griff seines Schwertes und riss es aus der Scheide. »Verschwindet! Macht, dass Ihr wegkommt! Auf der Stelle! Oder ich schneide Euch die Ohren ab und stopfe Euch damit das freche Maul!« Dabei fuchtelte er unbeherrscht mit der kurzen Klinge vor Santinos Gesicht herum.

Zu Tode erschrocken wich der Wamsmacher zurück. Mochte es sich auch nur um ein Schmuckschwert handeln, mit dem Rufino ihn bedrohte, so war die Klinge doch sichtlich scharf und das Blatt stark genug, um böse Wunden zu schlagen. »Ihr müsst den Verstand verloren haben«, stieß er verstört hervor, fasste sich nach zwei schnellen Schritten rückwärts jedoch wieder und drohte mit der erhobenen Faust, während er sich vom Hof machte und Rufino über die Schulter zurief: »Wartet nur, bis die Büttel kommen und Euch in den Schuldturm werfen!«

»Ich denke, jetzt sind wir an der Reihe«, raunte Pater Angelico seinem Novizen zu, als der Wamsmacher, den Kopf gesenkt, mit grimmiger Miene über die Überreste des Mauerwerks hinwegstieg und an ihnen vorbeirannte, ohne sie wirklich wahrzunehmen. »Die Gelegenheit scheint günstig.«

Bruder Bartolo schluckte und leckte sich nervös über die Lippen. »Lasst uns den Mann lieber zu einer anderen Stunde befragen, Meister! Ich wüsste nicht, wieso es günstig sein sollte, einen

Mann anzusprechen und mit unangenehmen Fragen zu bedrängen, der blankgezogen hat und ohnehin vor Wut kocht.«

»Weil Wut den kühlen Verstand außer Gefecht setzt und einen unbeherrschten Mann wie diesen Rufino verwundbar macht«, erwiderte Pater Angelico. »Und jetzt komm!« Er warf dem Jungen einen spöttischen Seitenblick zu. »Wo bleibt dein Gottvertrauen, Bruder Bartolo? Im schlimmsten Fall gelangst du schon als junger Mann ins Paradies!«

Der schwarze Humor seines Meisters fiel bei Bruder Bartolo nicht auf fruchtbaren Boden. Er schüttelte den Kopf, hielt aber den Mund und folgte Pater Angelico mit besorgter Miene durch die Mauerlücke in den Hof.

»Verzeiht, aber es scheint, als hättet Ihr in letzter Zeit eine Menge Ärger mit dieser blutsaugenden Landplage von Händlern und Lieferanten, werter Rufino de' Valori«, sprach Pater Angelico den geckenhaft gekleideten Edelmann an, scheinbar mitfühlend und vertraulich, als sei er ein alter Bekannter. »Hauen einen mit unverschämten Preisen schamlos übers Ohr und können sich mit der Bezahlung nicht das kleinste bisschen gedulden.«

»Teufel eins, da sagt Ihr was«, gab Rufino de' Valori zurück und stieß mit wütender Miene das Schwert in die Scheide zurück. »Pöbelhafte Blutsauger! *Bastagi,* niedere Diener! Allesamt!«

Pater Angelico nickte. »Und kein Verständnis für einen tapferen Mann, der dem behaglichen heimischen Herd den Rücken kehrt und sich in die Fremde wagt.«

Rufino de' Valori schnaubte zustimmend. »Wenn das nicht so wahr ist wie das Vaterunser! Was weiß dieser Einfaltspinsel von Wamsmacher schon davon, was es heißt, sich auf die lange und gefahrvolle Reise nach England zu begeben und den vielfältigen Beschwernissen und Wagnissen eines solchen Unternehmens ausgesetzt zu sein«, schimpfte er, noch ganz in seiner Wut auf den Wamsmacher gefangen.

»So, Ihr wart in England.«

Rufino de' Valori blickte an ihm vorbei und strich sich mit einer gezierten Handbewegung eine lockige Haarsträhne aus dem Gesicht. »Ja, in wichtigen Geschäften.«

»Gebe Gott, dass Eure Strapazen sich gelohnt haben und Ihr dort gute Geschäfte habt tätigen können, mein Bester«, legte Pater Angelico rasch nach.

Ein bekümmerter Ausdruck trat auf Rufinos Gesicht. »Nun ja, wenn ich ehrlich sein soll ...«, sagte er und stockte. Er sah die beiden Ordensleute verblüfft an, als werde er sich ihrer Gegenwart erst jetzt bewusst, und fragte: »Aber was hat das Euch zu interessieren, Mönch? Kennen wir uns überhaupt?«

Pater Angelico bedachte ihn mit einem Lächeln. »Dass Ihr Euch meiner nicht entsinnt, ist verständlich, war unsere Begegnung doch recht flüchtig«, erklärte er nachsichtig. »Pater Angelico ist mein Name, und das ist unser neuer Novize, Bruder Bartolo.«

Rufino de' Valori nickte knapp, runzelte die Stirn und fragte weiter: »Und woher kennen wir uns, Pater Angelico?«

Dieser winkte ab. »Unsere Begegnung war von sehr flüchtiger Natur und gar keiner Erwähnung wert, Verehrtester«, wich er geschickt aus. »Was uns jedoch eng verbindet, ist die bittere Tatsache, dass wir beide auf Bernardo Movetti hereingefallen sind. Der Speziale hat mich um eine gehörige Anzahl Goldstücke geprellt. Ihr seid also nicht der Einzige, der sich von ihm böse hintergangen weiß, auch wenn Eure siebzehnhundert Florin die Summe, die ich an ihn verloren habe, um ein Mehrfaches übersteigen!«

»Ja, verflucht soll er sein, dieser Hundsfott und ehrlose Geselle Movetti!«, brach es aus Rufino de' Valori hervor, und es folgte eine wütende Tirade. »Verspricht dieser Betrüger mir doch noch kurz vor meiner Abreise hoch und heilig seine Tochter Lucia zur

Frau, damit fortan ein wenig Glanz von meinem Namen auch auf ihn und seine Krämerfamilie fällt, und kaum bin ich aus der Stadt, da verschachert der Dreckskerl sie an diesen *popolano,* diesen simplen Kerl und Niemand von Möbelhändler, Gino Calandro, der sich in sie verguckt und zufälligerweise einen großen Bruder zum Fürsprecher hat, der zu Lorenzos handverlesenen Wahlmännern gehört, den *accoppiatori.* Weiß der Teufel, welche Gefälligkeit der Bruder, er heißt Jacopo, Movetti dafür versprochen hat, dass er mir gegenüber wortbrüchig wird, aber unter einem prestigeträchtigen Posten im Magistrat hat der eitle Mistkerl Movetti es bestimmt nicht getan!«

Bruder Angelico nickte ernst. Nun wusste er, was es mit den siebzehnhundert Florin, um die der verarmte Adelige sich geprellt fühlte, auf sich hatte. »Da hattet Ihr eine beachtliche Mitgift mit Movetti ausgehandelt.«

»Ein Parentado mit einem Valori hat nun mal seinen Preis«, erwiderte Rufino dünkelhaft und reckte das Kinn.

»Um diese stattliche Summe, mit der Ihr ja fest gerechnet habt, geprellt worden zu sein, muss Euch hart angekommen sein«, setzte Pater Angelico nach und ließ seinen Blick kurz, aber vielsagend über das eingestürzte Mauerwerk im Hof und den heruntergekommenen Palazzo gleiten. »Wäre ein hübsch warmer Regen gewesen. Insbesondere, wo Eure Reise nach England nicht den erhofften geschäftlichen Erfolg gebracht hat, nicht wahr? Also ich an Eurer Stelle hätte eine Mordswut auf diesen Movetti gehabt. Ich denke, Euch ist es nicht viel anders ergangen, oder? Und als Ihr ihn vorgestern zur Stunde der Vesper in seinem Haus noch einmal zur Rede gestellt und eine Entschädigung für seinen Wortbruch verlangt habt, da ist wüster Streit ausgebrochen und ganz übel aus dem Ruder gelaufen.«

Rufino de' Valori kniff die Augen zusammen und fixierte ihn misstrauisch. »Pest und Krätze, wovon zum Teufel redet Ihr? Was wollt Ihr überhaupt von mir? Und wie kommt Ihr auf die Idee, ich hätte Movetti vorgestern Abend in seinem Haus aufgesucht und …« Mitten im Satz brach er ab. Endlich dämmerte ihm, worauf die Fragen des Dominikaners hinausliefen und was sie aus ihm herauslocken sollten. Sogleich schoss ihm wieder das Blut in die Wangen. »Ihr verdammten Betbrüder wollt mir was am Zeug flicken? Das ist ja noch dreister als Santinos bodenlose Frechheiten! Aber das macht ihr mit einem de' Valori nicht ungestraft«, schrie er, außer sich vor Wut, und griff zum Schwert.

»Heilige Gottesmutter, nichts wie weg, Meister!«, rief Bruder Bartolo erschrocken und raffte schon Umhang und Kutte, um sein Heil in der Flucht zu suchen.

»Untersteh dich«, zischte Pater Angelico und rührte sich nicht von der Stelle.

Der Novize erblasste, gehorchte jedoch.

Und da hatte Rufino de' Valori auch schon blankgezogen, schwang die Waffe und rief in wildem Zorn: »Ich werde Euch die Backpfeife Eures Lebens verpassen, Pfaffe!« Er holte aus, und so, wie er die Klinge hielt, wollte er ihm den Stahl mit der Breitseite auf die rechte Wange schlagen.

Dazu kam es jedoch nicht. Pater Angelico riss den linken Arm hoch, blockte den Schlag schon im Ansatz ab und drückte die Klinge nach unten, bevor Rufino wusste, wie ihm geschah. Im nächsten Moment schoss auch schon seine rechte Hand vor, legte sich in der Höhe des Handgelenks um Rufinos Waffenarm und schloss sich um das schlaffe Fleisch wie eine eiserne Schraubklammer.

Rufino de' Valori riss die Augen auf und schrie vor Schmerz auf. Ohne dass er etwas dagegen tun konnte, öffnete seine Hand sich unter dem eisernen Griff des Mönchs und gab den Schwertgriff frei.

Bevor sie in den Dreck des Hofes fallen konnte, bekam Pater

Angelico die Waffe noch mit der freien Hand zu fassen. Er stieß den perplexen Edelmann von sich. Und bevor Rufino de’ Valori richtig begriff, dass ein Ordensmann ihn blitzschnell entwaffnet und damit den Spieß umgedreht hatte, rammte der Dominikaner die Klinge schräg in den Boden, trat mit dem linken Sandalenfuß kraftvoll zu und brach das Blatt in zwei Stücke.

Bruder Bartolo klappte der Unterkiefer herunter. Er glaubte seinen Augen nicht zu trauen. Fassungslos starrte er seinen Meister an.

»Wagt es nicht noch einmal, einen Diener Gottes mit der Klinge zu bedrohen«, sagte Pater Angelico indessen in eisigem Ton und warf dem sprachlosen Rufino de’ Valori das Griffstück mit dem Klingenstumpf vor die Füße. »Wer zum Schwert greift, kommt durch das Schwert um! Lasst Euch das eine Lehre sein!« Dann wandte er sich an Bruder Bartolo und sagte völlig ruhig, so als sei nichts Außergewöhnliches geschehen: »Gehen wir, Bruder Bartolo. Jede weitere Unterhaltung mit ihm dürfte fruchtlos verlaufen, dafür ist mir die Zeit zu schade.«

Bruder Bartolo nickte wortlos, zu mehr war er nach dem Unglaublichen, das sich soeben vor seinen Augen abgespielt hatte, nicht fähig.

»Das werdet Ihr mir büßen!«, rief Rufino dc’ Valori ihnen mit krächzender, zittriger Stimme nach, als sie die Gasse erreicht hatten und er sich in Sicherheit wusste.

Pater Angelico strafte ihn und seine Drohung mit Nichtbeachtung und verschwand mit seinem Novizen in der Biegung der Gasse.

Allmählich fand Bruder Bartolo die Sprache wieder. »Tod und Teufel! Hätte mir einer das, was ich gerade mit meinen eigenen Augen gesehen habe, erzählt, ich hätte ihm nicht geglaubt! Dann stimmt es also tatsächlich, was man sich über Euch erzählt«, murmelte er mit einer Mischung aus Staunen und Bestürzung.

»Und was erzählt man sich?« Ein spöttisches Lächeln zuckte um Pater Angelicos Mund.

»Dass Ihr vor Eurem Klostereintritt ein recht abenteuerliches und sündiges Leben …« Er brach ab und druckste kurz herum, um schließlich einen neuen Anlauf zu nehmen. »Nun ja, es heißt, dass Ihr … also, dass Ihr ein wilder Bursche und Landsknecht wart, bei einem gefürchteten Condottiere, und dass Ihr so manch blutiges Gefecht mitgemacht habt.«

»So? Nun, dann erzählt man sich ausnahmsweise mal die Wahrheit«, sagte Pater Angelico, lieferte jedoch keine weitere Erklärung und ging geradewegs auf die Werkstatt des Fassbinders zu.

Der schieläugige Alberto Poltrone aber zeigte sich nun bedeutend weniger gesprächig als noch wenige Minuten zuvor. »Soll die Kleine Ihrem Vater und dem Allmächtigen auf Knien danken, dass sie nicht in Rufinos Lotterbett gelandet ist! Wer wie er wohl nur die flinke Zunge und den strammen Hintern besonders ausgewählter junger Hausgäste liebt, weiß mit einer Ehefrau wohl wenig anzufangen«, knurrte er voller Abscheu, als Pater Angelico ihn fragte, was er über das geplatzte Eheabkommen zwischen Rufino de' Valori dem Speziale Bernardo Movetti wisse. Und mehr wollte er zu Rufino de' Valori auch nicht sagen, wie er sie sogleich wissen ließ. »So, und nun reimt Euch den Rest selbst zusammen und stört mich nicht weiter bei der Arbeit! Es reicht, dass ich den Kerl zum Nachbarn habe und sein lasterhaftes Treiben mit ansehen muss! Einen guten Tag!«

Eine ganze Weile gingen die beiden Dominikaner stumm durch die Gassen von Santo Spirito zurück in Richtung Fluss. Erst als sie sich der Auffahrt zur Ponte Santa Trinità näherten, brach Pater Angelico das gedankenschwere Schweigen.

»Ein verarmter Adliger, der weit über seine Verhältnisse lebt, der offenbar gar nicht so heimlich dem Laster der Sodomie frönt und durch eine einträgliche Eheschließung wohl nicht nur seine finanzielle Notlage zu lindern gedachte, sondern sich auch vor möglichen Nachstellungen durch unsere Florentiner Sittenwächter schützen wollte«, zählte er mit gefurchter Stirn auf, »das alles könnte in Verbindung mit einem überspannten, hitzigen Temperament und einer gewalttätigen Ader eine geradezu tödliche Mischung ergeben.«

»Ihr glaubt also, er hat den Speziale auf dem Gewissen?«

»Glauben ist unvollkommene Erkenntnis«, erwiderte Pater Angelico. »In Bezug auf Gott ist uns nicht mehr als dieses unvollkommene Wissen möglich, mit dieser schmerzlichen Beschränkung, die erst der Tod auflöst, müssen wir uns demütig begnügen. Aber wenn es um Mord geht, reicht das nicht. Da braucht man handfeste Beweise, wenn der Gerechtigkeit Genüge getan werden soll.«

»Zu den drei Kerlen, die il Moro zur Zeit der Vesper vor Movettis Torweg gesehen hat, hat er aber bestimmt nicht gehört. So ein aufgeputzter Geck wäre ihm nicht mal bei tiefster Nacht entgangen«, sinnierte Bruder Bartolo. »Aber er könnte natürlich der Hintermann sein, der den Mord in Auftrag gegeben hat.«

Pater Angelico nickte. »Möglich wäre es, aber das hätte ihn einiges gekostet. Und das passt irgendwie nicht, wo er doch offenkundig finanziell in einer bösen Klemme steckt. Andererseits hat er Movetti bittere Vergeltung geschworen, und Hass und Rachsucht sind starke Antriebe, gegen die die Vernunft so manches Mal auf verlorenem Posten steht.« Er seufzte. »Nun, die Dinge stellen sich nur zu häufig nicht als das heraus, was sie zu sein scheinen. Hüten wir uns also vor einem vorschnellen Urteil. Die Wahrheit wird schon ans Licht kommen.«

»Heißt das, Ihr wollt es dabei belassen und keine weiteren Nachforschungen anstellen?«, fragte Bruder Bartolo und klang regelrecht enttäuscht. Offenbar hatte er Geschmack daran gefunden, das Rätsel um Movettis Tod zu lösen.

»Ganz und gar nicht. Aber ein kluger Fischer fischt nicht mit einem kleinen Köcher im Trüben, sondern wirft ein möglichst großes Netz aus«, erwiderte Pater Angelico. »Ich gedenke dasselbe zu tun.«

»Und was werdet Ihr als Nächstes unternehmen?«

»Movettis Tochter Lucia und ihrem Mann einen Besuch abstatten«, erklärte Pater Angelico. »Es dürfte ganz aufschlussreich sein zu hören, was Lucia zum Tod ihres Vaters und ihrer Verheiratung zu sagen hat. Das Geschäft und Wohnhaus ihres Ehemannes Gino Calandro soll ja drüben an der Piazza di Santa Maria Novella liegen, und wenn das Viertel auch nicht direkt auf dem Weg nach San Marco liegt, so ist der Umweg doch klein. Diesen Besuch übernehme ich aber wohl besser allein. Du kannst dich indessen anderweitig nützlich machen.«

»Sagt nur, was ich tun soll, Meister! Bestimmt wollt Ihr heute noch in den Palazzo Petrucci, da kann ich doch schon mal aus der Werkstatt die …«

»Nein, das will und das werde ich nicht«, fiel Pater Angelico ihm ins Wort. »Auf gar keinen Fall!«

Bruder Bartolo zog die Brauen hoch. »Ihr meint, der Sturm im Hause Petrucci hat sich noch nicht gelegt?«

»Ich weiß es nicht, aber wer Stroh in ein loderndes Feuer wirft, kann sich dabei leicht die Hand verbrennen. Es ist daher ratsamer, den Tag noch verstreichen zu lassen, ohne den Fuß in das Haus der Petrucci zu setzen. Ein überhitztes Gemüt braucht Zeit, um sich abzukühlen, insbesondere das einer verzogenen jungen Frau.« Pater Angelico unterdrückte einen schweren Seufzer. Dann erteilte er dem Novizen eine Aufgabe, die den jungen Mann für einige Zeit in Anspruch nehmen würde, und als sie auf der anderen Seite der Brücke angelangt waren, trennte er sich von ihm.

21

Natürlich ist es ärgerlich und ein Makel, den Schwiegervater ohne Totenmesse und priesterlichen Segen draußen vor der Stadt in ungeweihter Erde begraben zu müssen, Padre. Wer wüsste das besser als Ihr, ein Diener Gottes«, räumte Gino Calandro ein, der sich eher ergrimmt als betrübt anhörte. »Aber so bitter es auch ist, wir werden darüber hinwegkommen, und auch die Leute werden sich bald über etwas anderes das Maul zerreißen.«

»Ihr nennt das ärgerlich und einen Makel, mein Herr?«, begehrte Lucia unter Schluchzen auf und sah ihren Ehemann aus verquollenen, rotgeweinten Augen entrüstet an. Aber diese zeitweiligen Verunstaltungen und die Blässe vermochten den besonderen Liebreiz, der ihrem schmalen, zarten Gesicht zu eigen war, nicht zu zerstören. Sie hatte ebenmäßige Züge, in die ein Mann sich leicht vergucken konnte – zumal ihre berückenden äußerlichen Reize nicht nur in ihrem Gesicht zur Geltung kamen, sondern an ihrer ganzen jungen, zierlichen Gestalt. »Ich nenne das eine himmelschreiende Ungerechtigkeit! Ihr könnt sagen, was Ihr wollt, aber beim Tod meines seligen Vaters ist es nicht mit rechten Dingen zugegangen!«

Ein ungehaltener Ausdruck trat auf das kantige, grob geschnittene Gesicht des Möbelhändlers, der von muskulöser, stämmiger Statur und mit seinen zweiunddreißig Jahren doppelt so alt war wie seine Frau. »Was soll das, Lucia? Darüber haben wir doch schon zur Genüge gesprochen, das müssen wir nun wahrlich nicht vor dem Pater noch einmal durchkauen!«, wies er sie zurecht. »Er ist hier, um uns sein Beileid auszusprechen, und nicht, um sich von dir wilde Hirngespinste anzuhören!«

Pater Angelico lächelte begütigend. »Kummer muss durchlitten werden, werter Gino Calandro, und das geschieht am besten, wenn man mit anderen spricht und vor allem über den Verstorbenen redet. Mit der lebendigen Erinnerung ehrt man die Toten«, sagte er und hoffte im Stillen, dass er noch Gelegenheit bekam, Lucia zu besagten Ungereimtheiten eingehender zu befragen. Nur schien ihr Mann, der aus einem etwas groben Holz geschnitzt zu sein schien, dies vereiteln zu wollen.

Andererseits musste er ihm zugutehalten, dass er ihm ohne einen Anflug von Unfreundlichkeit oder gar Geringschätzung begegnet war und nicht versucht hatte, ihn gleich unten an der Ladentür abzuwimmeln. Auch hatte er nicht lange danach gefragt, wie gut er denn Bernardo Movetti gekannt und was ihn mit dem Speziale verbunden habe. In manchen Häusern Italiens wurde dem Habit der Ordensleute eben doch noch gebührender Respekt gezollt. Dieses Verhalten war dem Möbelhändler hoch anzurechnen. Jedenfalls hatte er den Pater umgehend nach oben in den *salotto* gebeten, den Salon, der neben den anderen Privatgemächern über dem Möbelladen lag. Mit seiner soliden, wenn auch recht sparsamen Einrichtung kündete der Raum davon, dass Gino Calandro zwar einen ansehnlichen Lebensunterhalt verdiente, mit seinem Möbelladen an der Ecke der Via dei Banchi und der Piazza di Santa Maria Novella aber alles andere als ein Vermögen scheffelte.

Ein kurzer Rundblick durch den Laden hatte ergeben, dass ein Großteil seines Angebots aus *cassa panche,* gefälligen Sitztruhen in den unterschiedlichsten Ausführungen und Hölzern, sowie *cassone* in mittlerer Preislage bestand, den mit romantischen oder religiösen Motiven üppig bemalten Hochzeitstruhen, die sich in allen Kreisen so großer Beliebtheit erfreuten. Eine solche Truhe war der Stolz eines jeden Mädchens, das einem Mann versprochen war, in ihr wurden die *donora,* die Hochzeitsgeschenke, und die Aussteuer aufbewahrt.

»Aber Ihr werdet mir doch gewiss zustimmen, Pater Angelico,

dass man in einer solchen Situation besser schweigt. Schließlich soll man über einen Toten nichts Schlechtes sagen«, erwiderte Gino Calandro mit einem bissigen Unterton, der offenkundig nicht dem Mönch, sondern seiner jungen Frau galt.

Pater Angelico kam erst gar nicht in die Verlegenheit, darauf eine halbwegs unverbindliche Antwort finden zu müssen, denn Lucia, von der Bemerkung sichtlich verletzt, kam ihm zuvor.

»Wie könnt Ihr nur so hässlich und dazu noch unwahr über meinen Vater daherreden, Gino!«, stieß sie unter Tränen hervor. »Ihr sprecht von meinem Fleisch und Blut! Nie und nimmer werde ich glauben, dass er sich selbst das Leben genommen hat! Mein Vater war ein frommer Mann, der …«

»… offenbar weit über seine Verhältnisse gelebt und in seiner Verzweiflung keinen anderen Ausweg gesehen hat!«, fiel ihr Mann ihr entschieden und warnend zugleich ins Wort, um jedoch im nächsten Moment um einiges freundlicher fortzufahren: »Und jetzt wirst du bitte die Güte haben, für unseren Gast ein Glas Wein und eine Schale mit Süßem zu holen, meine Liebe!«

Lucia presste die fein geschwungenen Lippen zusammen und verließ mit gekränkter Miene den Raum.

Pater Angelico sah dem zierlichen und doch mit überaus anmutigen Rundungen gesegneten Mädchen nach und hatte Mühe, sein Mitgefühl zu verbergen. Sie war noch so jung und hatte doch schon seit einigen Monaten die Pflichten einer Ehefrau zu erfüllen! Er hoffte für sie, dass Gino Calandro ihr wenigstens im Ehebett ein verständiger und geduldiger Mann war, auf dass ihr die lustvollen Seiten ihres Ehestandes erschlossen wurden. Allerdings hätte er darauf keinen halben *grosso,* keinen Silbertaler, zu wetten gewagt.

»Ihr müsst meiner Frau das einfältige Gerede nachsehen, Padre«, sagte Gino Calandro, als Lucia außer Hörweite war. »Sie ist noch jung und wenig erfahren, und der plötzliche Tod ihres Vaters mit all den unangenehmen Begleitumständen hat sie sehr mitgenommen.«

Pater Angelico nickte bedächtig. »Seid unbesorgt, da gibt es nichts, was ich Eurer Frau nachsehen müsste. Vielleicht ist unsere Sitte, so junge und unreife Mädchen quasi über Nacht zu Ehefrauen zu machen, nicht gut durchdacht und vielmehr eine Unsitte.«

Gino Calandro lachte kehlig. »Oh, sie ist schon gut durchdacht, Padre! Was reif ist und auch für andere zur Verlockung wird, muss rasch und frisch gepflückt werden. Und junger Wein hat eine Menge Vorzüge, nicht nur weil er spritziger ist und köstlich mundet!« Er lächelte anzüglich. »Zudem lässt sich nur der junge Baum in die Richtung biegen, in die er zu wachsen hat. Lucia wird sich schnell in ihre Rolle als Ehefrau und Mutter einfinden. Sie hat beste Anlagen, das habe ich gleich gewusst, als sie mir in der Kirche aufgefallen ist. Und ich wusste gleich, dass ich sie wollte und keine andere.«

Nur zu gern hätte Angelico ihm das selbstgefällige Lächeln mit ein paar belehrenden Worten aus dem Gesicht getrieben, etwa mit dem Hinweis, dass dieses junge, unbedarfte Mädchen aller Wahrscheinlichkeit nach nur die erste seiner drei Frauen sein würde, weil die Sterblichkeit junger Frauen im Kindbett fast so groß war wie die der Neugeborenen. Im Laufe des Lebens mit drei Frauen verheiratet zu sein, war deshalb eher die Regel als die Ausnahme. Aber er war nicht gekommen, um sich mit diesem Mann anzulegen, sondern weil er Licht in das Dunkel um Movettis Tod bringen wollte.

»Das kann Euch keiner verdenken, und Ihr scheint nicht nur zu wissen, was Ihr wollt, sondern auch, wie man es bekommt«, schmeichelte er Calandro und lenkte ihr Gespräch geschickt in die Bahn, in der es möglichst weiterlaufen sollte. »Aber dass Ihr Movetti überreden konntet, das Wort zu brechen, das er Rufino de' Valori gegeben hatte, kam doch überraschend – wie auch die Heirat ungewöhnlich rasch über die Bühne gegangen ist, wenn Ihr mir diese persönliche Bemerkung erlaubt.«

Der Möbelhändler grinste breit. »Ja, es ist uns ganz prächtig gelungen, diesen weibischen Edelmann und geckenhaften Taugenichts auszustechen und bis auf die Knochen zu blamieren!«

»Uns?« Pater Angelico zog verwundert die Brauen hoch.

»Nun, ich habe in der Sache viel meinem älteren Bruder Jacopo zu verdanken. Seine Stimme besitzt in dieser Stadt erhebliches Gewicht. Jacopo hat die beiden Ziegeleien und den Steinbruch unseres Vaters geerbt, und wie Ihr vielleicht wisst, hat Seine Magnifizenz Lorenzo ihn letztes Jahr in den erlesenen Kreis der Accoppiatori berufen«, erklärte Gino Calandro bereitwillig, ganz der leutselige, zum Prahlen aufgelegte Geschäftsmann, der seine Kundschaft mit einem Schwall von wohlgesetzten Reden für sich und seine Waren einzunehmen weiß. »Zudem ist mein Bruder seit einigen Jahren mit Cosanza, Movettis jüngerer Schwester, verheiratet. Die beiden haben sich gut verstanden, Bernardo und mein Bruder. Jacopo hat sich wirklich als Freund und Schwager bei Movetti für mich ins Zeug gelegt. Und zu meinem Glück sind da noch ein paar andere, für mich günstige Umstände zusammengekommen.«

Pater Angelico schenkte ihm einen interessierten, fragenden Blick und hoffte, dass sein Gegenüber sich tatsächlich als der große Schwätzer und Prahlhans erwies, den er in ihm vermutete.

Und Gino Calandro enttäuschte ihn nicht. »Nun, unter anderem schlug für mich zu Buche, dass Movetti wohl damals schon in großen finanziellen Schwierigkeiten steckte, wie Jacopo mir anvertraut hat. Genaueres weiß ich nicht, aber das ist auch nicht nötig. Sicher ist, dass nicht nur das Landgut, das er sich letztes Frühjahr zugelegt hat, sondern auch die aufwendigen Umbauarbeiten, die er hat vornehmen lassen, ihn eine hübsche Stange

Geld gekostet haben. So viel kann sein Laden gar nicht abgeworfen haben, so teuer, wie er sich zudem noch gekleidet hat. Davon verstehe ich was, das könnt Ihr mir glauben!«

»Der Speziale hat sich vor der Stadt ein Landgut zugelegt?« Davon hörte Pater Angelico zum ersten Mal. Es überraschte ihn, wenn es ihn auch nicht gerade ermutigte.

»Ja, *Bellariva* heißt das Anwesen, es liegt auf halbem Weg nach Fiesole an einem kleinen Wasserlauf. Er wollte wohl ganz oben mitspielen, in der Liga der reichen Großkaufleute und Patrizier, die sich doch alle mit so einem Landgut schmücken und dort die heißen Sommermonate verbringen«, sagte Gino Calandro abfällig. »Ich glaube, nach dem Kauf der Immobilie hätte er die siebzehnhundert Goldstücke, die Rufino de' Valori als Mitgift für Lucia ausgehandelt hatte, gar nicht mehr aufbringen können. Es heißt ja, dass er nicht mal genug hatte, um Armando Garzini auszuzahlen.«

»Armando Garzini?« Pater Angelico runzelte die Stirn und tat so, als versuche er sich an den Mann zu erinnern. »Ist das nicht der …«

»Der Gutsverwalter, der da draußen die Umbauten besorgt und überwacht hat. Die beiden sollen sich heftig in die Haare geraten sein. Dass ich mich mit einer kleinen Mitgift von fünfhundert Florin begnügt habe, kam ihm da natürlich sehr entgegen.«

»Und Euch hat es nichts ausgemacht, dass die Mitgift so gering war«, stellte Pater Angelico mit fragendem Unterton fest.

Gino Calandro lachte unbekümmert. »Nicht das Geringste. Ich wollte Lucia, und das war nun mal der Preis, den ich zu zahlen hatte, um sie zu bekommen.«

»Das ehrt Euch«, sagte Pater Angelico und meinte genau das. Dass ein Parentado aus Liebe eingegangen wurde, besaß in den gutsituierten bürgerlichen Kreisen ausgesprochenen Seltenheitswert. Gewöhnlich ging es vorrangig darum, durch eine möglichst profitable Heirat seinen *stato,* seine wirtschaftliche und gesellschaftliche Reputation, zu stärken, sich mit einer Familie zu verbandeln, deren Name und Verbindungen dem eigenen Ansehen und Fortkommen förderlich waren.

In Begleitung einer Bediensteten, die ein Tablett mit zwei gefüllten Weinpokalen und einer Schale mit Gebäck trug, kehrte Lucia zu ihnen zurück. Offenbar hatte sie die letzten Sätze ihres Mannes gehört. Jedenfalls war der gekränkte Ausdruck aus ihrem Gesicht verschwunden, vielmehr lächelte sie zaghaft.

Augenblicke später, gerade als Pater Angelico einen der Weinpokale aus den Händen des Möbelhändlers entgegennahm, erschien ein halbwüchsiger Junge im Durchgang zur Galerie. Es war der *fattorino* des Hausherrn, dem der Mönch schon unten im Laden begegnet war.

»Entschuldigt, aber soeben ist der Fuhrmann Francetto aus dem Mugello eingetroffen, Herr!«, meldete er mit dem Eifer eines jungen Burschen, der hoffte, schon bald zum *garzone* aufzusteigen, zum Lehrling. »Er bittet darum, dass Ihr die Ladung inspiziert und quittiert! Er ist in Eile, lässt er ausrichten. Er will sich unverzüglich wieder auf den Heimweg machen, soll ich Euch sagen, weil er es sonst nicht vor Einbruch der Dunkelheit zurück ins Dorf schafft.«

Die Nachricht erfreute Gino Calandro sichtlich. Er entschuldigte sich rasch bei seinem Besucher, erklärte, er müsse auf der Stelle hinunter in den Hof und das Entladen des Fuhrwerks überwachen.

Pater Angelico war es nur recht, bot sich ihm dadurch doch die erhoffte Gelegenheit, unter vier Augen mit Movettis Tochter zu reden. Er musste auch nur kurz mitfühlend andeuten, dass sie doch gewiss enttäuscht gewesen sei, plötzlich mit einem Kaufmann statt mit altem Florentiner Adel verheiratet worden zu sein, und schon begann sie zu reden.

Sie seufzte, und ein dunkler Schatten der Wehmut legte sich wie ein Schleier über ihr zartes Gesicht. »Nun ja, anfangs hat es mich arg getroffen. Ich wäre schon gern eine Valori geworden«, gab sie zu. »Dann hätte ich in einem Palazzo gewohnt. Aber das sollte nun mal nicht sein, und vielleicht ist es ja auch besser so, wenn es stimmt …« Ihre Stimme verlor sich.

»Wenn was stimmt, Donna Lucia?«

Es schmeichelte dem jungen Mädchen, nicht schlicht als *mona* – Frau – Lucia, sondern als Donna Lucia und damit als Herrin des Hauses Calandro angesprochen zu werden, und die Wehmut verschwand aus ihren Zügen. »Ach, so genau weiß ich es nicht. Der Vater hat sich nicht darüber ausgelassen. Er sagte, ich würde es nicht verstehen und es hätte mich auch nicht zu interessieren.« Sie zuckte die Achseln. »Es muss aber im Palazzo von Rufino de' Valori oder anderswo irgendetwas Skandalöses vorgefallen sein, das ihn bewogen hat, sein Wort zu brechen und mich Gino Calandro zur Frau zu geben.«

Pater Angelico legte die Stirn in Falten und gab sich grüblerisch. »Und Ihr meint nicht, es hat auch etwas mit der ursprünglich ausgehandelten beachtlichen Mitgift zu tun, dass Euer Vater so plötzlich von dem Parentado mit dem Hause Valori Abstand genommen hat? Steckt man in einer finanziellen Klemme, können siebzehnhundert Florin einem schon das Genick …«

Lucia fiel ihm ins Wort. »Aber das mit den vielen Schulden und der Geldnot stimmt doch überhaupt nicht! Nicht ein Wort glaube ich davon!«, rief sie erregt. »Gino Calandro ist ein guter Mann, und ich werde ihm eine gute Frau sein, das habe ich bei der seligen Jungfrau geschworen. Aber dass er jetzt auch diese törichten Gerüchte weiterträgt, nehme ich ihm schon übel!«

Pater Angelico horchte auf. »Was macht Euch denn so sicher, dass Euer Vater gar nicht so tief in Schulden steckte, wie man es ihm nachsagt?«, fragte er.

»Ich habe bis vor nicht einmal sechs Wochen mit ihm unter einem Dach gewohnt! Mein Vater war all die Zeit bester Dinge. Das kann auch Fiametta, meine Kinderfrau und Zofe, bezeugen. Nie habe ich ihn bedrückt erlebt, und nicht einmal ist mir etwas zu Ohren gekommen, das auch nur entfernt ein Hinweis auf drückende Schulden gewesen wäre! Darum verstehe ich das alles nicht. Wie kann er plötzlich so etwas Entsetzliches tun und sich durch Selbstmord um sein ewiges Seelenheil bringen?«, sprudelte sie hervor. »Er hatte Aussichten, in ein ehrenvolles öffentliches Amt berufen zu werden, und trug sich mit Heiratsabsichten. Zwar hat er sehr geheimnisvoll getan und nicht verraten, wen er im Sinn hatte. Aber sie muss aus einem sehr angesehenen, adligen Geschlecht kommen, und Battista Fontelli, der bestimmt begehrteste und teuerste Heiratsvermittler aus der Via dei Cerretani, hatte wohl auch schon die Bedingungen des Parentado mit der anderen Familie ausgehandelt.«

Pater Angelico nickte und nahm sich vor, den Sensale Battista Fontelli bei nächster Gelegenheit aufzusuchen und zu hören, was der Mann zu sagen hatte.

Zu Lucia sagte er mit vorgetäuschter Verblüffung: »Bei den Geboten des Herrn! Wenn Ihr mit alldem recht habt, dann ergibt der Selbstmord Eures Vaters in der Tat keinen Sinn! Das heißt, dass man dann ernsthaft fragen muss, ob es sich tatsächlich um Selbstmord gehandelt hat oder … oder um etwas ganz anderes! Heilige Jungfrau, nicht auszudenken!« Er gab vor, entsetzt zu sein über die logische Folgerung aus dem, was sie gesagt hatte.

»Ich bin sicher, dass mein Vater sich nicht selbst umgebracht hat! Niemals hätte er sein Seelenheil aufs Spiel gesetzt!«

»Ihr mögt recht haben, Donna Lucia, und nur zu gern will ich mich umhören und gegebenenfalls dafür einsetzen, dass Euer Vater seine Totenmesse, den kirchlichen Segen und ein ehrenvolles Grab in geweihter Erde bekommt«, sagte er. »Aber damit das geschehen kann, muss erst bewiesen sein, dass es … nun ja, sprechen wir es nur aus: dass es ein Verbrechen war.«

»Geht das denn nicht mit Hilfe seines Rechnungsbuches? Ihr müsst wissen, mein Vater war ein höchst penibler Mann, was seine Buchhaltung betraf. Jede noch so geringe Einnahme oder Ausgabe hat er in seiner kleinen, gestochen scharfen Handschrift eingetragen! Deshalb sind in seinem großen Buch, dem *libro grande,* Soll und Haben gewiss bis auf den letzten Picciolo verzeichnet. Damit müsste doch zu beweisen sein, dass er ganz und gar nicht von Schulden erdrückt wurde!«

Pater Angelico lächelte verhalten. »Nehmt es mir nicht übel, Donna Lucia, aber als Tochter eines Kaufmanns ist Euch gewiss nicht ganz unbekannt, dass man dem Libro grande eines Kaufmanns, Bankherrn oder sonst eines Mannes, der erhebliche Abgaben an die Kommune zu leisten hat, nur sehr eingeschränktes Vertrauen schenken kann.« Was eine äußerst höfliche Umschreibung der Tatsache war, dass diese Kontobücher in der Regel von vorn bis hinten frisiert waren, um die Steuerschuld so niedrig wie möglich zu halten.

So mancher Kaufmann vermochte sich, sofern er über Beziehungen zu den Steuereintreibern verfügte und wusste, wann er wen zu schmieren hatte, in seinem Libro grande regelrecht arm zu rechnen, während er in Wirklichkeit prächtige Gewinne einfuhr. Jene Bilanzen, die die tatsächlichen Einnahmen und Ausgaben darstellten, fanden sich daher nur im *libro segreto.* Und dieses geheime Kontobuch musste man erst einmal finden, wollte man sich ein wahrhaftiges Bild von der finanziellen Lage eines Kaufmanns machen.

Eine leichte Schamröte brachte Farbe in Lucias Gesicht. »Gewiss, das … das andere Rechnungsbuch, das mein Vater zusätzlich zum Libro grande geführt hat, dürfte wohl etwas genauere Auskünfte über seine Vermögenslage geben.«

»Und zwar höchstwahrscheinlich in verschlüsselter Form, wie das nun mal Usus ist«, sagte Pater Angelico und ließ sich den Wein munden.

»Aber kann man denn nicht herausfinden, nach welchem System mein Vater seine Eintragungen verschlüsselt hat?«

»Sicher, das ist nur eine Frage der Zeit und der Geschicklichkeit. Zu jedem Code, den ein Mensch sich ausgedacht hat, lässt sich auch der passende Schlüssel finden.«

»Und Ihr würdet Euch das zutrauen?«

»Gewiss, in solchen Dingen habe ich einige Erfahrung«, sagte Pater Angelico und dachte an die verschlüsselten Botschaften, die zum täglichen Brot eines Condottiere und seiner des Schreibens und Lesens kundigen Waffenknechte gehörten. »Aber habt Ihr denn eine Vermutung, wo er es versteckt haben könnte?«

Sie schüttelte den Kopf. »In diesen Dingen hat mein Vater mich nicht ins Vertrauen gezogen.«

»Nun, dann wird es schwer, dem Gerede ein Ende zu machen und Eurem Vater zu einem christlichen Begräbnis zu verhelfen«, sagte er bedauernd und nicht ganz uneigennützig. »Aber ich werde mich umhören und sehen, was ich in dieser betrüblichen Angelegenheit tun kann.«

In Lucias Augen leuchtete Hoffnung auf und sie ergriff seine Hände. »Um der Liebe unseres Herrn willen, ich flehe Euch an: Findet das Rechnungsbuch und sorgt dafür, dass meinem Vater, meiner ganzen Familie Gerechtigkeit widerfährt!«, beschwor sie ihn.

»Seid versichert, dass ich alles tun werde, was in meiner Macht steht! Vielleicht findet sich das Libro segreto bei einer gründlichen Durchsuchung, dann werde ich es mir vornehmen. Aber Wunder wirken kann ich nicht, dessen solltet Ihr Euch auch bewusst sein!« Pater Angelico hörte Gino Calandro nach oben zurückkehren und nahm einen kräftigen Schluck Rotwein.

Er wünschte, Lucia hätte ihm wenigstens einen vagen Hinweis darauf geben können, wo ihr Vater sein Libro segreto versteckt hatte. Zweifellos hatte er viel Neues erfahren, aber wirklich weitergekommen war er noch nicht.

Dennoch, der Wein in diesem Haus war exzellent, das musste er dem etwas grobschlächtigen Kistenhändler lassen. Auf die blank polierten Tische des Klosterrefektoriums kam nie ein solcher Tropfen, und selbst Botticello hatte selten etwas von dieser Qualität zu bieten. Der tiefdunkle Rote bereitete im Mund reinen Genuss, lief wie feinstes schweres Öl durch die Kehle und entwickelte in den dunklen Tiefen des Leibes ein ordentliches Feuer. Vielleicht sprang ja gleich noch ein zweiter Becher heraus. Dann ließ sich in jedem Fall sagen, dass der Besuch im Haus Calandro sich gelohnt hatte!

22

Dicke Schmeißfliegen umsirrten den Bretterverschlag, der hinter Pater Angelicos Klosterwerkstatt eine knietiefe, ausgemauerte Grube umschloss. Stechender Gestank stieg von der mit Mist gefüllten Grube auf. Und mitten in dem Mist saß eine schwere Holzkiste.

Pater Angelico griff zur Schaufel, schob beherzt die dicke Lage frischen Stalldungs zur Seite und legte den Deckel der Holzkiste frei. »So, und jetzt bist du an der Reihe, Bruder Bartolo!«, sagte er munter. »Du darfst ernten, was ich gesät habe und was dort im Dunkeln herangereift ist.«

Der Novize schluckte. Er war etwas blass um die Nase. Seine erste Lektion in der Kunst der Gemälde- und Freskenmalerei hatte er sich anders vorgestellt. »Meint Ihr nicht, dass ich besser erst einmal zusehe, wie der Farbstoff gewonnen wird? Wenn ich etwas falsch mache, geht kostbares Bleiweiß verloren.«

»Sei unbesorgt, bei der Ernte von Bleiweiß kann man nicht viel falsch machen«, versicherte Pater Angelico und verkniff sich ein Grinsen. »Ich passe schon auf, dass du alles richtig machst. Gib nur gut acht, dass du dir den Habit unter deinem Kittel nicht mit dem alten Urin bekleckerst!«

Bartolo wurde noch blasser und scheute davor zurück, sich vorzubeugen und die Kiste zu öffnen. Er kämpfte gegen einen heftigen Brechreiz an.

»Worauf wartest du? Du bist doch so versessen darauf, das Handwerk der Malerei zu erlernen. Nun denn, hier lernst du, dass sich so manches Wunder im Unscheinbaren verbirgt und im gewöhnlichen Dreck seinen Anfang nimmt. Es ist wichtig, sich immer wieder bewusst zu machen, dass selbst aus den stinkenden Ausscheidungen der Welt Gutes hervorgehen kann – wie hier ein strahlendes Bleiweiß für Engelsflügel –, wenn man nur Geduld hat und die Kräfte zu nutzen weiß, die im Verborgenen darauf warten, geweckt und ans Tageslicht gebracht zu werden.«

»Das werde ich mir gewiss alles sehr zu Herzen nehmen. Es wäre mir jedoch wirklich lieber, wenn ich mich vorerst auf das Beobachten beschränken könnte, Meister!«, bat der Novize kläglich und schluckte krampfhaft.

Pater Angelico lachte auf. »Von wegen! Hier wird sich nicht gedrückt, sondern tüchtig angepackt! Die Augen des Herrn sind an jedem Ort. So steht es in der Heiligen Schrift. Und jetzt mach dich gefälligst an die Arbeit!«

»Wenn es denn wirklich sein muss, Meister«, murmelte Bruder Bartolo kapitulierend, griff mit spitzen Fingern nach dem verschmierten Eisengriff an dem Deckel und öffnete die Kiste, die mit Blech ausgeschlagen war.

In dem Behälter lagen fünf schmale Bleiplatten, die mit dem

Urin von Pferden begossen worden waren. Aufrecht und mit jeweils drei Finger breitem Abstand zueinander standen sie in der Kiste in einer flachen Metallschale.

Beißender Uringestank stieg auf.

Bruder Bartolo würgte, folgte jedoch den Anweisungen seines Meisters: Er zog die vorderste der fünf Platten heraus, stellte sie auf den Kistenrand und schabte unter Pater Angelicos Aufsicht behutsam die dünne weiße Schicht ab, die sich auf ihrer Oberfläche gebildet hatte. Die weiße Substanz fing er in einer rechteckigen Zinnschale auf.

»Gut so, Bruder Bartolo!« Pater Angelico lächelte unwillkürlich, als er sah, wie angestrengt der Novize versuchte, sich nicht zu beschmutzen. »Ist es nicht überwältigend, welch wundersamen Gesetzen die Schöpfung folgt?«

»Überwältigend? In der Tat«, stieß Bruder Bartolo unter heftigem Schlucken hervor.

»Hier haben wir es mit unansehnlichen, stumpf-grauen Bleiplatten zu tun«, fuhr Pater Angelico ungerührt fort, »die jedoch unter der gleichbleibenden Temperatur, die kein anderes Hilfsmittel besser gewährleisten kann als eine dicke Schicht Mist, mit dem Urin eines Pferdes eine chemische Reaktion eingehen und eine weiße Substanz absondern – unser Bleiweiß, das den fein gefiederten Flügeln der Engel ihre Leuchtkraft verleiht und die unverzichtbare Grundlage so unendlich vieler Farbmischungen ist.«

»Bei Gott, ein bitter gewonnenes Weiß!«, presste Bruder Bartolo hervor, dem ein saurer Geschmack aus dem revoltierenden Magen in den Mund aufstieg.

»Ist es nicht ein Wunder göttlicher Schöpfung, dass aus dem stinkenden Gedärm beispielsweise die Schönheit eines blütenweißen Engelsflügels erwächst?«, sagte Pater Angelico schmunzelnd, um dann ernst hinzuzufügen: »Nichts ist so klein und unbedeutend, dass es auf seine Art nicht zugleich auch großartig und einzigartig wäre – genau wie der Mensch.«

Bruder Bartolo nickte nur und war dankbar, dass Pater Angelico ihn das Bleiweiß nicht auch noch von den anderen Platten kratzen ließ, sondern sich mit der Ausbeute der einen begnügte. Er konnte die abgeschabte Bleiplatte gar nicht schnell genug zurückstellen und den Deckel schließen. Und erst als sie die Werkstatt betraten, wagte er, wieder durch die Nase zu atmen.

Wie köstlich es hier doch roch, geradezu berauschend, verheißungsvoll! Die kühle Luft war erfüllt von den vielfältigen Düften der Farbpigmente, von altem Holz und grundierter Leinwand, von Kalk und Zinkblende, von Antimon und Umbrabrocken, von Wacholderharz, Leim und gebleichtem Öl, von Beize aus Alaun und dem feinen Pulver aus zerriebenen alten Weinstöcken, aus denen das dunkelste Schwarz gewonnen wurde. Und über allem lag der intensive Geruch von Leinöl, der jede Malwerkstatt dominierte.

Pater Angelicos Atelier in San Marco war ein langgestreckter und mit großen Steinplatten ausgelegter Raum, in dessen äußere Längswand drei hohe Bogenfenster eingelassen waren. Sie gingen zu den ausgedehnten Gartenanlagen des Klosters hinaus. In das hereinfallende Licht hatte der Malermönch seine drei Staffeleien gerückt. Eine war für große Formate ausgelegt und trug seit geraumer Zeit das unfertige Tafelbild für den Medici, die beiden anderen waren für kleinere Arbeiten geschaffen und gegenwärtig leer. In ihrer Nähe standen eiserne Kohlebecken mit rostigem dreibeinigem Gestell, die während der Wintermonate in dem kalten Gemäuer für einen Hauch von Wärme zu sorgen hatten.

Zwischen den Staffeleien und entlang der gegenüberliegenden Wand reihten sich Kisten, Stellagen und Werktische aneinander. Bei den Tischen handelte es sich überwiegend um schlichte *tres-*

poli, deren einfache Platten auf zusammenklappbaren Schragen ruhten und die sich deshalb schnell abbauen und an anderem Ort wieder aufstellen ließen.

Auf den Tischen und in den Regalen herrschte ein scheinbar chaotisches Durcheinander aus Malutensilien, Gerätschaften und Gefäßen aller Art und Größe. Da fiel der Blick auf Steintöpfe, aus denen hier Pinsel und Federn ragten und dort Spachtel, Feilen, Messstäbe und Stichel; auf Mischpaletten, Zinnschalen, Eisentöpfe, Brennlöffel, Mörser und Bronzepfannen; auf schwere Reibesteine aus Porphyr, auf deren Marmorplatte grobkörnige Erdbrocken zu feinstem Farbpigment zerrieben wurden; auf glatt geschliffene Tafeln aus Eiche oder abgelagertem Pappelholz, auf Leinwandballen, abgegriffene Skizzenbücher und Stapel großer Bögen Karton; auf mit Wasser gefüllte Glaskugeln und Spiegel aus Silberblech, die bei nächtlicher Arbeit das Licht von Kerzen und Ölleuchten bündelten und verstärkten – und auf vieles andere mehr.

»Lass dich von dem strahlenden Bleiweiß nicht täuschen und erwäge immer gründlich, an welcher Stelle und in welcher Verbindung du es gebrauchst!«, ermahnte Pater Angelico seinen Novizen, nachdem er ihm gezeigt hatte, wie man das Bleiweiß mit ein wenig Eiklar, etwas mehlfeinem Kalk, einem winzigen Tropfen Rot und einer noch sparsameren Prise Gelb vermischte, um einen Farbton hervorzubringen, der dem Ton der menschlichen Haut entsprach. »Denn Bleiweiß ist trügerisch und liebt nichts mehr als den Verrat an seiner eigenen Leuchtkraft!«

»Verrat?« Bruder Bartolo machte ein verblüfftes Gesicht. »Wie soll ich das verstehen, Meister? Wie kann es die Leuchtkraft verraten, die es doch selbst hervorbringt?«

»Weil das Herz der Bleiweiße schwarz ist! Unter dem Hellen, dicht unter der Oberfläche, lauert das Dunkle und Zerstörerische! Das Weiß dunkelt nämlich nach und verwandelt sich gar in

Schwärze, wenn man nicht höchst achtsam mit ihm umgeht«, erklärte Pater Angelico. »Bringst du Bleiweiß beispielsweise mit Spanischgrün zusammen, jagst du Todfeinde aufeinander! Die beiden fallen erbarmungslos übereinander her und bringen einander Verderben. Voller Hass fressen sie sich gegenseitig auf und zersetzen das Bild, bis am Ende nur noch Dunkelheit übrig bleibt.«

Bruder Bartolo zeigte sich beeindruckt. »Das erinnert mich an so manche Menschen, hinter deren ehrbarer, einnehmender Maske ein abscheulicher Abgrund an Sünde und Verderbtheit lauert!«

Pater Angelico nickte. »Du sagst es. Wie oft braucht man nur die trügerisch strahlende Oberfläche ein wenig anzukratzen, und schon quillt einem die schwarze Fratze des Bösen entgegen«, sagte er, und seine Gedanken wanderten sofort wieder zu dem toten Speziale sowie zu Rufino de' Valori und dem Ehepaar Calandro. Wirklich weitergebracht hatten seine Nachforschungen ihn bislang nicht. Noch immer ähnelte die Suche nach den Mördern und ihrem Motiv einem Fischen in trübem Wasser.

Bruder Bartolo sah der grüblerischen Miene seines Meisters an, was in ihm vorging. »Da Ihr gerade vom Kratzen redet: Vielleicht wäre es lohnend, bei diesem Rufino mal intensiver nachzukratzen«, schlug er vor. »Wenn stimmt, was Lucia Calandro Euch erzählt hat, nämlich dass im Haus dieses adligen Gecken irgendetwas vorgefallen und dem Speziale zu Ohren gekommen ist, dann könnte da doch auch das Mordmotiv zu finden sein.«

Skeptisch wiegte Pater Angelico den Kopf und rieb sich die Narbenlinie am Kinn. »Sicherlich wäre es hilfreich, Genaueres darüber zu wissen, wie es auch nützlich wäre, Movettis Libro segreto zu finden, um ein unverschleiertes Bild von seinen Geschäften und Finanzen zu erhalten. Aber das sind alles Wege, von denen man nicht weiß, wie lange man ihnen folgen muss und wohin sie einen letztlich führen.« Er machte eine kurze Pause und warf einen Blick zu den Bogenfenstern, durch die nur noch diffuses graues Licht in die Werkstatt fiel. Der Himmel hatte den ganzen Tag über nicht aufgeklart, und die tief hängenden Wolken konnten jederzeit neuen Regen bringen. Daher würde es früher dunkel werden als gewöhnlich. Höchste Zeit, die Öllampen in der Werkstatt anzuzünden. »Ganz im Gegensatz zu den drei Gestalten, die der Bettler uns beschrieben hat. Mag der Commissario sie auch für Kundschaft des Hehlers halten – ich halte jede Wette, dass sie Movetti auf dem Gewissen haben! Deshalb werde ich diese Spur weiterverfolgen. Gelingt es, diese Männer ausfindig zu machen und zum Reden zu bringen, erspart man sich nicht nur all die unnützen und zeitraubenden Wege, die in Sackgassen enden, sondern auch alle Umwege.«

»Die Schurken hier in der Stadt aufzustöbern sollte mit Geduld, Fleiß und ein wenig Glück ja gelingen, zumal wenn vier statt nur zwei Augen nach ihnen Ausschau halten«, sagte Bruder Bartolo, während Pater Angelico zwei Öllampen in Brand setzte. »Sie dann aber auch zum Reden zu bringen, dürfte um einiges schwieriger sein.«

»Darüber werde ich mir Gedanken machen, wenn ich sie gestellt habe«, erwiderte Pater Angelico, zog eine Kleiderkiste unter einem der Werktische hervor und entnahm ihr einen *lucco,* ein glatt am Körper herabfallendes, fersenlanges Gewand aus derbem, dunkelbraunem Wollstoff. Zwei, drei Generationen zuvor war es selbst unter wohlhabenden Patriziern noch guter Brauch gewesen, sich in einen einfachen Lucco zu kleiden. Damals hatte man noch nicht öffentlich mit seinem Reichtum geprotzt, sondern eher karge Verhältnisse vorgetäuscht. Doch mittlerweile trugen nur noch alte, arme Leute und einfaches Landvolk den schmucklosen Lucco.

In Bartolos Augen blitzte es unternehmungslustig. »Ihr begebt Euch jetzt auf die Suche?«

»So ist es, Bruder Bartolo«, sagte Pater Angelico und zog noch eine verschlissene Rundkappe aus demselben groben Stoff aus der Kiste mit alten Kleidern hervor. Wenn er sie sich tief über den Kopf zog, war von seiner Tonsur nichts mehr zu sehen. »Gleich bricht die Dunkelheit herein, da kriecht das lichtscheue Gesindel aus seinen Löchern. Aber vorher muss ich noch einmal mit Scalvetti reden. Er muss mich in Movettis Haus nach dem Libro segreto suchen lassen oder wenigstens die Suche danach in die eigenen Hände nehmen.«

»Nehmt mich mit, Meister! Ich sehe, dass Ihr in der Kiste noch genug altes Zeug habt! Bestimmt findet sich da auch etwas, das mir passt! Dann kann ich Euch Beistand leisten und Euch in den verruchten Tavernen, die Ihr gewiss aufsuchen werdet, den Rücken freihalten!«

Pater Angelico verkniff sich ein spöttisches Lachen, denn er wollte den Novizen nicht verletzen. Bruder Bartolo mochte in vieler Hinsicht naiv sein, etwa was die Gefahren betraf, die in den üblen Kaschemmen der Florentiner Unterwelt auf einen unerfahrenen jungen Mann lauerten, der sich allein durch seine Körperhaltung und seine Blicke als solcher verriet. Aber sein Novize zeigte doch Mut und Tatendrang, viel mehr, als er ihm noch wenige Tage zuvor zugetraut hätte.

»Nein, in diesen Lokalen bewegt man sich allein unauffälliger als zu zweit«, erklärte er. »Zudem erwartet dein Onkel dich nach der Vesper. Und danach wirst du jede Minute bis zur Komplet brauchen, um deine Aufgabe sorgfältig und nach besten Kräften zu erledigen.«

Bruder Bartolo furchte die Stirn und sah ihn erschrocken an. »Entschuldigt, aber ich weiß nichts von einer Aufgabe, Meister! Barmherziger, wann ist mir denn entgangen, dass …«

»Sei unbesorgt, dir ist nichts entgangen, denn die Aufgabe stelle ich dir erst jetzt«, fiel Pater Angelico ihm ins Wort. »Du fertigst als Probe deines Könnens mit Zeichenkohle ein Porträt von mir an. Es soll mich im Halbprofil zeigen, beim Auszug aus dem Chorgestühl. Wähle die Perspektive eines Betrachters, der wenige Schritte vor mir am Lettner steht und an mir vorbei in Richtung Hochaltar schaut! Die Lichtverhältnisse sollen denen während einer herbstlichen Morgenmesse entsprechen. Was du für die Zeichnung brauchst, findest du hier in der Werkstatt ja zur Genüge.«

Gehorsam, wenn auch sichtlich enttäuscht, neigte Bartolo Lorentino den nussbraunen Lockenkopf und murmelte: »Sehr wohl, Meister Angelico.«

»Ich erwarte kein Meisterwerk, Bruder Bartolo, und auch kein Gesellenstück«, fügte Pater Angelico noch aufmunternd hinzu. »Zeichne das Bild so gut, wie du kannst, und das soll genügen. Es geht mir nur darum, mir einen ersten Eindruck von deinen zeichnerischen Fähigkeiten zu verschaffen.« Dann nickte er ihm ermutigend zu und beeilte sich, in den alten Lucco zu schlüpfen und das Kloster zu verlassen.

Als er, gekleidet wie ein Tagelöhner, durch die Hintertür aus der Werkstatt in den Klostergarten trat, blickte Bruder Bartolo ihm nach. Doch kaum hatte er ein paar Schritte getan, verschluckte die Dunkelheit, die jäh wie das fallende Richtschwert eines Henkers über Florenz gekommen war, die Gestalt des absonderlichen Novizenmeisters.

23

Der Überfall ereignete sich am nächsten Morgen kurz nach Sonnenaufgang auf dem Weg zum Palazzo Petrucci. Was als Abkürzung gedacht war, erwies sich als idealer Ort für einen hinterhältigen Anschlag auf sein Leben.

Pater Angelico hatte die Via Larga, die breite Durchgangsstraße von der Porta San Gallo im Norden hinunter zum Domplatz im Süden, gleich hinter der Kreuzung mit der Via delle Lance verlassen und war rechts in die Chiasso Brancone abgebogen. Die krumme Gasse schlängelte sich wie eine verbogene Diagonale durch einen langen Häuserblock und stellte auf dem Weg zur Via Chiara eine beachtliche Abkürzung dar.

Die Dächer und Türme der Stadt fingen schon das milde Morgenlicht auf, doch in den engen Gassen, wie die Chiasso Brancone eine war, verharrten noch die Schatten der Nacht. Dunstschleier stiegen wie widerwillig weichende Geister zwischen den hohen Backsteinmauern auf, und überall hatte sich Regenwasser in großen Pfützen angesammelt.

Es hatte die Nacht über immer wieder geregnet. Einige der kurzen Schauer waren sogar recht heftig gewesen. Doch im Morgengrauen, um die Zeit der Vigilien herum war das Wetter umgeschlagen. Die Regenwolken hatten sich aufgelöst, und die ungewöhnliche Kühle der vergangenen Tage war jenen milden Temperaturen gewichen, die in der Jahreszeit für diesen Teil der Toskana eher die Regel waren.

Pater Angelico bemerkte die Verfolger erst, als es schon zu spät war, um der Falle, in die er sich selbst gebracht hatte, noch zu entkommen. Er war tief in Gedanken versunken, in Gedanken von trüber Natur.

Natürlich hatte Scalvetti ihm nicht die Erlaubnis erteilt, in Movettis Haus nach dem Libro segreto zu suchen. Immerhin hatte er ihm versprochen, eine gründliche Durchsuchung vornehmen zu lassen. Und was seinen Streifzug durch einige der übel beleumundeten Viertel der Stadt und ihre Kaschemmen betraf, in denen kratziger Wein ausgeschenkt wurde und fürchterlicher Fusel, von dem man blind werden konnte, so hatte dieser ihn auch in dieser Nacht nicht auf die Spur von auch nur einem der drei gesuchten Männer geführt. Stattdessen hatte er sich zweimal in brenzligen Situationen befunden und Mühe gehabt, sich streitlustige Trunkenbolde vom Hals zu halten, denen sein Gesicht oder seine Fragen nicht gefallen hatten.

Wieder einmal Stunden kostbaren Schlafs für die Suche geopfert zu haben und doch keinen Schritt weitergekommen zu sein, das nagte an ihm. Gleichzeitig steigerte es seine Anspannung, und er fragte sich in ernsthafter Sorge, was ihn wohl im Palazzo der Petrucci erwartete.

Seine Hoffnung war, dass er recht daran getan hatte, der so grausam gezeichneten Tochter des Großkaufmanns unverzüglich sein zerknirschtes Entschuldigungsschreiben mit dem kleinen Tafelbild geschickt zu haben und ihr den gestrigen Tag nicht unter die Augen gekommen zu sein. Aber was war, wenn das alles nicht die gewünschte Wirkung erzielt und Lucrezia in ihrem Zorn keineswegs besänftigt hatte? Was, wenn sie sich bitterlich bei ihrem Vater über ihn beklagt und diesen auch noch gegen ihn aufgebracht hatte? Dann wartete im Palazzo wohl kaum ein gut gefüllter Geldbeutel auf ihn, und dann war guter Rat teuer!

Dann konnte ihm vermutlich nur noch Gershom helfen. Aber nein, das war und blieb unmöglich! Eher musste er das Risiko eingehen, dass …

Er kam nicht dazu, den Gedanken zu Ende zu führen, denn plötzlich hörte er hinter sich das laute Klatschen von Stiefeln, die durch eine tiefe Pfütze platschten und das dreckige Wasser aufspritzen ließen. Alarmiert fuhr er herum und sah keine fünf Schritte hinter sich drei Gestalten aus den Dunstschleiern auf sich zukommen.

An der Kleidung der Männer war nichts, was sie von Hunderten anderen aus der Masse der Tagelöhner, Fuhrknechte, Färber und Wollkämmer unterschieden hätte. Sie trugen derbe Stiefel, grauwollene Beinkleider, verschlissene einfache Wämser von dunkler Farbe und schiefergraue Schulterumhänge, deren hochgeschlagene Kapuzen ihre Gesichter auch dann verborgen hätten, wenn schon helles Tageslicht in die Gasse gefallen wäre.

Was sie jedoch deutlich von gewöhnlichen Leuten aus dem einfachen Volk unterschied, waren die kurzen Knüppel, die sie schlagbereit unter ihren Umhängen verborgen hielten. Die Prügel, die sich an ihrem gerundeten Ende wie kleine Keulen verdickten, kamen zum Vorschein, kaum dass Pater Angelico sich nach ihnen umdrehte und bei ihrem Anblick zusammenfuhr. Denn dass die drei Gestalten, die nebeneinander gingen und damit die Gasse auf ganzer Breite einnahmen, ihm hier nicht zufällig so im Nacken saßen, war ihm augenblicklich klar.

Das mussten die drei Männer sein, nach denen er gesucht hatte. Nicht er hatte sie, sondern sie hatten ihn gefunden!

Zwar konnte er ihre Gesichter nicht erkennen, aber von der Statur her passte die Beschreibung, die der Bettler geliefert hatte: Der eine Bursche hatte das breite Kreuz eines Ochsen, der zweite war ein hageres langes Ende, und der dritte hatte die untersetzte Gestalt und die platte Schweinsnase jenes Mannes, den Orenetto als ›Mondgesicht‹ bezeichnet hatte. Nur einen Buckligen machte er unter ihnen nicht aus.

»Idiot! Warum passt du nicht auf, wohin du trittst!«, zischte der breitschultrige Klotz, der in der Reihe links außen ging und mit der rechten Schulter fast die dortige Hauswand streifte. Der grimmige Zuruf galt seinem gedrungenen Komplizen, der auf der anderen Außenseite ging und den Mönch vor ihnen aufgeschreckt hatte, indem er geräuschvoll mitten durch die Pfütze gestiefelt war.

Pater Angelicos erster Impuls war, die Flucht zu ergreifen und zur nächsten belebten Querstrasse zu laufen, bevor die Männer ihn einholen und zu Boden reißen konnten. Aber es blieb bei dem Impuls. Ihm zu folgen, dazu fand er keine Gelegenheit mehr.

Denn noch während der bullige Klotz seinem Ärger Luft machte, riss er den Arm mit dem Prügel hoch, holte aus und warf die Waffe mit aller Kraft nach dem Mönch.

Der Wurf war gut gezielt. Pater Angelico hatte sich gerade abwenden und losrennen wollen. Aus den Augenwinkeln sah er das Geschoss noch auf sich zufliegen, aber er vermochte ihm nicht mehr auszuweichen. Der Knüppel aus Hartholz traf ihn an der rechten Schulter, in Höhe des Gelenks. Der Aufprall löste einen feurigen Schmerz aus, der ihm wie eine dünne Klinge bis in den Unterarm drang. Zudem brachte er ihn zum Stolpern. Er wankte und stieß mit der anderen Schulter gegen die Brandmauer.

»Los! Packen wir uns den verdammten Schnüffler!«, feuerte der Klotz seine Gefährten an.

»Ja, zur Hölle mit dem verfluchten Kuttenträger! Ich will sein Blut fließen sehen!«, rief der hagere Mann, und seiner kehligen Stimme war die Blutrünstigkeit, die ihn ergriffen hatte, förmlich anzuhören.

Geistesgegenwärtig warf Pater Angelico sich herum, um nicht rücklings überwältigt und niedergeschlagen zu werden. Ohne dass es ihm bewusst wurde, nahm sein Körper jene seitliche Kampfstellung mit leicht gespreizten Beinen ein, die er sich in langen Jahren als Landsknecht antrainiert hatte und die einem Gegner die geringste Angriffsfläche bot. Gleichzeitig riss er schützend die Arme vors Gesicht.

Im nächsten Augenblick waren sie auch schon heran, und eine zweite feurige Schmerzwelle durchfuhr ihn, als die beiden anderen Knüppel auf ihn niedersausten. Sie hatten seinen Kopf treffen sollen, krachten nun jedoch auf seine Arme. Zwar bewahrte ihn das davor, bewusstlos geschlagen zu werden und endgültig in den Dreck der Gasse zu stürzen. Aber der Schmerz, der in seinen Armen explodierte und ihm durch den ganzen Körper schoss, war heftig genug, um ihn rückwärtstaumeln und vor seinen Augen grelle Lichter aufblitzen zu lassen.

Ein wilder Hagel Knüppelhiebe ging auf ihn nieder. Noch bevor er die brutalen Schläge halbwegs wegstecken und den brennenden Schmerz in sich niederringen konnte, traf ihn ein Faustschlag unterhalb seiner Deckung. Die Faust bohrte sich unterhalb des linken Rippenbogens in seinen Leib.

Die Wucht des Schlages presste ihm nicht nur die Luft aus den Lungen, sondern es war, als wollte der Schmerz ihm auch die Augen aus den Höhlen treiben. Er konnte nicht verhindern, dass er in der Hüfte einklappte, nach vorn taumelte und die Arme gefährlich weit herabsinken ließ.

Dass er sich solche Blöße gab, wurde denn auch augenblicklich bestraft. Wieder sausten die beiden Prügel auf ihn nieder. Später sollte er vom Glück im Unglück reden, weil ihn zwei besonders mörderische Hiebe nur ungenau erwischten. Der eine Knüppel traf ihn seitlich am Kopf, streifte sein linkes Ohr und landete auf Schulter und Arm, der andere Prügel ging auf die andere Seite nieder, jedoch genau in dem Moment, als er noch mehr nach vorn zusammensackte. Deshalb landete der Knüppel auch nicht mitten auf seiner Stirn, sondern weiter hinten auf seinem Schädel und nicht mit dem dicken, runden Ende, sondern mit dem Mittelstück. Hätte dieser Schlag ihn so getroffen, wie es beabsichtigt war, eine Sekunde früher und mit dem dicken Knüppelende, das Holz hätte ihm zweifellos die Schädeldecke zertrümmert und auf der Stelle den Tod gebracht.

Aber auch so hatte der Hieb noch eine fürchterliche Wirkung. Pater Angelico war, als wankte der Boden unter seinen Füßen. Gleichzeitig schienen die Gasse und die drei Kapuzenmänner vor ihm von einer schwarzen, jäh vom Himmel stürzenden Woge erfasst und von ihr verschlungen zu werden. Ein erstickter Schrei entrang sich seiner Kehle.

Dass der Knüppelschlag ihn an den Rand der Ohnmacht gebracht und zu Boden geschleudert hatte, wurde ihm erst bewusst, als er der Länge nach in den Dreck schlug – und mit dem Gesicht in einer Pfütze landete.

Das kalte Wasser rettete ihm vermutlich das Leben. Es bewahrte ihn davor, den Kampf gegen die wachsende Benommenheit zu verlieren und in den gähnenden Abgrund der Ohnmacht zu stürzen. Und nur weil der Schock des kalten Wassers seine Wahrnehmung wach hielt, registrierte er trotz aller Schmerzen, dass er auf etwas Hartes, Rundes gefallen war und dass dieses harte Etwas nahe seiner Hand gegen seinen rechten Oberschenkel drückte.

Worauf wartest du? Spürst du denn nicht, was das ist?, beschwor ihn eine Stimme in seinem Schädel, in dem eine glühende eiserne Faust gegen die Decke zu hämmern schien. *Du weißt, was das ist! Reiß dich zusammen, Angelico! Du musst kämpfen!*

Mit aller Willenskraft stemmte er sich gegen den wütenden Sturm der Schmerzen, der in seiner Brust und in seinem Schädel tobte, und zwang sich, klar zu denken.

Was da unter meinem rechten Bein liegt, muss der Prügel sein, den der Bullige nach mir geworfen hat, schoss es ihm durch den Kopf. *Ja, das ist er. Direkt neben meiner Hand. Ich brauche nur zuzugreifen!*

Von oben drangen Stimmen zu ihm.

»Mach ihn fertig, Fabrizio!«

»Halt gefälligst das Maul, du Tölpel! Hast du vergessen: keine Namen!«

»Reg dich ab, der Weihrauchschwenker ist hinüber!«

»Und wenn schon!«

»Hört auf zu quatschen. Geben wir der Kutte den Rest und verschwinden, bevor hier jemand auftaucht und Krach schlägt!«

Die Gedanken hinter Pater Angelicos Stirn jagten einander. Die Männer hielten ihn für bewusstlos. Das war seine Chance.

Die einzige, die ihm wohl blieb, wollte er mit dem Leben davonkommen. Ließ er sie ungenutzt, würde er hier in der Gasse seinen letzten Atemzug tun.

Jemand beugte sich zu ihm herunter und packte ihn grob an der Schulter, um ihn auf den Rücken zu drehen.

Er leistete keinen Widerstand, machte sich aber schwer und ließ sich mit geschlossenen Augen wie leblos herumzerren. Doch während sein Körper sich schwerfällig über die rechte Seite drehte, griff seine Hand nach dem Prügel und packte zu.

Allmächtiger, steh mir bei und gib mir die Kraft, die ich jetzt brauche, flehte er stumm, mobilisierte all seine Willensstärke und die letzten Kraftreserven und schlug, sobald er auf dem Rücken lag, die Augen auf.

Über ihn gebeugt stand jener breitschultrige Mann, dessen Knüppel er umfasst hielt. Doch starrte ihn aus der Öffnung der Kapuze nicht der Kahlkopf mit narbiger Stirn an, den der Bettler in Begleitung des Mondgesichtigen und des Mannes mit der platten Nase gesehen hatte, sondern es blickten die bösartig glitzernden Augen eines Mannes mit fettigem, verfilztem Haar, wulstigen Lippen und einem stark vorspringenden Unterkiefer auf ihn herunter.

Gerade zog der Mann seine linke Hand zurück, mit der er ihn herumgezerrt hatte. In der rechten hielt er ein Messer mit langer, gezackter Klinge. Oberhalb der Messerhand prangte auf dem muskulösen Unterarm eine schlangenähnliche Tätowierung, die sich um das Gelenk herum bis auf den Handrücken wand und dort in einem weit geöffneten Reptilienrachen mit scharfen Zähnen endete.

Ihre Blicke trafen sich für den Bruchteil einer Sekunde. Dann riss Pater Angelico den Knüppel hoch und hieb ihn dem Mann, der ihn abstechen wollte, mit aller ihm zu Gebote stehenden Kraft ins Gesicht.

Der Ganove schrie gellend auf, als der eigene Knüppel ihm mehrere Zähne ausschlug und seinen Unterkiefer zertrümmerte. Er ließ das Messer fallen, umfasste sein grässlich verschobenes Kinn mit beiden Händen und taumelte unter Wimmern und Jaulen rückwärts davon. Immer wieder spuckte er Blut und Zähne.

Die beiden anderen Schurken standen vor ungläubigem Entsetzen über die jähe Wendung des Geschehens wie erstarrt.

Pater Angelico nutzte den Moment, indem er sich sofort nach dem fürchterlichen Schlag einmal ganz um die eigene Achse nach links warf, sich gegen alle Schmerzen auf die Beine zwang und noch im Aufrichten den Knüppel gegen die hagere Gestalt schwang, als diese sich aus ihrer Erstarrung löste und auf ihn zusprang. Er hämmerte dem Mann den Prügel auf den linken Oberschenkel, riss das Holz sogleich wieder hoch und knallte es ihm unter den rechten Ellbogen.

Der Mann jaulte auf wie ein getretener Hund und wich mit angstverzerrter Miene zurück, während ihm der Knüppel aus der plötzlich kraftlosen Hand fiel, hinter ihm gegen die Backsteinmauer prallte und zu Boden polterte. Die Kapuze rutschte ihm vom Kopf, und zum Vorschein kam ein pockennarbiges Gesicht mit einer Knollennase über dem schmalen Spalt einer Hasenscharte.

Der Dritte, bei dem es sich zweifellos um den Burschen mit dem Mondgesicht handelte, versuchte erst gar nicht, das Blatt noch einmal zu wenden. Er gab die Sache verloren, stieß einen lästerlichen Fluch aus und brachte sich noch hastiger in Sicherheit als seine beiden Gefährten. Beinahe hätten die drei sich in ihrer kopflosen Flucht gegenseitig über den Haufen gerannt.

Benommen, vornübergekrümmt, keuchend und dem Sichübergeben nahe, stand Pater Angelico in der dämmrigen Gasse. Hohe, fensterlose Brandmauern umschlossen ihn. Noch immer hielt er den Prügel umklammert, doch sein Arm zitterte unkontrolliert. In seinen Ohren tobte lautes Rauschen und Pochen, das dem jagenden Rhythmus seines Herzschlags folgte. Glühende Nadeln schienen seine Lungen durchbohrt zu haben und jeden Atemzug zu einer Qual zu machen. Schulter und Arme brannten vor Schmerz. Und als wäre das alles nicht schon Pein genug, schien sein Schädel jeden Augenblick platzen zu wollen.

Es dauerte eine Weile, bis Pater Angelico sich bewusst wurde, wie knapp er dem Knochenmann noch einmal von der Schippe gesprungen war. Die Knie wurden ihm weich wie Butter. Er ließ den Schlagstock fallen, suchte mit beiden Händen Halt an der Mauer in seinem Rücken, sank mit zitternden Gliedern zu Boden und erbrach sich.

24

»Seid Ihr Euch auch wirklich sicher, dass es Euch gutgeht?«, erkundigte sich der Sekretär Nello Picotti erneut und musterte Pater Angelico mit besorgter Miene. »Ihr macht nämlich ganz und gar keinen gesunden Eindruck. Vielmehr seht Ihr übel zugerichtet aus, so als wäret Ihr einer Bande von Strauchdieben in die Hände gefallen, Padre!«

»Ein unglücklicher Sturz, nichts weiter«, log Pater Angelico und rang sich ein Lächeln ab, das so etwas wie Verlegenheit über seine Ungeschicklichkeit ausdrücken sollte. »Ein bisschen Dreck und ein paar Kratzer sind alles, was ich mir bei dem peinlichen Sturz in die kleine Baugrube zugezogen habe. Das wird mir eine Lehre sein; demnächst werde ich bei meinen Gängen durch die Stadt die Augen besser offen halten. Neuerdings trifft man ja jeden Tag irgendwo auf eine neue Baustelle! Also kümmert Euch nicht um mein ramponiertes Aussehen. Das Bild, das ich Euch zu meinem Bedauern präsentiere, werter Nello Picotti, es trügt gottlob und verleitet zu falschen Schlüssen.«

Trügerisch war es in der Tat, aber im entgegengesetzten Sinn. In Wahrheit kostete es Pater Angelico alle Kraft und Selbstbeherrschung, sich nicht anmerken zu lassen, *wie* elend ihm zumute war. Jeder Knochen im Leib schien zu schmerzen, und die Übelkeit und das Schwindelgefühl, die er längst überstanden geglaubt hatte, meldeten sich hier im Palazzo Petrucci plötzlich zurück.

Dabei hatte er sich doch nach dem nur knapp gescheiterten Anschlag auf sein Leben erst einmal in die nächstgelegene Kirche geschleppt und dort in der Stille und Abgeschiedenheit eines dunklen Seitenaltars eine gute halbe Stunde verbracht. Das hatte er für ausreichend erachtet, um sich zu fassen und von den Prügeln zu erholen.

Nun aber regten sich Zweifel in ihm. Vielleicht hätte er doch unverzüglich ins Kloster zurückkehren, kalte Kopfwickel anlegen und sich in seiner Zelle eine geraume Zeit Bettruhe verordnen sollen. Aber stärker noch als sein körperliches Elend war der Drang gewesen, hier im Palazzo den Geldbeutel mit den Goldstücken ausgehändigt zu bekommen.

Nun, die wenigen Augenblicke, die er jetzt noch hier im Gang vor der protzigen Säulenhalle des Innenhofs darauf warten musste, würde er, mit Gottes barmherzigem Beistand, auch noch überstehen. Glücklicherweise war er bei seinem Eintreffen gleich auf den Sekretär des feisten Tuchproduzenten gestoßen. Alles andere, insbesondere die Begegnung mit Lucrezia, hatte Zeit bis später.

Der beleibte Sekretär schaute weiterhin skeptisch drein, zuckte jedoch mit den Achseln. »Ihr müsst es wissen. Aber nun sagt, was ich für Euch tun kann.«

»Ich denke, das liegt auf der Hand.«

Der Sekretär machte eine ratlose Geste. »Ihr seht mich verwirrt. Helft mir auf die Sprünge. Mir scheint etwas entgangen zu sein, Padre.«

Den Eindruck hatte Pater Angelico auch, doch das sprach er nicht aus. »Ich bin gekommen, um die erste Zahlung für die Materialien zur Ausmalung der Hauskapelle abzuholen«, sagte er und schob sich näher an die Wand heran, um sich dagegenlehnen zu können, falls das Schwächegefühl zunehmen sollte. »Vierzig Florin waren mit Eurem Herrn ausgemacht. Er wird Euch schon vorgestern beauftragt haben, diese Summe für mich bereitzuhalten.«

Der Sekretär runzelte verwundert die Stirn. »Vierzig Florin?« Er schüttelte den kugelrunden, kraushaarigen Kopf. »Verzeiht, aber davon weiß ich nichts.«

Ungläubig sah Pater Angelico ihn an. Ein ekelhaft flaues Gefühl überkam ihn, doch er kämpfte dagegen an und versuchte den wachsenden Schwindel zu ignorieren.

»So war es aber vereinbart!«, erklärte er, schluckte nervös und suchte Halt an der Wand, als er ausgerechnet Lucrezia die Treppe herunterkommen sah. Tod und Teufel, das hatte ihm gerade noch gefehlt! Hätte ihm nicht wenigstens das erspart bleiben können?

Er riss sich zusammen und fuhr, an den Sekretär gewandt, fort: »Es handelt sich wohl nur um eine Vergesslichkeit Eures vielbeschäftigten Herrn. Das wird sich gewiss schnell aufklären, wenn Ihr die Güte habt, Euch zu Marsilio Petrucci zu begeben und ihn danach zu fragen.«

»Das würde ich gern tun, doch es ist leider unmöglich.« Nello Picotti schürzte etwas geziert die Lippen. »Der Signore ist nämlich gestern überraschend abgereist.«

Die Nachricht traf Pater Angelico wie ein weiterer Tiefschlag.

Ihm war, als hätte man ihm den Boden unter den Füßen weggezogen. Er taumelte wie ein angeschlagener Faustkämpfer. Zugleich stellte sich hinter seiner Stirn ein bohrender Schmerz ein und drückte mit wachsender Kraft gegen die Augenhöhlen.

»Abgereist?«, krächzte er und gab sich einen Moment lang der Hoffnung hin, dass Lucrezia ihn nicht bemerkte und gleich in dem Gang zu den Wirtschaftsräumen verschwand. Doch diese Hoffnung erfüllte sich nicht. Natürlich entdeckte sie ihn sofort. Kurz blieb sie am Fuß der Treppe stehen, als müsse sie erst überlegen, ob sie ihm die kalte Schulter zeigen oder zu ihm kommen solle. Dann nahm sie die Hand vom Geländer und schritt durch die lichtdurchflutete Halle geradewegs auf ihn zu.

Teufel auch!

Ihm wurde schlecht, und etwas buchstäblich Schleierhaftes ballte sich vor seinen Augen zusammen.

»Nach Pisa. Die geschäftlichen Angelegenheiten, deren er sich dort annehmen muss, werden ihn wohl eine gute Woche festhalten«, teilte Nello Picotti ihm indessen mit, um im nächsten Augenblick erschrocken festzustellen: »Padre, Ihr seid plötzlich blass wie der Tod! Bei den Geboten des Herrn, Ihr könnt Euch ja kaum auf den Beinen halten!«

Irgendetwas rief der beleibte Sekretär noch, doch das drang schon nicht mehr in Pater Angelicos Bewusstsein. Er nahm Nello Picotti und die sich rasch nähernde Gestalt von Lucrezia wie durch eine seiner mit Wasser gefüllten Glaskugeln wahr. Mit dem Unterschied, dass hier das Wasser vor seinen Augen wild hin- und herschwappte, um sich in Sekundenschnelle in einen immer rasender werdenden Strudel zu verwandeln, der alles in sich hineinzog – auch ihn.

Dass er zu Boden stürzte und Nello Picotti vergebens versuchte, ihn zu halten, bekam er nicht mehr mit. Bewusstlosigkeit umfing ihn, noch bevor er auf den Steinplatten aufschlug.

25

Langsam stieg er aus der dunklen Tiefe auf und trieb dem Licht entgegen. Die Fluten um ihn her verloren an Schwärze, und der helle Schein kam immer näher, bis er dicht vor seinen Augen lag. Doch aus irgendeinem unerfindlichen Grund war es ihm unmöglich, die Oberfläche zu durchbrechen und an die rettende Luft zu gelangen. Wie ein schweres Tuch lag die Oberfläche über seinem Gesicht und drohte ihn zu ersticken. Die Rettung war zum Greifen nahe, und doch würde er ertrinken und in die ewig schwarze Tiefe sinken!

Pater Angelico bäumte sich gegen das Unabwendbare auf. Ein gequältes Stöhnen entrang sich seiner Kehle, während seine Hand in dem verzweifelten Versuch, die Wasserdecke über seinem Gesicht zu durchstoßen, zu seinem dröhnenden Schädel fuhr.

»Ruhig, ganz ruhig«, sagte eine sanfte Stimme aus dem Hellen jenseits der Barriere. Und von einer Sekunde auf die andere hob sich die feuchte, kalte Decke und gab ihn frei.

Er schlug die Augen auf. Sein Schädel brummte, und benommen sah er in das zart geschnittene Gesicht von Lucrezia. Es dauerte einen Moment, bis er begriff, dass er in einem abgedunkelten Zimmer auf einer gepolsterten Liege lag und dass ein feuchtes Tuch seine Stirn kühlte. Mit kleiner Verzögerung setzte die Erinnerung an seinen Schwindelanfall im Palazzo Petrucci ein. Er erschrak und wollte sich aufrichten, doch sein malträtierter Körper quittierte die jähe Bewegung augenblicklich mit stechenden Kopf- und Leibschmerzen.

»Um Gottes willen, bleibt liegen! Wollt Ihr mir gleich noch einmal vor die Füße fallen?«, rief Lucrezia mit sanftem Spott und drückte ihn zurück in die seidenen Kissen. »Wagt es nicht! Ihr habt noch längst nicht hinreichend Farbe im Gesicht, um aufstehen und Eurer Wege gehen zu können. Also schont Euch, um Gottes willen! Außerdem habe ich den Riss an Eurem Ohr noch nicht ganz ausgewaschen. Und das dicke Ei an Eurem Hinterkopf kann auch noch Kühlung vertragen.«

Nur zu bereitwillig sank er zurück auf sein weiches Lager. Er fühlte sich elend, an Leib und Seele. Er war der Gefangene seiner eigenen Fehleinschätzungen und Verfehlungen. Dahin die Hoffnung, sich mit Marsilio Petruccis Geld aus der ärgsten, drängendsten Klemme befreien zu können!

Lucrezia wandte sich ab, reichte etwas hinter sich und sagte: »Bring frisches Wasser, Camilla. Aber nicht das aus dem Bottich in der Küche, sondern kaltes von unten aus der Zisterne! Und noch etwas! Sag Ghita in der Küche, sie soll ein rohes Ei in einen Becher Milch schlagen, das Ganze mit reichlich drei Löffeln Honig verrühren und mir dann hierherbringen!«

»Ganz wie Ihr wünscht, Donzella!« Die Frau, die das sagte, lispelte leicht und hatte einen mürrischen Ton.

Pater Angelico bemerkte die Hausbedienstete, die hinter Lucrezia an einer *credenza* nahe der Tür stand, erst jetzt. Sie war jung, vielleicht siebzehn, achtzehn Jahre alt, und hatte ein Mausgesicht mit spitzer Kinnpartie, schmallippigem Mund und wässrigen, murmelrunden, viel zu großen Augen. Jetzt nahm sie eine flache Schüssel mit schmutzigen Tüchern von der Anrichte, klemmte sich einen Wasserkrug unter den Arm und verließ das Zimmer.

Mit wachsender Beschämung sah Pater Angelico zu Lucrezia auf. »Es tut mir leid, dass ich Euch solche Unannehmlichkeiten bereite«, murmelte er und wünschte, er hätte die Kraft, aufzustehen und sich davonzumachen. Er rechnete mit einer bissigen Antwort, doch die blieb aus.

»Ihr seid zusammengesackt und in Ohnmacht gefallen wie vom Blitz getroffen. Damit ist nicht zu spaßen«, erwiderte Lucrezia stattdessen ernst. »Und ich weiß nicht, ob ich nicht doch besser nach unserem Medikus schicken soll.«

Abwehrend hob er die Hand. »Das wird nicht nötig sein! Wirklich nicht«, beteuerte er gegen jede Vernunft und in vollständiger Ignoranz gegenüber seinem körperlichen Zustand. »Es ist nur eine vorübergehende Schwäche. Gebt mir ein paar Minuten Ruhe, dann bin ich gleich wieder auf den Beinen.«

Sie blickte ihn an und schüttelte den Kopf. »Das glaubt Ihr doch selbst nicht! Soll ich Euch einen Spiegel vorhalten, damit Ihr die Schwellung an Eurem Hinterkopf und den tiefen Riss am Ohr sehen könnt? Jemand muss Euch böse zugesetzt haben, bevor Ihr zu uns gekommen seid! Von wegen, in eine Baugrube gestürzt! Ihr seid überfallen worden!«

Er seufzte und nickte knapp. »Gottloses Gesindel war das, drei Halunken! Sind in einer einsamen Gasse kurz hinter San Lorenzo über mich hergefallen und wollten mich ausrauben. Ist ihnen aber schlecht bekommen, auch wenn ich dabei nicht ganz ungeschoren davongekommen bin«, murmelte er grimmig.

Sie bedachte ihn mit einem skeptischen Blick. »Wer kommt denn auf die einfältige Idee, einen Ordensmann *ausrauben* zu wollen? Ihr seid doch kein feister Prälat, der ein goldenes Kruzifix vor dem Wanst baumeln und unter seinem feinen Tuch eine fette Geldbörse versteckt hat!«

Er wich ihrem Blick aus und zuckte die Achseln. »Der Dummheit und Bösartigkeit der Menschen sind keine Grenzen gesetzt, wie das Leben immer wieder lehrt.«

»Das mag sein, aber irgendetwas sagt mir, dass es nicht darum ging, Euch auszurauben«, erwiderte sie ahnungsvoll und sah ihn forschend an. »Könnte es sein, dass Ihr so brutal angegriffen worden seid, weil Ihr jemanden gegen Euch aufgebracht habt?«

»Ich muss gestehen, dass ich durchaus die Gabe habe, gewisse

Leute gegen mich aufzubringen«, sagte er und brachte trotz seines entsetzlichen Schädelbrummens ein Lächeln zustande.

Sie lächelte zurück, ohne Spott oder gar Geringschätzung, und nickte bedächtig. »Ja, die kann man Euch nicht absprechen. Und ich weiß das zu beurteilen. Denn über diese Gabe verfügen wir beide, seht Ihr das nicht auch so, Pater Angelico?«

»Was ich sehe, ist, dass Ihr, Donzella Lucrezia, als unverheiratete Frau Euren guten Ruf aufs Spiel setzt, indem Ihr Euch allein mit mir in diesem Zimmer aufhaltet«, antwortete er ausweichend, hielt er es doch für klüger, ihre Feststellung weder abzustreiten noch zu bestätigen. Er wollte sich nicht noch einmal in die Nesseln setzen. »Deshalb solltet Ihr mich jetzt besser allein lassen. Es wird schon wieder. Ich habe einen recht harten Schädel.«

Lucrezia lachte auf. »Von welchem guten Ruf sprecht Ihr? Was gibt es für mich da noch aufs Spiel zu setzen? Und ich dachte, Ihr kennt mich inzwischen ein bisschen!« Sie setzte eine betrübte Miene auf. »Außerdem seid Ihr ein frommer Mönch und geweihter Priester. Ihr könntet mir die Beichte abnehmen. Vielleicht wäre das sinnvoller als das Modellsitzen für meines Vaters Fresken.«

»Ich glaube nicht, dass das das Richtige wäre.«

»Nein, wohl kaum«, pflichtete sie ihm bei. »Der Kniefall liegt mir nicht wirklich, das Fromme und Demütige – das wisst Ihr ja zur Genüge. Lieber streite ich mich mit Euch. Das gibt mir wenigstens das Gefühl, noch in dieser Welt und nicht bei lebendigem Leib begraben zu sein.«

»Komme ich Euch vor wie nicht von dieser Welt und lebendig begraben?«

Wieder gab sie ein trockenes, freudloses Lachen von sich. »Ihr seid ein Mann, Padre. Mönchen, insbesondere geweihten Priestern, die zudem noch begnadete Maler sind, räumt man entschieden mehr Freiheiten ein als einer gewöhnlichen Frau, die den Schleier nimmt – oder dazu gezwungen wird.«

Bevor Pater Angelico darauf etwas erwidern konnte, kehrte die Dienerin mit einem vollen Wasserkrug und einer flachen Waschschüssel zurück, in der mehrere saubere Leintücher lagen.

Lucrezia zog einen Hocker mit glatter Sitzfläche heran. »Stell alles hier ab, Camilla, und dann kannst du gehen. Wenn ich dich noch einmal brauche, rufe ich dich. Ach, und sieh unten in der Küche nach, wo Ghita mit dem Stärkungstrank für unseren Gast bleibt!«

»Sehr wohl, Donzella«, nuschelte Camilla und zog sich zurück, wobei sie die Tür einen Spaltbreit offen ließ.

Das entging Lucrezia nicht, obwohl sie mit dem Rücken zur Tür saß. »Camilla!«, rief sie. »Mach gefälligst die Tür zu! Und untersteh dich, draußen auf dem Gang zu stehen und zu lauschen!«

Mit einem lauten Ruck zog die Dienerin die Tür von außen zu, und dann entfernte sie sich stampfenden Schritts. Pater Angelico registrierte dieses despektierliche Verhalten und dachte daran, dass viele vornehme Florentiner ihre Dienerschaft nicht von ungefähr *domestici hostes* nannten, Feinde im eigenen Haus.

Lucrezia seufzte und schüttelte den Kopf. »Nichts liebt dieses Mausgesicht mehr, als an Türen zu lauschen und Klatsch zu verbreiten! Aber kann man es ihr und den anderen Bediensteten verdenken? Nein. Was haben sie denn sonst außer harter Arbeit und kargem Lohn?«, sagte sie, während sie eins der Tücher nahm und mit dem Wasserkrug hantierte. »So, und jetzt dreht den Kopf zur Seite und haltet still, damit ich die Wunde an Eurem Ohr auswaschen kann.«

Er wandte den Kopf und spürte, beschämt und dankbar zugleich, die herrliche feuchte Kühle, die sich im nächsten Augenblick behutsam auf sein brennendes Ohr legte und einige Sekunden darauf verharrte. Dann erst begann Lucrezia das Blut abzutupfen.

Für geraume Zeit erfüllte ein eigenartiges Schweigen den Raum, ein Schweigen ohne jegliche Anspannung, ohne auch nur einen Hauch von unterschwelligem, wortlosem Zorn. Vielmehr hatte es etwas Behutsames, etwas Verbindendes, ja geradezu Heilendes.

Nach einem Augenblick der Verwirrung schloss er die Augen und überließ sich ganz ihren Händen, die mit großem Zartgefühl die Wunde an seinem Ohr säuberten und die Beule am Hinterkopf kühlten. Kurz zuckte die Frage durch seinen Kopf, wann ihn das letzte Mal eine Frauenhand berührt hatte – noch dazu so sanft und einfühlsam, dass es fast einer Zärtlichkeit gleichkam.

»Ich habe Euch noch gar nicht gedankt«, sagte sie schließlich in die Stille, leise, mit einer Stimme, die einen ganz neuen, vertrauensvollen Klang hatte. »Also lasst es mich jetzt tun: Ich danke Euch, Pater Angelico.«

»Wofür?«

»Für Euer Schreiben.«

»Das war ich Euch schuldig, Donzella Lucrezia.«

»Vielleicht, aber Ihr hättet ebenso gut davon absehen können. Ihr habt Euch nicht um den Auftrag gerissen und hattet also nichts zu verlieren«, gab sie zurück. »Aber was Ihr mir ganz sicher nicht schuldig wart, das waren die so … so anrührenden Worte, die Ihr in Eurem Schreiben gefunden habt, ganz zu schweigen von der wunderbaren Anconella. Habt Ihr das Bild gemalt?«

»Ja, schon vor einigen Jahren. Damals habe ich angefangen, Bildnisse von allen zwölf Aposteln zu schaffen.« Er verschwieg, dass diese Serie für die Ausschmückung des Klosters entstanden war und dass er das kleine Tafelbild jetzt aus der Zelle eines Mitbruders hatte holen müssen. Zum Glück war dieser ihm wohlgesinnt; er hatte nicht lange gefragt und sich mit der Zusicherung zufriedengegeben, dass er, Angelico, ihm bald ein neues Bild malen werde. »Ich hätte es nicht gewagt, Euch das Werk eines anderen Malers zu schicken, um mich für meinen Fehltritt zu entschuldigen und Euch versöhnlich zu stimmen.«

»Ihr habt mich nicht versöhnlich gestimmt, Pater Angelico. Ihr … Ihr habt mich zu Tränen gerührt«, gestand sie leise. »Noch nie hat jemand für mein Schicksal solche Worte gefunden. Sie haben mich zutiefst bewegt.«

Was für ein merkwürdiges Gespräch, dachte Pater Angelico. War das wirklich die Lucrezia Petrucci, die ihn bei ihrer ersten Begegnung mit beißendem Spott übergossen und ihn auch zwei Tage zuvor noch wie einen unbotmäßigen Diener abgekanzelt hatte?

Langsam wandte er den Kopf, und als er in ihre Augen blickte, sah er, dass darin Tränen schimmerten. »Wohl weil sie aus einer Seele und einem Herzen kamen, die von Eurem Schmerz nicht weniger angerührt worden sind«, gestand er freimütig.

Sie tupfte sich die Augen ab. »Woher habt Ihr gewusst, dass mir von allen Heiligen ausgerechnet der heilige Judas Thaddäus so besonders nahesteht? Weil er der Patron und treue Helfer in verzweifelten Anliegen und hoffnungslosen Fällen ist?«

»Nein, das hat mir die wunderschöne Kamee verraten, die Ihr bei unserer ersten Begegnung als einzigen Schmuck am Kleid getragen habt«, sagte er, und sein Blick fiel unwillkürlich auf den Ring, den sie – wiederum als einziges Schmuckstück – an der Rechten trug. Es war eine kostbare, ungewöhnliche feine Goldschmiedearbeit, wuchsen oben aus dem Fingerreif doch zwei zierliche Hände empor, die einen tiefroten Rubin in Form eines Herzens umschlossen hielten.

Lucrezia fing seinen Blick auf und strich mit der anderen Hand kurz über den Ring. »Ihr seid ein guter Beobachter. Vielleicht zu gut manchmal.«

»Ihr wählt nun mal ungewöhnlichen, ins Auge fallenden Schmuck. So auch heute. Das ist ein wunderschöner Ring.«

Sie nickte mit einem halb traurigen, halb stolzen Lächeln. »Er hat einst meiner Großmutter und dann meiner seligen Mutter gehört. Ich trage ihn nur an zwei besonderen Tagen im Jahr, und zwar am Geburtstag und am Todestag meiner Mutter, so wie sie selbst es zu ihren Lebzeiten getan hat.«

»Eine schöne Tradition, seiner Mutter an diesen Tagen ein ganz besonderes Gedenken zu widmen.«

Sie nickte, blickte auf und wechselte das Thema. »Ihr seid ein begnadeter Maler. Ich habe Erkundigungen über Euch eingezogen.«

»Sollte ich jetzt bestürzt sein oder erfreut?«

Darauf ging sie nicht ein. »Mein Vater kann sich glücklich schätzen, dass er Euch für die Ausmalung der Hauskapelle gewonnen hat.«

Er verzog das Gesicht. »Gewonnen ist nun nicht gerade das treffende Wort.«

Es klopfte, und auf Lucrezias »Herein!« trat eine korpulente Küchenmagd mit dickem, strohigem Haar ins Zimmer. Sie brachte einen hübschen, bauchigen Majolika-Becher, reichte ihn Lucrezia, warf einen Seitenblick auf den Mönch, dessen Zusammenbruch unter dem Personal im Palazzo vermutlich längst das Hauptgesprächsthema war, und huschte sogleich wieder davon.

»Hier, trinkt das«, ordnete Lucrezia an. »Das wird Euch stärken.«

Pater Angelico setzte sich vorsichtig auf, schwang die Beine über den Rand der Liege und nahm den Becher entgegen. Der Trank war kühl und köstlich. Fast meinte er zu spüren, wie die Lebensgeister in seinen Körper zurückkehrten.

Sie wartete still, bis er den Becher geleert hatte. Dann fragte sie: »Wisst Ihr, wann ich den heiligen Judas Thaddäus zu meinem Patron und Schutzheiligen erkoren habe?«

Er nahm nicht an, dass er sich aufs Raten verlegen sollte, und sah sie nur fragend an.

»Im Februar vor fast vierzehn Jahren. Es war ein kalter Winter, der erste nach dem Tod meiner Mutter. Nicht ganz sechs war ich damals. Ich bin in meinem Zimmer herumgetollt und habe dabei das Kohlebecken umgerissen. Die Glut hat mir die Brust und den Hals hinauf bis zum Ohr verbrannt«, erzählte sie in fast beiläufigem Ton, doch um ihre Mundwinkel zuckte es verräterisch. »Damit war ich für mein Leben buchstäblich gebrandmarkt und entstellt. Das war der Augenblick, in dem ich beim heiligen Judas Thaddäus Zuflucht und Beistand gesucht habe, denn es heißt, dass einem durch die Fürsprache besonders dieses Apostels Jesu Christi wunderbare Erhörung und Hilfe gewährt wird, wo eigentlich doch alle Hoffnung und menschliche Tröstung vergebens sind.«

Betroffen sah er sie an.

»Ich habe in all den Jahren viel und innig um ein Wunder gebetet, das könnt Ihr mir glauben«, fuhr sie nach kurzem Schweigen fort und sah an ihm vorbei. »Aber bei einem derart hoffnungslosen Fall wie mir ist offensichtlich selbst ein Heiliger wie der Apostel Judas Thaddäus machtlos.«

»Ihr seid kein hoffnungsloser Fall, Donzella Lucrezia«, sagte Pater Angelico, doch ohne rechte Emphase, und als die bittere Wirklichkeit mit aller Macht wieder in sein Bewusstsein drängte, bemächtigte sich seiner eine große Niedergeschlagenheit.

»Ihr seid ein schlechter Lügner, Pater Angelico. Ihr wisst so gut wie ich, dass mein Vater nie und nimmer einen standesgemäßen Ehemann für mich finden wird und dass ich deshalb ins Kloster muss. Ich bin nun mal schadhafte Ware, die selbst mit einer extrem hohen Mitgift auf dem Ehemarkt nicht loszuschlagen ist. Mein Vater liebt mich, und dennoch würde er nie auf die Idee kommen, das Doppelte oder gar Dreifache von dem zu zahlen, was als Mitgift für fehlerfreie Ware angemessen wäre. Dafür ist er zu sehr Kaufmann.«

»Ich bitte Euch, redet nicht so abwertend von Euch selbst!«, beschwor er sie und wusste doch, dass sie nur ungeschminkt aussprach, was die ebenso schändliche wie gebräuchliche Praxis war, nämlich das möglichst preiswerte Abschieben von überzähligen und unvermittelbaren Töchtern in irgendein Kloster, dessen Oberin mehr an dem Handgeld des Vaters interessiert war als an der Frage, ob die neue Schwester zum monastischen Leben in Keuschheit, Armut und Gehorsam überhaupt geeignet war.

»Aber so verhält es sich doch. Für mich bleibt nur der Weg ins Kloster! Dafür hat meine Stiefmutter, der ich vom ersten Tag an ein Dorn im Auge war, schon gesorgt. Sie stammt aus Venedig und verbringt mit ihren Kindern – meiner elfjährigen Halbschwester Gianetta und meinem neunjährigen Halbbruder Guccio – wieder einmal den Winter dort bei ihrer vornehmen Familie«, berichtete sie mit Bitterkeit in der Stimme. »Angeblich ist ihr hier das Klima zu feucht und zu ungesund, was natürlich lachhaft ist. Aber mein Vater ist Ton in ihren Händen und tut, was sie verlangt. Und wenn Donna Alessia im Frühling nach Florenz zurückkehrt, ist Gianetta zwölf und damit im heiratsfähigen Alter. Ich habe dann in *ihrem* neuen Palazzo nichts mehr verloren. Ich soll für den Rest meines Lebens hinter Klostermauern verschwinden, das hat sie meinem Vater vor ihrer Abreise unmissverständlich klargemacht.« Sie atmete tief durch, nahm ihm den Becher ab und rang sich zu einem Lächeln durch. »So, nun wisst Ihr, warum ich mich stets so unausstehlich aufführe. Es ist mein letztes Aufbäumen. Und jetzt seid Ihr an der Reihe.«

Verblüfft und noch immer unter dem Eindruck dessen, was Lucrezia ihm anvertraut hatte, sah Pater Angelico sie an. »Wie meint Ihr das?«

»Erzählt mir von Euch.«

»Was sollte ich, ein Mönch, schon groß zu erzählen haben?«

»Ihr seid ein Mann voller Geheimnisse«, sagte sie ihm auf den Kopf zu. »Und irgendetwas liegt Euch schwer auf der Seele. Solche Dinge spüre ich. Versucht also gar nicht erst, es abzustreiten.«

Ein ungläubiger Ausdruck trat auf sein Gesicht. »Mag sein, dass es so ist«, sagte er schließlich und zuckte die Achseln. »Niemand entrinnt dem rätselhaften Kerker seines Lebens. Wer wüsste das besser als Ihr?«

»Ja, aber nichts macht uns so einsam wie unsere Geheimnisse«, antwortete Lucrezia rätselhaft und sah ihn durchdringend an, so als wüsste sie – oder ahnte doch zumindest –, wie es in seinem Innern aussah. »Ich weiß nicht mehr, wo ich das gelesen oder aufgeschnappt habe, aber meine eigene Erfahrung hat mich gelehrt, dass es zutrifft. Also, warum gebt Ihr nicht auch, so wie ich, ein Geheimnis preis? Etwa, was es mit dem Überfall auf Euch *wirklich* auf sich hat. Und bitte beleidigt nicht meinen gesunden Menschenverstand, indem Ihr weiter behauptet, das zufällige Opfer von Straßenräubern geworden zu sein.«

Pater Angelico machte eine vage Geste. Er wollte Lucrezia nach allem, was sie ihm anvertraut hatte, nicht belügen. »Das lässt sich nicht in ein paar Sätzen erzählen, Donzella Lucrezia. Dieser Überfall … nun, er hat eine lange Vorgeschichte«, wiegelte er ab. »Ich wüsste gar nicht, wo ich beginnen sollte.«

»Fangt an, wo Ihr wollt. Ich habe, wie Ihr ja wisst, alle Zeit der Welt.«

Er zögerte lange. Und dann hörte er sich zu seiner eigenen Verwunderung plötzlich sagen: »Dass ich diese Prügel bezogen habe und derart in der Klemme sitze, verdanke ich einem unsauberen Handel mit dem Speziale Bernardo Movetti, auf den ich mich eingelassen habe. Damit beginnt die Geschichte …«

26

Aufgewühlt wie selten zuvor und tief in Gedanken versunken, ging Pater Angelico im Kloster den langen Gang zu seiner Werkstatt hinunter.

Wie hatte es nur dazu kommen können? Was in Gottes heiligem Namen war in ihn gefahren, dass er ihr die ganze Geschichte erzählt hatte? Ausgerechnet dieser jungen Frau? Nichts hatte er ausgelassen! Lucrezia Petrucci wusste nun über die Affäre Movetti, ja sogar über die Gründe, die ihn zu dem zwielichtigen Handel mit dem Speziale bewogen hatten, mehr als Bruder Bartolo. Was um alles in der Welt hatte ihn dazu gebracht, sie derart ins Vertrauen zu ziehen?

Er war sich selbst ein Rätsel. Denn obschon er über sein Verhalten äußerst verwundert war, regte sich angesichts seiner Redseligkeit keinerlei Reue in ihm. Und das beunruhigte ihn.

Er öffnete die Tür zum Atelier, die er nie abschloss, und nahm an, dass er dort allein sein würde. Zu dieser Morgenstunde hielt Bruder Bartolo sich bei seinem Onkel auf, und von den anderen Mitbrüdern würde sich in seiner Abwesenheit keiner in der Werkstatt herumtreiben. Deshalb war er höchst überrascht, auf Vincenzo Bandelli zu treffen.

Mit leicht schräg gelegtem Kopf, die Arme in die Hüften gestützt und dabei die Daumen rechts und links hinter den Ledergürtel gehakt, stand der schwergewichtige Klosterobere vor der großen Staffelei mit dem Tafelbild für Lorenzo de' Medici. Er hatte das saubere Leintuch, mit dem das Gemälde zum Schutz vor Staub, Ascheflug und anderer zufälliger Beschmutzung und Beschädigung verhängt gewesen war, vom Gestänge der Staffelei gezogen und achtlos neben sich zu Boden fallen lassen.

Als der Prior die Tür knarren und Schritte näher kommen

hörte, drehte er sich kurz um und richtete den Blick sogleich wieder auf die Arbeit. »Man kann ja vieles über Euch sagen, und zu meiner großen Betrübnis gereicht das meiste Euch nicht gerade zur Ehre, ganz im Gegenteil sogar«, sagte er anzüglich und fuhr etwas widerwillig fort: »Aber eines muss man Euch lassen: Ihr versteht, den Pinsel zu führen und etwas zu schaffen, das man einen malerischen Lobpreis Gottes nennen kann – oder, in diesem Fall, Unserer seligen Jungfrau und Gottesmutter!«

Pater Angelicos Miene verfinsterte sich. Rasch trat er näher und bückte sich nach dem Tuch. »Habt *Ihr* das Tuch von der Staffelei gezerrt und wie einen alten Lappen in den Dreck fallen lassen?«, knurrte er. »Ich kann mich nämlich nicht erinnern, die Arbeit unverhängt gelassen zu haben!«

Vincenzo Bandelli ignorierte den Vorwurf und ging sofort zum Gegenangriff über. »Aber so gut Euch die Darstellung der Verkündigung auch gelungen sein mag, das Bild ist ja noch immer nicht fertig! Hier, das Gewand der Muttergottes!« Anklagend stach er mit seinem Zeigefinger auf die mädchenhafte Madonna ein, deren Kleid nur in Umrissen erkennbar war und die daher scheinbar körperlos vor dem Erzengel Gabriel kniete. »Es strahlt ja noch immer nicht in prächtigem Ultramarin!«

»Das hat seinen guten Grund!«

»Was für einen guten Grund kann es dafür geben? Ihr werdet doch wohl ein simples Gewand malen können, wo Ihr in all den anderen Details so große Kunstfertigkeit beweist!«, erwiderte der Obere ärgerlich und fuhr zu ihm herum. »Ich weiß sehr wohl, warum Ihr nicht fertig werdet! Es ist Absicht! Pure Bösartigkeit! Ihr wollt mir eins auswischen, weil ich in Eurem Namen den Auftrag für die Hauskapelle der Petrucci angenommen habe! Deshalb malt Ihr jetzt einfach nicht weiter. Ihr wollt den Termin platzenlassen und mich vor Seiner Magnifizenz bloßstellen! Immerhin habe ich mich für Euch verbürgt! Ihr zerstört mein Ansehen. Jawohl, das und nichts anderes steckt dahinter!«

Pater Angelico verzog das Gesicht zu einer sarkastischen Miene. »Interessant. Dieser Gedanke ist gewiss nicht ohne Reize, das muss ich gestehen«, sagte er. »Aber Ihr irrt – wie so oft. Dass ich das Gewand nicht mit Ultramarin ausmalen kann, liegt schlicht und ergreifend daran, dass mir die Lapislazuli für die Farbe fehlen. Die Lieferung hat sich verzögert.«

»So! Und das soll ich Euch glauben, ja?«, bellte Vincenzo Bandelli.

Pater Angelico zuckte die Achseln. »Glaubt mir, oder lasst es bleiben, ehrwürdiger Vater! Aber wie Ihr Euch auch entscheidet, es ändert nichts daran, dass ich mich von keinem drängen lasse, auch nicht von Seiner Magnifizenz!« Ihm reichte es. Zum Teufel mit der Sorge, das Gemälde nicht zum versprochenen Termin abliefern zu können! Bei den meisten anderen Malern war das doch eher die Regel als die Ausnahme! Irgendwie würde sich schon eine Lösung finden, was die Lapislazuli anging. Vielleicht lag ja Lucrezia mit ihrer Annahme richtig, dass ihr Vater schon in wenigen Tagen zurück sein werde – und nicht erst in einer oder anderthalb Wochen, wie der Sekretär zu wissen glaubte.

Der Prior stutzte, runzelte die Stirn und musterte ihn misstrauisch. »Was ist denn Euch widerfahren? Seid Ihr in eine Prügelei geraten? Habt Ihr womöglich einen Streit vom Zaun gebrochen, bei dem es zu Handgreiflichkeiten gekommen ist?«

»Was Euch zweifellos nicht überraschen würde, nicht wahr? So etwas wie ein Rückfall in mein Leben als Landsknecht. Aber ich muss Euch enttäuschen. Ich habe keinen Streit vom Zaun gebrochen, sondern bin von …«

Der Prior fuchtelte herrisch mit der Hand und fiel ihm ins Wort. »Ich will es gar nicht wissen, das ist bestimmt besser so«, sagte er und zog eine gequälte Miene, so als trage er schwer an der Bürde, einen Mitbruder wie ihn in seinem Konvent zu haben. »Ihr seid ein störrischer, widerspenstiger Geist! Aber lasst Euch eins gesagt sein: Nur auf der schmalen Leiter der Gebete, des Fastens – und des *Gehorsams*«, er betonte das Wort besonders und hob dazu mahnend den Zeigefinger, »steigt man auf ins Paradies.«

Und das aus deinem Mund, der salbungsvoll das hehre monastische Leben predigt, während dein Herz und deine Seele nach Macht und Prunk gieren, dachte Pater Angelico und erwiderte: »Vielleicht bin ich der schwindelerregenden Höhe, der Ihr auf der Leiter zweifellos mit großer Frömmigkeit entgegenstrebt, noch nicht würdig. Aber seid versichert, dass ich zumindest die unteren Sprossen längst in den Blick genommen habe.«

Der Prior funkelte ihn zornig an. »Malt gefälligst das Gewand«, stieß er grimmig hervor, presste die Lippen zusammen und knallte Augenblicke später die Tür hinter sich zu.

Pater Angelico sank auf die nächste Sitzgelegenheit. Er hatte einen üblen Geschmack im Mund. Es verschaffte ihm keine Genugtuung, seinem Prior in diesen Wortgefechten gewachsen zu sein und Gleiches mit Gleichem vergelten zu können. Vielmehr stimmte es ihn traurig, erfüllte ihn mit Schuld und Scham und nährte, das war das Schlimmste, die Zweifel an seiner Berufung. Warum gelang es ihm einfach nicht, jene Demut und jenen bedingungslosen Gehorsam aufzubringen, die so vielen seiner Mitbrüder zur zweiten Haut geworden waren?

Eine ganze Weile saß er brütend und mit hängenden Schultern auf der harten Kiste. Dann wanderte sein Blick hinaus in den Garten, der in hellem Sonnenschein lag. Nach den vergangenen Regentagen spannte sich endlich wieder ein nahezu wolkenloser blauer Himmel über Florenz.

Er gab sich einen Ruck und stand auf. Hinterließ für Bruder

Bartolo eine kurze Notiz, wo er zu finden sein würde, nahm sein großes Skizzenbuch sowie einige Stücke feiner Zeichenkohle an sich und machte sich auf den Weg zum *Giardino.*

27

Battista Fontelli, der wohl begehrteste und teuerste Sensale aus der Via dei Cerretani.

Die Bemerkung Gino Calandros über den Heiratsvermittler fiel Pater Angelico spontan wieder ein, als er ebendieser Straße in Richtung der Kirche Santa Maria Maggiore folgte.

Kurz entschlossen fragte er den nächsten Ladenbesitzer nach der genauen Adresse des Mannes und wurde zu einem schmalen zweistöckigen Haus mit reich verzierter Fassade geschickt, das sich schräg gegenüber der Kirche zwischen zwei fünfstöckigen Mietshäusern aus schmutzig braunem Backstein behauptete.

Gerade als Pater Angelico den Kirchplatz überquerte und auf das Haus zuging, trat dort ein Mann von schlanker, aufrechter Gestalt auf die Straße. Er hatte dichtes, schlohweißes Haar und ebenmäßige, beinahe aristokratisch anmutende Züge. Er war in ein schwarzes, fersenlanges Samtgewand von schnörkellosem Zuschnitt gekleidet, das mit einer dezenten Borte aus Silberfäden gesäumt war. Seine schlichte Rundkappe war aus dem gleichen Stoff gearbeitet und wies die gleiche silbrige Verzierung auf. Unter dem Arm trug er eine rehlederne Dokumentenmappe mit Verschlusskordeln aus schwarzsilbrigem Garn.

Pater Angelico genügte ein einziger Blick auf den gut sechzigjährigen Mann, um sicher zu sein, dass es sich bei ihm um den Sensale Battista Fontelli handelte. Alles an ihm zeugte von der vornehmen Zurückhaltung eines Mannes, der sich seiner Stellung und seines beruflichen Erfolges sicher war; der auf protzige Selbstdarstellung verzichten konnte, weil er wusste, welch exzellenter Ruf sich mit seinem Namen verband.

Battista Fontelli runzelte denn auch zunächst die hohe Stirn und nahm eine abwehrende Haltung ein, als er sich vor seinem Haus von einem fremden Mönch angesprochen sah. Doch als er hörte, wer sein Gegenüber war und worum es ging, wurde er zugänglicher, wenn auch auf vornehm zurückhaltende Art.

»Eine in der Tat höchst tragische Geschichte, die mir noch immer Rätsel aufgibt, wie ich gestehen muss«, sagte er mit betrübter Miene. »Aber ich verstehe nicht ganz, wie ich Euch behilflich sein kann, Pater Angelico.«

»Nun, auch mir gibt Movettis Tod Rätsel auf, Ser Battista«, erwiderte Pater Angelico. »Und hätte ich seiner Tochter nicht versprochen, mich eingehender mit den Umständen seines Todes zu befassen, dann hätte ich heute keinen Grund gehabt, Euch zu belästigen. Aber im Angesicht ihres großen Kummers habe ich mich zu diesem Versprechen hinreißen lassen. Die junge Frau, gerade erst ein paar Monate im heiligen Stand der Ehe, leidet bitter unter dem Makel der väterlichen Selbsttötung. Es kränkt sie zutiefst, dass ihm kirchlicher Segen und geweihte Erde versagt sind.«

Battista Fontelli nickte ernst. »Unüberlegte Taten ziehen nun mal meist bittere Konsequenzen nach sich. Seine Kinder und Freunde werden für die Rettung seiner Seele arg zu beten haben, um göttliche Barmherzigkeit und Vergebung für ihn zu erlangen«, sagte er, um dann mit spitzen Lippen und in gekränktem Ton den Punkt anzuschneiden, der ihn offensichtlich mehr beschäftigte als Movettis Seelenheil. »Wobei mir noch immer völlig unverständlich ist, wieso Bernardo seine Tochter mit diesem Gino Calandro verheiratet hat! Nicht einmal zu Rate gezogen hat er mich, und das war mehr als töricht.«

»Es hatte gewiss mit der Höhe der Mitgift und der Fürsprache ihres Schwagers zu tun.«

»Dilettantische Hinterstubengeschäfte«, bemerkte Battista Fontelli abfällig. »Er hätte die Verheiratung seiner Tochter mir überlassen sollen. Wenn ich ein neues Paar Stiefel brauche, gehe ich ja auch nicht hin und fange selbst zu schustern an!«

»Dann habt Ihr wohl auch nichts mit jenem Rufino di Francesco de' Valori zu tun, dem Movetti angeblich seine Tochter und eine Mitgift von siebzehnhundert Florin versprochen hatte?«

Empört sah der Heiratsvermittler ihn an. »Für wen haltet Ihr mich? Selbstredend hatte ich damit nichts zu schaffen! Ich würde diesem Rufino de' Valori noch nicht einmal die linke Hand reichen, geschweige denn ein Parentado für ihn aushandeln!«

»Darf ich fragen, weshalb?«

»Fragen dürft Ihr, aber die Antwort werdet Ihr Euch schon selbst beschaffen müssen. Mein Geschäft beruht auf Diskretion und Ehrbarkeit, nicht auf Klatsch und übler Nachrede, ganz gleich, wie begründet letztere auch sein mag«, verkündete Battista Fontelli.

»Aber für Movetti selbst habt Ihr ein Parentado ausgehandelt«, fragte Pater Angelico weiter, rasch das Thema wechselnd, weil er spürte, dass dem Sensale allmählich die Geduld ausging.

Fontelli nickte. »Schriftlich fixiert waren die Einzelheiten des Kontraktes zwar noch nicht, aber wir hatten eine *impalmatura.* Und unter Ehrenmännern gilt ein Ehevertrag per Handschlag nicht weniger als ein notariell beglaubigter Kontrakt.«

Nur dass Bernardo Movetti alles andere als ein Ehrenmann war, wie nicht nur die Sache mit Rufino de' Valori beweist, dachte Pater Angelico. Zu Battista Fontelli sagte er: »Da er Euch mit der Heiratsvermittlung betraut hat, nehme ich an, dass es sich bei der Frau, auf die seine Wahl gefallen war, um eine Tochter aus entweder sehr reichem oder sehr vornehmem Elternhaus handelte.«

Die indirekte Schmeichelei, dass ein Sensale wie er sich nicht mit gewöhnlichen Ehevermittlungen abgab, sondern sich grundsätzlich die fetten Rosinen aus dem Kuchen des Florentiner Heiratsmarkts pickte, verfehlte ihre Wirkung nicht. Battista Fontelli erlaubte sich ein feines Lächeln.

»Ihr geht recht in der Annahme, dass es stets um eine hohe Mitgift oder einen vornehmen Namen geht, wenn ich damit betraut werde, ein Parentado auszuhandeln«, bestätigte er. »In diesem seltenen Fall ging es sogar um beides. Erhofft Euch jetzt keinen Namen! Hier bin ich mehr denn je zu äußerster Diskretion verpflichtet! Was ich Euch sagen kann, ist, dass Bernardo Movetti durch diese Heirat mit einer nicht nur vermögenden, sondern auch alten und namhaften Adelsfamilie verbunden gewesen wäre, die seiner Zukünftigen eine Mitgift in Höhe von zweieinhalbtausend Florin zugedacht hatte.«

Pater Angelico machte ein ungläubiges Gesicht. »Zweieinhalbtausend Florin *und* alter Adel? Jedes für sich ist schon erstaunlich, aber beides zusammen – das klingt unglaublich. Heilige Drei Könige, wie habt Ihr das fertiggebracht, Ser Battista? Movetti war zwar nicht gerade ein kleiner Krämer, aber doch auch kein Großkaufmann von Rang und Namen!«

Der Sensale war nicht frei von Eitelkeit, wie sein immer breiter werdendes Lächeln und der unwillkürlich stolz gereckte Kopf verrieten. »So ein Glanzstück hinzubekommen, das gelingt ohne jeden Zweifel höchst selten, selbst einem Mann mit meinem Ruf und meinen Verbindungen!«, betonte er.

Um ihn zum Weiterreden zu animieren, schenkte Pater Angelico ihm einen bewundernden Blick. »Aber wie in Gottes heiligem Namen habt Ihr das bloß eingefädelt?«

»Es war hilfreich, dass es sich um eine jener Familien handelte, die nach dem gescheiterten Umsturzversuch der Pazzi und ihrer Mitverschwörer in die Verbannung geschickt wurden, diese speziell nach Padua«, erklärte der Sensale. »Sie hatten jedoch Glück im Unglück, denn mit dem Urteil der Verbannung wurde nicht auch gleich ihr Vermögen konfisziert, wie es ja in den meisten anderen Fällen geschehen ist. Sie verdankten diese Schonung dem Umstand, dass sie in keiner Weise aktiv an dem Komplott beteiligt gewesen waren, sondern nur einem flüchtigen und zudem auch noch unbedeutenden Helfershelfer der Pazzi in ihrem Landhaus Unterschlupf gewährt hatten. Sie hofften – und das zu Recht –, durch die Verheiratung ihrer Tochter mit Movetti hier allmählich wieder gesellschaftsfähig zu werden und den Weg dafür zu ebnen, dass die ganze Familie nach Florenz zurückkehren kann.«

»Das hätte sich für die Familie aber doch erst dann gelohnt, wenn Movetti ein Mann gewesen wäre, der in der Stadt einen Namen hat und etwas darstellt.«

»Das wäre er ja gewesen«, versicherte Battista Fontelli. »Sowohl zum Zeitpunkt des Notartermins, der für die letzte Dezemberwoche vereinbart war, als auch am Tag der Heirat, die Anfang Mai nächsten Jahres hätte stattfinden sollen.«

Pater Angelico machte ein verständnisloses Gesicht. »Und wie wäre das möglich gewesen?«

»Er hat mir versichert, er könne fest mit einem hohen Staatsamt rechnen. Man werde ihn Ende Dezember und Ende April wieder in die Priorenschaft wählen. Diese Zusicherung wäre auch Bestandteil des schriftlichen Kontraktes gewesen. Er hatte gewisse Verbindungen, wie Ihr vielleicht wisst, und seit einiger Zeit sind die Wahlen zu unseren höchsten Ämtern nicht mehr ganz das, was sie einmal waren – früher, als es noch Überraschungen gab«, sagte er vorsichtig.

»Richtig.« Pater Angelico war verblüfft und fühlte sich einmal mehr in seiner Überzeugung bestärkt, dass Movetti weder sich selbst erhängt hatte noch zufällig einem Verbrechen zum Opfer gefallen war. Der Speziale war gezielt ermordet worden. »Aber wenn er mit alldem fest rechnen durfte, wieso soll er sich dann erhängt haben?«

»Das ist auch mir ein Rätsel. Vielleicht hat er sich mit dem Landhaus übernommen. Da soll es Ärger gegeben haben. Was seinen Umgang und die Wahl gewisser Geschäftspartner betrifft, so hat er nicht immer Augenmaß bewiesen und es hier und da versäumt, auf Ehrbarkeit zu achten. Oder aber die angeblich so sichere Sache mit dem Sitz in der Signoria hat sich plötzlich zerschlagen. Wer vermag schon zu sagen, was in einem Menschen wirklich vorgeht? Gott allein weiß, was plötzlich über ihn gekommen ist«, sagte Battista Fontelli, zuckte die Achseln und fuhr dann energisch fort: »Und nun müsst Ihr mich entschuldigen. Ich habe eine Verabredung mit einem Klienten, den ich nicht über Gebühr warten lassen möchte. Gottes Segen, Padre!« Er nickte Pater Angelico noch einmal knapp zu und entfernte sich gemessenen Schrittes in Richtung Taufkirche und Domplatz.

Pater Angelico beeilte sich, zu Botticello ins *Giardino* zu kommen. Nach diesem Gespräch gab es viel zu durchdenken. Zudem hatte er vor, einige Seiten seines Skizzenbuches mit ersten Entwürfen zu füllen. Bei dem einen wie dem anderen würden ihm ein kräftiger Roter und ein Teller Berlingozzi oder eine Schale mit *zuccata,* Isabettas köstlichem Kürbiskonfekt, eine anregende Hilfe sein. Und nach *dem* Morgen hatte er sich das verdient!

28

Zu seiner Freude fand er seinen Lieblingsplatz im *Giardino* nicht von anderen Tavernengästen belegt. Genau genommen waren alle Tische bis auf einen frei. An diesem saßen nahe der hohen Backsteinwand zwei kräftige, grobgesichtige Kaufleute mittleren Alters. Sie trugen dunkle, schwere Kleidung mit steifen weißen Halskrausen und Bärte, was allein schon reichte, um sie als Fremde aus dem hohen Norden auszuweisen. Denn kein Florentiner, der etwas auf sich hielt, und schon gar kein Mann von Stand ging unrasiert aus dem Haus.

Holländer oder Deutsche, dachte Pater Angelico.

Sie blickten flüchtig auf und nickten ihm zu, als er sich auf der gegenüberliegenden Seite an die efeuberankte Mauer setzte, um sich gleich darauf wieder ihrem Gespräch und dem Abakus zu widmen, den sie nebst einigen Papieren vor sich auf dem Tisch liegen hatten. Leise klackten die farbigen Holzkugeln des Rechenbretts, mit dessen Hilfe sie vermutlich die Kosten eines Handels in heimische Währung umrechneten.

Gerade hatte Botticello Weinkrug und Becher gebracht und sich wieder entfernt, als ein Schatten über ihn fiel und eine fremde Stimme ihn ansprach.

»Pater Angelico? Der Malermönch von San Marco?«

Überrascht blickte er auf. »Ja, der bin ich«, sagte er und musterte den Mann, der an seinem Tisch stehen geblieben war und offenbar Gewissheit brauchte, dass er der war, für den er ihn hielt.

Ihm bot sich das eindrucksvolle Bild eines nicht nur stattlich gebauten, sondern auch stolzen Florentiners, der wie der Sensale teuren Geschmack mit Eleganz zu verbinden wusste, wenn er auch in der Wahl seiner Farben nicht so viel vornehme Zurückhaltung geübt hatte. Die Kleidung des Mannes, der Anfang bis Mitte fünfzig sein mochte, stand in krassem Gegensatz zu den dunklen, rauen Stoffen, in die die beiden nordischen Kaufleute gehüllt waren, trug er doch von Kopf bis Fuß nur edelsten Samt und feinste Seide. Und sämtliche Details waren aufeinander abgestimmt.

Ein faltenreicher, gefütterter Lucco aus dunkelrot schillernder

Seide umhüllte die kräftige Statur. Der rund geschnittene *mantello,* der dem Mann lässig über den Schultern hing, war aus feinstem fliederfarbenem Samt gearbeitet. Vor der Brust wurde er von einer goldenen Schließe zusammengehalten, auf der das florentinische Wappen prangte. Auf dem Kopf saß eine rotseidene Rundkappe mit *becchetto.* Das lange Ziertuch fiel, kunstvoll wie ein Schal drapiert, auf der rechten Seite herunter, vollführte vor der Brust einen eleganten Bogen, stieg zur linken Schulter hoch und fiel von dort noch ein Stück den Rücken hinunter. Er hatte markante männliche Züge, eine kräftige Nase, ein energisches Kinn und aufmerksame, durchdringende Augen.

»Auf ein Wort, wenn Ihr erlaubt, Padre.«

»Das lässt sich wohl einrichten«, sagte Pater Angelico, obwohl ihm die Störung reichlich ungelegen kam. Ihm ging so viel durch den Kopf, nicht nur das, was der Sensale ihm erzählt hatte. Dass er sich Lucrezia so blindlings anvertraut hatte und es im Nachhinein nicht einmal bereute, beschäftigte ihn nicht nur immer noch, sondern bereitete ihm große Unruhe. »Aber es wäre angenehm zu wissen, mit wem ich das Vergnügen habe.«

»Teufel eins, natürlich! Verzeiht meine Gedankenlosigkeit, Padre!« Der Fremde legte seine goldberingte Rechte auf die Brust und deutete eine entschuldigende Verbeugung an. »Jacopo ist mein Name, Jacopo Calandro. Ihr kennt meinen jüngeren Bruder, Gino, und seine Frau Lucia, meine werte Schwägerin.«

Für einen Moment verschlug es Pater Angelico die Sprache. Nach dem, was er von Battista Fontelli erfahren hatte, kam ihm der Mann wie gerufen! Was für ein Zufall! Fast war diese unverhoffte Begegnung ihm unheimlich. »Kennen ist wohl zu viel gesagt. Wir hatten ein kurzes Gespräch. Ich wollte den beiden mein Beileid aussprechen.«

»Euch mag es so erscheinen, aber bei meinem Bruder, insbesondere aber bei meiner Schwägerin habt Ihr einen überaus tiefen und nachhaltigen Eindruck hinterlassen«, versicherte Jacopo Calandro. »Das macht mir Sorgen. Und darüber würde ich gern mit Euch sprechen, wenn Ihr nichts dagegen habt.«

»Was sollte ich dagegen haben? Bitte, nehmt doch Platz!«, sagte Pater Angelico, machte eine einladende Geste und fragte sich insgeheim, welche Sorge diesen Mann umtreiben mochte.

»Verbindlichsten Dank.« Der Mann, der zur handverlesenen Gruppe der Accoppiatori gehörte und auf seine Art eine ähnlich beängstigende Macht ausübte wie Scalvetti, setzte sich ihm gegenüber an den Tisch.

Pater Angelico bot ihm Wein an, wie die Florentiner Gastfreundschaft es gebot, und wollte schon nach Botticello rufen, damit dieser einen zweiten Becher brachte, doch der Wahlmann lehnte dankend ab.

»Meine Zeit ist knapp, und bei der langen Sitzung, die ich im Priorenpalast vor mir habe, werde ich noch oft genug zur Weinkaraffe greifen müssen, um nicht an dem endlosen Gezanke und Gezerre zu verzweifeln.«

Pater Angelico lächelte höflich und dachte, dass es mit der Verzweiflung nicht weit her sein konnte, wenn man wie dieser Mann wie die fette Made im noch fetteren Speck saß. Und wenn es in seinem ›Amt‹ tatsächlich etwas zu erdulden gab, dann wurde diese Unbill zumindest fürstlich entlohnt!

»Als ich Euch vorhin auf dem Borgo Santissimi Apostoli begegnet bin und Euch hier ins *Giardino* gehen sah, habe ich eine ganze Weile mit mir gerungen, ob ich Euch überhaupt darauf ansprechen soll«, hob Jacopo Calandro an. »Aber nun habe ich es getan, und so will ich auch zur Sache kommen, ohne lange um den heißen Brei herumzureden.«

»Welche Sorge treibt Euch denn um?«

»Wie Ihr vermutlich wisst, steht Lucia mir nicht nur als Schwägerin, sondern auch als Nichte nahe.«

Pater Angelico nickte. »Ihr seid mit Movettis Schwester Cosenza verheiratet.«

»Richtig, und das seit sieben glücklichen und fruchtbaren Jahren, in denen meine Frau mir zwei prächtige, gesunde Söhne und letztes Jahr eine Tochter geschenkt hat«, sagte Jacopo Calandro stolz. »In diesen sieben Jahren habe ich aber auch meine kleine Nichte Lucia liebgewonnen und mein Bestes getan, um ihr ein guter Onkel zu sein.«

»Indem Ihr Euren Schwiegervater dazu gebracht habt, sie an Euren Bruder zu verheiraten, obwohl er bei einer so bildhübschen Tochter bestimmt ein für ihn günstigeres Parentado hätte aushandeln können«, bemerkte Pater Angelico spitz.

Jacopo Calandro lächelte entwaffnend. »Ihr könnt versichert sein, dass der gute Bernardo bei dem Geschäft nicht zu kurz gekommen ist …« Er stockte kurz, und das Lächeln wich einem verdrossenen Ausdruck, als er fortfuhr: »Besser gesagt: nicht zu kurz gekommen *wäre,* hätte er nicht diese grauenhafte Tat begangen und sich erhängt.«

»Ihr meint das hohe Staatsamt, das Ihr ihm für den Fall versprochen habt, dass er Euren Bruder mit seiner Tochter beglückt«, sagte Pater Angelico geradezu und war gespannt auf die Reaktion. »Ich nehme an, er hat sich dank Eurer ›Fürsprache‹ im Wahlausschuss schon in der roten Prachtrobe eines Priors gesehen!«

Jacopo Calandro zeigte sich weder empört über diesen Vorwurf, noch stritt er ab, sich die Gefälligkeit für seinen Bruder mit einem solchen Versprechen erkauft und sich damit tatsächlich der Bestechung schuldig gemacht zu haben. Stattdessen kehrte das entspannte, selbstsichere Lächeln auf sein Gesicht zurück, diesmal jedoch mit einem leicht spöttischen Zug. Dazu beugte er sich vertraulich über den Tisch.

»Ich habe nicht die Absicht, hier unter vier Augen Eure Intelligenz zu beleidigen, indem ich Eure Vermutung mit großer Entrüstung zurückweise. Natürlich liegt es allein in unserem Ermessen als Accoppiatori, welche Namen wir auf die Wahlzettel schreiben und in die *borsa* geben, und letztlich auch, welches Los aus dem Wahlbeutel gezogen wird«, räumte er freimütig ein, wenn auch mit gedämpfter Stimme. »Wo leben wir denn? Dass die wichtigsten und einträglichsten Ämter nicht durch wirklich geheime und unbeeinflusste Wahlen vergeben werden, pfeifen doch die Spatzen von den Dächern! Und das nicht erst, seit das Haus Medici in Florenz den Ton angibt. Oder meint Ihr, es wäre früher anders zugegangen?«

»Ich bezweifle es. Die Macht liegt eigentlich seit eh und je in den Händen einiger weniger, die nicht von Skrupeln geplagt werden«, sagte Pater Angelico. Damit ersparte er seinem Gegenüber – und sich selbst – den Kommentar, dass ja selbst in den besten Zeiten der Republik, als bei den Wahlen zur Priorenschaft noch gewisse Überraschungen möglich gewesen waren, nur eine winzig kleine Schicht der Bevölkerung die Möglichkeit gehabt hatte, sich um die höchsten Regierungsämter zu bewerben. Denn von den gut fünfzigtausend Florentinern, die innerhalb der Stadtmauern lebten, waren auch früher von den Kommissionen nie mehr als drei- bis vierhundert begüterte Bürger zu den Wahlen zugelassen worden. Dem *popolo minuto,* dem einfachen Volk, war der Zugang schon immer verwehrt gewesen, ganz gleich zu welchen Posten.

»Sind die Namen in den Wahlbeuteln darauf geprüft, ob es sich um loyale Parteigänger handelt, und kommt es immer mal wieder zu ganz persönlichen Gefälligkeiten? Selbstverständlich, Padre! *Come è usanza!* Wie üblich!« Jacopo Calandro gestattete sich ein kurzes Lachen. »Warum sollte der gute Bernardo nicht zweimal die Ehre erhalten, Prior zu werden und zu den neun Männern zu gehören, die unsere Signoria bilden und für die kurze Dauer ihrer Amtszeit mit allem nur denkbaren Luxus im Regierungspalast residieren? Er war ein treuer Anhänger des Hauses Medici, ein angesehenes Mitglied seiner Gilde – und eben mein Schwiegervater.«

Pater Angelico winkte ab. »Lassen wir das. Kommen wir zur Sache, also zu der Sorge, deretwegen Ihr mit mir sprechen wollt«, sagte er. Es brachte nichts, mit einem Mann, der Korruption für den normalen und *rechtmäßigen* Lauf der Welt hielt und in seinem Tun nichts Schändliches sah, über Moral reden zu wollen. Was das betraf, so befand Jacopo Calandro sich zusammen mit Marsilio Petrucci und einigen hundert anderen reichen Bürgern der Stadt in zwar nicht guter, aber zweifellos vielköpfiger Gesellschaft.

»Richtig, aber jede Frage verdient ihre Antwort«, erwiderte Jacopo Calandro gelassen. »Nun, worum es mir geht, ist Folgendes: Meine Nichte Lucia hat mir voll freudiger Aufregung berichtet, dass Ihr am Selbstmord meines Schwiegervaters Zweifel hegt und alles in Eurer Macht Stehende tun werdet, um seinen Namen von diesem Makel zu befreien und ihm zu einem Begräbnis in geweihter Erde und mit allen heilbringenden Sakramenten der Kirche zu verhelfen.«

Pater Angelico schaute verblüfft drein. »So, hat sie das? Da müsst Ihr oder Lucia etwas falsch verstanden haben. Ich kann mich jedenfalls nicht erinnern, Eurer Nichte und Schwägerin etwas versprochen zu haben, das auch nur annähernd das beinhaltet, was Ihr da sagt!«, stellte er mit Nachdruck klar.

»Und ich glaube Euch, Padre«, versicherte Jacopo Calandro hastig. »Aber bei Lucia habt Ihr nun einmal diesen *Eindruck* hinterlassen, und das läuft für meinen Bruder und mich betrüblicherweise auf dasselbe hinaus.«

Pater Angelico wollte energisch widersprechen, doch Jacopo Calandro redete hastig weiter. »Nehmt es nicht als Vorwurf! Nur müsst Ihr wissen, dass Lucia bei all ihren Vorzügen von recht schlichtem, kindlichem Gemüt ist. Und nun hängt sie all ihre Hoffnung, nein ihre feste Erwartung an Euch und das Wunder, das zu erreichen Ihr angeblich versprochen habt.«

»Ich wiederhole noch einmal, dass ich nichts dergleichen versprochen habe«, bekräftigte Pater Angelico ein zweites Mal. »Auch wenn ich persönlich sehr ernsthafte Zweifel daran habe, dass Movetti Selbstmord begangen hat.«

Jacopo Calandro sah ihn erstaunt an und lehnte sich ein wenig zurück, so als wolle er auf Distanz gehen. »Also hat Lucia doch nicht ganz unrecht mit dem, was sie über ihr Gespräch mit Euch erzählt hat«, konstatierte er und schüttelte ungehalten den Kopf. »Nehmt es mir nicht übel, aber Ihr macht es uns wahrlich nicht leicht, sie zu trösten und ihr über den Schmerz hinwegzuhelfen. Ich bin hier, weil ich Euch bitten wollte, noch einmal mit Lucia zu sprechen und ihr, natürlich auf schonende Weise, zu verstehen zu geben, dass Ihr die in Euch gesetzten Erwartungen nicht erfüllen könnt, weil sie … nun ja, weil einfach kein Weg an der bitteren Tatsache vorbeiführt, dass Bernardo aus freien Stücken aus dem Leben geschieden ist.«

»Das sehe ich anders«, erwiderte Pater Angelico knapp.

Der Wahlmann furchte die Stirn. »Was soll es dann gewesen sein? Ein Verbrechen?«

»Ohne jede Frage!«

»Habt Ihr Beweise?«

»Noch nicht«, räumte Pater Angelico widerstrebend ein. »Aber die werden sich finden, wenn man nur den Hinweisen beharrlich nachgeht.«

»Und wer geht ihnen nach, Ihr oder unsere Commissari?«

»Die Commissari werden sich des Falls zu gegebener Zeit schon noch annehmen«, antwortete Pater Angelico ausweichend und konnte nicht verhindern, dass sich Verdruss in seine Stimme schlich.

Jacopo Calandro schüttelte heftig den Kopf. »Unsinn! Ihr verrennt Euch da in etwas, Padre! Was immer Ihr zu erreichen sucht, Ihr vergeudet Eure Zeit«, sagte er entschieden. »Wer sollte denn einen Grund gehabt haben, meinen Schwiegervater umzubringen – und es dann auch noch wie einen Selbstmord aussehen zu lassen?«

»*Quod erat demonstrandum.* Das eben wäre zu beweisen.«

Der Wahlmann schenkte ihm einen mitleidigen Blick. »Ich weiß wirklich nicht, was Ihr Euch davon erhofft, aber wenn Ihr unbedingt einer fixen Idee nachjagen wollt, ist Euch das natürlich unbenommen. Ich jedenfalls wüsste keinen, dem Bernardo so übel mitgespielt hätte, dass er ihn deswegen hätte ermorden wollen! Das traue ich nicht einmal diesem ekelhaften Hitzkopf und Knabenbeglücker Rufino de' Valori zu, dem mein Schwiegervater zugegebenermaßen einen bösen Schlag versetzt hat. Und selbst ein Grobian und Polterer wie Armando Garzini hat nicht das Zeug dazu, ein solches Verbrechen zu begehen. Wenngleich er aus Bernardos plötzlichem Tod natürlich den größten Nutzen zieht.«

Pater Angelico horchte auf. »Wieso zieht Garzini – er verwaltet das Landgut, oder? – aus Movettis Tod Nutzen?«

Jacopo Calandro machte ein Gesicht, als wünschte er plötzlich, er hätte den Namen Armando Garzini nie erwähnt. »Nun ja, dieser ungehobelte Kerl war leider nicht nur Bernardos Verwalter auf *Bellariva,* was den Schaden vermutlich in überschaubaren Grenzen gehalten hätte«, erklärte er zögerlich, »er war auch als Bauleiter für die Organisation, die Materialbeschaffung und die Überwachung der langwierigen und ungeheuer teuren Baumaßnahmen auf dem alten Landgut verantwortlich. Und in dieser Funktion soll er mittels falscher Abrechnungen mehrere tausend Florin unterschlagen und in die eigene Tasche gelenkt haben.«

»Ist das eine Tatsache oder ein Gerücht?«, hakte Pater Angelico nach.

»Das ist das, was Bernardo mir erzählt hat. Ich kann nicht sagen, ob Armando sich tatsächlich dieser Unterschlagung schuldig gemacht hat – oder ob Bernardo bei dem ehrgeizigen Vorhaben nur den Überblick verloren hatte und in seinem Entsetzen darüber, so viel Geld verbaut und sich tief in die Schulden manövriert zu haben, einen Sündenbock suchte. Wie auch immer, jedenfalls trug er sich mit der Absicht, Armando Garzini vor Gericht zu bringen – wozu es nun nicht mehr kommen wird. Und dass dieser Garzini sich ein nicht gerade billiges Stadthaus in Florenz leisten kann, bringt einen schon ins Grübeln.«

»Interessant«, murmelte Pater Angelico.

»Für Euch vielleicht, aber nicht für mich. Ich hatte gehofft, Euch dafür gewinnen zu können, dass Ihr noch einmal mit Lucia sprecht und sie von ihren illusorischen Hoffnungen befreit.«

»Ich bedaure, aber ich sehe keinen Grund, dieser Bitte nachzukommen«, sagte Pater Angelico, griff demonstrativ zum Weinkrug und füllte seinen Becher.

Jacopo Calandro verstand, dass sein Gegenüber das Gespräch damit für beendet erklärte. Er erhob sich mit säuerlicher Miene. »Nach allem, was man so über Euch hört, hatte ich Euch für einen vernünftigen, kühlen Kopf gehalten. Wie man sich doch irren kann«, murmelte er und zupfte sein Becchetto zurecht. »Nun, einen Versuch war es jedenfalls wert. Also dann, viel Vergnügen bei Eurer Jagd nach Hirngespinsten, Padre!« Und damit stolzierte er aus dem Tavernengarten.

Was für ein Tag, dachte Pater Angelico. Dabei war der Tag noch jung!

Er versank in tiefes Grübeln, in dem immer wieder Lucrezia vorkam, sooft er die Gedanken an das unglaubliche und verstörende Geschehen mit ihr auch zu verdrängen suchte.

Als Bruder Bartolo endlich eintraf, hatte er den kleinen Weinkrug bis auf einen Schluck geleert, vom köstlichen Kürbiskonfekt nur noch ein letztes Stück übrig gelassen und einen Entschluss gefasst.

»Greif zu«, forderte er den Novizen auf und schob ihm die Schale mit dem Rest der Zuccata hin. »Als Wegzehrung taugt es nicht, und ich habe schon mehr davon genossen, als ich eigentlich sollte. Als Wegzehrung werden wir frisches Quittenbrot mitnehmen. Auch sollten wir uns von Botticello Wasserschläuche geben lassen.«

»Wegzehrung?«, wiederholte Bruder Bartolo verständnislos und ahnungsvoll zugleich. »Wozu in Gottes heiligem Namen brauchen wir Wegzehrung, Meister?«

»Für einen munteren Ausflug hinaus aufs Land! Ich war schon lange nicht mehr in den Hügeln von Fiesole!«

29

Eine knappe halbe Meile vor dem steilen Anstieg nach Fiesole, das mit seinem bescheidenen Mauerring und dem zinnenbewehrten Glockenturm von San Romolo hoch über dem Umland thronte, brachte der zahnlose Bauer sein Fuhrwerk zum Stehen.

»Hier trennen sich unsere Wege, fromme Brüder!«, rief er den beiden Dominikanern zu, die es sich hinten auf der Strohladung bequem gemacht hatten. »Dort drüben geht's nach *Bellariva.*« Er wies nach links auf zwei sandige Spurrillen, die vor einem Hain hoher Schirmpinien von der Landstraße nach Fiesole abzweigten. »Das Gut liegt gleich hinter der Hügelkette.« Er machte eine vage Geste in Richtung der buschbestandenen Hügel jenseits des Pinienhains.

»Habt Dank für Eure Hilfsbereitschaft, guter Mann. Möge Gottes reicher Segen auf Euch und Eurer Familie ruhen!« Pater

Angelico segnete den Bauern und seine beiden halbwüchsigen Söhne, die neben ihm auf dem Kutschbock saßen, und sprang behende vom Fuhrwerk.

Bruder Bartolo folgte ihm, kletterte jedoch umständlich an den Speichen des Hinterrads nach unten, als gebe es einen gefährlichen Abgrund zu überwinden. »Gleich hinter der Hügelkette kann bei einer Landschaft wie dieser, wo Hügelkette auf Hügelkette folgt, viel bedeuten, zumal wenn man auf einem Kutschbock sitzt«, sagte er sorgenvoll und blickte dem Fuhrwerk, das rumpelnd seine Fahrt hinauf nach Fiesole fortsetzte, wehmütig nach.

»So weit wird es schon nicht sein. Seien wir dankbar, dass der Bauer uns schon so kurz hinter der Stadt aufgelesen und mitgenommen hat!«

»Na, da waren wir immerhin schon eine gute Stunde unterwegs, Meister«, wandte Bruder Bartolo ein.

»Wie gesagt, kurz hinter der Stadt.«

Der Novize seufzte. »Wenn ich etwas ganz sicher weiß, dann, dass das Leben eines Wanderpredigers nichts für mich wäre«, sagte er mit Leidensmiene.

»Gehen lernt man durch Gehen«, erwiderte Pater Angelico trocken und schritt kräftig aus.

»Und ungewisse Übel quälen am meisten«, murmelte Bruder Bartolo vor sich hin.

Movettis Landgut lag näher als befürchtet, aber weiter als erhofft von der Landstraße entfernt. Als sie zum fernen Klang des Angelusläutens endlich auf *Bellariva* eintrafen, hatte die Sonne ihren höchsten Punkt am Oktoberhimmel erreicht und spendete nach den kühlen, regnerischen Tagen wieder jene angenehme herbstliche Wärme, die die Toskaner gewohnt waren.

Erleichtert hakte Bruder Bartolo seinen kleinen Ziegenschlauch vom Gürtel und setzte ihn an, als am Ende einer kleinen Zypressenallee mit viel verwildertem Buschwerk zwischen den

Bäumen das Ziel ihres Ausflugs auftauchte. Mit gierigen Schlucken trank er, was noch im Schlauch gluckerte. Wo nun ein Brunnen mit kühlem Wasser nahe war, gab es keinen Grund mehr, mit dem Vorrat sparsam umzugehen.

Das Hofgeviert, das einst einem unbedeutenden Landedelmann gehört hatte und offensichtlich viele Jahre dem Verfall überlassen worden war, lag in Sichtweite des Flüsschens Mugnone. In welch heruntergekommenem Zustand Movetti das Anwesen erstanden hatte und welch stattliche Landvilla er daraus hatte machen wollen, war auf einen Blick zu erkennen, denn die Renovierungs- und Umbauarbeiten waren gerade einmal zur knappen Hälfte abgeschlossen.

Die eine Seite des Gebäudeensembles trug schon einen neuen Dachstuhl und war mit makellosen dunkelroten Ziegeln gedeckt, wies frischen Verputz von hellbrauner Tönung auf, hatte neue Fensterstürze und leuchtend farngrüne Schlagläden erhalten und schmückte sich auf der rechten Frontseite mit einem neu errichteten Eckturm, der aus dem ersten Obergeschoss hervortrat und sich stolz emporreckte.

Dagegen erinnerte die andere Hälfte des Gevierts mit dem halb eingestürzten Dachstuhl, der rissigen Fassade und den dunklen Fensterhöhlen daran, dass Wind und Wetter ihr über Jahrzehnte hinweg ungehindert hatten zusetzen und enorme Schäden anrichten können. Dasselbe galt für die Nebengebäude, die hinter dem Haupthaus angeordnet waren, und die brachliegenden landwirtschaftlichen Flächen.

Nach dem Verwalter und Bauleiter Armando Garzini brauchten sie nicht lange zu suchen. Sie liefen ihm auf dem von hohen alten Zypressen gesäumten und von Unkraut überwucherten Vorplatz förmlich in die Arme.

Er war um die vierzig, ein gedrungener Mann von kantiger Statur. Unverkennbar steckte in dem verschwitzten Arbeitshemd ein muskelbepackter Körper. Um den Kopf wallte eine wild zerzauste Löwenmähne aus stumpf erdbraunem Haar; das wettergegerbte Gesicht wies herbe Züge auf, eine Hakennase und schmale, verschlagene Augen.

Bei ihm war ein nicht minder grobschlächtiger, stoppelbärtiger Bursche. Unter den wulstigen Lippen dieses Mannes traten übergroße und schief gewachsene Zähne hervor, die unweigerlich an einen beißfreudigen Ackergaul denken ließen.

Die beiden Männer waren damit beschäftigt, ein vor dem Haus stehendes Ochsenfuhrwerk mit Möbelstücken und Baumaterial zu beladen. Auf dem Wagen stapelten sich hinter einem edlen Schreibpult, das an das Rückenbrett des Kutschbocks gezurrt war, und zwei messingbeschlagenen Truhen bereits mehrere Reihen Bodenplatten aus weißem Marmor.

Armando Garzini beäugte sie misstrauisch und begegnete ihnen von Anfang an alles andere als freundlich. »Ihr kommt wegen Movetti?«, blaffte er mit Reibeisenstimme, nachdem Pater Angelico sein doppeldeutiges Sprüchlein aufgesagt und den Eindruck erweckt hatte, er suche im Auftrag von Movettis Tochter nach einer Erklärung für den überraschenden Selbstmord des Speziale. »Den weiten Weg hier heraus hättet Ihr Euch sparen können. Ich wüsste nicht, was ich Euch über ihn erzählen sollte. Und schon gar nichts, was seine weinerliche Tochter trösten könnte. Soll sie sich doch von ihrem Mann ein Kind machen lassen, dann kommt sie auf andere Gedanken!«

Der grobschlächtige Bursche hinter ihm, der am Fuhrwerk lehnte und mit einem Holzspan in seinem Pferdegebiss herumstocherte, grinste anzüglich und packte sich mit der Linken in den Schritt.

Pater Angelico ließ sich davon nicht beirren und lächelte standhaft. »Nun, Ihr habt doch als sein Gutsverwalter und Bauleiter viel mit ihm zu tun gehabt und dabei sicher einiges über sein Denken und Handeln gelernt. Da habt Ihr doch bestimmt dieses oder jenes aufgeschnappt, was das schaurig rätselhafte Verhalten des Speziale erklären hilft.«

Armando Garzini zog vernehmlich die Nase hoch und spie einen dicken Batzen Schleim in den staubigen Hof. »Was soll ich schon aufgeschnappt haben?«, knurrte er, und einen Moment lang schien es, als wolle er es dabei belassen und sich wieder seiner Arbeit zuwenden. Doch dann erwies sich die Verlockung, über seinen einstigen Herrn zu lästern und ihn in ein schlechtes Licht zu rücken, doch als stärker als der sichtliche Widerwille dagegen, zwei Klosterbrüdern Rede und Antwort zu stehen. »Movetti war ein verdammter Hundsfott und Blender!«

Pater Angelico nickte wortlos, so als höre er dieses vernichtende Urteil nicht zum ersten Mal.

»Er dachte, er hat nur Trümpfe in der Hand, und hat sein Blatt heillos überreizt. Dass er am Ende zum Strick gegriffen hat, wundert mich nicht. War eben die Quittung für den hochnäsigen Mist, den er getrieben hat. Außerdem hatte er sie nicht mehr alle!« Armando Garzini tippte sich an die Stirn.

»Wie meint Ihr das?«

»Er hielt sich schon für was Besseres und stolzierte wie ein Pfau durch die Gegend, bloß weil ihm diese feine Adelsfamilie ihre Tochter mitsamt einer fetten Mitgift ins Bett zu legen gedachte und er durch seinen Schwiegersohn wohl Aussichten auf ein hohes Staatsamt hatte!«

Pater Angelico zeigte sich überrascht. »Dass er bald mit einem hohen Amt rechnen konnte, hat er Euch anvertraut? Er muss Euch sehr geschätzt haben!«

»Einen Scheißdreck hat er! Der Saukerl hat mir das nicht *anvertraut,* sondern genüsslich unter die Nase gerieben! Dieser kleinkarierte Aufschneider konnte nichts für sich behalten. Was hat er sich aufgeblasen! Als gehörte er jetzt auch zu den Nobili und als müsste ich ihm von nun an die Stiefel küssen und jede Kröte schlucken, die er mir vorsetzte.« Der hakennasige Verwalter redete sich noch im Nachhinein regelrecht in Rage. »Gab in der Öffentlichkeit den vornehmen Kaufmann, der bald zu höheren Aufgaben berufen wird und dann auch geldmäßig wieder aus dem Vollen schöpfen kann, aber wenn es dunkel war, ließ er durch die Hintertür das dreckige Pack ins Haus, mit dem er seine krummen Geschäfte machte. Und dann sein lächerlicher Augustinus, mit dem er bestimmt nicht nur mir auf den Geist gegangen ist! Stets schleppte er dieses schwere Ding mit sich herum und gab ach so tiefsinnige Sprüche von dem Kerl zum Besten.«

»Ihr meint gewiss die berühmten *Confessiones* des heiligen Augustinus«, warf Bruder Bartolo mit tadelndem Unterton ein. »Dieses Werk ist in jeder Hinsicht gewichtig!«

»Ja, genau das stand drauf, *Confessiones.* Was für ein Witz! Ohne seinen Augustinus konnte dieser verlogene Prahlhans nicht sein, nicht einmal hier auf *Bellariva.* Wann immer er kam, brachte er ihn mit, wie einen Fetisch«, fuhr Armando Garzini geringschätzig fort, ohne jedoch dem Novizen auch nur einen Blick zu schenken. »Letztes Mal kam er sogar noch mal halb in Panik zurückgeritten, weil er seinen blöden Augustinus oben im Turmzimmer hatte stehen lassen.«

»Bei den Geboten des Herrn, jetzt versündigt Ihr Euch! Der heilige Augustinus war ein Mann von überragender Frömmigkeit und Gelehrsamkeit, dem man gar nicht genug Verehrung zollen kann!«, rief Bruder Bartolo, entrüstet über die respektlose Art, in der Armando Garzini über den hochverehrten Kirchenlehrer sprach. »Wie kaum ein anderer, der zur Ehre der Altäre unserer Heiligen Mutter Kirche erhoben wurde …«

»Schon gut, Bruder Bartolo«, fiel Pater Angelico ihm ins Wort, bevor er den Verwalter mit seiner Zurechtweisung ernstlich verärgern konnte. »Halten wir uns nicht an diesem Thema fest. Hier geht es nicht um die Verdienste des Heiligen, dessen Werk zwar beachtlich ist, aber doch auch seine dunklen Flecken aufweist, sondern wir sind wegen Movetti hier. Und Ihr habt da gerade etwas sehr Interessantes gesagt.«

Armando Garzini kniff die Augen zusammen. »So? Was denn?« Dem Novizen zeigte er, was er von ihm und seiner Entrüstung hielt, indem er ihm einen zweiten Schleimbatzen vor die Füße spuckte.

»Ihr sagtet, Movetti ließ durch die Hintertür dreckiges Pack ins Haus, mit dem er Geschäfte machte. Wer genau ist damit gemeint?«

Der Verwalter zog eine mürrische Miene und zuckte verdrossen die Schultern. »Dieser Windbeutel hat eben krumme Geschäfte gemacht, egal ob es um eine Wagenladung Dachziegel oder eine Fuhre Marmorplatten ging. Mit einigen ganz besonders finsteren Gestalten, die in gewissen üblen Vierteln das Sagen haben und den Schmuggel in die Stadt kontrollieren, stand er auf ziemlich vertrautem Fuß. Aber selbst mit denen hat er letztlich Ärger bekommen.«

Pater Angelico hakte sofort nach, denn genau das waren die Informationen, die er brauchte, um Movettis Mordgesellen auf die Spur zu kommen – sofern der Mann vor ihm nicht selbst der war, nach dem er suchte!

»Sie sind letzte Woche hier herausgekommen, drei berittene Kerle. Raue Burschen mit finsterer Miene, langem Messer am Gürtel und einer Armbrust am Sattel. Ich glaube, einer von ihnen hörte auf den Namen Orsino, Corsino oder Rutino. Irgendetwas in der Art, jedenfalls mit -ino am Ende.«

»Könnte er auch Rufino geheißen haben?«, fragte Pater Angelico sofort.

»Klar kann er das, habe doch gerade gesagt, dass es etwas mit -ino am Ende war«, knurrte Armando Garzini. »Das war der Wortführer. Er hat sich drüben beim Stall mit Movetti gestritten –

oder Movetti mit ihm, so genau weiß ich das nicht. Denn um was es ging, habe ich nicht mitbekommen. Jedenfalls war Movetti hinterher stinksauer und hat versucht, seine schlechte Laune an mir auszulassen. Ist ihm aber schlecht bekommen.«

Offensichtlich hatte er keine Lust mehr, sich über den toten Speziale auszulassen. »So, mehr gibt es dazu nicht zu sagen. Ich habe zu tun!« Damit wollte er sich schon abwenden.

»So schlecht, dass er in seinem Laden am Strick geendet ist?«, rief der Novize ihm zu. Pater Angelico hatte ihm auf dem Weg aus der Stadt hier herauf berichtet, was er von Jacopo Calandro erfahren hatte.

Sogleich fuhr der hakennasige Mann zu ihm herum. »Was willst du damit sagen, du milchgesichtiger Weihrauchschwenker?«, zischte er. »Willst du mir vielleicht unterstellen, ich hätte was mit seinem Tod zu schaffen?«

»Es geht das Gerücht, dass Movettis Tod Euch nicht ganz ungelegen kommt, weil er Euch davor bewahrt, von ihm vor Gericht gezerrt zu werden und Rechenschaft über die tatsächlichen Baukosten ablegen zu müssen«, sagte Pater Angelico, bevor Bruder Bartolo eine weitere unbedachte Äußerung tun konnte. Zwar wäre es ihm lieber gewesen, er hätte Armando Garzini ganz unverfänglich auf dieses brisante Themenfeld locken können. Aber letztlich machte es keinen Unterschied. Früher oder später hätte auch er den Finger in diese offene Wunde legen müssen. Nun war es eben auf sehr direktem, grobem Weg geschehen.

»Das sind Lügen, gottverdammte Lügen! Und wer es wagt, mir mit diesen Verleumdungen zu kommen, dem werde ich das dreckige Schandmaul stopfen!«, brauste Armando Garzini auf. »Ich habe über alles genau Buch geführt. Der Mistkerl hat *mir* noch eine Stange Geld geschuldet und nicht umgekehrt. Dafür habe ich Zeugen! Giacomo hier kann es beschwören!« Er deutete auf den Burschen mit dem Pferdegebiss.

»Teufel noch eins, und ob ich das beschwören kann«, versicherte der und grinste frech. »Beim Blute Christi, es war so und nicht anders!«

»Da hört Ihr's«, blaffte Armando Garzini. »Und Giacomo ist nicht der Einzige. Es gibt auch noch andere, die das beschwören können.«

»Diese anderen Zeugen sind gewiss ebenso ehrenwerte, vertrauenerweckende, über jeden Zweifel erhabene Männer wie Ihr und Euer Gefährte Giacomo, mit dem Ihr mal schnell aus dem Haus schleppt und wegkarrt, was von Wert ist«, spottete Bruder Bartolo.

Dem Gutsverwalter schoss die Zornesröte ins Gesicht. »Was, du wagst es, uns der Lüge zu bezichtigen, du Wurm von einem Betbruder?«, schrie er.

»Heiliger Sebastian, wie es scheint, seid Ihr sehr empfindlich«, gab der Novize scheinbar verblüfft zurück. »Kann es wohl sein, dass ich da eine wunde Stelle erwischt habe?«

Nun verlor Armando Garzini die Beherrschung. »Na warte!« Er riss das Messer aus der Scheide an seinem Gürtel. Blank polierter, scharf geschliffener Stahl blitzte in der Sonne, und aus den zusammengekniffenen Augen des Verwalters sprühten die Funken einer Wut, die danach gierte, sich in Gewalt zu entladen. »Dir großmäuligem Grünschnabel werde ich zeigen, wie ein Mann auf solche Beleidigungen antwortet!«

Bruder Bartolo erblasste. »Oh! Da bin ich wohl mitten ins Nest getreten«, murmelte er halb erschrocken, halb erfreut.

»Mach, dass du Land gewinnst! Ich decke unseren Rückzug. Los, verdrück dich«, fauchte Pater Angelico und versetzte dem Novizen einen Stoß mit dem Ellbogen.

Bruder Bartolo raffte seinen Habit mit beiden Händen und tat, wie ihm geheißen.

Armando Garzini wollte ihm auf der Stelle nach. »Das wird

dich nicht retten. Ich krieg dich. Und dann wirst du Staub und Blut fressen«, brüllte er.

»Nichts dergleichen wird geschehen!«, rief Pater Angelico und trat ihm mit einem schnellen Satz in den Weg. »Es sei denn, Ihr wollt Euch mit mir anlegen. In dem Fall werdet jedoch *Ihr* derjenige sein, der Staub und Blut frisst!« Wie hingezaubert lag in seiner Hand plötzlich ein Dolch mit langer, schmaler, doppelseitig geschliffener Klinge.

Wie richtig es doch gewesen war, dass er sich in der Werkstatt den dünnen Stoffgürtel mit der Waffe unter der Kutte umgebunden hatte, um für mögliche weitere Angriffe wie den am Morgen gewappnet zu sein!

Der Dolch mit der federdünnen und gerade mal daumenbreiten Klinge aus bestem Damaszener Stahl und mit dem Griffstück aus geriffeltem Elfenbein war der einzige Gegenstand aus seiner Zeit als Landsknecht, der ihn in sein Leben als Mönch begleitet hatte. Ein Erbstück, von dem er sich nicht hatte trennen können. Sein Vater, der in seiner Jugend weit herumgekommen war, hatte den Dolch von einer seiner abenteuerlichen Reisen ins Heilige Land mitgebracht.

Nun selbst von einer Waffe bedroht, blieb Armando Garzini abrupt stehen. Verdutzt blickte er auf den Dolch in der Hand des Dominikaners. Ihm war völlig entgangen, dass der Ordensmann eine Waffe bei sich trug, und erst recht, dass er sie gezogen hatte.

Vor einem normalen Messer mit breiter Klinge und Holzgriff, wie viele Ordensleute es bei sich trugen, um bei Tisch Brot und zähes Hammelfleisch zu schneiden, wäre Armando Garzini nicht zurückgeschreckt. Doch die ungewöhnliche und sichtlich kostbare Waffe, deren Klinge eine wellenförmige Maserung aufwies, flößte ihm Respekt ein, umso mehr, als der Mönch sie so blitzschnell gezogen hatte. Zudem war ihm die lange, dünne Messernarbe, die sich über die linke Gesichtshälfte seines Gegners zog, nicht entgangen.

Unschlüssig leckte er sich über die Lippen, während Bruder Bartolo mit wild wehendem Habit die schattige Zypressenallee hinunterrannte.

»Lasst es gut sein, Armando Garzini«, sagte Pater Angelico leise, warnend, und fixierte ihn mit einem durchdringenden Blick. »Hier gibt es für Euch nichts zu gewinnen, glaubt mir! Mit Klingen bin ich mindestens so vertraut wie mit dem Psalter! Lasst uns in Frieden voneinander scheiden, bevor unnötig Blut fließt! Und seid gewiss, dass es Euer Blut wäre.«

»Zum Henker«, krächzte Armando Garzini und spuckte ein weiteres Mal Schleim auf den Boden. In seinen Augen flackerte ein unsteter, wütender Blick. »Ihr seid es doch gar nicht wert, dass ich mir an euch die Finger schmutzig mache. Verschwindet bloß, ihr verfluchten Kuttenträger, bevor ich es mir doch noch anders überlege und euch die Haut über die Ohren ziehe!«

Ohne ihn aus den Augen zu lassen und ohne seine Messerhand zu senken, wich Pater Angelico Schritt für Schritt zurück. Männer wie Armando Garzini hatten für gewöhnlich keine Skrupel, andere rücklings anzufallen.

»Verpiss dich, Mönch!«, schrie der Verwalter und schickte ihm mit einem ebenso wütenden wie ohnmächtigen Stiefeltritt Dreck und kleine Steine nach. »Und wenn euch euer Leben lieb ist, kommt mir nie wieder unter die Augen!«

Pater Angelico tauchte in den Schatten der Allee, wandte sich schließlich um und beeilte sich, Bruder Bartolo einzuholen. Als er zu ihm aufschloss, war der Novize zwar reichlich außer Atem, hatte aber ein höchst zufriedenes Lächeln auf dem geröteten Gesicht.

»Das lief doch ganz wunderbar, findet Ihr nicht auch, Meister«, erkundigte er sich beschwingt.

»Wenn man darunter eine Provokation versteht, die mit blankem Stahl beantwortet wird, dann hast du deine Sache ausgezeichnet gemacht«, erwiderte Pater Angelico trocken.

»Aber genau das lag doch in Eurer Absicht«, entgegnete der Novize gelassen. »Und wäre Euch mein Vorgehen vorschnell vorgekommen, oder zu grob oder zu gefährlich, hättet Ihr doch gewiss unverzüglich eingegriffen und dafür gesorgt, dass ich den Mund halte.«

»Was du nicht sagst!«

»So, wie ich die Sache sehe, war es Euch ganz recht, dass ich den groben Kerl bis aufs Blut gereizt habe«, fuhr Bruder Bartolo regelrecht vergnügt fort. »Ihr wolltet sehen, wie er reagiert und ob er wohl als Mörder in Frage kommt. Nun, ich würde sagen, dieser Armando Garzini hat allemal das Zeug dazu!«

Damit traf er mitten ins Schwarze, wie Pater Angelico insgeheim eingestehen musste. Er warf dem Novizen einen verblüfften Blick zu. »Dann hast du dich auch darauf verlassen, dass ich dich heraushaue, wenn es hart auf hart kommt?«

Bruder Bartolo sah ihn an, als finde er diese Nachfrage unbegreiflich. »Aber sicher doch, Meister! Ihr seid ein in allen, auch weltlichen, Belangen höchst erfahrener Mann, der ein gefährliches Leben gelebt hat, bevor Gottes Ruf ihn ereilte und aus dem sündigen Leben ins Kloster führte. Jemand wie Ihr würde doch einen unbedarften Novizen wie mich nicht blindlings ins Verderben laufen lassen! Und wie gut Ihr mit Waffen umzugehen versteht, habe ich ja gesehen, als Rufino mit seinem Zierschwert auf Euch loswollte. Für mich stand außer Frage, dass Ihr das mit dem Gutsverwalter schon deichseln würdet, wenn es hart auf hart kommt.«

Pater Angelico wusste nicht, ob er lachen oder verärgert sein sollte. Er entschied sich, die ebenso scharfsinnige wie gewitzte Überlegung anerkennenswert zu finden. Was immer er befürchtet hatte, als der Prior ihm die Verantwortung für ihren neuen Novizen übertragen hatte, Bruder Bartolo war jedenfalls nicht auf den Kopf gefallen, sondern wusste denselben zu erstaunlich gescheiten Gedankengängen zu gebrauchen.

Er beließ es dabei und wechselte das Thema. »Du hast recht, Bruder Bartolo. Dieser Verwalter hat eine ausgeprägte gewalttätige Ader; sicher hat er das Zeug zum Mörder. Wenn er schon auf uns blindwütig mit dem Messer losgeht, bloß weil er sich von ein paar kritischen Fragen tödlich beleidigt fühlt, dann kann man sich leicht ausmalen, zu was er wohl imstande ist, wenn jemand – wie Movetti – ihn wegen angeblicher Unterschlagung vor Gericht und in den Kerker bringen will oder wenn er sich um seinen gerechten Lohn betrogen glaubt.«

»Armando Garzini hat eine extrem kurze Lunte und ist bestimmt zu allen nur denkbaren Schandtaten fähig«, sagte Bruder Bartolo nachdenklich. »Aber irgendwie passt er nicht ins Bild, wenn Ihr mich fragt. Allein schon, weil die Beschreibung, die der Bettler Orenetto von den drei Gestalten gegeben hat, weder auf ihn noch auf seinen Freund mit dem Pferdegebiss, diesen Giacomo, passt.«

Pater Angelico nickte. »Er ist auch kaum der Typ, der Meuchelmörder für solch eine Tat dingt. Dieser Mann schmiedet nicht erst lange einen Plan, wenn er Vergeltung sucht, sondern schlägt oder sticht im Affekt zu. Auch hätte er sich nicht die Mühe gemacht, Movettis Tod wie Selbstmord aussehen zu lassen. Und schon gar nicht hätte er die Ladenkasse zurückgelassen, wenn der Speziale tatsächlich bei ihm in der Kreide gestanden hat.«

»Richtig, das alles spricht gegen Armando Garzini als Täter. Jemand wie Rufino de' Valori scheint da eher der Mann für solch ein Mordkomplott zu sein«, sagte Bruder Bartolo. »Der würde sich nie selber die Hände schmutzig machen.«

»Andererseits soll man sich nicht von seinem ersten Eindruck täuschen lassen. Ganz abgesehen davon, dass er nie und nimmer der Schmuggleranführer ist, mit dem Movetti sich auf *Bellariva* gestritten hat.«

»Wie meint Ihr das, Meister?«

»Wenn es stimmt, dass Movetti ihn verklagen wollte, dann hatte Armando Garzini ein eindeutiges Mordmotiv. Und wenn er das nicht direkt von Movetti, sondern aus einer anderen Quelle erfahren hat, dann kann er sich sehr wohl die Zeit genommen und einen Plan ausgeheckt haben, um das drohende Unheil durch einen Auftragsmord abzuwenden. Ihn von der Liste der Verdächtigen zu streichen wäre also äußerst töricht«, ermahnte Pater Angelico den Novizen und insbesondere sich selbst, nicht vorschnell zu urteilen.

»Aber dann müsst Ihr auch diesen Jacopo Calandro auf die Liste setzen«, gab der Novize zu bedenken. »Der Mann ist korrupt bis auf die Knochen und hat seinem Schwiegervater ein hohes Staatsamt zuschanzen wollen!«

»Auf die Liste setze ich ihn schon allein deshalb, weil Movettis Tod ihm in gewisser Weise ja auch einen Vorteil bringt, steht er nun doch nicht mehr im Wort, ihm wiederholt die Wahl zur Priorenschaft zu sichern. Damit ist er frei, seine Dienste anderweitig zu seinem eigenen Nutzen anzubieten«, sagte Pater Angelico. »Die Korruption selbst ist allerdings kein echtes Motiv. Ich wünschte, es wäre so. Aber dass aus den Wahlen dank der gezielten Vorauslese, die die Accoppiatori treffen, sowieso nur die Namen derjenigen gezogen werden, die das Haus Medici und seine Parteigänger in den höchsten Regierungsämtern sehen möchten, ist nun wahrlich kein Staatsgeheimnis. Diese Korruption ist vielmehr der unablässig gärende Sauerteig, der in Florenz alles durchsetzt.«

»Es gehören aber mehr als diese drei Namen auf die Liste«, sagte Bruder Bartolo. »Auf jeden Fall muss sie noch durch diesen

Orsino, Corsino oder Rutino ergänzt werden, der sich auf *Bellariva* mit Movetti gestritten hat und nach dem, was der Gutsverwalter sagt, zu den florentinischen Schmugglern gehören soll. Zu jemandem, der eine Bande Schmuggler anführt, passen die drei Kerle, die der Bettler von San Giuseppe uns beschrieben hat, doch wie die Faust aufs Auge.«

»Der Gedanke ist mir auch schon gekommen.«

Der Novize seufzte. »Aber wie kommt man solch einem abgefeimten Schurken auf die Spur, und wie bringt man ihn gar zum Reden?«

»Eine überaus berechtigte Frage«, sagte Pater Angelico und verfiel in ein langes, grüblerisches Schweigen, während Bruder Bartolo vergeblich nach einem Bauern oder Handelsreisenden Ausschau hielt, der mit einem Wagen auf dem Weg nach Florenz war und sich ihrer womöglich erbarmte.

Irgendetwas schwirrte durch die dunklen Gänge seines Unterbewusstseins und ließ ihm keine Ruhe. Er hatte das vage Gefühl, als hätte Garzini etwas Wichtiges gesagt, dessen Bedeutung sich ihm aber in dem Moment nicht erschlossen hatte. Oder bildete er sich das nur ein?

Sosehr er sich auch den Kopf zerbrach, es führte zu nichts. Und schließlich gab er es auf.

Die Abenddämmerung schickte schon ihre langen Schatten über die Arnoebene und die trutzigen Mauern und Wehrtürme der Stadt hinauf, als sie endlich müde und staubbedeckt durch die Porta San Gallo nach Florenz zurückkehrten.

»Wenn Ihr erlaubt, begebe ich mich unverzüglich an das Krankenbett meines Onkels«, sagte Bruder Bartolo, als sie die Via Larga hinunterschritten. »Er wird sich schon fragen, wo ich heute bleibe. Gebe Gott, dass sein Zustand sich nicht verschlimmert hat. Heute Morgen ging es ihm erschreckend schlecht. Ich hoffe, er hat Kraft genug, um mit mir zu beten.«

Pater Angelico nickte. »Geh nur. Und danach sieh zu, dass du bis zur Vigil ein paar Stunden Schlaf findest!« Für ihn selbst war an Schlaf nicht zu denken. Ihm stand ein schwerer Gang bevor. Seit Monaten hatte er die Via Mensano, eine Seitengasse unweit des Mercato Vecchio, eisern gemieden. Doch sosehr er sich auch davor fürchtete, den Fuß in diese Gasse zu setzen und sich dem roten Wollvorhang zu nähern, es führte kein Weg daran vorbei.

Er *musste* zu Gershom!

30

Auf seinem Weg durch die abendliche Stadt fiel Pater Angelico auf, dass ungewöhnlich viele reisende Schausteller und Spielleute unterwegs waren und allenthalben buntbemalte Wagen des rastlosen Volks der Landfahrer durch die Gassen rollten. Fast auf jedem freien Platz und vor vielen der Tavernen, die sich in der Nähe großer Straßenkreuzungen befanden, sah er Gruppen von Vaganten in farbenfrohem Aufzug sich günstige Plätze sichern, indem sie dort ihre Buden, Zelte, Podeste und kleinen Bühnen errichteten. Nicht wenige von ihnen lieferten dabei auch schon Kostproben ihrer Künste als Musikanten, Akrobaten, Komödianten, Wahrsager, Zauberkünstler, Schauspieler oder Gaukler.

Zunächst konnte er sich auf das bunte Treiben keinen Reim machen. Zwar zog Florenz, das hinter der Fassade gottgefälligen Lebens für Vergnügungen und sündige Lustbarkeiten aller Art eine Schwäche hatte, solche Leute zu allen Jahreszeiten an. Aber was sich jetzt in den Straßen und auf den Plätzen tat, ging weit über den üblichen Rahmen der Volksbelustigungen hinaus.

Aber dann fiel es ihm wieder ein. Natürlich! Der 1. November stand vor der Tür und damit das große Weinfest. Noch zwei Tage, und die Fässer mit dem neuen Trebbiano würden in die Stadt rollen und sie wieder einmal in einen wilden, weinseligen Taumel versetzen.

Auch auf dem Mercato Vecchio, auf dem ansonsten um diese frühe Abendstunde nicht viel Betrieb herrschte, hatten sich die ersten Schausteller eingefunden. Dementsprechend viel Volk wogte dort unter den langen Bogenarkaden sowie zwischen den Schenken und Garküchen, die sich dort angesiedelt hatten. An der Ecke zur Via dei Ferravecchi hatten drei Bänkelsänger ihr Bretterpodest aufgebaut und unterhielten eine wachsende Menschentraube mit Spottliedern auf die Reichen und Mächtigen der Welt. Gerade stimmten sie ein neues Lied an, in dem sie mit raffinierter Doppelbödigkeit über päpstliche Unzucht mit Mätressen und Vetternwirtschaft herzogen.

Pater Angelico umging die Menschenmenge, so gut es ihm bei dem Gedränge eben möglich war. Dabei kreisten seine Gedanken unablässig um die Frage, ob es wirklich unvermeidlich war, dass er sich zu Gershom Jezek in die Via Mensano begab, und ob er die Standhaftigkeit besaß, der Verlockung jenes Ortes nicht zu erliegen. Denn dass ihn das Verlangen wie ein ausgehungertes Raubtier anfallen würde, kaum dass er durch den roten Vorhang getreten war, stand außer Frage.

Was das betraf, gab er sich keinen Illusionen hin. Er kannte die Dämonen, die in ihm hausten, nur zu gut. Dass sie eine Zeitlang stillgehalten und sich nicht aus ihren dunklen Höhlen tief in seinem Inneren gewagt hatten, hieß noch lange nicht, dass sie dort nicht auf der Lauer lagen. Er wusste, dass sie gefährlich waren wie eh und je und bloß auf einen Moment der Schwäche warteten, in dem sie ihn anfallen, ihre Krallen tief in ihn schlagen und ihn niederringen konnten. Umso heftiger quälte ihn die Ungewissheit, über wie viel Widerstandskraft er tatsächlich verfügte.

Aber wie er die Causa Movetti und das, was er bislang in dieser Angelegenheit in Erfahrung gebracht hatte, auch drehte und wendete, er kam doch immer wieder zu dem niederschmetternden Ergebnis, dass er mit seinen Ermittlungen nicht von der Stelle kam. Ihm war, als irrte er von einer widerlich stinkenden Sackgasse in die andere. Zwar ahnte er, dass sich in einer dieser Gassen sehr wohl ein Durchgang verbarg, der ihn geradewegs auf die Spur der Mörder führen würde, aber er wusste nicht, in welche er zurückkehren sollte und wo genau er dort nach der Pforte zur Wahrheit zu suchen hatte. Und aus diesem Dilemma konnte ihm nur Gershom heraushelfen. Zumindest kannte er außer Commissario Scalvetti keinen, der in der Lage gewesen wäre, ihm weiterzuhelfen. Und da Scalvetti nicht daran dachte, auch nur in Erwägung zu ziehen, dass es sich bei Movettis Tod um ein Verbrechen handeln könnte, blieb ihm keine Wahl. Er musste sich zu Gershom begeben und hoffen, dass er sich dadurch nicht selbst vom Regen in Traufe brachte.

Als aus der Menge vor dem Podest der drei Bänkelsänger stürmischer Applaus und begeistertes Gejohle aufbrandeten, fuhr Pater Angelico aus seinen Grübeleien auf und blickte unwillkürlich zu der Ansammlung hinüber.

Im selben Moment wandte sich dort am Rand der Menge eine schlanke Frau um, die wie eine einfache Magd gekleidet war; sie trug ein formlos schlichtes Gewand aus schiefergrauer Wolle, ein schwarzes, grob gestricktes Schultertuch und eine alte, angeschmutzte Haube von bräunlicher Farbe. Offensichtlich war sie bemüht, drei abgerissenen Gestalten, die einander die Arme um die Schultern gelegt hatten und sich grölend durch die Menge schoben, aus dem Weg zu gehen. Dabei wandte sie ihm flüchtig ihr Profil zu.

Er stutzte, blieb stehen und starrte ungläubig hinüber. War das nicht Lucrezia Petrucci? Durfte er seinen Augen trauen, oder hatte da nur eine fremde Frau aus dem Volk große Ähnlichkeiten mit ihr?

Es war ein Ding der Unmöglichkeit, dass eine unverheiratete junge Frau von ihrem Stand sich wie eine Magd verkleidete, allein das Haus verließ und sich unter das Volk mischte. Ein solches Verhalten war unverzeihlich und stellte die Frau, die es an den Tag legte, fast auf eine Stufe mit einer Hure. Es hatte den vollständigen Verlust der Ehre zur Folge und brachte Schande über die ganze Familie.

Bevor er genauer hinsehen und sich Gewissheit verschaffen konnte, wandte die Gestalt ihm auch schon wieder den Rücken zu und entfernte sich in Richtung der nördlichen Marktseite.

»Lucrezia?« Laut flog ihm der Name von den Lippen. Und um den Lärm ringsum zu übertönen, rief er ihr gleich noch lauter nach: »Lucrezia? … Lucrezia, seid Ihr es? … Lucrezia!«

Die Frau mit dem groben Schultertuch, dessen Enden sie vor der Brust zu einem dicken Knoten gebunden hatte, reagierte nicht und tauchte tiefer in das Menschengewimmel ein.

Spontan eilte er ihr nach, doch schon nach wenigen Schritten hatte er sie aus den Augen verloren. Nicht einmal ihre Haube vermochte er in der Menge noch auszumachen. Im Dämmerlicht, das mit jedem Augenblick schwächer wurde und der hereindrängenden Nacht kaum noch Widerstand entgegensetzte, verschmolzen die Menschen jenseits der Lichtkreise von Fackeln und Laternen schon in einem Dutzend Schritten Entfernung zu einer dunklen, gestaltlosen Masse.

Pater Angelico blieb stehen und kam sich plötzlich vor wie ein Narr.

Was in Gottes heiligem Namen war bloß in ihn gefahren, dass er geglaubt hatte, dieser Frau folgen und sich vergewissern zu müssen, ob es sich bei ihr tatsächlich um die Tochter des Wollfabrikanten handelte? Selbst wenn das Lucrezia gewesen war, wogegen der gesunde Menschenverstand und alle Wahrscheinlichkeiten sprachen, was ging es ihn an? War er der Hüter ihrer Ehre? Wenn sie wirklich in solchem Maße rebellisch war, dass sie nicht davor zurückschreckte, durch derart liederliches Herumstreunen ihren ohnehin angekratzten Ruf gänzlich zu ruinieren – was ging es ihn an? Hatte er nicht schon mit genug Problemen zu kämpfen?

Für die Dauer einiger Herzschläge erfasste ihn eine merkwürdige ahnungsvolle Beklemmung. Ihm war, als quälte ihn ein vertrauter Schmerz, der tief in ihm eingekerkert saß und von dem er wusste, dass er ihn überwältigen und geradewegs in den Abgrund führen würde, wenn er ihn von seinen Fesseln befreite und zuließ, dass er aus seinem tiefen Ort der Verbannung in ihm hochstieg. Für diesen kurzen Moment spürte er überdeutlich, dass er rettungslos verloren war, wenn er diesem lockenden Schmerz in seinem Innern nachgab.

Doch diese beklemmende Ahnung war schnell überwunden, von seiner Willenskraft ins Unterbewusstsein zurückgeschlagen und zum Schweigen gebracht; bald hatte er sich wieder völlig unter Kontrolle.

Er schüttelte über sich selbst den Kopf und setzte seinen Weg in die Via Mensano raschen Schritts fort.

Er hatte keinen Grund, sich Vorhaltungen zu machen oder gar in seinem Innern unlautere Beweggründe am Werk zu wähnen! Ihren Namen zu rufen und sie einholen zu wollen war schlichtweg eine ebenso spontane wie völlig natürliche Reaktion gewesen. Jedem anderen an seiner Stelle wäre es genauso ergangen. Eine unverheiratete Tochter aus vornehmem Haus, als Magd verkleidet, allein und inmitten des einfachen Volks: Da durfte man ja wohl schockiert sein und unwillkürlich versuchen, ihr zu folgen, um sich Gewissheit zu verschaffen! Das und nichts anderes war ihm widerfahren. Damit war es nun auch genug.

Wie ein lästiges Insekt verscheuchte er Lucrezia aus seinen Gedanken. Doch lästige Insekten hatten oft die leidige Angewohnheit, sich nicht lange von halbherzigen Abwehrmaßnahmen beirren zu lassen, sondern eilig zurückzukehren und in ihrem störenden Tun fortzufahren.

31

Wie der Zufall es wollte, trat Gershom Jezek ausgerechnet in jenem Moment mit zwei brennenden Öllaternen hinter dem dunkelroten Vorhang hervor, als Pater Angelico sich dem Laden schon bis auf wenige Schritte genähert hatte. Damit war er der Möglichkeit beraubt, es sich im letzten Moment noch anders zu überlegen und schnell unbemerkt am Eingang der jüdischen Pfandleihe vorbeizugehen.

»Bei Gott, es soll wohl so sein«, murmelte er und stockte nur kurz, als er die vertraute, wie gewohnt von Kopf bis Fuß in schmuckloses nachtblaues Samttuch gewandete Gestalt des jüdischen Pfandleihers erblickte. Das einzig Schmückende an ihm war der mit Goldfäden durchwirkte dunkelblaue Samt seiner Geldbörse, die rechts von seinem aus schwarzen Seidenkordeln geflochtenen Gürtel baumelte.

Gershom Jezek ließ sich seine Verwunderung nicht anmerken, als er Pater Angelico näher kommen sah. Mit der ihm eigenen Ruhe hängte er die Laternen an die eisernen Mauerhaken rechts und links vom Eingang und wandte sich dann erst dem Ankömmling zu.

Er war ein Mann von achtundvierzig Jahren, gesegnet mit einer schlanken, hochgewachsenen Gestalt und einem ausdrucksstarken Gesicht mit markanten, wohlproportionierten Zügen. Ohne weiteres hätte er einem Bildhauer als Modell für die klassischen Köpfe der Antike dienen können. Wären die langen schwarzen Korkenzieherlocken nicht gewesen, die ihm seitlich an den Schläfen herabbaumelten und wie das Vlies seines brustlangen Bartes schon von zahlreichen grauen Strähnen durchzogen waren, niemand hätte ihn für einen Hebräer gehalten.

Aber dann hätte er natürlich auch nicht vorn an seinem samtenen Spitzhut den gelben Stoffstern tragen dürfen, wie es das florentinische Gesetz männlichen Juden seit der Regierungszeit des Cosimo de' Medici vorschrieb. Frauen hatten das gut sichtbare Stoffzeichen an ihrem Kleid anzubringen. Florenz brauchte seine jüdische Gemeinde, insbesondere ihre Goldschmiede, Heilkundigen, Geldverleiher und Pfandhausbetreiber, und gewährte ihr in seinen Mauern Schutz vor Verfolgung und Übergriffen. Sogar eine kleine Synagoge gestand man ihr zu. Aber die Nächstenliebe ging nicht so weit, dass die Obrigkeit darauf verzichtet hätte, sie deutlich als das Volk der Jesusmörder zu brandmarken und die Gegend, in der sie wohnen durften, auf das kleine Ghetto hinter dem Mercato Vecchio zu beschränken. Auch dass der Eingang zur Pfandleihe von einem weithin sichtbaren, zweigeteilten dunkelroten Vorhang verhüllt wurde, war Teil der Vorschriften, die ein Mann wie Gershom Jezek zu befolgen hatte.

»Schalom, mein irregeleiteter Freund!«

»Friede diesem Haus, mein uneinsichtiger Bruder in Christo«, erwiderte Pater Angelico und bedachte ihn mit dem christlichen Segenszeichen.

Seit Jahren folgte ihre Begrüßung diesem Ritual, das mit seinem gutmütigen Spott sowohl ihre Lust am Streit über den wahren Glauben als auch das feste Band ihrer langsam, aber stetig gewachsenen Freundschaft widerspiegelte.

»Soll ich erfreut oder eher besorgt sein, Euch nach so langer Zeit vor meiner Tür wiederzusehen, Angelico?« Aus hellen, lebhaften Augen, denen so leicht nichts entging, sah Gershom ihn prüfend an. Selbstverständlich sah er die verschorfte Wunde am Ohr und die verfärbte Schwellung am Hinterkopf, aber auch die tiefen Linien um Mund und Augen. Deshalb fügte er sogleich hinzu: »Mir scheint, die Sorge sollte überwiegen, so mitgenommen, wie Ihr ausseht. Habt Ihr Euch mit Eurem Prior nicht nur mit Worten, sondern diesmal auch mit den Fäusten angelegt?«

Pater Angelico lächelte müde. Gershom und er kannten einander seit vielen Jahren, seit sechzehn, wenn er es genau bedachte. Damals hatte er Waffen, Helm und Kettenhemd, und was ihm sonst noch an Landsknechtsausrüstung geblieben war, in diese jüdische Pfandleihe getragen. Den Erlös hatte er jeweils zur Hälfte dem Waisenhaus und den barmherzigen Schwestern vom Siechenhospital vor der Stadt gespendet.

Nie hätte er es für möglich gehalten, dass er als Mönch noch einmal seinen Fuß in dieses Haus setzen würde. Doch als ihm seine Dämonen immer ärger zugesetzt hatten und ihm im *Giardino* zufällig zu Ohren gekommen war, dass der Hebräer Jezek mehr zu bieten hatte als einen anständigen Preis für ein Pfandstück, nämlich die himmlischen Wonnen des Vergessens und der rauschhaften Entrückung, da hatte es ihn immer öfter in Gershoms *prèstito* gezogen. Meist hatte er das Pfandhaus allerdings durch den Hintereingang betreten, zu dem man gelangte, wenn man durch einen schmalen Torweg schlüpfte, der kurz vor der nächsten Gassenecke in einen winzigen Hinterhof führte. An dem Hintereingang gab es einen versteckten Klingelzug, dessen Klöppel im Inneren, im Flur neben dem Treppenaufgang, einen handtellerkleinen Gong zum Klingen brachte.

So hatte es angefangen – ihre Freundschaft wie auch der Abstieg in die ebenso erschreckende wie verlockende Welt, die sich hinter dem schweren, nachtschwarzen, mit feuerroten Sternbildern bestickten Vorhang am Fuße der kurzen Kellertreppe verbarg.

»Ich habe Euch nie etwas vorgemacht, Gershom, warum sollte ich also jetzt damit anfangen?«, sagte er unumwunden. »Ja, Eure Sorge ist angebracht, in jeder Beziehung, wobei Vincenzo Bandelli jedoch mein geringstes Problem ist. Ich brauche Eure Hilfe, Gershom.«

»Hilfe welcher Art?« Ein höchst beunruhigter Ausdruck flackerte in den Augen des Pfandleihers.

Pater Angelico sah ihm an, was er befürchtete, nämlich dass die Stunde seines Rückfalls gekommen war. Und vielleicht stellte diese Befürchtung sich tatsächlich als begründet heraus. Aber noch war nicht entschieden, wie sein innerer Kampf ausging, und er tat gut daran, sich auf das zu konzentrieren, was er sich von Gershom erhoffte.

»Lasst uns drinnen darüber reden, Gershom.«

»Bedenkt, dass Euch jeder Schritt hinter den roten Vorhang auch dem schwarzen einen Schritt näher bringt«, sagte der Hebräer. »Ihr wisst, dass Ihr mir jederzeit willkommen seid und wie sehr ich unsere Gespräche schätze. Aber ebenso gut wisst Ihr wohl auch, dass mein Haus für einen Mann aus dem geistlichen Stand und mit Euren besonderen Veranlagungen nicht der richtige Ort ist.«

Pater Angelico nickte. »Das ist mir nur allzu bewusst. Aber was ich Euch anzuvertrauen habe, ist nicht mit ein paar raschen Sätzen getan, und schon gar nicht taugt es für ein Gespräch hier in der Gasse«, sagte er leise und rieb sich die juckende Narbe.

»Wir können in die *Lumaca* gehen«, schlug Gershom die ehrbare Schenke am nahe gelegenen Mercato Vecchio vor. »Oder meinetwegen auch ins *Giardino.* Da können wir ebenso gut reden wie bei mir im Laden. Rebecca und meine Söhne kommen hier auch gut ohne mich aus.«

Pater Angelico schüttelte den Kopf. Seit Monaten mied er diesen Ort wie der Teufel das Weihwasser. Aber das war nicht wirklich die Lösung seines Problems. Nun wollte er wissen, ob er die Willenskraft besaß, der Versuchung sozusagen Auge in Auge zu widerstehen. »Jeder entdeckt irgendwann den Dämon, der die Fäden seines Lebens zusammenhält. Aber man darf nicht zulassen, dass dieser Dämon zum Tyrannen wird. Also lasst uns hineingehen!«

Der Hebräer seufzte. »Ihr müsst es wissen. Aber sagt später nicht, ich hätte nicht Wort gehalten und nicht versucht, Euch zur Umkehr zu bewegen«, erwiderte er. Er streckte die Hand nach dem Vorhang aus, zögerte jedoch einen Moment, als hoffe er, Angelico würde es sich doch noch anders überlegen. Als das nicht geschah, teilte er schließlich den roten Vorhang mit einer schwungvollen Bewegung. »Nun denn, tretet ein, mein Freund!«

Pater Angelico schluckte mehrmals heftig, als er über die Schwelle stieg. Sein Blick glitt flüchtig über die vielen Dinge, die sich in dem langgestreckten Raum auf den Dielenbohlen und in den schlichten Stellagen und Wandregalen aneinanderreihten. Es war ein sich täglich veränderndes Sammelsurium, ein Durcheinander aus billigem und wertvollem Hab und Gut und von jedweder Beschaffenheit.

Möbelstücke, Kleider, Schuhwerk, Hausrat, Werkzeuge, Waffen, Gerätschaften aller Art. Und jedes Stück, ob es sich um einen einfachen Trinkbecher aus Zinn handelte, einen silbernen Kerzenleuchter, eine zerkratzte Kleiderkiste mit verblichener Bemalung, ein Paar Stiefel, einen winterwarmen Wollumhang, ein rostiges Kohlebecken oder einen Nachtstuhl, jedes Pfandstück trug an einem festen Bindfaden ein kleines Schild aus festem Karton. Darauf stand jeweils eine Nummer, hinter deren Entsprechung in Gershoms großformatigem Rechnungsbuch der Name des Verpfänders verzeichnet war, ebenso das vereinbarte Ablaufdatum der Verpfändung sowie der in lateinischen Zahlen und hebräischen Buchstaben verschlüsselte Betrag, den Gershom für das Pfandstück gezahlt hatte.

All das registrierte Pater Angelico jedoch nur beiläufig, denn er war mit dem Anblick des überfüllten Ladens seit Jahren vertraut. Was er hingegen überdeutlich wahrnahm, war der unverkennbare, eigenartige Geruch, der ihn sogleich umfing und in einen Zustand höchster Erregung versetzte.

Oberflächlich schien es ein Gemisch intensiver Duftstoffe zu sein, das von Lavendel, Jasmin und Lorbeer beherrscht wurde. Diese Wohlgerüche entströmten kleinen Duftkissen und Zierbeuteln, die von der Balkendecke und an den Kleiderständern und Regalen hingen, aber auch hier und da auf Möbelstücken lagen. Sie sollten vorrangig den Modergeruch und Mief alter Stiefel, Kleider, Wandbehänge, Bettsachen, Nachtstühle und ähnlicher Pfandstücke überdecken.

Allerdings überlagerten die Duftspender noch einen anderen Geruch, nämlich den, der aus der Tiefe des Hauses Jezek nach oben in den Laden kroch. Wer mit dieser dunklen Seite von Gershoms Geschäft nicht vertraut war, nahm ihn vermutlich überhaupt nicht wahr. Doch Pater Angelico stieg das süßliche und zugleich herbe Aroma sofort in die Nase.

Augenblicklich sprang ihn das unbändige Verlangen an, sich widerstandslos der Verlockung zu überlassen, die ihn wie tonloser, aber nichtsdestotrotz betörender Sirenengesang umflutete. Und wie ein Tier, das eine starke Witterung aufnimmt, blähte er die Nasenflügel und sog den Duft tief in sich ein. Sein Herz hämmerte in der Brust, sein Mund war plötzlich wie ausgetrocknet.

Magisch angezogen wanderte sein Blick zu dem Durchgang, der sich am hinteren Ende des Ladens rechts neben der Theke befand. Dort zeichnete sich im schwachen Licht einer kleinen rötlichen Wandleuchte die Silhouette einer Treppe ab, über die man nach oben gelangte, in die Privaträume der Familie Jezek. Zwei Schritte hinter dem Treppenaufgang führten mehrere Stufen abwärts zu dem mit blutroten Sternzeichen bestickten Vorhang, hinter dem das Reich des Vergessens und der Entrückung lag.

Von dem dunklen Flur mit dem schwach leuchtenden, roten Licht ging eine unsichtbare Kraft aus, die regelrecht nach ihm zu greifen schien. Er fühlte sich angezogen wie ein Eisensplitter von einem übermächtigen Magneten. Eigentlich brauchte er doch nur …

Gershom hieb ihm ungewohnt burschikos auf die Schulter. »Gehen wir auf meine Kommandobrücke«, sagte er in aufgeräumtem Ton. »Ich bin gespannt, was Ihr mir zu erzählen habt!«

Der kurze, herzhafte Schlag ließ Pater Angelico zusammenfahren und half ihm, seine innere Widerstandskraft zu sammeln und sich wieder unter Kontrolle zu bringen, zumindest äußerlich.

Was der Pfandleiher scherzhaft seine Kommandobrücke nannte, war die hintere linke Ecke seines Geschäftes. Dort führten zwei Stufen auf eine Art Podest, das etwa drei Schritte im Quadrat maß und sich in dem Meer von Gerümpel und Hausrat ausnahm wie eine Insel der Behaglichkeit und feinen Lebensart. Von der Decke hing eine große Öllampe mit reich verziertem, schmiedeeisernem Gehäuse herab. Dicke Teppiche aus dem Orient bedeckten den Boden. Ein alter französischer Wandbehang schmückte die eine Seite der Backsteinmauer, während ein offener, mit Folianten gefüllter Bücherschrank einen Großteil der anderen Eckwand einnahm. Rechts und links davon hing je ein dreiarmiger Kerzenleuchter. Die elegant geschwungenen Arme ragten aus blank polierten Messingblakern hervor, die das warme Kerzenlicht reflektierten und die erhöhte Ecke zusammen mit der Öllampe anheimelnd ausleuchteten. Zwei bequeme, weich gepolsterte Scherensessel aus dunkler, fast schwarz gebeizter Eiche luden vor einem niedrigen arabischen Tisch, dessen runde Platte aus gehämmertem Kupferblech bestand, zum Sitzen ein.

»Macht es Euch gemütlich, Angelico. Und da Ihr offenbar viel zu erzählen habt, wollen wir doch dafür sorgen, dass Ihr darüber nicht einen allzu trockenen Mund bekommt«, sagte Gershom geschäftig, drückte ihn in den Sessel neben seiner Büchersammlung, zu der auch eine prächtig illuminierte Bibel zählte, und rief seiner Frau Rebecca zu, sie möge ihnen eine Karaffe Roten und zwei Becher bringen.

Pater Angelicos Hand zitterte sichtlich, als er wenig später den vollen Zinnbecher entgegennahm, den Gershom ihm reichte. Er gab sich auch keine Mühe, das zu verbergen. Gershom wusste viel zu gut, was in ihm vorging und wie sehr er sich zwingen musste, dem gierigen Verlangen in ihm nicht nachzugeben.

»Täusche ich mich, oder habt Ihr wirklich erheblich mehr Waren als je zuvor hier im Laden?«, fragte er, um sich abzulenken, und ließ seinen Blick noch einmal über das Sammelsurium schweifen.

»Ihr täuscht Euch nicht. Wenn das so weitergeht, kann ich bald nichts mehr annehmen.«

»Es freut mich zu hören, dass Eure Geschäfte gutgehen«, sagte Pater Angelico und nahm einen zweiten kräftigen Schluck.

»Diesmal irrt Ihr, Angelico. Die Zeiten sind schlecht. Zu viele Leute wollen etwas verpfänden, aber zu wenige wollen das versetzte Zeug kaufen. Mein gutes Geld sitzt hier sozusagen träge herum und wirft nichts ab«, klagte Gershom. »Und die Kommune denkt nicht daran, den Würgegriff ihrer jährlichen Strafsteuer für uns Pfandleiher – zweitausend Goldstücke müssen wir aufbringen! – auch nur ein wenig zu lockern.«

»Es ist schon eine himmelschreiende Schande«, pflichtete Pater Angelico ihm bei. »Mögen Zinsgeschäfte laut Bibel auch als gottloser Wucher und contra natura gelten, es ist eine elende Heuchelei, Euch mit der Bibel zu kommen, all die feinen hohen Signori dagegen, die als steinreiche Bankherren ungeheure Gewinne einfahren – und das nicht zuletzt dank ihrer einträglichen Geschäfte mit unseren Kirchenfürsten und dem Heiligen Stuhl –, ungeschoren zu lassen.«

Gershom zuckte die Achseln. »Was sich als Wahrheit ausgibt, ist eben oft nur geheiligte Meinung.«

»Vielleicht solltet Ihr es den frommen Florentiner Bankherren nachmachen, die aus tiefer Sorge um ihr Seelenheil keine Zinsen berechnen, sondern ihre Gebühren für Wechsel als Risikoaufschläge deklarieren. Für Geldeinlagen zahlen sie natürlich keine Zinsen, sondern sie machen ihren Kunden jährlich ein Geldgeschenk, das auf wundersame Weise immer irgendwie in Höhe der jeweils üblichen Zinsen von acht bis zehn Prozent liegt«, sagte Pater Angelico, und tatsächlich war genau das die von der Kirche mehr oder weniger ausdrücklich abgesegnete Praxis der Bankherren.

Erneut zuckte Gershom die Achseln. »Was hilft es, sich zu empören? Die Wirklichkeit lässt sich nicht sauber verpacken und mit dem Band der Moral verschnüren. Die Wirklichkeit steht nun mal oft im Widerspruch zu dem, was wir uns vorstellen«, sagte er mit der ihm eigenen Gelassenheit und Gelehrsamkeit. »Aber damit genug des Geplänkels. Nun lasst hören, was Euch dermaßen schwer auf der Seele liegt, dass Ihr zu mir gekommen seid und glaubt, ausgerechnet meiner Hilfe zu bedürfen!«

Pater Angelico kam der Aufforderung umgehend nach und erzählte in aller Ausführlichkeit, was ihm in den vergangenen vier Tagen widerfahren war.

Aufmerksam und mit sichtlich wachsender Besorgnis hörte Gershom ihm zu, während er an seinem Wein nippte. Dass Pater Angelico sich auf einen Handel mit dem zwielichtigen Movetti eingelassen hatte, um acht Goldstücke von der Summe abzweigen zu können, überraschte ihn am wenigsten. Denn diese acht Goldstücke ruhten in einem gesonderten Beutel in seiner Geldkiste.

»Dass Commissario Scalvetti in dieser Sache nichts unternimmt, ist mir unverständlich! Er müsste doch all diesen Burschen hart auf den Zahn fühlen, insbesondere diesem Rufino de' Valori und Movettis Verwalter«, wunderte sich Gershom, nachdem er alles erfahren hatte. »Die haben beide zweifellos Dreck am Stecken. Das trifft übrigens mit Sicherheit auch auf den Wahlmann Jacopo Calandro zu. Und mit diesem Schmuggler Rutino oder Orsino, den der Grobian von Verwalter erwähnt hat, kommt ja wohl noch ein Vierter ins Spiel, der ein Interesse am Tod des Speziale haben könnte. Verdächtig sind sie jedenfalls alle!«

»Ja, wenn Scalvetti sich der Causa Movetti annehmen würde, käme bestimmt schnell Licht in die finstere Geschichte«, sagte Pater Angelico. »Aber wo die Machenschaften unserer Staatsfeinde in Rom und Neapel sowie die Intrigen der Verbannten gegen das Haus Medici und seine Verbündeten derart ins Kraut schießen, ist Scalvetti wohl zu sehr damit beschäftigt, Jagd auf fettere, nämlich politische Beute zu machen, als dass er Zeit oder Lust hätte, sich auch noch die Aufklärung eines gewöhnlichen Verbrechens aufzuladen.«

»Ihr könntet die Angelegenheit natürlich auf sich beruhen lassen und Eurem Prior beichten, wie es zu dem Verlust der zweiundvierzig Goldstücke gekommen ist. Immerhin sind Euch noch die acht geblieben, die ich in Verwahrung habe.«

»Ausgeschlossen«, wies Pater Angelico diesen Vorschlag unverzüglich und energisch zurück. »Ich denke gar nicht daran! Dann müsste ich immer und ewig vor Bandelli zu Kreuze kriechen. Dann müsste ich ihm ja auch beichten, dass ich schon seit Jahren Gelder abzweige und für geheime Geschäfte einsetze. Zu sagen, dass er dafür wenig Verständnis zeigen dürfte, trifft das, was mir dann mit Sicherheit blüht, so wenig, als würde man einen Glut und Feuer speienden Vulkan ein kleines Feuerchen nennen. Nein, unmöglich! Davon darf er nichts erfahren, Gershom.«

Der Pfandleiher nickte, griff zur Karaffe und goss Wein nach. »Ich könnte Euch aus der Zwickmühle helfen und das Geld für die nötigen Lapislazuli leihen«, bot er an und warf ihm einen fragenden Blick zu, so als ahne er schon, was kommen würde.

»Euer Angebot ehrt Euch, Gershom, aber Ihr wisst, dass ich es unter keinen Umständen annehmen kann und auch nicht annehmen werde«, antwortete Pater Angelico denn auch kategorisch. Er konnte sich von Gershom fünfzig Goldflorin weder zum üblichen Zinssatz leihen noch als zinsloses Darlehen annehmen. Das eine war so ausgeschlossen wie das andere, ganz abgesehen davon, dass fünfzig Goldstücke selbst für Gershom eine erhebliche Summe darstellten.

Dieser versuchte erst gar nicht, ihn zu überreden. Er kannte ihn gut genug, um zu wissen, dass das zwecklos gewesen wäre. »Wie kann ich Euch dann helfen? Sagt es, und ich werde mein Bestes tun.«

»Ich habe die Hoffnung, einen von den Burschen, die der Bettler Orenetto mir beschrieben hat, oder einen von den Schlägern, die mich heute überfallen haben, in einem der miesen Viertel aufzustöbern, noch nicht aufgegeben. Ich werde mich also nachher in meiner Werkstatt umziehen und die Suche auch diese Nacht fortsetzen«, begann Pater Angelico. »Aber …«

»… aber was soll Euch das bringen? Selbst wenn Ihr mit Eurer nun wahrlich nicht ungefährlichen Suche nach diesem ruchlosen Gesocks Erfolg habt, was soll dann geschehen?«, fiel Gershom ihm ins Wort. »Wenn Ihr einen von ihnen gefunden habt, wollt Ihr ihn dann überwältigen, irgendwo einsperren und zum Reden zwingen? Nicht, dass ich Euch das *physisch* nicht zutrauen würde. Aber Eure Tage als Landsknecht liegen schon ein paar Jährchen zurück, und ich glaube nicht, dass Ihr noch die brutale Härte und den Willen besitzt, einem skrupellosen Verbrecher mit Gewalt die Wahrheit zu entlocken.«

Ein schiefes Lächeln huschte über Pater Angelicos Gesicht. »Wie beruhigend, dass Ihr mir wenigstens das nicht mehr zutraut«, sagte er selbstironisch und wurde gleich wieder ernst. »Ihr habt natürlich recht. Aber was, wenn ich erst einmal fündig geworden bin, genau geschehen muss, um den zu entlarven, der den Mord an Movetti in Auftrag gegeben hat, ist im Augenblick nicht vorrangig. Das wird sich ergeben – mit oder auch ohne Scalvettis Beistand. Erst einmal muss ich herausfinden, wo die Handlanger stecken und wer sich ihrer bedient.«

Gershom nickte. »Und welchen Part kann ich dabei nun übernehmen?«

Pater Angelico zögerte kurz. »Ihr könnt mir den großen Dienst erweisen, mit Eurem Landsmann und Verwandten Elazar Shimon zu sprechen«, rückte er endlich mit der Sprache heraus.

Gershom verzog das Gesicht, als hätte er in eine Zitrone gebissen. »Ihr wisst, um was Ihr mich da bittet, nicht wahr?«, brummte er.

»Ja, und bei den Leiden des Herrn und Eures Volkes, ich wünschte, ich bräuchte Euch nicht in diese Gewissensnot zu bringen«, versicherte Pater Angelico bekümmert. Er wusste sehr wohl, dass Gershom mit dem Erzgauner Elazar Shimon, mit dem er zu seinem Leidwesen auch noch verwandt war, nichts mehr zu schaffen haben wollte.

Der fünfzehn Jahre jüngere Elazar Shimon hatte Gershom in den Jahren, die sie die Pfandleihe gemeinsam betrieben hatten, nach Strich und Faden übers Ohr gehauen und bis zu ihrer abrupten und höchst unerquicklichen Trennung zehn Jahre zuvor auf Gershoms Rücken ein kleines Vermögen in die eigene Tasche gewirtschaftet. Damit hatte er sich eine Straße weiter als Geldverleiher selbständig gemacht. Sogar in der Synagoge ging Gershom ihm aus dem Weg, und seinen Worten nach war er wahrlich nicht der Einzige, der die Gesellschaft dieses Mannes mied.

Gershom fasste sich und machte eine begütigende Geste. »Schwere Zeiten erfordern manchmal schwere Entscheidungen. Sagt also, wieso ausgerechnet Elazar Shimon Euch weiterhelfen kann.«

»Hat er nicht beste Verbindungen zur florentinischen Halb- und Unterwelt?«, fragte Pater Angelico zurück. »Gehört er Euren Worten nach nicht zu jenen Geldverleihern, zu denen Leute kommen, die einen Finanzier für ein krummes Geschäft suchen oder das nötige Startkapital brauchen, um irgendwo eine zwielichtige Fuselstube oder ein Bordell zu eröffnen?«

»Zweifellos. Elazar hat seine ebenso schmutzigen wie aalglatten Finger in einer Vielzahl solch abstoßender Geschäfte. Der Hurensohn schreckt vor keinem noch so dreckigen Handel zurück, wenn der Profit nur stimmt.«

»Nun, dann dürfte es für ihn doch kein Problem sein, in jenen Schurkenkreisen über einen Tavernenwirt, Bordellbetreiber oder sonstigen Mittelsmann, der bei ihm in der Schuld steht, die Nachricht in Umlauf zu bringen, dass ich demjenigen eine Belohnung von fünf Goldstücken zu zahlen bereit bin, der mir sagen kann, wer hinter dem Mord an Movetti steckt«, erläuterte Pater Angelico seinen Plan. »Natürlich muss derjenige mehr zu bieten haben als nur Klatsch. Für das Geld erwarte ich hieb- und stichfeste Informationen.«

»Fünf Florin? Heilige Menora!«, rief Gershom. »Da wollt Ihr einen ordentlichen Batzen Geld riskieren.«

»Sicher, aber mit einer Handvoll Soldi kriege ich bestimmt keinen von diesen abgefeimten Burschen dazu, zum Verräter zu werden. Fünf Goldstücke dagegen könnten dem einen oder anderen das Risiko schon wert sein.«

Gershom nickte. »Recht habt Ihr! Das könnte verfangen. Ein Mord ist schon für weit weniger als *ein* Goldstück zu haben. Elazar ist der richtige Mann, um die Sache mit der Belohnung in Umlauf zu bringen. Und wenn die Tätowierung, die Ihr heute Morgen am Arm eines der Schläger bemerkt habt, das Erkennungszeichen einer florentinischen Bande ist, dann wird Elazar im Handumdrehen herausfinden können, wer ihr Anführer ist und wo er sein Revier hat. Aber wie ich diesen verfluchten Betrüger und Halsabschneider kenne, wird er sich diese Gefälligkeiten teuer bezahlen lassen.«

»Mehr als drei Goldstücke wird selbst ein so habgieriger Schurke wie er nicht verlangen«, sagte Pater Angelico ungerührt. »So hoch könnt Ihr gehen.«

»Ihr wollt wirklich alles, was ich für Euch in Verwahrung habe, auf diese Karte setzen?«, vergewisserte sich der Pfandleiher.

Pater Angelico nickte – wortlos, doch mit unverkennbarer Entschlossenheit.

Gershom bedachte ihn mit einem langen nachdenklichen Blick. »Mir scheint, es geht Euch längst nicht mehr nur ums Prinzip und das Geld für die Lapislazuli.«

»Nein, seit heute Morgen hat diese Angelegenheit eine sehr persönliche Note«, räumte Pater Angelico mit rauer Stimme ein, leerte seinen Becher mit einem Zug und erhob sich abrupt. Er ertrug es nicht länger, dem Ort des himmlischen Vergessens so nahe zu sein und der Verlockung nicht nachgeben zu dürfen. Wenn er noch länger blieb, würde er irgendwann nicht mehr widerstehen können. »Entschuldigt meinen überstürzten Aufbruch. Aber wenn ich jetzt nicht zusehe, dass ich hier herauskomme, wird es mich unweigerlich nach unten ziehen.«

Hastig verabredete er mit Gershom, der ihn zum Ausgang begleitete, ein Treffen am nächsten Tag zur Mittagsstunde im *Giardino.* Dann schlug er ungestüm den schweren roten Vorhang zur Seite und stürzte gehetzt hinaus in die dunkle Gasse, als säße ihm der Leibhaftige im Nacken.

32

Die beiden folgenden Tage und Nächte, die letzten im Oktober, waren eine Zeit trügerischer Ruhe, so wie die Stille vor einem heraufziehenden Sturm. Nichts von dem, was Pater Angelico während dieser Tage und Nächte tat, hatte eine dramatische Note. Wie sehr diese Ruhe täuschte und wie gewaltig sich in Wahrheit etwas zusammenbraute – und zwar nicht allein in Bezug auf die Causa Movetti –, dessen wurde er sich erst bewusst, als es zu spät war, um die Katastrophe noch abzuwenden.

Am Morgen des ersten dieser beiden Tage begab er sich mit Bruder Bartolo und drei handwerklich geschickten Konversen[3] des Klosters gleich nach der Konventmesse in den Palazzo Petrucci. Es galt, die fachmännische Einrüstung der Hauskapelle und die Vorbereitungen für das Auftragen des *arriccio* zu überwachen.

»Warum müssen wir zugegen sein und den Konversen auf die Finger gucken, wo es doch nur darum geht, die Wände zu glätten und eine erste Schicht Rauputz aufzutragen?«, fragte Bruder Bartolo. »Gemalt wird doch nicht auf dieser Schicht, sondern erst auf dem *intonaco,* dem Feinputz. Und bevor der aufgetragen werden kann, müssen noch mehrere Unterschichten auf den Maluntergrund. So habe ich es jedenfalls gelesen. Warum also müssen wir die Arbeit mit dem Arriccio überwachen?«

---

3 Laienbrüder, in jener Zeit zumeist Handwerker

»Weil die Qualität eines Freskos und seine Haltbarkeit auch von der Qualität dieser Mörteluntergrundschicht abhängen«, antwortete Pater Angelico und erklärte ihm, wie aus sorgfältig gelöschtem Sumpfkalk und Sand ein guter Arriccio angerührt wurde, der später an der Wand genau die richtige Feuchtigkeit aufwies und sich weder zu schnell noch zu langsam in festen Kalkstein verwandelte.

Als es für Bruder Bartolo Zeit wurde, zu seinem Krankenbesuch in die Via de Giraldi aufzubrechen, schickte Pater Angelico die mausgesichtige Bedienstete Camilla, die mit einem Putztuch auf der Galerie herumlungerte, zu Lucrezia und ließ anfragen, ob sie Zeit habe, um ihm für einige Skizzen Modell zu sitzen.

»Donzella Lucrezia lässt ausrichten, dass es ihr genehm ist«, teilte Camilla ihm wenig später mit und brachte es fertig, bei aller Höflichkeit doch irgendwie schnippisch zu klingen. »Sie erwartet Euch in ihrem Salotto.«

»Dann führ mich bitte zu ihr«, sagte Pater Angelico, griff zu seinem großen Skizzenbuch und vergewisserte sich, dass er genug Zeichenstifte bei sich hatte.

Lucrezia erwartete ihn in ihrem kleinen Empfangszimmer, dessen Wände mit edler Holztäfelung versehen waren und dessen hohe Fenster nach hinten auf einen kleinen Garten hinausgingen. Auf ihrem Gesicht lag ein geradezu verblüffendes Lächeln, das Funkeln in ihren Augen kündete von freudiger Erregung.

»Du kannst uns allein lassen, Piccarda! Wo könnte mein guter Ruf besser geschützt sein als in der Obhut eines Dominikanerpriesters«, sagte sie vergnügt und reichte ihrer Zofe einen runden Stickrahmen. »Und diese Stickarbeit kannst du gleich mitnehmen. Ich will sie nicht mehr sehen. Dieses stupide, eintönige Sticheln bin ich leid!«

Mit dem üblichen leidvollen Seufzer zog Piccarda sich aus dem Salotto zurück.

»Geht es Euch besser, Pater Angelico? Seid Ihr von weiteren Schwindelanfällen verschont geblieben? Sagt, habt Ihr Euch nach den gestrigen Schrecken Ruhe gegönnt?«, erkundigte sie sich lebhaft, kaum dass sich die Tür hinter ihrer Zofe geschlossen hatte. »Aber nein, Ihr seht müde aus, geradezu übernächtigt!«

»Mönche sind immer müde«, erwiderte er und dachte bedauernd an die kostbaren Stunden Schlafes, die er seinem nächtlichen Streifzug durch die widerwärtige Welt jener Florentiner geopfert hatte, die das Gesetz und ehrliche Arbeit scheuten wie Kakerlaken das helle Licht des Tages. Einem Streifzug zudem, der ihn keinen einzigen Schritt weitergebracht hatte. »Das ist wie die Horen eine Konstante im Klosterleben. Und jetzt seid so gut, Euch mit Eurem Stuhl ans Fenster zu setzen, Donzella.«

»Bitte lasst das Donzella. Das klingt so förmlich und so … so distanziert. Sagt einfach Lucrezia. Werdet Ihr mir den Gefallen tun?« Sie schenkte ihm ein hoffnungsvolles, bittendes Lächeln, das etwas anrührend Mädchenhaftes an sich hatte.

»Ganz wie Ihr wünscht, Lucrezia«, erwiderte er, wich ihrem Blick jedoch schnell aus und gab sich beschäftigt, indem er in seinem Skizzenbuch nach der nächsten freien Seite suchte. »Wenn Ihr nichts dagegen habt, möchte ich mit Profilskizzen beginnen.«

»Ich will Euch gern und geduldig Modell sitzen oder stehen, aber dafür erwarte ich von Euch einen Gegendienst.«

Verwundert blickte er auf. »Und worin soll dieser Gegendienst bestehen?«

»Darin, dass Ihr mir von Euch erzählt.«

Er lachte leise und winkte ab. »Das vergesst Ihr besser. Ich glaube nämlich nicht, dass es Euch interessiert, wie mein tägliches Leben in San Marco aussieht.«

Sie verzog das Gesicht, erinnerte seine Antwort sie doch an das, was ihr in wenigen Monaten drohte. »Nein, vom Klosterleben will ich wahrlich nichts hören! Ich dachte mehr an das aufregende Leben, das Ihr geführt habt, bevor Ihr Mönch geworden seid. Ihr seid doch Landsknecht gewesen, nicht wahr?«

»Das ist lange her und zudem kaum der richtige Stoff für eine Unterhaltung mit einer jungen, unverheirateten Frau von Eurem Stand.«

»Ihr mögt es für anmaßend und empörend halten, dass eine junge, unverheiratete Frau meines Standes ...«, sie äffte ihn regelrecht nach, um dann bissig fortzufahren: »... eine eigenständige Meinung hat und unter anderem selbst entscheiden will, welcher Gesprächsstoff der richtige für sie ist, aber genau das nehme ich für mich in Anspruch, falls Euch das noch nicht aufgefallen sein sollte, Pater Angelico!«

»Im Gegenteil, das ist mir sehr wohl aufgefallen. Es wäre auch schwerlich zu übersehen oder zu überhören gewesen«, versicherte er und verkniff sich den Hinweis, dass ihr Anspruch in der Welt, in der sie lebten, keine Aussicht auf Durchsetzbarkeit besaß – jedenfalls nicht außerhalb des väterlichen Palastes.

»Gut, dann hört bitte auf, mich wie ein verwöhntes Püppchen zu behandeln, das dumm ist wie ein Schaf und außer Klatsch, Kleidern und Schönheitsmitteln nichts in seinem hohlen Schädel hat! Ich habe mehr als nur Schreiben, Rechnen und Lesen gelernt, das immerhin kann ich meinem Vater zugutehalten, auch wenn er meint, dass ich meine Fähigkeiten nutzen solle, um in einem Kloster rasch zu Macht und Ansehen zu gelangen.«

Er lächelte unwillkürlich. »Nun, das Zeug dazu habt Ihr allemal. Ihr würdet gewiss eine scharfzüngige, furchtlose Äbtissin abgeben, mit der sich nicht einmal hohe Kirchenfürsten anzulegen wagen.«

Lucrezia fühlte sich sichtlich geschmeichelt. »Mag sein, aber lenkt jetzt nicht ab! Erzählt mir entweder aus Eurem Leben als Landsknecht und wie Ihr dazu gekommen seid, Eure Freiheit gegen die Unterwerfung unter die monastischen Gebote des Gehorsams, der Armut und der Keuschheit einzutauschen – oder erzählt mir, was es Neues in diesem schaurigen Mordfall gibt, den Ihr um jeden Preis aufklären wollt. Wenn Ihr mich nicht enttäuscht, werde ich mich gern revanchieren, und zwar mit dem, was ich gestern in Erfahrung gebracht habe über einen gewissen …«, sie legte eine dramatische Pause ein, zauberte ein hinreißendes Lächeln auf ihr Gesicht und beendete den Satz triumphierend mit einem Namen: »… Rufino de' Valori!«

Ungläubig sah er sie an und ließ das Skizzenbuch sinken. »Ihr habt Ermittlungen angestellt?«, stieß er fassungslos hervor. »Beim Blute Christi, wie konntet Ihr so unvernünftig …«

»Von Ermittlungen kann gar keine Rede sein! Also erregt Euch nicht unnütz und erspart mir die Vorwürfe, die Ihr voreilig auf der Zunge habt«, fiel sie ihm fröhlich ins Wort. »Der Name Rufino de' Valori war mir nur nicht fremd. Ich erinnerte mich daran, ihn im Haus von einem Freund meines Vaters gehört zu haben. Und da mich mit Gianna, der Tochter dieses Mannes, eine gewisse Freundschaft verbindet, habe ich ihr kurzerhand einen Besuch abgestattet. Scheinbar zufällig habe ich unser Gespräch dann auf Rufino de' Valori gebracht und Gianna so einiges über diesen Widerling entlockt, genau genommen die Details eines ungeheuerlichen Skandals.«

»Eines Skandals?«, rief Pater Angelico aufgeregt. »Erzählt!«

Sie bedachte ihn mit einem koketten Augenaufschlag. »Tut mir leid, aber das wäre ein Verstoß gegen die Spielregeln. Und die sehen nun mal vor, dass Ihr Euch das, was ich über Rufino de' Valori in Erfahrung gebracht habe, verdient.« Scheinbar bedauernd lächelte sie ihn an, spielte mit einer lockigen Haarsträhne, wickelte sie um ihren Finger und strich mit den Spitzen über ihren geschürzten Mund. »Ihr müsst schon den Anfang machen und mich an Eurem Leben teilhaben lassen, dann werde ich mich gern mit der Geschichte über den Rufino-Skandal revanchieren, Angelico.«

Es war das erste Mal, dass sie ihn allein mit seinem Namen ansprach, und obwohl diese Anrede scheinbar jeden Respekt vermissen ließ und gegen alle Sitten und Gebräuche verstieß, klang dieses vertrauliche und schlichte ›Angelico‹ aus ihrem Mund alles andere als despektierlich oder gar provozierend. Vielmehr erschien es ihm zu seinem eigenen flüchtigen Erstaunen passend und natürlich.

Allzu viele Gedanken machte er sich darüber jedoch nicht, konnte er es doch kaum erwarten zu hören, was sie über den Edelmann in Erfahrung gebracht hatte. Und weil er auf keinen Fall an seine Zeit als Landsknecht und das albtraumhafte Ereignis denken wollte, das ihn ins Kloster geführt hatte, berichtete er ihr von seinem Besuch auf *Bellariva* und erwähnte die Belohnung, die auszuloben er sich entschlossen hatte. Dabei ließ er jedoch ebenso Gershoms Namen wie den des Geldverleihers Elazar Shimon unerwähnt.

»So, und nun seid Ihr an der Reihe, Lucrezia!«

»Fünf Goldstücke?«, wunderte sie sich. »Woher habt Ihr denn auf einmal so viel Geld? Ach, jetzt weiß ich's! Sie gehören bestimmt zu den acht Florin, die Ihr von den fünfzig Goldstücken des Medici unterschlagen habt, nicht wahr?« Sie zwinkerte ihm zu.

»Ich habe sie nicht unterschlagen, sondern eingespart, und das ist nicht verwerflich«, entgegnete er. »Und jetzt ist es an Euch, zu Eurem Wort zu stehen, Lucrezia.«

»Ich kriege schon noch heraus, was Ihr mit dem eingesparten Geld vorhattet«, sagte sie neckisch. »Aber nun zu Eurem Rufino.«

»Der Mann ist alles andere als ›mein Rufino‹, Lucrezia.«

»Das wäre auch eine bittere Enttäuschung!« Ihre Augen blitzten verschmitzt. »Denn dieser Edelmann frönt Neigungen, bei denen das weibliche Geschlecht keine Rolle spielt, wenn Ihr versteht, was ich meine.«

»Ihr wollt sagen, er gibt Männern den Vorzug.«

Sie nickte. »Ja, und jung müssen sie sein, damit sie ihm gefallen. So wie der fünfzehnjährige Enrico, der zweitgeborene Sohn des Wollhändlers Niccolò Aspertini. Sagt Euch der Name Aspertini etwas?«

Er schüttelte den Kopf.

»Eine reiche Familie. Nicht so reich wie mein Vater, aber immerhin reich genug, um ein prächtiges Landgut im Mugello zu besitzen. Dort war Rufino de' Valori zusammen mit einigen anderen Freunden des Hauses Aspertini, zu denen auch die Familie meiner Freundin Gianna gehörte, im Sommer einige Wochen zu Gast. Und ihre Gastfreundschaft hat Rufino den Aspertinis damit vergolten, dass er den jungen Enrico verführt und in die … Männerliebe eingeführt hat.« Sie errötete leicht.

Er nickte. »Derartige Gerüchte über Rufino de' Valori sind mir auch schon zu Ohren gekommen.«

»Hier handelt es sich aber nicht um ein Gerücht, sondern um eine bewiesene Tatsache«, sagte Lucrezia im Brustton der Überzeugung, stolz, ihm eine handfeste Information liefern zu können. »Rufino ist nämlich mit Enrico auf frischer Tat ertappt worden. Beide waren splitternackt und …« Sie stockte erneut, und die Röte auf ihrem Gesicht nahm noch zu. »… einander sehr innig zugetan.«

»Und was hat Niccolò Aspertini daraufhin unternommen? Öffentliche Anklage hat er jedenfalls nicht erhoben, sonst wäre der Skandal wohl Stadtgespräch gewesen.«

»Den öffentlichen Skandal hat Niccolò gescheut, weil er Enricos Ruf und dem der ganzen Familie Schaden zugefügt hätte. Aber er hat Rufino auf der Stelle von seinem Landgut gejagt und ihm mit Entmannung gedroht, sollte er jemals wieder auch nur in die Nähe eines seiner Söhne oder der Söhne seiner Freunde kommen«, berichtete Lucrezia. »Diese Drohung hat sogar Gianna mit eigenen Ohren gehört. Ihr Vater hat getobt und so laut gebrüllt, dass es überall im Haus zu hören war.«

»Kein Wunder, dass Rufino sich danach sofort auf eine lange Reise begeben hat und so versessen darauf war, sich nach seiner Rückkehr rasch zu verheiraten. Mit einer Ehefrau an seiner Seite könnte er die schädlichen Gerüchte über seine wahre Veranlagung einigermaßen im Zaum halten«, sagte Pater Angelico und dankte ihr für den Bericht, auch wenn der nur bestätigte, was er dank der bissigen Bemerkungen des Fassbinders schon geahnt hatte. Dann griff er zur Zeichenkohle und begann mit den ersten Skizzen.

Zur Mittagsstunde begab er sich kurz ins *Giardino,* wo Gershom Jezek im Garten unter dem Olivenbaum schon auf ihn wartete.

»Welche Nachricht wollt Ihr zuerst hören, die gute oder die schlechte?«, fragte der Pfandleiher.

»Gebt mir erst die Kröte zu schlucken, Gershom«, sagte Pater Angelico und setzte sich zu ihm.

»Die Sache mit der Belohnung für den Informanten wird Euch satte zwei Goldstücke kosten.«

Pater Angelico verzog das Gesicht wie unter einem jähen Schmerzanfall. »Teufel auch, das ist bitter!« Er holte tief Luft. »Aber dann dürfte die gute Nachricht immerhin darin bestehen, dass Elazar Shimon bereit ist, die Information in seinen Schurkenkreisen in Umlauf zu bringen.«

Gershom nickte. »Elazar ist ein verfluchter Halsabschneider, und zwei Florin sind eine wahre Unverschämtheit«, sagte er. »Aber dafür könnt Ihr jetzt auch sicher sein, dass Euer Angebot unter der zwielichtigen Florentiner Brut und dem Raubgesindel schnell die Runde macht.«

»In Ordnung. Zahlt ihm die zwei Goldstücke.«

»Das ist schon geschehen, da Ihr mir gestern Nacht ja bis zu drei Florin freie Hand gelassen habt«, sagte Gershom. »Übrigens habe ich ihm die Tätowierung dieses Schlägers beschrieben.«

Erwartungsvoll sah Pater Angelico ihn an. »Und? Konnte er etwas damit anfangen?«

»Ja und nein. Drachen, Schlangen und andere Reptilwesen als Tätowierungen erfreuen sich unter dem Pack ja schon immer großer Beliebtheit. Aber Elazar meint, dass es sich um das Zeichen einer Schmugglerbande handeln könnte, deren Anführer ein Bursche namens Falcone Capponi ist. Der Kerl hört auf den Spitznamen Drago. Wenn es aber kein Drachen, sondern eine Viper war, dann könnte es wiederum das Zeichen einer Bande sein, die von einem Mann namens Corsino Scorpa angeführt wird, der sich auch Serpente nennt«, berichtete Gershom. »Jedenfalls wird er sich genauer umhören. Das sei im Preis inbegriffen, sagt er.«

Ein sarkastisches Lächeln huschte über Pater Angelicos Gesicht. »Ich weiß gar nicht, wie ich ihm für seine Großzügigkeit danken soll.«

Gershom lachte. »Wahre Freude ist eben eine ernste Sache, wie Seneca uns gelehrt hat«, sagte er spöttisch und erhob sich. »Sobald ich Neues von ihm höre, lasse ich es Euch wissen. Und Ihr betet indessen besser, dass Ihr mit der Auslobung einer Belohnung auf den Namen eines Verbrechers nicht die Büchse der Pandora geöffnet habt!«

»Ihr werdet sehen: Gold geht durch alle Türen, Gershom.«

»Euer Wort in Gottes Ohr!«

Pater Angelico kehrte bald darauf zu seiner Arbeit zurück. Er beobachtete zusammen mit Bruder Bartolo, wie die Konversen zu Werke gingen, und ließ seinen Malernovizen beim Anrühren des Arriccio helfen.

Am selben Tag saß Lucrezia ihm, als Bruder Bartolo zu seinem zweiten Tagesbesuch bei seinem Onkel aufbrach, zum zweiten

Mal Modell und unterhielt ihn mit allerlei Geschichten. Die Stunden nach der Komplet und bis zur Vigil, bei der er immer wieder einnickte, verbrachte er wie in den Nächten zuvor mit einem weiteren erfolglosen Streifzug durch die dunklen Kellertavernen und Fuselschenken, um die jene Florentiner, die auf ihren Ruf achteten und ihr Leben nicht leichtfertig in Gefahr bringen wollten, einen großen Bogen machten.

Wie erschossen fiel er nach dem mitternächtlichen Chorgebet in seiner kalten Zelle auf sein Lager. Bis zur Laudes blieben ihm nur wenige Stunden Schlaf, und statt in dieser Zeit ein Maximum an Ruhe und Erholung zu finden, wurde er von Albträumen heimgesucht. Die Dämonen, die ihn monatelang in Ruhe gelassen hatten, krochen aus ihren dunklen Höhlen. Noch sprangen sie ihm nicht auf die Brust und ließen Ströme von Blut fließen; noch zeigten sie ihm ihre hässliche Fratze nur aus der Ferne. Aber das reichte, um ihn in kalten Schweiß gebadet und wie gerädert aufwachen zu lassen.

Am Nachmittag hatte er einige kleinere Besorgungen in der Stadt zu erledigen. Dabei traf er zufällig auf Commissario Scalvetti in Gesellschaft seiner sieben Kollegen, mit denen er die Otto di Guardia bildete. Die Menschenmenge auf der Piazza della Signoria gab diesen Männern den Weg frei, wie sich vor Moses einst das Rote Meer geteilt und seinem Volk eine breite Bahn zum Durchzug gewährt hatte.

Als Pater Angelico zielstrebig auf ihn zuging und durch ein Zeichen andeutete, dass er mit ihm zu sprechen wünsche, löste Scalvetti sich aus der Gruppe der Acht und kam ihm entgegen.

»Es gibt Neuigkeiten in der Causa Movetti, Commissario!«

»Zwar weiß ich nichts von einer Causa Movetti, aber ich kann es nicht erwarten, die Neuigkeiten zu erfahren, Padre«, erwiderte Scalvetti und warf einen flüchtigen Blick zu seinen Kollegen hinüber. Sie waren einige Schritte weiter auf drei rot gewandete Prioren getroffen und zu einer gegenseitigen Begrüßung ebenfalls stehen geblieben.

Kurz und knapp setzte Pater Angelico den Commissario über die neuesten Entwicklungen ins Bild, insbesondere über den Gutsverwalter Armando Garzini und Rufino de' Valori. Er berichtete auch von dem Überfall in der Chiasso Brancone und der Tätowierung des Schlägers, der möglicherweise einer Schmugglerbande unter einem gewissen Falcone ›Drago‹ Capponi oder einem Corsino ›Serpente‹ Scorpa angehörte.

»Tüchtige Arbeit. Man könnte meinen, Ihr hättet als Mönch und Maler noch nicht genug zu tun«, kommentierte Scalvetti den hastig vorgetragenen Bericht und blickte sich erneut um. Seine Kollegen wollten weiter und winkten ihm ungeduldig zu. Offensichtlich wollte die Otto di Guardia geschlossen und in voller Stärke im Ratssaal erscheinen.

»Werdet Ihr denn nun etwas unternehmen?«

»Wieso? Ihr macht Eure Sache doch bestens, Pater!« Es war nicht eindeutig, ob Scalvetti spottete oder sagte, was er tatsächlich dachte. »Und nun entschuldigt mich. Ich muss zu einer wichtigen Sitzung der Signoria. Es brennt mal wieder, und für eine gerade eben noch abgewendete Katastrophe wird ein Sündenbock gesucht. Ich wünsche noch einen erkenntnisreichen Tag! Und hört auf, Euren Kopf zu riskieren und Euch die Nächte in den Drecksvierteln um die Ohren zu schlagen. Ihr seht erbarmungswürdig aus!« Damit eilte der Commissario davon.

»Trinkt gefälligst aus Eurer eigenen Quelle!«, rief Pater Angelico ihm ärgerlich, aber doch nicht allzu laut nach.

Er fühlte sich ausgelaugt und war niedergeschlagen. Weder durfte er von Scalvetti Hilfe erwarten, noch hatte die Belohnung, die er ausgesetzt hatte, irgendetwas bewegt. Dabei hatte er gehofft, innerhalb weniger Stunden Nachricht von Elazar Shimon zu erhalten, dass jemand sich die fünf Goldstücke verdienen wollte.

»So schnell, wie Ihr geglaubt habt, geht das natürlich nicht. Wer immer dieses Angebot für Euch unter die Leute bringt, kann ja wohl kaum wie ein Stadtherold von Marktplatz zu Marktplatz ziehen, auf seine kleine Trittstufe steigen und die Sache mit der Belohnung verkünden«, tröstete ihn Lucrezia, als er wieder einmal mit seinem Skizzenbuch in ihrem Salotto saß und freimütig von seiner Enttäuschung erzählte.

»Ihr habt recht, das würde ihn wohl im Handumdrehen das Leben kosten«, räumte er ein und ließ sich nur zu gern neue Hoffnung zusprechen. Das hatte zwar auch Bruder Bartolo getan, aber seltsamerweise übten Lucrezias aufmunternde Worte eine gänzlich andere Wirkung auf ihn aus.

»Ihr müsst einfach Geduld haben. Irgendjemand wird sich diese hohe Belohnung bestimmt verdienen wollen, dessen bin ich mir sicher! Wo es Mordkomplotte gibt, da gibt es auch Verräter. Aber jetzt erzählt mir doch endlich, wieso Ihr Euch überhaupt auf das krumme Geschäft mit Bernardo Movetti eingelassen habt und was Ihr mit den angeblich ›eingesparten‹ acht Goldstücken vorhattet! Ich verspreche auch, darüber Stillschweigen zu bewahren.« Sie legte eine Hand auf ihre von blassgrüner Seide verhüllte Brust. »Das schwöre ich bei allem, was mir heilig ist! Und seid versichert, dass es noch einiges gibt, das mir heilig ist.«

Unter ihrem eindringlich bittenden Blick schmolz sein Widerstand dahin wie Butter in der Sonne. Und warum sollte er es ihr auch nicht erzählen, wo er ihr schon alles andere anvertraut hatte?

»Also gut, Lucrezia, ich erzähle es Euch unter dem Siegel der Verschwiegenheit.«

Sie strahlte ihn an und beugte sich erwartungsvoll vor.

»Ich spare, was immer ich von Lohn- oder Materialkosten abzwacken kann, bis ich genug zusammenhabe, um einen Sklaven freizukaufen«, eröffnete er ihr.

Ein ungläubiger Ausdruck trat auf ihr Gesicht. »Was tut Ihr? Ihr kauft Sklaven frei?«

»Nicht ich direkt. Diese Aufgabe übernimmt ein Freund, dessen Name aber nichts zur Sache tut. Meistens entscheidet er auch, wessen Los so bitter ist, dass es geraten scheint, ihn als Nächsten freizukaufen. Leider kann es manchmal Jahre dauern, bis ich die nötigen vierzig oder mehr Florin für einen Freikauf zusammenhabe.«

»Und warum tut Ihr das?«

»Weil Sklaverei eine Schande ist, eine Versündigung an Gottes Schöpfung.«

Sie furchte die Stirn. »Das mag sein, obwohl die Kirche darüber ja zu einem völlig anderen Urteil gelangt ist. Aber mir schwant, dass es für Eure ungewöhnliche Barmherzigkeit gegenüber Sklaven noch einen anderen, ganz persönlichen Grund gibt.«

Er zuckte die Achseln und wich ihrem forschenden Blick aus. »Wir alle haben gute Gründe für das, was wir tun oder nicht tun. Selbst für das Böse, das wir auf uns laden, haben wir fast immer scheinbar gute Gründe. Ich habe in meiner Jugend ohne Not Blut vergossen und … und viele unschuldige Menschen … sterben sehen«, sagte er stockend. »Das allein ist schon Grund genug, alles in meiner Macht Stehende zu tun, um ein Quentchen mehr Barmherzigkeit in diese gequälte Welt zu bringen.«

Lucrezia biss sich auf die Lippen, als wollte sie etwas, das ihr auf der Zunge lag, mit aller Macht zurückhalten, doch schließlich gab sie dem Drang nach und fragte mit leiser, erstickter Stimme: »Und wer kauft mich frei? Bin ich denn nicht auch meiner Freiheit und meines freien Willens beraubt? Ich wünschte, Ihr könntet auch mich freikaufen, Angelico.«

Er sah Tränen in ihren Augen schimmern und noch etwas, das sich dort aus ihrem Innersten Bahn brach. Ihr unverstellter Blick ging ihm durch und durch. Eine Hitzewelle überkam ihn. Rasch schlug er sein Skizzenbuch zu. »Bei Gott, wie spät es schon wieder ist! Ich muss sehen, dass ich ins Kloster komme. Fast hätte ich vergessen, dass ich dort noch einiges zu erledigen habe, was keinen Aufschub verträgt. Gottes Segen, Lucrezia!« Er verließ das Salotto so überstürzt, dass der Bediensteten Camilla keine Zeit mehr blieb, ein paar Schritte zwischen sich und die Tür zu bringen. Sie stolperte über ihre eigenen Füße, fing sich jedoch gerade so und presste sich mit hochrotem Kopf an die Wand, um ihn im Flur vorbeizulassen.

Pater Angelico beachtete sie kaum. Abgesehen davon, dass Lucrezia und er sich mit gedämpften Stimmen unterhalten hatten, beschäftigten ihn ganz andere, ernstere Sorgen als die Frage, ob dieses dreist lauschende, klatschsüchtige Mausgesicht von Dienerin von ihrem Gespräch irgendetwas Kompromittierendes aufgeschnappt haben könnte.

In San Marco zog er sich in seine Werkstatt zurück, sank in seinen alten, knarzenden Korbsessel und zündete auch dann kein Licht an, als die Dunkelheit hereinbrach und nach und nach alle Konturen und Farben auslöschte.

So fand Bruder Bartolo ihn nach der Komplet.

Als die Ateliertür in den Angeln quietschte und das Licht einer Kerze in die Werkstatt fiel, fuhr Pater Angelico aus Gedanken auf, die so dunkel waren wie die klamme Nachtschwärze um ihn her. Unwillkürlich seufzte er tief.

»Meister? Seid Ihr hier?«, rief der Novize von der Tür her.

»Ja, wer sonst sollte denn hier sein?«, antwortete Pater Angelico brummig. »Was willst du, Bruder Bartolo?«

»Ich habe mir Sorgen um Euch gemacht und schon überall nach Euch gesucht. Weder seid Ihr zur Abendmahlzeit ins Refektorium gekommen, noch wart Ihr in Eurer Zelle oder sonst wo im Kloster! Und wo Ihr den ganzen Tag schon so ungewöhnlich einsilbig und in Euch gekehrt wart, hielt ich es für angebracht, mich davon zu überzeugen, dass Ihr … nun ja, dass Ihr wohlauf seid.« Bruder Bartolo klang ernsthaft besorgt.

»Es ist nicht deine Aufgabe, dir Sorgen um deinen Novizenmeister zu machen«, erwiderte Pater Angelico. »Aber du kannst beruhigt sein, es besteht auch keinerlei Grund, sich Sorgen um mich zu machen.«

»Aber warum sitzt Ihr dann hier in völliger Dunkelheit, Meister?«

»Weil die Gedanken im Dunkeln klarer und heller sind«, antwortete Pater Angelico und dachte voller Beklemmung an das, was ihm in diesen Stunden des Grübelns in vollständiger Dunkelheit erschreckend klargeworden war, nämlich dass er Lucrezia in den vergangenen beiden Tagen immer dann aufgesucht hatte, wenn der Novize seinen kranken Onkel besuchen gegangen war. Und er war sich selbst gegenüber ehrlich genug, um sich über seine wahren Beweggründe nichts vorzumachen. Keineswegs hatte es sich zufällig so ergeben, und es war ihm auch nicht in erster Linie darum gegangen, dass sie ihm Modell saß. Er hatte mit ihr allein sein wollen, das war die verstörende Wahrheit.

33

Vielleicht wäre er besser auf der Hut gewesen, wenn er in dieser Nacht die Finger vom Wein gelassen und sich in den Tavernen wie in den Nächten zuvor mit billigem Dünnbier begnügt hätte. Aber es war die Nacht des großen Weinfestes, in der überall in der Stadt der neue Trebbiano aus den Fässern und durch die Kehlen rann. Der Verlockung des neuen, spritzigen Weins hätte er vermutlich selbst dann nicht widerstanden, wenn er sich in einer halbwegs ausgeglichenen Gemütslage befunden hätte.

Aber statt innerlich gefestigt zu sein und mit frommer Hingabe in sich zu ruhen, empfand er sein Inneres als stürmisches Meer, in dem das angeschlagene Schiff seines Lebens den heilbringenden Kurs verloren hatte und nirgends ein rettendes Ufer in Sicht war. Wie sehr der Sturm in seinem Innern ihm zusetzte, ließ sich daran ermessen, dass er sich auf dem Weg zum Färberviertel am rechtsseitigen Flussufer plötzlich vor dem Torweg zur Hintertür von Gershoms Pfandhaus wiedergefunden hatte. Dabei lag dieses doch in einem völlig anderen Teil der Stadt!

Er hatte nicht einmal bemerkt, dass er nicht die Richtung nach Santa Croce eingeschlagen hatte, sondern unbewusst dem Sog der stillen Via Mensano gefolgt war. Und wie lange hatte er dort im dunklen Durchgang gestanden und mit sich gerungen, bis er endlich die Willenskraft aufgebracht hatte, kehrtzumachen und sich zum Corso dei Tintori zu begeben.

Färbereien gab es an vielen Stellen der Stadt, die meisten aber ballten sich in einem eigenen Viertel, dem sie auch zu seinem Namen verholfen hatten, am Nordostufer des Arno. Das Areal erstreckte sich zu beiden Seiten der Ponte alle Grazie über einen langen, erhöhten Uferstreifen. Dort reihten sich zahllose Färbereien mit gewaltigen Farbbottichen und große Trockenhallen aneinander. Selbst bei Nacht war die Luft hier noch erfüllt von den scharfen Ausdünstungen der Farben, die tagsüber in den Bottichen brodelten. Und aus den hohen Holzkonstruktionen der Trockenhallen, deren halboffene Bauweise eine beständige Luftzirkulation ermöglichte, drang der Geruch feuchter Stoffe.

Landeinwärts wurde das eng bebaute Viertel bis zur Piazza di Santa Croce von den schäbigen, schmalbrüstigen Mietshäusern der Arbeiter, den dort ansässigen Werkstätten verschiedener Handwerker sowie einem entsprechenden Gewirr enger Gassen beherrscht. Und kaum eine Gasse, in der man nicht an einer Taverne oder Kellerkaschemme vorbeigekommen wäre.

Auch unten am Arno stieß man überall auf einfache Schenken, die sich teilweise zwischen Färber- und Trockenhallen quetschten und nicht selten sogar eine Wand mit diesen teilten. Dort trieb sich viel raues Volk herum, Schauerleute, bei denen es sich zumeist um Tagelöhner handelte, und Flussschiffer, die dort ihre Anlegestellen und Lagerschuppen hatten.

In dieser Nacht, in der ganz Florenz auf den Beinen zu sein und in lärmender Ausgelassenheit die Ankunft des neuen Trebbiano zu feiern schien, zog Pater Angelico am Flussufer rastlos von einer Taverne zur nächsten. In keiner blieb er allzu lange. Seinen abgewetzten, leicht eingeschmutzten Lucco am Leib, die Kapuze über den Kopf und die alte Filzkappe tief in die Stirn gezogen und immer einen Becher Wein in der Hand, so schob er sich träge wie ein erschöpfter Tagelöhner durch die Menge der Zecher. Dabei hielt er verstohlen Ausschau nach einem Buckligen mit vernarbtem Kahlkopf, nach einem Mann mit Mondgesicht und Stummelflöte um den Hals und einem Hageren mit Pockennarben, platter Nase und Hasenscharte.

Und plötzlich entdeckte er genau den, den hageren Schläger mit dem Gesicht voller Pockennarben und der schmal klaffenden Öffnung in der Oberlippe.

Es geschah in der Taverne *Vittoria.* Er hatte sich gerade an der Theke einen Becher Wein gekauft und sich aus dem Gedränge vor dem weinnassen Tresen gelöst, als sein Blick auf die Tür und den Mann fiel, der gerade hereinkam.

Er erkannte den Mann sofort wieder. Ohne jeden Zweifel war das der hinterhältige Schurke, der mit seinen beiden Komplizen in der Chiasso Brancone über ihn hergefallen war!

Schnell senkte er den Kopf und setzte den abgestoßenen Steingutbecher an die Lippen, um sein Gesicht dahinter zu verbergen. Über den Rand des Bechers hinweg beobachtete er den Mann.

Dieser war zwei Schritte hinter der Tür stehen geblieben, reckte den Hals und schaute sich mit mürrischer Miene um. Offensichtlich suchte er jemanden.

Unwillkürlich hielt Pater Angelico den Atem an, als der Blick des Hageren in seine Richtung ging. Er blieb jedoch nicht an ihm haften, sondern glitt ohne jedes Stocken über ihn hinweg.

Noch ein zweites Mal schaute der pockennarbige Mann sich in der *Vittoria* um, ohne jedoch zu finden, wonach er Ausschau gehalten hatte. Dass er sich darüber ärgerte, ließ sich seiner Miene und der geballten Faust, die er sich selbst auf die Hüfte drosch, unschwer entnehmen. Und obwohl es in der Taverne zu laut war, als dass Pater Angelico hätte hören können, was dem Hageren in seinem Zorn über die Lippen kam, sah es doch deutlich danach aus, als mache er seinem Groll mit einem lästerlichen Fluch Luft. Dann drehte er sich um, stieß mit einer unbeherrschten wütenden Bewegung die Tür auf und verschwand aus der Schenke.

Da scheint ihn jemand versetzt zu haben, dachte Pater Angelico, und grimmige Genugtuung darüber erfüllte ihn, dass er endlich die Spur von einem seiner Widersacher aufgenommen hatte. Mit etwas Glück war der, nach dem der Pockennarbige suchte, auch derjenige, der ihm die drei Schläger auf den Hals gehetzt und den Mord an Movetti in Auftrag gegeben hatte.

»Gebe Gott, dass es so ist und der Kerl mich zu ihm bringt«, murmelte er vor sich hin, drückte seinen noch fast vollen Weinbecher einem zerlumpten Tagelöhner in die Hand, der ihm verdutzt nachschaute, und beeilte sich, aus der *Vittoria* zu kommen und die Verfolgung aufzunehmen. Auf keinen Fall durfte er den Schurken aus den Augen verlieren! Er hatte sich genug Nächte ergebnislos um die Ohren geschlagen.

Dank der Tatsache, dass in dieser Nacht so ungewöhnlich viele Leute auf fröhlicher Zechtour unterwegs waren, darunter auch einige tausend Contadini aus dem Umland, war es ihm ein Leichtes, dem Pockennarbigen unbemerkt auf den Fersen zu bleiben.

Ungestümen Schrittes entfernte sich der Ganove vom Arno. Einen Häuserblock weiter bog er nach links ab und warf dort einen kurzen Blick in eine Schenke. Doch noch ehe Pater Angelico entschieden hatte, wie viele Minuten Vorsprung er ihm lassen sollte, kam der Mann schon wieder mit verdrossener Miene herausgestürmt.

Am Ende der Straße wandte er sich nach rechts. Als er an einer Schenke vorbeikam, deren Fensterläden weit geöffnet waren und einen ungehinderten Blick in den Schankraum zuließen, nutzte er diese Gelegenheit nicht. Er wandte nicht einmal den Kopf. Stattdessen hielt er zielstrebig auf einen breiten Torweg zu, der sich ein Dutzend Schritte weiter die Gasse hinunter auf der gegenüberliegenden Seite auftat.

Pater Angelicos Anspannung wuchs. Dem Mann durch den Torweg zu folgen war nicht ohne Risiko, andererseits aber unumgänglich. Zu lange hatte er nach dem Faden gesucht, an dem er den Fall Movetti aufrollen konnte. Nun hielt er einen Zipfel in der Hand. Undenkbar, ihn sogleich wieder loszulassen! Er musste wissen, wohin und zu wem der Pockennarbige wollte. Und da er Sandalen trug, brauchte er nicht zu befürchten, er könnte sich durch laute Schritte auf dem Kopfsteinpflaster verraten wie der Mann vor ihm mit seinen Stiefeln.

Dennoch wollte er für den Fall, dass der Schurke ihn bemerkte, gewappnet sein. Deshalb fuhr seine Hand unter den Lucco und kam mit dem Dolch aus Landsknechtszeiten wieder hervor. Dann erst wagte er sich in den Torweg.

Auf Zehenspitzen und mit gezückter Waffe schlich er an der rechten Wand entlang durch die pechschwarze Finsternis. Vor ihm zeichnete sich der graue Torbogen ab, hinter dem sich ein großer Hof öffnete. Behutsam schob er sich vor und lugte um die Ecke. Er sah und hörte, wie der Pockennarbige leise an die Tür eines schuppenartigen Anbaus klopfte. Aus dem Anbau drang gelblicher Lichtschein durch die Ritzen altersschwacher, verwitterter Schlagläden in den Hinterhof.

Pater Angelico starrte und lauschte angestrengt.

Jemand öffnete auf das Klopfen hin die Tür, hielt sie aber nur einen Spalt weit auf.

»Verdammt, was willst du hier, Guido? Du weißt doch, dass du dich hier nicht blicken lassen sollst«, zischte die schattenhafte Gestalt im Türrahmen.

»Dann hätte der feine Herr mich nicht versetzen sollen! Ich will mein restliches Geld!«

»Das kriegst du schon!«

»Und ob ich es kriege, und zwar jetzt! Ich lasse mich nicht länger hinhalten! Los, geh und sag ihm das«, verlangte der Pockennarbige, hörbar entschlossen, sich nicht abwimmeln zu lassen.

»Du Idiot! Sag's ihm gefälligst selbst, wo du nun schon mal hier bist! Aber mach dich auf was gefasst!«

Und im nächsten Augenblick schloss die Tür sich hinter den beiden Gestalten.

Der feine Herr!

Damit konnte kein anderer gemeint sein als derjenige, der hinter dem Mordkomplott steckte!

Pater Angelico wartete einige Sekunden, dann wagte er sich aus dem Torweg und huschte hinüber zum Anbau. Sein Herz pochte wild. Würde er durch die Ritzen in den Schlagläden einen guten Blick ins Innere haben und endlich denjenigen sehen, der Movetti auf dem Gewissen hatte?

Er hatte gerade gute drei Viertel der Strecke über den Hof zurückgelegt und war nur noch ein paar Schritte von dem Fenster entfernt, da hörte er plötzlich in seinem Rücken ein helles Sirren.

Das Geräusch weckte eine Erinnerung in ihm und ließ ihn

alarmiert herumfahren. Doch noch ehe er sich ganz zur Quelle des immer höher werdenden Sirrens umdrehen konnte, traf die Eisenkugel aus der Schleuder ihn am Kopf und raubte ihm das Bewusstsein.

34

Überall war Blut. Es strömte aus den aufgeschlitzten Leibern, die in den Bäumen rund um den Dorfplatz hingen, und es rann an den Türen der Häuser und den Scheunentoren herab, wo Lanzen und Spieße Körper durchbohrt und an das Holz genagelt hatten. Dunkle Lachen, umschwirrt von Schwärmen erregter Schmeißfliegen, tränkten den Boden, dehnten sich immer weiter aus und flossen ineinander, so dass er förmlich durch ein Meer von Blut watete.

Stechender Brandgeruch erfüllte die heiße, flirrende Luft. Wohin er seinen Blick auch richtete, er fiel auf gierig lodernde Flammen, die aus Fensteröffnungen züngelten, an den Bretterwänden von Stallungen leckten und sich durch pulvertrockenes Dachgebälk fraßen.

Das Feuer verrichtete sein Werk der Vernichtung unter lautem Prasseln, in das sich das Bersten von Hölzern mischte und das Krachen einstürzender Mauern, aber all das vermochte die grauenvollen Schreie nicht zu übertönen. Sie kamen aus den brennenden Häusern und Stallungen, aus den bluttriefenden Bäumen und selbst aus der kleinen geschändeten Dorfkirche, in die sich einige Alte und Frauen mit ihren Kindern geflüchtet hatten, ohne jedoch dem gnadenlosen Wüten und infernalischen Blutrausch zu entkommen.

Ihm war, als taumele er durch ein Bild der Apokalypse, das um ihn her zu grausigem Leben erwacht war. Er wollte sich die Ohren zuhalten, um den entsetzlichen Chor der Sterbenden nicht länger hören zu müssen. Vergebens. Die Schreie hallten in seinem Kopf unaufhörlich wider.

Eine Wand aus beißenden Rauchschwaden trieb auf ihn zu. Plötzlich torkelte vor ihm eine splitternackte Frau aus dem wabernden Rauch. Ihr welker Leib war von blutenden Messerschnitten übersät. Auch ihr aufgedunsenes, grell geschminktes Gesicht und das strähnige, unnatürlich blond gefärbte Haar waren blutverschmiert. Schreiend stürzte sie sich auf ihn, packte ihn mit ihren krallenartigen Händen und riss ihn zu Boden.

Pater Angelico stöhnte und versuchte das Weib abzuschütteln, doch es gelang ihm nicht.

Dieser entsetzliche Albtraum!

Aber woher kam die kreischende Nackte? Ihr war er in seinem Traum noch nie begegnet, und dabei durchlebte er doch seit so vielen Jahren immer wieder dieselbe grauenvolle Szene! Noch nie hatte sich die Abfolge der Bilder geändert!

Die grell geschminkte Vettel gehört nicht in den Albtraum!

»Wach auf!«, schrie eine Stimme in seinem Unterbewusstsein. »Wach auf, nur so wirst du dem nackten Weib und den anderen Bildern deines Albtraums entkommen!«

Irgendetwas drückte ihm auf die Brust. Auch seine Arme schienen schwer wie Blei. Er konnte sie nicht heben. Im Kopf dröhnte es, und schwerfällig bahnten sich Gedanken einen Weg durch die Benommenheit, die ihn am Erwachen hindern wollte.

Endlich gelang es ihm, die Augen zu öffnen. Die Rauchschwaden und die grauenvollen Bilder des Gemetzels verschwanden augenblicklich, nicht aber die nackte Frau. Sie füllte vielmehr sein ganzes Blickfeld aus.

Allmächtiger, sie lag auf ihm! Und sie zerrte an seinen Armen und schrie die ganze Zeit wie am Spieß!

»So helft mir doch!«, kreischte sie, das verlebte Gesicht zu einer abstoßenden Maske verzerrt. »Hilft mir denn keiner? Er will mich umbringen! Ich verblute … Gonzo … Mario, rettet mich vor diesem Ungeheuer!«

Er begriff noch immer nicht, was ihm widerfuhr. Die Benommenheit wollte einfach nicht von ihm weichen. Der schale Geschmack in seinem Mund erinnerte ihn an etwas, ohne dass er hätte sagen können, an was. Was er aber wusste, war, dass er nicht länger unter dem Einfluss eines Albtraums stand, sondern dass die nackte Frau, deren Körper von blutenden Messerschnitten gezeichnet war, tatsächlich auf ihm saß und ihn mit ihrem Gewicht niederdrückte.

»Zum Teufel, wer seid Ihr?«, schrie er zurück. »In Gottes Namen, lasst mich los und geht von mir, Weib!«

Sie reagierte überhaupt nicht, sondern schrie nur noch lauter: »Helft mir! Gonzo … Mario … so helft mir doch! Der Hund will mich abstechen!« Dabei hielt sie seine Handgelenke umklammert und drückte sie auf das schmutzige Bettlaken.

Panik überkam Pater Angelico. Mit aller Kraft bäumte er sich unter ihr auf und stieß sie von sich.

Die Nackte gab einen gellenden Schrei von sich, als sie rücklings von der Bettstelle in den schmalen Durchgang stürzte. Mit Kopf und Schulter krachte sie gegen die Bretterwand, während ihre gespreizten Beine auf der Kante des Bettgestells liegen blieben und in obszöner Stellung zur niedrigen Zimmerdecke aufragten.

Pater Angelico richtete sich auf. Erst jetzt erkannte er mit Entsetzen, dass auch er nackt und mit Blut beschmiert war und auf dem schmutzigen Bett eines Zimmers lag, das er nie zuvor gesehen hatte. Sein verstörter Blick irrte durch die schäbige Kammer, in der es nach Schimmel, Schweiß und anderen Körperabsonderungen stank, streifte die Öllampe auf dem primitiven Wandbord und fiel schließlich auf den Dolch, der neben ihm auf dem grauen, fleckigen Bettbezug lag. Blut bedeckte die schmale Klinge und Teile des geriffelten Elfenbeingriffs.

Fassungslos einem Reflex folgend, nahm er den Dolch auf. Sein Gehirn reagierte noch immer mit Verzögerung. Wie um alles in der Welt war er an diesen schrecklichen Ort gekommen? Und wieso war er nackt und von diesem fürchterlichen Weib niedergerungen worden?

Mit einem Mal flog die Tür auf, und zwei grobschlächtige Männer mit den Galgengesichtern berufsmäßiger Schurken stürzten ins Zimmer. Sie hielten mit dicken Eisennägeln beschlagene Prügel in den Fäusten.

»Der perverse Schweinehund hat versucht, mich abzustechen! Seht doch nur, wie ich blute! Warum habt ihr mich nicht vor ihm beschützt? Zahlen wir euch denn nicht genug zu unserem Schutz?«, kreischte die Nackte mit sich überschlagender Stimme. »Da! Er hat den Dolch, mit dem er mir die Kehle durchschneiden wollte, noch in der Hand! Passt bloß auf! Der Kerl ist ein Blutsäufer, der ist bestimmt mit dem Teufel im Bund!«

Das Sirren in seinem Rücken!

Das Geschoss einer Schleuder, das ihn am Kopf getroffen und bewusstlos hatte zu Boden gehen lassen!

Jemand hatte ihm auf der anderen Hofseite aufgelauert!

Der Pockennarbige war ein Lockvogel gewesen!

Die Erkenntnis, dass ihm auf dem Hof eine Falle gestellt worden war und dass ihm nun angehängt werden sollte, er habe diese abgetakelte Hure erstechen wollen, traf Pater Angelico, als habe jemand einen Kübel Eiswasser über ihm ausgekippt. Plötzlich wusste er auch, woher der bittere Geschmack in seinem Mund kam. Sie mussten ihm, nachdem er das Bewusstsein verloren hatte, irgendwelchen Fusel eingetrichtert haben, in den sie ein Betäubungsmittel gemischt hatten, vielleicht Schafgarbenwurzelextrakt.

»Das wird ihm nicht viel helfen«, stieß einer der Männer hervor und rief einer rothaarigen Frau, die hinter ihnen in der Tür erschien, hastig zu: »Gemma, lauf über die Straße und ruf die beiden Stadtbüttel, die gerade aus dem Haus gegangen sind und drüben bei Galeotto noch was essen wollten. Mario und ich nehmen uns indessen diesen Schweinehund vor und sorgen dafür, dass er da landet, wo er hingehört – am Galgen!«

»Wartet! Das ist ein abgekartetes Spiel! Lasst Euch erklären, was wirklich vorgefallen ist«, rief Pater Angelico bestürzt, ließ den blutbefleckten Dolch fallen und sprang vom Bett. Er wollte nur seine Blöße bedecken und nach seiner Kleidung greifen, die achtlos hingeworfen auf den dreckigen Dielen lag. Dass man seine hektische Bewegung vom Bett weg auch anders deuten konnte, schoss ihm einen Moment zu spät durch den Kopf.

»Passt auf, er will türmen!«, schrie die Hure.

»Keine Sorge, Antonia. Der Bursche entkommt uns nicht«, erwiderte der Kerl namens Gonzo, war mit einem Satz bei Pater Angelico und zog ihm den nagelgespickten Prügel über den Schädel.

Zum zweiten Mal in dieser Nacht stürzte Pater Angelico in die tiefe Schwärze der Bewusstlosigkeit.

35

Übelkeit würgte ihn, als er langsam zu sich kam. Das Nächste, was er wahrnahm, waren stechende Kopfschmerzen, die nicht nur bis in die Augen ausstrahlten, sondern sogar bis in den Unterkiefer reichten.

Aber auch sein Rücken und seine Schultern schmerzten. Ihm war, als läge er auf einem Bett aus Eisenstangen, die seinem ohnehin malträtierten Körper zusätzliche Pein bereiteten. Es dauerte einige weitere lange, schmerzerfüllte Momente, bis der Sinneseindruck seiner tastenden Hände sich in die Erkenntnis verwandelte, dass er in der Tat auf einem seltsamen Untergrund aus runden Hölzern lag.

Langsam kehrte die Erinnerung zurück, und eine Flut erschreckender Bilder und Gedanken stürzte wie nach einem Dammbruch auf ihn ein. Augenblicklich begann sein Herz zu rasen, und kalter Schweiß brach ihm aus.

Wohin hatten sie ihn gebracht?

Er riss die Augen auf und blinzelte in das helle, unstet flackernde Licht von zwei Pechfackeln, die schräg links von ihm loderten. Sie steckten in schwarzen Eisenhalterungen, die aus einem dunklen Gemäuer ragten. Schwere, dunkelgraue Granitblöcke türmten sich zu einer hohen Wand auf, um dann in ein Deckengewölbe überzugehen.

Ein ganz eigener Geruch umgab ihn, abgestandene Luft, wie sie jeder tiefen, klammen Gruft zu eigen war. Aber in diese modrig schale Gruftluft mischten sich deutlich wahrnehmbar auch Nuancen, die nicht in jedem Kellergewölbe anzutreffen waren. Es roch nämlich auch nach kalter Asche, Eisen, eingefettetem Leder, Erbrochenem und getrocknetem Blut.

Mit einem Schlag würgte ihn nicht nur Übelkeit, sondern eine fürchterliche Ahnung. Angst stieg ihm in die Kehle und blieb dort stecken wie ein ekelhaft fetter Kloß.

»Herr, Du Vater der Erbarmungen und Gott allen Trostes, gib, dass es nicht so ist!«, stieß er hervor und wagte doch nicht, den Kopf zu wenden und sich genauer an diesem Ort umzusehen.

»Schaut an, Ihr seid also wieder bei Bewusstsein.«

Pater Angelico zuckte zusammen und setzte sich ruckartig auf, als habe ihn ein glühendes Eisen berührt. Seine Augen weiteten sich vor Entsetzen, als er das Kellergewölbe mit all seinen schaurigen Gerätschaften erblickte und seine schreckliche Ahnung bestätigt sah.

Er befand sich in einem Folterkeller und lag, wenn auch nicht gefesselt, auf den hölzernen Rollen eines Streckbetts! Und der Mann, der mit gleichgültiger Stimme sein Erwachen aus der Ohnmacht kommentiert hatte und ihn nun mit ebenso gleichgültigem Gesichtsausdruck ansah, war niemand anders als Scalvettis Folterknecht Sodino!

Er war im Folterkeller des Bargello!

»Barmherziger Gott, steh mir bei«, flehte er in jähem Entsetzen.

»Eine fromme Hoffnung, an der fürwahr zu allen Zeiten festzuhalten ist, an diesem Ort jedoch ganz besonders«, sagte der Folterknecht trocken und erhob sich aus einem Scherensessel. Der stand, zusammen mit einem einfachen Schreibpult und einem Hochstuhl, am Fuß einer geländerlosen Treppe, deren sechs Steinstufen zur Kerkertür führten. Die schweren Balken der Tür waren mit schwarzen, sich kreuzenden Eisenblechen beschlagen.

»Warum … warum hat man mich hierhergebracht?«, stieß Pater Angelico mit heiserer Stimme hervor.

»Ich denke, das wisst Ihr besser als ich«, erwiderte der Folterknecht und stieg die Stufen zur Tür hinauf. »Und sollte es Euch vorübergehend entfallen sein, muss Euch das nicht beunruhigen. Eure Erinnerung wird hier früher oder später bestimmt wieder einsetzen. Das hat dieser Ort irgendwie an sich.«

Pater Angelico schauderte, und die Unschuldsbeteuerungen, die er ausstoßen wollte, blieben ihm im Hals stecken.

»Nun erlaubt, dass ich dem Commissario Bescheid gebe, dass Ihr wieder ansprechbar seid, Padre. Lasst uns hoffen, dass mein Herr nicht auch noch diese Nacht zum Tag macht«, sagte Sodino in erschreckend teilnahmslosem Ton, drückte die schwere Tür auf und verschwand im Kellergang.

Ein Schlüssel, der sich im Schloss drehte, oder ein schwerer

Eisenriegel, der von außen vorgeschoben wurde, war nicht zu hören. Aber was machte es auch für einen Unterschied, ob die Tür der Folterkammer verschlossen war oder nicht? Wenn ein erfahrener Folterknecht wie dieser Sodino sich nicht die Mühe machte, hinter sich abzuschließen, dann sagte das mehr über die hoffnungslose Lage, in der man sich an diesem Ort befand, als das Klirren von noch so vielen Riegeln und Schlössern. Aus den steinernen Eingeweiden des Bargello gab es kein Entkommen. Dort draußen in den Gängen waren mehr als eine Wache und ein verschlossenes Gitter zu überwinden, bevor man auch nur in die Nähe des Innenhofs gelangte!

Pater Angelico schluckte krampfhaft, und der Schweiß brach ihm aus. Ein Zittern befiel ihn. Und in der aufsteigenden Panik hatte er Mühe, einen klaren Gedanken zu fassen.

Er wollte von der Streckbank steigen, doch als er die Beine über den Rahmen des Folterinstruments schwang, überkam ihn ein Schwindelgefühl und vor seinen Augen begann sich alles zu drehen. Hastig klammerte er sich an den Rundhölzern fest. Dabei wurde ihm bewusst, dass er nicht mehr nackt war, sondern sein Untergewand aus einfachem Leinen am Körper trug.

Dem Allmächtigen sei Dank! Wenigstens diese Beschämung blieb ihm erspart!

Er hielt sich an den Rundhölzern fest, schloss die Augen und versuchte das Schwindelgefühl zu bekämpfen, indem er sich zu tiefen und ruhigen Atemzügen zwang. Das bösartige Stechen und Hämmern in seinem Schädel und die dumpfe Angst, die ihm im Nacken saß, machten es allerdings nicht leicht, die Kontrolle über sich zurückzugewinnen.

»Teufel eins, Ihr schwankt ja wie ein dünnes Rohr im Wind«, sagte plötzlich Scalvettis Stimme.

Pater Angelico zuckte zusammen, riss die Augen auf und starrte zu dem Commissario hinüber.

»Fallt mir bloß nicht von der Streckbank! Sonst zwingt Ihr mich noch, Euch dort festzubinden«, spottete der und kam die Treppe herunter. »Nicht, dass Ihr dann der erste Ordensmann wäret, dem solches widerfährt. Es ist schon verwunderlich, dass es immer wieder Ordensleute und geweihte Männer der Kirche gibt, die keine Scheu haben, Blut zu vergießen und zum Meuchelmörder zu werden. Aber wem erzähle ich das? Ihr habt das Blutbad im Dom vor elf Jahren ja selbst erlebt.«

Pater Angelico rang um Selbstbeherrschung, um eine gefasste Miene. Aber wenn es ihm auch gelang, das äußere Zittern zu unterdrücken, so war er doch machtlos gegen die würgende Angst in seinem Innern.

»Warum bin ich hier … in Eurer Folterkammer?«, fragte er mühsam beherrscht.

»Das Bargello leidet zur Zeit an einer gewissen Überbelegung der Zellen«, sagte Scalvetti trocken. »Und ich wollte Euch nicht in eins dieser nach Urin und Kot stinkenden Löcher schließen lassen. Dagegen hält Sodino dieses Gewölbe so sauber und frei von Ungeziefer, wie man einen solchen Ort nur wünschen kann.«

»Was immer diese grässliche Hure und ihre Zuhälter behaupten, es ist gelogen, Commissario!«, stieß Pater Angelico hervor. »Ich habe keine der abscheulichen Taten, die sie mir anhängen wollen, begangen, sondern bin vielmehr das Opfer dieser Schurkenbande, das schwöre ich bei meiner unsterblichen Seele!«

Scalvetti nickte und seufzte schwer. »Ich habe keine andere Auskunft von Euch erwartet, Padre. Aber wenn Ihr wüsstet, wie oft ich diese Art von heiligen Schwüren hier unten schon zu hören bekommen habe! Nur ein halber Soldo für jede derartige Beteuerung, und ich wäre ein reicher Mann.«

»Aber es ist die Wahrheit«, beschwor ihn Pater Angelico.

»Ich weiß, ich weiß, Ihr seid das beklagenswerte Opfer einer verbrecherischen Verschwörung«, sagte Scalvetti beinahe gelangweilt und zog den Scherensessel vom Schreibpult zur Streckbank. »Man hat Euch hinterrücks niedergeschlagen, in dieses schäbige Freudenhaus am Fluss verschleppt, Euch einen betäubenden Trank eingeflößt und die abgetakelte Hure dazu gebracht, sich für einen Viertelflorin selbst einige oberflächliche Schnittwunden zuzufügen, um Euch glaubhaft des versuchten Lustmords anklagen und vor Gericht bringen zu können.«

»Ob man ihr dafür einen Viertelflorin gezahlt hat, weiß ich nicht. Aber alles andere war genau so, wie Ihr es gerade ausgeführt habt, Commissario«, beteuerte Pater Angelico, Verzweiflung in der Stimme. So gleichgültig, wie Scalvetti die Geschichte heruntergeleiert hatte, glaubte er gewiss kein Wort davon.

»Ihr braucht nicht alles zu wiederholen, Padre«, erwiderte Scalvetti mit dem Anflug eines Lächelns auf den Lippen. »Ich sagte doch, dass ich weiß, wie Ihr aufs Kreuz gelegt worden seid. Und wenn ich Euch sage, dass es ein Viertelflorin war, den die Hure Antonia für das Schneiden und ihr Geschrei genommen hat, dann hat das seine Richtigkeit. Ich brauchte ihr die Daumenschrauben noch nicht einmal zu zeigen, geschweige denn anzusetzen, um das aus ihr herauszuholen. So, und nun kommt endlich von der Streckbank herunter und macht es Euch hier bequem, bis Ihr Euch gefasst habt und Sodino Euren gesäuberten Lucco bringt! Inzwischen müsste er halbwegs trocken sein. Nun kommt schon!« Damit schob er ihm den Scherensessel vor die herunterbaumelnden Füße.

Perplex sah Pater Angelico ihn an. »Ihr glaubt mir also tatsächlich, dass es so und nicht anders gewesen ist«, stieß er hervor.

»In meinem Beruf ist Glauben zwar hilfreich, aber durch Gewissheit nicht zu ersetzen, und die habe ich mir verschafft«, antwortete Scalvetti und zog die Augenbrauen etwas in die Höhe, während er mokant hinzufügte: »Ich dachte, das wäre aus meiner Bemerkung mit den Daumenschrauben hervorgegangen. Aber mir scheint, Ihr steht noch immer ein wenig unter der Wirkung der Schafgarbe. Gewöhnlich seid Ihr doch ein Mann von rascher Auffassungsgabe und einem überraschend scharfen Verstand.«

Allmählich begriff Pater Angelico. Unsägliche Erleichterung durchflutete ihn, doch es wallte auch Empörung in ihm auf. »Beim Blute Christi, das habt Ihr mit Absicht getan!«, rief er erbost. »Ihr habt mich bewusst in dem Glauben gelassen, mich würde hier eine peinliche Befragung erwarten, notfalls unter der Tortur!«

»Ich denke, diesen kleinen Schrecken habt Ihr verdient«, sagte Scalvetti ungerührt.

»Verdient? Womit?«

»Damit, dass Ihr meine Warnungen in den Wind geschlagen habt und in völliger Verkennung Eurer Fähigkeiten und Möglichkeiten eigenmächtig Jagd auf Verbrecher gemacht habt.«

»Auf welche Verbrecher? Ich dachte, in der Causa Movetti gäbe es nichts, das auf Mord und zu jagende Verbrecher hinweist«, höhnte Pater Angelico, rutschte von der Kante der Streckbank und funkelte den Commissario erbost an, bevor er sich in den Scherensessel fallen ließ. Dennoch überwog das Gefühl der Erlösung seinen Groll über den Schrecken, den Scalvetti ihm mit Sodino und der Folterkammer eingejagt hatte, bei weitem.

»Ich gebe zu, dass ich meine Einschätzung, was Movettis Tod betrifft, wohl doch revidieren muss«, sagte Scalvetti gelassen, ohne eine Spur von Verlegenheit oder gar Zerknirschung. »Und es ist Euch natürlich unbenommen, Euch in die Brust zu werfen und Euch zu rühmen, dass Ihr von Anfang an Mord gerochen habt. Aber vielleicht haltet Ihr es unter den gegebenen Umständen doch für angebracht, dies Schnee von gestern sein zu lassen und mir vielmehr dafür zu danken, dass ich so umsichtig war, Euch einen meiner Schergen als Aufpasser an die Seite zu stellen … nein, genau genommen hinter Euch herzuschicken. Wäre Lodovico vorhin nicht zur Stelle gewesen, Euer Schicksal wäre wohl besiegelt gewesen!«

Pater Angelico sah ihn fassungslos an. »Ihr habt mich beobachten lassen?«

»›Beschatten‹ wäre wohl das treffendere Wort, denn wie ein Schatten ist Lodovico Euch auf Eurem nächtlichen Streifzug gefolgt. Ich hielt es schlicht für ratsam, Euch im Auge zu behalten und zu sehen, ob an der Sache nicht doch etwas dran ist.«

»Und warum hat dieser Lodovico nicht schon eingegriffen, als mich in dem Hinterhof das Schleudergeschoss getroffen und mir das Bewusstsein geraubt hat?«

»Weil er wusste, dass ich wie Ihr nicht an den gewöhnlichen Schurken und Handlangern interessiert bin, sondern stets an die Hintermänner will. Und dass da etwas mit Euch geplant war, lag für ihn auf der Hand. Wäre es den Leuten nur darum gegangen, Euch zu töten, hätten sie das leicht haben können. Dann hätten sie Euch gleich dort in dem Hinterhof die Kehle durchgeschnitten. So aber haben sie Euch den Betäubungstrank eingeflößt, Euch in einen Handkarren verfrachtet und dann in das Freudenhaus am Fluss gebracht.«

»Also gut, Ihr habt wohl doch eher Dank als Vorwürfe verdient«, räumte Pater Angelico widerstrebend ein und verzog das Gesicht zu einer säuerlichen Miene. »Nehmt also meinen Dank dafür entgegen, dass das üble Spiel, das Ihr mit mir getrieben habt, von so edlen Motiven bestimmt war und ein so gutes Ende gefunden hat.«

»Verzeiht, wenn mir die rechten Worte fehlen, aber Dankbarkeit ist in meinem Gewerbe eine zu seltene Ware, als dass ich Übung darin hätte, sie mit der gebotenen Rührung entgegenzunehmen«, erwiderte Scalvetti spöttisch und wandte den Kopf, als die Kerkertür aufging und Sodino zurückkehrte. Er brachte einen Krug und zwei Zinnbecher sowie ein Gewand, bei dem es sich um

Pater Angelicos alten Lucco handelte. »Immerhin können wir jetzt einen ordentlichen Schluck darauf trinken, dass auf Euch nun gottlob kein Gericht und kein Henker wartet und ich nicht länger mit Blindheit geschlagen bin, was die Causa Movetti betrifft. Ich nehme an, Ihr seid, nach allem, was Ihr durchgemacht habt, für eine derartige Stärkung zu haben.«

»Das ist so wahr wie die Zehn Gebote«, knurrte Pater Angelico.

»Und wie ich sehe, ist Euer Lucco mittlerweile trocken genug, dass Ihr ihn überwerfen könnt«, sagte Scalvetti, als der Folterknecht das Gewand über die Speichen der Streckbankwinde legte. »Ich wollte Euch nicht mit dreckigem, blutbeflecktem Gewand in Euer Kloster zurückkehren lassen.« Damit nahm er Sodino den Weinkrug und die Zinnbecher ab und bedeutete ihm, er solle sie wieder allein lassen.

Nachdem der Folterknecht das Gewölbe verlassen hatte, goss Scalvetti schwungvoll Wein in die großen Becher. »Hier, trinkt!«

Pater Angelico bezähmte seine Ungeduld und genoss zunächst einen Schluck Wein, der ihm herrlich kalt durch die raue Kehle rann und seine Nerven beruhigte. Dann jedoch wollte er wissen, wer hinter dem verbrecherischen Plan steckte, ihn als Lustmörder zu verleumden und im wahrsten Sinne des Wortes kaltzustellen.

»Wer hat den Pockennarbigen und die Hure bezahlt, Commissario? Rufino de' Valori oder der Grobian von Gutsverwalter, Armando Garzini? Oder war es dieser Schmuggleranführer, der mit Movetti unter einer Decke steckte?«, fragte er in angespannter Erwartung. »Heraus mit der Sprache, Commissario! Ihr habt die Hure und das andere Pack doch verhaften lassen und hier im Bargello bestimmt zum Reden gebracht!«

»Nun ja, wen wir schnappen konnten, der hat in der Tat nicht lange gezögert, mit der Wahrheit herauszurücken«, sagte der Commissario ausweichend. »Leider sind uns jedoch nur die Hure Antonia und ein Zuhälter namens Gonzo ins Netz gegangen, der

Mann, der Euch im Freudenhaus niedergeschlagen hat. Und von den beiden weiß keiner etwas, das uns helfen könnte, Licht in den Mordfall Movetti zu bringen. Schon gar nicht kennen sie den Namen des Mannes, der das Verbrechen verübt oder in Auftrag gegeben hat. Alle anderen sind uns, das muss ich leider sagen, durch die Lappen gegangen, auch der Pockennarbige und seine Komplizen, die Euch mit dem Handkarren von dem Hinterhof in das Freudenhaus gebracht haben.«

Bitter enttäuscht sah Pater Angelico ihn an und ließ den Becher sinken. »Aber wie konnte das passieren? Ihr von der Acht steht doch in dem Ruf, Euer Handwerk perfekt zu beherrschen und genau zu wissen, wie man ein Nest von Nattern aushebt!«

Ein müdes Lächeln huschte über das asketische Gesicht. »Ihr und die Causa Movetti lagt nun wahrlich nicht im Zentrum meines Interesses, Padre, sondern ein gutes Stück davon entfernt, eindeutig an der Peripherie. Deshalb habe ich ja auch nur einen Mann abgestellt. Er sollte lediglich ein Auge auf Euch haben. Und als die Sache dann plötzlich doch brenzlig wurde für Euch und Lodovico eingreifen musste und um ein Haar noch in Handgreiflichkeiten mit diesen beiden tumben Stadtbütteln geraten wäre, da hat es ihm an Verstärkung gefehlt. Als endlich mehr Leute herbeigerufen waren, half es nichts mehr, weil die miese Brut inzwischen ausgeflogen war.«

»Dann sind wir also so schlau wie zuvor«, bemerkte Pater Angelico niedergeschlagen.

»Ich denke, wir stehen in dieser Angelegenheit doch ein bisschen besser da als zuvor, allein schon deshalb, weil ich mich nun der Aufklärung des Verbrechens annehmen und meine Informanten auf dieses Geschmeiß ansetzen werde«, gab Scalvetti sich zuversichtlich. »Früher oder später gehen mir die Männer, die Euch in die Falle gelockt haben, ins Netz. Und dann werden sie uns das Liedchen, das wir von ihnen hören wollen, schon munter singen.«

»Mag sein, nur wird mir das kaum helfen, das Tafelbild für den Medici noch rechtzeitig fertig zu stellen«, murmelte Pater Angelico mit düsterer Miene, stemmte sich aus dem Scherensessel hoch und griff nach seinem Lucco.

Es wurde Zeit, dass er ins Kloster zurückkehrte und dem Unabwendbaren nüchtern ins Auge blickte. Er würde Vincenzo Bandelli am Ende doch alles beichten und die Buße auf sich nehmen müssen, die sein Klosteroberer über ihn verhängen und die sicherlich hart ausfallen würde. Der Prior würden seine demütigende Lage weidlich auskosten und ihm alle echten wie eingebildeten Kränkungen heimzahlen, indem er ihm einen wahrhaft bitteren Kelch zu leeren gab!

36

Nur zwei Kerzen brannten in der alten Klosterkapelle. Ihr schwacher Schein reichte kaum aus, um den bleichen, gequälten Leib des Gekreuzigten aus der Dunkelheit des fensterlosen Raums zu heben.

Pater Angelico kniete auf dem harten, kalten Steinboden und suchte Kraft im Gebet. Den ganzen Vormittag und bald auch noch den halben Nachmittag rang er schon mit sich, wann er denn nun den schweren Gang antreten und seine große Beichte ablegen sollte.

Eigentlich hatte es gleich nach der Laudes sein sollen. Mit diesem Vorsatz war er, an Leib und Seele zerschlagen, in die Vigil gegangen. Aber zu Tagesbeginn hatte er sich daran erinnert, dass die frühen Morgenstunden nicht gerade die Zeit waren, in der Vincenzo Bandelli gut aufgelegt war. So früh am Morgen neigte er vielmehr besonders zu Übellaunigkeit. Deshalb hatte Pater Angelico beschlossen, bis nach der Konventmesse zu warten. Aber dann war ihm wieder etwas dazwischengekommen, und mittlerweile lag selbst die Non schon eine gute Stunde zurück, und noch immer vermochte er sich nicht durchzuringen, zu seinem Oberen zu gehen und reumütig vor ihm auf die Knie zu fallen.

»Herr, warum nur sträubt sich alles in mir dagegen, diesen Gang anzutreten? Habe ich denn nicht freien Herzens das Gelübde abgelegt, in Gehorsam zu dienen? Warum versagt meine Berufung und lässt mich so kläglich im Stich, wenn es um meinen Prior Vincenzo Bandelli geht, Herr? Statt nach all den Klosterjahren in frommem, unerschütterlichem Gehorsam geübt und gefestigt zu sein, lasse ich mich von diesem Mann noch immer zu flammendem Widerspruch und Aufbegehren reizen. Wie kann das angehen, Herr?«, murmelte er bekümmert. »Allmächtiger, barmherziger Gott, eile, mir zu helfen! Vollende, was du in mir begonnen hast! Voller Huld sind deine Taten, und du stützt alle, die fallen, und richtest die Gebeugten auf! Öffne deine Hand und schenke mir die nötige Demut und Kraft, mein Kreuz, so kümmerlich es angesichts deines Leidens zur Vergebung unserer Sünden auch ist, klaglos auf mich zu nehmen und in Gehorsam anzunehmen, was mein Oberer als Strafe über mich verhängen wird! Und sosehr ich ihn in meiner Schwachheit und in der Lauheit meines Glaubens auch verabscheuen und für einen scheinheiligen Ehrgeizling und Intriganten halten mag …«

Das laute Knarren der Tür in seinem Rücken riss ihn aus seinem halb innigen, halb verzweifelten Gebet und ließ ihn zusammenfahren. Er wandte sich um und erblickte Bruder Bartolo, der den Kopf zur Tür hereinsteckte.

»Benedicite!«, flüsterte der Novize.

Pater Angelico seufzte. »Dominus!«

»Hier also steckt Ihr, Meister«, rief der Novize nun erleichtert, trat jedoch nicht ein, sondern blieb an der Tür stehen. »Gut, dass ich Euch endlich gefunden habe!«

»Und wieso hast du nach mir gesucht? Solltest du nicht die ersten Entwürfe aus dem Skizzenbuch auf die Kartone übertragen, die wir nachher in den Palazzo Petrucci bringen müssen?«, fragte Pater Angelico etwas ungehalten.

»Die Kartone mit den Paradiesskizzen sind so gut wie fertig. Außerdem habe ich im Auftrag unseres Oberen nach Euch gesucht, Meister. Der ehrwürdige Vater wünscht Euch nämlich unverzüglich in seinem Studiolo zu sprechen.«

»Vielleicht kann der Bursche ja doch Gedanken lesen«, murmelte Pater Angelico grimmig vor sich hin. Dass Vincenzo Bandelli ihn zu sich bestellte, mochte Zufall sein, war aber dennoch ein Zeichen, dass nun die Stunde des bitteren Kelchs gekommen war. Und zwar unabänderlich. Ein weiteres Hinausschieben durfte und würde es nicht geben, das verlangte seine Selbstachtung!

»Was habt Ihr gesagt, Meister?«

Pater Angelico winkte ab, bekreuzigte sich und stand auf, was ihm einige Schwierigkeiten bereitete. Denn nach dem langen Knien auf dem kalten Steinboden schmerzten seine Knie. »Hat er gesagt, warum er mich so dringend zu sprechen wünscht?«

Bruder Bartolo schüttelte den Kopf. »Nicht ein Wort, aber der ehrwürdige Vater schien sehr ergrimmt.«

»Also ganz er selbst«, kommentierte Pater Angelico, bereute die impulsive Äußerung in Gegenwart seines Novizen jedoch sofort und vollzog zum Gekreuzigten hin achselzuckend eine Geste der Entschuldigung.

»Vielleicht hat seine Verstimmung ja mit dem Besucher zu tun, den ich in seinem Zimmer gesehen habe.«

Pater Angelico hob die Brauen. »Wer ist denn dieser Besucher?«

»Das kann ich Euch nicht sagen, Meister. Ich habe den Mann

noch nie zuvor gesehen. Aber soviel ich in dem kurzen Moment, den die Tür offen stand, erkennen konnte, machte er nicht den Eindruck, als gehörten Besuche in Klöstern oder Kirchen zu seinem Alltag. Er sah mir eher nach jemandem aus, der diese Orte lieber meidet und den weltlichen Lastern verfallen ist.«

Eine Beschreibung, die insbesondere in ihrem letzten Teil beklagenswerterweise auch auf viele zutraf, die den Rock der Kirche trugen, wie Pater Angelico fand, sich aber auszusprechen gerade noch verkneifen konnte.

»Ich sehe dann mal zu, dass ich wieder in die Werkstatt komme und die Arbeit an der letzten Kopie abschließe«, verkündete Bruder Bartolo und entfernte sich.

Pater Angelico schlug die entgegengesetzte Richtung ein und legte sich in Gedanken schon die Sätze zurecht, mit denen er seine Beichte einleiten wollte. Denn was immer es mit dem Besucher auf sich hatte, zu dem er von Vincenzo Bandelli hinzugerufen wurde, er würde das Studiolo des Priors nicht verlassen, ohne ihm über seinen zweifelhaften Handel mit Movetti und die Verwendung der abgezweigten Gelder reinen Wein eingeschenkt zu haben!

Wenig später stand er vor der mit reichem Schnitzwerk verzierten Tür zum Zimmer seines Oberen. Diesmal jedoch stürmte er nicht hinein, sondern wartete nach seinem Klopfen auf den hellen Glockenklang, bevor er eintrat. Auch das gebotene »Benedicite!« vergaß er nicht.

»Dominus!« Vincenzo Bandelli bellte es förmlich heraus, so dass es wie eine Zurechtweisung klang, und fuhr sogleich in gereiztem Ton fort: »Es ist ja nicht so, dass ich Eigenmächtigkeiten von Euch nicht gewohnt wäre, dem Herrn sei's geklagt! Aber dass Ihr nun mein Studiolo hier im Kloster auch zum Ort für Eure Krämergeschäfte macht, geht wirklich zu weit! Es ist mir ein Buch mit sieben Siegeln, wie Ihr …«

»Verzeiht, Hochwürden! Aber Pater Angelico trifft in dieser Angelegenheit nicht die geringste Schuld«, fiel da der Besucher dem Prior hastig ins Wort. »Wenn es einen gibt, der Euren Unmut verdient hat, dann bin ich es.«

»Da bin ich mir nicht so sicher«, grollte Vincenzo Bandelli.

Pater Angelico warf dem Fremden, der links vom Stehpult stand, einen prüfenden Blick zu. Bruder Bartolo hatte recht, dieser breitschultrige Klotz von einem Mann sah wahrlich nicht so aus, als wären Klöster für ihn vertrauter Boden. Vielmehr hätte er einer jener grobschlächtigen, muskelbepackten und stiernackigen Flussschiffer sein können, nur dass er mit seinen kniehohen Schaftstiefeln, den schwarzen Beinkleidern und dem feuerroten Wams um einiges besser gekleidet war als diese raubeinigen Burschen. Seine Hände ähnelten Bärenpranken, zumal sie dicht behaart waren. An der Hüfte trug er ein langes Messer, das in einer Scheide aus prächtig gehämmertem Silber steckte.

Das Gesicht des Mannes war kantig, wie aus einem Granitblock geschlagen. Die Züge hatten etwas Grobes und Unfertiges. Es war ein Gesicht wie mit der Faust geformt und mit der Picke poliert, wie der Florentiner zu sagen pflegte. Die Augen blickten kalt und grau wie Kieselsteine. Unter dem scharfen Keil der Nase lag ein breiter Mund mit dünnen Lippen. Was jedoch schockierend ins Auge fiel, war die Tätowierung auf der hoch ausrasierten Stirn. Indigofarben zeichnete sich dort unter der Haut das Bild einer Viper ab, die sich mit zum Angriff weit geöffnetem Rachen aufgerichtet hatte.

Verständnislos blickte Pater Angelico von einem zum anderen. »Ich weiß nicht, wovon die Rede ist, ehrwürdiger Vater. Wenn Ihr also die Güte hättet, mir zu erklären, was diese …«

»Corsino Scorpa ist mein Name«, fiel der Fremde nun auch ihm ins Wort und verzog das Gesicht zu einem Lächeln, das ebenso kalt war wie der Ausdruck seiner Augen. Das forcierte Lächeln entblößte ein lückenhaftes Gebiss. Besonders im Oberkiefer klaffte ein breiter zahnloser Spalt zwischen den beiden ungewöhnlich langen und spitzen Eckzähnen. »Man nennt mich auch Serpente!« Er deutete kurz auf seine Tätowierung. »Wir hatten noch nicht das Vergnügen, miteinander bekannt gemacht zu werden, Pater Angelico, aber uns verbinden über den Speziale Bernardo Movetti, möge der Herr seiner gequälten Seele gnädig sein, geschäftliche Interessen.« Seine Stimme klang nach mühsam bezähmter Hast, und in seinem Blick lag ein nicht weniger seltsamer, beschwörender Ausdruck.

»Movetti? Wer ist dieser Movetti?«, fragte der Prior unwirsch. »Und was habt Ihr mit diesem Mann zu schaffen? Ich dachte, Euer Speziale ist seit eh und je Gregorio Bellisario?«

Die Frage des Priors blieb unbeantwortet.

Ein verdutzter, zugleich aber hellwacher Ausdruck trat auf Pater Angelicos Gesicht. »Und welche geschäftlichen Interessen sollen das sein?«, fragte er vorsichtig.

»Es geht um die Lapislazuli, die ihr bei Movetti bestellt habt und die er Euch schuldig geblieben ist«, sagte Corsino Scorpa und hatte plötzlich einen kleinen schwarzen Samtbeutel in der Hand, den er vor den Prior auf das Pult setzte. »Ich war viele Jahre sein Lieferant für gewisse seltene Waren. Und da der arme Movetti so jäh aus dem Leben geschieden ist, betrachte ich es als meine selbstverständliche Christenpflicht, Euch die bereits bezahlten Steine persönlich zu überbringen.«

Fassungslos starrte Pater Angelico auf den Beutel. Jetzt wusste er, mit wem er es zu tun hatte. Dieser Mann war der Schmugglerführer, von dem Movetti seine kostbaren Pigmente und Lapislazuli bezogen hatte – und Gott wusste, was noch alles!

»Ich bedaure die Verzögerung und die Unannehmlichkeiten, die Euch dadurch entstanden sind. Zudem bitte ich Euch, mir nachzusehen, dass ich es in Anbetracht der traurigen Umstände für nötig hielt, diese Übergabe in Gegenwart eines Zeugen zu machen, dessen Wort über jeden Zweifel erhaben ist«, fuhr Corsino Scorpa fort und warf Pater Angelico einen weiteren eindringlichen Blick zu, beschwörend und warnend zugleich. »Wenn Ihr Euch also davon überzeugen wollt, dass der Beutel Lapislazuli für fünfzig Florin enthält, wäre ich Euch sehr verbunden.«

Sprachlos griff Pater Angelico nach dem schwarzen Samtbeutel, zog die Kordel auf und schüttete einige der herrlich blauen Halbedelsteine in seine linke Hand. Sein geschultes Auge stellte mit einem Blick fest, dass es sich um Lapislazuli von bester Qualität handelte. Und auch die Menge stimmte. Der vierschrötige Klotz mit den Bärenpranken hatte mehr als genug Steine für fünfzig Goldstücke in den Beutel gefüllt.

»Seid Ihr zufrieden?«, fragte Corsino Scorpa und fixierte ihn, was Vincenzo Bandelli nicht sehen konnte, denn der Schmuggler stand mit dem Rücken zum Pult, und das bestimmt nicht zufällig.

»Jaja, die Steine sind von hervorragender Qualität«, murmelte Pater Angelico, der noch immer nicht recht glauben konnte, dass er diesen Beutel voll Lapislazuli tatsächlich in Händen hielt und damit aus seiner misslichen Lage befreit war. Er würde seinem Oberen nichts beichten müssen, und das Tafelbild für den Medici konnte doch noch rechtzeitig fertig werden.

»Das freut mich zu hören. Dann darf ich davon ausgehen, dass die Angelegenheit erledigt ist, dass jetzt Ruhe einkehrt und nichts mehr nachkommt?«, vergewisserte sich Corsino Scorpa mit besonderem Nachdruck und bedachte Pater Angelico mit einem weiteren warnenden Blick.

Pater Angelico hielt dem stechenden Blick mühelos stand. »Ihr habt geliefert, was ich bei Movetti bestellt und bezahlt habe. *Daran* gibt es nichts auszusetzen«, sagte er doppeldeutig, während er den Beutel in der Hand wog.

»Gut, dann sind wir uns also einig, dass damit Movettis Schuld beglichen ist und wir sozusagen quitt sind«, stellte Corsino Scorpa mit einem kalten Lächeln fest und zog die Brauen hoch.

Pater Angelico nickte. »Sozusagen.«

Corsino Scorpa nickte knapp zurück, entschuldigte sich mit einer hastig gemurmelten Bemerkung bei Vincenzo Bandelli für die Störung und stürmte davon, ohne den Segen des Priors zu erbitten.

»Was in Gottes heiligem Namen hatte das wirre Gerede dieses windigen Burschen zu bedeuten?«, fragte der Prior misstrauisch, kaum dass sich die Tür hinter Corsino Scorpa geschlossen hatte. »Und seit wann macht Ihr Geschäfte mit solch fragwürdigen Gestalten, denen man schon von weitem ansieht, dass sie ihr Leben nicht mit frommen Werken und in gottgefälliger Rechtschaffenheit verbringen?«

»Das ist leicht zu erklären, nur fehlt mir jetzt die Zeit, Euch die gänzlich harmlosen Zusammenhänge ausführlich darzulegen«, rief Pater Angelico ihm über die Schulter zu, die Hand schon auf dem Türknauf. »Verzeiht, ehrwürdiger Vater, aber ich muss dem Corsino Scorpa schnell hinterher, mir ist noch eine wichtige Frage eingefallen. Gelobt sei Gott!« Und damit stürzte er auch schon aus dem Studiolo.

Am Ende des langen Gangs holte er den Schmuggler ein.

Corsino Scorpa drehte sich um, als er das eilige Klatschen von Ledersandalen auf dem Steinboden hörte, und blieb stehen. »Was wollt Ihr noch von mir? Jetzt habt Ihr doch Eure verdammten Lapislazuli«, zischte er, aber er schien dennoch bereit, mit ihm zu reden.

»Wie wäre es mit ein paar Antworten, was den angeblichen Selbstmord Eures einstigen Geschäftspartners betrifft?«, fragte Pater Angelico geradeheraus zurück.

»Mit dem Mord habe ich nichts zu tun!«

»Ihr wisst also, dass er nicht Selbstmord begangen hat, sondern ermordet worden ist! Das ist schon mal interessant.«

»Um das zu wissen, braucht man weder selbst Hand angelegt zu haben, noch Hellseher zu sein«, sagte Corsino Scorpa brüsk. »Das pfeifen mittlerweile die Spatzen von den Dächern.«

»Was die Spatzen jetzt noch nicht von den Dächern pfeifen – aber das ist womöglich nur eine Frage der Zeit –, das ist die nette kleine Geschichte von den drei Schurken, die Movetti in der Nacht seines Todes einen Besuch abgestattet haben. Und dann wäre da noch die Sache mit den Galgengesichtern, die mir vor ein paar Tagen den Schädel einschlagen wollten«, erwiderte Pater Angelico. »Einer von ihnen hatte eine ähnliche Tätowierung auf dem Arm, wie Ihr sie auf dem Kopf durch Florenz und sonst wohin tragt. Und schenkt man den Gerüchten Glauben, hat es sich beide Male um Männer aus Eurer Bande gehandelt.«

»Hör mir gut zu, Mönchlein«, fauchte Corsino ›Serpente‹ Scorpa, packte ihn mit einer Pranke am Hals und stieß ihn in einen tiefen Türbogen. »Die Lapislazuli, die du da gerade eingesteckt hast, sind ein verdammtes Geschenk von mir! Movetti mag dein Geld kassiert haben, aber die Lieferung im Voraus bezahlt hat er nicht. Und willst du wissen, warum ich hier sozusagen den Samariter spiele für einen Farbenkleckser wie dich?«

»Ich bitte um entsprechende Erleuchtung, Serpente«, würgte Pater Angelico mühsam hervor, während seine rechte Hand unter den Habit fuhr und nach dem Dolch tastete.

»Lass das Messer stecken«, zischte Corsino Scorpa, und sein Griff um den Hals wurde zum Schraubstock. »Bevor du die Klinge gezogen hast, habe ich dir schon das Genick gebrochen! Hör zu, was ich dir zu sagen habe!«

»Ich höre zu. Aber wenn das Blut im Kopf ausbleibt, bekommt man mit dem Verstehen Probleme«, presste Pater Angelico hervor.

Der Schmuggleranführer gab ihn frei, blieb jedoch weiterhin so dicht vor ihm stehen, dass er nicht aus dem Türbogen entkommen konnte.

Pater Angelico holte tief Luft und rieb sich die schmerzende Kehle. »Nun denn, erzählt mir von Eurer Berufung zum Samaritertum«, krächzte er.

»Ich habe dir die Steine gebracht, weil es mich ein viel größeres Vermögen kostet, wenn die verfluchten Spitzel von der Otto di Guardia, die seit gestern Nacht überall für Unruhe sorgen, noch länger in unseren Kreisen ihr Unwesen treiben, Kunden verschrecken und mir die Geschäfte versauen«, teilte Corsino Scorpa ihm grimmig mit.

»Wie bedauerlich!«

»Spar dir die Häme, Mönchlein! Du tust dir keinen Gefallen damit, mir ins Geschäft zu pfuschen und mich zu deinem Todfeind zu machen. Darauf kannst du Gift nehmen«, drohte Serpente. »Also sorg gefälligst dafür, dass Commissario Scalvetti seine Bluthunde zurückpfeift. Ich habe mit Movettis Tod nichts zu tun! Welchen Vorteil hätte ich davon auch haben sollen? Das Gegenteil ist der Fall. Wir haben gute Geschäfte miteinander gemacht, auch wenn er in den letzten Monaten ein bisschen großspurig war und sich mir gegenüber affig und großkotzig aufgeführt hat. Trotzdem hat jeder von uns beiden gewusst, was er am anderen hatte. Sein Tod kostet mich einiges, und das nicht nur wegen der Steine, die ich dir gebracht habe, damit endlich Ruhe einkehrt.«

»Mag sein, dass Ihr mit dem Mord nichts zu schaffen habt, aber ob man das auch von Euren Leuten sagen kann, steht wohl auf einem anderen Blatt«, erwiderte Pater Angelico.

Corsino Scorpa verdrehte genervt die Augen. »Mir scheint, du hast ein falsches Bild von der *brigata,* deren Anführer ich bin. Also, dann will ich es dir erklären, damit ihr mich und meine Leute endlich in Ruhe lasst«, knurrte er. »Ich habe eine Handvoll Männer, die immer auf meiner Lohnliste stehen und von denen ich mit Sicherheit weiß, dass sie mit Movettis Tod nichts zu tun haben. Was die anderen betrifft, die gelegentlich als Verstärkung dazukommen, weiß ich natürlich nichts, und ich denke nicht daran, meine Hand für sie ins Feuer zu legen. In meinen Kreisen unterhält man, ähnlich wie bei den Condottieri in Friedenszeiten, kein stehendes Heer, sondern eine kleine Kerntruppe. Und wenn dann Bedarf ist, weil eine größere Unternehmung ansteht, heuert man eben an, was man braucht. So geht das.«

»Damit offenbart Ihr mir nichts Neues.«

»Umso besser. Dann ist damit von meiner Seite alles gesagt.« Er versetzte Pater Angelico einen derben Schlag vor die Brust. »Aber für den Fall, dass du es nicht ganz begriffen hast, noch einmal: Halt mir Scalvettis Bluthunde vom Leib! Mach dem Commissario klar, dass meine Leute und ich mit dem Mord nichts zu schaffen haben. Stochert woanders nach den Mördern, wenn ihr euch denn traut, die Bluthunde auch mal hinter feinen Fassaden schnüffeln zu lassen! Sollte es jedoch anders kommen, solltest du mit deinem Commissario-Freund zur Plage werden, dann kannst du dir dein Grab auf dem Klosteracker schon mal schaufeln. Dann ist Schluss mit Beten und Pinseln, das schwöre ich dir!« Ein letzter harter Schlag vor die Brust, und Corsino Scorpa stiefelte davon.

37

Dass es ihn in seiner Erleichterung und Freude drängte, unverzüglich Lucrezia von der unglaublichen Wendung seiner Lage zu berichten, beunruhigte ihn. Wie ihn auch die Enttäuschung beunruhigte, die ihn erwartete, als er mit Bruder Bartolo im Palazzo Petrucci eintraf.

»Bitte richte deiner Herrin aus, dass ich Neuigkeiten habe und sie ihr gern mitteilen würde, falls es ihr genehm ist«, trug er Camilla auf, die gerade einen Ascheeimer geleert hatte und ihnen bei ihrem Eintreffen als Erste im Hof begegnete.

»Ob es ihr nun genehm ist oder nicht, wird wohl nichts zur Sache tun«, erwiderte die Bedienstete gewohnt schnippisch.

Pater Angelico runzelte die Stirn. »Wie meinst du das?«

»Die Donzella ist mal wieder ausgeflogen«, verkündeten die schmalen, affektiert geschürzten Lippen. »Sie ist mit der alten Piccarda zu irgendeinem Gewandschneider. Das mit Euren Nachrichten wird wohl noch was warten müssen.« Und ohne abzuwarten, ob Pater Angelico noch etwas sagen oder fragen wollte, wandte sie sich ab und stolzierte davon.

»Der Herr möge mir mein harsches Urteil verzeihen, aber diese Camilla ist eine ziemlich garstige Zicke, die ein paar kräftige Rutenschläge verdient hätte«, raunte Bruder Bartolo und blickte ihr entrüstet nach.

Pater Angelico ging nicht darauf ein. Zu groß war seine Enttäuschung, als dass er dem kratzbürstigen Betragen des Hausmädchens Beachtung geschenkt hätte. Diese Tatsache beschäftigte ihn dann auch mehr als die Arbeit in der Hauskapelle, auf die er sich eigentlich hätte konzentrieren sollen. Seine Gedanken schweiften immer wieder ab, kreisten um alles Mögliche, nur nicht um das, was an diesem Ort eigentlich zu tun gewesen wäre.

Als der sonnige Himmel über Florenz sich immer mehr zuzog und mit dunklen Wolkenfeldern füllte, nahm er das als willkommenen Vorwand, um das lustlose und letztlich auch unergiebige Hantieren mit den großen Kartonbögen einzustellen.

»Lass uns ins Kloster zurückkehren, solange wir das noch trockenen Fußes können. Sieht so aus, als braut sich da was zusammen«, sagte er und deutete zu den Rundbogenfenstern, vor denen trübe Wolkenfetzen vorbeitrieben.

»Ganz wie Ihr meint, Meister«, sagte Bruder Bartolo folgsam, doch seiner überraschten Miene ließ sich unschwer entnehmen, dass er die Sorge seines Novizenmeisters für reichlich übertrieben hielt.

Sie redeten kaum auf dem Weg zurück. Bruder Bartolo versuchte zwar, ein Gespräch über das höchst verwunderliche Verhalten des Bandenführers Serpente und Pater Angelicos weitere Vorgehensweise in Gang zu bringen, doch nachdem er zwei einsilbige Antworten geerntet und den geistesabwesenden Gesichtsausdruck seines Meisters gesehen hatte, gab er es auf.

Als sie die Via Larga überquerten und auf die weitläufige Piazza vor dem langgestreckten Klosterkomplex gelangten, drang von der anderen Seite des Vorplatzes, von da, wo es in die Via Cocomero ging, ein lauter Ruf herüber: »Pater … Pater Angelico!«

Überrascht blieben sie stehen und blickten in die Richtung, aus der der Ruf gekommen war.

»Bei den Leiden unseres Erlösers, was fällt diesem Juden bloß ein, so laut nach Euch zu schreien?«, sagte Bruder Bartolo, verwundert und indigniert zugleich, als er das gelbe Stoffzeichen am Hut des Mannes bemerkte, der nun raschen Schrittes auf sie zukam. »Und was will dieser Kerl überhaupt von Euch?«

»Dieser *Kerl* ist ein rechtschaffener Mann, der meine ganze Wertschätzung besitzt! Und was den *Juden* betrifft, so will ich nie wieder diesen abfälligen Beiklang hören, wenn du das Wort in den Mund nimmst«, wies Pater Angelico ihn zurecht. »Oder hast du vergessen, dass auch Jesus, Maria und alle Jünger und Apostel Juden gewesen sind?«

Bruder Bartolo bekam einen roten Kopf. »Nein, aber …«

»Spar dir dein *Aber,* Bruder Bartolo«, schnitt Pater Angelico ihm das Wort ab. »Uns Christen verbindet mehr mit den Juden, als uns von ihnen trennt. Schau mich nicht so ungläubig an, es ist so! Wir reden später ausführlich darüber. Jetzt lass uns allein und bring die Kartone in die Werkstatt.« Und ahnungsvoll fügte er hinzu: »Es kann etwas dauern, bis ich komme. Also nimm den

Psalter zur Hand oder studiere die Schrift des heiligen Tommaso von Aquin, die ich dir gestern zur Lektüre gegeben habe.«

Der Novize nickte gehorsam, wenn auch mit reichlich verwirrter Miene, und tat, wie ihm geheißen.

»Ist das Euer Novize?«, fragte Gershom und blickte dem jungen Klosterbruder nach, der sich fast im selben Moment nach ihnen umdrehte und dann schnell wieder wegschaute. Er lachte leise. »Ich wette, Euer frommer Schüler fragt sich, was Ihr mit mir, einem Verfluchten aus dem Volk der Christusmörder, zu schaffen habt und ob Ihr damit nicht Euer Seelenheil aufs Spiel setzt!«

»Bruder Bartolo ist noch jung und von Hause aus wie auch von seinem Heimatkloster her noch geprägt von einer Theologie schlichter Gemüter, wie ich es nennen würde«, erwiderte Pater Angelico. »Aber er hat gute Anlagen und einen willigen Geist, was noch wichtiger ist. Er weiß seinen Kopf zu gebrauchen und durchdenkt die Dinge gewissenhaft, wenn man ihm nur den rechten Weg weist.«

»Vorausgesetzt, er hat das Glück, lange genug unter Eurem wegweisenden Einfluss zu bleiben.«

Pater Angelico lächelte verhalten. »Ich werde mich bemühen, dass dem so sein wird. Aber genug davon, Gershom. Ich glaube nicht, dass Ihr gekommen seid, um mit mir über meinen Novizen zu sprechen. Sagt, bringt Ihr Nachrichten von Elazar?«

Gershom wurde ernst. »In der Tat, die bringe ich«, sagte er und zog einen Zettel unter seinem Umhang hervor. »Euer goldener Köder hat seine erhoffte Wirkung nicht verfehlt. Jemand hat angebissen und Elazar wissen lassen, dass er willens ist, sich die fünf Goldstücke zu verdienen.«

»Ausgezeichnet!« Pater Angelico packte ihn spontan an der Schulter. »Wann will der Verräter sich mit mir treffen?«

»Zur vierten Nachmittagsstunde.«

»Dann habe ich ja noch gute anderthalb Stunden Zeit.«

»Die habt Ihr nicht, jedenfalls nicht für etwas anderes als einen strammen Marsch vor die Stadt«, widersprach der Pfandleiher. »Ihr müsst Euch sofort auf den Weg machen. Deshalb bin ich auch froh, Euch hier schon getroffen zu haben.«

»Auf den Weg wohin?«

»Kennt Ihr die Gegend um den kleinen Weiler Legnaja mit der Kirche San Quirico?«

Pater Angelico nickte. »Der Ort liegt auf der anderen Seite des Flusses, an der Landstraße nach Livorno.«

»Richtig, ein kleines Dorf, nicht mehr als ein paar Häuser und eben die Kirche. Aber von der Porta San Frediano aus sind es bis dorthin gute anderthalb Meilen«, gab Gershom zu bedenken. »Ihr solltet Euch also sputen, denn Ihr müsst ja erst noch quer durch die Stadt hinüber nach Oltrarno.«

»Gar kein Problem, Gershom. Das schaffe ich schon. Aber jetzt sagt, wo genau der Treffpunkt in Legnaja sein soll.«

»Eine genaue Angabe hat Elazar nicht erhalten. Es soll dort eine kleine Dorfschenke geben, die sich …«, Gershom stockte kurz und warf einen schnellen Blick auf den Zettel, den er von Elazar erhalten hatte, »… *Capo l'Oca* nennt, *Gänsekopf.* Kurz dahinter, in Richtung Livorno, zweigt rechter Hand ein kleiner Sandweg von der Landstraße ab. Dort sollt Ihr in der Nähe eines freien Feldes warten.«

»Worauf?«

»Der Mann, der sich dort mit Euch treffen will, scheint höchst nervös zu sein und auf Nummer sicher gehen zu wollen. Wenn er Gewissheit hat, dass er nicht in eine Falle tappt, wird er Euch auf sich aufmerksam machen und den Weg weisen.«

»Und wie?«

»Ihr sollt einfach der Melodie folgen.«

Pater Angelico zog die Augenbrauen hoch. »Welcher Melodie?«

Gershom zuckte die Achseln. »Darüber hat er keine Angaben gemacht, nur dass Ihr sie schon erkennen werdet.« Seine Hand fuhr noch einmal unter seinen Mantello und kam mit einem kleinen Stoffbeutel wieder zum Vorschein. »Hier sind die fünf Florin! Und passt bloß auf, dass Ihr nicht in eine Falle geratet!«

»Keine Sorge, ich bin gewappnet! So schnell lasse ich mich nicht noch einmal übertölpeln«, versicherte Pater Angelico, legte kurz die Hand auf die Stelle, wo er unter seinem Habit den Dolch aus Landsknechtszeiten trug, und steckte schließlich die Geldbörse ein.

»Möge Gottes Gnade mit Euch sein und Euer Schutzengel Euch nicht eine Sekunde aus den Augen lassen! Kommt heil zurück, Angelico«, sagte Gershom besorgt. »Und möge auch das Wetter noch lange genug …«

»Schon gut, Gershom. Es wird schon alles einen guten Verlauf nehmen«, unterbrach Pater Angelico ihn und drückte kurz seinen Arm. »Ich sollte aufbrechen. Danke für den großen Dienst, den Ihr mir erwiesen habt!« Und damit eilte er davon, während der Himmel über ihm sich immer mehr verfinsterte.

38

Als er die Stadtmitte hinter sich gelassen hatte und in die Via Tornabuoni einbog, regte sich ein ungutes Gefühl in ihm, war ihm doch, als hätte er nur Augenblicke zuvor etwas bemerkt oder gesehen, dessen Bedeutung ihm in seiner Eile entgangen war.

Diese merkwürdige innere Unruhe, die er nicht greifen und begründen, aber auch nicht abschütteln konnte, wuchs sich zu einer vagen Ahnung aus, als er wenig später der Via della Vigna Nuova zur Ponte alla Carraia folgte, die hinüber ins Viertel San Frediano führte.

Er schärfte all seine Sinne. Und plötzlich wusste er, was ihn so irritierte und immer stärker beunruhigte. Es waren die Schritte hinter ihm, die fast denselben eiligen Rhythmus hatten wie seine eigenen. Doch während seine ausgetretenen Ledersandalen auf dem Pflaster kaum Lärm verursachten, hämmerte hinter ihm klobiges Schuhwerk ein vernehmliches Klack-Klack-Klack auf den Steinbelag.

Dass jemand es zufälligerweise so eilig hatte wie er, war denkbar. Wenn dieser Jemand jedoch durch mehrere Straßen hinter ihm blieb und immer dasselbe Schritttempo einhielt, konnte es sich nicht mehr um einen Zufall handeln. Dann wurde er verfolgt!

Musste er auf offener Straße einen Mordanschlag fürchten?

Es erschien ihm zwar irrwitzig, dass jemand das Risiko, bei einer solchen Tat am helllichten Tag gefasst zu werden, eingehen sollte, aber er hielt es nicht für unmöglich. Deshalb beschloss er, der Sache sofort auf den Grund zu gehen und sich der Gefahr notfalls offenen Auges zu stellen, statt plötzlich im Gedränge ein Messer in den Rücken gestoßen zu bekommen.

Kurz bevor die Straße in den Brückenvorplatz mündete, bot sich ihm eine günstige Gelegenheit, den Verfolger zu stellen, ohne dass dieser gewarnt wurde. Ein Baugerüst, das sich über die ganze Breite eines neuen Wohnhauses erstreckte, ragte weit in die Straße hinein und bot ihm, als er es schnellen Schrittes umrundet hatte, für einige Sekunden Sichtschutz.

Diesen Moment nutzte er, um in den nächsten Torweg zu huschen, wo er sich an die Mauer presste und auf das Geräusch des eilig klackenden Schuhwerks lauschte. Gleichzeitig fuhr seine Rechte unter das Skapulier, glitt durch den Schlitz in der Soutane und zog den Dolch aus der flachen Scheide.

Rasch kamen die klackenden Schritte näher.

Kurz bevor sie den Torweg erreichten, sprang er aus seiner Deckung und stellte sich dem Verfolger in den Weg, den blankgezogenen Dolch unter dem Umhang verborgen, den seine Linke zusammenhielt.

Ein schriller Schrei gellte ihm entgegen. Die Landfrau, die abrupt stehen geblieben war, als sei sie gegen eine unsichtbare Wand gelaufen, schlug die Hand vor den Mund. Dann stieß sie atemlos hervor: »Heilige Muttergottes, was habt Ihr mir für einen Schrecken eingejagt, Angelico!«

Fassungslos starrte er in das Gesicht von Lucrezia, in ihre weit aufgerissenen Augen. Sie trug eine plumpe Haube und hatte sich ein schwarzes Wolltuch so eng um den Kopf gebunden und unter dem Kinn verknotet, dass es die goldblonde Lockenflut vollständig verbarg. Geschickt hatte sie die lang herabfallenden Enden des groben Kopftuchs unter den Kragen ihres hochgeschlossenen, aus einfachem grauem Stoff gearbeiteten Gewands gestopft, so dass von ihrem Brandmal nichts zu sehen war.

»Habe ich mich also doch nicht geirrt!«

»Ihr habt schon länger gewusst, dass ich es bin?« Ein halb verschmitztes, halb verlegenes Lächeln huschte über ihr Gesicht.

»Nein, aber ich habe Euch vor drei Tagen auf dem Mercato Vecchio gesehen, bei den Bänkelsängern«, sagte er gereizt und steckte den Dolch weg. »Bei den Geboten des Herrn, seid Ihr noch bei Sinnen?«

»Ich denke, die Antwort hängt davon ab, was man darunter versteht – *bei Sinnen sein*«, erwiderte sie keck und von seinem harschen Ton nicht im mindesten beeindruckt. »Wenn man es so definiert wie mein Vater oder wie Ihr, dann muss die Antwort natürlich lauten: ›Nein, Lucrezia Petrucci ist nicht bei Sinnen.‹ Wenn man aber in meiner Haut steckt und nichts mehr zu verlieren hat, dann fällt die Antwort völlig anders aus. Dann ist das, was ich mir herausnehme, meine erste und wohl auch letzte Entdeckungsreise durch die Welt, in der ich seit fast zwei Jahrzehnten lebe wie in einem Käfig eingesperrt. Es ist ein letztes Stück Freiheit.«

»Was redet Ihr für einen Unfug! Wir alle müssen uns in unser Schicksal fügen«, sagte er und war selbst überrascht von seiner schroffen Reaktion. Deshalb fuhr er hastig fort: »Wenn man Euch erkennt, dann ist der Skandal, den Ihr über Euch und das Haus Petrucci bringt, nicht auszudenken!«

»Ich habe ihn mir sehr wohl vorgestellt, und zwar unzählige Male! Und er schreckt mich nicht, ganz im Gegenteil«, erwiderte sie heftig. »Wer wie ich verdorbene Ware ist und gegen seinen Willen für immer hinter Klostermauern verschwinden soll, den schreckt ein gesellschaftlicher Skandal doch nicht! Ganz abgesehen davon, dass mich in diesem Aufzug sowieso keiner von meinen wenigen Bekannten erkennen wird …«

»Habe ich Euch etwa nicht erkannt?«, hielt er ihr vor.

»Ihr seid anders, Ihr seht einen mit anderen Augen an, so … so unglaublich viel intensiver und bewusster als jeder andere«, entgegnete sie, errötete und wich seinem Blick aus. Gleich darauf fuhr sie zornig fort: »Und von wegen, jeder muss sich seinem Schicksal fügen! Habt Ihr Euch denn einem Schicksal gefügt, das Euch von anderen aufgezwungen worden ist, oder habt Ihr nicht vielmehr Eure Geschicke in die eigenen Hände genommen und selbst entschieden, dass Euch das Leben als Landsknecht nicht mehr zusagt und Ihr lieber Dominikanermönch und Maler werden möchtet? Und zwar ein Mönch, dem selbst im Habit noch tausend Mal mehr Freiheiten gewährt werden als einer Frau von meinem Stand, gar nicht zu reden von einer Klosterfrau!«

Dem wusste Pater Angelico nichts Stichhaltiges entgegenzusetzen. Auch fehlte ihm die Zeit, sich den Kopf darüber zu zerbrechen, warum er ihre Kühnheit und ihr trotziges Selbstbewusstsein insgeheim sogar bewunderte. »Lasst uns nicht darüber streiten, was in dieser Welt gerecht ist und was weniger gerecht. Ich bin in Eile, Lucrezia. Also tut mir und Euch den Gefallen und seht zu, dass Ihr so schnell wie möglich diese Verkleidung ablegt und in Euer Heim zurückkehrt, bevor man Euer Fehlen bemerkt und Euch von den Stadtbütteln suchen lässt!«

Lucrezia lachte auf. »Ihr könnt ganz unbesorgt sein, Angelico, das wird nicht passieren. Denn angeblich bin ich beim Gewandschneider Francesco Ubaldo, dessen Frau Antonetta die jüngere Schwester meiner Zofe ist. Wenn es sie und ihre heimliche Hilfe nicht gäbe, könnte ich mir diese kostbaren Stunden der Freiheit dann und wann gar nicht erlauben.«

»Ja, wissen sie denn nicht, was ihnen droht, wenn herauskommt, was sie zugelassen und vor Eurem Vater geheim gehalten haben?«, fragte er bestürzt und zog sie von der Straße weg in den Schutz des Torwegs.

»Doch, das wissen sie sehr wohl. Wie sie eben auch wissen, dass Piccarda an dem Unfall mit dem Kohlebecken, dessen Glut mich damals verbrannt hat, nicht ganz unschuldig war. Mein Vater wollte sie dafür auspeitschen, brandmarken und aus der Stadt jagen lassen«, berichtete sie. »Und dann wäre nicht nur ihr Leben zerstört gewesen, sondern auch das ihrer Schwester und ihres Schwagers.«

»Wieso?«

»Damals hatte Francesco gerade seine eigene Gewandschneiderei eröffnet. Das Geschäft lief schrecklich zäh an. Ihr finanzielles Überleben hing in den ersten Jahren oft an einem seidenen Faden, der ohne Piccardas Unterstützung mehr als einmal gerissen wäre. Jahrelang hat sie ihnen ihren Lohn überlassen.«

»Und Ihr habt das drohende Elend verhindert.«

Sie nickte. »Ich habe steif und fest behauptet, dass Piccarda keine Schuld trägt, dass ich das Becken umgerissen habe, als sie kurz aus dem Zimmer war. Ich habe auch gedroht, meinem Leben ein Ende zu setzen, sollte man mir meine Piccarda nehmen. Und das war keine leere Drohung«, versicherte sie. »Denn Piccarda war zuerst die Zofe meiner geliebten Mutter. Sie wusste so viele schöne Geschichten aus ihrer gemeinsamen Jugend zu erzählen und dadurch meine so früh verstorbene Mutter immer wieder für ein paar Stunden lebendig werden zu lassen. Sie war und ist so etwas wie ein letztes inniges Band, das mich mit meiner Mutter verbindet. Aber seit dem schrecklichen Unfall ist noch etwas dazugekommen: Ich kann von Piccarda verlangen, was immer ich will, sie wird es tun. Für mich. Sogar ihr Leben würde sie wohl für mich geben. So, jetzt wisst Ihr, warum Ihr Euch meinetwegen keine Sorgen zu machen braucht.«

»Das ist eine sehr bewegende Geschichte, und einerseits beruhigt es mich zu wissen, dass Euch so schnell keine Bloßstellung droht, andererseits aber erschreckt mich das Wagnis, das Ihr mit Euren heimlichen Streifzügen auf Euch nehmt«, erwiderte Pater Angelico, von Unruhe gepackt. »Dennoch muss ich dringend weiter. Zu diesem Treffen vor der Stadt darf ich auf keinen Fall zu spät kommen. Ich beschwöre Euch noch einmal …«

»Lasst mich Euch wenigstens ein Stück begleiten«, fiel sie ihm ins Wort und sah ihn flehentlich an.

Er hatte es so eilig, weiterzukommen, dass er erst gar nicht versuchte, sie davon abzubringen. »Also gut, aber spätestens an der Porta San Frediano kehrt Ihr um und seht zu, dass Ihr auf schnellstem Weg zu Eurer Zofe und dann in Euren Palazzo zurückkehrt!«

Sie strahlte. »Bis zur Porta San Frediano ist es ja noch ein gutes Stück. Da könnt Ihr mir eine Menge erzählen, zum Beispiel, was es mit diesem Eurem Treffen auf sich hat. Wartet da jemand auf Euch, der sich die fünf Goldstücke Belohnung verdienen will?«

»Ihr habt es erraten«, sagte er, trat aus dem Torbogen und beeilte sich, hinüber ans andere Ufer zu kommen. Und während Lucrezia sich mühelos neben ihm hielt, berichtete er ihr von der wundersamen Wendung, die seine Lage während der vergangenen Stunden erfahren hatte.

»Bei Gott dem Allmächtigen, was für ein Tag! Ich freue mich ja so für Euch!« Sie legte ihm kurz eine Hand auf den Arm.

»In der Tat, was für ein Tag! Erst drückt mir dieser Bandenanführer einen Beutel voll Lapislazuli in die Hand, und nun will mir einer aus dem Gezücht, das Movetti auf dem Gewissen hat, gegen Bares verraten, wer den Mord begangen und wer ihn in Auftrag gegeben hat!«

»Und Ihr habt nicht daran gedacht, das viele Geld zu sparen und Euch nicht länger um die Sache mit Movetti zu kümmern, wo Ihr doch nun endlich Eure Steine habt und damit für Euch alles wieder im Lot ist?«, erkundigte sie sich, während sie auf die andere Seite des Flusses gelangten und schnellen Schrittes rechts in den Borgo San Frediano einbogen.

Er schüttelte den Kopf. »Derjenige, der hinter dem Mord steht, betreibt die Geschäfte des Teufels. Dem gilt es mutig die Stirn zu bieten. Man hört nicht einfach mitten im Tanz auf zu tanzen, nur weil einen der Schuh drückt oder man das Interesse verloren hat. Was man begonnen hat, soll man auch zum rechten Ende führen – insbesondere wenn es darum geht, dass der Gerechtigkeit Genüge getan wird. Bernardo Movetti mag kein sehr liebenswerter Mensch gewesen sein, aber er hat es nicht verdient, als Selbstmörder in ungeweihter Erde zu ruhen! Wie auch seine Tochter es nicht verdient hat, mit diesem Makel zu leben.«

»Ihr seid von wahrlich nobler Gesinnung, Angelico.«

Er lachte leise. »O nein, was Ihr für noble Gesinnung haltet, ist in Wahrheit nichts weiter als eine Mischung aus Beharrlichkeit und eselhafter Dickköpfigkeit. Ich mag es nun mal nicht, dass das Widerwärtige und Böse in der Welt immer den Sieg davonträgt.«

»Ihr könnt Euch kleinreden, wie Ihr wollt, ich weiß schon, was ich von Euch zu halten habe«, erwiderte Lucrezia.

Vor ihnen erhob sich das trutzige Torhaus der Porta San Frediano in den grau verhangenen Himmel. Mit seinem zinnengesäumten Wehrturm wirkte es wie eine kleine Festung, die aus dem Mauerring aufragte.

»So, hier trennen sich unsere Wege«, sagte er energisch. »Beeilt Euch, dass Ihr zurück zu Eurer Zofe und deren Schwester kommt! Es sieht ganz nach einem Gewitter aus. Der Regen wird nicht mehr lange auf sich warten lassen!« Und wie zur Bestätigung drang Donnergrollen aus der Ferne herüber.

Mit einem schweren Seufzer blieb sie stehen. »Und was ist mit Euch, wenn das Gewitter Euch da draußen auf dem Land überrascht?«

»Ich bin nicht aus Zucker, Lucrezia! Und nun geht endlich«, drängte er sie. »Ihr habt versprochen, dass Ihr hier umkehrt. Nun haltet auch Wort!«

Sie bedachte ihn mit einem eindringlichen Blick. Dann drehte sie sich wortlos um und ging zurück in Richtung Brücke.

Eine kurze Weile blickte Pater Angelico ihr nach. In ihm lagen Erleichterung und Bedauern im Widerstreit. Als er sich dessen bewusst wurde, wandte er sich hastig ab und beeilte sich, aus der Stadt zu kommen.

Auf der Landstraße herrschte ungewöhnlich reger Verkehr. Händler und Reisende aus Richtung Livorno und Pisa legten höchste Eile an den Tag, um noch rechtzeitig vor dem Ausbruch des heraufziehenden Gewitters in die Stadt und zu ihren Unterkünften zu gelangen. Und die Bauern und Tagelöhner aus dem

Umland, die ihre Waren oder ihre Arbeitskraft in Florenz verkauft hatten, strebten nicht weniger eilig der Sicherheit ihrer Gehöfte entgegen.

Die Porta San Frediano lag schon eine gute halbe Meile hinter ihm, als er ein träge dahinrumpelndes Ochsengespann überholte und sich plötzlich gezwungen sah, einem herangaloppierenden Reiter auszuweichen. Rücksichtslos jagte der Mann auf ihn zu und drohte ihn über den Haufen zu rennen.

Mit einem unterdrückten Fluch sprang Pater Angelico zur Seite, schüttelte in ohnmächtigem Zorn die Faust und wollte dem Reiter schon eine Verwünschung nachrufen, als er Lucrezia entdeckte.

Nicht einmal zwei Dutzend Schritte trennten sie!

Mit fröhlicher Miene kam sie zügig näher.

»Das kann ja wohl nicht wahr sein«, entrüstete er sich. »Ihr habt mir Euer Wort gegeben, vernünftig zu sein und in die Stadt zurückzukehren!«

»Das habe ich keineswegs. Ich habe nur gesagt, dass es bis zur Porta San Frediano noch ein gutes Stück ist und Ihr mir in der Zeit noch einiges erzählen könnt. Ihr seht also, ich habe keinen Wortbruch begangen«, erwiderte sie und lächelte entwaffnend.

»Und wenn schon, Ihr könnt unmöglich mit zu diesem Treffen kommen!«

»Und warum nicht?«

»Weil es zu gefährlich ist!«

»Das erscheint mir aber nicht sehr logisch, Angelico. Warum soll es denn gefährlicher sein, wenn Ihr, statt allein zu erscheinen, eine einfache Landfrau an Eurer Seite habt?«, wandte sie schlagfertig ein. »Es muss den Schurken doch eher noch in Sicherheit wiegen. Er wird glauben, dass er von Euch nichts zu befürchten hat. Denn welcher Mönch würde schon eine Frau in Gefahr bringen?«

Verblüfft sah er sie an und suchte nach einer Erwiderung, die ihren Einwand entkräften würde, doch ihm fiel beim besten Willen keine ein. »Allein schon wegen des Unwetters kann ich es nicht verantworten«, sagte er deshalb und deutete nach Nordwesten, wo sich eine schwarze Wand über den Horizont schob und in der Ferne dunkles Grollen zu hören war.

Sie legte den Kopf in den Nacken und sah ihn aus blitzenden Augen halb spöttisch, halb herausfordernd an. »Es wird Euch vielleicht überraschen, aber auch ich bin nicht aus Zucker, Angelico. Und ich fürchte mich auch nicht vor einem Unwetter oder was immer da kommen mag. Im Gegenteil! Ich habe mich noch nie so lebendig gefühlt! Also stellt Euch nicht so an und nehmt mich mit. Denn wenn Ihr es recht bedenkt und ehrlich seid, bringt meine Begleitung Euch eher mehr Sicherheit, als dass sie die Sache gefährlicher macht.«

Er zögerte, verwirrt vom Widerstreit seiner Gefühle. »Ich kann mich nicht länger mit Euch streiten, Lucrezia! Ich habe getan, was ich konnte, der Herr ist mein Zeuge. Ich muss jetzt weiter! Die Zeit rennt mir davon«, stieß er schließlich hervor und lief einfach los.

»Gut, dann wollen wir das auch nicht länger tun, sondern zusehen, dass wir rechtzeitig zu diesem Treffpunkt kommen«, erwiderte sie und passte sich seinem flotten Tempo mühelos an.

Er schwieg, presste die Lippen zusammen und blickte starr geradeaus, als nehme er sie überhaupt nicht wahr. Eine gute Minute, die ihnen beiden unendlich viel länger vorkam, liefen sie so schweigend nebeneinander her.

Dann wandte er plötzlich den Kopf und sah sie an.

Lucrezia zog ihre fein geschwungenen, dünn gezupften Brauen hoch und lächelte ihn an. Freudige Erregung lag in ihrem strahlenden Blick, aber auch die inständige Bitte, ihr nicht zu zürnen.

Für einen langen Augenblick hielt er der bezwingenden Macht ihres Lächelns mit verkniffener Miene stand. Dann jedoch lösten sich die harten Züge, und sein Gesicht wurde weich. Zwar schüttelte er den Kopf, doch zugleich stahl sich auch auf seine Lippen und in seine Augen ein Lächeln.

39

Die Nacht schien nicht mehr fern zu sein, so weit hatten die dunklen Wolkenfelder in den letzten zehn, fünfzehn Minuten das nachmittägliche Sonnenlicht erstickt. Der Himmel über der Arnoebene hatte die Farbe eines ausgewaschenen schwarzen Wolltuchs angenommen. Dabei blieben bis zum Sonnenuntergang noch volle zwei Stunden, wie die vier Glockenschläge aus dem Kirchturm von San Quirico soeben verkündet hatten. Auch war ein böiger Wind aufgekommen, der Vorbote des heraufziehenden Gewitters, der mal hierhin, mal dorthin fegte und Dreck und Laub aufwirbelte.

Das Dorf mit der Kirche und der Schenke *Capo l'Oca* lag zusammen mit der Landstraße gute fünfzig, sechzig Schritte schräg links hinter ihnen. Vor ihnen erstreckte sich neben einem schmalen, sandigen, sanft abwärts führenden Weg, der oben von der Landstraße abzweigte, ein großes Stoppelfeld. Es war aus allen Richtungen weithin einsehbar. Hinter dem Feld, in Richtung Fluss, schloss sich welliges Gelände an, das von einem weiten Olivenhain bedeckt war. Auf der anderen Seite des sandigen Wegs bildeten Pinien ein kleines Waldstück.

»Was ist, wenn der Mann, der Euch die Information verkaufen wollte, es sich wegen des drohenden Unwetters anders überlegt hat und nicht kommt?«, fragte Lucrezia, mehr darüber besorgt als aus Furcht vor dem Donnergrollen und den vereinzelten Blitzen, die in der Ferne über den schwarzen Horizont zuckten.

»Der Bursche weiß, dass sich ihm eine zweite Gelegenheit, so schnell an so viel Geld zu kommen, kaum bieten wird. Er wird zur Stelle sein, selbst wenn hier die Hölle losbricht. Denn er muss damit rechnen, dass auch sein Verrat verraten wird. Selbst wenn es nicht zu dem Treffen käme, woran ich nicht glaube, könnte er nicht mehr in die Stadt zurück, ohne um sein Leben fürchten zu müssen. Allein schon deshalb wird er kommen und sich seinen Judaslohn unter keinen Umständen entgehen lassen«, erwiderte Pater Angelico, während sie langsam am rechten Rand des abgeernteten Feldes auf und ab gingen. »Ganz davon abgesehen, dass fünf Florin eine so enorme Summe sind, dass er sich dafür notfalls wohl auch die eigene Hand abhacken würde.«

»Vielleicht könnt Ihr das ja als Zugabe aushandeln. Am besten die rechte Hand, damit jeder weiß, dass er ein Verbrecher und Ausgestoßener ist«, schlug Lucrezia vor und sah sich verstohlen um, ob sich irgendwo eine Gestalt zeigte, die sich ihnen näherte oder ihnen Zeichen gab. »Und sollte er …«

Mit einer jähen Handbewegung brachte er sie zum Schweigen, blieb stehen und starrte angestrengt über das Feld.

»Was ist?«, flüsterte sie.

»Hört Ihr das?«, raunte er zurück.

»Was, den Donner?«

»Nein, die Flötentöne!«

Lucrezia legte den Kopf ein wenig schief, kniff die Augen zusammen und lauschte. Dann nickte sie aufgeregt. »Ja, jetzt höre ich es auch. Ich glaube, das kommt von dort drüben!« Sie deutete vage in Richtung der Pinien, die auf der linken Seite des Sandwegs aufragten und sich wie Scherenschnitte gegen den düsteren Himmel abzeichneten.

»Nein, von da unten aus dem Olivenhain«, widersprach Pater Angelico.

Zweifelnd sah sie ihn an. »Seid Ihr Euch sicher?«

»Absolut. Kommt, wir müssen den Tönen folgen! So lautet die Anweisung. Beeilen wir uns! Vielleicht bleibt uns ja noch Zeit genug, um das Geschäft mit dem Verräter abzuschließen und dann in der Dorfschenke Schutz zu finden«, sagte er, packte sie am Arm und lief mit ihr über das Feld.

Dass seine Hoffnung sich nicht erfüllen würde, war schon abzusehen, bevor sie noch den Saum des Olivenhains erreicht hatten. Denn da fielen schon die ersten dicken Regentropfen, gewannen der Donner an Kraft und die Blitze an Helligkeit. Das Unwetter rückte unaufhaltsam heran.

Aber auch die Flötentöne drangen nun deutlicher an ihr Ohr. Sie folgten ihnen, hasteten vorbei an alten Olivenbäumen mit knorrigen Stämmen und ausladendem Geäst und stiegen über steinige Erdbuckel. Das Gelände war uneben, teilweise terrassenförmig angelegt und an einigen Stellen sogar gefährlich abschüssig. Das Gras zwischen den Baumreihen stand hoch, und es behauptete sich allerlei Buschwerk in dem Hain. Wem immer das Gelände gehörte, er machte sich offenbar nicht viel Mühe damit, es von Unkraut und anderen Gewächsen frei zu halten.

Die Melodie lockte sie von der Landstraße und dem Weiler Legnaja immer weiter weg in Richtung Fluss. Zu einem Landsknechtslied gehörte die Tonfolge jedoch nicht. Zumindest konnte Pater Angelico sich nicht erinnern, sie während seiner Zeit als Waffenknecht jemals auf einem Marsch oder im Söldnerlager gehört zu haben.

Aber die Flötentöne bestärkten ihn in seiner Vermutung, dass er sich gleich dem Mondgesicht mit der Stummelflöte gegenübersehen würde, jenem Mann, der in der Mordnacht im Torweg von Movettis Laden Schmiere gestanden und Tage später zu den drei

Galgengesichtern gehört hatte, die in der Chiasso Brancone über ihn hergefallen waren und versucht hatten, ihm den Schädel einzuschlagen. Und das bedeutete, dass er nun endlich Informationen aus erster Hand über das Verbrechen an dem Speziale erhalten würde!

»Da ist er!«, rief Lucrezia plötzlich mit gedämpfter, doch hörbar erregter Stimme. »Dort, neben dem Baum mit der mächtigen Krone und dem abgebrochenen Ast!«

Fast im selben Moment bemerkte auch Pater Angelico die untersetzte Gestalt, die etwa zwanzig Schritte vor ihnen am Fuß eines kahlen, hangähnlichen Geländestreifens hinter einem Olivenbaum mit ungewöhnlich weit ausladendem Geäst hervorgetreten war. Hinter dem gedrungenen Flötenspieler, in etwa dreißig bis vierzig Schritten Entfernung, zeichnete sich der mit Schilf und Büschen überwucherte Uferstreifen des Arno ab. Hier und da schimmerten die graubraunen Fluten zwischen den Bäumen hindurch.

»Ihr sagt kein Wort und haltet Euch an meiner linken Seite!«, raunte er ihr zu. »Habt Ihr verstanden?«

»Klar und deutlich«, gab Lucrezia leise zurück.

Die Flötenmelodie brach ab.

»Das reicht!«, rief der Mann, bei dem es sich in der Tat um den mondgesichtigen Ganoven handelte, als sie sich ihm bis auf fünf Schritte genähert hatten, und schob die Stummelflöte unter sein dreckiges, nussbraunes Wams.

»So sieht man sich also wieder«, sagte Pater Angelico spöttisch und sah sich in seiner Vermutung bestätigt, dass der schurkische Handlanger mit dem mondrunden Gesicht sich nach ihrem Handel absetzen und die Toskana so schnell wie möglich hinter sich lassen wollte. Über seiner linken Schulter hing der Lederriemen eines Leinenbeutels, der wohl sein klägliches Hab und Gut enthielt und genauso vor Dreck starrte wie sein Wams.

»Was hat das Weibsbild hier zu suchen?«, rief der Mann misstrauisch.

»Sie ist meine jüngere Schwester«, erwiderte Pater Angelico und setzte in Gedanken ›in Christo‹ hinzu. »Ich habe sie auf dem Weg hierher zufällig getroffen. Hätte ich sie vielleicht davonjagen sollen?«

Mondgesicht schnaubte abfällig und spuckte ins Gras.

»Bei unserer letzten Begegnung in der Chiasso Brancone ist es zwar sehr bewegt zugegangen, aber zu einem rechten Gespräch sind wir dabei ja nicht gekommen«, sagte Pater Angelico. »Wie wäre es also, wenn du mir jetzt wenigstens sagst, mit wem ich es zu tun habe?«

»Nenn mich Flauto, oder denk dir was Eigenes aus! Mir geht das am Arsch vorbei, solange du nur die versprochenen fünf Florin herausrückst, Mönch!«

»Flauto[4] scheint mir ein passender Name für dich zu sein«, erwiderte Pater Angelico. »Aber bevor ich auch nur einen lausigen Picciolo herausrücke, wirst du mir meine Fragen beantworten.«

»Einen Scheißdreck werde ich«, blaffte Flauto. »Zuallererst will ich die Goldstücke sehen!«

Donner und Blitze kamen näher, und aus den vereinzelten Tropfen wurde strömender Regen.

Pater Angelico holte den Geldbeutel hervor, zerrte die Kordel auf und kippte die Goldmünzen in seine Hand. »Hier sind die fünf Florin. Bist du jetzt zufrieden und bereit, deinen Teil unseres Handels einzuhalten?«, knurrte er und machte einen Schritt auf den anderen zu.

Flauto starrte gierig auf die Goldstücke, von denen der Regen wegspritzte, und nickte.

---

4 Flöte

»Also, dann lass uns anfangen und sehen, dass wir es schnell hinter uns bringen, bevor es hier wirklich ungemütlich wird«, sagte Pater Angelico, ließ die Goldstücke wieder in die Geldbörse fallen und zog die Kordel zu. Schon lief ihm Regen über das Gesicht, und es war abzusehen, wann ihnen allen die Kleider klitschnass am Leib kleben würden. »Du und deine beiden Komplizen, für die du vor Movettis Laden Schmiere gestanden hast, ihr gehört zu Corsino Scorpas Schmugglerbrigata, richtig?«

Flauto machte eine wegwerfende Handbewegung. »Mit Serpente hat die Sache überhaupt nichts zu tun. Schon gar nicht dieser Vito, der uns angeheuert hat.«

»Wer ist Vito? Wie heißt er mit vollem Namen? Hat er Euch den Mordauftrag erteilt? Und wenn ja, in wessen Diensten steht er, und wer wollte den Speziale unbedingt tot wissen?«, hakte Pater Angelico in erwartungsvoller Anspannung nach. Dabei musste er die Stimme heben, weil der Regen dichter wurde und immer lauter auf den Olivenhain niederprasselte. Auch das Bersten und Krachen, das den grellen Blitzen immer schneller folgte, machte ein Gespräch bei normaler Lautstärke nahezu unmöglich.

Flauto grinste geringschätzig und leckte sich den Regen von den Lippen. »Du hast ja keine Ahnung, Betbruder. Dieser bucklige Vito, der dem Speziale den Hals umgedreht und ihn mit Fabrizio in seinem Laden aufgeknüpft hat, der hat noch nie für Serpente gearbeitet. Der Buckel tanzt nach einer anderen, viel edleren Pfeife. Vitos Herr hält sich nämlich für unan…«

Er kam nicht mehr dazu, den Satz zu beenden. Der Tod flog aus dem Hinterhalt auf ihn zu.

Pater Angelico und Lucrezia hörten ein scharfes, metallisch schnappendes Geräusch in ihrem Rücken.

Fast im selben Augenblick schrie Flauto auf, fasste sich an die Kehle und taumelte, wie von einem Faustschlag getroffen, rücklings gegen den Stamm des Olivenbaums. Dabei verwandelte sein gellender Schrei sich in ein schauriges Gurgeln. Blut strömte zwischen seinen Fingern hervor, und als er würgte und hustete, spuckte er auch Blut. Seine Augen weiteten sich in Todesangst, während das Blut aus seiner Kehle pulsierte.

Pater Angelico wusste sofort, was es mit dem metallischen Schnappen auf sich hatte. Er hatte oft genug gehört, wie eine Armbrust abgefeuert wurde und einen Metallbolzen verschoss. Er wusste auch sofort, dass der heimtückische Schütze sich nicht mit Flautos Tod begnügen würde, konnte er doch nicht wissen, wie viel der von seinem Wissen schon verraten hatte.

In einem Reflex sprang er aus der Schusslinie. Und das keine Sekunde zu früh. Noch während er nach links auf Lucrezia zustürzte, wurde irgendwo hinter ihnen aus dem Zwielicht des Olivenhains ein zweiter Armbrustbolzen abgeschossen. Und da selbst der beste Schütze den aus Stahl oder Buchenholz gefertigten Bogen einer Armbrust nicht innerhalb eines Atemzugs neu spannen und einen neuen Bolzen einlegen konnte, bedeutete der zweite Schuss, dass sie es mit mindestens zwei Schützen zu tun hatten.

Wäre er schreckensstarr stehen geblieben, der Eisenbolzen hätte ihn mit tödlicher Sicherheit in den Rücken getroffen. So aber riss das Geschoss nur ein Loch in seinen wehenden Umhang, sirrte zwischen Rippenbögen und rechtem Arm hindurch und bohrte sich in Flautos Brust. Röchelnd kippte der Schurke zur Seite und fiel sterbend mit dem Gesicht ins Gras.

In wild gezackter Bahn zuckte ein Blitz über den Himmel und tauchte das Gelände für ein, zwei Sekunden in gespenstisch grelles, unwirkliches Licht. Der blendende Schein fiel auch auf zwei Männer, die zwei Baumreihen weiter oberhalb aus der Deckung eines brusthohen Gebüschs hervorkamen. Beide waren sie mit einer Armbrust bewaffnet und setzten alles daran, ihre Waffe so schnell wie möglich wieder zu spannen.

»Lauft! Weg von hier!«, brüllte Pater Angelico gegen das Donnern und Bersten an, das über ihnen aus der finsteren Wolkendecke hervorbrach und wie das Gebrüll eines Ungetüms über das Land hinwegrollte.

»Wohin?«, schrie sie zurück.

Seine Entscheidung fiel intuitiv und blitzschnell. »Zum Fluss!«, rief er, packte sie erneut am Arm und zog sie mit sich.

Nur irgendwo dort unten, in dem unübersichtlichen Uferstreifen aus Weiden, wildem Gestrüpp und hohem Schilf hatten sie eine Chance, ihren Verfolgern zu entkommen. Dagegen würde die Flucht durch den Olivenhain und über das freie Feld hinauf zur Landstraße unweigerlich mit ihrem Tod enden. Allein schon deshalb, weil Lucrezia kraftvollen Männern in einem Rennen auf Leben und Tod nicht gewachsen war und er sie niemals zurücklassen würde. Zudem würden sie auf diesem Fluchtweg, der wenig Deckung bot, zu oft ein kaum zu verfehlendes Ziel abgeben für zwei Armbrustschützen, von denen mindestens einer sehr gut mit der Waffe umzugehen verstand.

In wildem Zickzack rannten sie auf den Fluss zu, begleitet vom Toben des Unwetters, das nun seine ganze erschreckende Macht entfaltete, als ergriffe es in diesem Wettlauf, bei dem es um ihr Überleben ging, Partei für sie. Das diffuse, schwindende Licht und die vom Himmel stürzenden Wassermassen, die von böigen Winden hin und her gepeitscht wurden, wirkten sich nun zu ihrem Vorteil aus. Denn so wie er ihre Verfolger in den wirbelnden Sturzfluten nur vage ausmachen konnte, als er im Rennen einen schnellen Blick zurückwarf, verschwammen auch ihre eigenen Konturen hinter dem richtungslos wogenden Regenvorhang für die Armbrustschützen zu schemenhaften Schatten.

Kurz vor dem Uferstreifen schlug ein tief hängender Ast Lucrezia die Haube vom Kopf. Die Regenböen erfassten sie sofort und rissen sie flussabwärts.

»Haltet Euch an meinem Gürtel fest!«, rief er ihr zu und führte ihre Rechte, die er nicht eine Sekunde losgelassen hatte, im Laufen hinunter zu seinem Ledergürtel. »Was auch immer passiert, lasst nicht los!«

»Was habt Ihr vor?«, brüllte sie.

»Könnt Ihr schwimmen?«

»Mindestens so gut, wie Ihr fliegen könnt!«

Er lachte über ihren Galgenhumor. Der Wind schlug ihm eine gute Handvoll Regenwasser in den Mund. Er hörte, wie ein Bolzengeschoss etwa eine Armlänge rechts von ihm in einen Baumstamm einschlug. Für einen Schützen, der Flauto seinen Bolzen aus gut zwanzig, fünfundzwanzig Schritt Entfernung treffsicher in die Kehle gejagt hatte, ein absoluter Fehlschuss.

»Umso wichtiger, dass Ihr Euch an mir festhaltet«, stieß er hervor und schlug einen Haken nach rechts, so dass nun der Baum für einen kurzen Moment zwischen ihnen und den Verfolgern lag. »Und wenn ich gleich ›Herr, hilf‹ rufe, stoßt Ihr Euch beim ›hilf‹ mit aller Kraft ab und springt mit mir ins Schilf!«

»Allmächtiger, steh uns bei!«

»Nein, es bleibt beim ›Herr, hilf‹ … Ist kürzer … Haltet Euch bereit! Dort unten bei der großen Weide … Seht Ihr links davon das Gebüsch?«

»Ja.«

»Da springen wir!«

Sie rannten auf die Weide zu, deren tief herabhängender Schleier aus unzähligen dünnen Zweigen über dem Wasser im Sturmwind schwankte wie ein gebeugter, trauernder Riese.

Kurz vor der Stelle, wo sie springen mussten, ließ er ihr Handgelenk los. Rasch legte er ihr den Arm um die Hüfte und krallte seine Hand in den groben Stoff ihres Kleids. Und dann schrie er auch schon: »Herr … *hilf!*«

»Barmherziger!«, schrie Lucrezia.

Aus dem vollen Lauf sprangen sie hoch und dem Fluss entgegen. Sie brachen durch das hüfthohe Gebüsch und stürzten gute zwei, drei Schritte dahinter in den breiten Schilfgürtel.

Eisige Kälte umfing sie, als das Wasser des Arno über ihnen zusammenschlug.

Pater Angelico spürte, dass Lucrezia sich instinktiv aufrichten und den Kopf über die Wasseroberfläche bringen wollte. Doch er ließ es nicht zu. Er zog sie mit seinem linken Arm fester an sich und zerrte sie in tieferes Wasser. Dabei bewegte er sich nicht mit der Strömung, sondern wandte sich flussaufwärts.

Im ersten Moment versuchte sie sich zu widersetzen, doch dann begriff sie, was er wollte, und strengte sich mit an, in dem weichen, schlammigen Untergrund voranzukommen.

Gute dreißig, vierzig Sekunden lang kämpften sie sich in zusammengekrümmter Haltung vom Ufer weg durch das Schilf. Es war ein zähes Ringen um jeden Schritt. Der Schlamm saugte an ihren Füßen, als wollte er sie nicht wieder hergeben. Pater Angelico hätte noch länger die Luft anhalten und unter Wasser bleiben können, doch er wollte nicht riskieren, dass Lucrezia von Panik erfasst wurde, Wasser schluckte und beim Auftauchen durch lautes Husten und Nach-Atem-Ringen ihre Position verriet.

Vorsichtshalber legte er ihr seine rechte Hand auf den Mund, bevor er sich langsam aufrichtete. Sie konnten problemlos stehen, duckten sich aber sofort. Denn das Wasser reichte ihnen gerade mal zwei Handbreit über die Hüfte. Die mächtige Weide befand sich jetzt rechts von ihnen, jedoch mit ihrem Vorhang aus herabfallenden Zweigen keine drei Körperlängen entfernt.

»Ich habe meine Schuhe verloren«, flüsterte Lucrezia und atmete heftig, aber kontrolliert.

»Und ich meine Sandalen«, gab er leise zurück und hob gerade so weit den Kopf, um zum Ufer hinüberspähen zu können. Er konnte die Verfolger nicht entdecken, hörte jedoch ihre Stimmen. Es waren wütende Zurufe, die im Rauschen der Regenfluten und im Donnergetöse nur in abgerissenen Fetzen zu ihnen drangen.

»Was jetzt?«, fragte sie und hielt sich nahe an seiner Seite, die Hand fest um seinen Gürtel gelegt. Das schwarze Kopftuch hing ihr wie ein nasser Putzlappen um den Hals, und die herrliche Lockenflut klebte ihr klatschnass am Kopf.

»Sie werden das Ufer absuchen und davon ausgehen, dass wir von Todesangst getrieben flussabwärts geflohen sind, weil man mit der Strömung einfach schneller vorankommt, als wenn man gegen sie ankämpfen muss«, sagte er, während er sich seinen Umhang von den Schultern zerrte, ihn zusammenrollte und sich um die Brust knotete. »Deshalb müssen wir weiter flussaufwärts und in noch tieferes Wasser, damit wir in dem Schilf vom Ufer aus nicht mehr zu entdecken sind! Das Unwetter wird nicht ewig dauern. Wenn es vorbei ist, müssen wir ihnen entkommen sein. Da drüben, im Nordosten, wird der Horizont schon wieder heller!«

»Und was ist, wenn sich dieses Verbrecherpack dieselben Gedanken macht?«

»Dann stecken wir in ernsten Schwierigkeiten.«

»Erst dann? Wo stecken wir denn jetzt?«

Er rang sich ein Lächeln ab. »In einer recht schlammigen, fließenden Situation. Und jetzt kommt! Wir müssen weiter.«

Im Schutz der Wolkenfelder, die unter Blitz und Donner über den Himmel jagten, der sintflutartigen Regenströme und des dichten Schilfgürtels arbeiteten sie sich Schritt für Schritt weiter flussaufwärts.

Es kostete mehr Kraft, als sie gedacht hatten. Zwar wurde Pater Angelico nicht länger von seinem Umhang behindert, aber der Mantello hatte sich doch mit Wasser vollgesogen und schien zusammen mit dem Rest seiner Ordenskleidung das Gewicht von eisenschweren Kettenhemden angenommen zu haben. Dazu gesellte sich die Kälte des Arno, die ihm bis in die Knochen drang.

Lucrezia erging es nicht anders. Auch ihr fersenlanges Kleid machte das Vorankommen zu einer kräftezehrenden Anstrengung. Dennoch hielt sie sich tapfer an seiner Seite, biss die Zähne zusammen und gab nicht einen Laut der Klage von sich.

Doch als ihr Atem sich immer mehr beschleunigte und schließlich zu einem stoßartigen Keuchen wurde, hielt Pater Angelico den Zeitpunkt für eine längere Pause für gekommen. Er zog sie zu einer Stelle, wo das Schilf besonders hoch und dicht stand.

»Lasst uns hier ein paar Minuten ausruhen und wieder zu Kräften kommen«, sagte er, so als sei auch er vom Schlammwaten völlig erschöpft.

Sie nickte und sah dankbar zu ihm auf. »Was meint Ihr, sind wir schon weit genug, um vor ihnen in Sicherheit zu sein?«, stieß sie mit fliegendem Atem hervor.

»Ich weiß es nicht, aber ich bin zuversichtlich, dass sie flussabwärts nach uns suchen.«

Sie schwiegen und lauschten angestrengt zum Ufer hinüber, voller Sorge, von dort jeden Augenblick die Stimmen ihrer Verfolger zu hören und damit zu wissen, dass sie ihnen nicht entkommen waren, sondern noch immer in Todesgefahr schwebten.

Sie standen nahe zusammen, einander halb zugewandt, in leicht geduckter Haltung und in Körperkontakt, wo ihre Schultern einander berührten. Die Kälte setzte ihnen zu, doch sie hatten keine Wahl. Noch durften sie sich nicht aus der Deckung wagen.

Pater Angelico hörte ihren schnellen Atem und spürte, dass sie am ganzen Leib zitterte. Sie versuchte es zu verbergen, aber das gelang ihr nicht. Ihre Zähne schlugen aufeinander, und ihr Atem folgte dem Rhythmus ihres Zitterns.

Er rang kurz mit sich. Dann legte er den Arm um sie und zog sie an sich. »Ihr müsst nur noch ein paar Minuten aushalten, Lucrezia!«, raunte er ihr zu. »Wenn es am Ufer still bleibt und nichts Verdächtiges zu sehen ist, gehen wir an Land.«

Sie gab einen gequälten Seufzer von sich, schmiegte sich an ihn, drückte ihr Gesicht in seine Halskuhle und legte die Arme so fest um seinen Leib, als wollte sie ihn nie wieder freigeben.

Er erschauerte, doch nicht vor Kälte.

Sein Verstand sagte ihm, dass er die Umarmung sofort brechen und Abstand wahren musste. Doch er folgte der vernunftgebietenden inneren Stimme nicht.

Wie hätte er ihr auch folgen können? Sollte er Lucrezia in diesem Moment, da es um Leben und Tod ging und sie wie Espenlaub zitterte, seines Schutzes und Zuspruchs berauben? Eines Zuspruchs, der in dieser angespannten Lage nun einmal nicht allein aus Worten bestehen konnte, sollte er der Angst und körperlichen Erschöpfung entgegenwirken.

Die Minuten, die verstrichen, während sie so eng umschlungen im eisigen Schilf standen, erschienen ihm wie eine Ewigkeit. Und trotz der Lagen nasser Kleidung spürte er ihren jungen, anmutigen Körper auf eine verstörend unmittelbare Art und Weise.

Bis auf das Geräusch des Regens und gelegentliches Donnergrollen, das sich jedoch immer mehr entfernte, blieb es still am Ufer.

Schließlich brach er den Bann, und es bestürzte ihn, wie schwer es ihm fiel, sich von ihr zu lösen. Fast brüsk schob er sie von sich. »Wir können hier nicht länger stehen bleiben, sonst holen wir uns noch den Tod durch Unterkühlung! Wir müssen uns bewegen! Und ich glaube, wir können es wagen, an Land zu gehen. Hätten sie flussaufwärts nach uns gesucht, hätten wir bestimmt längst etwas von ihnen gehört oder gesehen«, sagte er mit belegter Stimme und wich ihrem Blick aus. »Und gottlob zieht das Unwetter weiter. Jedenfalls scheinen wir das Schlimmste hinter uns zu haben!«

»Ich tue, was immer Ihr wollt«, erwiderte Lucrezia, und ihre Worte klangen in seinen Ohren beunruhigend doppeldeutig.

»Dann lasst es uns wagen!«

Mit höchster Wachsamkeit arbeiteten sie sich durch das Schilf zurück ans Ufer. An Land suchten sie Deckung hinter einem Gebüsch und vergewisserten sich mehrere Minuten lang und so gut es ihnen eben möglich war, dass sie das bewaldete Gelände, das vor ihnen lag, gefahrlos durchqueren konnten. Doch erst als sie die Landstraße erreichten, hatten sie das erlösende Gefühl, der tödlichen Gefahr entronnen und in Sicherheit zu sein. Denn dort auf der Straße trafen sie auf Tagelöhner, Bauern, Pilger, fahrendes Volk und florentinische Fuhrleute, die es bei Ausbruch des Unwetters nicht mehr in die Stadt, ins nächste Dorf oder zu ihrem Hof geschafft und deshalb notgedrungen unter den Schirmpinien rechts und links der Straße Schutz gesucht hatten. Dennoch war fast jeder von ihnen bis auf die Haut durchnässt.

Ein florentinischer Fuhrmann erbarmte sich ihrer und nahm sie auf seinem mit Marmorplatten beladenen Wagen mit nach Florenz, was sie davor bewahrte, die Strecke barfuß bewältigen zu müssen. Zumindest Lucrezia wären dann blutige Fußsohlen gewiss gewesen.

Nachdem der freundliche Fuhrmann sie auf der Piazza di Santa Maria Novella abgesetzt hatte, begleitete Pater Angelico Lucrezia hinüber ins Viertel San Pancrazio, wo Piccardas Schwester Antonetta mit dem Gewandschneider Francesco Ubaldo wohnte. Nicht ein Wort fiel, während sie im Nieselregen durch die von den Sturzfluten sauber gespülten Gassen eilten.

»Hier trennen wir uns besser«, sagte er schließlich, als das Wohnhaus und Geschäft des Gewandschneiders nur noch einen Steinwurf entfernt war. »Was da draußen Entsetzliches geschehen ist und Euch beinahe zugestoßen wäre, behaltet Ihr besser für

Euch, Lucrezia. Und seht zu, dass Ihr Euch rasch umzieht und zurück in Euren Palazzo kommt!«

Sie sah ihm in die Augen. »Danke für alles, Angelico. Noch nie habe ich mich so frei, so lebendig und zugleich so beschützt gefühlt wie in den letzten Stunden mit Euch«, flüsterte sie und legte ihm eine Hand an die Wange, durch die sich die weiße Linie seiner Narbe zog.

Es war nur eine kurze Berührung, doch es lagen mehr Zärtlichkeit und Sehnsucht darin, als Worte auszudrücken vermocht hätten. Dann wandte sie sich abrupt um, raffte ihr triefendes Kleid und verschwand um die Hausecke.

Benommen, verstört von dem, was die kurze Berührung in ihm ausgelöst hatte, machte Pater Angelico sich auf den Weg ins Kloster. Und als er dort eintraf, meinte er ihre Hand noch immer auf seiner Haut zu spüren.

40

Von aller Kraft verlassen, sackte Pater Angelico im Fenstererker der *Colombina* auf den freien Stuhl an Scalvettis Tisch. Er trug trockene Sachen am Leib und neue Sandalen an den Füßen, doch die Erschöpfung hatte er nicht mit der regennassen Kleidung ablegen können. Sie war vielmehr erst richtig über ihn gekommen, als Lucrezia in San Pancrazio um die Hausecke verschwunden war und er sich auf den Weg zurück ins Kloster begeben hatte.

Er hatte sich derart zerschlagen und ermattet gefühlt, dass er versucht gewesen war, sich in seiner Zelle aufs Bett zu werfen und bis in den nächsten Morgen durchzuschlafen. Doch es war nicht allein der Schlafmangel der vergangenen Tage, der ihm die

Kraft raubte, sondern ihm setzte auch eine seelische Erschütterung zu, wie er sie noch eine Woche zuvor nicht für möglich gehalten hätte.

Der Commissario ließ den Bratspieß sinken, von dem er gerade mit den Zähnen ein Stück Hammelfleisch gezogen hatte, und bedachte ihn mit einem prüfenden Blick. »Diese graue Gesichtsfarbe und die Schatten unter den Augen stehen Euch nicht sonderlich, wenn Ihr mir die Bemerkung erlaubt. Mein Kerkerknecht Sodino, der wahrlich nicht viel Tageslicht zu sehen bekommt, sieht gesünder aus. Kurzum: die Dummheiten, die Ihr offenbar noch immer treibt, bekommen Euch nicht, Padre.«

»Der Herr liebt Dummköpfe«, erwiderte Pater Angelico müde, winkte Luca heran und ließ sich einen Krug Rotwein bringen. Dann fuhr er an Scalvetti gewandt fort: »Deshalb hat er auch dafür gesorgt, dass mir dieser Corsino Scorpa, auch Serpente genannt, heute Nachmittag einen Beutel Lapislazuli für fünfzig Florin ins Kloster gebracht hat.«

Scalvetti nickte und kaute bedächtig. »Ich habe davon gehört. Gut zu wissen, dass gewisse Druckmittel bei diesem Schurkenpack ihre heilsame Wirkung noch nicht verloren haben. Aber hat der alte Halsabschneider Scorpa Euch auch darum gebeten, ihm die Beichte abzunehmen?«, fragte er.

»Für eine grundlegende Bekehrung zu einem gottgefälligen Leben fehlte ihm wohl noch der rechte Anstoß, Commissario. Aber der Herr gibt keines seiner Schafe verloren.«

»Gewiss, aber für reißende Wölfe ist in seiner Herde doch wohl eher weniger Platz.« Scalvetti gönnte sich noch ein knuspriges Stück Hammelfleisch und fragte dann scheinbar beiläufig: »Hat Corsino Scorpa denn wenigstens versucht, sich Eure fünf Goldstücke zu verdienen?«

»Davon habt Ihr also auch schon gehört.«

Scalvetti lachte trocken und spuckte ein Stück Knorpel neben sich in die Sägespäne, die den Dielenboden der Taverne bedeckten. »Ihr stellt Fragen! Geht morgens die Sonne auf? Ja, *natürlich* habe ich davon gehört!«

Luca brachte den Wein.

Pater Angelico schenkte sich ein und kippte den ersten Becher auf einen Zug hinunter. »Nicht Corsino Scorpa hat sich die fünf Florin verdienen wollen, sondern ein rundgesichtiger Handlanger mit Spitznamen Flauto. Das war übrigens der Ganove, der in der Mordnacht im Torweg Schmiere gestanden und herumgeflötet hat, während seine beiden Komplizen nicht den Hehler Cesare Busini aufgesucht, sondern Movetti ermordet haben.«

Scalvetti zuckte die Achseln. »Was nicht zu ändern ist, trägt man am besten mit Geduld«, sagte er gleichmütig, eine Sentenz von Plautus zitierend.

»Nun ja, wen wundert's. Die meisten Menschen verbringen ihr Leben mit einem schlechten Gewissen und verdorbenem Magen«, konterte Pater Angelico mit einem Ausspruch von Seneca, um dann hinzuzufügen: »Aber wem sage ich das!«

Der Commissario gestattete sich den Anflug eines Lächelns. »Das mit dem verdorbenen Magen kann ich bestätigen. Was jedoch den anderen Teil betrifft, so fehlt es mir an der notwendigen Erfahrung, um dem zustimmen zu können. Aber lasst uns besser wieder auf diesen Flauto zu sprechen kommen. Das ist für uns beide sicherer Boden. Er hat also Kontakt mit Euch aufgenommen.«

Pater Angelico nickte und füllte seinen Becher. »Ich habe mich zur vierten Nachmittagsstunde in einem Olivenhain in der Nähe von Legnaja mit ihm getroffen, gerade als das schwere Unwetter losbrach.«

Erwartungsvoll beugte der Commissario sich vor. »Und? Was für ein erhellendes Lied hat der Flötenmann Euch geflötet? Hat er den Hintermann preisgegeben, sofern er denn existiert?«

»Der existiert, und Flauto hätte ihn wohl ohne jeden Zweifel verraten, doch bedauerlicherweise ist er mitten in seiner Geschichte an seinem eigenen Blut erstickt«, antwortete Pater Angelico und schilderte, was sich in dem Olivenhain ereignet hatte. Lucrezia erwähnte er selbstverständlich mit keinem Wort.

»Zum Henker, das ist ärgerlich!«, sagte Scalvetti, nachdem Pater Angelico ihn ins Bild gesetzt hatte. »Kein Wunder, dass Ihr ausseht wie durch den Fleischwolf gedreht! Geschieht Euch recht. Warum habt Ihr mich auch nicht zu Rate gezogen? Dann hätte ich mit meinen Schergen dafür gesorgt, dass Euer Leben nicht in Gefahr gewesen *und* keiner von dem Gesindel entkommen wäre!«

»Dafür war einfach nicht mehr genug Zeit«, verteidigte sich Pater Angelico, wohl wissend, wie lahm seine Ausrede klang. »Ich musste mich sofort auf den Weg machen!«

Scalvetti verzog das Gesicht und winkte ab. »Ihr habt es selber übers Knie brechen wollen. Ihr seid wahrlich aus einem ganz besonderen Lehm gebacken, Padre!«

»Gebt acht, dass Ihr nicht zu freigebig mit Komplimenten um Euch werft, sonst gewöhne ich mich noch daran!«

Scalvetti überhörte es mit stoischer Miene. »Jeder schadet sich durch seine eigene Dummheit am meisten. Ihr könnt unserem Herrgott auf Knien dafür danken, dass Ihr mit heiler Haut davongekommen seid! Gebt Euch aber ja nicht dem Trugschluss hin, dass Ihr das Eurer Gescheitheit oder sonst einer besonderen Fähigkeit verdankt. Denn dass Ihr noch am Leben seid, verdankt Ihr einem Fehler der Schurken, die Euch in dem Hain aufgelauert haben.«

»Und welcher Fehler soll das gewesen sein?«

»Dass sie den ersten Armbrustbolzen nicht Euch in den Leib gejagt, sondern an diesen Flauto vergeudet haben. Hätte ich dort im Hinterhalt gelegen, ich hätte zuerst Euch erledigt!«, erklärte der Commissario unverblümt. »Mit dem Verräter hätte ich danach abgerechnet. Selbst wenn er entkommen wäre, wäre der Schaden überschaubar und beherrschbar gewesen. Denn mit Eurem Tod hätte der Kerl erst einmal keinen gehabt, bei dem er sein Wissen hätte vergolden können.«

Pater Angelico zog es den Magen zusammen, als ihm bewusst wurde, wie richtig Scalvetti mit seiner Einschätzung lag. Er verdankte sein Entkommen in der Tat einem Fehler, der Movettis Mördern unterlaufen war.

»Wie gut, dass ich nicht Euch in Legnaja zum Todfeind hatte«, murmelte er mit einem schiefen Grinsen, nahm einen kräftigen Schluck Wein und lenkte dann schnell von sich ab, indem er auf das zu sprechen kam, was er mit dem Commissario bereden wollte und weswegen er überhaupt gekommen war. »Wenn Flauto auch keine Gelegenheit mehr hatte, den Hintermann zu verraten, so hat er doch zwei Informationen geliefert, die uns weiterhelfen können, den Unbekannten zu entlarven.«

»Wie erfrischend, dass Ihr nun wieder von ›uns‹ redet, Padre«, sagte Scalvetti mit beißendem Spott.

»Sagt mir, wenn ich mir meinen Atem besser sparen und wieder gehen soll!«

Der Commissario schenkte ihm einen kühlen Blick. »Seid unbesorgt, das würde ich tun, wenn ich es für angebracht hielte. Und es bedürfte dazu keiner Aufforderung von Euch. Nun aber zu den beiden neuen Informationen. Wir wissen jetzt also, dass einer von Movettis Mördern Vito heißt, was jedoch hier wie auch anderswo alles andere als ein seltener Name ist.«

»Aber dieser Vito ist ein Kahlkopf und hat einen Buckel, was den Kreis der in Frage kommenden Schurken doch sehr einengt«, sagte Pater Angelico. »Zudem wissen wir, dass er nicht nach Scorpas Musik, sondern nach einer ›edleren Pfeife‹ tanzt, wie Flauto sich ausgedrückt hat.«

Scalvetti nickte. »Damit lässt sich in der Tat etwas anfangen. Er könnte den Edelmann Rufino de' Valori gemeint haben, womöglich auch Armando Garzini. Denn für einen miesen kleinen Handlanger gehört jemand wie Garzini, der ein großes Gut verwaltet und ein stattliches Haus in Florenz besitzt, sicherlich schon zu den edlen Pfeifen.«

»So sehe ich es auch. Aber wir sollten auch Jacopo Calandro und seinen Bruder Gino nicht vergessen!«

Verblüfft sah der Commissario ihn an. »Seit wann zählt Ihr denn den Wahlmann und seinen Bruder, diesen besseren Kistenhändler, zu Eurem Kreis der Verdächtigen?«

»Das letzte, halb ausgesprochene Wort, das Flauto noch herausgebracht hat, lautete ›unan…‹, und das hat mir zu denken gegeben«, sagte Pater Angelico.

»So fangen aber viele Worte an, *unanständig* beispielsweise, *unansehnlich, unangemessen* …«

»Aber auch *unangreifbar* und *unantastbar*«, warf Pater Angelico ein. »Und im Gegensatz zu Euren Beispielen passen *unangreifbar* und *unantastbar* ausgesprochen gut und sinnvoll in den Zusammenhang des Satzes, den Flauto nicht mehr beenden konnte. Ist denn ein Wahlmann nicht in gewisser Weise unantastbar und unangreifbar, zumindest für einen gewöhnlichen Florentiner?«

Scalvetti wiegte unschlüssig den Kopf und zog die Unterlippe zwischen die Zähne. »Da ist schon etwas dran. Aber wo sollte es da einen Zusammenhang geben? Welchen Grund sollte ein erfolgreicher Geschäftsmann, Mitglied der Accoppiatori und Freund des Hauses Medici haben, seinen Schwager, einen Speziale, umbringen und es dann wie Selbstmord aussehen zu lassen?«

Pater Angelico zuckte die Achseln. »Ich weiß es nicht, wie ich auch nicht weiß, ob es überhaupt einen Zusammenhang gibt. Aber Movetti wollte wohl hoch hinaus, spekulierte auf ein prestigeträchtiges Staatsamt, und Jacopo Calandro hatte ihm offenbar versprochen, ihm zur Wahl in die Priorenschaft zu verhelfen.«

Der Commissario lachte grimmig. »Und? Was soll daran ungewöhnlich sein und als Motiv für einen Mord taugen? Wir wissen doch alle, nach welchen Kriterien viele unserer wichtigsten Ämter vergeben werden. Und wie Ihr mir selbst erzählt habt, hat Jacopo Calandro gar keinen Hehl daraus gemacht, dass er Movetti einige Amtszeiten in der Priorenschaft verschaffen wollte. Wo also soll das Motiv liegen?«

Darauf wusste Pater Angelico keine Antwort. Er schwieg einen langen Augenblick, stierte müde in seinen Becher und zuckte schließlich die Achseln. »Ich sage ja gar nicht, dass er hinter dem Verbrechen steckt, sondern nur, dass Flautos unvollendeter Satz ebenso gut auf ihn wie auch auf Rufino de' Valori und Armando Garzini zutreffen könnte. Teufel auch, vielleicht ist es ja keiner von ihnen, sondern irgendein Unbekannter!«

»Ihr seht erledigt aus, Pater. Lasst es gut sein und geht schlafen«, riet Scalvetti ihm in ungewöhnlich sanftem Ton. »Ihr seid besser damit beraten, Euch um die Fertigstellung des Tafelbildes für Seine Magnifizenz zu kümmern, wo Ihr nun endlich die Lapislazuli für das Ultramarin erhalten habt. Überlasst die Aufklärung des Verbrechens mir. Ich werde meine Leute nach diesem buckligen Vito suchen lassen und nicht nur Rufino de' Valori und den Gutsverwalter unter die Lupe, sondern auch Jacopo Calandro ins Visier nehmen, Ihr habt mein Wort! Und lasst Euer Geld stecken, Padre! Der Wein geht auf mich. Ich habe bei Euch noch einiges gutzumachen.«

»Dann will ich Euch danken und zugleich hoffen, dass Eure Wiedergutmachung mehr umfasst als nur einen Krug Wein«, bemühte sich Pater Angelico zu scherzen und machte sich auf den Weg zurück ins Kloster. Die Gedanken, die ihn dabei umtrieben, waren so dunkel wie die engen, finsteren Gassen, durch die er kam.

41

Schon bei den ersten Tönen der Handglocke, mit der Bruder Agnolo den Konvent mitten in der Nacht zum Chorgebet der Vigil rief, schlug Pater Angelico die kratzige Wolldecke zurück, richtete sich auf, schwang die Beine über den Rand des Bettes und bekreuzigte sich. Das alles geschah in einer einzigen fließenden Bewegung. Es war ein jahrelang antrainierter Reflex, mit dem sein Körper selbst in tiefstem Schlaf noch auf den hellen Klang reagierte. Erst als die Glockenschläge den Gang heraufkamen, an dem seine Zelle lag, und zu durchdringendem Geläut anschwollen, erwachte er wirklich.

Er streckte sich unter lautem Gähnen, fuhr in die Sandalen und griff im Dunkeln nach seinem Habit. Alle Bewegungen folgten einer tausendfach eingehaltenen, zur zweiten Natur gewordenen Reihenfolge, die kein bewusstes Denken mehr erforderte. Es hätte auch die Routine eines seit Jahren Blinden sein können.

San Marco erwachte im Rhythmus der Glockenschläge zu mitternächtlichem Leben. Die vertraute und doch immer wieder anders zusammengesetzte Kakophonie aus herzhaftem Gähnen, schmerzerfülltem Ächzen und Stöhnen sowie lautem Rotzen, Husten und Furzen drang aus den Zellen. Es war ein höchst eigenwilliger Chor, bei dem viele den gemeinsamen Einsatz verpassten und mit ihren Geräuschen verspätet zu den anderen stießen. Ihm folgten übergangslos das Rascheln von Gewändern, das Knarzen und Klappern von Türen und das Schlappen von Ledersandalen über den Steinboden.

Pater Angelico ging zur Tür, öffnete sie und wäre, als er auf den Korridor hinaustreten wollte, fast mit Bruder Ormanno zusammengeprallt. Der *portarius,* ein Ordensbruder von kräftiger Statur und sanftem Wesen, versperrte ihm den Weg, stand mitten in der Tür zu seiner Zelle. Er hielt in der linken Hand die Sturmlaterne, die er bei seinen nächtlichen Rundgängen stets mit sich führte, und in der rechten eine kleine Ölleuchte. Und irgendetwas hatte er sich unter den linken Arm geklemmt.

»Hier, nehmt!«, sagte der Bruder Pförtner leise, das Schweigegebot brechend, und streckte ihm die Öllampe hin.

Pater Angelico trat einen Schritt zurück und wusste sofort, dass dies nicht Gutes zu bedeuten hatte. Bruder Ormanno war ein frommer Mann, der das Schweigegebot nicht leichtfertig brach, sondern sich nur dann über die Ordensregel hinwegsetzte, wenn die Situation es unumgänglich machte.

»Was soll ich mit der Leuchte, Bruder Ormanno?«, raunte er, nahm sie ihm aber ab.

»Der Bote hat gesagt, dass Ihr ein Licht brauchen werdet und dass es von höchster Dringlichkeit sei!«

»Welcher Bote?«

Der Portarius zuckte die breiten Schultern. »Ein Fremder mit einem Buckel. Er kam im Auftrag seines Herrn Marsilio Petrucci und brachte das hier!« Damit reichte er ihm das kleine, in Leinen eingeschlagene und mit einer einfachen Schnur umwickelte Päckchen, das unter seinem Arm geklemmt hatte.

Pater Angelico stellten sich die Nackenhaare auf. Marsilio Petrucci hatte keinen Mann in seinen Diensten, der einen Buckel hatte und auf den Namen Vito hörte! Dass der Mörder von Movetti, der womöglich auch Flauto auf dem Gewissen hatte, sich dieser Lüge bedient hatte, erschreckte ihn und ließ ihn furchtbares Unheil ahnen.

»Wenn der Mann nicht einen heiligen Eid geschworen hätte, dass das Seelenheil seines Herrn Petrucci, eines Wohltäters unseres Klosters, auf dem Spiel steht, wenn Ihr dieses Päckchen und seine Botschaft nicht genau zu dieser Stunde erhaltet«, fuhr Bruder Ormanno mit gedämpfter Stimme fort, während hinter ihm ihre Mitbrüder über den schwach erleuchteten Flur eilten, »ich hätte ihm niemals mein Wort gegeben, damit beim Läuten zur Vigil vor Eurer Zellentür zu stehen, der Herr ist mein Zeuge!«

Mit mühsam beherrschter Miene nahm Pater Angelico ihm das Päckchen ab. »Schon gut, Bruder Ormanno! Macht Euch deswegen keine Vorwürfe. Ihr habt recht gehandelt«, versicherte er.

»Dem Himmel sei Dank«, seufzte der Portarius erleichtert und entfernte sich.

Pater Angelico schob mit dem Fuß die Tür zu, setzte sich an seinen Tisch unter dem kleinen Zellenfenster, stellte das Öllicht ab und löste mit zitternden Fingern den Knoten der Schnur. Unter dem Leintuch kam ein schmuckloses Holzkästchen aus billigem Holz zum Vorschein, in etwa so lang und so breit wie eine Hand.

Das Herz schlug ihm bis zum Hals, als er den Deckel öffnete. Obenauf lag ein mehrfach gefalteter Zettel. Seine Hände zitterten, als er das Papier auseinanderfaltete und ins Licht der Öllampe hielt. Die Nachricht war kurz, in bester Handschrift abgefasst und grauenvoll:

Kommt zur Ponte alle Grazie! Allein! Folgt dort dem Dienstmann mit der leeren Augenhöhle. Spart Euch Fragen & Bestechungsversuche. Der Mann ist stumm und weiß nichts. Ihr habt zehn Minuten, um zum obigen Treffpunkt zu kommen. Verspätet Ihr Euch oder kommt Ihr nicht, fällt alle zehn Minuten ein weiterer Finger. Nach einer halben Stunde die erste Hand. Solltet Ihr Hilfe bei Tiberio Scalvetti oder anderswo suchen, wird ihr die Kehle durchgeschnitten, und ihr Blut wird auf Euch kommen!

Der Zettel entglitt seiner Hand. Und noch bevor er den schmutzigen, blutgetränkten Lappen zurückgeschlagen hatte, wusste er schon, was er in dem Kästchen finden würde.

Dennoch entrang sich seiner Kehle ein entsetzter Aufschrei, den er schnell mit der Hand erstickte, als das Licht der Leuchte auf einen schlanken Finger mit blutig zerquetschtem Nagel fiel.

An diesem abgehackten Finger steckte ein Goldring mit einem herzförmigen Rubin, eingefasst von zwei filigranen Händen, die aus dem Ring hervorwuchsen und ihn hielten.

Lucrezias Erbstück!

Er würgte und verspürte das heftige Verlangen, sich zu erbrechen. Doch er kämpfte dagegen an und hielt sich an der Tischkante fest. Dann fiel sein Blick wieder auf den Zettel.

Zehn Minuten.

Die Zeit lief!

In zehn Minuten würde Lucrezia den zweiten Finger verlieren, wenn er nicht pünktlich an der Brücke eintraf.

Mit einem Ruck sprang er auf und stieß den Stuhl um. Es kümmerte ihn nicht. Er riss seinen schwarzen Umhang vom Haken, warf ihn sich um die Schultern und stürzte aus der Zelle. Und so, wie ihn das Poltern seines Stuhls nicht gekümmert hatte, gab er auch nichts auf die teils verblüfften, teils empörten Blicke seiner Mitbrüder, als er in höchster unziemlicher Hast und geradezu unverzeihlicher Rücksichtslosigkeit den Gang entlangstürmte. Kurz vor der breiten Steintreppe, die hinunter ins Erdgeschoss führte, traf er auf Bruder Bartolo. Der Novize sah ihm an, dass etwas Dramatisches vorgefallen war. Er warf ihm einen bestürzten, fragenden Blick zu und schaffte es, sich noch vor dem ersten Treppenabsatz an seine Seite zu bringen.

»Beim Blute Christi, wage es nicht, mir zu folgen!«, zischte Pater Angelico und hastete weiter, die Stufen hinunter. Augenblicke später stürzte er hinaus auf die Piazza.

Die Nacht war kühl und feucht. Die schmale Mondsichel, die über Florenz stand, spendete nur wenig Licht, und das wenige wurde auch noch immer wieder von den Wolken geschluckt, die über den Himmel zogen. Hier und da trieben Nebelschleier durch die engen Häuserschluchten. In ihrem Schutz gingen Ratten und anderes Getier auf nächtlichen Raubzug.

Was habe ich nur getan? Welch entsetzliche Schuld habe ich auf mich geladen, schoss es ihm immer wieder durch den Kopf, während er wie von Furien gehetzt durch die ausgestorbenen Gassen in Richtung Fluss rannte. Dabei verschwendete er nicht einen Gedanken daran, wie es den Verbrechern gelungen war, Lucrezia in ihre Gewalt zu bekommen. Auch hielt er sich nicht damit auf, sich zu fragen, woher sie überhaupt wussten, dass zwischen ihnen eine besondere Beziehung bestand. Nichts davon war im Augenblick von Bedeutung, weil es nichts an der grauenvollen Tatsache ihrer Entführung und Verstümmelung änderte. Sein ganzes Sinnen und Trachten galt jetzt allein ihrer Rettung, koste es, was es wolle!

Er betete unablässig um göttlichen Beistand und wiederholte die Beschwörungen, die er mit gequälter Inbrunst an den Allmächtigen richtete, wie eine Litanei.

»Barmherziger, ewiger Gott, hilf und bewahre Lucrezia vor noch mehr Angst, Schmerzen und Verderben … Barmherziger, ewiger Gott, hilf und lass sie nicht für meine Sünden büßen … Barmherziger, ewiger Gott, hilf und erhöre mein Flehen, damit das Böse nicht über die Unschuld triumphiert … Barmherziger, ewiger Gott, hilf und lass nicht zu, dass Lucrezia mit ihrem Blut und ihrem Leben für meine Verfehlungen zahlen muss … Barmherziger, ewiger Gott, hilf …«

Sein Herz raste, und der kalte Schweiß der Angst und der Anstrengung rann ihm über das Gesicht, als er aus der Via de Neri gerannt kam und rechts in die Via del Fosso einbog.

Jetzt lag die Ponte alle Grazie vor ihm!

Nebel trieb in milchigen Schleiern über den tintenschwarzen Fluten und hing zwischen den Brückenbögen, die wie steinerne Rachen aus dem Fluss aufragten.

Und dort, rechts am Brückengeländer, stand ein Dienstmann, gestützt auf einen kräftigen Stock und neben sich auf dem Brückengeländer eine Sturmlaterne. Nur ein schwaches Licht drang von der Laterne in die Nacht.

Pater Angelico lief auf den Mann zu. Hatte er die Frist von zehn Minuten eingehalten? Er wusste es nicht. Ihm war, als hätte er eine halbe Ewigkeit gebraucht, um von San Marco an den Fluss zu gelangen. Sein Verstand sagte ihm allerdings, dass er unmöglich viel länger als die vorgegebenen zehn Minuten gebraucht haben konnte.

Der Mann blickte in seine Richtung, griff zur Lampe und schob die seitlichen Blenden weiter auf, worauf der herausdringende Lichtschein heller wurde. Dann packte er die Laterne am runden Eisengriff und hielt sie in die Höhe.

Mit keuchendem Atem blieb Pater Angelico vor ihm stehen. Er blickte in ein schauriges, ausgezehrtes Gesicht, das nicht nur von der leeren linken Augenhöhle entstellt, sondern auch von einer hässlichen Hautflechte befallen war.

»Wo ist Lucrezia?«, stieß er wider besseres Wissen hervor, elend vor Sorge um sie.

Der Mann machte eine verständnislose Miene, schüttelte den Kopf und stieß einen unverständlichen Laut aus. Dann stiefelte er los, die Brücke hinauf, und bedeutete ihm mit seinem knorrigen Gehstock, dass er ihm folgen sollte.

»Ja, bring mich zu ihr, guter Mann«, keuchte Pater Angelico. »Ich bin so schnell gekommen, wie es mir möglich war! Länger als die erlaubten zehn Minuten wird es nicht gedauert haben.«

Der einäugige Stumme zeigte keinerlei Reaktion. Mit erstaunlich zügigem Schritt überquerte er die Brücke und führte ihn auf der anderen Seite durch die graue Via dei Bardi.

Erst schien es Pater Angelico, als wolle der Mann mit ihm in das abgelegene Viertel zwischen der Porta San Miniato und der Porta San Niccolò, das sich im Südosten von Oltrarno als schmaler Keil zwischen Fluss und Stadtmauer behauptete.

Doch plötzlich schlug der Fremde einen scharfen Haken und führte ihn in die entgegengesetzte Richtung. Sie kreuzten die Via la Costa und gelangten in ansteigendes, unübersichtliches Gelände, das nicht mit dichtstehenden Backsteinblöcken aus mehrstöckigen Wohnhäusern bebaut war. Zwar stieß man auch hier auf Häuser und Werkstätten, die sich um einen einstigen Hof oder Wohnturm herum oder entlang eines noch ungepflasterten Wegs gruppiert hatten. Aber mit seinen vielen kleinen Obsthainen, Gemüsegärten, Weinbergen, winzigen landwirtschaftlichen Betrieben und den vielen brachliegenden Parzellen besaß dieser Teil von Florenz einen fast ländlichen Charakter.

Pater Angelicos Unruhe wuchs. Er machte sich keine falschen Hoffnungen. Sein Leben war keinen Picciolo mehr wert. Von Movettis Mördern hatte er kein Erbarmen zu erwarten. Sie wollten ihn in ihre Gewalt bekommen, und das sicher nicht, weil sie es nicht erwarten konnten, sich mit ihm zu einem Plauderstündchen zu treffen. Er war ihnen mit seiner Beharrlichkeit, das Verbrechen an dem Speziale aufzuklären, wohl zu gefährlich geworden, und nun wollten sie ihn ein für alle Mal aus dem Weg wissen. Das bedeutete, dass er den nächsten Sonnenaufgang wohl nicht mehr erleben würde.

Mit diesem bitteren Schicksal konnte er sich abfinden, wenn es ihm nur gelang, Lucrezia vor dem Tod zu bewahren. Wenn er sein Leben hingeben musste, um ihres zu retten, dann war das nur gerecht. Denn es war seine Schuld, dass sie entführt und verstümmelt worden war und nun den Tod vor Augen hatte. Es machte keinen Unterschied, ob er sie bewusst in diese Lage gebracht hatte oder aus Ahnungslosigkeit. So oder so durfte Lucrezia nicht für etwas büßen, das allein er zu verantworten hatte!

Kurz hinter einem kleinen Weinberg, der gerade mal aus sechs

Reihen Rebstöcken auf einem Stückchen Hügelhang bestand, blieb der einäugige Stumme plötzlich stehen und sah sich scheinbar irritiert um.

Der Weg gabelte sich. Nach links führte eine breite, ausgefahrene Straße an einer Ruine vorbei, die von wildem Gesträuch überwuchert war, und verlor sich in der Finsternis bei einer Ansammlung niedriger Häuser. Dort hinten zeichneten sich auch die kantigen Umrisse eines einstigen adeligen Wohnturms ab, von dem, wie bei den meisten seiner Art, nur der untere Teil, der Stumpf, die Zeiten überdauert hatte. Zur Rechten schlängelte sich der Weg abwärts und an einer gut mannshohen Mauer vorbei. Gegenüber der Mauer lag ein Obsthain, der fast bis an die Straße heranreichte. Der Dienstmann zögerte, zog die Unterlippe zwischen die zahnlosen Kiefer und starrte angestrengt nach rechts den Hohlweg hinunter, der sich zwischen der hohen Backsteinmauer und der nicht weniger finsteren Wand aus Bäumen hindurchzwängte.

Panik wallte in Pater Angelico auf. Hatte der Mann vergessen, wohin er ihn führen sollte? Er packte ihn mit hartem Griff an der Schulter. »Ich flehe Euch an, entsinnt Euch, wohin Ihr mich bringen müsst!«, beschwor er ihn. »Um der Liebe unseres Erlösers …«

Alarmiert brach er ab, als er hinter sich ein sirrendes und blitzschnell anschwellendes Geräusch vernahm, das er wenige Nächte zuvor schon einmal gehört hatte, nämlich kurz bevor ihn in jenem Hinterhof des Borgo Tintori das Geschoss einer Schleuder getroffen und ihm das Bewusstsein geraubt hatte. Es kam aus der Richtung der überwucherten Ruine, der er den Rücken zugekehrt hatte.

Sein stummer Führer war ganz und gar nicht unschlüssig gewesen, welchen Weg er an dieser Gabelung einschlagen sollte! Dass er an dieser Stelle stehen geblieben war und seinen Blick auf den Hohlweg zwischen Mauer und Obsthain gelenkt hatte, war genau so abgesprochen gewesen!

Und noch während Pater Angelico die Muskeln anspannte, um sich mit einem Sprung zur Seite aus der Bahn der heranfliegenden Eisenkugel zu bringen, wusste er, dass es dazu schon zu spät war.

Barmherziger, ewiger …

Das Geschoss traf ihn am Hinterkopf. Ihm war, als explodiere vor seinen Augen etwas Blendendes, das sich in Bruchteilen von Sekunden in totale Schwärze verwandelte. Der bewusste Gedanke riss ab wie ein durchtrennter Faden. Und die schwarze Grube, die sich unter ihm aufgetan hatte, verschluckte ihn.

Purgatorium
II.

Florenz im November 1489

Der wütende Schmerz, dessen glutheiße, immer kräftiger sprudelnde Quelle in den Schultergelenken saß, drohte Pater Angelico das Bewusstsein zu rauben. Schwarze Flecken wie Fetzen zerrissenen Stoffs tanzten vor seinen Augen und verdunkelten sekundenlang seine Sicht, als stünden die Pechfackeln kurz vorm Verlöschen. Alle Konturen schienen sich auflösen und ineinander verschwimmen zu wollen, so dass er Mühe hatte, den buckligen Vito und seinen Herrn, den ehrenwerten Wahlmann Jacopo Calandro, scharf in den Blick zu bekommen.

»Ich verstehe nicht, warum Ihr den Tapferen spielen wollt, Angelico. Ihr wisst doch so gut wie ich, dass auf Dauer niemand der Tortur des Strappado gewachsen ist. Warum tut Ihr Euch diese sinnlose Qual an, statt endlich zu sagen, wo Ihr Movettis Libro segreto versteckt habt?« Calandro legte eine kurze Pause ein, bevor er fortfuhr: »Denn dass Ihr es in Euren Besitz gebracht habt, weiß ich. Es hilft Euch nichts, dies abzustreiten.«

»Ihr irrt!«, stieß Pater Angelico hervor. »Ich habe es nicht, und auch Commissario Scalvetti hat es nicht gefunden.«

Jacopo Calandro lachte trocken. »Eine hübsche Mär, die aber nicht verfängt. Es war eben dumm von Euch, meiner schwatzsüchtigen Schwägerin Lucia anzuvertrauen, dass Ihr Euch Movettis Libro segreto vorgenommen habt. Dass Ihr es zu entschlüsseln wisst, anhand der Einträge so allerhand zu beweisen gedenkt und die Familie vom Makel väterlichen Selbstmords reinwaschen werdet.«

»Aber das habe ich so nie gesagt«, schrie Pater Angelico verzweifelt. »Was Ihr da von Lucia gehört habt, ist das, was sie sich wünscht, weiter nichts! Ich habe ihr nur versprochen, dass ich nach dem Rechnungsbuch suchen und, falls es gefunden wird, die …«

»Genug! Mir reicht es, Mönch!«, fiel Jacopo Calandro ihm herrisch ins Wort. »Ich habe nicht vor, mir die ganze Nacht Eure Lügen anzuhören. Ich hatte gehofft, Ihr würdet schneller zur Vernunft kommen. Aber wenn es Euer Wille ist herauszufinden, wie viel Tortur Ihr ertragen könnt, bevor Ihr zu einem Häufchen wimmernden Elends werdet und ausspuckt, was ich wissen will, so sollt Ihr ihn bekommen.«

Vito Malfatto grinste in sichtlicher Vorfreude darauf, ihn endlich nach allen Regeln des Strappado quälen zu können. »Recht so, Herr! Lassen wir ihn einen Blick in die Hölle werfen.«

Jacopo machte eine knappe, gebieterische Geste. »Los, häng dich ans Seil! Diesmal will ich ihn ganz oben hängen sehen, bevor du ihn fallen lässt!«

»Mit größtem Vergnügen, Herr!«

»Beim Blute Christi, ich weiß nicht, wo Movettis geheimes Rechnungsbuch ist«, schrie Pater Angelico, von würgendem Entsetzen gepackt. »Ich schwöre es Euch, bei meiner Seele!«

»Zum Teufel mit Euren Schwüren und zum Teufel mit Eurer Seele, Angelico! Ihr werdet jetzt ernten, was Ihr mit Euren Zweifeln gesät habt! Hättet Ihr Movettis Tod auf sich beruhen lassen, hättet Ihr Selbstmord Selbstmord sein lassen, dann hätte niemand etwas auf sein Libro segreto gegeben, und ich hätte keinen Grund gehabt, das Feuer, das Ihr in Eurem einfältigen Eifer entfacht habt, auszuschlagen«, hielt Calandro ihm zornig vor. »Dann wäre keiner zu Schaden gekommen, auch Ihr nicht. Aber Ihr konntet das Schnüffeln ja nicht lassen, also werdet Ihr jetzt den Preis dafür bezahlen.«

»Und wenn Ihr mir den letzten Atemzug aus dem Leib foltert, Ihr werdet nichts damit erreichen«, keuchte Pater Angelico. »Vielmehr wird mein Tod Euer Untergang sein. Scalvetti wird die Blutspur aufnehmen und Euch früher oder später entlarven. Selbst wenn Ihr meine Leiche irgendwo verscharrt …«

Der Wahlmann sprang vor und schlug ihm mit dem Handrücken ins Gesicht. »Ich habe genug von Eurem leeren Geschwätz!«, fauchte er. »Jetzt lassen wir den Strappado sprechen.« Er trat zurück. »Hoch mit ihm, Malfatto!«

Der bucklige Vito ergriff das Seil so weit oben, wie er es, auf Zehenspitzen stehend, mit hochgestreckten Armen gerade noch zu fassen bekam, riss die Arme herunter und ließ sich dabei noch nach hinten fallen, um möglichst viel Kraft in den ersten Seilzug zu legen.

Sein Schrei gellte durch das Gewölbe, als Pater Angelico in die Höhe gerissen wurde. Glühende Messer bohrten sich von den Oberarmen aus in seinen Körper. In seinem Schrei ging das kurze, knallende Geräusch, das von den hölzernen Rollen des Seilzugs unter der Decke kam, unter.

Im nächsten Augenblick war der Schmerz schon nicht mehr ganz so mörderisch.

Er fiel.

Hart schlug er auf dem feuchten Boden des Gewölbes auf. Und der Teil des gerissenen Seils, der mit seinen auf den Rücken gefesselten Armen verbunden war, fiel auf ihn herab.

Mit dümmlicher Miene starrte Vito Malfatto auf das andere Stück Seil, dessen eines Ende er in den Händen hielt und dessen Rest ihm vor die kniehohen Stiefel gefallen war.

»Das darf doch nicht wahr sein! Du verdammter Trottel! Wie konnte das Seil reißen?«, tobte Jacopo Calandro, außer sich vor Wut. »Hast du dich nicht vergewissert, ob hier alles funktioniert?«

»Doch, Herr … doch, das … das habe ich«, stammelte der

Bucklige, bestürzt angesichts des Missgeschicks, das er zu verantworten hatte.

»Ich habe dir doch aufgetragen, ein neues Seil ins Kellergewölbe zu tragen. Erzähl mir nicht, dass das hier das neue Seil ist!«

»Nein … ich dachte, das vorhandene wäre ganz in Ordnung, deshalb …«

»Wo hast du das neue gelassen?«

»Herr, ich …«

»Wo? Ist es hier im Gewölbe? Ja oder nein?«

»Nein, Herr«, gestand Vito Malfatto mit kläglicher Stimme. »Es liegt im Geräteschuppen der Ziegelei.«

»Du verdammter buckliger Idiot, ich sollte dich abstechen wie ein Schwein!«, schrie Jacopo und riss sein Kurzschwert aus der Scheide, als wollte er seine Drohung tatsächlich wahr machen.

Erschrocken wich der Bucklige zurück.

Indessen lag Pater Angelico auf der Seite und lächelte in die Wasserpfütze vor seiner Nase. Es war ein Lächeln der Erlösung, das mit dem, was sich zwischen seinen Peinigern abspielte, nichts zu tun hatte. Befreit von dem qualvollen Seilzug, konnten seine Arme und Schultern sich einen Augenblick erholen, sank der Schmerz auf ein erträgliches Maß. Er kostete jede Sekunde aus, denn er wusste, dass diese Gnadenfrist kurz sein würde.

Über ihm ging der erregte Wortwechsel weiter.

»Herr, verzeiht mir den Fehler«, stieß Vito Malfatto unterwürfig hervor und beugte sogar den Kopf, als sei er bereit, den Streich hinzunehmen. »Habe ich Euch denn nicht immer treu gedient und alles getan, was Ihr von mir verlangt habt?«

»Dafür bist du bestens entlohnt worden!«

»Gewiss, aber wäre es mir nicht gelungen, diese habgierige Bedienstete Camilla zu bestechen und sie dazu zu bringen, ihre Herrin …«

»Seibere mir nicht die Ohren damit voll, welche Heldentaten

du für mich vollbracht hast! Du hast großen Mist gebaut«, schnitt Jacopo ihm das Wort ab, rammte die Klinge jedoch zurück in die Scheide. »Darüber werde ich später noch ein Wort mit dir reden, darauf kannst du dich verlassen!«

»Ja, Herr«, murmelte der Bucklige erleichtert und lenkte hastig von sich ab, indem er fragte: »Und wie machen wir jetzt mit dem Betbruder weiter?«

»Hol den Stuhl von dort drüben und stell ihn hier vor die Wand«, befahl ihm Jacopo. »Und dann darfst du dem Mönch auf die Beine und auf den Stuhl helfen.«

Pater Angelico holte mehrmals tief Luft und wappnete sich. Was immer Jacopo Calandro mit ihm vorhatte, es würde ihn auch ohne den Strappado in eine dunkle Welt qualvoller Schmerzen stürzen, dessen war er gewiss.

Augenblicke später packte Vito Malfatto ihn – kochend vor Wut über seine Blamage und darüber, dass er sich von seinem Herrn Trottel hatte schimpfen lassen müssen – mit beiden Händen vorn am Habit, krallte sich förmlich in sein Gewand, riss ihn vom Boden hoch – und legte einmal mehr zu viel Kraft in diesen Ruck.

Kaum stand Pater Angelico halbwegs aufrecht auf den Beinen, als der Stoff von Habit und Untergewand riss. Den Buckligen kümmerte es nicht. Er packte nur noch fester zu, schleifte ihn über den Boden, zerrte ihn brutal zur Wand hinüber und stieß ihn dort auf den harten Holzstuhl. Dabei löste sich ein langer Fetzen Stoff aus der Soutane wie auch dem Untergewand und fiel ihm in den Schoß, so dass er mit halb entblößter Brust dasaß.

Der Bucklige sah den kleinen Lederbeutel, den er an einer Lederschnur um den Hals trug. Sofort griff er danach und riss ihm den Beutel weg.

»Sieh nach, was drin ist«, sagte Jacopo.

Vito Malfatto machte sich nicht die Mühe, die Kordel aufzuknoten; er zog sein Messer und schnitt sie durch. Dann kippte er den Inhalt des Beutels in seine Hand. »Scheint leer zu sein. Nein, hier ist doch was! Sieht nach einem Schlüssel aus.« Er hielt den kleinen Metallstreifen in die Höhe, der etwa daumenlang und so schmal wie eine Picciolo-Münze war und an einem Ende auf beiden Seiten unterschiedlich geformte Auszackungen aufwies.

»Gib her!«

Jacopo drehte den Schlüssel zwischen den Fingern. Dann hob er den Kopf und lächelte Pater Angelico triumphierend an. »Mir scheint, wir haben den Sesam-öffne-dich gefunden, nicht wahr? Was sonst könnte einen frommen Mann wie Euch dazu bringen, einen solch seltsamen Schlüssel am Leib zu tragen? Das lässt doch darauf schließen, dass es in Eurem Besitz etwas gibt, das Ihr selbst im Kloster unter Verschluss wissen wollt. Nun denn, bringt es hinter Euch. Zu welchem geheimen Versteck gehört dieser Schlüssel?«, fragte er und trat nahe an Pater Angelico heran. »Ich rate Euch noch einmal: Macht es Euch nicht unnötig schwer. Früher oder später werdet Ihr es mir doch verraten!«

Verblüfft starrte Pater Angelico auf den merkwürdigen Schlüssel, den Jacopo Calandro ihm vors Gesicht hielt. An den hatte er mit keiner Silbe mehr gedacht. Er war ihm während der vergangenen Tage nicht einmal in die Finger geraten, weil er den kleinen, glatten Lederbeutel nicht als Geldbörse benutzte, sondern dazu, Splitter von Lapislazuli aufzubewahren, die in der Werkstatt allzu leicht verlorengehen konnten.

Die Erinnerung, wo er den Schlüssel in jener schicksalhaften Nacht gefunden hatte, verband sich plötzlich mit einer Bemerkung, die er einige Tage zuvor gehört hatte. Und zwar auf *Bellariva,* wo er dem Gutsverwalter Armando Garzini auf den Zahn gefühlt hatte. Auf dem Rückweg hatte er das Gefühl gehabt, dass der Mann etwas höchst Merkwürdiges gesagt hatte, doch er war einfach nicht darauf gekommen, was diese Irritation ausgelöst hatte – oder, besser gesagt, worauf sie ihn aufmerksam machen wollte.

»Er hat ihn *stehen* lassen! Das war es! Das war gar kein Versprecher, sondern genau so gemeint! Allmächtiger, ich habe es all die Zeit vor Augen gehabt, aber das Offensichtliche nicht mit dem Gehörten verbunden«, sagte er und richtete sich auf. Dabei spürte er, dass sich die Fessel um seine Handgelenke gelockert hatte. Das Seil hatte keine Zugkraft mehr und hielt sie nicht länger zusammen.

»Zum Teufel, wovon redet Ihr?«, fragte Jacopo grimmig. »Wenn Ihr glaubt, es würde Euch etwas nutzen, plötzlich den Verwirrten zu spielen …«

»Nein, ich bin so klar wie schon lange nicht mehr«, fiel Pater Angelico ihm aufgeregt ins Wort und bewegte vorsichtig die Hände in seinem Rücken, um die Fesseln noch weiter zu lockern. Zum ersten Mal, seit er sich in ihrer Gewalt befand, hegte er einen Funken Hoffnung, Lucrezias Leben retten zu können – und vielleicht sogar sein eigenes. »Ich weiß jetzt, wo Movetti sein Libro segreto versteckt hat … ja, versteckt haben muss!«

Vito Malfatto schnaubte argwöhnisch.

Dagegen zeigte sich auf Jacopo Calandros Gesicht ein zufriedenes Lächeln. »Endlich nehmt Ihr Vernunft an! Also, wo habt Ihr es versteckt?«

Pater Angelico lachte heiser. »Bis vor wenigen Augenblicken kannte ich das Versteck wirklich nicht, auch wenn Ihr mir das nicht glauben wollt«, erklärte er, während er weiter an dem Strick um seine Handgelenke zerrte, der ihm immer weniger Widerstand entgegensetzte. »Aber als mir der Schlüssel, den ich vor einer Woche auf dem Boden von Movettis Kontor gefunden hatte, wieder vor die Augen gekommen ist, fiel mir das mit dem Staub auf dem Buchrücken ein – und das, was Armando Garzini erzählt hat.«

»Was soll das Gequatsche, Herr?«, fragte Vito Malfatto verdrossen. »Der Weihrauchschwenker will doch nur Zeit schinden!«

»Halt gefälligst den Mund und lass ihn ausreden!«, fuhr Jacopo Calandro ihn an. »Wenn ich will, dass du etwas tust, werde ich es dir schon sagen!«

»Der Gutsverwalter hat davon gesprochen, dass Movetti nie ohne die *Confessiones* des heiligen Augustinus auf sein Landgut gekommen ist. Ich bin ganz selbstverständlich davon ausgegangen, dass er damit das Buch gemeint hat«, fuhr Pater Angelico aufgeregt fort. »Aber das konnte gar nicht sein. Denn dann hätte ich auf dem Buch nicht so viel Staub gefunden, als ich es von dem Wandbord genommen habe. Daran hätte ich denken müssen, als Garzini erwähnte, dass Movetti bei seinem letzten Besuch ›seinen Augustinus *stehen* gelassen‹ hat und eigens noch einmal zurückgekehrt ist, um ihn zu holen. Aber ein Buch lässt man nicht *stehen,* man würde doch sagen, man hat es *liegen* lassen. Garzini hat nicht das Buch gemeint, sondern immer die Eisenskulptur, den Augustinus-*Kopf*, der neben den Büchern des Heiligen auf dem Wandbord steht! In dem, genauer: in seinem hohlen Boden, steckt Movettis Libro segreto!«

»Sieh an! Da also steckt es.« Jacopo machte ein höchst zufriedenes Gesicht. »Nun, das lässt sich schnell überprüfen.«

»Ich habe Euch gesagt, was ich weiß. Gebt mir nun wenigstens Euer Wort, dass Ihr Lucrezia Petrucci verschont!«

Jacopo lachte hämisch. »Lucrezia Petrucci? Habt Ihr wirklich geglaubt, ich würde mich an der Tochter dieses mächtigen Mannes vergreifen?«

Verblüfft sah Pater Angelico zu ihm auf. »Ja, aber der Finger mit dem Ring …«

Teuflisch belustigt, fiel Jacopo ihm ins Wort. »Der Trick hat ausgezeichnet funktioniert, findet Ihr nicht auch? Wie herzerwärmend, dass Ihr Euch so um diesen Weiberrock gesorgt und nicht gezögert habt, für die gebrandmarkte Jungfer Euer Leben zu geben! Man könnte wahrlich auf den Gedanken kommen, Ihr hegtet für das angehende Nönnchen ganz besondere Gefühle«, höhnte er. »Aber was Ihr für den Finger der Petrucci-Tochter gehalten habt, war in Wirklichkeit einer von diesem geldgierigen Hausmädchen, Camilla. Das dumme Ding war nur allzu bereit, ihrer Herrin ein Schmuckstück zu stehlen, und zwar ein unverwechselbares. Nichts ist leichter, als unzufriedene Bedienstete zu bestechen; lockt man sie mit Gold, kann man sie zu allem Möglichen anstiften. Und diese Camilla hat doch tatsächlich geglaubt, sie würde für ihren Diebstahl mit einer fetten Geldbörse belohnt. Morgen wollte sie sich damit aus Florenz absetzen.«

»So lange haben wir sie aber nicht warten lassen wollen. Ich habe ihr Verschwinden ein wenig beschleunigt und dafür gesorgt, dass sie jetzt schon ein gutes Stück den Arno hinuntergetrieben ist«, warf Vito Malfatto mit einem teuflischen Grinsen ein.

Unsägliche Erleichterung darüber, dass Lucrezia weder verstümmelt war noch in Lebensgefahr schwebte, vermischte sich in Pater Angelico mit Abscheu und tiefer Bestürzung über den Mord an der Dienerin.

»Warum, Jacopo?«, stieß er angeekelt hervor. Im selben Moment bekam er seine Hände frei. Doch damit ihm die kurze Fessel und das Seil nicht vom Stuhl rutschten, hielt er sie noch fest. Gleich würde er es wagen müssen. »Warum nur habt Ihr Movetti umbringen und so viel Blut vergießen lassen?«

»Weil er zu gierig geworden war, zu unverschämt und letztlich zu gefährlich«, antwortete der Wahlmann mit einem gleichgültigen Achselzucken. »Er hatte herausgefunden, dass ich einige Priorensitze und andere hohe Ämter gegen gutes Geld verkauft habe. Gefälligkeiten erweisen ist eine Sache. Das macht jeder von uns. Aber Priorensitze verkaufen, das ist etwas anderes. Und da glaubte der Kerl doch wirklich, mich um Tausende Florin erpressen zu können. Hätte er sich mit den zwei Amtszeiten als Prior, die ich ihm versprochen hatte, zufriedengegeben, wäre er noch am Leben. Aber er konnte den Hals einfach nicht vollkriegen und wollte …«

Der Satz blieb unvollendet. Denn nun ging Pater Angelico zum Angriff über.

Die Gelegenheit war günstig. Der Bucklige, den er als Gegner am meisten zu fürchten hatte, stand rechts von ihm und war gerade einen Schritt näher getreten. Damit befand er sich in idealer Reichweite für die Waffe, zu der der Stuhl in seinen Händen werden musste.

Pater Angelico ließ Fessel und Seil los, griff mit der Rechten in die Rückenstreben und sprang auf. Schmerzen explodierten in seinen Schultern, doch er beachtete sie nicht. Er wusste, dass er den kurzen Moment der Überraschung maximal nutzen und einen kraftvollen Treffer landen musste, wenn er eine Chance haben wollte, diesem Gewölbe lebend zu entkommen.

Vor Schreck riss Vito Malfatto die Augen auf. Er stieß einen Warnschrei aus, griff zu dem langen Messer, das er am Gürtel trug, und wollte zurückspringen.

Doch dafür blieb ihm keine Zeit mehr.

Pater Angelico war blitzschnell halb um die eigene Achse gewirbelt, hatte mit der Linken die obere Querstrebe der Rückenlehne gepackt und den Stuhl mit aller Kraft hochgerissen.

»Hier, friss deine eigene Medizin!«, brüllte er und legte all seine Kraft in den Schlag.

Drei der Beine splitterten und flogen durch das Gewölbe, als der Stuhl auf den Buckligen niederkrachte. Er traf ihn auf Brust und Schulter und riss ihm die Haut auf der Stirn auf. Und wenn der Schlag ihm auch nicht das Bewusstsein raubte, wie Pater Angelico gehofft hatte, so warf er ihn doch zu Boden und entlockte ihm einen gellenden Schrei der Wut.

Jacopo stieß einen Fluch aus.

Pater Angelico ließ den Stuhl fallen, fuhr herum und stürzte sich auf den Wahlmann.

Jacopo Calandro war, wie er vermutet hatte, kein erfahrener Fechter, geschweige denn einer mit schnellen Reaktionen. Deshalb hatte er sein Schwert auch erst halb aus der Scheide, als er es mit ihm zu tun bekam. Angst verzerrte sein Gesicht.

Pater Angelico trat aus dem Sprung heraus zu. Mit einem hässlichen Geräusch brach das rechte, vorgesetzte Schienbein des Wahlmanns. Der brüllte vor Schmerz, knickte ein und stürzte dem Angreifer entgegen.

Pater Angelico entriss ihm das Schwert, hämmerte ihm fast gleichzeitig die linke Faust ins Gesicht, nahm schräg hinter sich eine Bewegung wahr und wirbelte augenblicklich wieder zu Vito Malfatto herum.

Wildes Gebrüll hallte durch das hohe Gewölbe, und plötzlich kamen aus dem kurzen Gang, der zur Tür führte, krachende Geräusche. Es klang nach berstendem Holz.

Pater Angelico ließ sich davon nicht ablenken. All seine Sinne konzentrierten sich auf den Gegner. Der Bucklige war aufgesprungen, hatte sein langes Messer gezogen und griff mit einer Finte an.

Dass Vito Malfatto ihm nicht die Kehle durchschneiden wollte, sondern das Messer in den Unterleib zu rammen gedachte, sowie er das Schwert zur Abwehr hochriss, durchschaute Pater Angelico schon im Ansatz. Er ließ ihn in dem Glauben, dass er auf die Finte hereinfiel, und zuckte mit dem Schwert kurz nach oben. Doch schon im nächsten Moment riss er es herum und ließ die Klinge auf den vorschießenden Arm des Mörders niedergehen. Der scharfe Stahl trennte die Messerhand kurz hinter dem Handgelenk vom Arm. Blut schoss aus dem Stumpf.

Vito Malfatto taumelte zurück, umfasste mit der Linken den

Stumpf, ohne jedoch das pulsierende Blut stoppen zu können, und sank mit einem schaurig langgezogenen Schrei auf die Knie.

Heftig atmend, halb benommen von den Schmerzen, die sich nun mit aller Macht bemerkbar machten, das bluttriefende Schwert noch in der Hand, stand Pater Angelico zwischen den beiden wimmernden und schreienden Männern, als Scalvetti mit blankgezogener Klinge in das Gewölbe stürmte, gefolgt von drei finster blickenden Waffenknechten, die ebenfalls ihre Klingen in der Faust hielten, und, mit etwas Abstand, Bruder Bartolo.

»Tod und Teufel!«, stieß Scalvetti mit ungläubiger Miene hervor, als er die Lage erfasste, und ließ seine Waffe sinken. »Hier gibt es für uns ja nicht mehr viel zu tun.« Er wies die Waffenknechte an, Jacopo Calandro und den Buckligen in den Kerker des Bargello bringen zu lassen. »Und lasst mir den Kerl da nicht verbluten! So leicht wollen wir ihm den Abschied von seinem ruchlosen irdischen Leben nicht machen.«

Übermannt von Schmerz und Erschöpfung, ließ Pater Angelico das Schwert fallen und stieß es mit dem Fuß außer Reichweite der Verbrecher. Er wusste, was die beiden Männer unten im Bargello erwartete, doch Mitleid regte sich nicht in ihm.

Bruder Bartolo trat zu ihm. Auf seinem Gesicht lag eine seltsame Mischung aus heller Begeisterung und Entsetzen. »Verzeiht, dass wir Euch nicht eher befreien konnten, Meister. Aber nachdem ich Euch heimlich gefolgt war und gesehen habe, wie Ihr überwältigt und verschleppt wurdet, musste ich doch erst zurück ins Bargello und die Wachleute davon überzeugen, dass sie recht daran tun, den Commissario aus dem Schlaf zu holen. Und das war kein leichtes Stück Arbeit«, sprudelte er mit leuchtenden Augen hervor. »Wenn Ihr wüsstet, wie sehr ich gelitten habe! Ich bin vor Sorge um Euch fast umgekommen, Meister!«

»Hatte ich dir nicht ausdrücklich untersagt, mir zu folgen?«

Pater Angelico zog die Brauen hoch, doch seine Lippen umspielte ein Lächeln.

Bruder Bartolo zog eine schuldbewusste Miene. »Ich weiß, Meister. Und ich habe auch nicht vergessen, was Ihr mir vor einigen Tagen gesagt habt, nämlich dass der Gehorsam ein gewaltiger Vorzug ist, über den nur die vernünftige Kreatur verfügt. Aber mit der Vernunft scheint es bei mir noch ein wenig zu hapern, was wohl auch damit zu tun hat, dass ich Novize bin und noch so viel lernen muss. Deshalb hoffe ich auch, dass Ihr mir meinen Ungehorsam noch einmal verzeiht, Meister.«

»Ich werde mit mir zu Rate gehen, ob ich dir die Eigenmächtigkeit nachsehen kann«, antwortete Pater Angelico ernst, doch das offene Lächeln strafte seine Worte Lügen.

»Respekt, Padre, Respekt!«, sagte Scalvetti und legte ihm eine Hand auf die Schulter. »Ich wusste von Anfang an, dass Ihr störrisch seid wie ein Esel und aus einem ganz besonderen Lehm gebacken. Aber das muss ich nun doch entschieden revidieren: Ihr seid nicht aus Lehm gebacken, sondern aus einem verdammt harten Holz geschnitzt!«

Pater Angelico lächelte erschöpft. »Das sagt Ihr nur, weil Ihr das Morsche in diesem harten Stück Treibholz nicht seht.«

»Ich weiß, was ich sehe, Padre! Und nun lasst uns gehen. Ich begleite Euch zurück nach San Marco. Es gibt gewiss noch einiges, was Ihr mir zu berichten habt, bevor ich mir diese Brut im Bargello vornehme.«

Pater Angelico nickte. »Das dürfte ratsam sein. Aber vorher müssen wir noch etwas erledigen.«

Der Commissario sah ihn verwundert an. »Was soll es denn jetzt noch zu erledigen geben, das nicht bis morgen warten kann?«

»Wir müssen das Libro segreto aus Movettis Haus holen!«

Epilog

Marsilio Petrucci blätterte, Lucrezia an seiner Seite, in dem großen Skizzenbuch. Die ersten Seiten, auf denen es um seine Hauskapelle ging, enthielten Entwürfe für Ornamente und toskanische Landschaften, mit denen Pater Angelico die Fresken auszuschmücken gedachte.

Während ihr schwergewichtiger Vater beim Blättern schnaufte und gelegentlich kurze, wohlgefällige Kommentare von sich gab, verhielt Lucrezia sich still. Hin und wieder warf sie einen verstohlenen Blick zu Pater Angelico hinüber.

Er spürte das so deutlich, als berühre ihn ihre Hand, doch er kehrte ihr standhaft den Rücken zu. Er stand in der Hauskapelle an einem der schmalen Rundbogenfenster, rieb sich die linke Schulter, die ihm nach vier Tagen noch immer Schmerzen bereitete, und schaute hinauf zu den dunklen Wolken, die von Südwesten heraufzogen und den Himmel immer mehr eintrübten. Der Regen würde nicht lange auf sich warten lassen und noch vor Einbruch der Dunkelheit seinen tristen grauen Schleier über Florenz werfen.

Das Wetter entsprach seiner Gemütslage. Er hätte dankbar und voller Lebensfreude sein müssen, nachdem er Folter und Tod so knapp entkommen war, aber davon war nicht viel zu spüren. Selbst die anfängliche Genugtuung, maßgeblich zur Aufklärung des Verbrechens am Speziale Bernardo Movetti beigetragen zu haben und den Mörder im Kerker des Bargello hinter Schloss und Riegel zu wissen, war verflogen.

Es erzürnte ihn noch immer, dass Jacopo Calandro nicht wie Vito Malfatto vor der Stadt als gemeiner Verbrecher öffentlich hingerichtet worden war, sondern an diesem Morgen ein ehrenvolles Begräbnis erhalten hatte, zu dem selbst Seine Magnifizenz Lorenzo de' Medici mit seiner Brigata einflussreicher Männer erschienen war. Das hinterließ einen bitteren Nachgeschmack und trug zu seiner Niedergeschlagenheit bei.

Als er sich tags zuvor darüber empört hatte, hatte Scalvetti ihn mehr oder weniger ausgelacht: »Was dachtet Ihr denn, was mit ihm geschieht, Padre? Habt Ihr vielleicht geglaubt, wir bringen ein handverlesenes Mitglied der Accoppiatori auf die Anklagebank, breiten in aller Öffentlichkeit die stinkende Gülle seiner Verbrechen aus, lassen ihn zum Tode verurteilen, übergeben ihn dem Henker auf dem Richtplatz – und machen damit das Haus Medici und seine Parteigänger zum Gespött der Leute? Seid Ihr wirklich so naiv?«

»Nein, aber ein bisschen weniger von dieser verlogenen Scharade, wie Ihr sie mit dem ehrenvollen Begräbnis betreibt, wäre seinen Verbrechen allerdings schon angemessen gewesen, Commissario«, hatte er erwidert. »Ganz zu schweigen von dem gewaltigen Ausmaß an Korruption, dessen er sich schuldig gemacht und das Movetti in seinem Libro segreto ausführlich dokumentiert hat!«

»Und die dort Genannten werden ihrer Strafe auch nicht entgehen, wenn der rechte Zeitpunkt gekommen ist, um sie für ihr Tun zur Rechenschaft zu ziehen«, hatte Scalvetti versichert. »Aber dass Jacopo Calandro sich angeblich bei einem Treppensturz das Genick gebrochen hat, nutzt nicht nur der politischen Stabilität unserer Kommune, sondern auch der Familie Calandro – und damit Movettis Tochter Lucia! Damit bleiben beide Namen, Movetti ebenso wie Calandro, frei von jedem gesellschaftlichen Makel. Aber deshalb ist Jacopo selbst doch nicht billig davongekommen.

Er hat keinen schnellen und schon gar keinen leichten Tod gehabt, dessen könnt Ihr gewiss sein.«

»Erspart mir die Einzelheiten, Commissario.«

»Nichts lieber als das, Padre. Also dann, bis auf ein Wiedersehen in der *Colombina!* Ihr wisst ja, wo Ihr mich findet. Und schont Eure Schultern. Ihr scheint noch immer arge Schmerzen zu haben.«

Bedrückt starrte Pater Angelico in den tristen Nachmittagshimmel. Wenn es doch nur die Schmerzen in den Schultergelenken und Armen gewesen wären, die ihn quälten. Dankbar und voller Demut hätte er sie ertragen, wäre ihm dafür dieses tiefe, dunkle Tal der Zweifel und Erschütterung erspart geblieben, das er seit …

»Das ist ja wohl nicht Euer Ernst, Pater Angelico!«

Die ärgerliche Stimme des Wollfabrikanten riss ihn aus seinen Gedanken und zwang ihn, seine abgekehrte Position aufzugeben, sich Marsilio Petrucci zuzuwenden – und sich damit auch Lucrezias Blicken auszusetzen. Während der vergangenen Tage hatte er sie gemieden wie eine Aussätzige, hatte ihr lediglich am Morgen nach den Vorkommnissen im Gewölbe des alten Wohnturms den Ring zurückgebracht und sie hastig mit einem sehr knappen Bericht über Camillas Diebstahl und Schicksal abgespeist. Und wenn ihr Vater nicht an diesem Tag von seiner Geschäftsreise zurückgekommen wäre und ihn per Boten mit seinem Skizzenbuch zu sich bestellt hätte, er wäre dem Palazzo Petrucci auch an diesem Tag eisern ferngeblieben.

»Gefallen Euch meine Skizzen nicht?«, fragte er, Lucrezias Blick meidend. Er glaubte zu wissen, an welchem Bild ihr Vater hängengeblieben war und was ihn daran entrüstete. »Nun, in dem Fall wäret Ihr gewiss gut beraten, mich von der Aufgabe zu entbinden und Euch einen anderen Freskenmaler zu nehmen, der Euren Vorstellungen …«

»Redet keinen Unfug! Dazu besteht überhaupt kein Grund«, fuhr Marsilio ihm polternd ins Wort. »All die anderen Entwürfe gefallen mir ausnehmend gut. Aber weiß der Teufel, was Ihr Euch hier gedacht habt. Unmöglich! Falls Ihr Euch damit einen Scherz erlauben wolltet, so ist er Euch entschieden misslungen!« Dabei pochte er mit seinem fleischigen, goldberingten Zeigefinger auf die Skizze, die Adam und Eva in nahezu vollständiger Nacktheit im Paradies zeigte.

Das Gesicht der Eva hatte er, im Gegensatz zu dem des Adam, sehr detailliert ausgearbeitet, so dass es auf den ersten Blick als das von Lucrezia zu erkennen war. Und ihr nackter Körper war makellos und von geradezu verlockender Sinnlichkeit.

»Nichts lag mir ferner als ein Scherz«, sagte Pater Angelico, während er zu ihm an den Schragentisch trat. Er bemerkte, wie fasziniert Lucrezia auf die Skizze blickte. Auf ihrem Gesicht lag ein Ausdruck von Staunen und schmerzlicher Sehnsucht. Schnell schaute er wieder weg. »Das Bild mag vielleicht eine etwas ungewöhnliche Darstellung des Sündenfalls sein, steht aber sehr wohl in Übereinstimmung mit der Heiligen Schrift, denn Adam aß ja bereitwillig vom Apfel, ohne dazu gedrängt worden …«

»Was soll in der Bibel stehen? Dass nicht nur Eva, sondern mit ihr auch Adam unter dem Baum der Erkenntnis von Gut und Böse nach einem Apfel gegriffen hat, so wie Ihr das hier zeichnet?«, schnitt Marsilio ihm das Wort ab. »Was für ein Unfug! Die Erbsünde ist allein durch das Weib in die Welt gekommen, durch Eva! Das weiß jedes Kind! Und Ihr werdet Euch hüten, mir so einen Unsinn an die Wand zu malen!« Damit riss er die Seite aus dem Buch, knüllte sie zu einer Kugel zusammen und warf sie zu Boden.

Lucrezia zuckte zusammen wie unter einem Schlag und schaute ihren Vater bestürzt an.

»Ihr seid ein großartiger Freskenmaler, aber haltet Euch gefälligst an das, was wirklich in der Heiligen Schrift steht und was die Kirche lehrt!«, sagte Marsilio, griff in sein Gewand, zog eine reichbestickte Geldbörse hervor und knallte sie auf den Tisch. »Hier sind die vierzig Florin, die ich Euch versprochen hatte. Also, macht Euch an die Arbeit, aber untersteht Euch, den Sündenfall oder sonst ein biblisches Ereignis neu zu erfinden! Einen guten Tag noch, Pater Angelico … Lass uns gehen, Lucrezia, ich bin hungrig wie ein Wolf!« Damit klappte er das Skizzenbuch zu und stiefelte zur Tür. Dort blieb er stehen und rief ungeduldig über die Schulter: »Lucrezia, wo bleibst du denn?«

»Ich komme ja schon, Vater!«

Marsilio schnaubte und zog die Tür auf.

Kaum hatte der Vater ihr den Rücken zugewandt, bückte Lucrezia sich nach der Papierkugel, hob sie auf, drückte sie an ihre Lippen und presste sie schließlich an ihre Brust wie einen Schatz.

»Ihr habt mir in die Seele geschaut, Angelico! Und Ihr wisst es! Rettet mich!«, flüsterte sie ihm beschwörend zu, als sie an ihm vorbeikam. »Rettet mich!«

Ihr Blick traf ihn mehr als ihre flehentlichen Worte. Das war es gewesen, wovor er sich gefürchtet hatte, weshalb er ihre Gegenwart tagelang gemieden hatte. Aber auf Dauer konnte er nicht vor ihr weglaufen und noch viel weniger vor seinen Gefühlen.

Was sollte nun werden? Was war seine monastische Berufung nach alldem noch wert?

Er fühlte sich entsetzlich elend und ratlos. Müde steckte er die schwere Geldbörse ein und klemmte sich sein Skizzenbuch unter den Arm. Als er aus dem Palazzo trat, begann es zu regnen.

Wenige Minuten später, als er in der Via Mensano an der Hintertür von Gershoms Pfandleihe stand und nach dem Klingelzug griff, goss es in Strömen. Er betätigte den Klingelzug nicht, sondern schloss einfach die Augen und presste die Stirn gegen das regennasse Holz der Tür.

Er hörte seinen schnellen Atem, spürte das heftige Pochen in der Brust und schluckte schwer. Sein Mund fühlte sich an wie ausgedörrt, ihm war, als rieche er schon den süßlich herben Rauch des Opiums und spüre, wie er ihn davontrug ins Land des Vergessens und der Weltentrückung.

Lange stand er so an der Tür, regungslos, während er stumm mit sich rang.

Dann atmete er tief durch und zog an der Kette.